KB267460

이순신을 **암살**하라

이순신을 암살하라

아라야마 토루 지음 | 이종훈 역

순신은 입을 열어 말했다. 중후하고 명료한 순신의 음성은
모든 사람의 귀에 와 박혔다.
「주상께 전하시오. 내게는 아직 전선 12척이 있노라고. 사력
을 다하여 싸우면 아직 희망을 버리기엔 이르다고……」

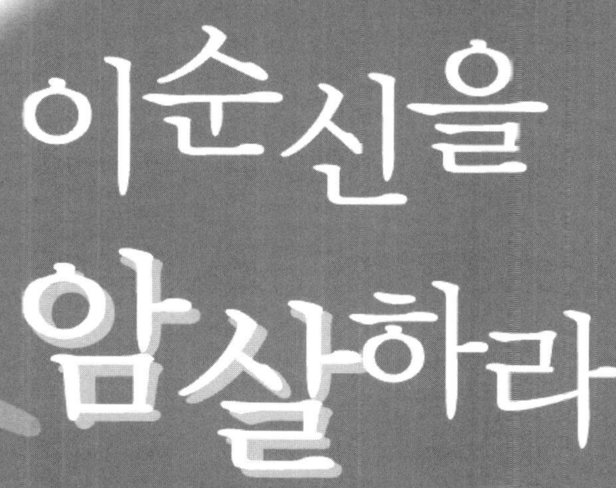

세창미디어

이순신을 암살하라

펴낸날 | 2008년 6월 10일 초판 인쇄
　　　　2008년 6월 20일 초판 발행
지은이 | 아라야마 토루
옮긴이 | 이종훈
펴낸이 | 이방원
펴낸곳 | 세창미디어
　　　　주 소 | 서울시 서대문구 냉천동 182 냉천빌딩 4층
　　　　전 화 | 723-8660　팩 스 | 720-4579
　　　　e-mail | sc1992@empal.com
　　　　http://www.scpc.co.kr
　　　　신고번호 | 제300-1998-3호

신A5판 / p.580

잘못 만들어진 책은 바꿔 드립니다.

ISBN 978-89-5586-082-5　　03830

이순신을 암살하라 / 아라야마 토루 지음 ; 이종훈 역.
　— 서울 : 세창미디어, 2008
　　580p. ; 2.7cm

원표제: 高麗秘帖
원저자명: 荒山徹
참고문헌 수록
일본어 원작을 한국어로 번역
ISBN 978-89-5586-082-5　03830 : ₩17000

일본 현대 소설[日本現代小說]

833.6-KDC4
895.635-DDC21　　　　　　　　　　　　　　CIP2008001840

◆ 차 례 ◆

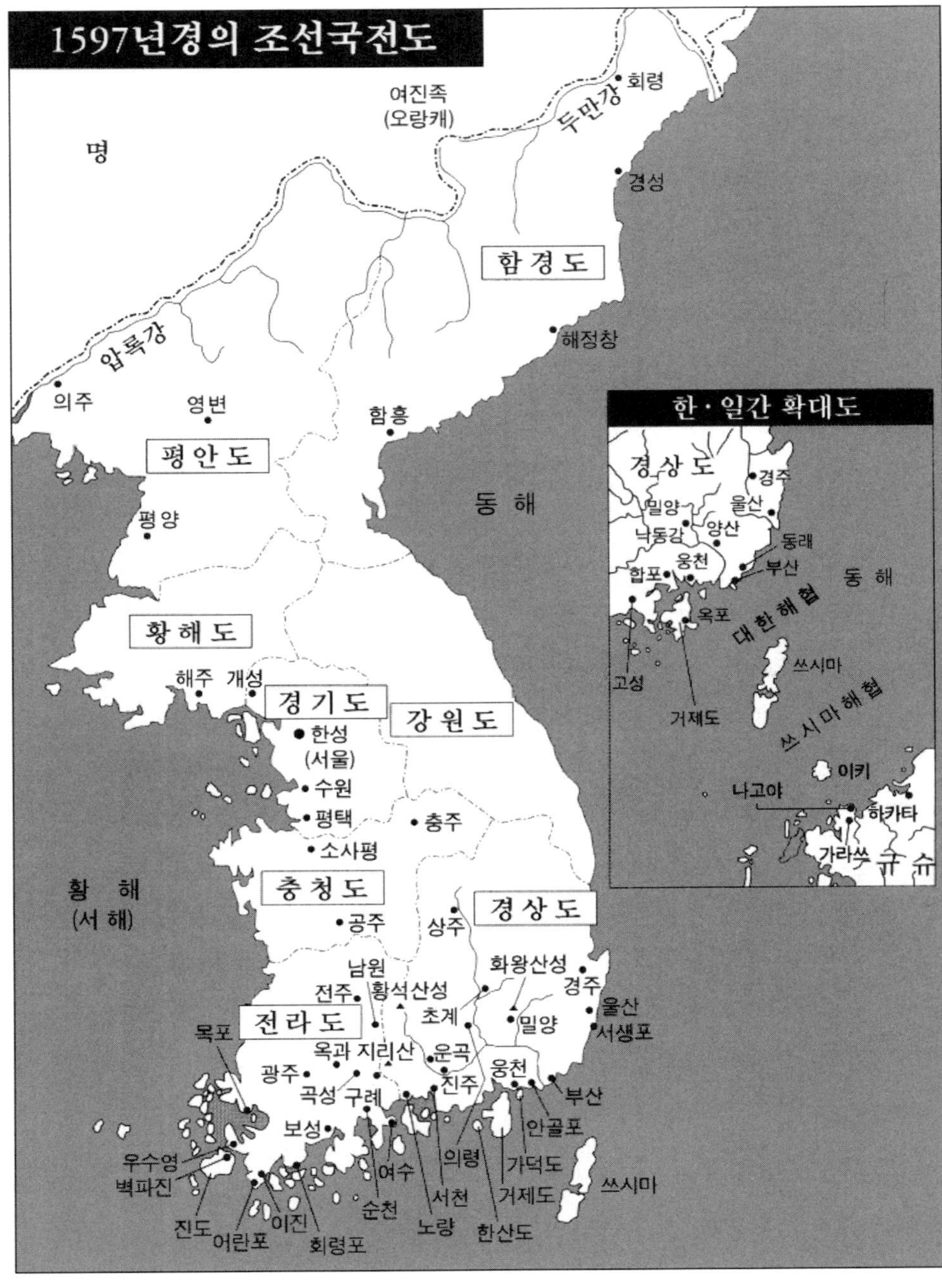

1597년경의 조선국전도
명
여진족
(오랑캐)
두만강
회령
경성
함경도
압록강
의주
영변
함흥
해정창
평안도
평양
동 해
황해도
해주 개성
경기도
강원도
한성
(서울)
수원
평택
충주
소사평
황 해
(서 해)
충청도
공주
상주
경상도
남원
화왕산성
전주 황석산성
경주
초계
울산
전라도
밀양
서생포
목포
옥과 지리산
운곡
웅천
광주
진주
부산
곡성 구례
보성
안골포
우수영
가덕도
벽파진
여수
의령
거제도
쓰시마
진도
이진
서천
한산도
어란포
회령포
순천
노량

한·일간 확대도
경상도
경주
밀양
울산
낙동강
양산
동래
웅천
부산
동 해
합포
대한해협
옥포
쓰시마
고성
쓰시마해협
거제도
이키
나고야
하카타
가라쓰 규 슈

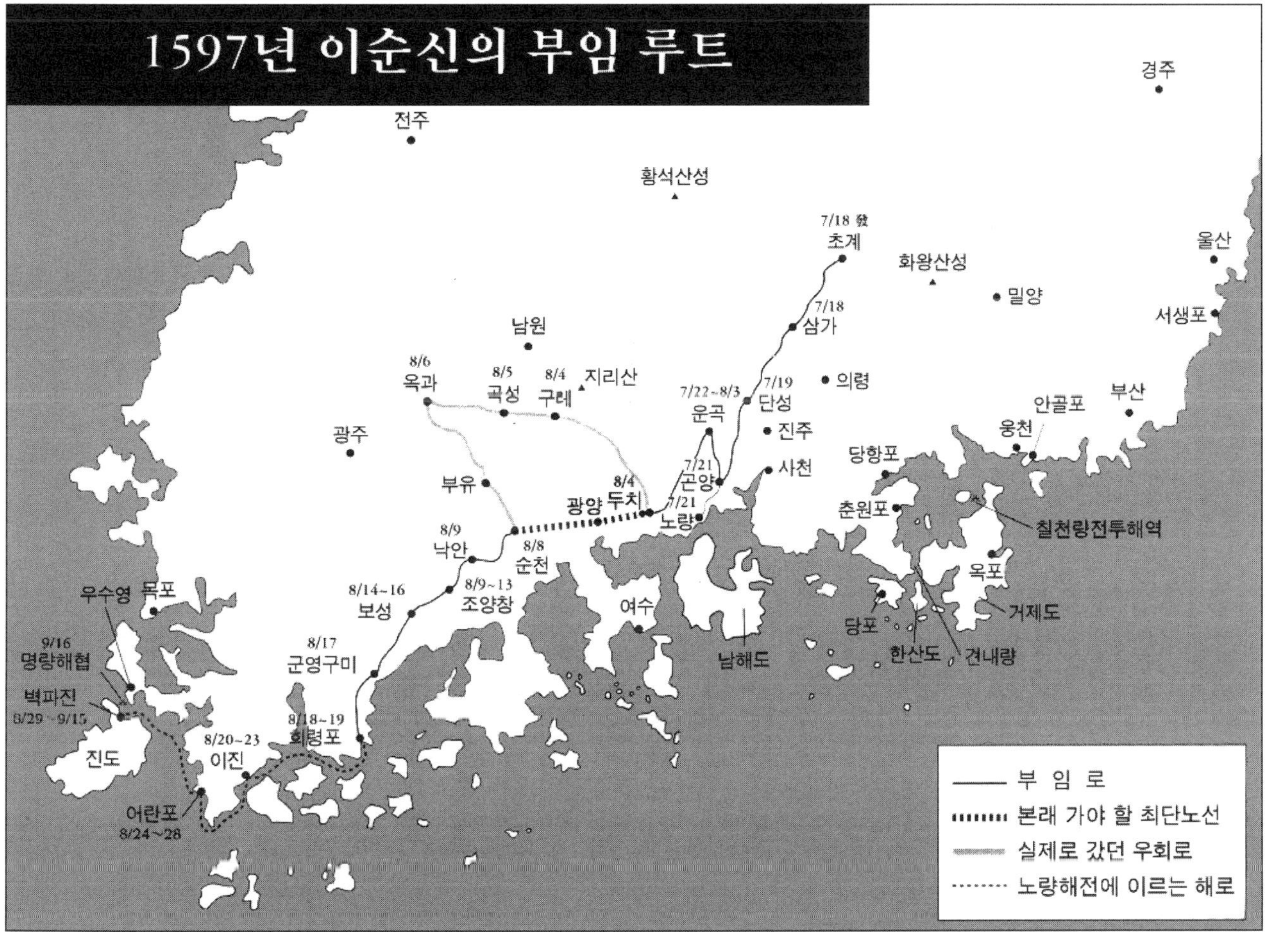

1597년 이순신의 부임 루트
경주
전주
황석산성
7/18 發
초계
울산
화왕산성
밀양
서생포
7/18
삼가
남원
8/6
옥과
8/5
곡성
8/4
구례
지리산
7/22~8/3
운곡
7/19
단성
의령
부산
안골포
웅천
광주
진주
당항포
사천
8/4
광양 두치
곤양
7/21
춘원포
칠천량전투해역
7/21
노량
8/9
낙안
8/8
순천
옥포
우수영 목포
8/14~16
보성
8/9~13
조양창
여수
당포
거제도
남해도
한산도
견내량
9/16
명량해협
8/17
군영구미
벽파진
8/29~9/15
8/18~19
회령포
8/20~23
진도
이진
어란포
8/24~28
부 임 로
본래 가야 할 최단노선
실제로 갔던 우회로
노량해전에 이르는 해로

- 조선측 -

이순신(李舜臣)	조선 수군의 총지휘관
안 위(安 衛)	이순신의 심복 부하
조계종(趙繼宗)	이순신 휘하의 장수(將帥)
권 율(權 慄)	조선의 수군, 육군을 통솔하는 최고 사령관
이 연(李 昖)	조선 왕조 제14대왕 선조의 이름
유성룡(柳成龍)	영의정. 이순신을 천거한 인물
정 탁(鄭 琢)	노신(老臣). 유성룡의 맹우(盟友)
윤두수(尹斗壽)	유성룡의 정적. 이순신의 실각을 획책
배 설(裵 楔)	이순신 휘하의 함대 사령관. 적전 도망한 비겁한 장수
곽재우(郭再祐)	의병장으로서 게릴라전을 전개
유 희(柚 姬)	이순신의 곁에서 시중을 드는 미모의 과부
사야가(沙也可)	가토 기요마사군을 이탈. 조선에 귀화한 항왜장(降倭將)

- 일본측 -

고니시 유키나가(小西行長)

　　　　히고 우토(肥後宇土) 24만 석의 크리스천 다이묘
　　　　(大名)

나이토 조안(內藤如安)

　　　　유키나가의 심복

도도 다카토라(藤堂高虎)

　　　　이요 우와지마(伊豫宇和島) 7만 석의 모략 다이
　　　　묘. 수장(水將)으로서 출진

고케쓰 요리후사(纐纈飛驒守)

　　　　다카토라의 모신(謀臣)

가토 기요마사(加藤清正)

　　　　히고 구마모토(肥後隈本) 19만5000석의 다이묘

우키타 히데이에(宇喜多秀家)

　　　　비젠 오카야마(備前岡山) 47만4000석의 귀공자

구루시마 미치후사(來島通總)

이요(伊豫) 구루시마 1만4000석의 해적 다이묘

가토 요시아키(加藤嘉明)

이요 마사키(松前) 6만 석의 다이묘. 수장으로서
출진

와키자카 야스하루(脇坂安治)

아와지 스모토(淡路洲本) 3만 석의 다이묘. 시즈
가타케(賤ヶ岳) 7인의 1인

하타신(波多親) 임진왜란 때 히데요시의 미움을 사, 영지를 몰
수당한 떠돌이무사

하시하베 쇼이치로(忍羽部翔一郎)

유키나가 휘하의 스파이

시라토리 마사나리(白鳥眞備)

유키나가 휘하의 스파이

미쿠리야 사몬(御廚左門)

유키나가 휘하의 스파이

다테즈 주이치로(盾津銃一郎)

다카토라 휘하의 스파이

가게치카 우쿄(影近右京)

다카토라 휘하의 스파이

네코메 덴젠(猫目天膳)

다카토라 휘하의 스파이

아야쓰키 로쿠로타(綾月六郎太)

다카토라 휘하의 스파이

미쿠라 효고(御藏兵庫)

　　　　　　　도도가의 가신. 참수대(斬首隊)를 조직

가스미(霞)　　조선에 원한을 가진 미녀

오코(お蛟)　　구루시마 미치후사의 애첩

산고(珊瑚)　　오코의 부하

요시라(要時羅)　고니시 유키나가의 밀사

- 명나라측 -

양원(楊元)　　남원성 방위군의 총사령관

이순신을 암살하라

이순신을 암살하라!

일본의 천하 통일을 이룬 도요토미 히데요시(豊臣秀吉)는 명(明)나라 정복의 야망을 품고, 20만 명이라는 대군을 출동시켜 조선으로 출발했다. 바로 1952년(壬辰) 4월의 일이다.

파죽지세로 진격한 왜군(倭軍)은 순식간에 서울을 거쳐 바로 평양까지 점령하였다. 그러나 해전에서만은 이순신(李舜臣)이 이끄는 조선의 수군에게 연전연패를 면하지 못하여 제해권(制海權)을 빼앗기고 말았다. 그 때문에 탄약과 군량의 해상 보급은 어려움을 겪게 되었고, 또한 의병의 봉기와 명나라 원군(援軍)의 반격으로 인해 다음 해 4월에는 서울을 포기하고 부산까지 퇴각하지 않을 수 없었다.

그 후 3년여에 걸친 강화(講和)의 교섭은 끝내 결렬되고, 그 결과 히데요시는 재침공을 명한다. 이것이 바로 정유재란(丁酉再亂, 1597)의 시작이다. 이 때, 재침공군은 속속 바다를 건너 조선 반도에 상륙

했다. 그러나 불행히도(일본에는 다행이었겠지만) 이 정유재란 때 왜
군을 맞이해야 할 조선의 수군 중에는 이들을 이끌 명장 이순신의
모습이 보이지 않았다.

제 1 장

새벽의 흉보

1597년 7월 18일.

동이 트기도 전 어둠 속에서 이순신은 잠에서 깼다. 온몸이 땀으로 흠뻑 젖었다. 양력으로는 8월 30일. 지난밤의 열기가 그대로 남아 있는 어두운 실내는 그야말로 찜통 같았다.

그럼에도 불구하고 순신은 한기를 느껴 잠옷의 옷깃을 여몄다. 식은땀을 많이 흘린 것으로 보아 아마도 오한(惡寒)이 난 모양이다. 틀림없이 잠이 깨기 직전까지 악몽으로 가위에 짓눌려 있었던 것 같다.

꿈속에서 순신은 저승도, 이승도 아닌 곳을 헤맸다. 그곳에서 날카로운 비명이 들리고 총소리와 단말마의 외침, 목숨을 구걸하는 소리, 고통으로 신음하는 소리 따위가 울려 퍼지듯이 들려왔다. 발밑에는 시체가 무수히 흩어져 나뒹굴고 있었다. 아직도 전투가 계속되고 있는 모양이었다. 아니, 이것은 전투가 아니라 살육이라고 해야 할 것이다.

무슨 까만 곤충 떼가 몰려와 하늘을 덮어 사방이 어두운 가운데, 한 무리의 왜군이 나타났다. 미친 듯이 소리를 지르며 쇄도(殺到)해서는 차례로 목을 베기 시작하였다. 잘린 목에서, 또 목이 잘려 나간 몸뚱이에서도 피가 낭자하게 흘러 주위에는 피비린내가 진동하였다.

순신은 몹시 분노가 치밀어 환도(環刀)에 손을 댔다. 그러나 아무리 힘을 주어도 칼은 칼집에서 빠져 나오지 않았다. 왜병의 목을 베야 한다고 마음먹을수록, 칼은 칼집과 한몸이라도 된 듯이 조금도 움직이지 않는다.

그러자 이번에는 왜군이 순신의 그런 기미를 눈치 채고는, 피가 뚝뚝 떨어지는 칼을 쳐들고 거친 숨을 몰아쉬며 달려든다. 지옥의 아귀(餓鬼) 같은 모습으로…….

꿈은 여기서 깼다. 언제나 정해진 것처럼 이 대목에서 깬다. 따라서 이런 꿈을 꾼 것이 이번이 처음이 아니다. 처음 꾼 것이 14일이었고, 순신은 일기(이하 『난중일기』를 말함, 역자 주)에 "체찰사(體察使, 조선 시대 내란, 외적의 침입 같은 비상시의 총사령관)와 함께 어느 곳에 당도하니, 시체가 즐비하게 깔려 있는데, 어떤 것은 밟기도 하고, 어떤 것은 (목을) 베기도 했다"라고 적고 있다.

이런 내용의 꿈이 닷새 동안 계속해서 순신을 집요(執拗)하게 괴롭혔다. 이 악몽의 무대가 어디인지 도저히 짐작이 가지 않았다. 꿈 속에서 살육이 이루어지는 저쪽의 어둠 속 희미한 그림자에 우아한 누각이 비쳐보였다. 순신은 언젠가 그 모습을 본 기억이 났다.

촉석루(矗石樓).

그렇다. 이 촉석루는 평양의 부벽루(浮碧樓), 밀양의 영남루(嶺南

樓)와 함께 조선의 3대 누각으로 꼽힌다.

그렇다면 그것은 분명히 진주성이다. 10배가 넘는 왜군에게 포위당했으면서도, 7000여 명의 군사로 성을 지키기 위해 끝까지 싸우다 전멸한 그 비극의 성이 틀림없다.

부산에서 서쪽으로 직선거리 90km밖에 떨어져 있지 않은 진주(晋州)는 경상도를 지나 전라도에 이르는 요충지로서, 진주성은 남강의 강안(江岸) 절벽을 이용한 난공불락의 철옹성으로 알려진 유명한 성이다.

5년 전인 임진년(1592), 즉 왜군이 쳐들어 온 그 해의 10월 초순에 진주 목사인 김시민(金時敏)을 대장으로 한 수비군 3800명은 호소카와 다다오키(細川忠興), 가토 미쓰야스(加藤光泰), 하세가와 히데카즈(長谷川秀一), 기무라 시게코레(木村重玆) 등 16명의 왜장이 이끄는 2만여 명의 왜군을 맞아 7일 동안의 격전 끝에 모두 패퇴시켰다.

그러나 그 다음 해, 점령하고 있던 서울에서의 퇴각이 여의치 않게 된 왜군은 부산을 중심으로 진용을 정비하여 6월 하순에 다시 진주성을 향해 설욕전을 감행해 왔다. 가토 기요마사(加藤淸正), 고니시 유키나가(小西行長), 우키타 히데이에(宇喜多秀家), 모리 히데모토(毛利秀元), 고바야카와 다카카게(小早川隆景), 요시카와 히로이에(吉川廣家) 등이 이끄는 9만 3000여 명의 왜군이 맹공을 퍼부었음에도, 조선의 진주성 수비군은 14일 동안 항전을 계속하며 버텼지만, 끝내 중과부적으로 성은 왜군의 수중에 떨어지고 말았다.

순신은 진주성 함락의 비보를 바다에서 접했다. 이때 순신은 전라 좌도의 수군을 이끌고 경상, 충청 등의 수군과 함께 거제도(巨濟島) 앞바다에서 왜의 수군 동향을 탐지하고 있었다. 심복인 어영담

(魚泳潭)이 가져온 상세한 보고서를 보면서 흐르는 눈물을 닦을 생각
도 하지 않은 채, 여름 햇빛이 바다 속으로 지는 서쪽 하늘을 바라
보았던 기억이 선명했다.

순신은 일기에 "저녁에 진주성에서 피살된 병사의 명단을 광양
으로 보내다. 전쟁에 진다는 것은 얼마나 비참한 노릇인가"라고 적
고 있다.

이 대목은 기이하게도 4년 전인 7월 19일의 일이었다.

그러나 이제 와서 새삼스럽게 왜 진주성의 꿈을 꾼단 말인가? 순
신은 이불 속에서 미동도 하지 않고 어둠 속의 한 점을 응시한 채 숙
고(熟考)했다.

진주는 지금 순신이 있는 초계(草溪)에서 남쪽으로 약 45km 떨어
져 있다. 엎어지면 코 닿을 데 있는 거리이다. 그제야 순신은 직감했
다. 장렬히 전사한 진주성의 군사들이 그 꿈에 나타난 것이라고. 그
렇다면 그들은 무엇을 알려 주려고 한 것일까? 꿈의 내용으로 보아
서는 결코 길몽(吉夢)일 수가 없었다.

아무리 생각해 보아도 해답의 길을 찾을 수 없다. 몸을 일으키려
고 해도 온몸의 마디마디가 칼로 도려내는 것처럼 아파서 순신은 신
음소리를 내며 이를 악물었다. 옥중(獄中)에서 받은, 차마 말로 표현
할 수 없는 고문의 후유증은 넉 달이 지난 지금까지도 쉽게 낫지 않
고 그를 괴롭히고 있었다.

"장군님!"

방 밖에서 청량(淸凉)한 목소리가 들려왔다. 순신은 간신히 상체
를 일으키며 대답을 했다.

"아무 일도 아니다, 유희(柚姬)야."

“장군님, 소녀 여기 와 있습니다.”

순신의 대답도 듣지 않고 문이 열렸다.

순신은 순간 당황했다. 유희가 벌거벗은 몸으로 들어오는 것은 아닌가 하는 생각이 뇌리를 스쳤기 때문이었다. 바로 한 달 전 어느 날 밤에 그랬던 것처럼.

그러나 오늘 밤의 유희는 과거의 그런 모습이 아니라 의복을 제대로 갖추어 입은 모습이었다. 순신은 ‘후유’ 하고 안심을 하면서도, 마음 한 구석에서는 낙담하는 기분을 느꼈다.

유희는 무릎걸음으로 순신의 앞까지 와서는 정중하게 예를 갖추었다. 요염함과 청초함을 제대로 갖춘 이 여인은 유희라는 이름의 과부였다. 그녀는 낮에 보았을 때와는 또 달리 그 이상으로 매혹적이었다. 무늬가 없는, 게다가 고상한 색의 치마와 저고리가 유희의 하얀 피부와 잘 어울려 그녀의 미모를 더욱 드러나 보이게 했다. 어둠에 익숙해진 순신의 눈에는 하얀 꽃이 우아하게 피어 있는 것처럼 비쳤다.

“벌써 닷새째이옵니다. 장군님께서 꿈을 꾸시면서 가위에 눌리시는 것이…….”

순신은 놀란 표정으로 유희를 보았다.

“주욱 신경이 쓰였던 게로구나.”

“소녀는 옆방에서 쉬고 있었습니다, 장군님……, 필시 악몽을 꾸신 것 같사옵니다.”

움직이는 유희의 입술은 잘 익은 산딸기 같았다.

4월 1일, 감옥에서 나온 순신은 이틀 후 서울에서 쫓기듯 서둘러 남행길에 나섰다. 그것은 조선 육군과 수군의 총지휘관인 도원수 권율(權慄)의 휘하에서 백의종군하기 위해서였다.

백의종군이란, 군율을 어긴 장수의 계급을 박탈하고 일개의 군졸로 강등시킨 뒤 흰 옷을 입혀 전선에 내보내는 제도이다. 그러나 전투에서 공을 세우기만 하면 원래의 지위로 복귀시켰다. 21년 전 32세의 나이로 과거의 무과에 급제한 이래, 군인으로서의 순신의 경력은 부침(浮沈)의 연속이었다고 해도 과언이 아닐 정도였다. 이 백의종군 또한 10년 전에 한 번 경험한 바 있다. 함경도에서 여진족 토벌을 지휘했을 때였다. 그러나 그것은 수군의 최고 지휘관인 통제사의 지위를 박탈당하고, 감옥에서 죽을 정도의 고문을 당한 끝에 그저 일개 군졸로 강등된 지금과는 비교가 되지 않는다.

원수부(元帥府)가 있는 초계로 호송되는 도중에 순신은 어머니의 부음(訃音)을 접하고는 비탄의 통곡을 하지 않을 수 없었다. 자식이 출옥한다는 사실을 안 어머니는 노령(老齡)임에도 불구하고, 서울로 향하던 도중에 그만 피로와 노환이 겹치자 몸이 쇠약해져 돌아가신 것이다. 순신의 해임, 실각(失脚), 투옥 등이 노모의 몸과 마음에 얼마나 큰 고통과 스트레스를 주었을까 하고 생각하니, 가슴이 미어지는 것 같았다. 아버지가 돌아가셨을 때, 순신은 2년 동안 휴직하고 상(喪)을 모실 수가 있었다. 그러나 지금은 백의종군의 몸이라서 휴직은커녕 어머니의 장례조차 허락되지 않았다. 초계는 어머니 변(卞)씨의 본관(本貫)이다. 외가의 발상지인 이 초계에서 어머니의 장례를 치르지 못한 채, 백의종군을 해야 하는 신세라니 이 얼마나 아이러니한 세태란 말인가.

초계에 당도한 것은 한 달 반 전이며 정확히는 6월 4일이었다. 굴욕과 실의, 옥중 생활과 오랜 여행에 따른 체력의 소모, 게다가 어머니의 사망에 따른 충격과 자책이 겹쳐 순신은 거의 죽은 사람의 꼴을 하고 있었다.

그런 순신의 앞에 유희가 나타난 것이다. 순신의 시중을 들라고 권율이 보낸 여자라 했다. 나이는 30대 전반 정도로 보였는데, 좀더 들어 보이는 것 같기도 했다. 젊어서는 감히 범접할 수 없을 정도의 안정감과 우아함을 갖추고 있었을 것이다. 그러면서도 어찌 된 셈인지 묘하게 침착한 데가 있었다. 5년 전 왜군의 침략으로 남편과 자식을 잃고 과부가 되었고, 그 한을 풀기 위해 권율 밑에서 무관으로 종군하고 있노라고, 신분을 묻는 순신에게 유희는 어린애처럼 대답했다.

권율의 애첩이라는 소문도 있는가 하면, 본래는 초계 군수의 애첩이었는데, 권율에게 바쳐진 것이라는 소문도 있다. 결국, 신분은 미상인 셈이다. 그런 여성과 한 지붕 밑에서 단둘이 살 수는 없는 노릇이다. 권율의 배려이자 호의를 모르는 것은 아니지만 순신에게는 오히려 짐스러울 뿐이었다.

그래서 순신은 유희에게 근처의 다른 집으로 옮겨 살 것을 몇 번이고 권유하였다 그러나 그 때마다 유희는 고개를 가로로 저을 뿐이었다.

"장군님, 소녀의 집은 여기이옵니다."

유희는 한결같은 시선으로 순신을 보면서 이렇게 말했다. 순신이 숙소로 배정받은 것은 초계 변두리의 모여곡(毛汝谷)이라는 곳에 있는 폐옥(廢屋)이었다. 그런 사연이 있는 집을 유희는 한사코 자기 집이라며 고집을 부리고 있는 것이다.

"나가야 할 사람은 바로 장군님이십니다."

유희가 이렇게 말하는 바람에 순신은 어이가 없었다. 아니, 유희가 오히려 순신을 보고 나가라고 하다니, 그럴 수밖에. 백의종군의 몸인 순신으로서는 자신의 숙소도 마음대로 정할 수가 없었다.

"내가 나가면, 모실 사람이 없지 않겠나?"

"그런 걱정을 하시려면 더 이상 다른 집으로 옮기라느니 하는 그런 말씀은 말아 주셔요."

이렇게 되어 결국 유희는 이 집에 머물게 되었다. 그래서 순신은 권율 앞으로 편지를 보내, "누구라도 좋으니 남자로 바꾸어 달라"고 부탁했다. 그런데 권율이 보낸 답장은 의외로 간단하게 "유희, 자못 쓸 만하다"라고 짧게 적혀 있었다.

"유희가 그렇게도 쓸 만한 계집이란 말인가?" 하고 순신은 몇 번이고 소리를 내서 읽었으나, 권율의 참뜻을 알 수 없었다.

유희는 참으로 알 수 없는 여자였다. 우아하고 청초한 미모에 요염한 매력을 풍기는 과부이다. 그러나 불결하다는 생각은 전혀 들지 않는다. 시원스런 자세와 옷매무새, 가끔 느껴지는 강렬한 눈빛, 그리고 결연한 어투에 순신은 저도 모르게 끌리고 있었다. 권율이나 초계 군수의 애첩이었다는 소문은 틀림없이 아무 근거도 없는 헛소문일 것이다.

유희의 요리 솜씨 또한 뛰어났다. 고문으로 얻은 상처는 물론, 쇠약해진 순신의 체력은 유희가 제공하는 하루 세 끼의 규칙적인 식사 덕분에 빠르게 회복되어 갔다. 그 점에서 순신은 유희에게 고마운 생각만이 들 뿐이었다.

그리고 며칠이 지난 어느 날 밤의 일이다.

"장군님, 소녀 들어가도 괜찮은지요."

결의에 찬 낮은 소리와 함께 순신의 대답도 기다리지 않고 문이 휙 하고 열리더니, 실오라기 하나 걸치지 않은 알몸의 유희가 들어오는 것이 아닌가.

너무나 순식간의 일이라 아무 말도 못하고, 또 시선도 돌리지 못했다. 그 순간 순신은 아무 생각도 들지 않았다. 열린 창문을 통해 비쳐드는 달빛 아래, 유희의 알몸은 이 세상 사람이라고는 생각할 수 없을 정도로 아름다웠다. 농익은 그녀의 알몸은 알맞게 젖었고, 거웃이 달빛을 반사하여 마치 은빛의 숲을 보는 것 같았다.

유희는 뒤로 단단히 묶은 검은 머리를 두 팔을 올려 겨드랑이를 보이면서 풀었다. 아양을 떠는 몸짓은 아니었고, 그렇다고 요염하게 기교를 부리는 몸짓은 더더욱 아니었지만, 어딘가 모르게 육감적인 분위기가 풍겼다.

유희가 한 걸음 다가왔다. 다시 한 걸음.

순신은 그럴수록 초조허져서, 목소리가 달아오르지 않도록 자신을 자제하려고 노력했다.

"유희야, 오늘 밤에는 할 일이 없다."

이것은 앙버팀으로 그러는 것이 아니었다. 이제는 여자를 안을 수 있는 몸이 아니었기 때문이다. 의금부(義禁府)의 감옥에 있을 때 받은 가혹한 고문은 순신의 몸과 마음에 깊은 상처를 남겼다. 그런 이유로 53세밖에 안 된 순신은 남성의 기능을 상실하고 만 것이다. 아름다운 여신의 몸과 같은 유희의 알몸을 보고도, 자신의 성기가 발기하지 않는다는 사실을 순신은 저주할 수밖에 없었다.

그 때 유희는 미소를 지으며 가볍게 고개를 끄덕였다. 그것은 기품이 넘치고 무쇠도 녹일 만큼 관능적인 것으로서, 순신의 지친 심신을 고쳐 줄 수 있을 것 같은 그런 미소였다. 유희는 곧 알몸을 부자연스럽게 가리려 하지 않고 우아한 몸짓으로 물러났고, 다음 날에는 또 아무 일도 없었다는 듯이 자연스럽게 두 사람의 생활이 계속되었다.

"항상 똑같은 꿈을 꾸시나 봅니다."

유희가 알아맞혔다.

순신은 유희의 예민한 통찰력에 혀를 내두르며, 유희에게 꿈풀이를 부탁하고 싶은 생각이 들었다. 그는 곧 꿈의 내용을 유희에게 이야기했다.

그러자 유희는 그 자리에서 단언했다. 가뜩이나 흰 유희의 살결이 더욱 희게 보였다.

"진주성 전투에서 목숨을 잃은 수많은 군사의 영혼이 장군님께 무슨 메시지를 전하고자 하는 것이라고 생각됩니다."

"나도 같은 생각이야. 그런데 그 전하고자 하는 메시지가 무엇이냐 하는 것이지."

"……모르기는 해도 그것은 영경(靈警)이 아니온지요."

"영경? 경고라는 뜻이겠구만, 영혼이 보낸."

"예. 하나는 4년 전에 있었던 진주성에서와 같은 참극이 최근까지 되풀이 되리라는 것과, 또 다른 하나는……."

이부자리에서 몸을 일으킨 순신이 무릎걸음으로 다가가자, 유희는 시선을 고정시킨 채 말했다.

"또 하나란 장군님의 목숨, 그 목숨에 대한 경고라고 생각되옵니다."

"이 하찮은 내 목숨을?"

굳은 표정으로 고개를 끄덕이는 유희에게 순신은 농담하지 말라며, 일소(一笑)에 부쳤다. 조선의 모든 수군을 지휘하던 다섯 달 전이라면 모르겠지만, 이제 한 군졸의 몸으로 강등된 사람의 목숨 따위가 무슨 쓸모가 있다고 혼령이 경고해 준단 말인가. 그럴 가치가 전혀 없다. 게다가 백의종군의 몸이 아닌가. 순신이 이곳에 와서 한 달 남짓 보내는 동안 한 일이라고는 무밭을 매고, 씨를 뿌리는 것이 고작이었다. 이런 일도 순신이 자발적으로 한 것이지 권율한테서는 아무런 지시도 없었다. 원수부에 나와서 근무하라는 명조차 없었다.

“이렇다는 것은 권율 장군님도 곤란하기 때문이겠지요.”

“곤란하다?”

“잘은 몰라도 장군님이라서.”

유희는 엉뚱한 소리를 했다.

“이 나라가 이 정도라도 유지되고 있는 것이 누구 때문이라고 생각하시는지요. 이순신이라는 분이 계시기 때문입니다. 장군님이 해전을 맡으셨기 때문입지요. 장군님은 싸워서 한 번도 지신 적이 없으시니까요.”

“그 말 진심인가, 유희?”

“그럼요. 소녀만 그렇게 생각하는 것이 아니지요. 누구나 다 그렇게 생각할 것입니다. 이 나라가 이나마 유지되고 있는 것은 이순신 장군이 있기 때문이라고. 모르기는 해도 우리의 기피대상인 왜적들까지도 입장은 다르지만, 반드시 그렇다고 생각한답니다. 그런 장군님을 아무리 백의종군한다고 하여, 권율 장군께서 군졸 취급 할 수 있겠어요?”

열을 올리며 말하는 유희를 순신은 크게 손을 내저으며 가로막았다.

“나는 내 자신을 경멸하지도 슬퍼하지도 않지만, 이제 난 그저 일개의 농사꾼에 지나지 않아. 그런 남자의 목숨을 누가 노리고 있단 말인가.”

순신은 유희에게 미소를 보냈다. 그 꿈풀이가 예상을 빗나갔다고 해도, 밤을 새워가며 자신을 걱정해 준 유희에게 꿈의 내용을 이야기했다는 것만으로도 마음이 다소 가벼워졌다.

유희의 표정은 굳어 있었으나 진지한 눈빛으로 순신을 응시하고 있었다.

“그런 것은 소녀도 모릅지요. 그러나 소녀의 꿈풀이는 무서울 정도로 잘 맞아서 어려서부터 소문이 났습지요. 그래서 남편과 자식을 잃었을 때도 아이한테 꿈 이야기를 듣고…….”

유희는 갑자기 말을 끊었다.

“무슨 소리 들으셨죠?”

순신은 말없이 고개를 끄덕이고는 일어나, 벽의 창문을 열었다. 우유빛을 머금은 안개가 냉기와 함께 인간의 혼백처럼 휙 하고 흘러 들어왔다.

마침 새벽 무렵이었다. 동쪽 하늘이 훤해지기 시작하고 화왕산(火旺山), 관용산(觀龍山), 열왕산(烈旺山), 영취산(靈鷲山)의 이어진 능선이 힘찬 모습을 나타내고 있음을 알 수 있었다.

하루 종일 계속 내리던 비는 어젯밤을 끝으로 그친 모양이다. 모여곡에서 내려다보는 초계 일대에는 안개가 피어오르고 있었다. 새벽녘의 어렴풋한 여명 속을 옅은 안개의 입자(粒子)가 이 폐옥의 주위에까지도 맴돌고 있다.

순신의 귀에는 이 안개를 가르며, 말을 타고 달려오는 말발굽 소리가 똑똑히 들려왔다. 이 모여곡에는 집이 고작 10여 채에 불과하여 옆집이라고 해도 그 사이의 거리가 제법 멀다. 말을 탄 자가 이 집을 노리며 달려오고 있다는 것이 분명하게 느껴졌다. 이 집, 즉 순신이 있는 이 집을 향해.

"새벽의 방문객이라니……. 동트기 전의 손님은 흉보(凶報)를 가져온다는데……?'

유희는 이 말에는 대답을 하지 않고, 순신을 향해 목례를 건네고는 방문객을 맞으러 나갔다.

순신은 땀에 젖은 잠옷을 벗고 백의로 갈아입었다. 그 사이에 말발굽소리는 순신의 집 앞에서 멎었다. 안개 속을 헤엄치듯 두 개의 등화가 서둘러 문 쪽으로 다가오는 것이 창문을 통하여 보였다. 응대하러 나간 유희가 방문객을 맞이하는 기색이다. 곧바로 유희는 전하러 왔다.

"이덕필(李德弼), 변홍달(卞弘達) 두 군관께서 오셨습니다."

유희는 방문객의 이름만을 간단히 알렸다. 순신은 고개를 끄덕이며 자리에서 나왔다.

도원수의 군관들이 이 시간에 무슨 용무로?

응접실인 내방으로 발길을 옮기는 짧은 사이에 불안감이 엄습해 왔다. 도원수 권율은 곤양(昆陽)에 가 있다고 들었다. 순신의 후임으로서 수군의 전권을 쥔 원균(元均)이 부산으로의 진격을 주저하므로, 그를 독전하기 위해서라고 한다. 왜군이 밤과 낮을 가리지 않고 계속 재침군을 부산에 상륙시키고 있어서 수군의 출동은 절박한 상태였다.

이덕필과 변홍달, 모두 권율을 수행하여 곤양으로 향하고 있어야 할 것이다. 그런데도 이 두 명의 군관이 갑자기 순신을 방문한 것을 보니 틀림없이 수군에 무슨 문제가 생긴 모양이다. 이런 이른 시각의 방문이라니, 그 문제 또한 심상치 않을 것이다. 4년 전의 진주성과 같은 참극이 또 되풀이될 것이라는, 유희의 꿈풀이가 뇌리를 스치자 순신은 애써 그 불길한 생각을 지우려고 했다.

그러나 그 무렵에 들려오는 것은 수군이 패했다는 소식뿐이었다. 한 달 전인 6월 19일, 원균이 모든 전선(戰船)을 이끌고 수군의 본영인 한산도(閑山島)를 출발했다. 그러나 부산으로는 향하지 않고, 도중에 안골포(安骨浦), 가덕도(加德島)의 왜 수군 기지를 공격했으나, 실패로 끝나 대형 전선(戰船)을 지휘하던 보성(寶城) 군수 안홍국(安弘國)이 전사했다. 순신이 이 사실을 알게 된 것은 여름의 뜨거운 햇볕에서 채소 경작에 한창 땀을 흘리고 있을 때였지만, 아무 권한이 없는 순신으로서는 어떻게 해볼 도리가 없었다.

권율은 이 소식을 접하자, 바로 곤양으로 향하여 한산도에서 원균을 불러서 부산 공격을 엄명했다. 이 때 권율은 원균을 군문(軍門)에 결박하고는 여러 사람이 보는 앞에서 곤장형에 처했다고 한다. 그러나 재출격한 수군은 7월 7일, 부산 앞바다의 절영도(絶影島)까지 진격했지만, 왜군의 대전선단과 조우하여 만족할 만한 전과를 올리지 못한 채 퇴각했다고 순신은 알고 있었다.

이러한 사실도 도원수의 부재시 그 대행을 맡고 있는 종사관인 황여일(黃汝一)이 나흘 전인 14일에 알려 준 것이며, 이것이 현재 순신이 알고 있는 최신 정보였다. 그 이후 원균의 전선단(戰船團)에서 무슨 일이 일어났다는 말인가?

답답한 그 무엇이 순신의 가슴을 쥐어뜯는 것만 같았다.

원균이여, 원균이여! 무엇을 하고 있는가. 우리 수군은 최강무적이다. 그런 수군을 제멋대로 부린 결과, 대체 이 무슨 흉한 꼴이란 말인가!

지금으로부터 반 년 전인 1월 중순.

3년여의 정전(停戰)을 초래한 강화 교섭은 이미 작년 가을에 결렬되고, 왜가 재침군을 동원하여 다시 이 나라를 쳐들어오는 것은 시간문제로 보였다.

순신은 한산도의 수군 본영에서 요격(邀擊) 준비에 여념이 없었다. 전선의 신조, 수군의 양성 등으로 시간은 아무리 있어도 모자랄 지경이었다. 그런 때에 서울에서 왕의 교서를 휴대한 경상도 제진위무사(諸陣慰撫使)라는 직함의 황신(黃愼)이 파견되어 왔다.

"통제사님, 바로 출격하시랍니다."

교서를 순신에게 건네면서 황신은 이렇게 전했다.

수군 본영의 심장부인 운주당(運籌堂)의 일실에서 순신은 교서를 일독했다. 갑자기 믿기 어려운 정보가 난무했다. 가토 기요마사의 상륙 계획이었다. 상륙 일시, 장소, 선단의 수까지 상세하게 기록되어 있다.

"이제 가토는 이미 죽은 것이나 마찬가지입니다."

다소 흥분된 어투로 자신감 있게 말하는 황신을 순신은 손을 저으며 진정시켰다.

"이것은 도대체 어디서 얻은 것인가?"

먼저 그것부터 물었다. 정말이지 이 정보에 따라 출격해서 바다에서 적을 만난다면 가토 기요마사를 틀림없이 바다의 쓰레기로 장사지내 줄 수 있다. 다만 이는 정보가 정확하다고 가정 했을 때의 이야기이다. 왜군의 작전 계획을 입수하기 위해 순신도 모든 노력을 기울였으나 이 정도로 정확성이 높은 정보를 접하기는 처음이었다.

"경상 우병사가 왜의 스파이한테서 얻은 정보입니다."

"왜한테서? 우리 쪽 스파이가 아니고?"

그렇다면 더욱 더 이상하다. 순신의 표정을 알아챘는지 황신의 안색은 한층 더 자신에 차 있다.

"왜는 한결같지 않습니다. 무장들도 주전파와 염전파의 주장이 대립하고 있지요. 이 정보를 전한 스파이에 의하면 가토 기요마사야말로 왜군의 으뜸가는 주전파인데, 가토만 죽으면 왜군의 사기는 떨어질 것이며, 그리고……."

"누구란 말인가?"

순신은 황신의 설명을 가로막았다.

"네?"

"스파이를 보내온 왜장은 누구냐고 묻고 있지 않나?"

황신은 주저하지 않고 즉답을 했다.

"고니시 유키나가는 신용할 수 있는 왜장(倭將)입니다."

순신은 황신의 교활한 얼굴을 찬찬히 응시했다. 고니시 유키나가라면 가토 기요마사 이상의 주전파가 아닌가. 5년 전 왜군의 선발대를 이끌고 부산에 상륙한 것이 바로 고니시였고, 이일(李鎰), 신립(申砬) 같은 우리의 명장을 격파하고 파죽지세로 진격을 계속하여 서울을 가장 먼저 점령한 것도 고니시였으며, 개성을 거쳐 평양을 함락한 것도 고니시였다.

"정말인가? 아니면 나를 놀리는 건가?"

“통제사님이 의심하는 것은 당연합지요. 그러나 고니시는 이 어리석은 전쟁의 종결에 심혈을 기울여 온 유일한 왜장입니다. 부하를 북경(北京)에 파견하여 강화를 추진해 왔습니다. 저도 처음에는 그의 진의를 의심했지만, 화평에 거는 고니시의 열의는 틀림없는 진실입니다.”

황신은 지난 해 8월, 강화 사절단의 정사(正使)로서 왜국(倭國)에 건너갔다. 모르기는 해도 그 때 고니시에게 속아 틀림없이 알맹이를 빼주고 말았을 것이다. 순신은 그렇게 생각했다.

“그렇지만 그 강화도 결렬되지 않았나?”

“애석한 일입니다. 간신히 강화가 성립 되는가 했는데 그 직전에 가토가 모두 깨 버리는 바람에 그렇게 된 것입니다.”

“그래서 고니시는 이렇게 가토를?”

“그렇습지요.”

겨우 납득했냐는 듯이 황신은 오만하게 고개를 끄덕였다.

“좋아. 수군은 즉시 출격해서 가토를 치겠네. 이것이 틀림없이 고니시의 모략이 아니라는 증거를 보인다면 말야.”

“아니, 그 무슨 말씀을?”

황신의 안색이 변했다. 순신한테서 이런 말을 들을 줄은 틀림없이 생각지도 못했을 것이다. 희색이 만면해서 전선단을 출동시킬 것이라고 생각한 모양이다.

“우리 수군을 유인한 두 매복했던 적군이 칠 계획인지도 모르지. 알고 있으면서도 적의 술책에 이용만 당할 것 같은데.”

“고니시는 믿을 수 있는 사람이라고 말씀드렸을 텐데요.”

“신용? 우리를 배반할 사람을 말인가.”

고니시 유키나가를 신용할 수 없는 것은, 하고 순신은 내뱉고 싶었지만 참고 속으로 말을 삼켰다. 이것은 황신으로 대표되는 문관과 그들로써 구성된 조정을 향해 하고 싶은 말이었다. 목숨을 걸고 싸운 경험이 없으면, 전략과 전술에도 어둡다. 그럼에도 불구하고 그들은 멀리 떨어진 서울에서 희희낙락하며 공격계획을 세우고는, 전선의 상황 등은 전혀 고려하지 않은 채 출격 명령을 내린다. 문신이 입안한 무모한 작전을 강행하는 바람에 수많은 무관과 의병이 목숨을 잃지 않았던가.

"이는 어명이옵니다."

황신의 관자놀이에서는 핏줄이 팔딱팔딱 뛰었다.

순신의 출격 거부는 즉시 의령(宜寧)의 경상 우병영, 초계의 원수부로 전달되었다. 가토가 상륙하는 일시는 다가왔다. 경상도 우병사인 김응서(金應瑞)는 서장을 적어 순신에게 출격을 독촉하고, 권율은 초계를 출발, 직접 한산도의 통제영에 가서 순신을 설득하기에 이르렀다.

그래도 순신은 눈 하나 깜짝하지 않았다.

그러나 고니시 유키나가가 전해 준 정보는 정확했다. 가토 기요마사는 고니시의 정보대로 그 일시에 다대포(多大浦)를 경유하여 부산 북쪽의 서생포(西生浦)에 무사히 상륙했다.

순신의 신변은 갑자기 위태로워졌다. 서울에서 임금이 격노했다는 소문이 전해졌다. 순신의 활약을 시기한 일부의 무관과 반대파인 문관들도 마침 좋은 기회가 왔다고 보고 순신을 파면시켜야 한다며 암약을 시작했다. 여러 번의 중신회의를 거듭한 한 달 후에 순신의 수군통제사 해임이 결정되고 이어서 체포령이 떨어졌다.

순신의 죄명은 네 가지이다. 첫째, 어명을 어기고 조정을 속였다는 "기망조정(欺罔朝廷) 무군지죄(無君之罪)", 둘째, 가토 기요마사를 도망치게 했다는 "종적불토(縱賊不討) 부국지죄(負國之罪)"이고, 나머지 두 가지는 조정의 모신(謀臣)들이 날조한 죄목이다.

2월 26일은 순신에게는 잊을 수 없는 굴욕의 날이었다. 수군통제사의 후임으로 한산도에 부임한 원균이 순신을 포박하여 서울로 압송한 날이기 때문이다. 최강무적의 함대, 역전(歷戰)의 장수, 맹훈련으로 무쇠같이 단련된 군사, 이것들은 순신이 3년 반이라는 세월에 걸쳐 이룬 것인데 이제 이 모든 것을 고스란히 원균의 손에 빼앗기다니…….

방문을 연 순간, 실내의 긴장된 공기가 순신의 피부를 예민하게 자극했다. 유희가 두 자루의 촛대에 불을 밝히었다. 너울거리는 촛불은 앉아서 기다리는 두 사람을 핥듯이 비추고 있다. 두 사람 모두 여장(旅裝)을 풀지 않아, 외투의 겉은 안개로 축축하게 젖어 있다. 고참인 변홍달은 긴장이 풀린 듯한 자세여서 앉아 있다고 하기보다는 마치 웅크리고 있다는 느낌이 들었다. 그보다 젊어 보이는 이덕필은 어깨를 축 늘어뜨리기는 했어도 혈기를 잃지 않은 입술을 한 일자로 굳게 다물고 충혈된 눈을 허공의 한 점에 고정시킨 채 앉아 있다.

순신이 그들 앞에 정좌하자 두 군관은 갖추어 예의를 표하고는 무슨 도움의 말이라도 기다리는 듯한 시선을 보냈다.

"수군 관계의 일이겠지."

서로의 인사가 짧게 끝나자마자 순신은 바로 용건을 재촉했다. 이쪽이 잠자코 있으면 언제까지나 이야기를 꺼내려 하지 않을 것이다. 아니, 이야기를 꺼내지 않는 것이 아니라 지금의 이 두 사람은 고뇌에 가득 차 있는 것 같아 보였다.

"그, 그렇습니다."

이덕필이 입을 열었으나 바로 말을 끊었다.

"무슨 일이 있었던 게야?"

"……장군님, 저, 저희도 듣고 놀랐습니다. 정말로 깜짝 놀라서요……."

변홍달이 대신해서 대답했다. 그런데 그 목소리는 가냘프고 비참할 정도로 떨렸다. 그런 탓에 그 말의 뜻을 명확하게 알아들을 수가 없었다.

"……사실 무슨 말이냐 하면요……. 실제로 믿어지지 않는데……. 설마 그런 일이……. 바로, 권율 장군도 보셨습니다……. 곤양에서 직행을 하셔서……. 원수부에도 돌아오시지 않으셨습니다……. 어쨌든 서둘러 장군님을 방문하는 것이 급선무라고 해서……. 그래서 저와 덕필을 먼저 보내……."

순신의 긴장감과 불안감은 최고조에 달했다. 군의 최고 지휘관인 도원수가 백의종군하는 자기 앞으로 밤이 새도록 달려 전령을 보낸 것을 보면, 틀림없이 수군에 그럴 만한 결정적인 일이 일어났을 것이다.

그러나 그 말을 마친 변홍달은 기력이 다했다는 듯 고개를 떨구고 말았다.

선배 동료의 요점을 알 수 없는 말에 냉정함을 다소 되찾은 모양인지, 이번에는 이덕필이 차분한 어조로 보고하기 시작했다.

"저희는 곤양에서 비보를 들었습니다. '16일 새벽, 수군이 왜군의 야습을 받아 통제사 원균, 전라 우수영의 수사 이억기(李億祺), 충청 수영의 수사 최호(崔湖)를 비롯하여 여러 장수가 전사했고 ……
수군은 대패했습니다.' 라는…….”

순신은 심장을 도려내는 듯한 충격에 휩싸였다. 대패라니? 수군
이 대패했단 말인가? 우리 수군이?

“좀더 자세한 상황을 말해보게.”

흥분을 억누르고 순신은 이덕필을 재촉했다. 고민하는 이덕필의
표정 위로 촛불의 그림자가 일렁이고 있었다.

“그, 그것이……. 그 이상의 정확한 것은 모릅니다. 곤양에서 저
희는 첩보(捷報)가 오기를 은근히 기다리고 있었습니다. 그러나 16
일 밤이 되어서야 패했다는 비보를 받았습니다. 이것도 생존한 수군
들이 뭍으로 올라와서 알려준 것입니다. 수군의 장수 3명이 전사한
것은 확실하고, 대부분의 전선도 불에 타거나 포로가 되어 왜군에
끌려 갔습니다……. 아니, 어쨌든 상황은 이렇게 되었고요, 이제는
크게 패했다는 사실을…….”

“야습은 어디서?”

“칠천량(漆川梁)의 외질포(外叱浦)라는 곳입니다.”

“그런 데서 싸워서는 잠시도 버틸 수 없었을 게야.”

분한 마음에 그의 목소리는 신음소리처럼 떨렸다.

거제도의 북서쪽 끝에 가늘고 길게 달라붙은 모양을 한 칠천도라
는 섬이 있다. 외질포는 칠천도에 있는 천혜의 양항이다. 두 섬 사이
를 흐르는 좁은 수로를 칠천량이라고 하며, 칠천량 가운데 떠 있는
슬응도(瑟應島)가 방파제처럼 외질포를 거친 파도로부터 막아 준다.

외질포는 왜군의 소굴인 웅천(熊川), 안골포, 가덕도를 공격해 들
어갈 때, 거리적으로 아주 좋은 곳에 자리 잡고 있었다. 순신은 4년

전의 2월에 결행한 웅천 소탕 작전을 계기로 외질포를 전선 기지 내지는 정박지로서 자주 이용했다.

그러나 그러한 편리함이 있는 반면에 방어하기가 어렵다는 단점이 있다는 것도 통감했다. 수로의 양끝을 봉쇄하고 협공을 당하게 되면 낮고 좁은 외질포에 정박 중인 대형 전선들은 생각했던 것처럼 싸울 수가 없기 때문이었다.

그런 외질포에서 당했다면, 그 피해가 엄청나다고 해도 그리 이상한 일이 아니다.

"전선이 몇 척이나 깨졌는지 모르는가, 대략이라도 알면 좋겠는데."

전쟁에서 패한 지 고작 이틀밖에 지나지 않아 그 연안은 보나마나 아주 혼란스러울 것이다. 그래도 순신은 알고 싶었다. 전선이 있어야 수군이 존재할 이유 또한 있기 때문이다.

이덕필이 마른 침을 삼키며 말했다.

"조금 전에도 말씀드린 바와 같이 대부분이 불에 타거나 노획당해 가서 정확히는 모르오나 살아 돌아온 군사들의 말을 종합해 보면 틀림없이 100척은 족히 가라앉았을 것이라고……."

"100척이나 된다고!"

순신은 저도 모르게 외쳤다.

원균에게 통제사의 지위를 빼앗겼을 때 순신은 115척의 전선을 보유하고 있었다. 대형 전선인 판옥선(板屋船) 112척과 거북선(龜船)이 3척이나 있었다. 그 후 원균은 단 한 척의 전선도 건조하지 않은 것으로 순신은 알고 있다. 100척이 적의 수중으로 들어갔다는 보고가 맞다면, 남은 전선은 고작 15척에 불과할 것이다. 그렇다면 수군을 유지하기란 거의 불가능하다.

"아, 그렇구나. 100척이나 침몰했다면 이건 대패라고도 할 수 없는 싸움이지."

순신은 어이가 없어 그만 웃고 말았다.

"대패가 아니라구요? 그렇다면 무슨?"

"전멸이라구 해야 옳겠지."

말끝을 이을 수가 없다. 그 순간 순신은 자신이 웃고 있는 것이 아니라 울고 있음을 알았다. 뜨거운 것이 뺨을 타고 흘러 내려온다. 이덕필도, 변홍달도 그 분위기에 동화되어 소리 내어 울기 시작했다.

순신의 통곡은 그칠 줄 몰랐다. 수군이 전멸했다니……. 이렇게까지 절망적일 수는 없었다. 수군의 궤멸은 국가의 멸망을 의미하는 것과 같은 뜻이니까.

모든 비극은 5년 전 4월, 도요토미 히데요시라는 왜의 장수가 20만 명의 대군을 보내 조선을 유린한 데서부터 시작되었다. 명(明)나라를 정복할 테니 조선은 길만 빌려 주면 된다는 명분을 내세우고 말이다. 명나라는 조선의 종주국, 아니 어버이 나라이다. 그러니 100보 양보하더라도 어리석은 놈의 바보짓이 아니고서야, 어찌 감히 길을 열어 달라고 요구할 수 있겠는가. 그러자 히데요시는 불문곡직하고 조선을 침공해 왔다.

바다를 건너온 왜군의 무리는 바로 부산진을 함락시키고 북상을 개시했다. 왜군들은 오로지 싸움만 할 줄 아는 야만인의 살육 집단이었다. 칼이 닿는 대로 모조리 베어내어, 아름다운 강산을 피로 물들이면서, 칼바람을 몰고 서울로 진격했다. 임금은 백성을 버리고 서울을 탈출하여, 명나라에 구원을 요청하며 북쪽으로 달아났다. 왜

적의 무리는 부산에 상륙한 지 한 달도 되지 않은 4월 초에 서울을
점령하고, 6월에는 제2의 도시 평양에 도착했다. 그렇게 해서 이 왜
군의 우두머리들이 조선의 전라도를 제외한 경기, 강원, 충청, 경상,
황해, 평안, 함경의 7도를 각각 차지하고는 닥치는 대로 살인, 약탈,
강간, 납치를 자행했다.

　이러한 끔직한 왜군의 무리가 활동을 멈춘 것은 결국 보급 문제
때문이었다. 만일 보급 문제만 잘 해결되었다면, 서울과 평양은 지
금도 이 야만인들이 점령하고 있을 뿐만 아니라, 왜군은 그들이 애
초에 내걸었던 기치대로, 북경까지도 진격했을지 모를 일이다. 그러
나 현실은 무기, 탄약, 식량, 기타의 모든 물자를 본국에서 운반해 와
야 했는데, 그 통로인 해상이 막히는 바람에 왜적들은 1년도 채 되지
않아 평양, 그리고 서울에서 퇴각하지 않을 수 없었다. 그럴 수 있었
던 것은 순신과 그의 수군이 거제도 이서(以西)의 제해권을 한 번도
왜군에게 넘겨 준 적이 없었기 때문이다.

　순신이 전라도의 동쪽 절반 수역, 정확히 말해서 전라도의 남쪽
해역을 관할하는 수군(전라 좌수영)의 최고직에 취임한 것은 왜적이
쳐들어오기 1년하고도 넉 달 전이었다. 그때까지 순신은 전라도의
정읍(井邑)이라는 자그마한 고을의 원님에 불과했다. 그런 순신이
종6품인 고을의 원님에서 정3품인 수군 절도사(수사)로 진급했다.
이것은 7계급이나 뛰어넘은 특진이다. 순신을 발탁한 것은 영의정
유성룡(柳成龍)이었다. 유성룡은 순신과 어려서부터 친하게 지낸 사
이였지만, 순신을 발탁한 것은 그런 사사로운 인연 때문이 아니었
다. 그는 순신이 군인으로서의 갖춘 탁월한 자질―지략, 결단력, 용
맹성, 책임감―을 갖춘 사람으로서, 누구의 눈에도 이것이 정실 인

사가 아니라, 왜적의 침공에 대비한 인사였음이 분명해 보였다.

그렇다고는 하나, 순신의 군력(軍歷)은 주로 북방에서 여진족 토벌, 그러니까 육군으로 근무한 것이 대부분이고, 수군은 10년 전에 전라 좌수영의 발포(鉢浦)에서 부대 지휘관으로 1년 8개월 근무한 것이 전부였다. 그런데 그것도 상사인 전라 좌수사와 알력이 있어서 해임과 동시에 강등되고 말았다.

이제 전라 좌수사가 된 순신은 왜의 침공에 대비해야 했으므로, 좌수영의 군율을 엄격히 지키어 훈련을 착실히 반복하였다. 부족한 무기를 정비하고, 전선수의 증강에도 심혈을 기울였다. 부하들을 독려하여 거북선도 건조했다. 열여섯 달이라는 기간이 눈 깜짝할 사이에 지나갔다.

임진년 4월, 거북선 제1호를 진수시켜 함재포(艦載砲)의 시험 발사가 성공을 거둔 사흘 뒤인 15일 저녁에 순신은 왜군이 부산에 내습한 사실을 알았다. 부산의 바다를 관할하는 수군은 경상 좌수영이었는데, 바다를 꽉 메운 왜군의 배를 보고는 무서워 싸움도 해보지 않고 그대로 도망쳐 달아났다. 순신에게 이 급보를 전한 사람은 경상 좌수영과 전라 좌수영의 중간, 주로 거제도 주변 해역을 담당하는 경상 우수영의 절도사(경상 우수영) 원균이었다.

경상 좌수군이 적전 도주를 했기 때문에 서진하는 수군을 정면에서 맞게 된 원균은 겨우 두 달 전에 북방의 여진족 토벌군에서 경상 우수사로 막 전임된 인물이다. 전라 좌수영 순신과는 달리, 원균의 전임자는 왜군의 침공 대비에 아주 소홀했다. 전선은 고작 10척 미만이었고, 군사의 수도 결원이 많을 뿐만 아니라 무기와 탄약 모두 부족했다. 왜의 수군보다 절대 열세임을 깨달은 원균은 순신에게 원군을 요청했다.

순신은 전라 우수영의 수사 이억기에게도 협력을 청했다. 경상 좌도, 전라 좌우도의 3수군으로 연합 전선을 편성하여 왜의 수군이 서진하는 것을 저지하기로 했다. 연합 전선의 중핵은 전선 수, 무기와 탄약류 등이 충실하고 잘 훈련된 군사로 구성된 순신의 전라 좌수군이었다.

왜군이 서울을 함락한 후 얼마 되지 않은 5월 상순, 경상 좌도, 전라 좌우도의 수군은 각각의 수영을 출발, 바다에 집결하여 거제도의 옥포(玉浦)에서 왜의 수군을 격파했다. 이것은 왜군의 침입 이후, 수군 최초의 승리이며 바다와 육지를 통틀어 처음으로 거둔 대승리였다. 포로의 진술로 이 왜의 수군을 이끌고 있던 왜장의 이름이 도도 다카토라(藤堂高虎)라고 밝혀졌다. 이 작자는 조선 침공의 원흉인 히데요시의 조카이며 히데토시(秀俊) 휘하의 무장이라고 했다. 이 전투에서 수급(首級)을 올리지 못한 것은 아쉽지만 첫 승리의 상대 치고는 나쁜 편이 아니었다.

거북선을 투입한 5월 하순의 두 번째 전투에서는 사천(泗川), 당포(唐浦)에서 왜의 수군을 격파하고, 마지막인 당항포(唐項浦) 해전에서는 왜의 수장인 구루시마 미치유키(來島通之)의 목을 벨 수 있었다.

7월 상순, 왜의 수군이 다시 서진을 개시했다는 보고를 받고 출격한 연합 수군은 거제도의 동남쪽에 있는 한산도의 앞바다에서 학익진을 치고 매복해 있었다. 왜적의 수장은 유인전법에 걸려 학익진의 한가운데로 들어온 꼴이 되어 궤멸 상태에 빠졌다. 순신은 그 후에 왜의 수장이 파괴된 배의 나무토막으로 뗏목을 만들어 부산으로 줄행랑을 놓았다는 보고를 받았다고 한다. 달아난 적장의 이름은 와키자카 야스하루(脇坂安治)이며, 히데요시가 어릴 때부터 길러온 7명의 무장 가운데 총애하는 1명이라고 한다. 순신은 여세를 몰아 안골포에 있는 왜의 수군 기지를 공격하고 가토 요시아키(加藤嘉明)와 히데요시의 수군 총사령관 격인 구키 요시타카(九鬼嘉隆)의 함대에 큰 타격을 입혔다. 이 세 번째 전투의 성과에 의해 순신은 거제도 이서의 제해권을 완전히 장악하는 데 성공했다.

8월 하순에는 왜군의 소굴로 변한 부산으로의 공격을 결행했다. 이 무렵에 왜의 수군은 순신 등의 연합 수군을 극도로 두려워한 나머지, 적극적으로 나와 맞서 싸우려 하지 않았다. 순신 등이 부산에 공격해 들어갔을 때도, 왜적들은 전선을 부두에 함선끼리 단단히 묶어 놓고는 어이없게도 육지에서 응전해 왔다. 그래도 공격은 순신이 생각한 대로였다. 순신은 여러 차례에 걸쳐 부산만에 진격하여, 왜적의 전선은 물론 수송 선단까지도 공격하여 궤멸시켰다. 이 때 육군의 지원만 있었으면 부산을 탈환할 수도 있었을지 모르는 일이다. 그러나 육군은 모두 지리멸렬, 도저히 바랄 수 없는 상황이었다. 그 때문에 왜군은 바다를 이용해서 서울로는커녕 본국과의 보급조차도 지장을 받게 되어 다음 해 츠에는 평양과 서울에서 퇴각하기에 이르렀다. 물론 이여송(李如松)이 이끄는 명나라의 원군에 힘입은 바도 있었겠지만, 수군이 있음으로써 이 나라가 이 정도로 안정을 되찾을 수 있었다고 보는 것이 일치된 중론이었다.

그런 수군이 전멸했다니. 이것이 국가 존망의 위기가 아니고 무엇이란 말인가.

'언제까지 울고만 있을쏘냐?'

자기 자신을 질책하는 소리에 순신은 제정신으로 돌아왔다. 온

몸이 몹시 경직되었다. 눈앞에서는 변홍달과 이덕필 두 군관이 아직도 계속 울고 있다.

'꼴도 보기 싫어, 너희의 그 모습이. 지금이 계집처럼 울고 있을 땐가. 눈물을 거두고 코나 풀어라. 이 바보 같은 인간들아.'

이때 이렇게 신랄하게 꾸짖는 소리가 들려왔다. 그 누구의 소리인가? 그것은 내 자신의 소리……. 그렇다, 정말 내 목소리…… 어떤 역경에서도 굴하지 않고, 기죽지 않고 살아 왔다. 그렇게 성장해 온 진정한 내 자신의 목소리가 아닌가. 이런 때에 대비해서 단련시키고, 키워온 것이 아닌가. 들어라. 귀를 기울여라. 조용히 따르라. 내가 내리는 진정한 명령대로…….

순신은 눈물을 닦고 크게 코를 풀었다. 조금은 머리가 가벼워졌다.

'그래, 좋다. 어깨를 펴라. 더욱 더 결연히!'

배의 근육에 힘을 주었다. 심호흡을 했다. 단전(丹田)에 천천히 힘을 주며 의기양양하게 고개를 들었다.

마치 그 순간을 기다리고나 있었던 것처럼 문이 열리더니 유희가 백자(白磁)로 된 찻잔을 쟁반에 받쳐 들고 들어왔다. 시원한 수정과(水正果)가 다기에 넘칠 듯이 가득 담겨 있다. 달인 생강즙에 벌꿀을 넣고 곶감을 담가 차게 한 음료로서 순신이 즐겨 마시는 것이다. 달콤하고 감칠맛 나는 것이 기분을 상쾌하게 해준다. 단숨에 다 마셔 버리고 눈을 들어보니 변홍달과 이덕필은 두 사람 모두 이 여성에게 눈물을 보인 것이 부끄럽게 느껴졌는지 쑥스럽다는 듯이 눈길을 외면하고 있다. 그 두 사람에게도 유희는 수정과를 권했다. 우아한 몸짓과 고운 표정은 다른 때와 조금도 변함이 없지만 그녀의 눈도 붉게 물들어 있었다. 틀림없이 유희도 울고 있었나보다. 새삼스럽게 순신은 이 과부에게서 풍기는 매력에 감탄했다.

유희는 일어나 촛불을 차례로 불어서 *끄고*는 덧문을 열었다.

아침 햇살이 방 안을 가득 채웠다. 어느새 해는 저만큼 높이 솟아 올라 있었다.

"유희!"

순신은 찻잔을 들었다.

"한 잔 더 마셨으면 하는데."

권율이 나타난 것은 그로부터 얼마 되지 않아서였다. 권승경(權承慶), 심준(沈俊), 박응사(朴應泗) 같은 원수부의 참모를 대동하고 왔다. 모두 여장을 풀지도 않고, 패보를 전하러 곤양에서 직행해 왔다는 변홍달의 말을 뒷받침해 주었다. 순신이 초계의 원수부에서 백의종군하고 있던 6월 4일 이래, 도원수 권율이 스스로 순신의 숙소를 방문한 것은 이번이 처음이다.

"사태가 심각해."

순신과 대좌하자, 권율은 단도직입적으로 본론에 들어갔다. 흰 수염이 애처롭게 떨리는 모습이 10년은 더 늙어 보였다. 순신보다 8년 연상이지만, 금년이 환갑이라고는 생각할 수 없을 정도로 젊음이 넘치던 역전의 장수이었건만……. 밤을 새워 달려온 피로 때문이라기보다는, 수군이 참패했다는 사실에 더욱 충격을 받은 모양이었다.

잘 때에도 전투복을 벗지 않는다고 소문이 난 권율은 본래 과거의 문과에 급제한 사람이다. 입궐과 재야를 수없이 넘나들던 강직하고, 기행 같은 성격은 역시 무인에게나 어울리는 것 같다. 왜군이 침공을 개시한 5년 전, 권율은 전라도 광주(光州)의 원님으로서 고바야카와 다케카게가 이끄는 왜적을 이치(梨峙)에서 맞아 싸워 왜군의 전라도 침공을 막아냈다. 조선의 8도 가운데 전라도만이 오직 왜적의 유린에서 벗어날 수 있었던 것은 권율의 용전에 힘입은 바가 크다.

이 이치전에서 승리한 공으로 승진한 권율은 다음 해 2월, 2300명의 군사를 이끌고 서울 근교의 행주산성(幸州山城)에 진을 쳤다. 평양을 탈환하고 서울로 들어오는 명나라 군사를 맞이하기 위해서였다. 그러나 이여송이 이끄는 명나라 군사는 서울 북쪽인 벽제관(碧蹄館)에서 고바야카와 다카카게와 다치바나 무네시게(立花宗茂) 등의 왜군에게 대패하여, 서울행을 포기하고 개성(開城)으로 되돌아가고 말았다. 그 여세를 몰아 왜군은 행주산성의 권율군도 무찔러야 한다고 생각하고 우키타 히데이에, 고바야카와 다케카게, 요시카와 히로이에, 구로다 나가마사(黑田長政), 고니시 유키나가, 이시다 미쓰나리(石田三成), 마에노 나가야스(前野長康), 오타니 요시쓰구(大谷吉繼), 마스다 나가모리(曾田長盛) 등의 3만 명이 넘는 군사로 행주산성을 포위했다. 그러나 권율은 그 많은 왜군의 숫자에 끄떡도 하지 않고, 적은 수의 군사로써 잘 막아내고, 왜군에게 심대한 타격을 주어 물러나게 했다.

이 전투를 승리로 이끈 공적을 인정받은 그 해 6월, 권율은 수군과 육군을 모두 통솔하는 도원수에 임명되었다. 그런 경력의 소유자이며, 무인 이상으로 무인다운 용장이 지금 순신 앞에 의기소침하여 대좌하고 있다.

"대강의 사항은 이덕필과 변홍달한테서 들었사옵니다. 좀더 자세한 내용은 모르고 계셨습니까?"

순신은 무릎걸음으로 권율에게 다가갔다. 지금이야말로 그 어느때보다도 정보가 필요했다. 머리는 다시 냉정함을 되찾았다. 이 난

국을 타개하기 위해 있는 한의 모든 지혜를, 기력을 모두 짜내야만
할 때이다.

"아직이야, 아직은 몰라. 아무튼 심각한 사태라고밖에는 할 수
없어. 설마, 설마 했지. 설다 하니, 수군이 여기까지 패퇴할 줄은 그
누가 예상이나 했겠는가?"

그 목소리에는 충격과 함께 아직도 믿지 못하겠다는 경악의 울
림이 있었다. 권율은 동의를 구하려는 듯이 순신을 바라보았다. 권
율의 배후에서 참모들은 고개를 끄덕였다.

순신은 눈을 감았다. 기억을 더듬어 지금까지의 수군을 점검해
본다. 4년 전, 순신은 전라 좌수군의 기지를 여수(麗水)에서 한산도
로 옮겼다. 한산도는 여수보다는 훨씬 더 부산에 가깝고 왜군의 동
태를 항상 경계, 감시할 수 있었다. 원래는 원균이 관할하던 섬이었
으나 원균은 순신의 관할로 넘어오는 것을 거절할 수 없었다. 원군
을 요청하는 패한 자의 입장이었고 또 순신의 전라 좌수군이 연합
수군의 중핵을 이루고 있기 때문이기도 했다.

같은 수사의 지위에 있지만, 연합 수군의 지휘권은 자연히 순신
이 맡게 되었다. 원균으로서는 이런 점이 못마땅하게 여겨졌다. 원
래부터 순신은 원균과 성격이 잘 맞지 않았다. 침착, 냉정, 신중, 근
엄한 순신에 비하여, 원균은 저돌적, 맹진형(猛進型)이며, 쉽게 홍분
하고, 생각이 짧으며, 성격이 음험하여 자신의 전공을 위해서는 부
하의 희생을 돌보지 않았다. 두 사람 사이는 작전상의 대립에서 비
롯하여, 전투태세에 따른 비난의 응수까지 겹쳐 전쟁의 논공행상 평
가를 둘러싸고 불화가 깊어졌다.

그 해 8월, 삼도 수군통제사라는 직책이 신설되었다. 경상, 전라,

그리고 충청의 3도 수사 위의 직책인데 한 사람의 통제사가 연합 수군을 통솔하게 되어 있다. 지휘 통솔을 일원화한 것으로 순신이 전라 좌수사를 겸임한 채 초대 통제사에 임명되었다. 이것은 순신의 후견인 격인 영의정 유성룡을 통하여 순신 자신이 건의한 것이었다. 사이가 좋지 않은 원균과 동격으로서 작전은커녕 평상시의 훈련에 조차 지장을 초래할 염려가 있었기 때문이다. 그 때문에 순신은 수군의 최고 지휘관직의 창설을 바랐다. 이로써 수군은 순신의 목적대로 명실상부하게 이순신의 전선이 되었다. 순신의 밑에서 일하는 것을 불쾌하게 생각한 원균은 전속을 희망하여 육군의 장수인 충청 병사로 영전하여 수군을 떠났다.

전황은 휴전 상태이지만, 왜적은 부산을 중심으로 수만 명의 병력을 주둔시킨 채로 있었다. 순신은 언젠가 화의가 결렬될 것에 대비하여 선박을 새로 건조하고 무기와 탄약류를 비축하는 한편, 군사들의 긴장이 풀어지는 것을 불식시키기 위해 훈련에 훈련을 거듭했다. 그런데 이렇게 대비하여 놓은 모든 것을 순신은 반 년 전에 잃고 말았다. 즉 숙적인 원균에게 모든 것을 빼앗긴 꼴로 말이다. 그리고는 투옥에 고문까지 받고는 참형되기 직전에 겨우 목숨을 건져 옥에서 나오고, 지금은 이렇게 백의종군하는 신세가 아닌가.

한편 새 통제사로서 의기양양하게 한산도에 부임한 원균에게 순신파의 장수들은 반기를 들었다. 순신파의 장수들은 순신을 파면시킨 배후의 한 사람이 원균임을 잘 알고 있었다. 원균은 그들을 수군에서 몰아내고, 자신의 뜻에 맞는 참모만으로 측근을 공고히 했다. 자신이 물러난 뒤의 한산도 상황을 순신은 그렇게 파악하고 있었다. 사기가 떨어질 대로 떨어졌다는 것은 상상하기 그리 어렵지 않았다.

언제나 한결같아야 할 수군이…….

한결같다? 어디선가 들었던 대사이다. 순신은 기억의 실마리를 더듬었다. 그렇다. 황신이 그런 말을 했다. 왜는 한결같지 않다고. 그런데 지금은 어떤가. 한결같지 않은 것은 오히려 우리가 아닌가.

갑자기 순신의 뇌리에 고니시 유키나가라는 이름이 명멸했다. 조선쪽이 왜군의 내분을 이용하려고 한 것처럼 고니시 또한 이쪽의 내분을 알고 이용한 것이라면……. 숙적인 가토 기요마사의 상륙 일정을 알아내어 순신이 가토를 치면 그것으로 좋다. 치지 않으면 그것은 또 그것대로 좋은 것이고. 고니시가 흘린 상륙 일정은 정확했다. 그 때문에 순신은 어명을 어겼다는 죄명으로 통제사의 직에서 해임되고 저돌적인 것만이 장기인 원균과 교체되었다. 왜의 수군으로서는 원균이 이끄는 수군을 상대하기란 아주 손쉬운 일이라고 생각했을 것이다. 그 결과가 무엇이란 말인가. 수군의 참패 아닌가. 모든 것은 고니시의 각본대로 진행된 것이 아닐까.

권율은 말을 이었다.

"…… 바닷가에 따른 연안 지역에서는 큰 소동이 벌어지고 있어. 곤양에서도 수군이 참패했다는 소식은 백성들이 모두 알고 있지. 무엇보다도 수군들이 뭍으로 올라와서는 왜적이 우리보다 훨씬 세다고 떠들며 다니기 때문이야. 모두가 허둥대고 있어. 지금이라도 왜군이 나타나지 않을까 해서 앞뒤 가리지 않고 도망가는 자들이 속출하고 있어. 이렇게 말하는 도원수인 나도 마치 도망치듯이 해서 여기까지 온 셈이니까."

자조하듯이 말을 잇고는 권율은 시선을 떨구었다.

"수군이 전사해서 없어지고 달아나서 없으니 어쩌면 좋겠나, 순신?"

순신으로서는 대답할 뾰족한 수가 없었다. 권율은 면전에서 힘 없이 손을 저었다.

"이번 싸움에서 패한 것, 내게도 책임이 있다는 정도는 나도 알 고 있어. 기분이 언짢아. 원균이라는 인간 말이야, 끝내 출격을 회피 하려고 했거든. 원균은 이렇게 변명했지. '바다와 육지에서 수군과 육군이 함께 공격을 해야 한다. 왜의 수군은 5년 전에 비해 무척 증 강되었다.' 라고 말이야. 이렇게까지 참패하고 보니, 원균의 말에 좀 더 귀를 기울였어야 했어. 그러나 서울에서는 출격하라고 독촉이 심 했거든. 나로서는 더러운 원균의 엉덩이에 곤장을 치는 것으로 끝내 고서라도 부산으로 출격시키는 수밖에 도리가 없었거든."

사실은 권율이 말하는 그대로라고 순신도 생각했다. 이 모든 것 의 원흉은 서울에 있는 문신들이다. 출격을 거부한 순신은 즉시 해 임됨과 동시에 체포, 투옥되었다. 그렇다면 똑같이 명령을 거부한 원균의 운명도 나와 같았어야 할 것이 아닌가. 그러나 이제 와서 그 런 것을 문제 삼은들 무슨 소용이 있겠는가.

나는 나대로만 싸울 뿐이다.

방 한구석에 다소곳이 앉아 있던 유희가 이상하다는 눈초리로 이쪽을 응시하고 있다. 순신은 가볍게 침을 삼켰다.

"장군님, 지금은 패전의 원인을 따지고 있을 때가 아닙니다. 그 렇지만 패전의 상세한 내용을 모르고서는 대책을 세울 수 없지 않겠 습니까? 여기서 할 수 있는 것이라고는 고작 어찌할 바를 몰라 손을 놓고 있거나, 계집애처럼 훌쩍거리며 우는 것 정도입니다. 조금 전 의 저희처럼……."

“음……”

피로에 찌든 권율의 뺨이 햇살에 붉게 물들었다.

“이렇게 하면 어떻겠습니까? 저는 지금부터 바닷가를 따라 연안을 다니며, 이 눈으로 수군이 참패한 상황을 상세히 조사하겠습니다. 그 결과를 토대로 방책을 세워도 늦지는 않을 것입니다.”

“그래 주겠나? 고마우이.”

권율은 크게 한숨을 내쉬며 그 자리에서 순신에게 크게 머리를 숙였다. 순신은 즉시 떠날 채비를 했다. 여장을 정리하며 최소한 필요한 짐만을 꾸렸다. 5년 전부터 날마다 쓰던 일기장도 그 짐 속에 넣었다. 유희가 맑은 미소를 띠며, 손이 가야 할 일은 무엇이든 도와 주었다.

순신의 입장을 전해 듣고 5명의 군관이 모였다. 일개 군졸로 강등이 되었음에도 불구하고 순신을 따르는 군관이 있다. 순신이 수군통제사가 되었을 때의 수하들로서, 순신의 체포에 누구보다도 분노했던 이들이다. 출옥과 동시에 백의종군이라는 소식을 듣자마자, 관직을 아낌없이 사직하고 초계로 따라온 심복 중의 심복들이었다. 그중 송대립(宋大立), 윤선각(尹先覺), 이원용(李元龍), 이희남(李喜男)의 4명을 따르게 하고, 변존서(卞存緒)는 남아 있으라고 했다. 이 군관들에게는 수군이 크게 패한 정보를 접하고 조사하러 간다고만 알려 주었다.

“만전을 기하기 위해 내 휘하의 군관도 데려 가게.”

권율은 원수부에 전령을 보내, 일찍이 순신 밑에서 수군으로 근무했던 경험이 있는 5명, 유황(柳滉), 방응원(方應元), 현응진(玄應辰), 임영립(林英立), 홍우공(洪禹功)을 순신에게 딸려 보냈다. 그 바람에 수행하는 군관은 9명으로 늘어났다.

아니, 여기에 또 한 사람.

"유희! 도대체 어떻게 하려고 그러나?"

순신은 눈을 떴다. 문 앞에 집합해 있는 군관들 가운데에 남장, 아니 군장(軍裝)을 갖춘 유희가 있는 것이 아닌가. 길고 아름다운 검은 머리를 세 가닥으로 땋아 올리고, 등에 소형 흑각궁(黑角弓)과 편전(片箭)을 담은 전통(箭筒)을 지고 있다. 눈빛은 강렬하여 보통 이상의 결의가 엿보인다. 연지를 바르지 않았어도 더욱 싱싱하여 붉은빛을 잃지 않은 단아한 입술은 천진스러운 미소를 머금고 있다.

"소녀도 따라가겠어요."

자연스럽게 유희는 이렇게 말했다.

군관들 사이에서는 조심스럽게 웃음소리가 퍼졌다.

"바보 같으니라구. 막을 이유야 없지만, 지금은 화급을 다투는 때야. 얌전히 집에 있어 주는 것이 도와주는 일일 텐데. 안 그래, 유희?"

"장군님의 시중을 들어드리는 것이 소녀의 일인걸요."

이렇게 단호히 말을 마친, 유희는 순신이 말릴 틈도 없이 훌쩍 말에 올라탔다. 순신이 '앗' 하며 숨을 삼키는 사이에 행동을 끝낼 만큼 몸놀림이 날랬다. 유희는 말 엉덩이에 채찍질을 하더니 고삐를 쥐고는 말을 달렸다.

그리고 나서 잠시 순신은 말을 잃은 채, 마상의 유희를 눈으로 좇고 있었다. 그녀의 말 다루는 솜씨는 이루 말할 수 없이 훌륭했다. 이곳 모여곡은 1000길이나 되는 기암이 이어져 있으며, 길도 험준하고 꼬불꼬불해서 위험한 곳인데도 유희는 완급을 잘 조절하며 보란

듯이 말을 달리고 있다. 원수부로 통하는 비탈길을 전속력으로 달리는가 하면, 되돌아오자마자 문 앞에 펼쳐진 숲 사이로 말을 몰아 큰 나무들을 교묘히 피하며 질주한다.

숲에서 뛰쳐나온 유희의 왼손에는 흑각궁이 쥐어져 있었다. 등자를 밟고 말 위에 올라 약간 앞으로 기운 자세를 취하면서 편전을 잡고 오른손으로 활시위를 당겼다. 경쾌한 말발굽 소리를 따라가듯이 공기를 가르는 화살의 날카로운 소리가 나자, 멍한 표정으로 보고 있던 군관들은 저도 모르게 목을 움츠렸다. 화살은 가지가 무성한 문 앞의 감나무에 달려 있던 겨우 2개의 감 중, 하나에 꽂혔다.

야! 하는 감탄의 소리가 군관들의 입에서 나왔다.

감나무에서 다시 시선을 유희에게 돌릴 새도 없이 슨신이 두 번째 화살의 발사음을 들었는가 하는 순간, 화살은 벌써 남은 한 개의 감에 정통으로 꽂혀 있었다.

"데려 가게. 사내 이상으로 쓸모가 있을 걸세."

순신을 배웅하러 문까지 나온 권율이 어느 틈엔가 옆에 서 있었다.

"놀랐는데요."

"왜적한테 살해당한 남편과 자식의 원수를 갚기 위해 무술을 시작했다고 하는군. 마술, 궁술에 검술까지 그 수준이 상당해. 행주산성의 대첩도 성 안에 있는 여자들이 도와주었다고는 들었겠지."

순신은 고개를 끄덕였다. 권율의 명성을 올려준 행주산성의 싸움 때에는 여자들이 앞치마에 돌을 날라다 왜군에게 던지고 또 물을 끓여 왜군에게 부으며 분전했기 때문이라고 한다. 이는 이미 널리 알려진 사실이었다.

"그 때 여자들을 지휘한 사람이 바로 저 유희지."

유희가 돌아왔다. 아무리 말을 잘 다루는 그녀라 할지라도 그렇게 달렸으니, 가쁜 숨을 몰아쉬며 뺨이 홍조를 띤 것은 당연했다. 또 흐트러진 머리는 땀에 젖어 흰 피부에 착 감겨 있다. 눈동자는 더욱 빛을 내었으며, 유희를 바라보며 순신은 만면에 수줍은 미소를 지었다.

유희는 말에서 내려오지 않았다. 출발을 재촉하려는 것인가 보다 하고 군관들은 각각 각자의 말에 올라탔다.

제 2 장

—

고니시 유키나가의 배반

이순신 일행이 초계를 떠난 무렵, 동남쪽으로 약 70km 떨어
진 웅천성(熊川城)의 제일 높은 누각 최상층에 고니시 유키나가의 모
습이 보였다.

웅천은 부산에서 서쪽으로 약 30km 떨어져 있으며, 재침군의 거
점으로서는 이곳이 현재 가장 서쪽 끝인 셈이다. 후미의 바로 아래
에 위치한 약간 높은 산에는 굴을 깊게 판 성이 있었는데, 이에 높이
3m가 넘는 성벽을 둘터쳐서, 장대하면서도 견고한 삼중의 성이 되
었다.

3년 반 전인 1953년 11월, 고니시 유키나가의 요청으로 나가사키
(長崎)에서 건너와 이 땅을 밟은 예수회의 선교사 그레고리오 데 세
스페데스는 그의 편지에, "난공불락을 자랑하며, 실로 경탄할 만한
공사가 단기간에 시행되고 있습니다. 거대한 성벽, 탑, 성채가 훌륭

하게 구축되어 성에는 모든 고급 무사, 고니시 유키나가와 그의 참모들, 그리고 연합군의 군사들이 진을 치고 있습니다. 그들은 모두 잘 지은 넓은 집에서 살며, 무장의 집은 모두 돌로 울타리를 쌓아 올렸습니다"라고 적었다.

성의 제일 높은 누각의 세 방향에서는 바다가 내려다 보였다. 여름의 햇빛을 받아 번쩍거리며는 해면은 거울처럼 잔잔하다. 서남쪽에 보이는 것이 거제도의 북쪽 끝이고, 시마즈 요시히로(島津義弘)가 영등포성(永登浦城)에 주둔하고 있다. 남쪽의 맞은편 해안에는 가덕도가 있다. 쓰쿠시 히로카도(筑紫廣門)와 다카하시 무네마스(高橋統增)가 포진하고 있는 섬이다.

고니시 유키나가가 생각에 잠긴 듯, 시선을 주고 있는 것은 후미를 하나 건넌 동쪽의 안골포였다. 안골포는 일본 수군의 총사령부이며, 수백 척의 대형 전선이 입항 가능한 부두는 물론 조선소까지 있다. 도도 다카토라, 가토 요시아키, 와키자카 야스하루, 구루시마 미치후사 등의 수군 장수가 이곳을 본거지로 삼고 있다.

그 안골포에서 200척 가까운 대전선이 출항을 시작했다. 뱃머리를 서쪽으로 향하고, 웅천과 가덕도 사이의 수로를 빠져 거제도의 저쪽을 목표로 삼고 있다. 대형 전선인 '아타케부네(安宅船)'에는 각 수장의 가문(家紋)을 넣은 화려한 휘장을 두르고, 색색의 깃발 출정 기치를 휘황찬란하게 휘날리는 것이 마치 바다 위에 떠 있는 성과 같아 보였다. 중형선인 세키부네(關船)도 마찬가지로 꾸몄다. 파란 바다 위로 흰 거품을 내며 배가 지나간 항적(航跡)이 수없이 그려졌다. 그 모습은 매우 웅장하고 화려했다.

고니시 유키나가는 오랫동안 말없이 바다에 펼쳐진 광경을 바라보다가 이윽고 쥐어짜듯이 구겁게 입을 열었다.

"사태가 심각해."

유키나가는 알 까닭이 없었지만, 그것은 초계에서 권율이 이순신을 앞에 놓고 한 말과 그대로 똑같은 것이었다. 다만 일본어냐, 조선어냐 하는 차이일 뿐이다.

유키나가의 옆에는 나이토 조안(內藤如安)이 대기하고 있다. 유키나가와 같은 해에 태어났으니 올해로 40세가 된다. 원래는 단바야기성(丹波八木城)의 성주로서 다다토시(忠俊)라고 했는데, 7살 때 예수회 선교사 루이스 프로이스에게 세례를 받은 세례명인, 돈 주앙이 세례명과 비슷한 발음을 따서, 조안이라고 이름을 고쳤다. 쇼군(將軍) 아시카가 요시아키(足利義昭)를 구원하러 나섰다가 오다 노부나가(織田信長)의 노여움을 사서 영지를 몰수당했고, 노부나가가 죽은 뒤에는 히데요시 밑에 있다가, 5년 전인 1592년 유키나가의 가신이 되었다. 독실한 천주교 신자인 그는, 유키나가에게 강화 교섭의 오른팔 역할을 맡은, 없어서는 안 될 심복이다.

명나라와의 교섭을 위해 멀리 북경까지 갔던 인물도 조안이었다. 3년에 걸친 기나긴 협상이 작년 가을 성립 직전에 결렬되는 바람에 이번에 다시 조선 땅을 밟게 되었다. 아쉬운 마음이 드는 것은 서로 마찬가지였으므로 조안은 유키나가의 속마음을 잘 이해할 수 있었다.

"이번 해전은 누가 뭐라 해도 완승을 거둔 전투라고 말씀드릴 수 있겠습니다."

"그렇지. 조선의 수군이 이렇게까지 참패하다니 말야."

유키나가는 답답하다는 듯 말하며 조안을 돌아다보았다. 조안도 무사 가운데서는 키가 큰편에 속하지만, 유키나가는 그보다 머리 하나 정도가 더 크다. 잘 갖추어진 사색적인 용모에 어딘지 모르게 고뇌의 그림자가 드리워져 있다.

상관의 얼굴을 바라보면서 조안은 깊이 고개를 끄덕였다. 5년 전만해도 거듭해서 조선의 수군에게 연전연패를 거듭하는 바람에 히데요시는 해전 금지령을 내렸을 정도였다. 그런 조선의 수군을, 이틀 전의 해전에서는 거의 궤멸시켰다는 사실을 믿을 수 없는 것은 조안도 마찬가지였다.

"역시 지휘관이 바뀌었기 때문일 겁니다. 이순신이 원균으로."

"이순신— 확실히 그가 있었으면 우리가 이렇게 이길 수 없었을 거야. 그렇지만 놈을 실각시킨 것은 이 몸의 책임이지."

유키나가의 입에서 가느다란 신음소리가 새어나왔다.

이순신의 실각. 물론 그것이 유키나가의 참뜻이 아님을 조안은 알고 있다. 유키나가는 마음으로 순신이 가토 기요마사를 장례지내주기를 바랐다. 더 이상의 확전을 막기 위해서는 우리 편을 배반할 수도 있는 일이었다. 그러나 사태는 유키나가가 생각지도 않은 방향으로 진행되고 말았다. 순신은 해임되고 원균이 이끄는 조선 수군은 약체로 바뀌어 이틀 전의 전투에서 대패하고 말았다. 유키나가가 자책할 기분이라는 것도 이해하지 못할 바는 아니었다.

"유키나가님의 책임이 아닙지요. 이순신을 실각시킨 것은 조선 조정의 대신들이지요. 모르기는 해도 순신은 전쟁을 모르는 자들이 벌인 정쟁의 희생양이 된 것입니다."

강화 교섭을 위한 사절로서 조선의 관리들과 수없이 접해온 조안으로서는 조선 관리들의 이상한 사고방식을 이해할 수 있었다. 일본군의 침공을 당해 국가가 존망의 위기에 처해 있는데도 파벌을 만들어 정쟁을 계속하고 있다. 현실을 직시하기는커녕, 탁상공론으로 군사를 부린다. 일본군의 대규모 재침을 목전에 두고서도 국방의 주축인 수군의 총지휘관을 교체했던 그들이다. 이러한 믿을 수 없는 인사의 이면에는 틀림없이 복잡 미묘하고도, 어리석은 사정이 있었을 것이라고 조안은 생각했다.

"앞으로 유키나가님은 어떻게 하실 생각이십니까?"

조안의 물음에 유키나가의 입가가 일그러졌다.

"참담하게 되지 않겠나. 지금껏 조선은 수군이 지켜 주었어. 이제는 아니야. 이제 제해권을 우리가 쥐고 보급로를 확보하게 되었으니 지난번의 전투 때와는 달리 쉽게 진격할 수 있을 거야."

"그럼 이번에는 잘 될 것이라 보시는지요?"

"아니, 그렇지만은 않을 걸세, 조안. 명나라 군사가 어느 정도로 강한가. 그것은 우리도 평양에서 분명하게 깨닫지 않았나."

"물론 명나라를 친다는 것은 꿈이고, 조선의 4도 정도는……."

강화 교섭에서 히데요시가 조선의 8도 가운데 남쪽 4도의 할양(割讓)을 집요하게 주장한 것을 생각하고 조안은 말을 꺼냈던 것이다.

"이 나라의 의병은 끈질겨. 단순한 봉기로 보아서는 큰코 다치기 십상이지. 한 도라도 진압을 하지 않고서는 절대로 무리야."

유키나가는 단언했다. 관군이 연전연패한 후 조선 전토에서는 민간인으로 구성된 의병이 각지에서 봉기하여 왜군을 괴롭혔다. 사실 임진년의 침공 때 왜군이 패한 원인은 이순신에게 제해권을 빼앗겨, 물자의 해상 수송이 불가능하게 된 터에, 지연된 병참선(兵站線)

이 의병들의 습격을 받아 육상의 수송로까지도 이어지지 않았기 때문이다.

"그렇지만 해전에서는 이기지 않았습니까. 아니 완승하고 말았지요. 지나치다 싶을 정도로요."

"그렇지. 결국 우리는 다시 싸움터로 계속 내몰리게 되어 있어. 아무런 희망도 없이, 끝내는 패배할 전쟁에 말이지. 참담할 뿐이야. 이 나라나, 우리나라나 모두 똑같이."

유키나가의 이 말에 조안의 뇌리에는 처참한 지옥도가 그려졌다. 히데요시의 무모한 고집 때문에 뱃길에 내몰려 먼 외국땅에 와서 망향에 젖어 산 지도 오래다. 피 흘리며 죽어가는 숱한 일본 군사의 시체더미와 왜놈이라고 무척이나 멸시해서 부르는 이웃나라를 침공하여, 무수히 살해된 시체가 함께 오버랩되는 그 지옥도가 말이다.

이것은 다만 공상이 아니다. 조안은 지금까지 이런 광경을 여러 번 보아 왔다. 가장 처참함이 극에 달했던 것은 평양 철수 때였다. 5년 전인 1592년, 고니시 유키나가, 소 요시토시(宋義智), 아리마 하루노부(有馬晴信), 오무라 요시아키(大村喜前), 고토 스미하루(五島純玄)의 천주교 신자 다이묘(大名, 1만 석 이상의 무사)로 구성된 제1군은 서울에 가장 먼저 입성한 후 다시 개성을 거쳐 6월 16일 평양을 점령했다. 그러나 다음 해 1월, 명나라의 이여송이 이끄는 4만 3000명의 군사에 포위되어 사흘 동안의 치열한 전투 끝에 평양성에서 철수하지 않을 수 없었다. 계절은 혹독하게도 추운 한겨울이었다. 패전군의 군사들은 얼어붙은 대동강(大同江)을 홑옷에 맨발로 건너야 했다. 구로다 나가마사가 지키는 개성까지 약 150km는 끝없는 설원이었다. 굶주림과 추위에 시달린 죽음의 행군으로 제1군은 사망자만 6000명에 이르렀다. 상관인 유키나가가 강화를 선택하고, 나아가서는 우리 편을 배반해 가면서까지 전쟁을 회피할 결의를 굳힌 것은 이러한 참극을 체험했기 때문이 아닌가 하고 조안은 생각했다.

여름의 무더위에도 불구하고 조안의 몸은 떨렸다. 조안은 손 안의 묵주를 꽉 쥐었다. 성의 외각에 있는 성당에서 미사를 드린 후 유키나가를 따라서 성의 제일 높은 누각에 올랐고, 묵주는 그때 이후 그대로 몸에 지니고 있었다.

"이런 무익한 전쟁은 한시라도 빨리 끝내고 싶어. 그러나 그것은 우리가 철수하지 않으면 실현될 수 없는 일이지."

자신에게 말하듯이 유키나가가 말했다.

"철수―. 조선이 이기고, 우리나라가 져야 하는데……. 유키나가 님은 앞으로도 계속 배반하실 겁니까?"

"나는 신을 배반하지는 않아."

유키나가가 단호한 어조로 대답하는 찰나에 대기하고 있던 하급 무사가 아뢰었다.

"마쓰라 시게노부(松浦鎭信)님께서 오셨습니다."

일본의 히젠 히라도(肥前平戶) 6만3000석의 성주인 마쓰라 시게노부는 5년 전의 침공 때부터 유키나가와 행동을 함께 허왔다. 올해로 49세가 되는 그이지만, 햇빛에 그을린 풍모에서는 젊음과 호담(豪膽)함이 넘쳐난다. 조안과 함께 유키나가의 진의를 이해하고 지지하는 무장의 한 사람이다. 그는 조강지처와 사별하고, 5년 전에 경상도 창원(昌原)에서 조선 여인을 새 아내로 맞이했다.

"찾으셨습니까?"

유키나가가 있는 누각의 어두컴컴한 계단을 올라온 시게노부는 사방의 문이 열려 있는 가장 꼭대기층의 밝은 조명에 눈이 부셔서 눈을 깜빡거리며 말했다. 그는 왼발을 약간 절고 있다. 5년 전의 7월 16일 명나라 장수 조승훈(祖承訓)을 평양에서 맞아 싸웠을 때 맞은 화살의 상처가 악화된 결과이다.

"부탁이 있어 불렀네. 이걸 좀 보게."

동쪽 안골포에서 전선이 바다를 메울 것처럼 배가 떠나는 광경이었다. 이를 본 시게노부의 얼굴이 순간적으로 긴장했다.

"출격입니까? 대체 어디로 말입니까?"

거제도 칠천량에서의 전투가 끝난 지 고작 이틀밖에 지나지 않았다. 그러므로 이처럼 수군의 신속한 행동에 시게노부가 놀라는 것도 무리는 아니었다.

"한산도야. 그렇게 명령이 떨어졌어."

"과연 그렇군요. 여세를 몰아 적수군의 본영을 단숨에 점령하고 끝내려고 하는 것이지요. 도도, 가토, 와키자카, 그리고 구루시마까지. 모두 5년 전에는 고배를 들었던 면면들이지요. 골수까지 원한이 사무쳤으니, 한 척도 남기지 않고 쳐부술 작전인가 봅니다."

"조선의 수군에는 전선이 거의 남아 있지 않아. 그러니 한산도는 쉽게 함락할 수 있을 것이야."

"사태가 심각하군요."

"그런 것을 조안과 이야기하고 있던 참이야."

마쓰라 시게노부가 조안을 보고 고개를 끄덕인다.

"그렇다면 어떻게 하실 작정이신지?"

유키나가의 대답은 명쾌했다.

"수군의 진격을 늦춘다. 얼마 동안은 한산도에서 앞으로 나아가게 하고 싶지 않아."

"조선의 수군에게 태세를 재정비할 시간을 주시겠다는 의도이시
군요, 장수님의 의도는?"

입장이 같은만큼 유키나가의 생각을 읽는 것은 시게노부로서도
쉬운 일이었다. 그러나 시게노부는 탐탁지 않다는 듯이 말을 이었다.

"그렇지만 조선의 수군에게 재정비할 정도의 전선이 남아 있을
라구요……."

"그야 모르지. 그러나 우리는 우리대로 우리의 할 일만 하면 되
는 것이거든."

"좋습니다. 그런데 그 방책은?"

"놈들은 뭍으로 올라올 것 같거든."

"뭍으로라구요?"

시게노부는 잠시 눈썹을 찡그리다, 곧바로 유키나가의 의도를 알
아차렸다. 유키나가의 얼굴을 들여다보고는 그제서야 실눈을 했다.

"내일 우키타 히데이에님이 웅천에 오신다. 나는 히데이에님과
함께 한산도로 간다. 거기서 작전회의를 열어 놈들을 뭍으로 올라오
게 할 것이야."

"그럼 저는 무슨 일을?"

"한 발 앞서 한산도에 가도록. 만일 히데이에님과 내가 도착하기
전에 놈들이 다시 서쪽으로 나아갈 것 같으면, 어떻게든지 구실을
만들어 견제하도록. 또 그쪽으로 가지 않는다고 해도 놈들의 움직임
은 충분히 감시하도록. 조선의 수군이 어느 정도 피해를 입었는지
그것도 알고 싶거든."

다그치는 듯한 유키나가의 지시에 시게노부는 크게 고개를 끄덕

였다.

"그럼 지금 바로 떠나도록 하겠습니다."

바로 그때, 안골포항에서 마지막 아타케부네가 출항하는 것이 보였다. 도도 다카토라의 기선(旗船)이었다.

고니시 유키나가의 명을 받은 마쓰라 시게노부가 출항 준비를 하고 있을 무렵, 선전관 김식(金軾)은 전라도 남원(南原) 부근에서 머리칼을 날리며 북상하고 있었다. 조선 수군의 궤멸 소식을 한시라도 빨리 서울의 조정에 알리기 위해서이다.

선전관은 임금의 호위, 전령, 출납 등을 담당한 요원이다. 원균에게 부산에서 출격하라는 어명을 받고, 서울에서 한산도로 출발한 것이 지난 달 말이었다. 임금을 대신해서 원균 등의 수장을 독전하며, 김식은 총지휘관 자격으로 수군과 행동을 함께 했다. 그 결과 이틀 전에 벌어진 칠천량 해전의 참패를 실제로 체험하게 되었고, 그 와중에도 간신히 목숨을 건질 수 있었다. 통제사인 원균이 왜군의 번뜩이는 흰 칼날에 피를 뿌리며 죽는 장면도 또렷하게 목격했다.

원균의 수군이 왜놈의 수군을 바다에 처넣었다는 첩보를 휴대하고 서울로 귀환할 예정이었으나, 이처럼 말로 다할 수 없이 처참한 신세가 될 줄이야. 김식은 울고 싶었다. 그러나 이제는 눈물이 한 방울도 남아 있지 않았다. 그런데 서울은 정신이 아찔할 만큼 멀었다.

김식의 목적지인 서울에서는 임금을 비롯하여 문신, 관리, 민간인, 남녀노소에 이르기까지 모두가 원균에게 기대를 걸고 마음을 열어 대첩의 승전보를 기다리고 있었다. 어느 누구도 조선 수군의 승리를 믿어 의심하지 않았다.

　　서울의 복구는 왜군이 퇴각한 지 4년이 지난 오늘날까지도 생각만큼 원활하게 이루어지지 않았다. 영의정 유성룡은 만년에 집필한 『회고록』에서 서울을 탈환한 직후의 정경을, "관공서의 건물과 민가는 모두 비어 있고, 다만 숭례문(崇禮門, 남대문)의 동쪽에서 남산 기슭 일대에, 왜군이 숙소로 쓰던 곳이 약간 남아 있을 뿐이었다. 종묘와 세 곳의 궁궐 및 종루의 각 관서, 성균관 같은 종로 거리에 있던 것들은 모두 불에 타 흔적도 없이 사라지고, 오로지 타고 남은 잿더미만이 남아 있을 뿐이었다"라고 했으며, 계속해서 "주민들은 100명 중 1명도 생존자가 없고, 살아남은 자라 해도 모두 하나같이 굶주리고 비쩍 말라 피로곤비(疲勞困憊)하여 안색이 귀신같았다. 때마침 햇빛은 뜨겁게 내리쬐어 무지하게 덥고, 죽은 사람과 말의 유해가 여기저기에 그대로 나뒹굴고 있으며 그로 인한 악취가 진동하여 행인들은 코를 막고 다닐 정도였다"라고 적어 놓았다.

　　그래도 이러한 비참한 상황은 다소 개선되었다고는 하지만, 왜군 이상으로 포악한 명나라 군사들이 고개를 빳빳이 세우고 거드름을 피우며 걸어다니는 바람에 한 나라 서울로서의 체면은 여지없이 구겨지고 말았다. 식량 사정은 여전히 나빠서 수많은 사람이 기아에 허덕이고 있다.

　　소실된 경복궁(景福宮)의 건춘문(建春門)에 근접한 윤두수(尹斗壽)의 저택에서는 산해진미로 상다리가 휘어질 정도의 주안상이 차려져 있었다. 65세의 윤두수는 좌·우의정을 모두 역임한 중신인데, 현재는 중추부 판사라는 직함으로 조정에 자연스럽게 세력을 뻗치고 있다.

　　"이건 말이야, 승전의 사전 축하인 셈이지."

초대받은 김응남(金應南)은 희색이 만면하여 자리에 앉았다. 과연 윤두수답다. 이런 난리통에도 있는 자는 있게 마련이다.

"요즈음은 늘 이런 상태란 말이야. 원균한테서 첩보가 오기만을 기다리고 있지."

맞은편 좌석에서 이미 술에 취해 얼굴이 발개진 윤근수(尹根壽)가 혀꼬부라진 소리로 우습다는 듯이 말했다. 윤근수는 윤두수보다 네 살 어린 동생인데, 현재 의금부의 최고 책임자로 근무하고 있다.

"무슨 좋은 소식이라도 들어온 것 없소, 좌의정 대감?"

잔을 권하며, 윤두수가 묻는다. 긴 얼굴형에 게슴츠레한 눈, 이 눈만 보아도 그가 교활하다는 것을 김응남은 충분히 알 수 있었다. 정적을 매장시키기 위해서는 수단과 방법을 가리지 않는 비정한 눈이다.

왼손을 오른손 팔꿈치에 대고 술을 받으면서, 김응남은 고개를 가로로 저었다. 현직이 좌의정인 그에게는 모든 정보가 빠르게 수집된다.

"아직 아무 것도……. 그러나 우리의 원균이 아닙니까. 걱정 따위는 안 하셔도 될 겁니다."

"걱정 같은 거야 할 게 뭐 있겠소이까만, 이제 그럭저럭 첩보가 들어올 때가 된 것 아니겠소?"

"지당하신 말씀, 그러나 더 참을 수가 없어서 그러는 것 아니오? 그 점은 나도 같지만. 그건 그렇고, 먼저 원균과 그의 수군을 위해 건배합시다."

세 개의 잔이 부딪히며 소리를 내었다. 이윽고 세 사람은 술을 마셨다.

"그래, 좋은 소식이라면 이순신 말인데ㅡ."

김응남은 아무렇지도 않은척 가장하여 말을 꺼냈다. 비장의 화제를 꺼낼 때 자주 쓰는 그의 버릇이었다.

"호오, 오랜만에 듣는 이름이로구만. 확실히 권율 밑에서 백의종군한다고 들었는데."

술에 취한 윤근수가, 게슴츠레한 눈에 기학적(嗜虐的)인 빛을 발하며 몸을 일으켰다. 어명을 어긴 중죄인의 심문을 맡은 의금부의 장관으로서, 이순신을 취조하고, 고문을 했던 사람이 바로 다름아닌 윤근수였다.

형인 윤두수도 잠에 취해 늘어진 눈꺼풀을 간신히 위로 치떴다.

"이순신 말인가. 어떻게 하고 있나? 세상을 비관해서 목이라도 맸다던가."

"그런데 전혀 그렇지 않다는 것이 이상할 정도란 말입니다. 권율도 다루기가 여간 곤란한 모양이 아닌가 봅니다. 이순신은 지금 초계의 교외에서 무밭에 씨를 뿌리며 소일한다더군요."

"무라고 하셨소?"

윤두수와 근수 형제는 얼굴을 마주보며 웃었다.

"수군통제사가 농부가 되다니. 이것은 전대미문의 사건이야. 왕조의 시작 이래 수치스러운 일이지."

"순신이 재배한 무, 꼭 먹어 보고 싶은데."

갑자기 술맛이 났다.

"그러시다면 수확하면 바로 헌상하도록 지금부터 원수부에 전갈을 보냅시다."

김응남은 기분이 흡족하여 두 번째 잔을 권했다. 이 자리에 있는 세 사람 모두 순신의 실각에 암약한 주모자들이었다.

3년 전의 11월 1일, 윤두수가 좌의정 자리에서 해임된 것이 모든 사건의 발단이 되었다. 당시는 강화 교섭 중임에도 불구하고 왜장인 후쿠시마 마사노리(福島正則), 도다 가쓰타카(戶田勝隆)가 거제도의 장문포(長門浦)에 진을 치고 못된 짓을 했다. 윤두수는 이것을 쳐부수어야 할 수륙 협격 작전을 입안하여 수군과 육군을 총동원했다. 그러나 이 대작전은 이렇다 할 성과를 거두지 못한 채 실패로 끝나고, 윤두수는 책임을 물어 해임되었다. 다만 좌의정의 자리는 내놓았지만, 다행히도 군기와 군정을 관장하는 중추부의 장관으로서 중신의 지위는 그대로 유지할 수 있었다.

윤두수는 작전이 실패한 것은 수군이 전력을 다하지 않았기 때문이라고 생각하여 이순신에게 원한을 품고 있었다. 순신은 윤두수와 대립하는 파벌의 영수인 유성룡, 정탁(鄭琢)과 가까운 입장에 속하는 무인이었다. 이때부터 윤두수와 그 일파는 순신의 실각, 나아가서는 유성룡과 정탁의 실각을 노리고 주도면밀하게 준비를 해왔다.

먼저 작년 6월의 중신회의에서 김응남이 이순신을 교체하여 원균을 수군통제사로 삼을 것을 주장하였고 윤근수도 이에 동조했다. 원균은 윤두수의 인척이며, 그들의 파벌과 끈이 닿아 있다. 그러나 이때는 이미 순신의 명성이 절대적이어서 그 지위를 흔들 수가 없었다.

그런데 일이 윤두수 일파에게 유리한 방향으로 바뀌기 시작한 것은 강화 교섭의 결렬이 밝혀진 11월 이후였다. 결렬 소식을 듣고 열린 중신회의에서, 지금까지 중립적인 입장을 취해온 전 영의정 이산해(李山海)가 김응남에게 동조하여 원균의 통제사 취임을 강하게 주장하는 바람에 윤근수는 임금에게 장계(狀啓)를 올려 원균의 기용

을 호소했다. 유성룡, 정탁 등은 정색을 하고 반대했으나 중신회의
의 추세는 점차 이순신 반대쪽으로 기울어가고 있었다. 한산도에 수
군을 그대로 둔 채, 출전하지 않은 순신에게 임금 자신이 개인적인
불쾌감, 이른바 괘씸죄를 표명하기 시작했던 것도 크게 작용했다.

다음 해 초, 고니시 유키나가의 내통에 의한 가토 기요마사의 요
격 계획을 순신이 거절하는 사건이 발생했다. 윤두수 일파의 말에
따르면 순신은 자신이 자기의 목을 맨 것과 같다고 했다. 1월 27일
의 중신회의에서 맨 처음 순신을 규탄한 사람이 바로 임금이었다.

"설사 가토 기요마사의 목을 가져온다 해도 순신을 용서할 수
없다."

임금이 두 번이나 분명하게 극심한 분노를 표한 이상, 이제는 순
신의 후견인인 유성룡이 영의정의 권한으로 옹호하여도 소용이 없
었다.

예상대로 유성룡이 지지하던 이순신은 해임이라는 쓴잔을 들게
된 반면 윤두수, 김응남 등이 후대하는 원균은 힘을 얻어 마침내 수
군을 이끌게 되었다. 다음은 원균이 왜의 수군을 크게 무찌르는 일
만 남았다. 이렇게 됨으로써 유성룡 일파를 실각시키고 조정의 실권
은 그들이 완전히 장악할 수 있게 되었다.

멀리 떨어진 웅천에서 나이토 조안이 알고 있는 바와 같이 그들
에게 있어 군인은 정쟁의 도구에 지나지 않았다.

"마음을 풀어드리고자 하는데 어떠실는지요, 좌의정 대감?"

윤두수가 야릇한 웃음을 지으며 손뼉을 쳤다.

세 명의 기생이 들어오자, 방 안의 분위기는 더욱 야릇하게 바뀌
었다. 이 젊은 기생들은 속살이 그대로 비치는 얇은 비단 홑옷만을

걸치고 있어서 그녀들의 싱싱한 몸매가 완전히 드러나 보였다.

"자, 이 가운데서 마음에 드는 계집을 고르시도록."

윤두수가 어린 아이 같은 말투로 말했다.

그러나 말은 그렇게 했어도 누구를 택해야 할지 주저할 정도로 세 여인 모두 우열을 가릴 수 없을 만큼 미모가 뛰어나다. 김응남은 환성을 질렀다. 이렇게 아름다운 기생은 근래에는 오로지 명나라 장수의 접대용으로만 불려 다니기 때문에 좌의정인 김응남조차도 구경하기가 어렵기 때문이었다.

"과연 윤두수 영감다우십니다. 영감님이야말로 진정한 이 나라의 재상이십니다."

52세의 김응남은 사타구니가 뜨겁게 달아오르는 것을 느끼자 느닷없이 옆에 있는 기생을 끌어당겼다.

서울에서 직선거리로 약 330km 떨어진 부산은 이미 5년이나 왜군이 점령하고 있어서 재침시에도 왜군의 본영이 되었다. 일본식으로 성과 성채를 쌓았고 일본 가옥이 즐비하며 일본말이 공용어로 쓰일 정도였다. 일본 전국시대(戰國時代)의 무사들이 활보하는 부산은 이제는 일본의 영토라고 해도 무방할 정도였다. 늘어나는 것은 무사뿐만이 아니었다. 그들을 상대로 하는 상인이 모여들어 상점을 열었고, 유곽도 처마를 잇대고 들어섰다. 일본에서 부산으로 바다를 건너올 때와는 상반된 모습이었다. 그들은 조선인 포로와 약탈한 보물을 배에 한 가득 싣고 일본으로 향했다. 포로들은 그들을 붙잡은 각각의 다이묘 영지에 노동력의 제공자로서 강제로 이주되거나 거액의 군비를 조달하기 위한 목적으로 포르투갈의 노예상인에게 팔려서 루손, 마카오, 또는 그보다 더 먼 곳으로 팔려갔다.

윤두수 일행이 서울에서 주색에 빠져 있을 그 무렵, 부산에 재침군의 최고 사령관이 도착했다.

지난 1592년의 침입 때 총대장을 맡았던 인물은 우키타 히데이에이다. 당시 히데이에는 약관 21세였지만 비젠(備前)의 모장(謀將) 우키타 나오이에(直家)의 피를 이어받아 군사(軍事)에 능했다. 그는 히데요시의 빗추(備中) 다카마쓰성(高松城)의 공격을 비롯하여 시고쿠(四國), 규슈(九州), 오다와라(小田原) 정벌에 종군하여 여러 번 공을 세웠다. 5년 전의 침공시에도 총대장에 임명되어 임무를 무사히 수행한 공로로 주나곤(中納言, 관직 이름)으로 승진했다.

이번 재침공시의 총대장에는 16세의 주나곤 고바야카와 히데아키(小早川秀秋)가 임명되었다. 오다 노부나가가 아케치 미쓰히데(明智光秀)의 군세에 포위되어 혼노지(本能寺)에서 스스로 목숨을 끊은 그 해였다. 기타노만도코로(北政所)의 형이자 기노시타 이에사다(木下家定)의 다섯째 아들, 즉 히데요시의 외조카로서 태어난 히데아키는 세 살 때 히데요시의 양자로 들어갔지만, 오늘날까지 군사를 이끌어본 경험은커녕 전투에 참가한 적도 없었다. 3년 전에 고바야카와 다카카게의 양자가 되었지만, 지금부터 한 달 전에 다카카게는 은거하고 있던 빈고미하라(備後三原)에서 사망했다.

총대장, 그것도 해외 원정군의 지휘관인지라 부산에 접안하는 전선 위에서 히데아키는 가슴이 벅차오르는 것을 억누를 수가 없었다. 항구에는 총대장을 맞기 위한 각 장수들의 군단이 도열해 있다. 그들이 갖추어 입은 수많은 창과 갑옷이 햇빛에 번쩍이고 있었으며, 각종 깃발들이 숲처럼 어우러져 펄럭이고 있다. 지금 여기에 있는 것이 전일본 군사는 아니라 해도, 무려 14만 명이나 되는 원정군을 지휘한다고 생각하니 히데아키는 감개가 무량했다. 역전의 여러 장수들을 앞세워 어떻게 해서든지 공을 세워 히데요시의 총애에 보답하고픈 마음이 간절했다.

선상으로 출영 나온 우키타 히데이에의 수하 장수로부터 이틀 전에 있었던 해전의 대승리를 보고받은, 히데아키는 얼굴에 천진스런 미소를 띠며 옆에 있던 중신 야마구치 무네나가(山口宗永)와 이나바 마사나리(稲葉正成)를 돌아보았다.

"축하할 일이야. 이 이상의 길보가 어디 있겠나. 가능하다면 나고야(名護屋)를 떠나기 전에 이 소식을 듣고 싶었거든."

"지당하신 말씀이십니다."

아직 27세밖에 안 된 이나바 마사나리는 붙임성 있게 아첨하듯 고개를 끄덕였다. 대본영이 있는 비젠 나고야성에서 출항하여 부산으로 오기까지 공포의 시간을 보내지 않은 무장은 한 사람도 없었다. 누구나 조선의 수군이 언제 나타날까 하는 두려움을 가득 품은 채 바다를 건넜기 때문이다. 나고야성 근처에 있는 스미요시(住吉) 대신궁(大神宮)은 출항을 앞두고 무사 항해를 비는 무장들로 붐비는 곳으로 유명했다. 이것은 아주 유명한 이야기이다. 이처럼 당당한 이나바 마사나리도 히데아키를 따라 여기에 와서 신에게 기원했다. 점괘에 따라 출항 일시를 정하는 무장이 있다는 소문까지도 있음을 마사나리는 알고 있었다.

"말씀 거듭거듭 주의를 하라시는 뜻입지요, 히데아키님."

야마구치 무네나가는 목소리를 낮추어 히데아키를 나무랐다.

야마구치 무네나가는 히데아키가 어렸을 때부터 보좌역을 해 온 오랜 가신이다.

"지금 하신 말씀이 만일 히데요시님의 귀에라도 들어가게 되는 날에는 총대장에게 어울리지 않는 겁쟁이라고 어떤 분부가 내릴지 모르겠습니다."

싸움터에서의 사소한 실언과 사려깊지 못한 행동이, 눈을 시퍼렇게 뜨고 있는 반대파의 입을 통해, 히데요시에게 전해질 가능성은 충분히 있었다. 지난 원정 때에도 분고(豊後) 23만 석의 오토모 요시무네(大友義統), 히젠(肥前) 가미마쓰라(上松浦)의 8만 석 하타신(波多親), 사쓰마(薩摩) 이즈미(出水)의 5만 석 시마쓰 다다토키(島津忠辰)의 세 사람이 히데요시의 분노를 사서 영지를 몰수당한 일이 있었다. 이러한 사정을 잘 알고 있는 야마구치 무네나가는 히데요시가 히데아키를 이 원정군의 총대장이라는 걸맞지 않은 자리에 앉힌 것은 히데아키를 매장시키기 위한 계략은 아닐까 하는 의심마저 품고 있다. 원래 히데아키는 대를 이을 후계자가 없는 히데요시가 후계자 후보의 한 사람으로서 양자를 삼은 인물이다. 그런데 4년 전인 1593년에 아들 히데요리(秀賴)가 태어나자, 히데아키의 후계자로서의 자격이 상실되고 말았다. 역시 히데요시의 양자로서 히데요리가 태어나기 전에는 후계자로서 확실시되던 간파쿠(關白, 관직 이름) 히데쓰구(秀次)는 2년 전에 고야산(高野山)으로 추방되어 자진(自盡)하라는 명을 받았고, 히데쓰구의 아우인 야마토(大和) 주나곤 히데야스(秀保)는 그 전 해에 야마토 도쓰가와(十津川)에서 변사체로 발견되었다. 집요한 성격의 히데요시가 히데아키한테까지 독이빨을 들이대려 하고 있다. 그렇게 생각해도 별로 이상할 바 없었다.

자신을 향한 오랜 가신의 걱정과 염려를 헤아리지 못하고, 히데아키는 불쾌하다는 표정을 지으며 옆으로 향했다.

‘그래, 좋다’ 하며, 무네나가는 자신을 진정시켰다. 교만하며, 세상 물정 모르는 제멋대로의 도련님을 모시는 것도 이제는 싫증이 난다. 히데아키가 한 지방을 다스릴 만한 그릇이 못된다는 것은 누구보다도 무네나가 자신이 가장 잘 알고 있었다.

히데아키를 마중 나온 여러 무장들은 고운 인형 같이 곱상하게 생긴 총대장의 모습을 보고 불안감을 감출 수 없었다. 히데아키의 후견인인 구로다 조스이(黑田如水)가 배에서 내려오는 모습을 보고서야 그들은 겨우 안심했다.

다음 날인 7월 19일, 전날의 쾌청했던 날씨는 간데없고 거짓말처럼 억수로 비가 쏟아졌다. 먹구름이 하늘을 덮었고, 잿빛으로 물든 바다는 하늘의 색과 꼭 같았다.

어제 안골포를 출항한 왜의 수군은 거제도 서쪽의 가조도(加助島) 내만에서 불을 밝히고, 오전 8시경에 닻을 올려 진로를 남쪽으로 잡았다. 전선의 선두는 와키자카 야스하루가 이끄는 수군이었다. 약 10km 남쪽에 거제도와 마주보고 있는 고성 반도가 형성한 좁은 해협이 있다. 견내량(見乃梁)이라는 이 해협을 빠져 나가면, 다시 8km 남쪽에 조선 수군의 본영이 있는 한산도가 나타날 것이다.

와키자카 야스하루는 쏟아지는 빗속에서도 정신을 차리고 모든 활과 창, 70자루의 노를 갖춘 아타케부네의 누각에 서서 눈앞에 다가오는 견내량을 응시하고 있다. 5년 전의 원정에서 이 견내량을 넘은 수군의 장수는 와카자카 단 한 사람뿐이었다. 견내량 너머 저쪽에는 지옥이 기다리고 있었다. 그런 연유로 여기서 목숨을 잃은 수많은 가신의 제사를 이 바다에서 지금부터 지내야만 한다.

와키자카 수군의 제일 후미에는 3일 전 칠천량 해전에서 노획한 중형선이 예인되어 항구로 들어오고 있다. 그 배는 야스하루의 명령에 따라 조선 수군의 시체를 산더미처럼 싣고 있다. 시체는 이미 썩기 시작하여 악취가 심했다.

견내량을 넘은 야스하루는 후방을 돌아보았다. 와키자카 수군의 모든 배에서 군사들이 머리를 숙이고 있다.

"모든 분들의 명복을 빕니다."

옆에 있는 야마오카 사콘(山岡左近)이 고개를 끄덕인다.

야스하루는 지휘봉을 크게 흔들었다. 명령은 수신호로써 배에서 배로 전달되어 마지막으로는 예인되는 조선배에도 도달했다. 썩는 냄새를 조금이라도 덜 맡기 위해 입을 헝겊으로 가린 인부들이 시체를 바다로 던지기 시작했다.

독경 소리가 모든 배에서 흘러나와 바다 위로 퍼져 나갔다. 이 바다에서 해상 제사를 위해 일본 아와지 스모토(淡路洲本)의 즈이운지(瑞雲寺)에서 초빙한 승려들이 독경을 하고 군사들이 그를 따라 하는 형식이다. 그들의 대부분이 아버지, 삼촌, 자식, 형제 그리고 친구를 바다에서 잃은 친척들이었다. 야스하루도 걸상에 앉아 합장하고는 죽은 가신들의 명복을 빌었다.

조선 수군의 시체가 거의 다 바다에 가라앉자, 인부들이 기름을 뿌리고 다른 배로 옮겨 탔다. 한 사람도 없는 이 조선의 배는 불을 놓아 태워 버렸다. 빗속에서 불길에 휩싸인 배가 검은 연기를 뿜어냈고 얼마 안 있어 바다 속으로 가라앉는 모습을 와키자카의 수군뿐만 아니라 뒤따르는 구루시마, 도도, 가토의 각 부대도 배를 세워놓고, 엄숙하게 지켜보고 있다. 그들도 이 바다에서 지내는 제사의 뜻을 똑같이 이해하고 있었다.

5년 전 7월, 와키자카의 수군은 이 해역에서 이순신이 이끄는 조선 수군한테 궤멸당했다. 자신의 함선 39척 전부가 침몰되고 아끼던 부하인 와키자카 사헤에(脇坂左兵衛), 와타나베 시치에몬(渡辺七右衛門), 마나베 사마노조(眞鍋左馬允) 같은 역전의 용사를 잃었던 전쟁이었다. 더구나 야스하루 자신도 간신히 뗏목을 타고 탈출해야 했던 굴욕을 안긴 바다였다.

5년 전의 자신은 승리에 눈이 멀어, 공을 세우는 데에 온통 신경을 썼다고 생각하며 야스하루는 통한의 추억을 회상했다. 시즈가타케(賤ヶ岳)의 전투에서 이름을 날렸던 것도 이제는 옛날 이야기다. 아와지 스모토에게서 3만 석을 받던 다이묘라고는 하지만, 같이 고생한 가토 기요마사의 19만5000석, 후쿠시마 마사노리의 11만3000석에는 턱없이 부족한 실정이었다. 조선 출병은 그런 야스하루의 부족분을 메워줄 절호의 기회였다. 그러나 서전에서는 조선 수군의 저항이 너무 미약하여 전과를 크게 올리지 못하였다. 그리하여 야스하루는 배에서 내려와 지상전으로 전략을 바꿨다.

6월 초순, 야스하루는 군사 1000명을 이끌고 서울을 점령하였다. 와키자카 사헤에, 와타나베 시치에몬에게는 군사 600명을 주어 약 40km 서쪽의 용인(龍仁)을 지키게 했다. 이때 조선군은 서울 탈환을 목표로 전라도 순찰사인 이광(李洸), 충청도 순찰사인 윤국형(尹國馨), 경상도 순찰사인 김수(金睟) 등의 3도 순찰사가 5만 명의 군사를 이끌고 수원(水原)에 포진, 용인을 포위하고 공격해 왔다. 용인이 위험하다는 사실을 안 야스하루는 야마오카 사콘 등의 휘하 부장을 이끌고, 즉시 서울을 출발하여 용인으로 향했다. 이들의 병력은 다 해야 고작 1600명이었지만, 조선의 5만 군사는 와키자카군의 총공세에 밀려 퇴각하고 말았다.

이 전투의 승전 보고를 보낸 것과 거의 동시에 히젠 나고야의 히데요시한테서 수군으로서 출격하라는 명령이 도착했다. 조선 반도의 남쪽 해안을 서진하려고 한 일본 수군이 뜻밖의 저항에 고전하고 있다. 도도 다카토라, 가메이 마사노리(龜井眞矩)가 패하고, 구루시마 미치유키는 전사했다. 와키자카의 수군은 구키 요시타카, 가토 요시아키와 함께 조선 수군을 격멸시키라는 명령이었다. 야스하루는 환호작약했다. '지금이야말로 내가 나설 차례이다. 지상전의 승리와 더불어 바다에서도 공을 세워야 한다. 구키, 가토 같은 두 수군이 출격하여 없는 것도 행운 아닌가' 이렇게 생각한 야스하루는 남보다 한 발 빠르게 공을 세울 욕심으로 와키자카의 수군을 단독으로 발진시켰다.

1592년 7월 7일. 야스하루는 견내량을 탐색하던 중 조선 수군의 중형선을 발견하자, 모든 배의 닻을 올리게 하고는 추격하도록 했다. 그런데 이것은 이순신의 유인 전법이었다. 견내량을 지난 한산도의 앞바다에서 이순신은 72척의 함선으로 학익진을 치고 기다리고 있었다. 와키자카의 수군은 그 속으로 뛰어든 꼴이 되고 말았다.

이것은 지금까지 와카자카가 경험해 본 적이 없는 해전이었다. 조선 수군은 압도적인 화포로 공격해왔다. 모든 대형선에 화포가 적게 추산해도 20문 이상은 탑재되어 일제히 불을 뿜었다. 녹색의 섬들이 산재하여 풍광이 수려한 바다는, 곧이어 굉음과 포연이 지배하는 살육의 지옥으로 바뀌었다. 화포의 위력이 강하여 적선에 배를 붙여 쳐들어가는 것 등이 불가능했다. 야스하루가 아는 해전의 전술이란 그런 것뿐이었다.

우박처럼 쏟아지는 포탄에 맞아 누각이 부서지고, 전망대는 산산이 박살났으며, 군사들은 폭풍을 맞아 바다로 떨어졌다. 죽을 힘을 다해 총으로 응전했으나 적선의 두꺼운 판재(板材)에 이중, 삼중의 화살막이를 덧대서 생각한 것만큼 타격을 줄 수가 없다. 우리 쪽의 손모(損耗)가 일방적으로 늘어날 뿐이었다. 반격의 실마리조차 찾지 못하던 야스하루는 조선 수군에게 완전히 포위되었음을 깨닫고는 소름이 끼칠 것 같은 공포에 휩싸였다. 그 시각쯤에는 그가 탄 기선(旗船)도 누각이 떨어져 나가서, 야스하루는 상갑판으로 내려와서 전투를 지휘할 수밖에 없었다. 뱃머리는 포탄에 부서졌고 선체도 손상을 많이 입었다.

조선의 수군은 연속해서 화포를 퍼부으며 육박해 왔다. 그 중에서도 위협적인 것이 있었으니 바로 거북선이었다. 그것은 거대한 거북을 연상시키는 대형 전선이었다. 뱃머리에 거대한 용의 머리를 얹었고, 입에서는 황색 연기를 뿜어내었다. 양현(兩舷)에도 화포를 탑재하였는데 그 수는 일반 대형 전선의 두 배 가까이는 될 것 같았다. 거북 모양의 전선은 온 선체가 떨릴 만큼 일제히 포격을 연발하며 중형선 비슷한 쾌속선으로 접근해 온다. 흡사 바다의 괴물 같았다. 확인할 수 있는 것만을 따져도 세 마리, 아니 세 척은 되었다. 압도적으로 강력한 화포 공격을 받아, 와키자카 전선의 공격이 약해진 것을 알아채고는 적의 대형 전선이 선체로 공격을 가해 왔다. 엄청난 비용을 들여 건조한 전선이 야스하루의 목전에서 파괴되고 깨지며, 바닷속으로 가라앉고 있었다. 야스하루는 이 기막힌 광경을 무기력하게 바라만 보고 있을 뿐 어찌할 도리가 없었다.

도저히 방법이 없다고 생각되어 퇴각을 명령하려는 찰나, 선미에서 공포에 질린 외침소리가 들려왔다. 뒤돌아본 야스하루의 눈에 비친 것은 돌진해오는 거대한 용의 머리였다. 그것이 거북 모양 전선의 선수임을 알았을 때, 거대한 충격으로 기선을 밀려나고 있었다. 목재가 부러지는 소리가 여러 번 나더니 배가 일거에 기울었다. 야스하루의 아타케부네를 덮치듯 부수면서 거북 모양의 전함이 돌진하고 있다.

이렇게 되니 지휘고 무엇이고가 있을 수 없다. 야스하루는 가라앉는 기선을 버리고, 구출하러 온 중형선 세키부네로 바꿔 탔다. 그러나 이 배도 얼마 안 가서 포격을 받아 가라앉았다. 야스하루는 간신히 전투 해역에서 벗어나 거제도에 상륙하여 뗏목을 만들어 타고 부산까지 도망쳐 살아 돌아올 수 있었다. 그야말로 구사일생이라는 말을 체험했던 것이다.

당연히 히데요시는 야스하루를 크게 꾸짖었다. 용인에서 세운 무공도 없었던 것이 되고 말았다. 그 후 5년, 와키자카 야스하루는 이순신과 조선 수군에게 보복할 일만을 모든 욕망의 우선순위에 두고 살아왔다. 선체를 공고히 하기 위해 용골을 넣은 아타케부네의 건조에 힘을 쏟는 한편, 군사들에게도 함상의 화포 공격을 중심으로 맹훈련을 시켰다. 과거의 배, 과거의 전법으로는 조선 수군에 맞설 수 없음을 야스하루는 뼈에 사무치도록 깨달았던 것이다. 오로지 복수하고자 하는 일념으로 와키자카 수군을 재건한 야스하루는 사흘 전, 칠천량 해전에서 드디어 숙원을 풀 수 있었다. 더욱이 다시 견내량을 넘어 이 바다에 조선 군사의 시체를 버리게 되다니.

와키자카 야스하루는 독경이 끝나자 걸상에서 일어났다. 앞길에는 세모꼴의 봉우리를 이고 있는 성의 모습이 빗속에 부옇게 흐려

보인다.

"여기서의 일은 끝났다. 서둘러 노를 저어라. 이제 한산도가 바로 저기다."

견내량에서 밀려오듯이 나타난 왜놈의 대수군이 한산도를 목표로 가고 있는 모습이 보인다. 이병용(李炳龍)은 이 광경을 내만인 두을포(豆乙浦)가 내려다보이는 산 중턱에서 내리는 비를 그대로 맞으며 이를 악문채 응시하고 있다. 왜놈의 함대는 전투 대형을 짜지도 않고, 전선들이 각각 제멋대로 항행하고 있다. 그런 위용에는 해전에서 승리했다는 여유만만함이 느껴졌다. 그것은 조선 수군이어야만 했을 것이다. 그런데 경상 우수사인 배설(裵楔)이 이끄는 패잔 전선은 사흘 전인 16일 저녁에 바쁘게 두을포에 상륙하더니 자기들의 손으로 관사, 무기고, 군량 창고 등에 불을 놓고는 다시 서쪽으로 멀리 달아났다.

"곧 왜의 수군이 나타날 거야. 자네도 승선하는 것이 좋을 것이야."

마치 귀신에게라도 쫓기는 듯한 형상으로 배설이 권하는 것을 이병용은 즉석에서 거절했다. 충청 수영의 우후(虞侯)인 이병용(李炳龍)은 한산도 수비의 책임자였다. 아무리 수군이 패한 뒤라고 해도 섬에서 도망치는 것은 그의 자존심이 허락지 않았다. 섬에는 1만 명이 넘는 주민들이 있다. 그들을 남겨 두고 자기들만이 살겠다고 도망치는 일 따위는 치욕 이외에 아무 것도 아니다. 그러나 무정하게도 이병용의 부하 중 태반이 배설을 따라 섬을 뜨고 말았다.

이병용의 곁에 남은 것은 고작 20명 남짓한 군사들인데, 이들만으로는 1만 명의 섬주민을 지키고 상륙하는 왜군을 상대하기란 도저히 불가능한 일이었다. 가지고 있는 무기라고 해야 조총 5자루에, 각궁(角弓)이 사람수만큼, 그리고 각자가 차고 있는 환도가 고작이다.

수군의 버림을 받은 주민의 대부분은 두려움에 질려 집을 버리고 산에 들어가 숨었다. 그러나 그로부터 사흘이 지나자 왜군이 당분간은 오지 않을 것이라는 낙관적인 관측이 널리 퍼짐에 따라 산에 숨어 있던 주민들이 집으로 돌아오기 시작했다. 그런 시기에 왜의 수군이 견내량에서 모습을 나타낸 것이다.

상황은 절망적이었다. 역시 배설의 말을 들었어야 했던가 하는 생각이 문득 이병용의 뇌리를 스쳤다.

"사또."

그를 부르는 소리에 이병용은 뒤를 돌아보았다. 사또란 군대에서 상관을 부를 때 쓰는 경칭이다.

그의 곁에 남은 17명의 군사가 뺨에 홍조를 띠고 늘어서 있다. 모두 아직 10대의 젊은이들이다. 빗방울이 떨어지는 전립(戰笠) 밑으로 보이는 얼굴은 하나같이 앳된 모습이나, 긴장으로 표정이 굳어 있었다. 가장 연장자인 김봉성(金鳳星)이 전원을 대표하여 말했다.

"목숨은 아깝지 않습니다. 저희의 목숨 따위는……. 그러나 농민들을 지키지 못한다는 것은 유감입니다."

"어찌 하려구?"

"죽이겠습니다, 왜군을. 한 놈이라도 더요."

소년병들이 힘주어 고개를 끄덕였다.

그들의 결연한 눈빛을 보면서, 이병용은 가슴 밑바닥에서 뜨겁게 치밀어 오르는 그 무엇을 느꼈다. 다시 한번 바다 쪽을 보았다.

왜 수군의 배 그림자는 더욱더 다가오고 있다. 낮이 지나고 밤이 되면 왜놈의 무리가 메뚜기처럼 상륙할 것이고, 조선 수군의 본영이었던 한산도는 곧 살인과 약탈 그리고 강간의 지옥으로 변할 것이다. 그런 것을 보느니 차라리 죽는 편이 나으리라.

"그래, 알았다."

이병용은 결의에 찬 소년병들의 뜻을 받아들였다.

"죽이자, 단 숫자가 중요한 것이 아니야. 가능한 한 지위가 높은 왜군을 노려야 한다."

이른 아침, 삼가(三嘉)를 출발한 이순신과 그 일행은 전혀 그칠 기미가 보이지 않는 비에 여장이 젖는 것도 아랑곳하지 않고, 남으로 길을 계속 재촉하고 있었다. 하천의 물이 불어 산길은 무척 험했다. 신경이 날카로워지고, 피로가 엄습한 이순신은 유희에게 신경쓸 겨를이 없었다.

서울로 향하는 김식은 역참에서 도중에 말을 바꿔 타면서 북상을 했으나, 아직 전라도 전주에 도착했을 뿐이었다.

한산도의 산속에서 이병용과 소년들이 죽음을 각오하고 있을 무렵, 우키타 히데이에가 탄 대형 아타케부네인 "구로사기마루(黑鷺丸)"는 5척의 호위선과 함께 부산의 부두에 닻을 올리고, 80정의 큰 노를 규칙적으로 저으면서 서쪽으로 향했다. 한산도로 간 수군 장수들을 좇아 앞으로의 작전을 협의하기 위해서이다.

웅천의 앞바다에서 고니시 유키나가가 이미 배를 띄워 히데이에를 기다리고 있었다. 자신의 세례명을 배이름으로 삼은 기선, 돈 아고스티뉴를 멋지게 다루어 어렵지 않게 구로사기마루에 접근시켜

하단을 측현(側舷)의 경첩으로 묶어 두었던 널빤지를 깔았다. 장신의 유키나가는 흰 망토를 비바람에 펄럭이며, 날렵하게 그 위를 밟고 건너왔다. 젊었을 적부터 거친 파도를 헤치고, 드넓은 바다를 좁은 듯이 누비며 조선, 고아(Goa), 마카오, 루손, 나아가 멀리는 말래카까지 무역을 해 온 바다 사나이에게 걸맞은 선상의 몸놀림이었다.

"히데이에님, 배를 아주 잘 만드셨습니다."

유키나가는 히데이에의 구로사기마루에 바다 사나이다운 예민한 반응을 보이고는 바로 감탄사를 보냈다. 그 이름 그대로 선체를 까맣게 도장한 히데이에의 배에는 30문의 대포가 장착되어 강력한 전투 능력을 보유하고 있다. 이제는 이 구로사기마루가 히데이에의 성이었다. 같은 해에 히데이에는 그렇게 바라던 대로 비젠 오카야마에 거성(居城)을 준공하고, 히메지의 시로사기성(白鷺城)에 대비하여 구로사기성이라고 했다. 그런데 낙성식도 하기 전에 조선의 재침공 길에 오른 것이다.

"서먹서먹하게 대하지 말게나, 고니시."

"그럼 히데이에님, 앞으로는 이름만 불러도 될까요?"

뺨을 적시는 비를 닦으려고도 하지 않고 유키나가는 흰 이를 드러내며 웃었다.

남자다운 믿음을 느끼게 하는 미소 띤 얼굴이다. 히데이에는 26세인 지금도 유키나가를 토면 숙부에게서 느끼는 것과 유사한 감정을 갖게 된다.

고니시 유키나가는 사카이(堺) 상인 집안의 약종상인 고니시 류사(小西隆左)의 차남으로 태어났다. 고니시가의 무역 선단을 지휘하며 활약했으나, 아버지 류사의 명으로 우키타 집안을 모시는 무사가 되었다. 히데이에와는 그때부터 인연을 맺게 되었다. 유키나가는 히데이에의 주위에 있는 무사하고는 전혀 다른 이질적인 사람이어서 이방인이라고 할 정도였다. 가신들이 자기네 영지에 집착하여 영지를 늘리려고 급급해하는 중에도 유키나가는 멋진 바다, 그리고 바다에서 보는 밤하늘의 아름다움, 바다 반대편에 있는 다양한 외국 인종, 문화의 다채로움을 어린 히데이에에게 열심히 일러 주었다. 외국인과 교우하는 즐거움, 외국의 문화를 존경하는 중요성도 설명해 주었다. 원래부터가 무역상이던 그는 더없는 모험가였다. 또한 도량이 깊고 섬세하면서도 호담하고, 지략이 풍부하며, 사람, 바다, 별을 사랑하고, 꿈을 잃지 않는 낙천가, 이것이 바로 고니시 유키나가라는 사나이이다.

유키나가가 무장의 길을 걷기 시작한 것은 오다 노부나가의 일개 참모 장수에 불과한 우시바 히데요시(羽柴秀吉)의 눈에 들었던 것이 발단이었다. 모리(毛利)의 공격을 인연으로 우키타가는 히데요시와 왕래하기 시작했고, 유키나가는 히데요시의 직속 참모인 가신으로서 발탁되었다. 노부나가가 사망한 뒤, 전국 통일을 목표로 한 히데요시를 유키나가는 자기의 재능과 수완을 아낌없이 발휘하여 그를 지지하여 히고(肥後)의 우토(宇土) 24만 석의 다이묘로까지 출세시켰다. 견원지간으로 알려진 가토 기요마사가 "약장수"라고 놀리며 도발해 와도, 그런 것에는 전혀 신경을 쓰지 않았다. 반대로 기요마사는 우스운 소인배로 보일 정도였다.

유키나가가 이시다 미쓰나리, 나쓰카 마사이에(長束正家), 마시타 나가모리와 같은 사람들과 친한 것은 사실 그가 경탄할 만한 전략가이며, 전투에 능한 사람임을 5년 전의 조선 침공시에 충분히 실증시

컸기 때문이다. 제1군을 이끌고 바다를 건넌 유키나가는 노도와 같이 진격하여 조선군을 연파하고, 순식간에 서울을 점령하여 다른 여러 장수들을 놀라게 했다. 제2군의 가토 기요마사, 제3군의 구로다 나가마사는 유키나가의 뒤를 따라 서울에 입성했을 정도였다. 이것은 조선군이 약했기 때문이 아니다. 전라도 공략을 목표로 한 고바야카와 다카카게, 모리 데루모토(毛利輝元), 안코쿠지 에케이(安國寺惠瓊) 등은 조선군의 통렬한 반격을 받아 목적을 달성할 수 없었다.

그러나 그렇게까지 히데이에에게 외국과의 교우를 설명한 유키나가가 조선 침공의 선봉장을 맡게 된 것은 아이러니라고밖에는 달리 설명할 수가 없었다. 평양에서의 퇴각 이후, 유키나가가 적극적으로 추진한 속사정을 히데이에는 알고 있을 것이라는 생각이 들었다. 원래 히데요시 외에는 어느 한 사람도 바라지 않는 전쟁이다. 강화 교섭이 결렬되고 다시 침공을 하게 된 지금, 유키나가는 무슨 생각을 하고 있을까.

비에 젖은 유키나가의 얼굴에는 그 어떤 생각도 겉으로는 전혀 드러내지 않았다.

"공교롭게도 비가 오는군. 얼마 전까지 이 바다도 일본의 비젠, 아키(安芸)에 뒤지지 않을 만큼 경치가 아름답다고 와키자카가 그랬는데."

"이제는 관광 유람을 하겠구만요, 그들은."

"한산도는 쉽게 점령할 수 있겠지?"

"모르기는 해도 조선 수군은 본영을 버리고 도망간 후이니까요."

유키나가는 고개를 끄덕하고는, 히데이에에게 통고만 하고 재가도 받지 않고 한산도까지 간 수장들의 잘못을 언급했다. 한산도 점령은 당초의 작전 계획에는 들어 있지 않았다. 사흘 전의 해전이 이 정도의 대승리로 끝낼 수 있으리라고는 그 누구도 상상조차 할 수 없었기 때문이다.

"뭐 군령 위반이라고까지야 할 수 없겠지. 승리에 도취되어 군사를 전진하도록 하는 것은 전쟁에서는 흔히 있는 일이니까. 지금 그 담당관도 함께 와 있어. 한산도 점령은 적절하다고 봐. 그러니 이 정도로 하지."

군감(軍監) 모리 다카마사(毛利高政)는 제1차 침공 때나 지금이나 똑같이 스파이의 임무를 띠고 왔다.

"그렇지만 군사들을 멋대로 진격시킨 것은 히데이에님께도 누가 될지 모르겠는데요."

"그렇지 않아도 그대로 되고 있지."

히데이에는 팔짱을 꼈다.

고바야카와 히데아키를 명목상의 최고 사령관으로 한 재침공군은 당면한 공략 목적지를 전라도의 전주(全州)로 정하고, 전군을 좌우로 나누어 진격하기로 이미 결정되어 있었다.

오른쪽을 맡은 우군은 모리 히데모토를 총대장으로 하고 가토 기요마사, 구로다 나가마사, 나베시마 나오시게, 초소 가베모토치카(長宗我部元親), 나카가와 히데나리(中川秀成) 등으로 구성되어, 부산에서 전주로 향하여 오른쪽, 즉 내륙으로 진군한다.

왼쪽을 맡은 좌군은 우키타 히데이에가 총대장을 맡고, 고니시 유키나가, 시마즈 요시히로, 하치스카 이에마사(蜂須賀家政), 모리 요시나리(毛利吉成), 이토 스케타카(伊東祐兵), 이코마 가즈마사(生駒一正) 등이 왼쪽 해안을 따라 진격한다. 전주에 도착하는 것은 약 한 달

후인 8월 말로 예정하고 있다.

우군 약 6만3400명, 좌군 약 4만9600명으로 결코 적은 숫자가 아니다. 좌군에는 도도 다카토라, 가토 요시아키, 와카자카 야스하루, 구루시마 미치후사 등의 수군 7200명이 속해 있기 때문이다. 좌우의 양군 중에서 어느 부대가 먼저 전주에 도착하느냐 하는 것은 양군의 명예가 달린 문제이다. 우군은 수적으로는 뒤떨어지지 않지만, 좌군을 이끌고 있는 히데이에로서는 수군의 병력을 지상전에 투입시켜야 할 것이라고 판단했다. 이제 더 이상 수군의 단독 행동은 바랄 수 없게 되었다. 그 점에서는 유키나가의 생각과 일치했다.

"이대로 배를 타고, 서울로 쳐들어가고 싶은 생각이 굴뚝같으실 겁니다. 현재의 군세가 막강하니까요."

"알았네. 당분간은 한산도 이서에서 수군의 단독 행동은 삼가는 방향으로 설득하도록."

히데이에의 이 말에 유키나가는 미소를 지었다. 그 웃음의 의미를 히데이에는 몰랐으리라.

제 3 장

—

모략의 다이묘 도도 다카토라

해가 일몰을 재촉하고 있다. 이병용의 예상대로 왜군의 무리는 날이 저물자 한산도에 무혈 상륙했다. 그들의 눈에 들어온 것은 조선의 수군이 도망가고 난 후, 잿더미로 바뀐 본영과 사람들이 피난가고 없는 빈 집뿐이었다. 왜군들은 곧바로 섬 안을 수색하기 시작했다. 빗속에서 주민들이 계속 잡혀 나오고 있었다. 왜군에게는 인간이 전리품인 셈이다. 붙잡힌 섬사람들은 조선 주둔 왜군의 노비로서 일을 하거나 일본으로 끌려가 말이나 소 이하의 취급을 받으며 혹사당할 것이다. 아니면 노예로 멀리 팔려나갈 것이라는 소문도 있었다.

눈앞에서 왜군의 총칼에 쫓기어 울부짖으며 연행되어 가는 섬사람들의 비참한 모습을 이병용과 소년병들은 숲속에 숨어서 보고 있었다. 그들은 가슴이 찢어지는 아픔을 참고 그저 바라볼 뿐이었다.

이병용 일행은 오로지 기다리는 수밖에 없었다. 그들의 죽음과 맞바꿀 수 있는 고위직 왜군이 나타날 때까지를. 그러나 섬 안을 뒤지고 다니는 왜군은 모두 더러운 훈도시(褌, 살을 가리던, 지금의 팬티 같은 내의)에 전립을 쓴 지위가 없는 군졸들뿐이었다.

"더 이상 기다릴 수는 없습니다, 사또."

더 이상 참지 못하고 김봉성이 외쳤다. 자리에서 일어나 전통에서 편전을 뽑는다. 활을 사용하는 수밖에 없었다. 저녁이 되자 비는 멎었으나, 화약이 이미 비에 젖어 조총은 사용할 수 없게 되었다.

"봉성아, 조금만 더 기다리자."

이병용은 소년병의 손을 잡아끌며 고개를 가로로 저었다. 김봉성의 서두르는 기분은 잘 알 수 있었다. 해는 벌써 서쪽 바다의 저쪽으로 스며들고, 이병용 역시 김봉성과 같은 마음이었다. 그렇다고 한낱 왜군의 졸개를 찌르다 실수라도 한다면 그야말로 개죽음 당하지 않겠는가.

그들은 밤이 더욱 깊어가기를 기다렸다. 야음을 틈타 화공(火攻)이라도 할까 하는 생각이 머리를 스쳤다. 그러나 왜군의 숙영지에 접근하기 위해서는 조선 수군의 복장을 한 채로는 불가능하기에 왜군의 모습으로 변장을 해야 한다. 이병용은 왼쪽 전방의 숲속을 탐색하고 있는 왜군의 소대를 보고 고개를 가로로 저었다. 저것이 인간의 모습인가. 저럴 수는 없다. 문명국의 인간이 저런 야만인의 모습이란 말인가. 생각만으로도 몸서리가 쳐졌다.

"사또, 저놈을……."

다른 소년병이 이병용의 소매를 잡아끌었다. 산정으로 통하는 길을 보니 부하 10여 명을 거느린 왜놈이 걸어온다. 금색 바탕에 감색 무사복 정장을 차려입었으나 갑옷은 걸치지 않았다. 나이는 50이 넘어보인다. 구릿빛의 얼굴에서 풍기는 분위기로 보아 한낱 졸개같지는 않다. 틀림없이 장수격일 것이라고 이병용은 즉시 판단했다.

"저놈을 노린다. 모두 활시위를 당겨라."

김봉성을 위시한 소년병에게 명령을 내리고 자신도 활시위를 당겼다. 왜군 장수는 옆의 부하들에게 왜말로 무엇이라고 지껄이면서 여전히 길을 재촉하고 있다. 이병용은 표적과의 거리를 재빨리 목측했다. 10m도 안 된다. 빗나갈 염려가 없는 거리이다.

"발사!"

이병용은 이렇게 외치며 숲에서 뛰쳐나와 활을 쏘았다. 활줄이 튕기는 소리가 주위에서 연속해서 들렸다. 장수를 따라서 가던 여러 명의 왜군이 화살을 맞고 땅에 고꾸라졌다. 그러나 정작 목표로 삼았던 장수는 고꾸라지지 않았다. 가장 가까이에 있던 장신의 남자가 재빠른 솜씨로 장수의 몸을 감싸더니, 전광석화처럼 칼을 빼서 휘둘러 화살을 공중에서 막아냈다. 저무는 석양이 금색으로 빛나는 장발과 녹색의 눈을 비추었다.

이 남자의 용모에 이병용은 머리칼이 쭈뼛섰다. 이런 머리색과 눈동자는 지금까지 본 적이 없다. 이 남자는 그 자리에서 장수를 넘어뜨리고는 그 위에 자기의 몸을 덮쳤다. 그러자 장수를 따르던 왜군들이 칼을 빼들어 소리를 지르며, 이병용과 소년병이 있는 숲으로 쇄도해왔다.

두 번째 활을 쏠 여유는 없었다. 이병용은 활을 버리고 소년병들에게 산개 명령을 내리고는 자신도 환도를 뽑았다. 이렇게 된 이상은 한 놈이라도 왜군의 목을 더 많이 베어 죽이는 수밖에 없다.

왜상투를 한 왜병의 칼을 환도로 쳐내고 배를 그었다. 칼이 갈비뼈를 절단하는 느낌이 나며 왜병의 입에서 외마디 비명 소리가 흘러나왔다. 붉게 퍼져가는 석양 가운데 선혈이 낭자했다.

"이 원수의 왜놈!"

이병용은 피투성이인 환도를 번쩍 쳐들고 포효했다.

뒤를 따라오던 왜군들이 주춤거렸다. 그 틈을 노려서 이병용은 후퇴했다. 바로 뒤는 나무가 우거진 원시림이다. 거목을 지고 있으면, 이제 몇 놈의 왜병쯤은 저 세상으로 보내 줄 자신이 있다.

곁눈질로 소년병들의 상태를 돌아보았다. 도망가는 사람 하나 없이 모두 용감하게 왜군과 맞서고 있다. 모두가 죽을 각오로 단단히 맞서고 있다. 이병용의 가슴은 뜨거워졌다. 소년병은 2인이 한 그룹이 되어 왜군에 대적하였다. 그들은 상처를 입으면서도 조금도 위축되지 않았다.

그런데 그 상황도 그리 오래 계속되지는 못했다. 고양이 눈을 가진 자그마한 사나이가 나타나 왜말로 무엇이라고 외치자 왜군 졸개들이 당황하여 황급히 후퇴하기 시작했다. 그 자그마한 사나이는 품속에서 지름이 30cm쯤 되는 원반을 꺼냈다. 은빛을 띠고 있었는데 석양에 반사되어 빨갛게 빛났다. 그 사내는 그것을 가볍게 공중으로 던졌다. 원반은 소년병을 겨누고 있었다.

이병용은 눈을 크게 떴다. 소년병들이 몸을 숨길 사이도 없이 원반은 계속해서 그들의 목을 절단해 갔다. 그 일대가 금세 피로 물들어갔다. 소년병들의 몸통에서 잘린 머리가 비에 젖은 땅에 떨어지며 내는 둔탁한 소리가 계속 이어졌다.

이병용의 옆에서는 김봉성이 계집애 같이 예쁘장한 왜놈을 상대로 싸우고 있다. 그러나 검술의 기량에 차이가 너무 많이 났다. 그 사실을 알았는지 왜놈은 엷은 미소를 띤채 김봉성이 필살의 각오로 공격하는 칼을 여유만만하게 받아넘기고 있다. 김봉성의 주위를 춤추듯이 이동하며 흰 칼날을 내찌르는 모습이 얄미울 정도다. 그럴 때마다 소년병의 흰 옷은 조금씩 붉게 물들어 갔다. 이것은 조롱이며, 괴롭힘이고, 놀림인 것이다.

그러나 안타깝게도 김봉성을 구원할 여유가 이병용에게는 없었다. 그 자신도 눈앞의 두 왜놈을 상대하고 있었기 때문이다. 왜군이 이병용을 향해 괴성을 지르며 공격해오자 이병용은 슬쩍 몸을 돌려 피했다. 왜놈의 칼이 거목에 깊이 박혔다. 필사적으로 칼을 빼려고 안간힘을 쓰는 왜군의 목을 옆으로 그어 벴다. 피가 처참하게 솟구친다. 또 한 놈의 왜군이 누렇게 찌든 듬성한 이를 드러내며 달려든다. 이병용은 지면에 몸을 누인 채 발걸이로 왜군을 쓰러뜨린 후 그 위에 말타듯이 올라타 가슴에 환도를 꽂았다. 왜군이 단말마의 비명을 지르며 경련을 일으키는 것이 사타구니로 전해져 왔다. 인간을 죽이고자 하는 생각은 없다. 단지 불결한 해충을 밟아서 으깨 버릴 뿐이다.

"봉성아!"

이병용은 소년병을 도우려고 일어섰다. 그러나 눈 앞에는 그 녹색 눈의 사내가 가로막고 있었다. 조금 전 본 이상한 사내가 어느 틈엔지 지근거리에 와 있다. 이 남자가 있었던 탓에 왜군의 장수를 죽일 수 없었던 것이다.

"죽고 싶냐, 요 왜놈의 새끼." 이병용이 크게 휘두른 환도의 끝에 피가 튀어 그 사내의 입술에 묻었다. 그 사내는 혀를 내밀어 피를 핥왔다. 사내의 입술이 천천히 움직이며 중얼거리는 소리가 들려왔다. 낮은 웃음소리와 함께.

"죽고 싶은 것은 너겠지."

조선어, 그렇다. 그 말은 분명히 조선어였다. 그것도 완벽한……. '왜?' 라는 생각이 드는 순간 그 남자의 녹색 눈이 이상하게 빛나기 시작했다. 이윽고 이병용의 몸에서 힘이 빠져나가며 의식은 어둠 속으로 용해되어 갔다.

복부에 둔한 통증을 느끼며 의식을 되찾았을 때 주위는 어둠에 싸여 있었다. 전투라고 할 수 있을지 어떨지 모르겠지만, 어쨌든 전투는 끝났다. 이병용의 주위에는 목이 잘려 나간 소년병들의 시체가 널려 있다. 그런데 녹색 눈의 사내 모습은 어디에도 안 보인다. 이상한 무기로 소년병들의 목을 베었던 고양이 눈을 가진 자그마한 그 사내도, 김봉성을 골려 주던 그 계집애 같은 사내도, 이병용이 실수하는 바람에 죽이지 못한 왜장도 사라지고 없었다.

그 대신 그를 둘러싸고 있는 것은 몇 명의 더러운 왜군 졸개들이었다. 그 중의 한 놈이 곤봉으로 배를 때렸다. 이병용은 신음소리를 낼 뿐 그 무엇도 할 수가 없었다. 두 손은 뒤로 단단히 묶여 있다. 왜군들이 거칠게 일으켜 세웠다. 온몸이 어디 한 군데 안 아픈 곳이 없다. 설사 묶여 있지 않다 하더라도, 저항할 엄두도 내지 못할만큼 아프다. 틀림없이 의식을 잃은 동안에 무척이나 채이고, 얻어맞은 모양이다. 동료를 잃은 복수를 이병용에게 한 것이다.

"어디로 데려가려느냐?"

간신히 입을 열어 말을 했지만, 전혀 통하지가 않았다. '저들은 야만인이야……. 어차피 문자도 모를 거야' 왜군들은 의미를 알 수 없는 괴성을 지르고는 와자그르르 웃었다. 그들이 칼끝을 들이대는 바람에, 이병용은 비틀거리는 걸음으로 산을 내려왔다. 어둠이 더욱 짙어지자 밤하늘에는 별이 빛나며 이지러지기 시작한 달이 맑게 떠오르고 있다.

두을포 해안까지 오니 여기저기에 지은 지 얼마 되지 않은 왜군의 막사가 늘어서 있다. 막사 주위에는 화톳불이 빨갛게 타오르는 가운데 사방에서 술판이 벌어졌다. 이미 술에 흠뻑 취한 왜군들의 와자지껄한 웃음소리가 주위에 가득 퍼졌다. 그 웃음소리에 섞여, 어디선가 비통하게 울부짖는 소리가 들려온다. 가끔 울음 섞인 여인네의 비명소리가 들리는 것은 왜군들이 조선의 여인들을 윤간하기 때문이리라. 이병용은 입술을 깨물었다. 손이 뒤로 결박되어 있으니 귀조차 막을 수가 없다.

잔교에는 수십 척의 거대한 왜선이 정박해 있다. 그 밖에도 수많은 전선이 달빛을 받으며 만내를 가득 메우고 있다. 등불이 흔들리는 배 위에서도 주연은 벌어진 모양이다. 악몽과 같은 광경이라고밖에는 달리 표현할 수가 없다. 3도 수군의 본영으로 4년, 이 만(灣)에 정박하는 배는 조선 수군의 전선뿐이었다. 누가 이런 광경을 상상이나 했겠는가. 이병용은 그들에게 이끌려 걸음을 옮겼다. 잠시라도 걸음을 멈추면 왜군들은 사정없이 곤봉을 휘둘렀다. 왜군의 막사를 거의 다 지날 무렵이었다.

"이병용 나으리!"

하는 소리에 걸음을 멈췄다. 굵은 울짱으로 둘러친 속에 노인, 중년 여인 등 20명이 넘는 사람이 갇혀 있다. 모두 이병용이 아는 얼굴들뿐이다. 통제영에서 밥하는 일을 하던 여인, 다음 달이 출산 예정이라던 임신한 어부의 아내, 수확한 채소를 가져다주었던 노인들. 이병용은 연행되어 간다는 사실을 잊은 채 자기도 모르게 그 울짱으로 발길을 옮겼다.

"걱정들 하지 말게. 이제 구해 주러 올 걸세, 반드시."

왜군이 입에 담지 못할 욕을 마구 지껄이며 포승줄을 죄었다. 이병용은 난폭하게 다시 끌려갔다. 비틀거리면서도 그는 계속 외쳤다.

"희망을 잃지 말게. 반드시 이순신 장군께서……. 장군께서 3도의 수군을 이끌고 돌아오실 테니까. 그때까지 참고 견뎌야 해."

고개를 떨구고 있던 섬사람들의 얼굴에 생기가 되살아나는 것이 보이는 순간, 왜군의 곤봉이 배 부근을 때리는 바람에 이병용은 호흡이 끊어질 듯한 통증을 느꼈다. 자신이 생각해도 무슨 용기로 이런 말을 했는지 몰랐다. 그러나 이것만은 확실하다. 이순신 장군께서 복귀해 오신다는 것은……. 자기도 모르게 뱉은 자신의 말에 힘을 얻어, 통증이 점차 사라지고, 조금씩이나마 힘이 회복되는 것을 느꼈다. 아직 희망의 끈을 놓기는 이르다. 왜군의 주먹이 날아들었다. 모르기는 해도 입가에 왜군들을 비웃는 모습이라도 보였던 모양이다.

입속에 넘치는 피의 비릿한 맛을 느끼면서, 이병용이 연행된 곳은 왜군의 막사에서 약간 떨어진 한 민가였다. 왜군에게 접수되었음을 말해 주기라도 하듯 문 앞에는 화톳불이 타오르고 왜군 2명이 문을 지키고 있다. 감색 바탕에 흰 동그라미 세 개가 세로로 나란히 새겨진 깃발이 게양되어 있다. 이병용으로서는 도저히 알 수 없는 표지인 '감색 바탕에 흰 동그라미 3개'는 도도 다카토라의 깃발표지이다.

이병용은 마당에 연행되어 선 채로 기둥에 결박되었다. 이번에는 팔뿐만 아니라 두 발과 목까지 묶였다. 단단히 묶인 것을 확인하자 이병용을 연행해 온 왜군들은 경멸하는 투로 왜말을 지껄이며 모습을 감췄다.

완전히 어두워진 가운데 혼자 남겨지자 오히려 냉정함을 되찾을 수 있었다. 이병용은 앞으로 자신이 어떻게 될 것인가를 생각했다. 모르기는 해도 먼저 심문을 하겠지. 이병용은 포로로 잡힌 왜군을 심문하는 자리에 여러 번 입회했었다. 포로로 잡힌 왜군은 목숨만을 살려달라고 하며 모든 것을 실토했다. 자기의 이름, 역할, 상관의 이름, 군단의 구성, 군영의 소재지, 알고 있는 작전 계획까지도. 비굴할 정도로 아첨을 떨며 묻지도 않은 말까지 스스로 자진해서 뱉어냈었다. 그때마다 이병용은 아연실색했다. 인간이 이렇게까지 비굴해질 수 있단 말인가……. 과연 왜놈이다. 이번에는 자신의 위치가 바뀌어 그런 왜놈의 입장에 놓이게 되고 말았다. 꼴사나운 흉내는 결코 내지 않으리라. 문명국의 인간임을 보여주어야만 한다.

그때 이병용은 옆방이라고 생각되는 근처에서 인기척을 느꼈다. 야수 같이 거친 낮은 신음소리와 거친 숨소리에 여인의 흐느껴 우는 소리가 섞여 들려온다. 틀림없이 왜놈이 섬의 여인을 데려다 여기에서 겁탈하고 있는 모양이다.

갑자기 근처에서 불을 켜는 소리가 났다. 어느 틈엔가 마당으로 누군가가 들어왔다. 천장에 촛대의 불꽃이 일었다. 촛불에 비추어 떠오른 것은 이병용으로서는 잊을래야 잊을 수 없는 얼굴이었다. 녹색 눈의 사나이. 어깨까지 길게 기른 금색의 머리칼이 촛불에 비춰 일렁이고 있다. 그 이외에는 특징이 없는 왜놈의 얼굴이지만, 왜놈치고는 코가 오똑하고, 턱이 뾰족한 예각적인 선을 그리고 있고, 게다가 피부는 무척 희다.

"힘들겠지만 조금만 참고 있어. 솔직하게 대답하면 금방 풀려날 수 있을 테니."

"어, 어떻게 우리말을?"

"왜놈인 주제에. 그렇게 말하고 싶었지?"

"조선 사람이란 말인가?"

이병용은 그 사내를 노려보았다. 말만 들어서는 그렇게 생각할 수밖에 없었다. 유감스럽게도 이 문명국 조선인이면서 야만인 왜놈과 내통해 그들의 앞잡이가 되어 활동하는 배반자들이 적지 않았던 것이다. 그러나 이 사내의 얼굴은 아무리 보아도 조선인의 얼굴이 아니었다.

"일본 사람이야, 너희들이 왜놈이라고 멸시하는……."

이병용의 눈에 비친 의구심을 눈치챘는지, 사내는 끄덕이며 말했다.

"아, 이 눈과 머리 말인가. 반쯤은 외국인의 피가 섞여 있어 그렇지. 포르투갈이라는 나라 사람이야. 그렇지만 나는 어엿한 일본인지. 일본에서 태어나, 일본에서 자라고, 어쨌든 일본 쪽 무장의 이익을 위해 일하고 있어. 그렇지만 나는 아무래도 괜찮아. 지금은 너를 심문하고 있는 거야. 먼저 이름, 그리고 관직부터 말해보게."

이병용은 입술을 꼭 다물었다.

"처음에는 누구나 입을 열려고 들지 않지. 너도 예외는 아니겠지. 이병용. 관직은 충청 수영의 우후(虞侯). 바로 종3품의 고관이지?"

"어, 어떻게 그런 것을?"

"여기로 잡혀오는 도중에 감옥에 갇힌 섬사람들이 그렇게 부르지 않았는가."

이병용은 녹색 눈의 사내를 찬찬히 쳐다보았다. 사실이 그랬다. 그러나 더 나아가 관직까지 알아맞힌 것을 보면 틀림없이 우리나라의 정보에 상당히 정통한 모양이다.

"충청 수영의 우후, 이병용. 그러나 지금은 도도 다카토라님의 포로가 된 입장이다, 애석하게도."

"도도? 아, 옥포에서 참패한 그 도도 다카토라란 말인가!"

이제 그런 사정을 안다 한들 뾰족한 수가 있는 것도 아니지만, 이병용은 힘껏 버텼다.

"도도님께서 아시면 기뻐하실 거야. 우리 도도님은 지금부터 네가 협력해 주기를 바라고 계셔. 예를 들어 전라도 이서의 항로라든가, 하는 것 말야. 이번에야말로 서울에 배를 타고 상륙할 작정이시지. 그렇지만 그건 조금 전까지의 상황이고, 지금 당장 알고 싶은 것은 단 하나……."

녹색 눈의 사내는 말을 끊고, 유도하려는 듯한 그런 미소를 지었다.

"조선 수군에 남은 배는 모두 몇 척인가? 오늘밤의 질문은 이것뿐이야."

이병용은 재빨리 생각을 해보았다. 이제 왜군의 현안을 알았다. 3도 수군을 대파시킨 것까지는 알고 있다. 그러나 우리 쪽이 어느 정도의 전선을 보유하고 있느냐가 불안한 것이다. 그 점을 모르면 한산도 이서에 안심하고 배를 진격시킬 수 없기 때문이다.

"아직 100척은 족히 남아 있다. 상처 한 군데 입지 않은 완전한 상태지. 도도 다카토라에게 그렇다고 전하는 것이 좋아. 무턱대고 진격하다가는 5년 전의 연전연패가 되풀이될 뿐이라는 사실을.”

이러한 이병용의 대답에 이 녹색 눈과 금발의 외국인은 재미있는 농담이라도 듣는 듯한 그런 표정을 지어보였다.

“안되었지만 칠천량에 정박 중이었던 전선이 너희 조선 수군이 보유한 전선의 전부라는 것을 알고 있거든. 통제사인 원균은 전사했지. 수사인 주제에 뭍으로 달아나다 목이 잘렸다고 했어. 충청 수사인 최호(崔湖)— 네 상관이었던 그놈도 전사했고. 전라 우수사인 이억기, 이 친구도 전사했음이 확인되었지. 문제는 경상 우수사인 배설이지. 포로의 증언에 의하면 전투 개시 직전에 휘하의 전선을 이끌고 도망쳤다는군. 이 한산도의 군영에 불을 지른 것도 모르기는 해도 배설의 짓이라고 하던데.”

이병용은 내심 놀랐지만 겉으로 나타내지 않으려고 필사적으로 애를 썼다. 이게 무슨 꼴이란 말인가. 왜놈들은 상황을 거의 정확히 파악하고 있지 않은가. 틀림없이 잔존 전선의 척수도 대개는 짐작하고 있는 모양이다. 단지 그것을 이병용의 입을 통해 확인하고자 할 뿐이다.

“자, 이제 말하지. 배설은 몇 척을 가지고 줄행랑을 쳤지?”

“나는 충청 수영의 우후, 이병용이다. 무운이 없어서 왜놈의 포로가 되었지만 군사 기밀까지 발설할 인간은 아니다.”

이병용은 분명하게 말하고는 입을 다물었다.

침묵이 흘렀다. 옆방인 듯한 곳에서 신음소리와 흐느끼는 소리가 섞이어 선명하게 들려왔다.

이 혼혈 왜놈이 즐겁다는 듯이 웃었다.

"재미있는 구경거리지. 이런 것이라도 보면 생각이 바뀌겠지, 우후?"

이 사내는 금세 이병용의 앞을 가로질러 가더니 마당과 옆방을 막고 있던 격자문을 벌컥 열었다. 횃불을 밝히고 있는 가운데, 비참한 광경이 펼쳐지고 있었다. 평상에 눕혀진 알몸의 여인을 왜놈이 범하고 있다. 아까부터 들려오던 흐느끼는 소리의 주인공이었다. 이미 저항을 포기한 여인은 사내가 유방을 주무르자 허리를 스스로 흔든다. 이병용은 이 여인을 안다. 새로 통제사에 부임한 원균이 본토에서 애첩들을 불러와, 그 전까지 이순신이 작전 계획을 협의하기 위해 사용하던 운주당을 첩들의 숙소로 내주었을 때 보았었다. 지금 옆방에서 당하고 있는 여인은 원래 원균이 총애하던 애첩이었다. 그녀를 범하던 사내가 얼굴을 들었다. 이병용과 시선이 마주쳤다. 그것은 고양이 눈을 가진 바로 그 사내이다. 희귀한 무기로 소년병들의 목을 베었었던 고양이 눈의 그 사내. 그는 야릇한 웃음을 띠며 왜말로 뭐라고 지껄이더니, 보라는 듯이 허리를 내리꽂기 시작했다.

바로 그 옆에 펼쳐 있는, 또 다른 그룹의 만행이 이병용의 마음을 더욱 얼어붙게 했다. 김봉성이 고전했던 그 계집애같이 생긴 검사(劍士)가 네 발로 기는 알몸의 여인 뒤에 짐승처럼 달라붙는다. 단정한 미모는 음란한 색마에 가려져 이미 추악한 것이 되고 말았다. 자세히 보니 당하는 것은 여자가 아니다. 혀를 깨물지 못하도록 입에 헝겊이 물린, 그 얼굴은 바로 김봉성이 아닌가. 소년병의 얼굴은 굴욕의 눈물에 젖어 모든 것을 포기한 그런 표정이었다.

"이, 이런 몹쓸 놈들……. 이것이 사람의 할 짓이란 달이냐!"

옆방에서 눈을 돌린 이병용은 분노에 떨며 이렇게 절규했다.

녹색 눈의 왜놈이 이병용의 얼굴을 재미있다는 듯이 들여다본다.

"사람? 네 놈들이 왜놈을 인간으로 취급해 준 적이 있던가?"

촛불의 불꽃이 크게 너울거리자, 왜놈의 그림자가 벽에서 천장으로 기이하게 뻗쳤다.

"그만 두게 하고 싶으면 실토하라. 남은 배는 몇 척인가?"

"말 못해! 설사 죽는 한이 있어도."

"그으래? 사또께서 살기가 싫으시다고?"

금발의 왜놈은 가늘게 실눈을 뜨며 이병용을 바라봤다.

촛불을 밝히지 못하는 어둠 속에서 지금 막 다른 사내 한 사람이 나왔다. 나이는 금발 왜놈과 같아 보이는 20대 중반. 눈은 가는 붓으로 한 번 슬쩍 그어놓은 것처럼 가늘고, 입술은 거의 없다고 해도 좋을 정도로 얇은데, 마치 가죽을 길게 찢어 놓은 듯 그 양끝이 거의 귀의 근처까지 닿을 정도이다. 뾰족한 이가 아래 위로 연이어 있다. 그 사내는 큰 나무상자를 두 팔에 안고 있다. 살아 있는 것이라도 들어 있는 모양인지 바스락거리는 소리와 함께 귀에 거슬리는 울음소리가 들려온다.

"쥐야."

입이 찢어진 사내가 말했다. 그의 말 역시 또렷한 조선어이다.

"이건 보통 쥐가 아닌, 인육의 맛을 아는 식인쥐야. 입이 고급이라서 시체는 먹지 않거든. 살아 있는 인간이 좋은 먹이가 된다 이 말이야. 그런 놈들이 이 안에 쉰 하고도 두 마리가 있어. 벌써 열흘 동안 아무 것도 먹지 못해서 불쌍하게도 굶주려 있지."

"어, 어쩌려고……."

이병용의 입에서 자신도 예기치 못한 떨리는 목소리가 나왔다.

“먹이를 줄 필요가 있다고는 생각지 않나?”

“머, 먹이라고?”

그 사내는 발 옆에 상자를 내려놓더니, 허리에 차고 있던 작은 칼을 뽑아, 이병용의 옷을 베기 시작했다.

“무슨, 무슨 짓을 하려는 거야?”

“옷을 벗기는 거야. 쥐들이 먹기 쉬우라고.”

이성으로는 제어할 수 없는 공포가 이병용의 전신에 퍼지자 온몸에 경련이 일었다. 피부가 포승줄에 스치며 두 팔과 두 다리가 기둥에 묶여 있다는 것을 새삼 의식하게 해 준다. 그러니 어찌 해 볼 도리가 없다. 이병용은 두 왜놈 앞에서 벌거숭이 몸을 드러내고 말았다.

의복은 곧 문명이다. 문명국의 인간으로서 옷을 벗는 일만큼 굴욕적인 일은 없다. 그러나 그 굴욕을 느낄 여유조차 이병용에게는 이미 없었다. 남아 있는 것은 다만 공포뿐이었다.

옆방에서 김봉성을 범하고 있던 왜놈 검사(劍士)가 이병용의 알몸에 시선을 던졌으나, 바로 흥미를 잃고 소년병의 엉덩이를 계속 다그쳤다.

입이 찢어진 사내가 녹색 눈의 금발 왜인에게 물었다.

“어떻게 생각해?”

“좀 늙기는 했지만 살집이 있어 보이니 쥐들도 불만은 없을 거야.”

왜놈끼리 조선어로 지껄인다. 그것은 일부러 자기가 들으라고 그러는 것임을 이병용은 알 수 있었다. 그리하여 더욱 공포심을 조장하기 위함일 것이다. 산 채로 52마리의 쥐에게 몸이 물어뜯기는 공포를 가중시키기 위해…….

"쥐들이 가장 먼저 어디에 달려들어 뜯어먹는지 가르쳐 주지."

작은 칼 끝이 닿을듯 말듯 미묘하게 이병용의 음경에서 음낭을 애무했다. 움츠러든 성기가 칼 끝에 더욱 위축된다.

"놈들은 여기에 눈이 없어. 음낭의 거죽을 벗겨서 먹고, 그 속에 있는 알맹이 2개를 서로 빼앗는다. 다음은 눈이야. 눈알을 좋아하니까. 눈을 감고 있어도 그것을 물어서 찢고 들어가거든. 그 다음 차례는 입술. 아무리 아파도 비명을 질러서는 안 되지. 입 속으로 쥐가 뛰어 들어가거든. 혀를 먹히고 산 채로 내장이 먹히는 것은 참을 수 없겠지. 그리고 귓불, 다음은 코의 순서지."

입이 찢어진 사내는 차례대로 칼 끝을 이동시켜 가며 말한다.

"그러나 코만은 쥐한테 뜯어먹으라고 맡겨둘 수가 없지. 이번 전쟁을 시작한 분께서, 목은 무거우니까 이제는 코를 가져오길 원하신다. 쥐들이 먹기 전에 코만은 미리 베어 놓도록."

이병용의 공포는 극에 달했다. 쥐떼가 음부를, 얼굴을, 복부를 갉아 먹어 피투성이가 될 자신을 상상하자 금방이라도 미칠 것 같았다.

"어때? 대답할 마음이 내키나?"

눈 앞에서 금발의 왜인이 웃으며 발끝으로 가볍게 상자를 찼다. 수십 마리는 될 듯한 작은 동물들의 발소리와 울음소리가 크게 울렸다.

"산 인간이 쥐에게 먹히는 것도 구경하겠군. 사또, 아까 감옥에 임부가 있던 것을 기억하겠지. 그 여자를 이리로 데려오도록. 쥐는 음낭 이상으로 태아를 아주 좋아하거든."

이병용은 그 사내의 말이 채 끝나기도 전에 입을 열었다.

"13척이란 말이다!"

"종3품인 고관이 용케도 도망가지 않고 남아서 버티고 있었군."

고케쓰 요리후사(纐纈飛驒守)는 기둥에 묶여 허탈한 표정을 짓고 있는 조선 수장을 가련하다는 듯이 보았다. 아까 산중에서는 자기를 습격하려던 용맹스러운 남자였으나, 그때의 투지는 이제 눈을 씻고 찾아도 어디에서건 볼 수가 없다. 얄미운 왜놈에게 귀중한 정보를 넘겨주고 말았다는 자책감으로 이미 폐인이 되어버린 그다.

고케쓰는 이병용에게 시선을 돌려 다테즈 주이치로(盾津銃一郎)의 녹색 눈을 들여다보았다.

"13척이라. 그 자가 분명히 그렇게 말했겠다."

다테즈의 금발이 약간 흔들렸다.

"대형 전선인 판옥선이 12척, 거북선이 1척이라굽쇼."

"거북선 1척을 깨부셨구만. 아, 됐어. 13척쯤은. 그리 신경 쓸 숫자가 못 되지."

고케쓰의 목소리에는 약간의 기쁜 빛이 섞여 있었다.

다테즈가 무슨 말을 하려는 순간, 문이 열려 있던 옆방에서 여인의 감정이 극에 달한 교성이 들리자 고케쓰는 그쪽으로 고개를 돌렸다. 성폭행을 하던 두 그룹 중 한 그룹이 드디어 그 일을 끝낸 참이었다. 독수리를 연상케 하는 고케쓰의 얼굴에 어이없어 하는 쓴웃음이 떠올랐다.

"재미있는 놈들을 데려왔군, 주이치로. 전부가 유용한 것들이야. 이 눈으로 분명히 보게 해주었어."

"어쨌든 도도님께도 뵙도록."

"알았네."

고케쓰는 분명하게 고개를 끄덕이고는 곧바로 의심의 눈초리를 보였다.

"달아난 것이 13척. 그러나 한산도의 서쪽, 전라 우수영과 충청 수영에 아직 그대로 남아 있을 가능성은 어떤가? 정말로 없다고 단언할 수 있겠나?"

새삼스럽게 무슨 말을 하는 것이냐는 의미의 냉소를 지으며 다테즈는 어깨를 움츠렸다.

"어찌 된 거야, 우쿄?"

고케쓰는 다테즈의 옆에 서 있는 입이 찢어진 남자, 가게치카 우쿄(影近右京)를 재촉했다.

"없습니다. 이병용은 몇 번이고 그렇게 단언했습니다. 조선 수군이 이번 전투에 모든 전선을 투입한 것은 이미 의심의 여지가 없고요. 놈들도 결전을 하는 마당에 먼 전라도나 충청도의 수영에 전선을 남겨둘 리가 없겠지요. 그래야 이치에 맞지 않습니까?"

가게치카의 대답은 명쾌했다.

고케쓰는 크게 고개를 끄떡였다. 다테즈 주이치로와 가게치카 우쿄의 추측은 일찍이 틀린 적이 없었다.

"두 사람 모두 수고했어. 종3품인 고관의 정보이니까 가치가 있을 거야. 그래, 13척이라고 했지? 도도님도 분명히 기뻐하실 거야."

고케쓰는 도도 다카토라의 휘하 장수인데, 주로 정보를 담당하고 있다. 즉 스파이를 풀어 군사 기밀을 훔쳐 내고, 적진을 배후에서 교란시키며 경우에 따라서는 적장을 암살한다. 또 포로를 심문하고, 정보를 수집하는 것도 중요한 역할이다.

조선 수군의 남아 있는 전선의 척수를 확인하는 것은 현재 고케쓰에게 떨어진 급선무였다. 그 확증을 얻은 지금 고케쓰는 상관의 기뻐하는 얼굴을 상상하면서 도도가의 소형선을 타고 만내에 정박한 도도 수군의 기선(旗船)으로 향했다.

　도도 다카토라는 배에서 내려오지 않았다. 5년 전, 거제도의 옥포에서는 하선하여 지상 소탕 작전을 하던 중 이순신 등이 이끄는 조선 수군의 불의의 습격을 받았다. 배로 되돌아가는 데 시간이 걸려서 충분히 반격할 수가 없었다. 그것이 패인이라고 생각하고 있다. 이번의 재침공시에는 부하 수장에게 해야 할 일을 부과하고, 웬만한 일이 아닌 한 적지에서는 배에서 내리지 않을 각오였다.

　술잔치를 시작한 배가 많다고 하였지만 도도 다카토라의 기선은 이상할 정도로 조용했다. 화톳불을 놓은 옆에서 야경을 하는 군사들이 앞바다를 향해 날카롭게 시선을 집중하고 있다. 조선 수군의 역습을 경계하고 있는 것이다. 그러나 이제 그럴 필요는 없다. 고케쓰는 엷은 미소를 흘리면서 후사야구라(總矢倉, 전망대의 일종)로 올라갔다.

　도도 다카토라는 후사야구라 위에 지은 이층 누각의 상층에 술도 마시지 않고 앉아 있다. 그는 장지문을 열어젖혀 밤의 바다를 보고 있다. 두터운 구름이 하늘을 덮기 시작했다. 또 비가 오기 시작할 모양이다.

　고케쓰는 거두절미하고 간결하게 보고했다.

　"13척이라 합니다. 아즈 13척이나 남아 있다 합니다."

　다카토라의 반응은 의의였다. 안색이 확 바뀌며 입술에 긴장의 빛이 돌며 굳어진다. 고케쓰는 약간의 한기를 느꼈다.

　"도도님, 고작 13척인데요. 두려워할 것이 뭐 있습니까? 서울까

지의 장애는 이미 제거되었고요. 이렇게 말씀드려도 지나치지 않을
겁니다.”

“장애 말인가. 장애는 있지.”

도도 다카토라는 기분이 나쁘다는 듯이 고케쓰를 보았다.

“코케쓰, 자네가 데리고 있는 놈이 그렇게 모른단 말인가?”

“…….”

“알겠는가. 설사 100척, 아니 수천 척의 전선이 상대에게 있다 해
도 원균과 같은 무능한 놈이 이끄는 수군 따위는 무서울 것이 없어.
그러나 고작 13척이라 하더라도, 유능한 장수가 이들을 지휘하면 무
시하기 어려운 장애로서 우리 앞을 막아서는 거야. 서울까지의 해로
는 아직 열려 있는 것이 아니고.”

“유능한 장수라 하심은? 누가 남아 있습니까? 이순신의 오른팔
이었던 이억기는 죽었습니다. 최호도 그렇고요. 살아남은 배설 등은
적전에서 줄행랑을 놓은 겁보들이고요.”

여기까지 말하고 나서 고케쓰는 다카토라가 말하는 유능한 장수
의 이름을 스스로 말한 것에 놀랐다.

“설마 하니 도도님께서는 저…….”

“그래, 그놈이야. 이순신은 반드시 바다로 돌아온다.”

날씨는 한밤중부터 나빠져 다음 날인 7월 20일은 비로 시작하여
비로 끝났다. 이순신 일행은 단성(丹城)을 출발하여 옆으로 들이치
는 비를 그대로 맞아가며 어제 하지 못했던 것까지 만회할 작정으로
말을 달렸다.

점심 때가 지나서 진주에 도착, 정개산성(鼎蓋山城) 기슭에 있는

굴동(屈洞)의 강정(江亭)에서 점심을 먹었다. 이 무렵부터 빗줄기는 더욱 굵어지더니 조금 지나자 억수같이 쏟아지기 시작했다.

"장군님, 이 이상 가는 것은 무리겠는데요."

유희는 순신의 컨디션이 신경 쓰이는지 강경한 어조로 말했다. 순신은 아무 생각 없다는 듯이 고개를 끄덕였다. 그의 얼굴은 사흘간의 강행군으로 인해 피로로 창백해져 있었다.

유희는 후 하고, 안도의 한숨을 내쉬었다. 이 반나절의 지체는, 그러나 틀림없이 순신에게 절호의 휴양 시간이 될 것이다.

우키타 히데이에와 고니시 유키나가는 어젯밤 정박했던 칠천량에서 닻을 올려 진로를 남서쪽으로 잡았다. 칠천량에 닻을 내린 것은 승리를 거둔 해역을 자신의 눈으로 직접 보고 싶다고 히데이에가 원했기 때문이다. 저녁에는 한산도에 도착할 예정인데, 비가 몹시 내리고 역풍으로 바다가 거칠어져서 견내량을 빠져나갈 수가 없었다. 두 장수는 할 수 없이 가덕도에 닻을 내렸다. 히데이에는 선실에서 배멀미를 참으면서 아내인 고히메(豪姬) 앞으로 장문의 편지를 썼다.

한산도에서는 부대마다 사람 사냥이 벌어졌다. 어제의 탐색을 피해 도망가고 몰래 숨어 있던 섬사람들이 계속 발견되어 잡혀 갔다.

7월 21일.

그렇게 쏟아 붓던 비도 동이 트기 전에는 멈추어, 개인 하늘에 이글거리는 불덩어리가 동쪽 구름을 황금색으로 물들이며 떠올랐다. 이순신이 눈을 뜨자 유희는 이미 의복을 갈아입고 출발 준비를 끝냈다.

"피로는 좀 어떠신지요, 장군님?"

"아, 아주 잘 잤어. 꿈도 하나 꾸지 않고 말야."

사흘 전 출발 이래로 그 이상한 악몽은 이제 꾸지 않았다. 몸의 컨디션도 회복되었다. 매번 신경을 써주는 유희에게 미소로 답하고, 순신은 표정을 다잡았다. 순조롭게 가면 낮이 지나서는 바다의 연안에 도착할 수 있다. 오늘이야말로 조선 수군 전멸의 현실을 직시해야만 했다.

유희가 군관들을 깨우러 다닌 후에야 일행은 부산하게 아침을 먹었다. 식사를 마치자 숙소였던 이희만(李希萬)의 집을 뒤로 하고 떠날 채비를 했다.

오전 중에 강행군으로 32km를 달려 점심 무렵 곤양에 도착했다. 곤양 군수인 이천추(李天樞)의 초대로 군청에서 점심을 대접받았다. 이천추에 의하면 한산도는 이미 포기했다고 한다. 순신은 그 정보에 별로 큰 충격을 받지 않았다. 거제도 서안의 내해에서 3도 수군이 대패하면 그 해역의 제해권은 왜군이 쥔다. 여기서 한산도까지는 엎어지면 코가 닿을 곳이다. 본영에서의 철수는 어쩔 수 없는 일이라고 예상하고 있었다.

이천추가 보고를 계속했다.

"남은 전선은 노량에 정박 중입니다, 장군님."

하동군(河東郡) 노량은 곤양에서 22km 되는 거리에 있으며, 남해도(南海島)의 북단과 서로 마주보아 좁은 수로를 형성하고 있다. 순신은 군관인 이희남에게 즉시 노량으로 먼저 가도록 명했다.

"전선의 수는?"

"저, 거기까지는 …… 저는 이 곤양을 지키는 데 모든 힘을 쓰다 보니 그만."

이천추는 고개를 가로로 저었다.

"패보가 전해진 16일과 그 다음 날에 걸쳐서는 그야말로 무척 힘들었습니다. 지금이라도 왜군이 공격해 오면 군민들의 동요가 심할 겁니다. 모두 하던 일을 버리고 산으로 피신하는 형편이거든요. 여기에 체재 중이던 권율 장군님이 초계로 바로 되돌아오신 것도 오해의 원인이 되었지요. '도원수까지 도망했으니……' 라고 하면서 말입니다."

이천추가 비꼬는 듯이 입술을 일그러뜨리는 것을 보며, 순신은 사흘 전 아무런 방책도 없이 나타났던 권율의 모습을 회상했다. 확실히 이천추가 말한 대로였다. 권율은 잠시 머물고는 패전 상황을 조사한 뒤 원수부로 돌아가게 되었다. 아니 그렇게 해야만 되었다.

"왜놈들이 아직 공격해오지 않는다는 것을 눈치 챈 농민들이 어제부터 산에서 내려왔습니다."

"저렇게요" 라고 말하며 이천추가 고개를 뒤로 돌렸다.

순신 등이 점심을 먹은 것은 군청 정문에 지은 3층짜리 누각에서이었다. 이천추의 등 뒤로 멀리 올벼가 보였다. 양력으로는 9월 2일인 오늘, 농민들이 올벼의 수확에 땀을 흘리고 있는 모습이 순신의 시야에 들어왔다.

곧이어 이천추는 작게 한숨을 내쉬며 말했다.

"성상(임금)은 백성을 버리고, 문신들은 당쟁에 정신을 빼앗겨 백성을 돌보지 않고, 군사까지 백성을 지켜 주지 않는다. 이 왜놈의 난은 어차피 우리나라의 승리로 끝날 것이겠지만요. 문제는 그 다음입니다. 계속 버림받은 백성들의 마음이 어떻게 바뀔까 하고 생각하면 두렵지 않습니까?'

순신도 왕의 버림을 받은 당사자다. 문신의 도구로서 사용되고 난 뒤 버려졌다. 그런 순신의 앞이니까 틀림없이 이천추도 이처럼 말했을 것이다. 좌중은 무거운 침묵에 빠졌다. 이윽고 이천추가 본인이 한 말 때문에 가라앉은 분위기를 바꾸려는 듯이 또 입을 열었다.

"그런데 장군님은 이제부터 왜놈의 수군을 상대로 하려면 전선이 몇 척이나 필요하다고 생각하시는지요?"

"한 마디로 말할 수 없지요. 승패는 장비가 많고 적음으로 결정되는 것이 아니니까."

"그런가요, 그러나 워낙 현실적인 문제가 되다보니……."

마치 속을 떠보려는 듯이 이천추는 질문을 계속하려 했다.

"물론 전선수가 많이 남아돌았던 적은 없지만……."

대답을 한 사람은 최고참 군관으로서 왜란의 발발 당시부터 지금까지 순신을 모시고 있는 방응원이다.

"적은 수의 군사로써 다수의 적을 패배시킨 전쟁은 고금에 얼마든지 있소. 좋은 예가 5년 전인 임진년의 해전이오. 그때 왜놈의 전선수는 우리 수군의 50척을 훨씬 상회했소. 그것을 장군님이 각개분단(各個分斷)하여 격파한 것이오."

방응원의 어조는 임진 해전의 연승을 그리워하듯이 열을 올리다가, 끝내는 자신에 넘쳐 단언했다.

"아무리 원균이 대패했다고는 해도 30척은 남아 있겠지요. 더구나 장군님이 지휘하시게 되면 왜 수군을 격파시키는 것은 쉬울 것이오."

주위의 군관들이 크게 수긍하는 가운데, 이천추의 얼굴은 핏기가 가시고 있었다.

　순신은 군수의 안색을 살피면서 이 남자는 알고 있을 것이라고 생각했다. 곤양에서 노량까지는 천천히 말을 달려도 반나절이 걸리는 거리이다. 노량에 정박 중인 패잔 전선수가 이곳 곤양까지 알려지지 않을 리가 없었다. 그런데 이천추는 자기의 입으로 순신에게 말할 수 없다고 한다. 그렇다면 좋다. 어쨌든 남은 시간동안 순신은 자신의 눈으로 확인해야만 하는 것이다.

　그 무렵 우키타 히데이에를 태운 아타케부네 구로사기마루는 견내량에 당도하고 있었다. 어제의 심한 폭풍우는 어디로 사라졌는지 쾌청한 하늘이 펼쳐져 있었다. 햇빛을 반사한 해면은 파도 한점 없어 마치 거울처럼 잔잔하다. 푸른 바다에 녹색의 작은 섬들이 무수히 떠 있는 그 광경은 세토우치(瀬戸內)의 풍광명미한 내해를 히데이에에게 연상시켰다.

　견내량에 다가감에 따라 짙은 녹색의 양안이 좁아지듯이 접근해 왔다. 가끔 포구에 어촌다운 민가가 점재해 있는 것이 보였지만 사람의 모습은 일체 볼 수가 없다. 조선 수군이 대패한 것을 알고 일본 군사의 침공에 겁먹어 달아난 것이리라. 아름다운 경치를 바라보는 히데이에는 승리의 환희를 마음 깊이 느끼고 있었다. 히데이에는 언젠가 일가를 데리고 이 바다를 둘러보고 싶다고 생각했다.

　구로사기마루의 우현을 고니시 유키나가의 기선, 돈 아고스티뉴가 나란히 달리고 있다. 누각 위에 선 유키나가의 모습이 보인다. 오른손으로는 난간을 잡고, 왼손에는 묵주를 들고 흡사 기도를 드리는 것 같은 자세를 취하고 있다. 히데이에는 전에 유키나가의 기선에 초대되었을 때 누각 한 층의 넓은 공간이 완전히 천주교의 성당처럼 사용되는 것을 보고 놀란 적이 있었다.

견내량을 지나 잠시 더 가니 전방에 배의 그림자가 나타났다.

히데이에를 출영하기 위해 한산도에서 출항한 구루시마 미치후사의 기선이었다.

구루시마 미치후사는 아들 야스치카(康親)를 데리고 구로사기마루로 옮겨 탔다. 올 해 37세인 미치후사의 온몸에서는 고니시 유키나가와 마찬가지로 바다 사나이의 냄새가 짙게 풍기고 있다. 5년 전의 전투에서 오른쪽 눈을 잃은지라 검은 안대를 띠고 있다. 헤이케(平家)의 혈통을 이었다는 긴 얼굴의 어딘지 귀족적인 인상을 풍겼다. 깊게 패인 두 볼 아래로 뻗은 입가의 수염과, 짧게 깎은 턱수염이 멋스러운 인상을 강하게 풍긴다.

구루시마 일가는 세토우치 이요(伊豫)의 해적 대장, 무라카미(村上) 수군 세 집안 중 하나이다. 미치후사의 아버지 미치야스(通康)는 모리 모토나리(毛利元就)에 협력하여, 이쓰쿠시마(嚴島)에서 스에 하루카타(陶晴賢)를 격파했다. 그러나 미치후사는 형인 미치유키(通之)와 함께 무라카미 수군을 제거하고, 구루시마 라고 이름을 바꾸어 히데요시를 따랐다. 그 결과 무라카미 수군의 본가는 몰락하고 구루시마 미치후사는 이요 1만4000석의 다이묘가 되어 무라카미 수군의 보스가 되었다. 모리를 배반하고 히데요시에게로 갔다는 점에서 히데이에와 미치후사는 공통점이 있다.

"배로 하는 여행, 힘드셨지요?"

"별로……. 고니시 유키나가를 위시한 여러 장수 덕택에 힘들지 않게 여기까지 왔소. 이번 승리 진심으로 축하하오."

미치후사가 히데이에의 여행에 따른 피로를 걱정해 주자, 히데이에는 칠천량 해전의 승리를 축하했다. 두 사람은 구로사기마루 누 각의 의자에 마주앉았다.

"정말로 이곳은 이제 일본의 바다입니다, 히데이에님."

5년 전의 전투에 비하면 훨씬 대장다운 풍채를 갖춘 히데이에의 용모를 보며 미치후사는 낭랑한 소리로 말했다. 미치후사도 견내량 을 넘는 것은 이번이 처음이라 그런지 목소리가 격앙되었다.

"한산도는?"

"완전히 저희가 장악했지요. 이 나라 수군들은 겁쟁이라 본영에 불을 지르고 도망한 뒤라서요. 남은 것은 저희가 거두어들이기만 하 면 되니까요."

여기서 거두어들인다는 것은 논밭의 곡식을 수확한다는 의미가 아니라 사람 사냥을 의미하는 말이다. 미치후사 역시 도도, 가토, 와 키자카에 지지 않을 정도로 섬사람들을 잡으라고 부하를 독려했다.

미치후사는 히데이에가 양 미간을 약간 찌푸리는 것을 알아챘다.

히데이에가 아무렇지도 않게 화제를 돌렸다.

"그러나 이번의 승리, 미치후사께는 특히 감개가 무량하겠소. 돌 아가신 미치유키님의 원수를 갚은 셈이 되니까."

형의 이야기가 나오자 미치후사는 가슴이 뜨거워지는 것을 느꼈 다. 배다른 형 미치유키는 사정이 있어서 도쿠이(得居)가의 양자로 들어갔지만, 구루시마 본가를 위해 언제나 미치후사를 계속 지지해 주었다. 지난 번의 전투 때에도 그랬다. 미치후사의 생각은 잠시 5 년 전의 임진년 6월 6일로 거슬러 올라간다.

미치후사와 미치유키가 이끄는 구루시마 수군은 고성 반도 당항포(唐項浦)의 아침 안개 속에 몸을 감추고 있었다. 침공군이 상륙하고 두 달도 안 되어 서울은 함락했지만, 해상에서는 5월 상순부터 조선 수군의 반격이 시작되었다. 거제도의 옥포에서 도도의 수군을 습격한 이순신의 함대가 다시 출격하여, 나흘 전에는 고성 반도의 대안에 위치한 미륵도(彌勒島)의 당포에서 가메이(龜井)의 수군이 습격을 받아 전멸에 가까운 타격을 입었다 한다.

구루시마 전선이 숨을 죽이고 있는 것처럼 정박한 당항포는 막다른 골목으로 된 좁은 수로 안에 있었다. 일단 입구를 막으면 빠져나갈 방법이 없다. 서둘러 안골포로 되돌아가 구키 요시타카 등의 수군과 합동으로 싸워야 한다는 미치후사와, 지금 움직이면 적의 수군에게 발각될 뿐이라는 미치유키의 의견이 대립되어 한창 격론을 벌이고 있던 중, 거대한 용머리를 단 거북 모양의 전투함을 선두로 이순신의 전선이 마구 치고 달려들었다.

형제는 즉시 적을 맞아 싸웠으나, 무라카미 수군이 자랑하는, '접현(接舷)하여 돌격하는 전법'은 전혀 그 힘을 발휘할 수 없었다. 애석하게도 화포를 쏘며 공격해 오는 적에게 접근할 방법이 없었다. 무수한 함포를 전면에 배치한 조선 수군의 전법을 눈만 크게 뜨고 바라볼 뿐, 뱃머리를 돌려 도망칠 수도 없었다. 구루시마 전선은 계속해서 화포의 먹이가 되어가던 중 화포의 폭풍으로 부서진 나뭇조각이 날아와 미치후사의 오른쪽 눈을 직통으로 때리는 바람에, 그는 전투 중반쯤에 한쪽 눈의 시력을 잃고 말았다.

포격에 의해 전투 능력의 태반을 잃어 단순히 떠 있는 목조 건축에 불과한 배 위로 불화살이 비오듯 쏟아져 배는 순식간에 불바다가 되었다. 불꽃이 새벽 하늘을 태울 기세로 타오르자 오른쪽 눈에 이

어 전선마저 잃은 미치후사는 육지로 도망치는 수밖에는 달리 방법
이 없었다. 새빨간 불꽃에 휩싸여 죽음을 무릅쓰고 독전하는 미치유
키의 모습은 미치후사가 본 형의 마지막 모습이었다. 해적이 배를
잃고 육지로 도망치는 것은 죽음보다도 못한 굴욕이다. 미치후사는
그 굴욕에 괴로워하면서, 조선 수군이 자신의 얼굴을 때리듯 구루시
마 전선의 마지막 한 척까지도 태워 없애는 것을 남은 왼쪽 눈으로
지켜볼 수밖에 없었다.

　그 후 5년, 미치후사는 형의 복수만을 위해서 오늘까지 살아왔다
고 할 수 있다. 닷새 전의 칠량천 해전에서 증오스러운 조선 수군에
게 궤멸적 타격을 입혔지만, 그것만으로는 아직 형의 원수를 갚았다
는 느낌이 들지 않았다. 따져보면 형을 죽인 것은 이순신과 거북선
이다. 이순신은 아직 살아 있고, 거북선도 한 척은 피신한 상태다.
　우키타 히데이에가 말을 이었다.
　"……그렇지만 대승리요. 다시 침공한 서전이 이렇다면 어쨌든
조짐이 좋소. 미치후사, 한산도에 도착하는 동안에 이 해전의 모습
을 알려야 하지 않겠소?"
　"잘 알았습니다."
　미치후사는 끄덕였다. 미치후사 일행의 수장은 해전 직후 안골
포에서 평정(評定)을 열어 조선 수군에게 궤멸적인 피해를 입힌 것
을 알았다. 그렇다면 바로 진격하여 적의 본영을 함락해야 한다고
결의하였으나 좌군 총대장인 히데이에의 재가를 기다리는 것도 답
답하여 즉시 닻을 올리고 한산도로 향한 것이다. 그 한산도에서는
지금 수장뿐만 아니라 군감인 모리 다카마사까지도 사람 사냥에 열

을 올리고 있었다. 히데이에에게 아무 것도 보고가 올라가지 않은 것도 무리는 아니었다.

조선 수군이 한산도의 본영을 출격했다는 급보가 안골포의 수군 기지에 알려진 것은 7월 5일 저녁이었다. 도도 다카토라한테서 빼낸 정보였다. 스파이를 적진 깊숙이 잠입시켰다고 한다. 도도에게 조선 말에 능숙한 첩자가 있을 것이라는 소문은 그 전부터 나 있었다.

그 도도의 정보에 의하면, 적의 전선은 대형 전선인 판옥선이 120척, 협선(挾船)이라는 중형선이 120척이라고 한다. 이것이 사실 이라면 조선 수군은 총력을 다하여 결전을 하려 달려들 것이다. 일 본의 수군을 총괄하는 좌군 총대장 히데이에가 있는 부산에도 급사 (急使)가 파견되었으나, 수전의 주역은 어디까지나 도도, 가토, 와키 자카, 구루시마 같은 뱃사람들이다. 그날 밤에 안골포에서 열린 회 의에서 일본 수군은 전군을 다해 이들을 맞아 싸울 것을 결의했다.

조선 수군의 움직임은 시시각각 전달되었다. 거제도 동안을 내 려다보는 남산, 안골포 육망산(陸望山)의 정상에 있는 각각의 감시 부대에 의해 그들의 움직임은 완전히 파악되고 있다. 조선 수군은 5 일 밤에는 칠천량에서, 6일 밤에는 옥포에서 야영을 하고, 7일 날이 밝음과 동시에 옥포를 출항, 가덕도 남쪽을 크게 우회하여 북진을 계속했다.

이제 그들의 목표가 부산임은 확실했다. 이 시점에서 일본 수군 은 승리를 확신할 수 있었다. 한산도에서 멀리 떨어진 부산은 근처 에 전선을 정박시킬 적당한 후미도 없을뿐더러, 공격 목표로서는 정 말이지 마땅치가 않다. 이순신도 부산을 공격한 것은 단 한 번뿐이 다. 미치후사 등의 눈에는 조선 수군이 애가 탈만큼 답답해 보였다.

그것도 틀림없이 해전이 무엇인지 모르는 자가 명령, 지휘하고 있을 것이다.

조선 수군이 부산 앞 바다에 도착한 것은 그날 해가 진 후였다. 어둠을 틈타 옥포에서 닻을 올린 뒤, 한 번도 쉬지 않고 강행군하였으니 조타수는 완전히 지쳤을 것이다. 왜의 수군은 그 떠를 노려 습격했다. 그것은 결전이 아니었다. 피로에 지친 조선 수군을 가지고 논 것이고, 더욱 피로하게 만든 작전이었다. 조선 수군은 그 작전에 놀아나 응전하기 시작했다. 일본 수군은 싸우는 척하면서 후퇴하고, 또 전진했다가는 후퇴하기를 되풀이했다. 엎친 데 덮친 격으로 때마침 강풍이 불기 시작하여 피로에 지친 격군들은 이미 노를 저을 수가 없었다. 조선 수군은 통제조차 할 수 없게 되어, 뿔뿔이 흩어져 표류하기 시작했다. 이렇게 되고 보니, 부산 공격이고, 무엇이고가 될 리가 없다. 조선 수군은 간신히 함대를 수습하여 부산 앞바다에서 철수했다.

다음 날 8일도 조선 수군은 거듭 후퇴를 계속했다. 도중에 갈증을 참지 못하여 급수문제를 해결하고자 가덕도에 상륙한 한 부대가 있다. 가덕도는 다카하시 무네마스와 쓰쿠시 히로카도가 진을 치고 있다. 상륙한 조선 수군들은 다카하시와 쓰쿠시 부대의 공격을 받아 400명 가량이 몰사했다.

조선 수군이 도망친 것은 칠천량이었다. 이해할 수 없는 것은 거기서 재출격하는 것도 아니고 한산도로 되돌아오는 것도 아닌데, 7일 동안 계속 정박하고 있었다는 점이다. 틀림없이 출격할 기력도 없고 본영으로도 돌아갈 수 없는 복잡한 사정이 있었을 것이다.

일본 수군으로서는 지금까지의 굴욕을 철저히 갚을 수 있는 천재일우의 기회이다. 칠천량의 조선 수군을 계속 엄중한 감시하에 묶어둔채 회의가 거듭되었다. 야습의 결행을 16일 여명으로 정하고 누구나 몰래 앞서 공격하는 것은 엄금시켰다. 시마즈 요시히로, 고니시 유키나가, 하치스카 이에마사, 모리 요시나리 등이 거제도와 고성 반도 연안에 매복하고 있다가 뭍으로 달아난 적병을 소탕하기로 했다.

15일 밤은 보름달이 떴지만, 밤하늘에 두텁게 깔린 구름이 달빛을 가렸다. 어둠에 녹아들듯이 와키자카 야스하루가 이끄는 아와지(淡路) 수군이 안골포의 수군 기지를 미끄러지듯 빠져나가 단숨에 남하했다. 견내량을 봉쇄하고, 조선 수군이 한산도로 철수하는 퇴로를 차단하는 것이 목적이었다. 얼마 되지 않아 도도 다카토라, 가토 요시아키, 구루시마 미치후사의 각 전선이 안골포를 떠났다.

원균이 이끄는 조선 수군은 칠천량에 북적거리며 정박해 있다. 다시 정확히 말하면 칠천량에 떠 있는 슬웅도와 칠천도 사이를 동서로 달리는 길의 길이는 900m, 너비 200m의 좁은 외질포이다.

도도, 가토, 구루시마의 3전 선단은 거제도 북안에서 칠천량을 남하하여 가토 전선이 외질포의 동쪽을 봉쇄하고, 도도, 구루시마의 양 전선은 슬웅도의 남안을 돌아 외질포의 서쪽을 차단했다. 원균의 전선을 완전히 포위한 것이다.

여명이 오기까지 기다릴 것까지도 없었다. 외질포가 봉쇄되었음을 알아챈 조선 수군이 탈출구를 찾아 필사적으로 공격을 개시하고, 일본 수군이 응전하는 형식으로 칠천량 해전의 막이 오르게 되었다. 가토 요시아키가 외질포 돌격을 명하자 거기에 몰려 있던 조선 수군은 서쪽으로 탈출을 시도했다.

히데이에가 말참견을 했다.

"미치후사, 다카토라가 봉쇄한 쪽이군."

"그렇지요."

해전의 처참함을 회상하며 구루시마 미치후사는 잠시 침묵했다. 조선 수군은 전멸을 각오하고 몸을 던졌다. 그 바람에 도도 다카토라와 미치후사의 포위가 뚫리고 말았다. 그러나 칠천량 일대는 이미 일본 수군의 전선이 매복해 있어 조선 수군의 퇴로는 어디에도 없었다.

"게다가 미치후사도 아는 바와 같이 우리 수군은 5년 전과는 다르고."

1592년의 침공에서 왜의 수군이 조선 수군에게 연전연패를 했던 것은 전술과 선체 구조라는 두 가지의 큰 요인 때문이었다. 20년 전 이시야마간지(石山願寺)를 둘러싼 오사카만(大坂灣) 해전에서 오다의 수군이 모리의 수군을 격파했는데, 당시의 승인은 화포에 있었다. 모리의 수군이 뱃전과 뱃전을 접근시켜 적선을 파괴하는 과거의 전투 방법을 쓰고자 한 것에 비해, 노부나가 휘하의 구키 요시타카는 포격전으로 응수해서 승리를 거두었다. 가능한 한 대포를 많이 탑재하고 비오듯이 포격을 가하여 모리군을 달려들지 못하게 했다. 그 2년 전의 나가시노(長篠) 해전에서 최강 다케다(武田)의 기마 군단이 총을 앞세운 부대 앞에서 궤멸당한 후부터 과거의 전투가 바뀌지 않을 수 없었던 것처럼, 오사카만의 해전에 의해 접현 돌격 전법은 과거의 전술이 되어야 했다. 그러나 대부분의 수장들은 여전히 과거의 전법을 고집하였다. 스스로 총포전의 위력을 증명해 보인 구키 요시다카마저도 총포전의 전술 연구를 게을리 하고 있는 형편이었다. 해상에서 왜구와 맞서 싸우기 위해 포격전에 오랜 전통을 쌓아온 조선 수군의 적은 없었다.

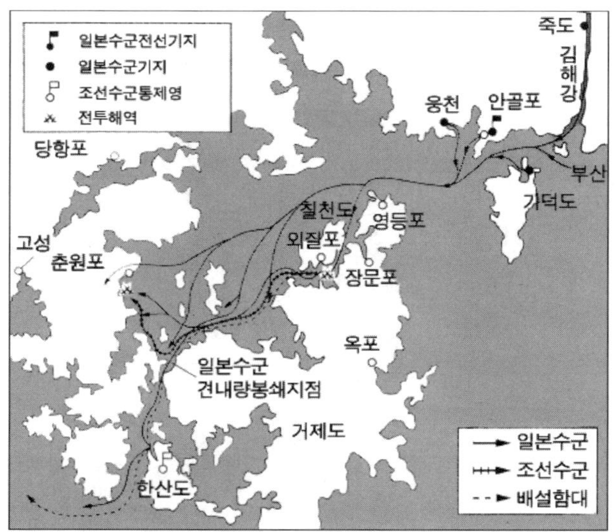

칠천량부근확대도

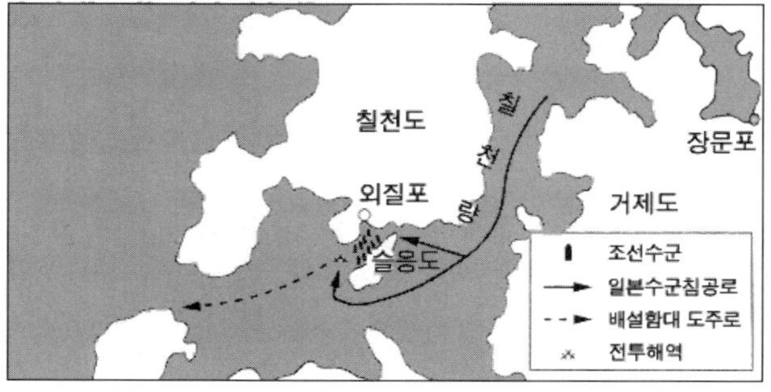

선체 구조의 차이도 일본 수군의 치명적인 약점이 도었다. 선체에 용골이 없는 일본 전선은 충격에 약하여, 견고한 적선이 선체에 부딪쳐 오면 쉽게 붕괴했다.

이번 재침공을 앞두고 일본 수군은 장비를 일신했다. 모든 전선을 상당수의 대포로 무장하여, 지난 번의 승자와 대결, 호각세의 포격전을 전개했다. 칠천량에 이중, 삼중의 포위망을 친 왜의 수군은 외질포를 탈출한 조선 수군의 대형 전선을 혀로 핥듯이 공격했다. 양군 모두 가할 수 있는 모든 포격을 퍼부었다. 불꽃이 밤하늘을 매웠고, 포성이 하늘과 바다를 온통 뒤흔들었다.

조선 수군은 5년 전과 마찬가지로 선체 공격을 감행했다. 그러나 용골을 대어 새로 건조한 아타케부네는 쉽게 부서지지 않아, 이 전술은 완전히 엉뚱한 결과를 낳았다. 왜의 수군이 자신 있게 접현 돌격 전법을 쓸 수 있게 되었기 때문이다. 접현을 막을 수 없게 된 적군의 전선으로 옮겨 탔다. 일본 수군은 5년 전의 참패를 복수하겠다는 일념으로 조선 수군에게 달려들어 흰 칼날을 번쩍이며, 창을 휘둘렀다. 이 광경은 흡사 귀신 집단 같아 보였다. 배에 남은 총포병은 명사수들이어서 조선 수군을 쏘아 거꾸러뜨렸다.

포격전에서 압도당하고, 선체 공격술에서도 일본 수군에 뒤진다는 사실을 뒤늦게야 깨달은 조선 수군은 이제는 달아날 수조차 없었다. 배를 버리고 칠천도나 거제도에 상륙하는 군사도 있었지만, 매복하고 있던 시마즈 군사의 좋은 먹이가 되었다. 시간이 경과함에 따라 살육은 해상에서뿐만 아니라 지상까지 그 영역을 넓혀 가기 시작했다.

혼전의 틈을 타 칠천량을 탈출할 수 있었던 전선은 오로지 한산도를 목표로 남하했다. 그들의 앞에 견내량을 완전 봉쇄한 와키자카의 전선이 막아섰다. 와키자카 야스하루는 투지를 발휘하며 단 한 척의 배도 통과시키지 않을 작정이었다. 도주에 신경을 쓰는 조선의 전선은 바다에서 진형을 짤 여유도 없이 중구난방으로 돌격했다. 그 순간 와키자카 전선에게 격파당하자, 결국 견내량을 돌파하는 것은 불가능하다고 판단하고 뱃머리를 돌렸다. 구루시마 전선이 뒤에서 추격해오고 있어, 이대로 가다가는 협공 당하여 전멸은 피할 수 없게 되었기 때문이다. 조선 수군은 고성 반도에 배를 대고 육상으로 탈출하려고 시도했다.

"총대장, 이 나라에서는 수군통제사라고 하지만, 통제사 원균도 배를 여기서 버리고 상륙했습니다."

"총대장은 죽었다고 들었는데."

"시마즈의 복병과 조우했습니다. 저희 수군들이 쏘아 죽이지 못한 것은 유감입니다만."

남은 조선 수군은 퇴로가 완전히 차단되어 고성 반도의 중앙부인 춘원포(春元浦)를 목표로 했다. 춘원포에는 그런 움직임을 기다리고 있던 도도 전선이 먼저 가서 대기하고 있었다. 구루시마 전선에 추격당하듯이 쫓겨 춘원포로 도망온 조선 수군은, 전방에 집결하여 포열을 설치한 도도의 전선을 보고 이미 상륙할 수 없음을 알았다. 그들은 최후의 결전을 각오했다. 결국, 춘원포가 조선 수군의 묘지가 되었다. 일본 수군은 이 전투 후 전라 우수사인 이억기, 충청 수사인 최호 등의 전사를 확인했다.

"전멸이군."

히데이에의 소리는 흥분으로 들떠 있었다. 적인 조선의 수군에게 대승을 거두었다는 사실을 들어서 알고 있지만, 이렇게까지 이기리라고는 상상하지 못했던 도양이다.

"그것이……."

얼굴에 희색이 가득해지는 히데이에의 눈을 응시하면서, 구루시마 미치후사는 천천히 고개를 가로로 저었다.

"야습을 받기 전에 13척의 전선이 칠천량에서 이탈한 것이 목격되었습니다. 나카쓰카사 쇼유(中務少輔)님이 견내량을 봉쇄하기 직전의 일로, 아무래도 일부의 수장들에 의한 적전 도주였던 것 같습니다. 놈들은 한산도로 도망해서 돌아가면서 본영에 불을 놓고 더욱 멀리 달아났습니다. 이틀 전 다카토라의 수하가 산 속에 숨어 있던 조선 수장을 발견하여 그놈을 자백시킨 바에 의하면, 적전 도주한 겁장은 경상 우수사인 배설과 그의 참모 장수들이라고 판명이 났다고 합니다."

"그런데 미치후사, 13척 말고. 그 정도이면 전멸이라고 해도 되지 않을까. 13척 정도 남았댔자 그것으로 무얼 할 수 있겠다고."

"그 중의 한 척에 신경이 쓰인단 말입니다."

"아니, 단 한 척이?"

"거북선이거든요."

"……거북선이란 말야. 소문으로는 듣고 있었지만……."

"그건 바다의 괴물입니다. 단 한 척이라도 남아 있어서는 안 됩니다."

미치후사는 경직된 목소리로 말하며 왼쪽 눈을 뱃머리로 돌렸다. 어느 틈엔가 한산도가 눈앞으로 다가온다. 넓고, 수심이 깊어 큰 전선이 정박 가능한 두을포에는 형형색색의 깃발로 예쁘게 도장한 전선이 줄을 지어 정박해 있다. 섬 안에 설치된 각 진영과의 연락을 위해 소형 쾌속선이 푸른 바다에 하얀 항적을 그리면서 여러 척이 왕복하고 있다. 안골포의 수군 기지를 고스란히 이동한 듯 활기가 넘치는 동시에, 첫 승리 그것도 완전한 대승리를 거두고 적의 본영까지 수중에 넣은 수군들의 기쁨이 그대로 넘쳐나고 있다.

구로사기마루는 미치후사가 타고 온 기선에 선도되어 속도를 줄이며 두을포의 만내로 진입해온다. 고니시 유키나가의 기선과 호위선이 그 뒤를 따르고 있다.

히데이에는 다시 생각났다는 듯이 말했다.

"적한테는 거북선이 모두 몇 척?"

"모두 3척입니다."

"그렇다면 2척은 수장시켰다는 말이 되겠군."

"히데이에님은……."

그 정도로 괜찮다는 말인가. 히데이에의 젊은 얼굴을 응시한 채 고개를 끄덕이면서도 미치후사는 마음 속으로는 고개를 가로로 저었다. 거북선을 상대로 싸워 본 적이 없으니까 가질 수 있는 자신감이다. 그렇게 말하고 싶은 것을 참고 미치후사는 다른 말을 꺼냈다.

"히데이에님, 거북선을 보신 적이 있는지요?"

"무슨 뜻인가, 미치후사?"

히데이에의 얼굴이 황당한 표정으로 변했다.

"확실히 거북선 2척은 모두 수장시켰습니다. 한 척은 가토 요시아키님의 수군이 쏘아서 침몰시켰고요. 가토 수군 아타케부네 선단의 집중 포화를 맞아 불에 타면서 칠천량에서 폭발하며 가라앉았어요. 나머지 한 척은 이 미치후사 수하의 첩자들— 바다의 스파이가 처치한 겁니다."

"바다의 스파이?"

바다의 스파이란 미치후사가 대거북선 공격용으로 조직한 특수 부대다. 물론 히데이에게 자세히 알려 줄 필요는 없기에 미치후사는 간결하게 요점만을 설명했다.

"나머지 한 척의 거북선에 그들을 접근시켜 폭약을 장치하게 했지요. 해전의 신호와 함께 내수성 도화선에 점화, 거북선은 애석하게도 자랑하는 포를 1발도 쏘지 못한 채 수명을 다 한 것입니다."

가라앉은 곳이 상당히 얕은 곳이었다. 이틀 전, 안골포를 나와 한산도로 향하던 도중 외질포로 회항하여 거북선을 인양했다. 미치후사는 선체가 심하게 파손되어 여기까지 예항하기가 어려웠다고 하면서 바다 위의 한 지점을 가리켰다.

"거북선은 저쪽에."

히데이에는 자리에서 일어섰다.

만의 중앙부에 암초가 있고, 거기에 좌초된 것처럼 보이는 거대한 거북 모양의 전선이 처참한 모습을 드러내고 있다. 폭약의 탓인지 사방에 구멍이 크게 뚫려 있어 멀리서도 내부가 보일 정도였다. 거북의 등딱지 모양을 한 지붕은 몇 군데가 날아가 버렸고, 여기저기 균열이 무수히 나 있다. 용머리는 일단 떨어진 것을 인양 후에 재설치한 것이다. 가런하게도 비스듬히 기운 모습이 우습기조차 하다. 뒷부분에 있는 두 줄의 거북꼬리 중 왼쪽은 원형을 그런 대로 유지하고 있으나 오른쪽은 반쯤이 떨어져 나갔다. 돛대는 밑둥부터 완전히 부러져 나갔으나 그 대신 구루시마 수군의 해적기가 의기양양하게 펄럭이고 있다.

“전리품인 셈이니까요.”

“내부를 볼 수 있나? 꼭 이 눈으로 보고 싶은데.”

“안내해 드리지요. 오늘 밤에 히데이에님의 배에서 축하연을 베풀 때, 거북선에 불을 놓을 예정입니다. 그 전에 보여드리도록 하지요.”

히데이에는 거북선을 흥미롭다는 듯이 응시하고 있더니, 갑자기 손뼉을 치며 미치후사를 돌아보았다.

“회의는 거기서 열도록 하지.”

“거북선에서요?”

“거북선이라 하면, 조선 수군의 상징이라 할 수 있는 존재가 아닌가. 그런 거북선에서 일본군의 여러 장수가 모여 회의를 하고, 앞으로의 조선 공략을 논한다. 이 얼마나 통쾌한 일인가, 미치후사?”

우군의 총대장인 우키타 히데이에가 조선 수군의 본영인 한산도에 발을 들여 놓을 즈음, 김식은 작렬하는 햇빛이 내리쪼이는 길을 숨을 헐떡거리며 말을 달리고 있다. 이제 평택은 얼마 남지 않았다. ‘오늘 밤 안으로 수원에 도착해야 해,’ 하며 김식은 스스로를 재촉했다. 이 속도대로라면 내일쯤은 서울에 도착할 수 있다. 연일 계속되는 강행군에 젊은 몸이 쇠약해졌는지 등과 엉덩이가 참을 수 없을 정도로 아파왔다. 그러나 조금이라도 빨리 보고하지 않으면 안 된다. 조선의 수군이 이 세상에서 사라져 가고 있다는 사실을.

제 4 장

—

한산도 군사회의

김식이 서울까지 65km 남겨 놓은 지점까지 왔을 무렵, 이순신 일행도 최종 목적지인 노량을 향하여 전속력으로 말을 몰고 있었다. 아무도 입을 열지 않는다. 패잔 전선과 대면해야만 하는 괴로움이 그들의 앞길에 큰 장애물이 되었다.

노량에 도착한 것은 해가 지기까지는 시간이 좀 남아 있을 때였다. 먼저 온 이희남이 멍하니 성문 앞에 웅크리고 있다. 순신이 그 앞에서 말에서 내리고 있는데 얼굴을 들려고 하지 않는다. 말에서 내린 군관들이 지켜보는 가운데 순신은 가늘게 떠는 이희남의 어깨를 잡고 흔들었다.

"희남, 어떻게 된겐가?"

이희남의 눈은 발갛게 충혈되어 있다.

"장군님."

이렇게 겨우 한 마디 내뱉고는 그 자리에 무너지듯 주저앉아 울었다. 순신은 이희남에게 더 이상 다그쳐 묻지 않았다. 순신은 성문 옆에 2층 망루가 있는 것을 발견하고 그쪽으로 향했다. 유희와 군관들이 그 뒤를 따랐다.

망루 위에 서니 노량의 앞바다가 한눈에 들어왔다. 쾌청하게 갠 푸른 하늘이 노량 수로의 상공에 펼쳐져 있다. 짙은 녹색의 기복을 보이며 수로의 대안에 떠 있는 것이 바로 남해도이다. 그 배후로부터 적란운(소나기구름)이 흰 병풍처럼 피어오르고 있다.

그러나 순신의 눈에 경치 따위가 들어올 리 없었다. 순신의 시선은 노량 잔교에 계류된 전선에 못 박힌 것처럼 고정되었다.

13척. 아무리 되풀이해서 헤아려 봐도 13척이었다.

사흘 전의 새벽, 이덕필의 입에서 100척 이상이 불에 타 침몰되었을지도 모른다고 들어서 예상은 하고 있었지만 현실을 직접 목격하니 그 충격은 말로 표현할 수 없었다. 순신은 더 이상 아무 소리도 들을 수 없었고, 모든 사고가 정지되었다.

잠시 후 순신은 뒤에서 신음소리와 흐느끼는 울음소리를 들었다. 군관들이 망루의 바닥에 앉아 얼굴을 가린 채 울고 있다. 한 발 앞서 이 참상을 목격한 이희남이 그랬던 것처럼.

유희만이 선 채로 순신을 걱정스럽게 바라보고 있다. 순신과 시선이 마주치자, 전통에서 쇠화살을 뽑아 흑각궁에 활시위를 메겼다. 그러는 그녀의 입술은 굳게 닫혀 있다. 활을 당기는 세찬 소리에 몇몇 군관들이 울던 얼굴을 쳐들었다.

화살의 뾰족한 화살촉은 동쪽 하늘을 향해 날아갔다. 왜군들이 준동하는 거제도, 웅천포, 안골포, 가덕도, 그리고 부산 쪽으로.

쇠화살은 아직 발사되지 않았다. 시간만 흘러간다. 모든 군관들의 신경이 유희에게로 쏟아졌다. 모두가 숨을 죽이고 그녀를 바라보고 있다.

곧이어 유희는 활시위를 최대한 당겨 쇠화살을 쏘았다. 활시위의 반동음과 쇠화살이 공기를 가르는 소리는 순신이 지금까지 들었던 어떤 소리보다도 컸다. 이제 군관들은 자신들의 부끄러운 모습을 거두고 울음을 그쳤다.

"좋아! 우리의 일을 하도록 하지."

순신은 군관들에게 말하여 유희에게 고개를 끄덕여 보였다. 유희는 수줍은 듯이 미소를 지었다.

13척의 전선이 계류된 잔교에서는 이희남으로부터 순신의 도착 사실이 알려지자 십여 명의 수장들은 의기소침하여 고개를 떨구고 서 있다. 거제 현령인 안위(安衛), 영등포(永登浦) 만호인 조계종(趙繼宗), 평산포(平山浦) 대장(代將)인 정응두(鄭應斗), 녹도(鹿島) 만호인 송여종(宋汝悰) 들이다. 일찍이 순신 휘하에 있던 장수들로서 한산도의 본영에서 자신 있게 근무했던 반 년 전까지의 모습은 어디에도 없다. 하나같이 사기가 꺾이고 피로에 지쳐 있다. 패전의 굴욕, 전멸의 충격에서 헤어나지 못하고 있는 것 같았다. 순신과 눈을 마주치지 않으려고 눈을 아래로 깔고 시선을 피하는 모습이 역력하다. 그들은 순신을 두려워하고 있다. 순신이 이룩한 무적의 수군을 파멸시키고 끝내는 굴욕적으로 패하고 말았다는 죄책감 때문이었다.

순신은 가슴 속으로 과거의 부하들을 불렀다. 나는 지금 백의종군하는 신세에 지나지 않는다. 단순한 일개의 군졸인 너희를 처벌하기는커녕 질책할 권한조차 없는 몸이다.

그렇다고는 해도 이 무슨 한심한 꼴이란 말인가. 이렇게까지 이런 모습을 보이지 않아도 될 것이 아닌가. 순신은 유희가 그랬듯이 이를 악물었다. 지금은 울고 있을 때가 아니다. 그렇다고 우왕좌왕할 때는 더더욱 아니다.

"그 밖에 남아 있는 전선은?"

대답하는 사람은 아무도 없었다. 대답은커녕 순신의 질문을 막기라도 하듯이 하나 둘씩 통곡하기 시작했다. 어느 사이엔가 일반 군사와 노량의 농민들까지 이중, 삼중으로 순신 일행을 둘러싸고 통곡의 합창에 합세했다.

"지금은 울고 있을 때가 아니지 않은가."

망루 위에서 흘린 눈물이 채 마르지도 않은 방응원이 언성을 높여 말했다.

"장군님은 도원수의 명을 직접 받고 파견되어 오셨다. 대답하지 않으면 곤란하다."

그렇지만 대답하려는 자는 아무도 없었다. 도리어 이 말이 기폭제가 되었는지 통곡은 더욱 커질 뿐이었다. 방응원은 곤혹스러운 표정으로 순신을 쳐다보았다.

"안위!"

순신은 수장들 사이로 들어가 자신의 심복 부하였던 청년 장수의 팔을 끌었다.

"말해 주게. 도대체 어찌 된 일인지."

"장군님, 죄송하게 되었습니다……."

떨리는 목소리로 말하는 안위의 눈에는 자책의 빛이 소용돌이치고 있다.

통곡하는 사람들 사이를 뚫고 경상 우수영의 우후인 나기영(羅綺泳)이 모습을 나타냈다. 우후는 수사 다음의 직책이며 지금 여기 있는 수장들 중에서는 가장 계급이 높다. 나기영은 다른 수장들에 비하여 훨씬 침착했지만 어딘지 무책임한 인상을 주었다.

"제가 말씀 드리지요, 장군님."

미리 준비해 두었던 것처럼 나기영은 패전까지의 경위를 거침없이 말했다. 순신은 한 마디도 받아 치지 않고 나기영의 보고를 들었다. 다 듣고 난 뒤 순신은 감정을 최대한 억제한 목소리로 말했다.

"결국 도망쳐 왔다는 말이군. 싸우지도 않고."

패잔 전선라고까지 할 것도 없었다. 도망 전선이었다.

나기영은 순신을 사정하는 눈빛으로 바라보았다.

"그렇게 말씀드리려고 생각하고 있었습니다. 적전 도망이라고……."

"그렇지는 않을 거야."

"틀리지요. 우수사(배설)는 여러 번 원균 장군께 한산도로의 철수를 진언했습니다. 칠천량에 계속 정박하면 모두 왜적의 습격을 받아 전멸할 것이라고 했었지요. 그러나 통제사께서는 듣지 않으셨습니다. 게다가 김식이라는 건방진 선전관이 와서는 왕명을 들이대며 철수를 인정하려 하지 않았습니다. 할 수 없이 우수사는 휘하의 수장과 동조하는 다른 수영의 수장들과 공모하여 군율 위반을 인정하고, 한산도로 단독 철퇴한 것입니다. 그대로 정박해 있었더라면 이 13척도 통제사들과 운명을 같이 했을 것임은……."

순신은 나기영의 변명을 가로막았다.

"도망이 아니라 철퇴라는 말인가."

"장군님은 역시 그대로 넘기지 않으시는군요. 도망……, 하물며 적을 눈 앞에 두고 도망이라니요. 저희는 왜군의 야습을 알고 철퇴한 것이 아닙니다."

백의종군 중인 순신에게 과거의 부하는 고자세로 맞섰다.

"야습을 당한 우군을 도우러 가려고는 했나?"

나기영은 엷은 미소를 지었다.

"아니, 그런 상황에서 어찌……."

"결국 죽게 내버려 두었단 말인가?"

나기영은 어깨를 으쓱하고는 옆을 보았다.

두 사람의 대화에 귀를 기울이고 있던 수장, 군사들이 이때 일제히 입을 열었다. 그런데 놀랍게도 그들의 말은 모두 나기영을 지지할 뿐이었다. 이를테면 통제사 원균의 전술은 치졸할 뿐이었으며 헛되이 군사들이 피로하게 하며 적의 전술에 빠져들게 하고 말았다는 것이다. 부산 출격 그 자체가 잘못이었다고 호소했다.

적전 도망을 친 군사뿐만 아니라 왜의 수군과 싸워 구사일생으로 살아남은 패잔 수장과 군졸까지도 하나같이 원균을 비난했다. 야습을 예견하지도 못하고, 경비병마저 두지 않았으며 왜적을 보자 제일 먼저 배를 버리고 육지로 도망했노라고.

책임 회피와 보신의 대합창이었다.

순신은 손을 들어 그들을 제지했다. 시간만 쓸데없이 낭비할 뿐이다. 마지막으로 순신은 나기영에게 물었다.

"그런데 우수사는?"

"내일 아침에 뵙겠다고 하던데요. 왜 그런지 몸이 좋지 않다고요."

책임 회피와 몸보신의 대합창에 가담하지 않은 수장은 순신이 보기에 단 두 명 뿐이다. 안위와 조계종이다. 안위는 도망의 원인을 원균의 무능으로 돌리지 않으려는 결연함이 엿보였고, 조계종은 원균을 비난하는 참모 장수들을 향해 멸시의 눈초리를 보내면서 분노를 삭이지 못하고 있었다.

"안위, 조계종은 나와 함께 가 주게."

순신은 두 사람을 지목하여 이름을 불렀다.

어느 틈엔가 해가 기울기 시작했다. 일몰까지는 전선 13척의 점검을 모두 마치고 싶었다.

왜 수군의 아타케부네에 필적할 수 있는 대형 전선인 판옥선 12척과 비밀 병기인 거북선 1척, 이것이 조선 전선의 전부였다.

순신은 안위와 조계종을 데리고 모든 전선을 자세히 조사했다. 어떤 배에서도 큰 손상은 발견되지 않았다. 천자총통(天字銃筒), 지자총통(地字銃筒), 현자총통(玄字銃筒), 황자총통(黃字銃筒), 탄환, 화약, 각종 활과 화살, 창과 검. 모두 고스란히 남아 있다. 지금이라도 출격할 수 있을 정도다. 이로써 배설이 싸우지 않고 전선에서 이탈했다는 것이 충분히 증명되었다. 순신뿐만 아니라 수행 군관 9명의 얼굴에도 복잡한 표정이 떠올랐다.

침울한 분위기를 바꾸어 보려는 듯이 군관인 윤선각이 말했다.

"설사 한 척이라고는 해도 거북선이 남아 있다는 것은 불행 중 다행입니다, 장군님."

거북선은 그들이 보고 있는 잔교에 계류되어 있다. 오랜 만에 짙은 석양빛을 받으며, 출렁이는 파도를 타고 의연하게 움직이는 모습은 정말이지 살아 생동하는 거대한 용을 연상시켰다. 상갑판을 덮고 있는 무지개 모양의 두꺼운 판은 거북의 등딱지 모양 그대로이고,

거기에 촘촘히 박힌 송곳같이 날카로운 것은 석양에 반사되어 마치 왜놈들이 꽂힌 것처럼 핏빛으로 번쩍거렸다. 정교하게 조각된 용의 머리를 보고 있으면, 이 배가 화룡(火龍)의 화신이라는 생각까지 든다. 단지 지금 이 배에는 무엇인가가 부족하다. 그것이 무엇인지 수군을 떠난 지 반 년이 되는 순신으로서는 금방 생각이 떠오르지 않았다.

순신은 조금씩 기력이 회복되는 것을 느꼈다. 조선 수군의 비밀 병기인 거북선의 공격 능력은 주력 전선인 판옥선의 10배를 훨씬 능가하고 있다. 그것도 공격보다는 요격에 알맞다. 왜 수군의 전선 한 가운데로 거북선을 돌격시켜 전의를 꺾고, 진형을 교란시켜 혼란에 빠뜨린다. 적은 이상한 선체에 겁을 먼저 먹게 되어 조심스레 한 거북선을 공격하지만 끝내는 질려서 피하기 바빴다. 선수부터 선미까지 온통 무지개 모양의 두꺼운 판으로 덮여 있는 거북선에는 총포도, 활도 전혀 소용 없었다. 대포로 대항하는 수밖에는 달리 방법이 없는데, 게다가 이쪽은 40문 이상의 대형 화포를 360도 모두 장비하고 있다. 이 거북선 1척으로 왜의 수군이 자랑하는 아타케부네를 한꺼번에 10척은 상대하기에 거뜬했다.

그러나 문제는 군사의 수였다. 전투를 담당할 사군(射軍), 노를 저을 격군(格軍)을 합하여 배 1척당 180명이 필요한데 순신이 조사한 결과로는 대략 절반에 불과했다. 격감한 것이다. 모두 도망가서 그렇다는 것이다. 그것도 이 노량에서만 그렇다고 하니 참으로 통탄할 일이다. 졸렬한 전술로써 억지로 출격을 강요하여 적전 도주의 굴욕을 맛보고는 결국 우리 수군은 전멸하고 만 것이다. 배를 버린 것은 당연했다.

"탈주자가 날마다 줄을 잇고 있습니다. 막을 방도가 없어요."

안위가 힘없이 말했다.

"우수사라는 사람이 앞장 서서 도주를 명령했다니. 이제야말로 병사들은 안심하고 군무를 포기해도 된다고 생각하는 모양입니다."

조계종의 목소리에 분함이 묻어났다.

"지급으로 신병을 보충할 필요가 있는데."

얼굴을 찌푸렸던 송대립의 말이 기폭제가 되어 군관들 사이에 징병 논의가 시작되었다.

"어디서부터 찾아온다? 고작 13척의 수군이라 누구도 모아 오기 어려울 텐데."

"모아 오기가 힘들 거라고? 모아 오는 것이 우리의 중요한 임무임은 아실 테지?"

"말은 쉽지. 적어도 뒤에 20척이 남아 있다고 하면……."

"우는 소리 하고 있을 시간 없어. 지금 당장이라도 왜놈이 공격해 올지 모른다고."

순신은 손을 들어 군관들을 제지했다.

"어쨌든 지금 해야 할 일은 더 이상의 탈주자가 나오지 않도록 하는 것이야."

군관들이 무거운 한숨을 쉬며 고개를 끄덕였다.

"걱정할 필요가 없다고 생각합니다, 장군님."

유희의 시원스런 목소리가 들렸다.

"어째서 그렇지, 유희?"

순신이 돌아보자 유희는 볼에 약간 홍조를 띠었다.

"모르고 계셨어요? 장군님이 오신 것을 알고 군사들의 눈이 빛나기 시작했습니다. 어떤 전선에서나 다 그랬어요. 모두 기대하고 있어요. 장군님이 싸움을 승리로 이끌어줄 것이라고."

순신은 차마 말을 잇지 못하고 하늘을 우러렀다. 어떻게 답을 해야 할지 몰랐다. 지는 석양에 물든 서쪽 하늘과는 대조적으로 동쪽 하늘은 짙은 쪽빛으로 물들고 있었다. 벌써 별 몇 개가 빛나기 시작했다. 순신은 흐려지는 눈으로 그 맑은 빛을 잠시 응시하고 있었다. 바다가 점차 식어가고 있었다. 어둠이 짙어가는 가운데 가을의 기색이 묻어나고 있었다.

"사또—."

돌아보니 거북선의 선수 밑 출입구에 몸집이 작은 군사가 서 있다. 자기도 모르게 순신을 불렀던 모양이다. 순신이 알아차리자 주춤하는 기색을 보였다. 어스름 속이라 그의 얼굴은 잘 분별할 수가 없다.

순신은 손짓으로 오라는 시늉을 했다. 군사는 약간 주저하더니 주춤주춤 다가왔다. 좀 때가 탔을 뿐 군장은 한 점 나무랄 데 없이 단정하다.

가까이 다가옴에 따라 군사의 얼굴이 분명해졌다. 순신은 순간 눈을 의심했다. 어린애였다. 눈, 코, 입, 턱의 선…… 모든 생김이 귀여운 어린애의 모습이었다. 아직 12, 3세로밖에 안 보였다.

원균이 통제사로 임명된 후, 군졸들이 상당히 많이 도망쳤다는 말을 들었다. 소년은 틀림없이 수군의 보충을 위해 들어왔을 것이다. 그러나 굳게 다문 입에서는 어딘지 의젓함이 엿보였다. 빛나는 눈동자는 지금 본 하늘의 별에 견주어도 조금도 손색이 없을 정도다.

유희는 이 아이를 두고 이렇게 말한 것인가. 순신은 그제야 고개를 끄덕였다.

"이름은?"

"박순욱(朴淳旭)입니다."

"순욱이 용케도 날 알아보았군."

"한산도에서 자랐으니까요."

섬의 아이란 말인가. 소년은 수군을 동경하면서 자랐을 것이다. 과거에 순신은 종자(從者)도 동반하지 않고, 섬 안을 곧잘 걸어 다녔었다. 순신을 보면 천진하게 순신에게 곧잘 달려왔던 어린이 중에 이 소년도 있었을지 모른다.

"나한테 무슨 용무가 있나?"

"예."

소년은 분명하게 고개를 끄덕였다.

"아까……. 장군님이 거북선에 오셨을 때 모두가 감격했습니다. 장군님께서 오셨으니까 이제는 괜찮다고들 했어요. 그래서, 그래서……."

"그래서?"

순신은 되도록 상냥한 어조로 말을 재촉했다.

소년은 계속했다.

"그래서 저희에게 어떤 명령이든 내리셨으면 합니다."

"명령?"

"옛!"

순신과 소년의 대화를 지켜보고 있던 군관들이 주춤하며 서로의 얼굴을 마주보았다.

순신은 얼굴이 일그러지지 않도록 배에 힘을 주었다.

"알겠나, 순욱? 나는 백의종군 중인 몸이야. 따라서 너희에게 명령할 권한이 없어. 알아들었겠지?"

"모두들 그래요. 자신들을 이끌 사람은 장군님 밖에 없다고요. 그래서 저……, 그렇다면 장군님께서 어떤 명령이라도 내리십사 하고 생각해서……."

소년의 말이 끊어졌다. 어느 틈엔지 그 귀여운 눈동자에 눈물이 맺혔다. 그 이상 말하면 소리내어 엉엉 울기 시작할 것임을 본능적으로 깨달았던 것이다.

순신의 가슴은 끓었다. 이 아이는 울지 않으려 애쓰고 있다. 조금 전, 마치 내시처럼 울기만 했던 수장이 벌인 추태가 떠올랐다.

소년의 뒤로 거북선이 보였다. 어느 틈엔가 승조원들도 잔교에서 내려와 이쪽을 걱정스러운 듯이 바라보고 있다. 거북선의 아치형 덮개가 그리는 완만한 곡선이 어둠 속에 녹아들고 있다. 순신은 마치 전기 충격을 받은 듯한 강렬한 느낌에 휩싸였다.

"순욱!"

"예엣."

"기를 올려! 통제영의 기, 삼도 수군의 기를 올리란 말이다!"

소년은 거북선을 돌아보았다. 소년은 순신의 명령의 의미를 제빨리 이해했다.

"잘 알겠습니다. 기, 기를 올리죠."

소매로 잽싸게 눈물을 훔치던 소년은 순신에게 인사를 하고는 거북선을 향해 뛰었다.

순신의 명령이 소년을 통해 전해지자 이를 듣고, 승조원 사이에서는 울음 섞인 큰 환성이 터졌다. 그들은 앞다투어 거북선의 지붕에 기어올라 2개의 돛과 후부의 깃대를 일으켜 세우기 시작했다.

어스름 속에서 세 개의 기가 전부 돛대에 매끄럽게 게양되었다. 통제영의 기였다. 이 순간을 기다리고 있었다는 듯 잠잠하던 육지에서 바다를 향해 바람이 불기 시작했다. 통제영의 기는 부드럽게 펄럭였다. 두 번째의 함성이 터졌다. 이어서 후부 돛대에 삼도 수군의 기가 게양되고 다시 대장기, 영장기(領將旗), 유군장기(遊軍將旗), 위장기(衛將旗), 군홍소령기(軍紅小令旗), 남소령기(藍小令旗), 초요기(招搖旗), 교룡기(交龍旗)……가 계속해서 게양되었다.

"결국 있는 기는 모조리 게양할 작정인가. 좀 너무 하는 것 같군."

방응원의 목소리에는 즐거움이 묻어나고 있다.

다른 배의 승조원들이 갑판으로 뛰어나와 무슨 일인가 하고 현쪽을 향해 얼굴을 내밀었다. 곧 상황을 파악한 그들 역시 앞을 다투어 기를 게양했다. 지금까지 실의와 절망의 그림자가 지배하던 잔교에는 투명하고 뜨거운 전의가 소용돌이쳤다. 가히 하늘을 찌를 듯한 기세였다.

그때 어린 소년의 노랫소리가 어둠속을 가르며 퍼져나갔다.

가국위여발(家國危如髮)　　나라의 위태로움에 여유가 없고
군친하소귀(君親何所歸)　　임금과 어버이는 언제나 돌아오려는고
고신루횡억(孤臣淚橫臆)　　외로운 신하의 눈물 가슴을 적시는데
신월망의의(新月望依依)　　새 달을 바라보며 마음 설레노라

거북선 위에서 기의 줄을 조정하며 부르는 소년병의 노래는 애

절하게 이어지고 있다.

"저 노래는……."

순신에게는 그리운 노래였다. 일찍이 경상 우수영의 투장으로서 알려진 기효근(奇孝謹)의 한시(漢詩)에 누군가가 곡을 붙여, 군사들 사이에서 널리 불려지게 되었다. 각 수영에는 각각의 독전가(督戰歌)가 있었으나, 군사들은 고향을 멀리 떠난 한산도에서 용장한 독전가보다도 애잔한 가락의 노래를 좋아하고 잘 불렀다.

거북선의 승조원들은 소년의 노랫소리에 잠시 일손을 멈추고 듣고 있더니, 이내 따라서 부르기 시작했다.

노랫소리는 곧 모든 전선으로 퍼졌다. 애조를 띤 가락이 어떤 독전가보다도 강하고 용감하며 웅장하게 들렸다. 하늘도, 바다도, 파도도, 바람도, 별까지도 노래하는 것 같았다.

"왜 노래를 안 부르지요?"

안위의 뒤에서 누군가가 어깨를 흔들며 말했다. 순신을 따라온 군장의 미녀가 무서운 얼굴로 노려보고 있다.

"노래를 하세요."

명령조였다. 당황한 안위는 입을 열었다.

조계종과 군관들에게도 군장의 여인은 열심히 재촉했다.

"부르세요, 자, 노래 부르세요. 노래하라니까요!"

한산도에 상륙한 고니시 유키나가는 마쓰라 시게노부가 파견한 부장의 인도를 받아 즉시 그 본영으로 향했다. 나이토 조안은 유키나가와 동행했다. 도도, 가토, 와키자카, 구루시마의 4장수가 한산도에 계속 주둔하고 있는 것에 조안은 가슴을 쓸어내렸다.

마쓰라 시게노부의 영사(榮舍)는 두을포의 훨씬 서쪽에 있다.

"보셨겠지요, 고니시님?"

유키나가의 굳은 표정을 알아차렸는지 출영 나온 시게노부가 우울하게 말했다.

"그래. 저건 산적의 짓이야."

유키나가가 이렇게 내뱉었다. 떡 벌어진 어깨가 분노로 인해 떨고 있다. 그런 감정은 조안도 마찬가지였다. 여기에 오는 동안 해안에서 본 것은 잡혀온 섬사람들이 감옥에 수용되어 쉰 소리로 울부짖는 참담한 모습이었다. 이턴 수용소가 한두 군데가 아니었다. 조안이 본 것만 해도 10군데 이상은 족히 되었다. 저마다의 무장들이 자신의 문장(紋章)을 새긴 깃발을 자랑스럽게 게양하여 소유자가 누구인가를 명시하고 있는 것이다, 창피하게도.

"요시아키들이 이 섬에 머물고 있는 것은 사람 사냥을 위해서입니다. 내일 부산에서 사러 온다고 하던데요."

포로나 전리품의 집적지인 부산은 노예 상인들로 들끓고 있었다. 일본으로의 강제 연행, 인신 매매는 일상의 다반사라고 해도 좋았다. 전쟁터에서 잡힌 조선인은 그 부대 다이묘의 귀중한 재원이자 노동력이었다. 그렇지 않고 그들을 도망가게 두면 의병이 되어 반격을 해오기 때문에 무슨 일이 있어도 조선인을 붙잡아야만 하는 것이었다.

시게노부의 말에 유키나가의 눈썹이 떨렸다. 그러나 그 이상의 깊은 대화는 피했다. 눈앞에 해야 할 일이 많았다. 이 한산도라는 곳에서 이제부터 수군의 무장들을 상대로 싸움을 해야만 한다. 그것도 유키나가식의 전투를.

시게노부가 조선 수군의 피해 상황을 보고했다.

"13척이라고!"

조안은 자기도 모르게 소리를 지르고 말았다. 온몸에서 힘이 빠져나간다. 이 나라의 명맥은 다 했다. 그리고 전쟁은 끝나지 않았다. 평양에서 시작된 죽음의 행군이 새삼스럽게 떠오르며 오한이 느껴졌다.

그러나 상관의 입에서는 안도의 한숨이 새나오는 것이었다.

"괜찮아, 괜찮아. 그것밖에 남아 있지 않다니까."

"장군님, 그건 대체 무슨 말씀이십니까?"

"나 같으면 13척으로도 싸워 보이겠다. 도도, 가토, 와키자카. 그들과 호각으로 싸울 자신이 있다, 이 말이야."

유키나가는 아무 거리낌 없이 이렇게 말했다.

그 순간 어안이 벙벙했지만 한편으로는 정말 그렇다고 조안은 생각했다. 고니시 유키나가는 원래 수장이자 자타가 공인하는 히데요시 배의 대장이다. 유키나가가 적극적인 강화파로 돌아서기 전, 일본 수군의 잇단 패전 소식을 전해 듣고 분개하던 유키나가의 모습이 조안의 눈에는 인상적이었다. 그 당시 일본 수군 중에서 동남아쪽의 최신 기술을 도입한 선체에 용골을 넣고, 20문 이상의 강력 화포로 중무장한 전선을 가지고 있는 것은 고니시 유키나가뿐이었다. 만일 고니시의 수군이 해전에 투입되었다면 제1차 침공의 결과는 달라졌을지도 모른다. 고니시 유키나가를 육군으로 싸우라고 내몬 것이야말로 히데요시의 가장 큰 실수였다고 조안은 그렇게 생각했다.

마쓰라 시게노부는 미간을 찌푸렸다.

“설마 하니, 고니시님 혼자서 그 13척을 대적하신다고요?”

“아니, 아직 거기까지는 생각지 않았어.”

유키나가의 뺨에 쓴웃음이 번졌다. 유키나가에게도 가신이 있고 영지가 있다. 언젠가는 이 전쟁을 끝내고 해외와의 장대한 교역을 이룩하고 싶은 꿈도 있었다. 조선과 내통하는 것은 그 꿈을 그르치는 일이다.

“내가 나서지 않아도 이 나라에는 바다의 명장이 있지. 바로 이순신.”

“그러나 이순신은 실각해서…….”

“반드시 복귀할 거다.”

시게노부의 말을 막으며 유키나가는 단언했다.

“통제사로 복귀한 이순신이 13척의 배를 이수하기까지 시간을 벌게 해준다. 이것이 우리의 전략이야.”

마쓰라 시게노부는 고개를 끄덕이며 수긍했다. 그는 계속해서 네 장수의 동향을 보고하기에 바빴다. 시게노부는 이틀 동안 4명의 장수장수를 만나 속을 떠 보았던 것이다.

“와키자카님은 지상전에 가담하는 것에 반대하지 않는 것 같았습니다. 아니, 오히려 그것을 바라고 있는 것 같았고요. 가토 요시아키님 역시 모르기는 해도 같을 것이고요. 문제는 구루시마 미치후사, 도도 다카토라 두 장수입니다. 구루시마 미치후사님은 형의 원수를 갚으려고 벼르고 있고요, 도도님……, 이분은 도저히 무엇을 생각하고 있는지 모를 정도고요.”

“미치후사의 마음을 잘 알고 있다. 설득이 가능할 것이다.”

유키나가는 말했다. 빈고(備後)의 24만 석을 받기 전, 유키나가는 셋슈(攝州)를 영유하고 세토우치(瀨戶內)의 선봉행(船奉行, 배에 관한 행정업무를 맡은 우두머리)이란 직책에 있었다. 직무 수행상 이요의 해적 대장, 구루시마 미치후사를 장악하지 않고는 불가능했다. 미치후사는 수군의 체면을 중히 여기는 한편 실리에도 밝은 솔직한 바다 사나이이다. 설득 여하에 따라서는 해전에 계속 고집을 부리지는 않을 것이라고 유키나가는 생각했다.

군사회의에서 장애가 되는 이는 시게노부도 잘 파악하고 있는 바와 같이 도도 다카토라일 것이다. 아사이 나가마사(淺井長政), 오다 노부즈미(織田信澄), 도요토미 히데나가(豊臣秀長), 히데토시와 직책을 계속 바꾸어, 현재는 히데요시의 직계 가신으로서 이요 우와지마(宇和島) 7만 석을 영유하고 있다. 오에(近江)의 지방 무사에서부터 올라가기 위해 얼마나 술수를 썼겠는가. 상관이었던 히데나가, 히데토시의 이상한 죽음을 둘러싸고는 온갖 소문이 난무했다. 방심할 수 없는 모략의 다이묘이었다.

"다카토라라 하면 그의 진중에서 뜻밖의 남자를 보았는데요."

유키나가와 조안이 자리에서 일어서려고 했을 때 문득 생각났다는 듯이 시게노부가 말했다.

"옛날 유키나가님을 모시던 사내입니다. 흘끔 봤지만 그 얼굴을 잊을 수 없지요. 가는 눈에 귀까지 찢어진 입. 확실히 가게치카 우쿄라고 말씀드릴 수 있어요."

유키나가의 신체에 긴장감이 도는 것이 조안에게도 전해졌다. 가게치카 우쿄. 아주 짧은 동안이었지만 유키나가 밑에서 일했던 스파이 중 한 사람. 그것도 초일급 스파이였다. 하기야 예수회 사람들을 염탐하는 자들을 스파이라 부르는 것이 마땅한지 조안은 몰랐지만.

"그 사람, 다카토라 밑에서 일하던가?"

유키나가는 굳은 목소리로 말했다.

"조안, 다카토라님한테 가게치카가 있다면⋯⋯."

"틀림없을 겁니다. 다테즈 주이치로 놈도 말입니다."

조안의 가슴은 불안으로 두근반서근반 뛰었다. 조안은 계속 말을 이었다.

"장수님, 도도님의 동향에 신경을 쓰시는 편이 좋겠습니다."

해가 서쪽으로 넘어가려 하고 있었다. 이제 조금 있으면 좌우 양군이 노도처럼 진격을 시작할 전라도 저쪽너머로. 핏빛으로 가라앉는 불덩어리는 수군을 잃고 이제 곧 망할 수밖에 없는 조선이라는 나라의 상징같이도 보였다. 재침공은 성공할 것이다. 우키타 히데이에는 깊은 충족감으로 가슴이 벅차올랐다. 히데이에가 탄 소형 쾌속선은 좌초된 거북선을 향해 다가가고 있었다. 목조로 된 간편한 잔교가 설치된 그곳에는 구투시마 수군의 해적기를 단 소형 쾌속선이 3척 계류되어 있다.

히데이에는 암초를 천천히 일주하도록 격군에게 명령했다. 바람이 없어 잔잔한 해면은 석양의 붉은 빛을 녹이고 있었다. 한산도의 내만은 시간이 정지한 것처럼 고요했다. 일단 잔교를 목표로 삼은 소형 쾌속선이 암초 주위를 돌기 시작했다. 규칙적으로 노 젓는 소리가 울려 퍼진다.

히데이에는 사촌동생인 사쿄노스케 나오유키(左京亮直行), 가신인 하나부사 시마노카미(花房志摩守), 아카시 데루즈미(明石全登)의 세 참모를 대동하고 왔다. 그들은 전설의 적선을 목전에서 바라보며 느끼는 것이 있는지 입을 다문 채 거북선을 쳐다보고 있다.

거북선은 구루시마 해적의 바다 스파이에 의해 크게 파괴되었다고는 하나, 아직도 기괴한 원형을 간직하고 있다. 양현, 뱃머리, 선미, 모든 각도로 화포용 구멍이 뚫려 있다. 여기서 일제히 빨간 불을 내뿜으며 이 거대한 거북이 해상을 종횡으로 누비는 광경을 상상하자 히데이에는 등골이 오싹해졌다. 거북의 등딱지 모양을 한 지붕은 일본 수군의 대포알을 거뜬히 튕겨낼 정도로 두터운 판으로 되어 있다. 그 판 위에 촘촘히 박아 놓은 뾰족한 바늘은 이 배에 올라오는 일본 군사를 얼마나 많이 찔려 죽게 했을 것인가. 용케도 이런 기괴한 배를 고안해냈구나. 그리고 용케도 이것을 침몰시켰고.

"이제 되었어."

거북선 충분히 살피고 나자 히데이에는 자신도 모르게 큰 한숨을 내쉬고는 배를 잔교에 대라고 지시했다.

잔교에 서자 진바오리(陣羽織, 진중에서 갑옷 위에 걸치던 민소매 옷)로 정장한 애꾸눈 구루시마 미치후사가 히데이에를 맞이했다.

"잘 돌아보고 오셨는지요, 히데이에님?"

"볼수록 무서워지는 물건이군. 해전의 노고, 잘 알았소."

히데이에는 따라온 군졸에게 술통을 내리라고 명령했다.

"히데요시께서 하사한 것이오. 수군들의 승리를 축하하는 의미에서."

"술 이름은?"

"그것까지는 듣지 못했는데."

"그러면 히데요시님의 명예, 또는 한산도라고 부르면 어떨까요?"

"그거 좋겠소. 기분이 좋군. 미치후사."

미치후사는 뾰족한 한쪽 볼을 일그러뜨리고는 히데이에 일행에 앞서서 암초 위를 걷기 시작했다.

거북선의 선수 부분에 그멍이 크게 뚫려 있다. 거기에 튼튼한 사다리가 낮은 각도로 세워져 있고, 그것을 딛고 오르면 거북선의 어두침침한 선내로 들어갈 수 있다.

미치후사는 이미 다른 사람보다 한발 앞서 거북선에 가서 회의 장소로 꾸미는 일을 지휘했다. 군데군데 구멍난 바닥에 칼이 빠지지 않도록 널빤지를 댔고, 벽이나 기둥에 묻은 살점이나 핏자국도 말끔히 닦아냈다. 또한 시체 냄새를 없애기 위해 여기저기에 향을 피우도록 지시했다. 바닥의 중앙에는 울긋불긋한 융단을 깔았고, 그 위에 다다미(疊) 3장 크기의 야전용 탁자를 놓았다. 탁자 둘레에는 사람 수에 맞게 걸상이 배치되어 있다. 등딱지 모양의 두꺼운 덮개판이 군데군데 날아간 천장 사이로 석양 빛이 몇 줄기 들어와 선내를 점점이 비춘다. 석양의 빛줄기에 부딪힌 향의 흰 연기가 천천히 소용돌이치며 피어오른다.

"제법 넓군."

그것이 히데이에의 첫 마디였다. 지붕을 지탱하는 기둥이 많다고는 해도 선수에서 선미까지 한눈에 들어왔다.

"그것도 기능적으로 만들어져 있군. 내부가 더 복잡할 것이라고 상상하고 있었는데."

복잡하지 않다고는 해도 어디에 사용한 것인지 폭파된 지금으로서는 원형을 알 수 없는 크고 작은 도르래 같은 공구들의 파편이 구석에 치워져 있는 것이 눈에 띄었다.

미치후사의 설명에 의하면 거북선은 기본적으로 조선 수군의 주력선인 판옥선을 개량한 배라고 한다. 상갑판을 들어낸 뒤 무지개 모양의 두꺼운 판으로 덮고, 상갑판에 장착할 대포를 중갑판으로 내려 배치했다.

"전선으로는 섬세하지 못하지만, 결국 포수가 격군과 같은 중갑판에 있는 셈이군."

"과연 히데이에님다우십니다. 보신대로입니다. 대포는 바다에 가라앉아 떠내려갔지만, 남은 것은 이렇게 복원을……."

미치후사는 현측(舷側)으로 걸어갔다. 비교적 손상을 덜 입은 협간(狹間) 앞에 네 바퀴가 달린 대소의 화포가 포가에 탑재되어 늘어서 있었다. 구경이 큰 쪽이 천자총통, 작은 것이 지자총통이라고 미치후사는 설명했다.

"이 아래는?"

"군사들의 휴게소이자 탄약과 무기고가 저장된 곳입니다. 안내해 드리지요."

미치후사는 사람 수대로의 횃불을 준비시켜 히데이에들과 함께 배 밑으로 내려갔다. 하갑판의 손상은 더 심하여 선복에 폭약이 장치되었음을 증명해 주고 있다. 빛이 들어오지 않는 동굴에 들어온 듯한 느낌이었다. 히데이에가 횃불을 비추자 발밑에 작은 생물이 와삭와삭 하는 소리를 내며 어둠 속으로 사라졌다. 게였다.

시체의 살을 파먹는 게가 파리떼처럼 무리지어 있노라고 미치후사는 히데이에에게 말했다. 향내도 여기까지는 미치지 못해 바닷물의 냄새와 함께 뭐라고 표현할 수 없는 비린내가 히데이에의 코를 자극했다.

무기고에는 백병전을 하게 될 경우에 대비하여 칼, 소총통이 준비되어 있었으나 대부분이 파괴되어 흩어져 있었다. 히데이에는 그 구석에 검게 무리지어 꾸물거리는 그 무엇을 보았다. 그것은 한 무리의 게였다. 미치후사가 횃불의 불꽃을 그것들에 갖다 대자 파도에 밀려나듯 옆으로 갈라졌다. 게들이 빗겨난 그 자리에는 썩은 다리가 한 짝 있었다. 이상한 냄새의 원인은 여기에 있었다. 벌써 게가 살을 다 뜯어 먹었는지 뼈가 거의 드러나 보였다.

"뭐 이런 것은 안 보여주었어도 되었을 텐데."

"글쎄 말입니다. 그래도 구더기보다야……."

히데이에는 미간을 찌푸리고는 발길을 돌렸다.

중갑판으로 돌아오니 해는 이미 완전히 저물어 선내가 어둠에 젖어있었다.

"뭣들 하고 있어! 불을 켜."

미치후사의 명령에 병사들이 촛대에 불을 밝히러 다니기 시작했다. 100자루의 촛불이 선내를 차차 밝게 비추기 시작했다.

도도 다카토라가 왔다는 전갈이 왔다.

고케쓰 요리후사 등 3인의 참모를 데리고, 거북선에 나타난 다카토라는 의연해 보였다. 42세이지만 나이를 가늠할 수 없는 위엄이 느껴진다. 고소데(小袖, 소개통이 좁은 옷), 가타키누(肩衣, 무사의 예복), 하카마(袴, 주름잡힌 바지) 모두 블랙이 기조를 이루고 있어 감정을 표출하지 않는 노멘(能面, 노의 가면)의 얼굴만이 유난히 희어 보일 뿐이다.

"히데이에님, 부산에서 배로 오시는 여행이 즐거우셨는지요?"

다카토라는 드러나지 않게 인사를 했다.

“미치후사한테서 들었소. 수군들의 역할, 아주 훌륭했어. 이 몸도 비록 육지에 있지만 수군의 여러 장수와 같은 마음이지.”

히데이에의 이 말에 다카토라는 애매한 미소를 떠올렸다.

다카토라는 크게 환성을 지르면서, 구루마 미치후사가 고심하여 설치한 회의 장소를 만족스럽게 돌아보았다.

“이건 좋아. 정말 좋은 취향이요. 히데이에님, 거북선을 여기까지 끌고 온 보람이 있군요. 그런데 이것을 군사회의 장소로 쓰자고 한 것은 다른 사람들로서는 생각지도 못한 기발한 착상입니다. 후세에 한산도를 평정했다고 이름을 남기시겠습니다.”

때마침 와키자카 야스하루가 세 사람의 참모 장수와 함께 왔다.

만면에 웃음을 띤 야스하루의 입에서 술냄새가 풍겼다. 한산도에 상륙한 이래 주욱 이런 상태는 아니었을까 하고 히데이에는 슬쩍 추측했다.

야스하루는 히데이에가 가지고 온 술통에 시선을 고정시켰다.

“히데요시님께서?”

“와키자카, 그 술에는 벌써 이름이 붙어 있지. 이름을 붙인 것은 구루시마야.”

명주(名酒) 한산도, 그 이름을 히데이에게서 전해들은 야스하루는 크게 웃었다. 남보다 한발 앞서 공명을 꾀하다 한산도 앞바다에서 이순신에게 패하여 히데요시의 질책을 받은 이래 좀처럼 웃는 일이 없었던 그다.

곧이어 수군의 군감인 모리 다카마사, 구루시마 수군의 휘하의 미치나가(菅達長), 하타신(波多親)이 앞서거니 뒤서거니 하며 모습을 보였다.

간 미치나가는 나가무네 모토치카(長宗元親) 밑에 있었으나 조선 침공시에는 수장으로서 구루시마 수군에 속했던 하타신의 별명은 노부토키(信時)라고 불렸으나 제1차 침공 때 '전대미문의 겁보'라고 고쳐 불리웠다. 재침공대에는 공을 세워야만 한다는 일념에 옛가신으로 구성된 무사를 이끌고 구루시마 수군에 합류했다. 그래서 이 두 장수에게는 의결권은 없었다.

"가토 요시아키께서 도착하십니다."

구루시마의 군졸이 다시 출석자의 내방을 알렸다.

가토 요시아키의 출석은 이 회의에 어울리지 않는 것이었다. 윗옷을 벗어부친 사냥복 차림에 머리를 흩날리며 들어오는 그의 온몸은 땀과 흙으로 뒤범벅이 되어 있다. 동행한 세 사람도 모두 참모 장수라기보다는 거친 무사들 같아 보였다.

"늦었습니다. 호랑이 사냥을 하다가 그만⋯⋯."

요시아키는 입구에서부터 선내의 공기를 뒤흔들 정도의 큰 소리로 외치고는 우키타 히데이에 앞으로 가서 머리를 숙였다.

"히데이에님, 지금은 사람 사냥에도 신물이 났고요, 게다가 요즘은 호랑이쪽이 사람보다 비싸게 팔리거든요."

히데이에는 노골적으로 불쾌감을 표현하였으나 요시아키는 그런 것에는 아랑곳하지 않고 모르고 계속하여 말을 이었다.

"그런데 아무리 찾아도 호랑이는 한 마리도 구경도 못하고 그 대신 살진 어린 사슴을 7마리나 잡았습죠. 이 회의가 끝나면 주연에서 사슴 고기를 대접하겠습니다."

그는 호탕하게 웃으며 빈 의자를 찾았다.

미치후사가 앉을 자리를 가리켰다.

"요시아키님은 안으로, 다음은 유키나가님."

고니시 유키나가는 기지개를 켜면서 다가오는 거북선의 검은 그림자를 응시하고 있었다. 해가 진 바다는 점차 밤의 어둠 속으로 묻히고 있었다. 거북선의 그림자는 암초와 하나가 되어 해상에 솟아 있는 기괴한 성채처럼 보였다. 유키나가를 태운 쾌속선이 접근함에 따라 달빛에 비친 거북선의 외관은 점차 분명해졌다.

거북선을 본 것은 유키나가로서도 이것이 처음이다. 그는 미묘한 기분을 느꼈다. 5년 전 점령하고 있던 평양에서 일본 수군의 연전연패 소식을 접했을 때, 유키나가는 진심으로 이 배를 상대해 보고 싶어했다. 이 거북선과 조선의 수사 이순신을…….

"장수님, 배가 도착합니다."

나이토 조안이 재촉했다.

조안 이외에 유키나가는 종자를 한 명 데리고 있을 뿐이다. 잔교에는 화톳불을 피워서 발 밑이 밝다. 횃불을 손에 든 구루시마의 군졸이 따라와서 회의장으로 향한다.

"늦은 것은 아닌지요, 유키나가님?"

가토 요시아키가 큰 소리로 맞이했다.

"미안하군요."

유키나가가 입구에서 망토를 벗자 포르투갈 해군 사령관의 제복이 나타났다. 허리를 조인 멋진 군복이 유키나가의 아름다운 몸매를 더욱 돋보이게 했다. 회의 참석자 중에서 그를 기이한 눈으로 보지 않는 사람은 한 사람도 없다. 유키나가가 양복을 선호한다는 것은, 그가 천주교도의 다이묘라는 사실 이상으로 널리 알려져 있다.

유키나가는 망토를 뒤에 있는 종자에게 맡기고 빈 의자에 가서 앉았다. 우키타 히데이에를 중심으로 도도 다카토라, 가토 요시아키, 와키자카 야스하루, 구루시마 미치히사, 그리고 고니시 유키나가의 여섯 장수가 야전용 탁자를 둘러싸고 앉았으며 각각의 참모 장수들이 그 뒤에 배석했다.

히데이에가 일어나 칠천량 해전의 승리를 축하했다. 히데요시가 하사한 술이 일동에게 배분되자 모두가 한 잔씩 마신 후 회의가 시작되었다.

히데이에가 탁자 위에 사슴 가죽으로 만들어진 지도를 펼쳤다. 다다미 1장 반 크기인데 여기에는 조선 반도의 남쪽 땅이 그려져 있다. 재침공의 첫째 점령 목표인 전라도는 적색으로 표시되어 있다. 북쪽인 충청도와의 경계 가까이에 전주(全州)라는 글자가 적혀 있고, 약간 오른쪽 밑에 황석산성(黃石山城), 그 밑에 남원(南原)이라고 쓰여 있다.

히데이에는 손가락으로 짚어가며 진격로를 재확인해 간다. 모리 히데모토의 우군은 황석산성을 거쳐 전주를 치고, 우키타 히데이에의 좌군은 남원을 지나 전주로 들어갈 것이다.

"약한 조선 군사만이 지키는 황석산성에 비해, 남원은 양원(楊元)이라는 명나라 장수가 6만 명의 요동군을 이끌고 주둔하고 있소. 물론 상대에 비해 부족함은 없지만……."

히데이에는 유키나가를 제외한 네 명의 수장을 차례로 응시하며 말을 계속했다.

"수군의 여러 장수들은 우선 해전을 중지하고, 지상전에 나서도록."

의자에 앉아 히데이에는 장수들의 답변을 기다린다. 유키나가는 주의 깊게 네 수장의 반응을 지켜보았다.

"히데이에님이 아시는 바와 같이……."

최초로 반응을 보인 것은 와키자카 야스하루였다.

"해전은 이미 끝난 것과 마찬가지요. 이대로 바다를 누벼도 그냥 구경하며 여행하는 것이나 마찬가지일 텐데요. 남원, 전주 정벌은 본래부터 이 야스하루가 바라던 바입니다."

"그것이 만일……."

가토 요시아키가 지지 않으려는 기세로 야스하루의 말을 이었다.

"이 요시아키도 동감이오. 조선의 수군에 남아 있는 전함은 13척뿐. 그걸 쳐 부순들 무슨 무공이 되겠소이까?"

사슴 사냥에서 막 돌아온 차림새와는 전혀 어울리지 않게 격식을 차린 말투에는 억누를 수 없는 흥분이 배어 있다.

"……히데이에님, 남원성 공격에는 꼭 이 요시아키가 선봉을 맞도록 해주십시오. 전주에서 우군인 가토 도라노스케를 맞이하고 싶으니까요."

그는 아사가타케의 명장 가토 기요마사에의 적개심까지도 버린 것으로 보였다. 요시아키는 이요 마쓰마에 6만 석, 기요마사는 히고 구마모토 19만5000석. 이대로 해전의 여세를 몰아 지상에서도 화려한 공훈을 세울 호기라고 보고 있는 것이 분명하다.

유키나가는 마쓰라 시게노부의 분석력을 인정하면서 남은 두 수장에게 시선을 주었다.

"다카토라, 미치후사. 이제 두 사람의 생각을 듣고자 하는데."

히데이에는 반응을 보이지 않는 두 장수에게 표정을 지으며 재촉했다. 도도 다카토라는 눈앞의 사슴 가죽 지도에 시선을 보낸 채였다. 구루시마 미치후사는 거북선의 천장을 올려다보며 뚫어진 구멍을 통해 별을 바라보고 있다.

조금 뒤, 다카토라가 얼굴을 들고 억양없는 소리로 말했다.

"가능하면 지금 당장 해전을 계속했으면 하는데요."

야스하루와 요시아키가 믿을 수 없다는 표정으로 다카토라를 본다. 구루시마 미치후사가 계속했다.

"13척이라고는 하지만, 조선 수군은 아직 건재합니다. 히데이에님, 저도 다카토라님과 같은 생각입니다."

"미치후사까지 그런가. 이게 대체 어떻게 된 심판인가?"

히데이에의 눈에는 당혹감이 역력히 드러났다. 그는 입술을 꽉 깨물었다.

요시아키가 짧게 혀를 찼다.

"미치후사님의 생각이란 개인 사정이겠지요."

"개인 사정이라니 그 무슨 말씀이오!"

미치후사의 소리에 노기(怒氣)가 배어 있다. 왼쪽 눈동자에 불꽃이 인다.

"미치후사님, 형님인 미치유키님의 복수를 말하는 것이오. 이번의 대승리로 형님의 원수를 충분히 갚지 않았소?"

요시아키의 옆에서 와키자카 야스하루가 분별 있는 척 고개를 끄덕였다.

"장례식은 끝났소. 미치후사님, 생각을 거듭거듭 신중히 하는 것이 좋소. 13척의 배와 전주 공격, 어느 쪽이 중요한가요?"

지상전에서 공을 세우려 벼르는 요시아키와 야스하루는 미치후사의 번의(翻意)를 기대하고 있었다.

"13척을 깔보는 것은 위험합니다."

"이건 뜻밖인 걸요. 미치후사님은 고작 13척이 그렇게 두렵게 느껴지십니까?"

멸시하는 투로 말하는 요시아키를 미치후사는 날카로운 눈으로 응시했다.

"13척 중에는 거북선이 들어 있어요. 그것이 보통 배가 아님은 요시아키님도 알고 있겠지만요."

미치후사는 요시아키와는 대화가 통하지 않는다고 판단하고 히데이에 쪽을 향했다.

"적은 지금 패전에 겁을 먹고 있고 사기는 떨어졌으며, 장수를 대부분 잃어 싸우는 방법을 모르는 상태에 있을 겁니다. 이때 바로 이들을 공격하면 틀림없이 최후의 1척까지 침몰시킬 수 있을 겁니다. 전주 공략의 중요함도 알고 있지만 지금은 후환(後患)을 차단해 두는 것이 중요하다고 보는데요. 어떻습니까 히데이에님?"

"음, 미치후사님의 말씀을 모르는 바는 아니지만……."

히데이에는 눈썹을 가늘게 찌푸리며 곤혹스러운 표정을 지었다.

"위험한 것은 거북선뿐만이 아닙니다."

"무슨 의미입니까, 다카토라님?"

일동의 고개가 일제히 도도 다카토라한테로 향했다.

와키자카 야스하루가 물었다.

탁자 위로 도도 다카토라의 억양 없는 소리가 안개처럼 흘렀다.

"모두들 잊으셨소? 그 자 말이오. 우리가 꿈에도 잊을 수 없는 자를. 이제 와서 다시 생각하고 싶지 않은, 기억을 봉인해 버리고도 싶은 존재 말이요."

"누구를 말하는 거요?"

요시아키가 화가 난 듯이 소리를 질렀다.

다카토라는 맹랑하다는 듯이 답을 던졌다.

"이순신."

순간 물을 끼얹은 듯 조용해진 가운데, 그 누구도 입을 열지 않았다. 고니시 유키나가는 자신과 도도 다카토라를 제외한 모든 사람이 지금 들은 이름을 다루기 힘들 것이라고 생각했다.

이윽고 와키자카 야스하루가 목을 위 아래로 크게 움직이며 말했다.

"이순신은 백의종군의 몸으로 강등되었다는데요."

"그놈은 반드시 복귀합니다."

다카토라는 야스하루의 말을 가로채어 단언하듯 천천히 덧붙였다.

"반드시 그럴 거요."

와키자카 야스하루는 의심스런 말투로 말했다.

"백의종군하는 놈이 원래의 대장으로 다시 돌아간다는 말인가요?"

"백의종군은 국왕의 말 한 마디면 본래의 관직으로 복귀할 수 있는 제도요. 그 사람 말고 누가 있겠습니까?"

"그러나 다카토라님."

가토 요시아키는 탁자 의에 올라앉았다. 히데이에를 제외한 다섯 장수 중에서도 가장 젊은 요시아키는 의기가 넘쳤다.

"이순신이 다시 통제사가 되었다 한들 그것이 어떻다는 말입니까? 가지고 있는 13척의 전선으로는 아무리 이순신이라도 어떻게 할 수 없을 것이오. 아까운 군사들을 바다에서 개죽음시키기보다는 지상전을 하는 편이 더 낫다고 생각되는데요."

"그래서 요시아키님은 세상 물정을 잘 모르는 사람이라는 소리를 듣는 거요. 무능한 수장이 이끄는 수백 척의 전선 따위를 깨부수는 거야 식은 죽 먹기요. 그렇지만 저 이순신이 지휘하게 되면, 단 13척이라도 막강하게 되어 손을 쓸 수가 없게 된단 말이오. 그렇지 않소?"

말이 궁해진 요시아키와 야스하루는 침묵 할 수밖에 없었다. 두 사람 모두 이순신이 두렵기는 마찬가지다.

"그 사람 말이오. 수장에 복귀하면 즉시 수군을 재정비할 것이오. 물론 전선은 금방 건조하기 어렵겠지만, 사기를 진작시켜 어떤 묘책을 가지고 나올지 모르오. 그러기 전에 13척을 박살낼 필요가 있소."

이것이 회의의 결론이려니 하고 다카토라는 좌중을 돌아보았다. 예상을 빗나간 뜻밖의 전개에 우키타 히데이에는 곤란해졌다. 그때 생각지도 못한 인물로부터 다카토라를 힐난하는 소리가 났다.

"다카토라님은 부산에서의 회의 결정을 무용지물로 만들 심산인가요?"

다카토라의 차디찬 시선이 격분한 표정으로 히데이에의 뒤에 앉아 있는 이상한 청년 무장에게로 향했다.

"수군들은 좌군에 속하며 지상전에 가담합니다. 이것은 다카토라, 미치후사님의 양해가 끝난 사항이오."

우키타 나오유키(宇喜多直行)였다. 히데이에의 배석 가신으로서

2만 4000석의 영지를 갖고 있다. 사촌형인 히데이에의 세력을 믿고 불손한 태도를 보였다.

다카토라는 내키지 않는다는 듯이 설명했다.

"지상전에 참가하지 않는다고 누가 그랬소? 지금은 해전이 더 중요하다고 한 것이지."

"그만둬, 나오유키."

히데이에가 고개를 돌리며 만류하려는 몸짓을 보였다. 지금은 배석 가신이 말참견을 할 계제가 아니다.

"아니, 들어 보세요."

우키타 나오유키는 강하게 고개를 가로로 저으며 더욱 격앙된 어조로 외쳤다.

"전주 공격에 출전하지 않는다고 한 것과 같은 뜻 아닙니까?"

도도 다카토라의 얼굴에 처음으로 초조한 빛이 떠올랐다.

"지금까지 무엇을 듣고 있었소? 알았소, 잘 들어 보시오."

"아니오, 잘 들었지요. 수군이 좌군에 편성되지 않는다면, 이것은 분명히 회의 위반이오. 남원, 전주에서 고전할 것 같은 사태가 발생하면 그 책임은 어떻게 질 것인가요. 모리님, 모리님은 어떻게 판단하시나요?"

나오유키의 화살은 군감인 모리 다카마사에게까지 향했다. 다카마사는 곤혹스럽다는 표정으로 히데이에에게 구원을 요청하는 시선을 던졌다.

"그만두지 못하겠나, 나오유키. 자네는 이제 그만 말하게."

히데이에가 큰 소리로 질책하고는 다카토라를 향해 머리를 숙였다.

"미안하게 되었네, 다카토라."

"어찌 이렇게 무례하단 말인가."

다카토라는 불쾌한 듯이 한숨을 내쉬었다. 나오유키는 그제서야 의자에 앉아 실쭉해진 표정으로 고개를 돌렸다.

회의 분위기는 서먹서먹해졌다.

유키나가로서는 다시없는 선도자가 되어 준 것이다. 사리에 맞는 다카토라의 주장 직후 반론으로써의 효과를 기대할 수 없는 것이었다. 감정을 억제하지 못한 우키타 나오유키의 힐난으로 회의의 분위기는 어지러워져 다시 원점으로 되돌아온 셈이 되었다.

"이제 말이지만 위약이냐 하는 문제는 별도로 하고, 여러 장수들이 생각해 볼 여지는 있소."

지금까지 잠자코 있던 유키나가의 발언에 모두가 주목했다. 유키나가의 영지는 24만 석. 이 자리에서는 히데이에의 히젠 오카야마 47만4000석에 이은 다이묘이다. 그의 발언에는 무게가 실려 있었다.

"나오유키님은 남원, 전주에서 고전할지도 모른다고 하셨습니다. 이 고니시도 그렇게 생각합니다. 히데이에님이 아까 말씀하신 대로 남원성에는 명나라의 장수 양원이 6만 명의 군사를 이끌고 6월 중순에 입성, 방위할 준비를 갖추고 있소. 전주에도 진우충(陳愚衷)이라는 명나라 장수가 진주하여 철벽의 진지를 구축하고 있소."

남원의 수비 병력이 6만 명이라는 정보를 준 것은 다름 아닌 유키나가 자신이다. 실제로는 3000여 명에 불과한데, 그것을 20배로 과장해서 말한 것에 대해 유키나가는 거리낄 것이 없었다.

"다카토라님이 말한 바와 같이 이순신은 복귀할 것이오. 13척이라고 얕보지 말라는 미치후사님의 생각도 잘 알겠소. 그러나 그 이상으로 버거운 것이 명나라 군사요. 평양에서 패전한 내가 그것을 가장 잘 알고 있소."

유키나가는 명나라 군사가 강하다는 것을 설명했다. 유구한 역사를 통하여 우수한 병법을 완성시킨 그들은 오랑캐의 군사를 휘하에 제압한 정강무비의 군대이다. 대포, 거포로 중무장한데다가 기괴한 병기를 은닉하고 있었다.

거기에 덧붙여 유키나가는 말했다.

"수군들이 참전해 주면 그만큼 더 강한 것은 없지요."

도도 다카토라가 무슨 반론을 하려는 것을 무시하고 유키나가는 야스하루에게로 얼굴을 돌렸다.

"와키자카님이 용인에서 조선군 5만 명을 격파했다는 것을 저도 잘 알고 있지요. 그 힘을 남원, 전주에서도 보고 싶소이다."

자존심을 회복한 야스하루가 그 청을 마다할 리가 없었다. 본래 지상전 참가를 원했던 사람이었으니까.

"잘 알겠소. 전주에서 다시 한번 보여주도록 하겠소."

이어서 유키나가는 가토 요시아키를 바라보았다.

"요시아키님은 어떠시오? 지상전을 원하는 자도 적지 않은 것 같소."

요시아키의 뒤에 있는 것은 반나오유키(直之)를 비롯하여, 해전보다도 지상전에 어울릴 것 같은 거친 무사들이다.

요시아키는 즉석에서 대답했다.

"알았소."

유키나가는 구루시마 미치후사의 왼쪽 눈을 바라 보았다.

"저는 비록 수장 나부랭이이지만 미치후사님의 걱정은 이해가 됩니다. 그러나 이순신이 복귀했다 손치더라도 거기에 맞서지 못할 해적은 아닐 겁니다."

"구루시마 해적을 능멸하는 자는 설사 고니시라 하더라도 용서 못합니다."

미치후사는 입술을 일그러뜨리며 쓴웃음을 지었다.

"알았습니다. 참전하지요. 생각해 보면 이순신을 바다에서 처치하는 것이야말로 형의 원수를 갚는 것임을……."

이제는 세 사람. 유키나가는 도도 다카토라와 대치했다.

"다카토라님. 이번의 재침공에서도 수군, 육군이 함께 공격하는 것이 바람직합니다. 그러면……."

유키나가의 말을 못 들은 것처럼 다카토라는 천천히 자리에서 일어서더니, 탁자 위에 펼쳐진 사슴 가죽의 지도를 응시했다.

"……과연, 8월 말까지는 전주를 함락할 예정이군. 우리 수군, 그보다 되돌아서 서진해도 늦지 않는다면 늦지 않고……."

전원의 시선을 받으며 다카토라는 히데이에에게로 시선을 옮겼다.

"히데이에님, 그럼 이 다카토라도."

유키나가는 후 하고 한숨을 내쉬었다. 이로써 우선 이순신에게 수군을 재정비할 시간을 줄 수 있었다. 그 유예 기간은 한 달 남짓이라는 짧은 기간이지만, 그 다음 문제는 순신의 수완에 기대할 수밖에 없다.

왜장 고니시가 할 수 있는 것은, 미력이지만 여기까지다. 유키나가는 아직 만나본 적도 없는 적장에게 호소했다.

유키나가는 문득 도도 다카토라가 자신을 응시하고 있음을 눈치

챘다. 도도 다카토라의 눈은 유키나가의 생각을 캐내려는 듯 예리하고 강렬한 빛이 역력했다. 그러나 유키나가가 눈치챈 것을 깨달은 순간, 마치 촛불의 불꽃이 힘없이 사그라들듯이 이내 감정을 읽을 수 없는 보통의 검은 눈동자로 변했다.

도도는 정신을 바짝 차려야 한다는 조안의 말을 뇌리에 떠올렸다.

회의를 마치자 탁자, 걸상, 병풍 등이 모두 밖으로 운반되었고 온 갑판에 기름이 뿌려졌다. 그것을 지켜보던 구루시마 미치후사는 곧 거북선에서 떠났다.

일찍이 왜의 수군을 공포에 떨게 했던 특수 전선도 이제는 흉측한 잔해에 불과했다. 있을 수 있는 일인가. 더구나 적군의 회의 장소로 사용된 치욕을 그들은 알 것인가. 덧없이 달빛을 흠뻑 받으면서 곧 집행될 화형을 기다리고 있는 거북선은 처량해 보였다.

"저 용머리, 히데요시님께 헌상하는 것은 어떨까요?"

나란히 서 있던 하타신이 거북선의 상징이라고도 할 수 있는 용머리를 가리키며 말했다.

미치후사의 뇌리에는 히데요시가 후시미성(伏見城)의 넓은 광장에서 거북선의 용머리를 자주 들여다보고는 했던 광경이 떠올랐다. 만일 히데요시에게 용머리를 헌정한다면 도쿠가와 내부(內府)를 비롯하여 여러 다이묘에게 자랑스럽다는 듯이 구경시킬 것이다. 그 다음은 발로 차 버려 소변 벼락이라도 맞게 하거나, 아니면 장난삼아 로쿠조가와라(六條河原)에 내버릴지도 모른다. 그것은 그런 대로 재미가 있겠지만 미치후사로서는 거북선을 통째로 태워 버리고 싶다는 욕망이 더 강했다.

"저대로도 좋지, 미카와(三河)."

이름을 바꾼 하타신을 미치후사는 오늘도 옛날의 관직으로 부르고 있다.

미치후사는 소형 쾌속선으로 옮겨 타고 암초를 떠났다. 우키타 히데이에, 도도 다카토라, 가토 요시아키, 와키자카 야스하루, 고니시 유키나가, 모리 다카마사 등의 소형 쾌속선은 여전히 밤바다에 떠 있었다. 그들 뿐만이 아니라, 거북선에 불을 놓는다는 말에 많은 부장들이 배를 타고 와서 모여들어 암초 주위를 둘러싸고 있다. 모두가 술잔을 기울이면서 여름밤의 구경거리가 막이 오르기를 이제냐 저제냐 하며 기다리고 있다. 달빛이 해면을 비추고, 거룡(巨龍)의 은빛 비늘 같은 은하수의 별들이 밤하늘을 수놓고 있다.

부장 중의 한 사람이 미치후사에게 불화살을 건넸다. 춤추는 불꽃위로 애꾸눈인 미치후사의 뾰족한 턱이 떠오른다. 미치후사는 건네받은 불화살을 흔들리는 쾌속정 위에서 힘껏 당겼다.

불꽃이 밤하늘을 갈랐다. 불화살은 현측의 큰 구멍을 지나 거북선의 중갑판에 명중하여 바다로 가라앉았다. 그러나 쾌청한 여름 하늘 아래 강렬한 햇빛을 받아 바짝 마른 목재는 양질의 장작 이상으로 건조했기에 곧 모든 구멍에서 흰 연기가 솟고, 이어서 새빨간 불꽃이 크게 춤추기 시작했다.

배 주위에서 구경하던 술에 취한 무장들이 요란한 환호성을 질렀다. 불꽃은 금세 거북선의 내부를 태우고, 등딱지의 지붕으로 번지며 타들어 갔다.

그때 구루시마 미치후사의 입에서 신음소리가 새나왔다. 지붕 위에 꽂힌 깃발이 불꽃의 밝기에 따라 뚜렷하게 떠올랐다. 구루시마 수군의 해적기였다. 미치후사의 옆에 있던 부장들의 얼굴에서 핏기가 가셨다.

“불길하다…….”

그러나 이미 타들어가기 시작한 깃발을 건져낼 방법은 없었다. 거북의 등딱지를 핥는 불꽃은 해적기를 순식간에 삼키고 말았다.

제 5 장

서울, 진감하다

조금 전까지만 해도 왜놈의 회의 장소로서 사용되었던 거북선이 한산도의 내만에서 화장되고 있을 무렵, 이순신은 숙소에서 혼자 나와 판옥선 한 척에서 안위를 방문했다.

안위의 눈은 충혈되어 있었다. 촛불의 조명에 비치는 그의 모습은 아까보다도 더 초췌해 보였다.

순신은 백자 술병을 들어 보이며 말했다.

"달이라도 구경하면서 이야기하지. 달과 바다 말야."

두 사람은 선수의 누각에 올라 자리를 잡았다. 근처의 갑판에 누워 있던 격군과 사수들이 주춤거리며 자리를 피했다.

순신은 영롱한 반달을 쳐다보며 달빛이 내리비치는 밤바다를 잠시 말없이 바라보고 있다. 좁은 해협을 끼고 있는 대안에는 해남도(海南島)의 주봉이 부드럽게 어둠 속으로 녹아들고 있다. 평화로운 파도소리가 기분좋게 들려 왔다.

"역시 바다는 좋아. 파도소리와 바다내음, 그리고 달빛. 한산도
에서 항상 나는 이런 것을 통해 위로받곤 했지."

안위는 잠자코 듣고만 있다. 순신이 무슨 말을 할지, 무슨 이유로
자신을 찾아온 것인지, 마치 야단맞기 전의 강아지 같은 심정으로
기다릴 뿐이다.

옛날에는 이렇지 않았다. 순신은 술잔에 술을 따르면서 안타까
운 생각을 금할 수 없었다. 안위는 이순신의 휘하 군사들 중에서도
가장 두각을 나타내는, 투지가 넘치는 사람이었다. 투지에는 실행력
이 따르는 법. 금년 1월, 그는 군관들을 데리고 왜군의 본영 부산에
잠입해서 화약고를 폭파, 다대한 손해를 입힌 후 한 사람의 부하도
잃지 않고 돌아왔다. 모두 안위가 계획하고 지휘, 결행한 것이었다.
그것이 벌써 반 년 전의 일이다. 그러나 지금은 기가 꺾인 모습이 다
른 사람처럼 보인다.

"우선 마시게."

"아닙니다, 도저히 그럴 기분이……."

고사하는 안위의 손에 억지로 잔을 들렸다. 술잔에는 반달이 떠
있다. 순신은 단숨에 자신의 잔을 비웠다.

"잠이 안 오는 모양이지."

"이곳으로 도망 온 이후로는 줄곧……. 아뇨, 한산도 출격 이후
거의 잠을 못 이룬 것 같아요. 술이라도 마시면 괜찮을까 해서 술을
마셨으면 했는데, 제가 그럴 처지인지, 저한테 그런 자격이 있는지,
하는 생각이 들어서요."

안위는 입가에 가져간 술잔을 힘없이 내려놓았다.

"장군님, 저를 욕하러 오셨습니까? 겁보라고 욕하러."

"단지 자네와 함께 술이 마시고 싶을 뿐이야, 안위."

순신은 자작으로 두 잔째의 술을 따랐다.

"한산도에서는 밤에 혼자서 술을 마시고 했지. 그런데 왠지, 지금은 사람이 그리워. 안위, 자네하고는 반 년 만이야."

"장군님이 한산도를 떠나신 뒤 많은 일이 벌어졌어요."

"옛날이야기를 하러 온 것이 아니야, 안위. 이야기하려면 앞으로의 이야기를……."

"그런데, 장군님."

"그렇게 할 수 없다면 오늘 밤은 물러가겠네."

순신은 안위의 힘없는 모습을 보면서 자리에서 일어섰다. 그 순간 양 허벅지가 심하게 아파와 손에서 술잔을 떨어뜨렸다.

"왜 그러시는지요?"

옥중에서 받은 고문의 상처였다. 순신은 표정을 바꾸지 않으려고 이를 악물었다.

"설마 하니, 의금부의 국문(鞫問) 때문에……."

안위는 손을 뻗어 순신을 부축하면서 고통의 원인을 찾으려고 했다. 충혈된 눈에 분노의 빛이 역력했다.

"익호(翼虎) 장군이라고는 저도 들었습니다만, 장군님도 역시……."

"이미 끝난 일이야."

순신은 안위를 안심시키면서도 의병장 김덕령(金德齡)을 회상하지 않을 수 없었다.

김덕령은 모친상 중에도 의병을 모아 각지를 돌며 왜병과 맞섰다. 그의 활약에 주목한 왕과 조정의 문신들은 김덕령에게 익호 장군, 초승(超乘) 장군이라는 칭호를 부여하고 그가 지휘하는 의병군을 충용군(忠勇軍)이라 했다. 3년 전에 벌어진 거제도의 수륙 합동작전에서 순신은 김덕령을 만났다. 아직 소년 같이 앳된 젊음이 넘치는 시원시원한 남자였다.

작년 여름, 왜와의 휴전 중에 전라도에서 이몽학(李夢鶴)이 반란을 일으켰다. 김덕령은 그 반란군과 관련이 있다는 의심을 받고 포박되어 모두 여섯 차례에 걸친 처참한 국문 끝에 옥사했다. 그 당시 나이 29세. 한참 후에야 그의 무죄가 판명되었다. 어느 의미에서 김덕령은 이순신이나 마찬가지였다.

"아닙니다, 장군님. 수군이 이렇게 된 것도 원인을 캐보면 서울의 문관들이 장군님을 실각시켰기 때문일 겁니다."

안위의 목소리는 무겁게 떨렸다.

"그 사람들은 우리를 화살받이로 생각하고 있는 거지요."

"괜찮아, 안위. 그들을 위해서 싸우고 있는 것이 아냐."

순신은 술잔을 주워들어 다시 술을 따랐다.

"안 마시겠나?"

"장군님은 무엇을 생각하고계십니까?"

"내가 생각하고 있는 것 말인가. 예를 들면 한산도의 섬사람들이지."

안위는 침묵했다.

"통제영을 설치했을 때, 한산도는 단 한 사람도 살지 않는 무인도였어. 그러던 것이 지금은 1만 명의 사람들이 생활하고 있지. 그것은 수군이 있기 때문이야. 수군이 있으면 안전하다고 생각하고 그들은 모여든 것이지.”

“……그런 것을 저는 못 본 체했습니……. 지금쯤 그들은 왜놈의…….”

“자네를 비난하는 것이 아니야. 우리가 싸우는 것은 그들을 위해서야. 왜놈들의 침탈에 괴로워하는 모든 사람을 위해서야. 그까짓 문신 따위를 위해서가 아니야. 물론 주상을 위해서도 아니고.”

안위가 놀랐다는 듯이 눈을 치켜떴다.

“주상을 위해서가 아니야. 그들을 위해서지…….”

순신은 분명하게 되풀이했다.

“그 때문에 우리가 있는거야. 자네도 그래, 안위. 그것뿐이야. 그것뿐이지.”

순신은 술잔을 들이켰다. 순신을 따라서 안위도 드디어 술잔을 입으로 가져갔다.

“오코(お蛟)를 불러라.”

구루시마 미치후사는 막사의 자기 방으로 돌아와 지키고 있던 종자에게 명했다.

“장수님, 저 여기 있어요.”

실내에서 속삭이는 듯한 목소리가 들려왔다. 침구가 깔려 있고 그 위에 얇은 옷을 걸친 여체가 작은 촛불의 어두운 조명 속에서 간드러지게 움직이고 있다.

종자는 곧 눈치를 채고 물러났다.

“거북선을 태웠어. 그것도 전부를 태워 버렸지. 그것을 보고 있으려니 오코를 안고 싶은 마음이 간절해 죽을 뻔했네.”

미치후사는 흥분에 들뜬 소리로 말하며 입고 있던 옷을 그 자리에서 재빠르게 벗어던진다. 바닷바람을 맞고 생활한 몸이라 단단하게 단련된 그의 알몸이 드러났다. 그의 사타구니 사이의 물건은 힘차게 부풀어올라 있었다.

미치후사는 곧장 침구 속으로 파고들었다. 발정난 들고양이를 연상시키는 미녀가 발그레 상기된 뺨을 내어밀며 미치후사의 알몸에 그대로 휘감겨든다.

"꼭 소녀를 부를 것만 같은 생각이 들었지요. 거북선이 타들어가는 것을 보고 저도 그런 생각을……."

오코는 미치후사의 손을 끌어다 자신의 은밀한 곳에 댔다. 따뜻하고 촉촉한 이 느낌. 생명을 빚어내는 풍윤(豊潤)한 바다.

미치후사는 숨을 거칠게 몰아쉬며 여체의 몸을 휘감고 있는 얇은 옷을 벗겨냈다. 햇볕에 알맞게 그을려 매혹적인 그녀의 피부는 미치후사의 피를 한층 더 끓어오르게 한다. 알맞게 발달되어 탄력 있는 육체가 촉촉하게 젖어온다. 그녀의 유방이 유혹하는듯 물결치고 있다. 미치후사는 단단하고 뾰족한 젖꼭지를 입술로 물었다.

"아, 장수님……."

오코가 기쁨의 탄성을 내지르고, 미치후사는 질펀한 성교에 흠뻑 젖어들어 자신을 잃어 가고 있었다.

만족스러운 시간이 흘렀다.

미치후사는 한쪽 팔을 괴고는 오코의 얼굴을 들여다본다. 오코 역시 말없이 그대로 돌아본다. 도취의 여운에 젖은 눈동자는 그 이상의 무언가를 기대하듯이 반짝거렸다.

미치후사가 말했다.

"남은 한 척도 파괴시켜 줘, 오코."

형을 잃은 1592년의 전투가 있은 다음 해, 히데요시의 귀국을 허락받은 미치후사는 이요 구루시마의 거성에 머물렀다. 먼저 손을 쓴 것은 거북선 대책이었다. 강력한 전투력과 함께 방어력을 겸비한 거북선을 정면으로 맞서 대항하기란 도저히 불가능했다. 미치후사는 바다의 스파이를 구상했다. 적은 수로 구성된 특수 부대를 한산도의 조선 수군 본영에 잠입시켜 바다 속에서 폭약을 장치하여 배를 폭파시키는 것이다. 거북선을 침몰시키려면 이 방법 이외에는 생각할 수 없었다.

미치후사의 구상을 실제로 추진한 것이 그의 첩인 오코였다. 오코는 해녀 출신으로 미치후사가 그녀의 야성적인 미모에 마음을 빼앗겨 애첩으로 삼은 여인이다. 규방술에도 뛰어난 그녀는 남자에게 지지 않는 성격을 지녔으며 무술을 좋아했다. 그런 오코가 단언했다. 이런 일에 적합한 사람은 바로 해녀라고.

미치후사는 오코에게 모든 재량권을 주었다. 오코는 옛날의 동료 해녀 중에서 6명을 뽑아 미치후사의 숙원을 충족시키기 위한 맹훈련을 시작했다. 잠수 시간을 평균 이상으로 연장시키는 것은 물론, 수중에서의 격투술을 연구하고, 연마했다. 7명이 모두 제각각 화약의 취급법을 숙지하여 수중에서 쉽고 효과적으로 폭파할 수 있는 방법을 개발했다. 그 당시 스파이들의 대가를 초빙, 지상에서의 스파이 기술도 배웠다. 포로를 이용하여 조선어도 배웠다. 경상도, 전라도의 사투리를.

이제 오코와 6명의 여인들은 수중을 지상처럼 활동할 수 있는 바다의 스파이이자 화약의 전문가였다. 지상에 오르면 나무랄 데 없어 보이는 조선의 여인이었다.

땀에 젖은 오코의 여체를 천천히 훑으면서 미치후사는 회의 내용을 설명해 들려주었다. 해전을 계속 남원, 전주로 진격해야만 한다는 것. 전주를 공격해서 함락한 뒤 되돌아오면 이순신이 조선 수군을 이끌고 있을 것이기에 겨우 13척이라고는 하지만 그 중 거북선이 남아 있으므로 방심할 수 없다고.

"남원, 전주로 향하고 있는 사이 거북선을 침몰시키고 싶다. 그 말씀을 하시려는 거지요?"

"그래, 그거야. 그렇게 해줘, 오코."

거북선을 태울 때 구루시마 수군의 해적기도 함께 타 버린 것이 미치후사의 가슴에 말할 나위 없는 불안을 증폭시켰다.

여체에 전해오는 떨림이 미치후사의 피부에 전해졌다. 흥분의 떨림이었다. 오코는 스스로 얼굴을 비벼대며 미치후사의 입술을 끈적끈적하게 빨았다.

"바라는 바이어요, 장수님."

오코는 고개를 끄덕이며 말했다.

일본 수군이 접근하지 않는 해역에서의 파괴 공작. 이것이 6명의 여인들과 4년 동안 맹훈련하며 보낸 본래의 목적이었다. 기회를 보아 한산도에 잠입하려고 한 바로 그때 해전이 시작되었다. 거북선을 외질포에서 폭파한 것은 오코들의 솜씨였으나, 이렇게 되고 보니 무엇 때문에 조선어까지 습득한 것인지 알 수 없는 노릇이었다.

"그 친구들과 이야기했지요. 한 척이라도 더 이 손으로 파괴하고 싶다고요."

오코는 상체를 일으켜 온통 빨갛게 물린 자국이 나 있는 풍성한 유방을 흔들면서, 미치후사의 뾰족한 턱을 사랑스러운 듯이 어루만 진다.

"이순신. 이 사람도 함께 날려 버릴까요? 오코에게 소중한 미치 후사님의 오른쪽 눈을 빼앗은 미운 원수와 그의 거북선을……"

오코의 말은 미치후사를 감미로운 도취의 세계로 유도했다. 이 순신과 거북선을 폭파하게 되면, 모든 걱정에서 해방된다. 그러나 미치후사는 곧 냉정함을 되찾았다.

"그것이 희망 사항임은 말할 것도 없지만 이순신이 복귀한 이후 에는 거북선의 폭파가 어려울 거야."

"왜 그렇지요?"

"이순신, 그가 스파이가 올지도 모른다고 생각에 전선을 엄격하 게 경비할 거야. 그놈한테는 이제 13척밖에는 없어. 여기서 1척이라 도 잃어서는 안 될 것이거든. 순신이 복귀하기 전이라면 패전의 충 격에서 경계도 느슨하게 하겠지. 노리려면 빠른 편이 좋아."

"그렇다면 어느 정도의 여유가?"

"해전이 16일, 오늘이 21일이야. 얼마 안 있어 서울에 패보가 도 착하게 될 것이니. 순신의 복귀가 결정되기까지 그렇게 시간이 오래 걸리지는 않을 거야. 복귀 어명을 가지고 전령이 달려서 놈이 그것 을 받을 때까지는 적어도 7일간……."

"그러면 8월 초까지는 순신한테 거북선이?"

"그렇게 보면 닿을 거야. 시간이 없어, 오코. 문제는 거북선의 위 치인데……"

문갑에서 지도를 꺼내기 위해 침구에서 몸을 뺀 미치후사를 오 코가 잡아끌었다.

"그렇다면 예정은 언제?"

오코는 요염한 미소를 띠며 미치후사를 다시 침구 위에서 덮쳤다.

"이 섬을 버리고……."

오코는 미치후사의 얼굴을 왼손으로 만지작거렸다.

"어디로 피신시켰는지 몰라. 먼저 생각할 수 있는 것은 전라 좌수영이 있는 여수(麗水)야."

오코의 오른손이 미치후사의 손톱 끝으로 뻗어갔다.

"그래도 거기는 너무 멀어요. 너무 멀어……. 일본 수군의 움직임을 알 수 없어요."

"그럼 고성(固城)?"

이번에는 오코의 오른손이 미치후사의 신체를 종단하여 목줄기를 붙잡았다.

"아뇨, 거긴 너무 가까워요. 삼천포(三千浦)도……."

오코는 오른쪽 손가락을 글씨를 써내려가듯 움직여 쇄골을 지나 미치후사의 가슴 근육을 쥐었다놓았다.

"오코."

애첩의 능수능란한 손놀림에 다시 수컷의 기력이 돌아왔는지 미치후사는 숨넘어가는 소리를 했다.

"여기도 너무 가깝지요."

오코는 모른 척하며 손가락을 밑으로 가져갔다.

"그럼 섬은 어떨까? 미륵도(彌勒島), 사량도(蛇梁島), 창선도(昌善島), 남해도……."

복부의 여기저기를 주무르면서 오코는 계속 섬이름을 주워삼켰다. 해역의 지도가 머릿속에 완전히 입력되어 있는 것이다.

"나 같으면 섬에는 기항하지 않아. 지상으로 올라가도 독 안에
든 쥐. 도망갈 곳이 없으니까."

"으, 음."

미치후사는 점차 가빠지는 숨을 내쉬며 오코의 적확한 판단력을
인정했다.

"삼천포 앞의 사천(泗川)."

오코의 손가락이 미치후사의 배꼽을 찔렀다.

"거긴 내만으로 되어 있어 공격을 받으면 이미 배로는 도망할 수
없어요. 그렇다면 생각할 수 있는 장소는 한 군데밖에 없지요."

"그, 그게 어, 어딘가?"

기대에 찬 목소리로 미치후사는 재촉했다.

금방이라도 폭발할 듯한 미치후사의 남근을 부드럽게 쥔 채로
오코는 그 이름을 속삭였다.

"노량입지요, 장수님."

같은 시각, 도도 다카토라는 고케쓰를 대동하고 두을포의 자기
진영을 빠져나왔다. 섬 안의 소탕을 전부 부장들에게 맡긴 다카토라
가 한산도에 상륙한 것은 이날 밤이 처음이다.

두 사람은 진영에서 떨어져 있는 민가에 들어갔다.

"이것 참, 다카토라님. 일부러 이런 곳까지……."

촛대를 들고 마중나온 것은 입이 귀 밑까지 찢어진 가게치카 우
쿄였다. 그 뒤에 조선옷을 입은 남자가 정좌하고 기다리고 있다.

"이 자인가?"

"충청도 수영의 부장, 우후인 이병용이올시다."

가게치카가 다카토라에게 보고한 후 조선어로 남자에게 말을 걸자, 이병용은 두 손을 맞잡고 깊이 머리를 조아리며 조선어로 신묘하게 무엇인가를 말했다. 그것을 가게치카가 바로 통역하였다.

"소인 이병용, 다카토라님이 살려 주신 큰 은혜를 기억하며 이제부터는 조선인의 몸을 버리고 도도 다카토라님, 나아가 일본국 히데요시님의 필부가 되어 분골쇄신 일하겠습니다— 이렇게 말합니다."

가게치카의 입가에 엷은 미소가 떠올랐다.

다카토라는 허리를 굽혀 이병용의 얼굴을 들여다보았다. 조금 있다가 그의 입에서 감탄섞인 웃음소리가 낮게 새나왔다.

"주이치로, 이것이 지금의 네 얼굴인가?"

얼굴을 든 이병용의 말이 웃음 띤 일본어로 바뀌었다.

"금발, 녹색 눈으로는 쉽게 눈에 띌 테니까요."

"여전히 훌륭해."

다카토라는 자리에서 일어나더니 어두운 주위를 둘러보았다.

"그런데 이놈들은 어디에?"

"다카토라님이 보시도록 지금 원하는 대로 처리할까 합니다."

가게치카 우쿄가 옆의 판자문을 열었다.

캄캄한 실내에 촛불이 비쳐 들어온다. 다카토라가 본 것은 이틀 전에 고케쓰가 본 것과 완전히 똑같은 광경이었다. 여자를 성폭행하는 남자와, 남자를 성폭행하는 남자. 단지 성폭행을 당하는 사람의 얼굴만 달랐다.

"도도 다카토라님이시다."

가게치카가 말을 하자, 두 남자는 천천히 고개를 들었다. 그러나 여전히 잡은 먹이에서 몸을 떼려고 하지 않는다.

가게치카의 입가가 엷게 일그러졌다.

"아무튼 이것 때문에 조선에 왔는데. 두 사람의 말을 빌리면, 이 나라의 인간은 흙냄새 나는 일본인과는 비교가 되지 않을 정도로 맛이 좋다는 것입니다. 남녀 모두."

아직 소년의 티가 남아 있는 어린아이의 몸뚱이에 올라탄 사내가, 여자와 구분이 안 될 정도로 긴 머리칼을 출렁이며 얼굴을 약간 숙인 채 다카토라에게 이름을 말했다.

"아야쓰키 로쿠로타(綾月六郎太)라고 합니다."

그 말만 하고는 또 하던 일로 되돌아가 열중했다.

할 수 없어 가게치카가 아야쓰키를 대신해서 소개의 말을 한다.

"아야쓰키는 검술의 달인으로 가미이즈미(上泉) 이세노카미(伊勢守) 문하를 자칭하고 있습니다. 그 진위가 어쨌든 솜씨만큼은 저도, 주이치로도 보증합니다."

이어서 야수의 자세로 여자를 성폭행하고 있는 사내가 얼굴을 들고 쑥스럽게 웃었다.

"저 사람이 네코메 덴젠(猫目典膳).

네코메도 아야쓰키와 다찬가지로 먼저 하던 그 행위에 열중할 뿐이다.

"덴젠은……."

또 가게치카가 뒤를 이어 설명했다.

"흉적이라고 이름을 날린 이시카와 고에몬(石川五右衛門)의 일당입니다. 다카토라님도 아시는 바와 같이 히데요시님의 목숨을 노린 고에몬 일당은 교토(京都) 쇼시다이(所司代)에게 일망타진되어, 산조 가와라(三條河原)에서 솥에 넣고 삶아 죽이는 형에 처해졌었지요. 단

한 사람 달아난 자가 바로 덴젠입니다."

"한 놈 달아났다고 도쿠젠인(德善院)님이 새파랗게 질렸었는데, 과연 저 사내란 말인가. 이상한 원반을 잘 다룬다는."

"그렇습니다. 네코메는 조선어도 할 줄 압니다."

다카토라는 잠시 아야쓰키 로쿠로타와 네코메 덴젠을 흥미 깊게 응시했다.

"불경한 놈들 같으니라구. 그렇지만 괜찮아. 솜씨가 좋다는 것은 고케쓰한테서도 들었지. 이 다카토라를 위해 일해 주면, 여자도 돈도 원하는 대로지."

만족스러운 투로 말을 마친 다카토라는 다테즈와 가게치카에게로 향했다.

"좀 이르기는 해도 일을 한 가지씩 부탁하고자 하는데."

이어서 고케쓰가 앞서 열린 회의의 결정 사항을 간결하게 전했다. 수군도 전주 공략에 참가하기로 하며 해전은 그 후에 하게 되었다고.

"왜 그렇게 결정되었지요?"

이병용 ― 다테즈 주이치로가 물었다.

"고니시 유키나가야."

고케쓰가 말하기 전에 다카토라가 대답했다.

"놈이 열변을 토했지. 강력한 명나라 군사가 포진한 남원성을 공략하려면 수군의 참전이 불가결하다고. 그렇게까지 말하니 도저히 저항할 수가 없더군."

"그것 참 이상하군요. 고니시 유키나가님은 히데요시님의 수군 대장 아닙니까. 따라서 수전의 중요성을 누구보다도 잘 알고 있을 텐데요.”

가게치카는 다테즈와 의미 있는 시선을 교환한 뒤 말을 이었다.

“다카토라님, 고니시 유키나가님한테는 주의를 하시는 편이 좋을 것입니다. 저희 두 사람, 한때 유키나가님 밑에서 일을 한 적이 있었는데요…….”

“그으래? 처음 듣는 이야기로군.”

다카토라는 이 두 사람의 신원을 파악하고 있지 못했다. 고케쓰 요리후사가 어디에서인가 데려온 뛰어난 재능을 지닌 자로서, 다카토라가 원하는 것을 돈으로 도급을 맡는다. 데려온 고케쓰도 신원은 자세히 모르는 모양이었다. 그러나 중요한 것은 신원이 아니라, 지금까지 도급맡은 일을 실수 한 번도 하지 않고 해결했다는 점이다. 상관 히데토시의 죽음도 자살이라고 판명되었고, 다카토라는 이요 우와지마(宇和島) 7만 석의 영주가 되었다.

두 사람은 도도 집안의 가신은 아니다. 그러나 다카토라 가까이에서 살고 있다. 그 이유를 다카토라는 이해하고 있다. 가신이 아닌 대등한 관계로 대우받기를 두 사람은 원하고 있었으며 또한 다카토라가 그대로 대우하고 있었다. 가신으로 대우해 달라고 무리하게 조르거나, 영주를 무시하거나 했다면 이 두 명의 귀중한 재주꾼은 즉시 다카토라의 곁을 떠나야 했을 것이다. 사실 다카토라 자신도 이러한 관계를 재미있어 하고 있었다.

가게치카가 말을 계속했다.

“고니시 유키나가는 다카토라께서는 이해할 수 없는 사람입니다. 자신의 이상을 위해서는 수단을 가리지 않는 남자거든요.”

“알고 있지.”

"그런데 맡기실 일이란?"

다테즈가 재촉했다. 다카토라는 밭에 가서 무라도 뽑아오라는 밋밋한 어조로 말했다.

"이순신의 목이다."

도도 다카토라가 고케쓰를 따라 가고 나서 얼마 안 되어 민가에 한 무리의 검은 그림자가 숨어들었다. 그림자는 다카토라의 뒤를 따라서 여기까지 온 것이었다. 들어올 때는 물론, 나갈 때도 경비병들은 그들의 출입을 전혀 눈치채지 못하였다. 민가에서 나온 그림자는 다카토라의 뒤를 따르지 않고, 어둠에 묻혀 고니시 유키나가의 진영으로 향했다.

7월 22일.

이 날 서울의 하늘은 맑게 갰다. 서울을 둘러싼 북한산(北漢山), 수락산(水落山), 불암산(佛岩山), 남한산(南漢山), 관악산(冠岳山), 계양산(桂陽山)의 수봉(秀峰)들이 파란 하늘에 우뚝 우뚝 솟아 있다.

영의정 유성룡은 수행원과 함께 임시 왕궁인 정릉동 행궁(貞陵洞行宮)으로 길을 서둘렀다. 조선 왕조 건국 이래의 왕궁인 경복궁(景福宮)은 건국 200년을 경축해야 할 5년 전 5월, 왜놈의 무리가 서울에 입성한 그날 밤중에 소실되었다. 그러나 불을 지른 것은 왜놈이 아니라 이 나라의 서민, 노비계급이었다. 자신들을 버리고 달아난 왕족과 대신들에게 분개해서 불을 지른 것이다. 다음 해에 서울은 탈환되었지만 아직까지도 굶어죽는 자가 있을 정도였다. 경복궁을 재건할 경제적인 여유가 있을 리도 없어, 궁전의 자취는 불에 탄 터만 황량하게 남은 채 그대로 방치되어 있다. 제2왕궁인 창경궁(昌慶

宮), 제3왕궁인 창덕궁(昌德宮) 역시 불에 타고 무너져 처참한 모습을 드러내고 있다. 응급 조치로서 임시 왕궁으로 징발된 것이 왕족의 옛저택인데 이것을 정릉동 행궁이라 했다.

왕궁과는 비교도 할 수 없이 좁은 정문을 지나, 돌다리를 건너 본전으로 향하는 유성룡의 얼굴은 창백했다.

유성룡은 금년 1월, 4도 체찰사직을 겸직했다. 왕도 서울을 중심으로 하는 경기 지방 일대의 방위를 책임지고 있는 것이다. 영의정직에 더하여 방위 태세의 재검토에 바쁜 나날이 계속되고 있다. 남한산성, 죽산(竹山), 안성(安城), 수원, 강화(江華) 등의 방비는 자신의 눈으로 확인할 필요가 있음을 통감하고, 그 날은 아침부터 순찰 일정을 조정하고 있었다. 이대 왕으로부터 긴급 회의 통보를 받았다. 통제사인 원균을 독전하기 위해 한산도에 파견된 선전관이 서울로 되돌아와 즉시 왕에게 장계(狀啓)를 올렸다. 이 장계에 의하면, 수군이 거제도 앞바다에서 거의 궤멸에 가까운 대패를 했다고 한다.

유성룡은 순간적으로 사태의 심각성을 파악했다. 수군의 대패는 조선의 바다가 왜의 수중에 들어갔음을 의미했다. 명정전(明政殿)으로 향하는 유성룡의 뇌리에 떠오른 환영은 모골이 송연한 것이었다. 왜 수군의 대전선단이 돛을 나란히 하고 한강을 메우듯이 거슬러 올라온다. 이 행군으로 인해 서울의 상징인 숭례문(崇禮門)이, 흥인지문(興仁之門)이, 왜 수군의 포격을 받아 불꽃에 휩싸이는 지옥도(地獄圖)가 펼쳐졌다. 서울이 불바다에 휩싸인다. 해동의 최고, 하늘이 내린 왕도 서울이……

본전의 앞마당에는 소집되어 온 중신들과 비변사인 당상관들이 대부분 얼굴을 보이고 있다. 왕이 부재한 실내는 충격에 휩싸여 있고, 중신들과 고관들의 얼굴은 공포와 우려로 일그러져 있다.

"영상 대감, 중대한 사태가 벌어졌습니다."

중추부(中樞府) 지사인 정탁이 몹시 기다렸다는 듯한 표정으로 유성룡에게 다가왔다. 옥중의 이순신이 처형될 위기에 처했을 때, 그 잘못을 호소하는 상소문 신구차(伸救箚)를 올려 왕에게 간하여 죽음을 면하게 한 것은 이 노신(老臣)이었다. 윤두수 등의 반대 세력에 대항하는 유성룡의 맹우(盟友)이기도 하다.

"와야 할 것이 왔다는 생각입니다."

유성룡은 소리를 낮춰 말했다. 이 날이 올 것임을 마음속으로 예상하고 있었다. 자신의 변호가 미치지 못하여 이순신이 해임되고, 윤두수 등이 추천하는 원균이 수군통제사에 기용되었을 때부터.

"반 년 전에 좀더 이순신을 옹호했더라면."

유성룡의 목소리에 괴로운 후회가 묻어났다. 그 결과가 끝내 이렇게 되돌아온 것이다.

그러나 그때는 순신의 죄— 어명을 거역한 죄는 누구의 눈에도 분명하기에 영의정인 유성룡으로서도 이미 손을 쓸 수가 없었다. 치명적이었던 것은 임금이 순신을 미워했다는 사실이었다. 계속되는 해전의 승리로 나라를 구한 순신을 임금은 손수 포상하려고 여러 번 불렀다. 순신은 한산도의 방비를 이유로 계속 거절했다. 도량이 좁은 임금의 가슴에 불쾌감이 싹텄을 것이 분명하다. 왕위에 있으면서 아무런 대비책도 없이 서울을 버리고 도망친 자신에 비해, 구국의 영웅이라고 칭송받는 순신의 인기를 남모르게 질투했는지도 모를 일이다. 어쨌든 간에 이순신의 해임, 그리고 투옥은 그야말로 어리석은 처사였다. 그것을 솔선한 임금은 건국 이래 어리석은 임금이라는 딱지가 붙었다.

"새삼스럽게 그런 말을 한들 두슨 소용이 있겠소이까, 대감."

정탁은 나무라듯이 말했다. 관직은 유성룡이 높은 편이지만 정탁은 금년 72세로 유성룡보다 16세나 연상이었다. 게다가 조정의 요직을 역임한 원로격인 정탁은 성인 같은 품격에 투장(鬪將)의 기개가 엿보이기까지 했다.

유성룡은 고개를 끄덕였다. 정탁이 말한 그대로이다. 지금은 그런 것을 따질 때가 아니다.

"말씀하신 대로였습니다. 지사(知事), 나는 그 사람을 재기용해야 한다고 생각합니다. 그것을 성상께 말씀드릴 작정입니다."

"이순신 말이군요. 나도 동감이오. 영상 대감이 못하신다면, 우리가 상주할 작정이었소."

임금 자신이 스스로 실각시킨 이순신을 수군통제사로 재기용하도록 호소하는 것은 임금의 노여움을 살 수 있는 위험이 따른다.

"순신은 어찌 하고 있다 합니까?"

유성룡이 마지막으로 순신을 만난 것은 출옥 다음 날인 4월 2일이었다. 한 달 동안의 옥중 생활과 가혹한 고문 때문인지 유성룡보다 3년 연하인 순신은 10세 정도 더 늙어 보였다. 순신은 나라의 장래와 원균의 손에 넘긴 수군을 걱정했을 뿐 자신을 투옥한 왕을 비롯한 문신들을 원망하는 말은 한 마디도 하지 않았다. 그러한 깨끗한 마음은 소년 시절부터 지금까지 전혀 변함이 없었다. 순신과 이야기를 나눈 것은 그날 하룻밤뿐이었다. 다음 날 순신은 초계의 원수부에서 백의종군하기 위해 옥리(獄吏)에게 쫓기듯 서울을 떠났기 때문이다. 유성룡으로서는 말없이 전송해 주는 수밖에 도리가 없었다.

'순신이여, 순신이여! 그대는 이 비보를 어떻게 듣고 있는가
······?'

임금이 듭신다는 전갈이 왔다.

유성룡은 자기 자리에 앉았다. 일국의 재상인 영의정으로서 왕
과 가장 가까운 자리이다. 맞은편에는 영의정 다음인 좌의정 김응남
이 앉았다. 순신의 실각과 원균의 통제사 등용에 암약한 이 모신(謀
臣)은 책임 추궁이 두려웠는지, 창백한 안색으로 안절부절 못하고
있다. 그 다음인 우의정 자리는 비어 있다. 우의정인 이원익(李元翼)
은 체찰사— 전선(前線)에서 왕을 대신하여, 전라도 구례(求禮)에 전
선 사령부를 설치하고, 두 달 전부터 서울을 떠나 있다.

유성룡은 윤두수의 안색을 살폈다. 반유성룡파의 거두인 윤두수
는 안색이 좋지 않기는커녕 평온한 표정으로 아무렇지도 않은 듯 자
기 자리에 앉아 있다. 그 옆에는 동생인 윤근수가 앉아 있다. 다시
유성룡은 출석한 중신, 고관들의 얼굴을 차례로 돌아보았다. 이조판
서인 홍진(洪進), 예조판서인 이헌국(李憲國), 호조판서인 이광정(李
光庭), 병조판서인 이항복(李恒福), 공조판서인 구사맹(具思孟), 형조
판서인 김명원(金命元), 그리고 각부, 각원의 장관들. 이 중에서 자신
과 정탁을 제외하고, 순신의 재기용 건의에 적극적으로 찬성해 줄
자가 어느 정도 있을까.

임금이 옥좌에 올랐다. 조선 왕조의 제14대 왕, 이연(李昖)의 얼
굴은 볼 만했다. 미증유의 국난에 시달려 국왕의 위엄있는 모습 따
위는 어디에도 찾아볼 수 없고, 쫓기는 자의 초췌한 빛이 역력한 46
세의 얼굴만이 추하게 일그러져 있다.

수군의 참패를 한탄한 뒤, 제일 먼저 발언한 이는 임금이었다. 그

것도 책임 문제의 언급이다.

"수군이 이와 같이 된 것은 도원수가 원균에게 무리하게 출격을 강요했기 때문일 거요."

유성룡은 아연했다. 이번이야말로 손을 떼고 싶은 기분이었다. 수군 대패의 책임을 문제 삼는 것이 경우가 아닌 것쯤은 알고 있을 것이다. 그것도 비열하게 그 책임을 도원수 권율에게 미루려고 한다. 어명이었기 때문에 권율은 원균을 곤장형에 처하면서까지 출격을 강행했다. 이 어리석은 왕은 원균 이외의 사람에게 책임을 전가시키는 것으로, 원균을 적극적으로 등용한 자신의 책임을 회피하려 하고 있을 뿐이었다.

과연 왕의 이 발언은 병조판서인 이항복과 형조판서인 김명원의 반대 의견에 부딪쳤다. 두 대신 모두 책임은 원균에게 있음을 설명했다. 수재로 이름을 날린 이항복의 경우는 개인적인 관계가 얽혀 있었다. 이항복은 권율의 사위이다. 악부(岳父)에게 패전의 책임을 전가하는 것은 참을 수 없는 일이다. 김명원은 5년 전, 권율의 전직에서 도원수로서 한강 방위의 지휘를 맡았음에도 싸우지 않고 후퇴하여 책임을 부원수인 신각(申恪)에게 떠넘겨 비난을 받고 있다. 권율을 변호함으로써 과거의 자기 입장을 정당화하고자 하는 꿍꿍이속이 엿보였다.

김응남과 윤두수, 윤근수는 모두 입을 맞춘 것처럼 침묵으로 일관하고 있다. 책임 문제에 잘못 입을 놀렸다가는 뜻밖의 화를 입게 될까봐 두려워하고 있는 것이다.

"전하, 책임을 묻는 일은 후일에 해도 상관이 없겠사옵니다. 지금은 어떻게 수군을 재건할 것인가, 그 문제를 최우선으로 논해야 할 때인 줄로 아뢰오."

유성룡은 말하기 시작하였다.

"원균이 전사한 지금, 이순신을 백의종군에서 풀어 주어 삼도 수군통제사로서 복귀시키는 일이야말로 급선무라고 사료되옵니다."

바로 정탁이 원호해 주었다.

"소신도 영의정의 생각과 같사옵니다. 성상께옵서는 무엇보다도 순신의 복귀를 허락하여 주옵소서, 엎드려 청하나이다."

이순신의 이름이 거명되자 대신과 고관들은 임금의 반응을 주시했다. 유성룡은 임금의 볼에 경련이 일어나는 것을 보았다.

"윤판사, 그대의 생각은?"

임금은 구원을 청하듯 윤두수를 재촉했다. 윤두수는 유성룡의 간절한 어조와는 정반대로 냉정하고 짧게 대답했다.

"명나라 수군의 도움을 요청함이 적절하다고 사료되옵니다."

임금이 만족한 듯이 고개를 끄덕인다.

유성룡은 때를 놓치지 않고 반대 의견을 폈다.

"물론 명나라에의 원군 요청은 초미의 급선무이옵니다. 그러나 천조의 수군이 오려면 적어도 반 년은 걸리옵니다. 그 사이에 왜놈의 수군이 한강을 거슬러 올라올지도 모르며, 만약 그렇게 되면 어떠한 사태가 발생할지 예상조차 할 수 없을 것이옵니다."

임금의 용안이 하얗게 질렸다. 왜의 수군에 의해 한강이 소강(遡江)될 것이라는 유성룡의 말은 상상 이상의 충격을 준 것 같았다. 그렇게 되면 또 한 번의 서울 포기는 필지의 사실이다. 이에 윤두수도 감히 반론을 제기하지 못한다.

유성룡의 생각은 그것뿐만이 아니었다. 만일 수군이 재건되지 않은 채 명나라 수군을 맞게 되면, 이 나라의 바다는 명나라 수군의 손아귀에 들고 만다. 이미 육군은 합동군이란 이름뿐이고, 사실상 명나라군의 휘하에 편성되어 조선 군사들은 졸개 이하의 취급을 받고 있다.

명나라의 군사처럼 처리가 힘든 것은 없었다. 조선군을 원조하러 왔음에도 불구하고 약탈, 폭행하는 것은 항다반사이어서, 왜놈의 군사와 다를 바가 없었다. 질이 나쁜 장수들은 한수 더 떠서 종주국식을 따르라며 호화로운 접대, 미기(美妓)를 요구하는 등 무리하고 들어주기 어려운 일을 요구하곤 했다. 그러나 정작 중요한 때에는 겁보인 척 뒷걸음질치기 일쑤여서 유성룡은 몇 번이고 믿는 도끼에 발등을 찍혔는지 몰랐다. 이제 명나라 군사에의 대책은 왜놈에의 대책과 같은 비중이 되어 조정을 괴롭히는 골칫거리가 되었다.

"그러나 아직 공을 세우지 못한 자를 복위시키는 일은 전대미문이옵니다. 장래에 나쁜 전례를 남기게 될 것이옵니다."

윤근수가 의금부의 장관으로서 그럴 듯한 의견을 던졌다.

임금은 자신의 뜻에 동조하는 신하를 찾으려는 듯이 사방을 둘러보았다.

"이 아무개 이외에는 없는가?"

역시 임금은 마음속으로부터 순신을 미워하는 것 같았다. 게다가 순신을 통제사로 복귀시키면, 순신을 투옥하고 처형까지 하고자 한 자신의 잘못을 간접적으로 시인하는 꼴이 된다. 임금으로서는 무척 힘든 판단일 것이다. 그러나 이 비상시에 일국의 임금이 개인 감정에 사로잡혀서 어쩌자는 것인가. 유성룡은 버럭 고함을 치고 싶은 기분을 필사적으로 눌러 참았다.

임금의 물음에 답하려고 하는 자는 아무도 없다. 윤두수 일파를 제외하면, 누구나 순신의 복귀 이외에는 대책은 없을 것이라고 생각하고 있을 것이었다. 그런데도 회의의 흐름을 그저 지켜보기만 할 뿐이었다.

정탁이 일어나 다시 발언했다.

"패전 보고의 장계에 의하면 경상 우수사인 배설의 생사가 아직 불명이옵니다. 그러나 설사 살아 있다 해도 배설에게 지휘권을 주는 것은 무리이옵니다. 수장으로서 경험이 적을 뿐더러 이제는 패군지장이옵니다. 군사 중에서 발탁하는 경우도 생각해 볼 수는 있겠지만, 평시 같으면 모를까 이 시기에 육군에서 수군으로의 인사 이동은 매우 무모한 일이옵니다."

정탁은 통제사의 후보로서 하나하나 실명을 들어가며 그 부적격함을 이치에 맞게 조목조목 설명해 나갔다. 이순신을 재기용하기 위해서라면 후일 어떠한 원한을 사는 일이 있더라도 상관이 없다는 노신하의 기백이 회의를 압도하고 있었다.

"이순신밖에는 적임자가 없사옵니다."

임금은 침묵했다.

정탁은 강력한 어조로 말을 맺고는 자리에 앉았다. 어깨로 큰 숨을 몰아쉬며, 괴로운 듯 표정을 일그러뜨렸다.

'무엇을 주저하고 있나이까, 어서 결단을 내리시옵소서.'

유성룡은 이를 악물었다. '또 왜놈들의 무리가 서울을 점령해도 괜찮다는 말인가, 임금이시여. 저 극악무도한 왜놈들에게 이 성스러운 왕도를……'

유성룡은 왜놈에게 치가 떨릴 정도의 혐오감을 품고 있다. 그런 감정을 가진 것은 유성룡뿐만이 아니었다. 중화(中華)에 영합함으로써 오랫동안에 걸쳐 배양된 이 나라의 왜인 멸시는 그들을 문명에 속하지 않는 오랑캐족이라고 규정하고, 같은 인간으로 보지 않는 차별 의식을 정착시켰다. 왜국이 보낸 사신을 대등하게 다루지 않고 멸시하고, 홀대한 점에 이 전쟁의 실마리가 있음을 유성룡은 모르지 않았다.

'명나라의 수군이라고 하면…….' 왕의 대답을 기다리는 동안 유성룡의 사고는 역사를 거슬러 올라갔다. 지금으로부터 300년 전 이 나라의 왕조가 고려였을 무렵, 원나라의 수군과 합동으로 두 번에 걸친 왜국 정벌을 실행한 적이 있었다.

두 번 모두 태풍에 의한 원정군의 피해가 심대하여 왜국 토벌에 실패하고 말았다. 만일 세 번째가 실행에 옮겨졌다면 그때야말로 틀림없이 왜국을 정벌하여 그 야만족 모두를 교화시켜 이번과 같은 왜란 따위를 일으키지 못하게 했을 것을. 애석한 일이다.

왜지를 점령하여 무지몽매한 왜인을 계몽하는 조선 왕조의 모습을 가슴 속에 상상으로 그려보는 것만으로 유성룡은 위로를 삼아야 했다. 왕이 옥좌에서 몸을 일으켰다. 유성룡은 당황하며 몽상에서 깨어났다.

"전하, 그럼 어떻게 하라시는 것이온지!"

유성룡 뿐만 아니라 다른 중신, 고관들도 낭패했다.

"시간이 필요하오. 하루 더 잘 생각해 보고 결정하겠소. 국가의 대사요. 성급한 판단은 나라를 그르치게 할 거요."

그럴 듯하게 말을 마치더니 자리에서 물러나려 하였다.

"전하, 잊은 것이 있사옵니다."

임금의 뒤에서 정탁이 소리를 질렀다.

"우리가 그를 원해도, 끝내 순신 쪽에서 과연 수궁을 할지, 어떨지."

순간 임금의 등줄기가 경직되었다. 임금은 그대로 뒤도 돌아보지 않고, 서둘러 퇴실했다. 비서실장인 도승지가 정탁을 일별하고 뒤를 따랐다.

유성룡은 중신들을 헤치고 정탁에게 다가갔다.

"지사, 왜 마지막에 그런 말씀을?"

털썩 하고 자리에 몸을 묻은 정탁은 피로한 얼굴에 노회(老獪)한 미소를 지었다.

"아니, 허점을 흔들어 본 것이오. 걱정하지 마시오, 대감. 주상은 내일이 되면 반드시 순신의 재기용에 동의하실 테니까."

삼도 수군의 참패 소식에 서울의 조정이 흔들린 22일, 고니시 유키나가는 기선 돈 아고스티뉴의 망루 위에서 한쪽 팔로 여자 아이를 안은 채 전방의 바다를 미끄러지듯이 달리는 세키부네(關船)를 노려보고 있다. 절치액완(切齒扼腕), 분해서 팔을 걷어붙인다는 말은 오늘의 유키나가에게 꼭 들어맞았다.

어젯밤 늦게 나이토 조안 밑에 있는 자가 믿기 어려운 정보를 가져왔다. 즉시 웅천으로 돌아갈 준비를 하여 해돋이와 함께 닻을 올렸으나, 이미 세키부네가 도도가의 상징인 깃발을 휘날리며 선행하고 있었다. 이쪽은 덩치가 큰 아타케부네, 저쪽은 소형 쾌속선과 같은 속도를 내는 소형 세키부네. 두 배 정도 벌어진 거리는 갈수록 멀어져 갈 뿐이었다.

“일단 포격해서 침몰시킬까.”

유키나가가 흘리는 말을 옆에서 듣고 있던 나이토 조안이 대뜸 따졌다.

“대담함이 지나치시네오, 장수님.”

그것을 실행에 옮기느냐 하는 정도의 결정권이 유키나가에게는 있다.

그 배에는 다테즈와 가게치카뿐만 아니라 다카토라의 심복 고케쓰도 타고 있을 것이다. 도도가의 배를 격침시켰다고 하면 큰 문제로 발전할 것은 뻔한 일이다. 게다가 근처 해상에는 한산도를 향해 서두르는 다른 가믄의 전선과, 사람을 매매하는 것으로 보이는 배가 항행하고 있다.

갑자기 유키나가의 팔에 안겨 있던 여자 아이가 놀란 듯이 심하게 울기 시작했다. 나이는 이제 세 살이나 되었을까. 이 나라의 어린이답게 눈이 길고 표정이 풍부하다. 마쓰라 시게노부의 곁을 떠날 때, 천진난만함과 귀여움이 마음에 끌려 데리고 온 여자 아이였다. 시게노부가 접수한 민가 안에 이 여자 아이가 혼자 남아 떨고 있었다고 한다.

금방이라도 전창의 배를 침몰시켰으면 하는 유키나가의 투기(鬪氣)가 그의 얼굴에서 씻은 듯이 사라지고, 어느새 여자 아이를 어르는 인자한 아버지의 얼굴이 되었다.

유키나가는 5년 전에 부산에 상륙한 이래로 이러한 조선의 전쟁 고아들을 여러 명 데리고 있다. 조안이 걱정할 것도 없이, 이 여자 아이도 역시 히고 우토(宇土)에 보내져 유키나가의 정실 밑에서 양육될 것이다. 조선의 어린이가 부모를 살해한 일본군의 본국에서 자란다. 그들에게는 틀림없이 불행한 일이겠지만, 다른 무장들의 손에 들어가 매매되는 것보다는 훨씬 좋다고 할 수 있었다.

유키나가는 우는 아이를 달래는 데 일가견이 있었다. 익살스런 표정으로 기분을 달래는 것이 아니다. 남자다운 미소를 띠며 차분하면서도 부드러운 목소리로 말을 걸면 아이는 금방 울음을 그친다.

유키나가의 팔에서 보채는 여자 아이의 울음소리가 점차 잦아들더니 이윽고 유키나가의 목에 착 감겨들었다.

유키나가는 여자 아이의 머리를 쓰다듬으면서 다정스레 이야기를 계속했다.

"저 배를 추월하려고 그러는 거란다. 그래도 도저히 잡을 수가 없어. 너한테 힘이 있거든 제발 멈추게 해주지 않겠니?"

여자 아이는 고개를 들고 유키나가와 같은 방향을 보았다. 마치 유키나가의 일본어를 이해한 것 같았다. 작은 입술을 비쭉 내밀며 그 전방의 배를 노려본다.

나이토 조안은 유키나가의 등에 대고 소리를 질렀다.

"장수님, 다테즈들이, 그……."

"틀림없나?"

유키나가가 뒤돌아보니 조안의 표정이 매우 절박해 보였다.

"얼굴을 마음대로 바꿀 수 있는 남자야. 조선말도 잘 한다지. 다테즈의 눈빛이 어떤가는 조안도 잘 알고 있을 테지."

"확실히—."

"꾀가 많은 가게치카가 다테즈를 지원할 겁니다. 게다가 정체를 알 수 없는 괴물이 둘이나 더 있어요. 다테즈와 가게치카의 역량을 기대한 것인데. 상당한 타짜라고 봐야 할 겁니다. 이순신은 확실히 죽일 수 있어요."

여아를 달래면서 유키나가는 입술을 깨물었다. 조안은 그 이상 말을 하지 않았다.

전방을 항행하는 쾌속선인 세키부네와의 거리는 점점 멀어져 간다. 아침 해가 해면을 금색으로 물들이고 있다. 양안의 녹색이 눈에 선명하다.

암살자를 태운 세키부네는 얼마 안 되어 견내량으로 빠져들듯이 사라졌다. 여자 아이가 불안한 듯한 표정으로 유키나가를 올려보았다.

"걱정하지 않아도 괜찮아."

유키나가는 여자 아이에게 웃는 얼굴로 말했다.

"이 유키나가가 그렇게는 못하게 막을 테니까."

고니시 유키나가도 벌써 한 척의 소형선이 대안의 그성 반도를 향하고 있는 것까지는 알 티가 없었다. 그 배에는 젊고 아름다운 7명의 여인이 타고 있었다. 상당량의 폭약과 함께.

자신의 복위를 둘러싸고 서울의 조정이 분분한 것도, 일찍이 거제도 옥포에서 패한 도도 다카토라라는 왜장이 암살자를 보낸 것도, 노량에 있는 순신의 알 바가 아니었다. 바야흐로 거북선을 폭파하기 위해 7인의 해녀가 노량으로 향하고 있다는 사실도…….

22일 이른 아침, 순신은 숙소로 잡은 안위의 선상에서 경상 우수사인 배설을 맞이하고 있었다.

배설이 어제 모습을 보이지 않았던 것은 몸이 안 좋았던 것이 아니라, 틀림없이 순신을 두려워하는 마음 때문이었을 것이다. 적전 도망의 책임을 문책당하기라도 할 것이라고 생각했는지도 모른다. 그러나 순신이 아직 백의종군의 신세이며 아무 권한도 없다는 것을 부장인 나기영한테서 전해 듣고 보신에 능한 배설의 얼굴에는 안도의 표정이 떠올랐다.

"통제사의 지휘 방법은 터무니없는 것이라 해도 좋을 정도였소. 그런 지휘로는 전멸은 필지(必至)였소."

과거의 상관인 순신에게 배설은 원균의 무능함을 지껄여대고는 후퇴의 의의를 강조했다.

"이렇게 해서 13척이 남았다고는 하지만, 전선이 상처 하나 입지 않고 남은 것은 이 배설의 공이라는 것을 장군도 알고 계시겠지요."

순신은 잠자코 배설의 얼굴을 응시하였다.

'이런 사람이 현재 조선 수군의 최고 사령관이라니……' 순신은 속으로 한숨을 내쉬었다.

7월 23일.

고케쓰 요리후사, 다테즈 주이치로 등을 태운 쾌속선 세키부네는 고니시 유키나가의 돈 아고스티뉴를 멀리 따돌리고 안골포의 수군 기지로 입항했다. 가랑비가 연막처럼 꾸준히 내리고, 아직 점심 전인데도 해질녘처럼 어두웠다.

고케쓰는 도도군의 진영으로 돌아가 잡무 처리를 서둘렀다. 다테즈와 가게치카는 어디론가 모습을 감추었다.

두 사람의 재주꾼이 고케쓰의 옆에 나타난 것은 밤이 상당히 깊어진 무렵이었다. 네코메 덴젠과 아야쓰키 로쿠로타를 대동하고 있었다. 다테즈는 이병용의 얼굴을 쏙 빼닮았다.

“그럼, 어떻게 할 작정인가?”

가게치카 우쿄가 나섰다.

“시간이 정해져 있습니다. 백의종군일 때 처치하는 것이 이상적이니까요.”

고케쓰는 고개를 끄덕였다. 이순신이 통제사로 복귀하여 전선이 정비된 후에는 손을 쓰기가 확실히 어려워진다.

“어느 정도지?”

“고작해야 10일입니다. 이렇게 짧은 기간에 이순신에게 접근하여 처리해야만 하죠. 준비 기간이 부족하다니 계획대로 되지 못할 수도 있어요. 고케쓰님도 알고 계시겠지만.”

“…….”

“이쪽에서 예기치 못한 사태가 발생할지도 모르고, 유감이지만 실패하는 경우도 충분히 생각할 수 있어요. 따라서 다음의 습격에도 대비해야만 해요.”

“무슨 할 말은 없나, 우쿄?”

“최초의 습격은 이른바 기습이니까, 적은 수인 우리끼리 하지요. 그러나 만일 실패한 경우 이순신은 자기를 노렸다는 것을 깨닫고 방어 태세를 취할 겁니다. 그렇게 되면 일은 더욱더 어려워지게 됩니다.”

“수하가 필요한 모양이군. 몇 명이나?”

“30명.”

“50명으로 해. 미쿠라 효고(御藏兵庫)를 붙이지.”

미쿠라는 고케쓰가 키운 부장으로 50명으로 구성된 암살 부대를 지휘하고 있다.

"아니, 수가 많아도 눈에 잘 띄어 불편하니 30명이면 충분합니다."

가게치카는 다시 계속했다. 이순신이 통제사 복귀 어명을 받기 전에 거기서 처리하면 괜찮지만, 그렇지 못할 경우 순신은 전라도 남안의 어딘가에 정박해 있는 13척 전선이 있는 곳을 향하여 출발할 것이고, 자신들은 그 뒤를 따르기로 한다. 적지에서 공연히 추격전을 계속하는 것은 쉬운 일이 아니다.

"가능하면 다카토라님은 이곳을 소탕하면서 남원까지 가시기 바랍니다."

"걱정은 붙들어 매라. 좌군은 곤양, 노량, 하동을 거쳐 남원으로 북상할 계획이다. 초계는 우군이 맡는다고 들었다. 결국 그 일대는 너희에게 이순신을 사냥하기 위한 절호의 사냥터가 될 것이다."

고케쓰는 목소리를 낮춰 조용히 웃다가 번뜩 생각이 난 듯이 문갑에서 두통의 서장을 꺼냈다.

"황여일에게 보내는 선물이네. 건네주게."

다테즈가 그것을 받았다. 황의 앞으로 보낸 아내와 딸의 편지였다.

"출발은 언제?"

"미쿠라가 준비가 되면 그 즉시하시오. 창원, 칠원(漆原), 함안(咸安)을 거쳐 늦어도 29일에는 초계에 도착 예정이오. 차질 없이 진행되면 그날 중으로 이순신을……."

"목을 가져와. 이순신의 목을."

고케쓰는 다짐하듯이 말하더니, 손뼉을 치며 밖을 향해 "이쪽으로"라고 소리쳤다.

옆방의 칸막이가 걷히고, 짧은 소매의 옷을 입은 여인이 헝겊보

따리를 들고 들어왔다. 여인은 가쓰기(被衣, 우리의 장옷 비슷한 덧옷)
를 걸친 채, 고개를 숙이고 있기 때문에 얼굴은 알 수 없었다. 그윽
한 여체의 향기가 실내에 퍼지자 네코메 덴젠은 기름진 얼굴을 들어
콧방울을 실룩거린다.

고케쓰는 여인이 내민 헝겊보따리를 받아서 눈앞의 탁자 위에
올려놓았다. 보따리의 매듭을 풀자 그 안에서 목상자(전장에서 적군
의 수급을 담는 상자)가 나왔다. 그 뚜껑에는 고려주사이순신지수(高
麗舟師李舜臣之首)라고 붓글씨로 씌어 있었다. 즉 조선의 수장 이순
신의 목이라는 뜻이다.

"히데요시님이 직접 친필로 쓴 것이다. 이순신의 목을 소금에 절
여 히데요시님에게 보내기 위한 거야."

"그럼 저희는 여기서ㅡ."

다테즈와 가게치카가 일어섰다. 도도 다카토라가 순신의 목을
어디에 사용할지 따위는 그들에게 전혀 흥미 없는 일이었다.

"기다려. 적지에 들어간 뒤에는 안내자가 있는 편이 좋겠지."

고케쓰는 목상자를 들고 온 여인을 눈으로 재촉했다.

소매가 짧은 옷을 걸친 이 여인은 천천히 가쓰기를 벗었다. 가라
와(唐輪, 여자 머리 모양의 하나)로 묶은 흑발 밑으로 소박하고 선량하
며 따뜻한 미모가 나타났다. 다만 눈은 보통이 아님을 느끼게 한다.
눈꼬리에서부터 턱에 걸친 그녀의 왼뺨에 긴 상처가 선뜻히 나 있다.

"가스미(霞)라고 해요."

여인은 머리를 깊이 숙였다.

"다테즈님, 가게치카님. 이순신 있는 데까지 이 가스미가 안내하
겠습니다."

　가게치카가 고케쓰에게 이상한 표정을 지었다. 고케쓰는 엷은 미소만 띠며, 꾀 많은 가게치카가 허둥대는 모습을 즐겁다는 듯이 바라보았다.

　다테즈는 가스미에게 시선을 향한 채, 이윽고 조선말로 이야기 했다.

　"조선 여자로군요."

　가스미는 실눈을 뜨고는 놀라는 것 같더니, 곧 요염하게 웃었다.

　"과연 다테즈 주이치로님이십니다."

　그 말을 듣고, 네코메 덴젠이 옆의 아야쓰키 로쿠로타에게 속삭였다.

　"나도 조선 여자라는 것을 알았지. 들어왔을 때부터야. 이 나라 여인의 냄새는 최고야."

　"냄새 말인가. 남자라면 나도 알 수 있지."

　아야쓰키가 웃으며 말을 바꾸었다.

　가스미가 계속했다.

　"그래도 이제는 조선의 여인이 아닙니다. 굳이 말하자면 조선을 원수 삼은 여인이지요."

　서울에도 안개비가 흩뿌리고 있었다.

　국왕 선조가 이순신의 수군통제사 재기용에 동의한 것은 점심 전의 일이었다. 즉시 정식 임명장인 기복수삼도수군통제사교서(起復三道水軍統制使敎書)가 작성되었고, 그것을 전달하기 위해 선전관인 양호(梁護)가 서울을 출발했다. 유성룡은 정탁과 함께 숭례문(남대문)까지 빗속에 양호를 전송했다.

"일각이라도 서둘러 닿도록 하게. 나라의 운명이 걸려 있는 것일세."

재상인 영의정이 선전관을 전송하는 것은 이례적인 일이다. 유성룡은 양호의 손을 잡고 힘차게 악수했다.

"잘 알았습니다."

양호는 간결하게 대답하더니, 임무의 중대함을 가슴 깊이 새긴 표정으로 말에 올랐다. 목적지인 초계는 왜군이 재침의 목적지로 삼은 정면이 된다. 선전관 중에서도 가장 나이가 젊은 양호는 무예 전반에 걸쳐 실력이 우수하여 이번의 대임에 발탁되었다.

양호가 말에 오르자 3인의 종졸(從卒)도 각자 말에 올랐다. 이윽고 4마리의 말은 빗속을 가르며 남쪽으로 달려갔다.

"지사가 말씀하신 대로 되었군요. 주상이 이렇게 빨리 순신의 복귀를 허락하리라고는 생각지도 못했습니다."

유성룡은 발길을 돌린 정탁을 불러 세우려는 듯이 말했다.

순간 정탁의 표정은 굳었다.

"방심은 아직 금물이오. 주상의 내심은 대감도 아실 것 아니오, 영의정 대감."

"순신을 향한 질투, 증오."

유성룡은 소리를 죽여 감히 말했다.

"애물단지야, 심약함이 모든 일을 그르치게 만들어. 주상의 마음에서 그것이 사라지지 않는 이상, 잘못이 반복될 것이라는 긴장을 늦추어서는 안 될 것이오."

"지사는 또 순신이 그렇게 되리라고 보시오?"

"부정할 수 없지요."

"무사히 도착하면 좋으련만……."

유성룡은 점차 작게 줄어드는 말의 그림자를 전송하면서, 마음 속으로 기도했다. 가능하다면 자기의 손으로 교서를 순신에게 건네주고 싶은 마음이었다.

"받고말고. 문제는 순신이 교서를 받은 다음이지."

정탁의 말에 유성룡은 동의했다. 통제사로서 복귀는 하겠지만 순신에게 남겨진 것은 얼마 안 되는 전선뿐이다. 이것으로 어떻게 왜의 수군을 상대하여 조선의 바다를 지킨단 말인가.

"아니, 내가 말하는 것은 순신의 마음이오."

"순신의 마음?"

"어제 내가 마지막으로 주상에게 한 말의 반은 진심이었소."

72세 노신의 얼굴에 허무의 그림자가 비쳤다.

"원균이 대패한 지금에 와서 출격을 거부한 순신의 판단이 정확하다는 것은 증명된 것이오. 순신은 억울한 누명을 쓰고 투옥된 것이오. 아무 죄 없는 사람이 감옥에 들어가 고문을 당하고, 처형 직전에 철회되었다고는 하나 정말 큰일날 뻔한 일이었소. 모친상을 당하고도 장례에 가보지 못한 채 백의종군의 어명을 받았단 말이오. 그런데 그런 장본인에게 갑자기 수군이 전멸했으니 원래의 지위로 돌아가라, 그리고 왜놈과 잘 싸우라고 했다 합시다. 한 명의 군사도 보내지 않고, 한 톨의 군량도 보내지 않고, 한 척의 배도 보내지 않고 말이오. 아무리 뻔뻔하다고 해도 너무 지나친 일 아니겠소? 그런 인간을 위해 누군들 일할 기분이 나겠소."

"이미 순신은 주상을 위해 일하지 않지요."

"그렇겠지요."

고개를 끄덕인 정탁에게 유성룡은 천천히 고개를 가로로 저어 보였다.

"그러나 수군의 지휘권이 되돌아온 것을 하늘에 감사하고, 왜군을 물리치기 위해 묵묵히 목숨을 걸 것입니다."

"누구를 위해 그런단 말이오?"

정탁은 자기도 모르게 반문을 하며 하늘을 우러렀다. 주름투성이 얼굴 위로 비가 흩뿌린다. 이 노신은 자신이 부끄러운 듯 얼굴을 일그러뜨렸다.

한산도에도 비가 부슬부슬 내리고 있었다. 하늘에는 회색 비구름이 수평선 끝까지 가득히 덮여 있다. 우키타 히데이에를 태운 기선 구로사기마루와 호위선인 아타케부네 5척은 닻을 올리고 부산으로 진로를 잡았다. 부산에 돌아가는 대로 우키타의 세력을 결집하여 좌군의 총대장으로서 전주 공략에 출격해야 한다. 수군의 참전으로 인해 좌군의 병력은 증강되었다. 히데이에의 뺨에는 여유로운 미소가 떠올랐다.

고니시 수군의 기선 돈 아고스티뉴는 해가 지기 전에 간신히 웅천포에 입항했다. 유키나가는 조선 여자 아이를 안은 채 배에서 내렸다. 여자 아이가 유키나가에게서 떨어지려 하지 않는다. 유키나가도 그 여자 아이를 떼어놓을 생각이 없었다. 웅천성으로 돌아가는 도중 나이토 조안은 유키나가의 명령을 받았다.

"바로 쇼이치로(翔一郞)를 불러 주게."

유키나가와 조안은 일본군의 진격과는 별도로 개인적인 계획을 세우고 있었다. 명나라 유격 장군 심유경(沈惟敬)을 구출하는 작전이다.

심유경은 적장으로서는 유일하게 유키나가의 전쟁 종결 의지를 정확히 이해하고 조, 일, 명의 강화에 바삐 움직인 인물이었다. 조안을 북경까지 안내한 것도 심유경이며, 작년 9월에는 명나라 강화 사절단의 부사(副使)로서 일본을 방문하여 유키나가와 함께 오사카성(大坂城)에서 히데요시를 만나기도 했다. 그러나 강화 결렬을 책임지고, 한 달 전인 6월 말 의령(宜寧)에서 남원에 주둔하는 명나라 장수 양원에게 체포되었다. 북경에 보내지면 사형은 면할 수 없을 것이다. 유키나가는 무슨 일이 있어도 이 맹우(盟友)를 돕고 싶었다.

첫 번째 구출 작전은 이미 실패로 끝났다. 심유경의 체포 소식을 접하자마자 유키나가는 사위인 소 요시토시의 가신 야나가와 시게노부(柳川調信)에게 500명의 병사를 주어 의령으로 보냈다. 시게노부는 9척 전선에 병력을 분승시켜 의령 방면으로 상륙했으나, 대부대의 침입을 눈치챈 양원은 즉시 심유경을 포박한 채 남원으로 되돌려 보냈다. 적은 병력을 잠입시켜 극비리에 구출해야 했다.

유키나가는 작전을 변경하여 고작 3명으로 구성된 구출 부대를 재편했다. 조선말에 능하고 솜씨도 좋은 재주꾼들로. 그들은 이미 준비를 다해서 남원으로 잠입하여 유키나가가 한산도에서 귀환하기를 기다리고 있을 것이다.

"이제 와서 중지하라니 무슨 말씀입니까? 심유경은 남원에서 호송되어……."

유키나가는 하시하베(忍羽部) 쇼이치로에게 마지막 말까지는 하지 않았다.

"도도 다카토라님이 이순신의 목을 따라고……."

웅천성의 제일 높은 누각. 타오르는 초의 불꽃이 하시하베 쇼이치로를 비롯해 시라토리 마사나리(白鳥眞備), 미쿠리야 사몬(御廚左門)의 그림자를 벽에 너울너울 그리고 있다. 기왓장을 때리는 세찬 빗소리가 귀에 거슬렸다. 동쪽을 향한 창문이 열려 있었지만 바람이 불지 않아 무더웠다. 밤바다는 어둠에 녹아들었고, 하늘을 뒤덮은 비구름이 잿빛으로 가득 차 달빛을 가리우고 있다.

"파견된 것은 다테즈 주이치로, 가게치카 우쿄."

하시하베와 시라토리의 표정이 처음으로 움직였다.

유키나가는 일부 내용을 간결하게 설명했다. 유키나가의 무릎 위에는 조선 여자 아이가 숨소리를 내며 잠들어 있다. 가끔은 가위에 눌리는지 잠에서 깨어 유키나가에게 달려든다. 유키나가가 머리를 쓰다듬어 주면 여자 아이는 곧 평온한 표정으로 다시 잠에 빠져든다.

시라토리는 유키나가의 말을 듣는지 마는지 여자 아이에게 상냥한 시선을 보내고 있다.

미륵 같은 표정이었다.

"심유경님은 어떻게 할 작정이신지요?"

말을 마치자 하시하베가 제일 먼저 그것을 물었다.

"이쪽에서 다른 방법을 생각하고 있지. 자네들은 여기에 있어 주게. 쇼이치로, 다테즈에 대적할 수 있는 것은 자네밖에 없어."

"사몬."

하시하베는 거한인 미쿠리야를 올려다보며 말했다.

"이순신을 지키라는 것이야. 그러나 너는……."

"쇼이치로, 나는 너와 마사나리가 가는 곳이라면 어디든지 찾아간다. 그리고……, 이순신에게는 이제 아무런 유한도 없는 거야.”

미쿠리야는 한숨을 땅이 꺼지도록 내쉬었다. 유키나가는 무슨 말을 물을 듯한 표정이었으나, 끝내 아무 말도 하지 않았다.

유키나가의 무릎에 잠들어 있던 여자 아이가 또 놀란 듯이 눈을 떴다. 주위를 둘러보고 시라토리 마사나리가 자기를 보고 있는 것을 보고는 계속 눈을 깜빡거렸다.

“이리 온.”

시라토리가 조선어로 말하며 손을 내밀었다. 여자 아이는 갑자기 방긋하고 웃더니 유키나가의 무릎을 떠나 시라토리에게로 달려간다.

유키나가는 다시 입을 열었다.

“이순신이 죽으면 이 아이와 같은 고아가 늘어날 뿐이다. 그렇게 되지 않게 하기 위하여는…….”

이번에는 유키나가가 자기의 말뜻을 하시하베가 이해한 것으로 알고 그 다음 말을 잇지 않았다. 그 시선은 시라토리와 마찬가지로 여자 아이를 향하고 있었다.

“지키겠습니다. 이순신을.”

제 6 장

—

암살자, 서쪽으로

히고 구마모토 19만5000석. 가토 기요마사는 돼지를 사육하고 있었다. 생후 1년이 되지 않는 새끼돼지로 반 년 전, 조선 땅을 다시 밟았을 때 히고에서 가져온 것이었다. 그는 돼지에게 하나마루(鼻丸)라고 이름을 지어주고는 한시도 손에서 놓지 않고 귀여워했다.

기요마사의 거성(居城)은 부산에서 37km 북동쪽으로 떨어진 서생포(西生浦)에 있다.

7월 25일 우군의 출진(出陣)이 시작된 이날의 이른 아침, 기요마사는 하나마루를 옆구리에 끼고 서생포성 외각의 뒤쪽으로 향하고 있었다. 종자에게 투구를 맡긴 것 외에는 전신이 한 치의 틈도 없이 화려한 갑옷으로 감싸여 있다. 곧 출진의 시각이었지만 그 전에 처리해 두어야만 할 일이 있었다.

성의 외각 뒤에는 검은 장막을 둘러쳐 외부와 차단한 공간이 있다. 간다 쓰시마노카미(神田對馬守)와 수하들이 기요마사를 알아보고 허리를 굽실대며 마중을 나왔다. 기요마사는 고개를 끄덕이면서 그들이 가져온 기구를 날카로운 시선으로 훑어 보았다.

성을 공격하는 무기로도 사용되는 조립식 관망대를 소형화한 목조 기구의 높이는 사람 키의 두배는 되었다. 여기에 알몸의 남자가 거꾸로 매달려 있었는데 남자의 온몸은 채찍으로 얻어맞은 자국이 지렁이가 기어간 것처럼 나 있었다. 피부는 흑갈색으로 변색되어 있었으며 발가락은 10개가 모두 찢기어 발목 부분이 피투성이로 되어 있다. 피를 이처럼 흘리고도 죽지 않은 것은 몸을 매단 끈이 발목에 감겨 지혈대 역할을 한데다 몸이 거꾸로 매달려 있었기 때문이다. 생식기는 무참히 짓이겨져, 원형을 찾아볼 수 없다.

기요마사는 안색 하나 바꾸지 않고 뒤를 돌았다. 피비린내가 훅 끼쳐오며 코를 자극해오자 팔에 안은 하나마루가 난폭해지기 시작했다.

매달린 남자는 손을 뒤로 한 채 묶여 있다. 여기서도 손목을 바짝 조여 맨 끈이 지혈대를 겸했다. 손가락도 10개 모두 남아 있지 않았다. 유독 엉덩이에 채찍질을 가했는지, 피부가 완전히 트고 살점이 떨어져나가 군데군데 패여 있다. 항문에는 굵은 말뚝까지 박혀 있다.

기요마사는 소형 조립식 전망대를 한번 둘러보고 남자의 얼굴을 응시했다. 혀를 깨물고 자살하지 못하도록 재갈을 물린 남자의 얼굴 어느 부위에도 상처는 나 있지 않다. 남자는 아직 살아 있다.

"기억은 있는데 이름까지는 생각이 안 나는군."

"김충실(金忠實)이라고 합니다. 과거에는 오카모토 야스에몬(岡

本泰右衛門)이고요. 옛날에 근무를 함께 했던 동료들을 불러 확인해 봤습니다. 아소노미야(阿蘇宮) 에치고(越後) 쪽 사람입니다."

간다 쓰시마가 굳은 목소리로 말했다.

"그런가, 에치고의."

기요마사의 눈빛이 더욱 날카로워지며 목소리에 잔인한 즐거움이 혼입되었다. 조선쪽으로 넘어가 배반한 군사들을 수십 명이나 잡아왔지만, 아소노미야 에치고노카미의 부하가 잡혀 들어온 것은 이 놈이 처음이다.

"실토했나?"

"그런데 놈이 입을 다문 채 일절 말을 하지 않습니다."

기요마사는 미간을 찌푸렸다. 간다 쓰시마노카미는 기요마사의 우수한 고문봉행(拷問奉行)이다. 배반한 일본 군사를 붙잡아다 잔인한 고문을 가함으로써 조선 군사의 정보를 빼내는 일을 했는데 실적이 우수했다. 이 쓰시마가 이틀 밤낮에 걸쳐 모든 방법을 다 동원하여 자백시키려 했으나 도무지 입을 열지 않으니, 이제 더 이상 어떻게 해볼 도리가 없었다.

"죄송합니다."

쓰시마노카미의 이마에 식은땀이 맺혔다. 상관이 얼마나 아소노미야 에치고를 미워하고 있는지를 잘 알고 있기 때문이다.

이 전투에서는 제1차 침공 당초부터 조선쪽으로 넘어가 배반하는 군사가 계속 이어져 끊이지 않았다. 어제까지의 전우에게 총을 겨누고 창을 던지는 그들은 당연히 일본 군사에게 강한 미움을 샀다. 그 중에서도 아소노미야 에치고노카미 사에카(冱香)는 가토 기요마사에게 각별한 존재였다. 5년 전 부산에 상륙한 직후, 아소노미야 에치고는 휘하의 총포대 100여 명을 이끌고 가토군을 이탈하여 조선쪽으로 달아났다.

다른 나라를 치는 것은 악(惡)이라고 생각했던 에치고노카미 사에카는 차라리 선(善)에 죽는것을 택하기로 했다.

이것이 배반의 이유였다.

이에 격노한 기요마사는 무슨 일이 있어도 배반한 에치고만은 잡으라고 전체 부대에 엄명했다. 쓰시마노카미가 열심히 찾아나선 결과 알아보니 아소노미야 에치고는 총포의 제조 기술, 조작 방법을 조선쪽에 전수하고 그 공로로 첨지라는 벼슬을 받았다는 것이다. 정 3품의 고위직을 말이다. 에치고노카미는 사야가(沙也可) 또는 김충선(金忠善)이라는 이름으로 일본 군사를 격퇴하기 위해 총포 부대를 이끌고, 현재도 경상도를 중심으로 암약하고 있다. 아소노미야 에치고는 결단코 용서할 수 없는 최대급 배반자였다.

허리를 숙인 쓰시마노카미에게 기요마사는 그만 고개를 들라 했다. 배반한 에치고 본인은 아니어도, 그의 수하 군사라는 것만으로도 가슴이 트이는 것 같았다. 이러한 배반자가 성 안에 들어와 아군의 동정을 탐색한다는 것을 알아낸 것도 수확이다. 기요마사는 경계를 강화할 필요성을 느꼈다.

"중대한 사건이었어, 쓰시마."

기요마사는 칭찬의 말을 남기며 오카모토 야스에몬에게 다가갔다. 거꾸로 매달린 야스에몬의 얼굴이 기요마사의 가슴 높이께에 닿았다. 기요마사는 허리를 약간 숙이고 얼굴을 가까이 했다.

자백을 뒤집고 민절(悶絶)해 있는 것 같았던 야스에몬은 그 순간 눈을 크게 뜨고 기요마사를 노려보았다. 눈앞에 있는 자가 과거 자기가 모시던 영주임을 알았다는 시선이었다. 재갈을 물린 입으로 야스에몬은 무엇인가 외치려 했으나, 두꺼운 천에 말이 막혀서 단지 "우우" 하는 신음소리만 새나올 뿐이었다.

"조선 놈들이 자신을 배반한 놈을 무엇이라고 하는지 아나?"

기요마사의 입에서 멸시의 웃음이 터졌다.

"항왜(降倭), 항복한 왜인이란 뜻이야. 우리도 태어나 자란 영주를 배반하기는 했지만, 조선에 항복한 것과는 차원이 다르지. 조선을 돕는 데에 기개가 있을쏜가. 항왜라는 말 따위를 듣고도 아무렇지도 않다는 말인가. 배반한 에치고가 김충선이라면, 너는 김충길이냐? 조선의 충견이나 되어라."

자기의 뱉은 말에 스스로가 흥분하여 감정을 누르지 못하는 기요마사의 얼굴에는 불쾌한 빛이 역력했다.

기요마사는 오카모토 야스에몬에게서 시선을 거두고 쓰시마에게 명했다.

"출진 전 산 제물로서의 가치조차 없다. 요놈은 전주까지 가는 도중에 적당한 곳을 골라 효수(梟首)해 버리게. 조선의 충견, 김충길은 일본의 오카모토 야스에몬이라고 먹글씨로 크게 써서 말야."

장막을 걷어내자 옆구리에 끼고 있던 하나마루가 꿀꿀거렸다.

"오 그래, 하나마루. 그랬구나."

기요마사는 새끼돼지인 하나마루의 코를 쓰다듬었다.

"쓰시마, 저놈의 코를 베게."

간다 쓰시마노카미는 부하에게 눈으로 지시했다. 고개를 끄덕인 부하 한 사람이 야스에몬의 코 밑에 작은 칼을 들이댔다. 오카모토 야스에몬은 온몸을 떨며 심한 경련을 일으켰다. 어디에 그런 힘이 남아 있었는지 세차게 머리를 흔들며 칼날에서 벗어나려고 했다. 그러나 그때에는 이미 칼날이 얼굴과 코 사이를 관통한 이후였다. 야스에몬은 도리어 머리를 흔들어서 스스로 코를 베게 한 것이었다.

피가 뚝뚝 떨어지며 살점이 지면에 내동댕이쳐졌다. 야스에몬의 얼굴은 뿜어나오는 피로 마치 빨간 가면을 쓴 것 같이 보였다.

"자, 하나마루. 맛있게 들거라."

하나마루는 짧은 발로 깡충대며 살점에 달려들어 야스에몬의 코를 한입에 물었다.

새끼돼지가 인간의 코를 씹어 먹는 소리가 요란하게 들렸다.

누구 하나 안색이 변하지 않고 그 광경을 지켜보았다. 기요마사가 바로 이 순간을 위해 새끼돼지를 기르고 있다는 것을 알고 있었다. 아소노미야 에치고노카미의 코를 돼지가 먹는 광경은 그들의 심정을 여실히 보여주고 있는 것이다.

조금 뒤 하나마루가 부족하다는 듯이 또 꿀꿀거리기 시작했다. 가토 기요마사는 상기된 목소리로 지시했다.

"출진하라!"

같은 시각.

우군 총대장 모리 히데모토는 3만 명의 대군을 동원하여 부산을 출발하였다. 이 25일은 우군이 총 출진하는 날이었다. 장마로 인해 비가 계속 내리고 있었는데, 무사대장부터 잡군에 이르기까지 해전에 못지않을 대승리를 하겠다는 의지로 전군에 사기가 충천했다. 우군의 집결지인 부산 북쪽 20km의 양산(梁山)까지 기나긴 군대의 행렬이 장사진을 이루었다.

재침공군의 총사령관 16세의 고바야카와 히데아키는 히데모토가 빗속에 화려하게 출진하는 모습을 부러워하는 표정으로 전송했다. 히데모토의 나이는 19세로 히데아키보다 3년 연상이었다. 그 히데모토가 3만 명을 이끌고 출진하며 자신은 비가 내리는 부산을 지키는 역할을 하고 있다.

"히데아키님, 총대장이란 본진에서 움직이지 않는 것입니다."

가로(家老)인 야마구치 무네나가(山口宗永)가 히데아키의 안색을 살피며 말했다. 히데아키의 마음을 사로 잡은 것은 노신의 간언보다도 구로다 조스이(黑田如水)의 감언(甘言)이었다.

"조금 있으면 히데이에님께서도 출진하실 기회가 있을 겁니다. 히데요시님도 히데이에님께서 아키(安芸) 재상에 못지않은 일을 맡기를 희망하십니다."

"음."

히데아키는 흥분된 목소리로 기쁘다는 듯이 고개를 크게 끄덕였다. 경거망동을 부추겨 영지 몰수의 구실을 만든다. 그것이 히데요시가 파견한 히데아키의 흑견역, 구로다 조스이가 해야 할 일이었다.

아키 재상, 모리 히데모토는 3만 명의 군대를 이끈다는 흥분에 들떠 있었다. 나가토 스오(長門周防) 18만 석의 히데모트는 모리 모토쓰케(元就)의 서자이자 호이다 모토키요(穗井田元淸)와 구루시마 미치후사의 누이동생 사이에서 태어났다. 모리가 당대의 영주인 아키모토(輝元)의 친아들, 쇼주마루(松壽丸)가 태어나기 2년 전까지는 그가 아키모토의 양자이자 모리가의 후계자로서 주목받았다. 이번 재침공은 아키모토의 대행으로서 모리 집안 전체의 출진이다.

5년 전의 침공에서는 모리 세 집안의 하나로 히데모토에게는 숙부에 해당하는 고바야카와 다카카게가 서울의 북쪽에 위치한 벽제관(碧蹄館)에서 명나라 군을 격파하여 큰 공을 세웠으나, 부산에 상륙하자 아키모토가 병이 나서 본의 아니게 귀국해야만 했다. 히데모토가 우군 총대장이라는 큰 임무를 맡은 이 재침공이야말로 일본은 물론 외국에까지 모리의 이름을 알릴 수 있는 호기였다.

히데모토의 옆에는 아코쿠지 에케이(安國寺惠瓊)가 말을 타고 수행하고 있다.

"어떤가 에케이? 전주를 공격하는 것이 이 히데모토의 군대로 충분히 가능하겠지?"

에케이는 바람직하다는 어조로 히데모토에게 대답했다.

"그래도 전라도 사람들은 버거울 거 같습니다."

임진년 침공 때, 아코쿠지 에케이는 고바야카와 다카가게의 별동대로서 두세 번에 걸쳐 전라도 공략을 꾀했다. 그때마다 조선 의병의 과감한 저항에 부딪혀 공략은 단념할 수밖에 없었다. 그래서 격전지에 "조조선국충간의담(弔朝鮮國忠肝義膽)"이라고 쓴 나무팻말을 세우고 용감하게 죽은 적군을 애도했을 정도였다. 즉, 조선군의 애국충정을 조문하노라라는 뜻이다.

재침군의 사기가 높은 지금이 바로 기회라고 에케이는 내다보았다. 명나라가 원군을 보냈다는 정보도 입수한 터이다. 멀리 갈 것도 없이 지난번 침공과 같은 비참한 철퇴를 강요하고 있는 셈이다. 노부나가가 실패한다면 히데요시의 천하 장악을 내다본 에케이의 뇌리에는 참담한 미래도가 이미 생생하게 그려지고 있었다.

부산에서 48km 떨어져 있는 죽도성(竹島城)에서는 나베시마 나오모(鍋島直茂), 가쓰시게(勝茂) 부자가 1만2000명을 이끌고 양산을

향해 북상을 개시했다. 진지를 지키고 있는 고바야시 히데카네(秀
包)는 모리 모토쓰구의 9남이다. 고바야카와 다카카게의 양자가 되
었지만 히데아키를 적자로 맞이했기 때문에 따로 가문을 세웠다.

구로다 마사나가가 5000명, 나가무네 가베모토치카(長宗我部元
親)가 3000명, 나카가와 히데나리(中川秀成)가 2500명, 이케다 히데
우지(池田秀氏)가 2800명의 병력을 이끌고 각각의 본진을 뒤로 했다.
여기에 가토 기요마사의 1만 명을 더해, 우군은 6만4300명의 거대한
부대를 결성하였다.

히데모토의 출진을 전송한 우군 총대장 우키타 히데이에는 즉시
본진으로 돌아와 출진 준비를 했다.

웅천포에서는 고니시 우키나가 역시 출진 준비를 서둘렀다. 회
의, 무구의 점검, 식량 비축, 부산 본영과의 연락, 휘하 각 군단 간의
조정 등 해야 할 일이 많았다. 원하지 않았던 재침공이기에 더욱 부
담을 느끼는 지도 모른다.

하시하베 쇼이치로, 시타토리 마사나리, 미쿠리야 시몬의 3인을
전송한 후에도 유키나가의 머리에서는 도도 다카토라의 모략이 떠
나지 않았다. 유키나가는 시간을 확인하더니, 누각의 가장 상층으로
나이토 조안을 불렀다.

"모든 수단을 동원했다. 그러나 쇼이치로들을 전송하고 나니 역
시 마음에 걸려."

"하시하베들을 믿지 못하시는지요?"

"그렇지는 않아. 다만 상대가 도도 다카토라인 것이 문제지.
그가 그 밖에 어떤 술책을 부릴지도 몰라. 이제 방법이 하나 생각이

났어."

"어떤?"

"이순신의 암살 음모를 조선쪽에 알리는 것."

조안은 고개를 가로로 저었다. 그것은 다카토라의 술책을 알아챘을 때 조안이 가장 먼저 생각한 것이었다. 그러나 지금은 유키나가가 아무리 정확한 정보를 준다고 해도 조선쪽은 믿지 않을 것이다. 원균의 수군이 칠천량에서 대패한 것만으로도 유키나가가 정보는 신의를 잃은 것이다. 결국 이순신의 실각은 왜장 고니시 유키나가에 의한 모략임을 그들은 알아차렸을 것이다.

"그렇겠군."

유키나가는 미간을 찌푸린 채 고개를 끄덕이며,

"그러나 우리의 말을 믿어 줄 자가 한 사람 있지."

"어떤 자입니까?"

"그 자는 바로……요지로야."

순간 조안은 벌떡 일어났다.

"당장 요지로(要次郞)를 부르겠습니다."

이순신과 그의 일행은 노량에서 곤양을 거쳐 원수부로 향하는 귀로에서 진주를 20km 정도 앞두고 비를 만나 발길을 멈추어야 했다. 머물고 있는 곳은 운곡(雲谷)이라는 산촌에 위치한 이홍훈(李弘勛)이라는 지방 관리의 별장이다. 곤양에서 조사한 도망 전선의 실태는 이미 보고서에 정리하여, 이틀 전 군관인 송대립과 방응원을 시켜 먼저 원수부로 보냈다.

그 두 사람이 이날 저녁무렵 돌아왔다. 두 군관은 권율이 파견한 원수부의 종사관 황여일(黃汝一)과 진주에서 만나 그에게 보고서를 넘겼다고 한다. 그 대신 두 사람은 황여일로부터 권율이 순신에게 보내는 전갈을 받아왔다.

잠시 운곡에 머물며 정성(鼎城)의 방비를 점검하라는 지시였다.

"정성의 방비라니?"

순신은 고개를 갸우뚱했다. 정성은 진주성의 외성으로서 운곡의 우방산(牛芳山)에 쌓은 산성이다. 패잔 수군의 조사를 명받아, 그것을 실행하고 귀로 중인데 난데없이 산성을 점검하라니. 권율의 의도를 알 수가 없다.

방응원이 황종사관의 해석을 설명했다.

"도원수의 생각은 이렇지 않을까요? 장군님은 곧 수군통제사에 복귀한다. 그때 바로 배로 달려갈 수 있는 노량 근처에 있는 것이 바람직하다. 따라서 초계로 되돌아올 필요를 인정하지 않는다 라고요."

"그렇다면 노량에서 대기하라고 지시해도 될텐데."

권율의 뜻을 그제서야 이해한 군관들은 어이없어했다.

순신이 통제사로서 재기용되지 않을 경우, 백의종군하는 자를 노량과 같은 먼 곳에 보낸 것을 규탄할 것이 분명하다. 정성은 권율의 재지(才智)와 보신이 타협한 착지점이었다.

비는 반도의 중부에도 줄기차게 내려 지면을 적시고 있다. 선전관인 양호와 3인의 종졸은 3일 동안을 계속 빗속에서 말을 달렸다. 양호는 상주에서 낙동강을 따라 남하하여, 초계를 목표로 하여 가고 있다. 이런 빗속이라면 상주까지는 적어도 3일은 걸릴 것 같았다. 비 내리는 하늘을 쳐다보는 양호의 얼굴에는 초조한 빛이 번지기 시작했다.

　7월 26일.

　다테즈 주이치로와 가게치카 우쿄는 칠원(漆原)의 산 속을 가고 있다. 이틀 전에 출발한 안골포와 초계의 중간지점에 해당한다. 가스미, 네코메 덴젠, 아야쓰키 로쿠로타, 그리고 미쿠라 효고를 포함한 도도가의 무사 30인이 따라가고 있다.

　모두 35명. 전원이 조선인처럼 흰 옷을 입고, 상투도 틀었다. 가스미가 산길을 잘 알고 있기 때문에 아직까지 발각된 적은 한 번도 없었다. 점심때가 지날 즈음해서 비는 멎고, 숲속에서는 새들이 울기 시작했다.

　"멈춰라!"

　그 날카로운 외침은 나무들 사이사이로 퍼졌다. 햇빛이 채 미치지 않은 울창한 숲의 나무들이 다양하게 엮어내는 그림자 속에 사람의 형상은 전혀 찾을 수 없었다.

　다테즈는 재빨리 가게치카와 시선을 주고받더니 뒤따라오는 자들을 돌아보았다. 미쿠라 효고가 긴장된 표정을 지으며 조선 군사의 환도로 위장한 일본도의 손잡이로 손을 가져가고 있다. 다테즈는 살짝 고개를 가로로 저었다.

　"누구냐! 나와라."

　그는 조선말로 소리쳤다.

　긴장된 분위기가 감도는 가운데 전방의 숲속에서 갓을 쓴 일당이 나타났다. 모두 40명 정도이다. 좌우의 나무들 사이에서도 환도를 든 백의의 조선 군사의 모습이 보였다. 그들은 경계의 빛이 역력한 얼굴로 무기를 내려놓으려 하지 않는다.

"우군에게 활을 쏘지 마, 어리석은 사람들 같으니라구."

다테즈는 고자세로 나왔다. 종3품이니 고관답게 허세를 부려야 한다. 월도를 쥔 수염을 기른 거구의 남자가 조선 군사를 헤치며 걸어나왔다. 다테즈 옆에서 가스미가 몸을 움직이는 것이 느껴졌다.

"그대들은 뉘신가?"

"이병용. 충청 수영의 우후로 근무하고 있소."

"아니, 수군의 장수가 이런 산속에서 무엇을 한단 말이오?"

거구의 사내는 지휘관답게 의심의 눈초리를 거두지 않았다.

"그쪽도 관등 성명을 대시오. 왜놈의 첩자일지도 모르니."

"그 무슨 바보 같은 소리. 나는 김무현(金武鉉). 천강홍의(天降紅衣) 장군 밑에서 싸우고 있소."

유명한 의병장 곽재우(郭再祐)의 부하라고 했다. 다테즈는 피식 웃었다. 의병이란 관직이 없는 각지의 양반들이 농민들을 결속시켜 결성한 민간의 의용군이다. 정규군 장수의 얼굴을 이 사람들이 알 리가 없을 것이다. 아니, 내 얼굴은 틀림없이 이병용이다. 설사 알고 있는 자가 있다면.

"우리는 원수가 있는 초계가 목적지이다. 이미 들었겠지만, 열흘 전 삼도 수군이 거제도 앞바다의 해전에서 대패했다."

"소문이 났지. 완전히 패한 싸움이었다고."

"너무 했지. 통제사인 원균이 지휘를 포기했어. 그 때문에 진 것이나 마찬가지야. 전선은 이제 거의 남아 있지 않아. 통제사, 전라 우수사, 충청 수사는 전사, 경상 우수사는 행방불명이니."

"패전의 상세한 내용은 아직 의병들한테는 전해지지 않았을 것이다. 다테즈의 입에서 해전의 전말을 들은 김무현의 얼굴은 경악과 분노로 일그러졌다. 그는 이내 통곡하면서 하늘을 우러렀다. 동요는 김무현이 이끄는 병사들에게도 전해졌다. 활을 내려놓고, 칼을 엎어 놓고, 서로의 얼굴을 망연히 바라본다.

"역시 소문은 정말이었나. 이것 참으로 큰일이다. 여봐!"

김무현은 다테즈의 어깨를 잡았다.

"원수부에 가는 것도 좋지만, 우리와 함께 곽재우님과 싸우지 않 겠나? 일하는 보람이 제법 괜찮아."

"초계로 가는 것은 이순신님이 있기 때문이다. 지금은 백의종군 중이지만 곧 통제사로 복귀할 것이다. 나는 수군의 장수, 순신님 밑 에서 싸워야 한다."

"음. 지상에는 곽재우님, 바다에는 이순신님이 있다. 그런데 나 쁜 것은 원균만이 아닐 것이다. 잘못은 조정에 있다. 순신님의 백의 종군도 문신들의 작품이다."

"실제로는 싸우지도 않는 사람이 안전한 장소에서 군대를 조종 하고 있다. 그래서 이런 어이없는 일이 벌어진 것이지."

고개를 끄덕이는 다테즈의 뇌리에는 히데요시의 원숭이 얼굴이 떠올랐다. 김무현은 눈물을 훔치면서 파안대소했다.

"그대와는 말이 통하는군, 이병용. 관리 중에도 지사는 있구만."

"나라를 걱정하는 자에게 민관의 구별이 있겠나."

"초계까지라고 했지? 우리도 일이 있어. 도중까지 배웅해 주지."

"감사. 그런데 그 일이라는 건 왜적?"

"물론. 왜놈이 지상에서도 활동하기 시작한 모양이다. 서생포의 가토 기요마사가 불온한 행동을 하고 있어. 그것을 알아내려고 항왜를 한 명 성내로 들여보냈는데 아직 돌아오지 않아. 잡혔는지, 아니면 배반했는지……."

김무현은 완전히 긴장을 푼 것 같았다. 다테즈와 어깨를 나란히 하고 발길을 재촉했다.

"그 항왜, 걱정인데. 천강홍 장군은 지금 어디에?"

다테즈는 보조를 맞추면서 김무현 휘하 조선 군사들의 동태를 물었다. 이쪽의 위장이 오래 갈 리가 없을 것이다. 대패에 의욕이 꺾여 있을 군사들이 심상치 않은 살기를 감추고 있다는 것은 금방이라도 감지될 것이다. 게다가 이 31명의 조선 군사는 한 사람만 조선어를 이해한다. 그렇다면 허야 할 일은 하나였다.

"창녕(昌寧)의 화왕산(火旺山)에 있지. 만일 기요마사가 오면 분쇄할 작정으로 말이야."

김무현이 수염을 흔들며 호쾌하게 웃는 것을 보며 다테즈는 속으로 비웃었다. 적은 수의 의병이 전과를 올릴 수 있는 것은 신출귀몰한 기습 전법에 있을 것이다. 산성에 틀어박혀 어떻게 하겠다는 것인가. 그것도 가토는 이름난 성공격의 달인이다. 곽재우라면 반나절이면 될 것이다.

"기요마사가 패하면 왜놈은 모두 붕괴되겠지."

"그건 이야기가 돼. 꼭 그대들과 함께 싸우고 싶소."

김무현은 진정으로 의병에 합류하기를 권했다.

"그렇다면 지금 싸워 볼까."

김무현은 멈춰 섰다. 지금 들은 목소리의 주인이 진정 이 남자인가, 하고 확인하려고 얼굴을 돌린 순간, 그의 눈에 비친 것은 유성 같은 두 쌍의 흰 빛줄기와 자신의 어깻죽지에서 뿜어나오는 피의 연막(煙幕)이었다. 양팔이 허공에서 춤추며 떨어졌다. 김무현은 심한 통증으로 인해 지면으로 굴렀다.

김무현의 양쪽에 있던 조선 의병은 당황할 새도 없이 다테즈 측에 있는 검은 한 사람의 경동맥을 끊고, 다른 한 사람의 심장을 정확히 도려냈다.

순간적으로 3명을 거꾸러뜨리자 의병 사이에 동요가 일어났다. 그들은 공포에 휩싸이면서도 칼을 뽑았다.

"속지 마라, 왜놈이닷."

비명에 가까운 외침소리가 났다.

다테즈의 옆에 아야쓰키 로쿠로타의 그림자가 달렸다. 양손에는 두 자루의 큰 칼을 쥐고 있다. 순간적으로 두 줄의 흰 날이 교차하여 열십자를 그렸다. 유려한 곡선이 전광 같이 빛날 때마다 조선 군사의 백의에서 새빨간 피가 분류(奔流)가 되어 튀었다.

당황하여 도망가려는 자는 회전음을 내며 뒤에서 따라온 금속 원반에 의해 여지없이 목이 달아났다. 목이 떨어져나간 몸통은 피를 뿜으면서도, 계속 달아나려는 듯 멈추지 않다가 몇 걸음 더 가서 풀숲에 가 쓰러졌다. 네코메 덴젠은 여러 장의 금속 원반을 능숙히 다루었다. 단 한 사람이라도 도망자가 있어서는 안 되었다. 다테즈는 계속해서 칼을 휘둘렀다. 조선 군사의 비명과 절규가 숲속에 메아리치고 새들은 지저귐을 멈추었다. 흰 칼날이 부딪치는 소리는 일절 없었다. 조선 군사가 칼을 휘두르려는 순간, 다테즈와 아야쓰키의 칼이 그들의 숨통을 끊어놓기 때문이었다.

단시간에 시체가 산처럼 쌓였다. 가스미가 지루하다는 표정으로 지켜보고 있다.

가게치카 우쿄는 미쿠라 효고의 옆에서 걸었다. 미쿠라를 비롯한 도도의 무사단은 미처 솜씨를 발휘해 보지도 못한 채 태풍과 같은 살육전을 멍하니 바라볼 뿐이었다.

"우리는 가세할 필요 없이 그냥 구경만 하는군."

미쿠라 효고가 흥분해서 가게치카에게 말했다.

가게치카 우쿄는 당연하다는 듯이 고개를 끄덕였다.

"여기서는 우리만으로도 충분한 것 같아. 미쿠라는 시체를 묻을 구덩이를 준비해줘."

얼마 안 되어 모든 일이 끝났다. 피비린내가 진동하는 숲속은 이내 정적을 되찾았다.

다테즈는 김무현에게 다가갔다. 김무현은 양팔이 잘려나간 채 하늘을 향해 뻗어 있다. 그 앞에 다가간 가스미가 입가에 냉소를 띠며, 빈사의 의병장을 불쌍하다는 듯이 내려다보고 있다.

다테즈를 알아본 김무현은 입에서 피를 토하면서 분노의 눈으로 노려보았다.

"너, 왜놈이었구나……. 왜, 왜 조선인으로 위장을……."

"우리는 초계에 목을 하나 따러 가지. 이순신의 목을."

김무현이 경악과 초조로 인해 눈을 떴다. 그는 양팔이 없는 몸으로 필사의 몸부림을 쳤다.

"부, 불결한 왜놈. 너 따위가 이순신님의 목 따위를 벨 리가……."

"아니, 이순신은 반드시 죽습니다."

가스미였다.

"……여, 여자……. 너는, 이 나라 조선의 여자겠지……. 불결한 왜놈한테 속아…….”

“불결? 웃기지 마세요.”

가스미가 김무현의 잘린 왼쪽 어깻죽지를 진흙투성이의 짚신으로 밟아 뭉개자 그 바람에 의병장이 비명을 질렀다.

“당신들 양반이야말로 불결하지. 조선 여자라니요? 우리 천민을 당신들이 인간 대접을 해준 적이 있소? 남자는 소나 말 이하, 여자는 애완 동물. 그 정도로밖에 생각지 않았소. 그 주제에 일본인이 쳐들어오니까 무기를 버리고 제일 먼저 도망 간 게 누구요?”

“나, 나는……, 나는 싸우고 있어. 나도, 곽재우 장군도…….”

김무현은 고통을 참아가며 항변했다. 넘치는 피로 인해 이가 붉게 물들어 갔다.

“의병이란.”

가스미는 경멸하듯 말했다.

“의병이란 관직을 얻지 못한 양반이 자신을 인식시키기 좋은 기회로만 이용하는 것이오. 실제로 싸우는 것은 농민과 천민뿐. 노비로 취급되어 나라에서 무엇 하나도 받는 것이 없는 사람들입니다. 그런 사람들에게 나라를 지키라고 선동하며 목숨을 버리게 하고 있어요. 그것을 불결하다고 하나요?”

다테즈와 가게치카는 두 사람의 말에 귀를 기울이고 있다. 말을 알아듣지 못하는 아야쓰키, 도도의 무사단도 가스미의 열변을 골똘히 지켜보고 있었다.

“……왜 당신이 태어난 나라를 그렇게 미워하지?”

“이런 나라에 태어나고 싶지 않았기 때문이지요. 내 얼굴을 잘 보시오, 김무현. 잊었다고는 못하겠죠.”

가스미는 김무현의 눈앞에 얼굴을 가까이 대고, 왼뺨에 무참히 남아있는 상처를 보였다. 김무현의 목구멍이 크게 상하로 움직이더니 전신에 단말마의 경련이 일었다.

"너는…… 공위겸(孔撝謙)의 딸이로구나……."

"당신은 이제 죽어요, 김무현. 다음은 이순신. 곽재우도 죽일 거요."

"……바, 바보로구나…… . 아버지도 아버지지만……, 딸도……."

의병장의 최후의 말을 들으며 가스미는 냉소를 머금었다.

칠원의 숲에 많은 피가 뿌려지고 있던 무렵, 이순신은 군관인 임영립, 홍우공, 유황을 데리고 정성 밑인 송정(松亭)을 향하고 있었다. 유희도 말에 올라 순신을 따랐다.

송정은 남강(南江)의 완만한 흐름을 내려다보는 구릉에 세워진 정자이다. 황종사관은 종자를 데리고 송정에 앞서 와 있다. 권율 대신에 순신과 대책을 숙의하기 위해 원수부에서 파견되어 와 있는 것이다. 송정의 뒤에는 정성으로 이어지는 산길이 휘어져 뻗어 있다. 이제 비는 그친 터라 하늘이 맑아졌으나, 남강은 연일 내린 비로 계곡물이 불어나 황토빛으로 흐려 있다.

순신은 목례를 하고 황여일과 대좌했다.

"도원수께서 보고서를 보셨습니다. 상황을 매우 우려하고 계십니다."

권율이 가장 신임을 하고 있는 수석 비서관이 황여일이었다. 원래는 문관으로 근무하고 있었으나, 4년 전 서울에서 철수하는 왜적에게 처자가 납치당하자 그 복수를 위해 스스로 원수부 근무를 지원하였고, 문관 출신답게 업무 처리 능력이 뛰어나, 권율의 신임을 얻었고 순신은 그렇게 알고 있었다.

"말씀하시지요. 정말이지 13척으로 싸울 수 있겠는가를."

초조와 걱정의 표정이 그대로 드러나는 황여일의 얼굴에서 시선을 옮긴 순신은 멀거니 남강을 바라보았다. 순신은 시선을 남강으로 옮겼다. 노량에서 도망 전선을 보았을 때부터 순신의 뇌리를 한시도 떠나지 않은 문제였다. 이제는 싸울 수 있느냐, 없느냐를 걱정할 단계가 아니었다. 반드시 싸워야만 하는 것이다. 싸워서 승리해야만 한다.

"아직 13척 있어. 여기서 생각한 것을 그대로 원수부에 전하는 수밖에는 없겠지."

남강의 탁류를 보면서 자신에게 다짐이라도 하듯이 말했다. 탁류는 군데군데 심한 소용돌이를 일으키며 상류에서 떠내려 오는 나무토막이나 나뭇가지를 감아돌며 삼켜 버린다.

"서울에서는 아무 것도?"

유희가 낮은 소리로 황여일에게 물었다. 순신의 처우, 즉 통제사의 복귀 문제였다.

황여일은 어깨를 늘어뜨리며 고개를 가로로 저었다.

"유감스럽게도……, 저도 권율 장군도 기다리고는 있습니다만."

27일은 다시 빗줄기가 굵어졌다.

다테즈와 가스미는 마을을 벗어난 커다란 회화나무 밑에서 비를 피하면서 뒤에 오는 무리를 기다리고 있었다. 일행은 함안을 통과 중이었다. 함안에서 초계까지의 길은 낙동강을 따라서 평야로 이어지고 있어 산속과는 달리 행동에 신중을 요했다. 먼저 다테즈와 가스미가 선행하고, 잠시 있다가 나머지가 뒤를 따랐다. 시간은 두 배가 걸릴것이었다. 그러나 어제와 같은 대살육은 앞으로 없을 것이다. 필요한 것은 이순신의 독, 그것뿐이다.

김무현의 말대로 왜군의 활발한 움직임이 전해져서인지 마을이나 부락에는 사람의 그림자를 전혀 찾아볼 수가 없었다. 가끔 피난민의 무리와 만났으나, 단 한번의 충돌도 없었다. 누구나 왜놈한테서 필사적으로 도망칠 뿐이었다.

비에 젖은 짙은 숲속을 여유 있게 사행(蛇行)하면서 흐르는 낙동강이 호젓해 보였다.

"이 강을 넘어 조금만 북쪽으로 가면, 영산(靈山)이라는 곳이 있지요. 제가 거기서 태어났어요. 그래서 이 부근은 잘 알고 있지요. 창원도, 칠원도, 밀양도, 초계도. 경상도라면 대개의 길은."

가스미가 감정을 억누르는 그런 소리로 말했다.

다테즈는 가스미의 왼뺨에 난 상처를 보며 고개를 끄덕였다. 여자의 몸으로 그 정도의 넓은 범위를 파악하고 있다는 것은 단 한 가지의 결론을 도출한다.

"기생이었군요."

가스미는 놀란 눈으로 다테즈를 응시하다, 곧 얼굴을 피해 낙동강으로 시선을 돌렸다.

머리 위로 회화나무의 잎과 나뭇가지를 때리는 빗소리가 커졌다.

기생이란 조선 왕조라는 국가가 육성하고, 관리하는 관제의 유녀(遊女), 예기(藝妓)이다. 지방 관청을 왕래하는 고관, 양반을 술자리에서 접대하고, 육체로 쾌락을 제공하는 것도 기생의 임무 중의 하나이다. 신분적으로는 최하급의 관비이며, 부(府), 군(郡), 현(縣)에 각각 수십 명 단위로 배치되어 있다. 가스미 같은 미모의 기생은 틀림없이 중앙에서 파견된 관리에게 인기가 있었을 것이 분명하다. 그들이 시찰이라 하여, 경상도 내를 유람하는 동안 따라다니며 접대할 기회가 많았을 것이다.

"양반들은 자기들만이 인간이라고 생각하고 있어요. 그 밖에 사람들은 전부 노예라고 생각하고 있지요. 농민은 자기들의 먹거리를 제공하기 위한 노예, 기생은 자기들의 성적인 쾌락에 봉사하는 노예라고요."

다테즈는 잠자코 듣고 있다. 바다 건너에 있는 일본 역시 마찬가지인 것이다. 다만 일본은 양반이 아닌 무사라는 무리가 행패를 부리고 있다. 무사는 힘으로 약자를 노예로 삼는데, 이 조선이라는 나라에서는 제도적으로 정착되어 있다. 차이는 그것뿐이다. 어쨌든 일본도 마찬가지인 것이다.

"12살이 되면서부터, 줄곧 양반의 노리개가 되었지요. 그 무렵부터인지 모르겠는데, 경상도에서는 왜―일본이 쳐들어온다는 소문이 퍼졌어요. 그 소문을 들을 때마다 생각했어요. 어서 왜군이 와서 불결한 양반들을 모두 죽여주었으면 하구요. 또 기생이라는 제도를 만들어 낸 이런 국가를 망하게 해달라고요."

가스미는 비가 어깨에 떨어지는 것도 의식하지 않고, 회화나뭇가지 밑에서 낙동강 쪽으로 한 걸음 내디뎠다.

"이 강을 보는 것을 좋아했어요. 강물의 끝은 부산. 그 끝에는 바다를 사이에 끼고 일본이라는 나라가 있다는 사실을 위안삼았지요……. 20살이 되었을 때였어요. 나를 마음에 둔 고위관직의 양반에 의해 강제로 서울땅을 밟게 되었지요."

애첩이 된 것이다. 즉 관비에서 사비로. 다테즈는 문득 한산도에서 네코메 덴젠이 성폭행한 미녀를 떠올렸다. 그녀도 원균의 애첩이었다고 했다.

"애첩이라고는 해도."

가스미는 조소하듯이 입술을 일그러뜨렸다.

"기생 때보다도 더 가혹했지요. 그 사람은 종종 내가 지겨워질 때면 술자리가 끝난 뒤에 더 높은 고위직 양반에게 저를 제공했어요. 저를 자신의 출세 도구로 삼은 것이지요. 그때 기다리고 기다리던 소식이 왔어요. 잊지도 않지요. 4년 전 4월 17일이에요. 일본군이 마침내 바다를 건너와 서울을 목표로 전진하고 있다고요. 그 날부터 손꼽아 기다렸지요……. 그 날은 4월 마지막 날이었어요. 임금이 서울을 빠져나가 북쪽으로 향했다는 소문이 무성했어요. 저는 앉으나 서나 안절부절 못하고 박으로 뛰쳐나왔어요. 그 날도 오늘처럼 비가 많이 내렸지만 상관하지 않았지요. 모두가 그랬지요. 일본군의 침략을 피해 백성들을 버리고 달아난 왕과 그 가족, 대신들을 향한 분노를 토해냈어요……. 그러는 가운데 모두 경복궁 방향으로 향하기 시작했어요. 임금을 용서할 수 없다. 모두 그렇게 생각하고 있었지요. 정신을 차리고 보니, 인파의 선두 쪽이었어요. 경복궁에 밀려들어갔을 때, 모두 흥분하여 알 수 없는 함성을 지르고 있었지요. 저도 그랬고요. 그러는 가운데 어디에서인가 불길이 올랐어요. 그것을 보고 모두 더욱 흥분했어요. 불을 질러라, 무엇이나 태워 버려라. 이런 외침이 여기저기서 터져나왔어요. 불을 붙이려고 돌아다니는 사람이 있는가 하면, 보물은 없는가 하고 찾아다니는 사람도 있었어요. 저는 장예원(掌隷院)이라는 건물을 찾았어요. 노예의 호적을 관리하는 곳이거든요. 금방 찾았어요. 다른 사람도 몰려왔고요. 저는 그때 불이 붙은 방망이를 들고 있었지요. 그것을 힘껏 건물을 향해 던지자, 모두가 일제히 불방망이를 던지기 시작했어요. 불꽃이 높이높이 타올라 아주 근사한 광경이 펼쳐졌지요."

가스미는 소박하고 마음의 따뜻함을 느끼게 해주는 여인이다. 어제 김무현에게 가한 행위를 보지 않았다면, 관아에 불을 지르며 흥분하여 돌아다니는 모습 등을 다테즈로서는 상상도 하지 못했을 것이다.

"일본군은 반항하는 자에게는 무척 잔인하지만, 협력하는 자에게는 무척 부드럽게 대해 주었어요. 나를 둘러싸고 있던 양반은 모두 도망가 버려서, 그 집에 계속해서 살 수가 없었어요. 5월 말이 되어 아버지가 찾아왔어요. 김무현이 말했지요, 공위겸이라고요. 저는 유미(瑠美), 공유미. 그렇지만 지금은 가스미예요. 가, 스, 미. 이 이름의 울림이 좋아요."

"왜 아버님이 서울에?"

"노비 출신이었던 아버지는 딸인 저를 기생으로 보내야만 했지요. 그래서 양반을, 이 나라를 무척 증오했어요. 오죽했으면 고바야카와 다카카게가 영산을 지날 때, 서울까지의 길안내역을 사서 했을라구요. 고바야시한테서 포상을 받은 아버지는 나를 데리고 영산으로 돌아왔어요. 영산에는 이미 일본 군사는 없고, 가까운 의령의 양반이 의병을 일으켰지요. 그 양반이 바로 곽재우예요. 곽은 아버지를 잡아다 내 눈앞에서 처형했어요. 곽의 명령으로 아버지의 목을 벤 것이 김무현이구요. 곽은 저까지 처형하도록 명했지요. 배반한

자의 딸이라는 이유로. 저는 기회를 보아 낙동강에 몸을 던졌어요. 이 뺨의 상처는 그때 생긴 거죠. 이 강의 하류에서 도도님의 부대가 저를 구해 주었어요."

가스미는 작게 한숨를 쉬었다.

"전 이 나라가 무척이나 싫어요. 그렇지만 이 강만은 좋아해요. 나를 일본으로 데려가 주었으니까……. 도도님은 저를 고케쓰 요리후사님께 맡겼어요. 그 후 이요의 우와지마에서 3년간 살았지요. 일본어를 배우고, 일본 여자가 되기 위해서요. 그러던 중 또 출병이 시작된다는 정보를 입수하게 되었지요. 저는 요리후사님에게 말씀드렸어요. 저를 이용하라고요 조선을 멸망시키기 위해서라면 무슨 일이나 하겠노라고 했지요."

가스미는 끝까지 목소리에 감정을 싣지 않은 채 말을 했으나, 말이 끝나자 조금은 부끄러운 듯이 눈을 감더니 조금 뒤 얼굴을 들고 지나온 마을 쪽으로 시선을 던졌다.

"아직 안 온 모양이예요. 이제는 당신이 궁금해요, 다테즈 주이치로."

가스미는 슬쩍 돌아보더니, 도전적인 눈초리로 다테즈를 보았다.

"요리후사님은 아무 말도 하지 않았지만 난 알아요. 당신은 도도가의 가신이 아니죠?"

"으음."

"무엇 때문에 이러 위험한 일을? 든 때문에?"

다테즈는 고개를 가로로 저었다. 왜 가스미가 그런 말을 묻는지 알 것 같았다.

"누구한테든 지배받지 않기 위해서요."

가스미의 눈동자가 젖은듯이 반짝이기 시작했다.

"자세하게 말해요. 다테즈 주이치로, 당신은 다른 사람하고 달라요. 남을 지배하는 무사도 아니고, 지배당할 사람도 아니고. 당신 뭐 하는 사람이죠?"

"충청 수영의 우후, 이병용이요, 공유미."

"놀리지 말아요. 난 당신의 진짜 얼굴도 몰라요."

"도도 다카토라님과 나의 관계라면."

"그래도 상관없어요."

"누구를 지배하고, 누구에게 지배받는, 그런 관계는 우리나라에서도 변함은 없어요. 우와지마에서 3년 정도 살아보았다면, 실망할 만큼 알게 되었을 텐데요."

"실망하지는 않았어요. 이상을 보고 있는 건 아니에요. 정도의 문제지요."

"그래요. 이 나라는 지배와 복종의 정도가 강해요. 우리나라는 힘만 있으면, 지배와 복종 관계는 쉽게 바꿀 수 있지요."

"양반들은 왜놈들이라고 해서 멸시하지만, 그래도 저한테는 신선하게 보여요. 교만하게 뽐내는 인간이 망해가는 것은 근사한 일이죠."

"그렇지만 지배와 복종의 관계, 그 자체는 없어지는 것이 아니오. 지배와 복종, 어느 쪽에도 속하지 않는 방법을 나는 모르오. 특수한 기술을 사 주어, 고용주가 원하는 일을 들어 주면 고용주는 내게 상응하는 돈을 주고, 그의 영지 내에서는 내가 그 누구의 지배도 받지 않는 자유를 보증하오. 대부분의 무장은 이런 관계를 싫어합니다. 나를 자기의 가신으로 부리고 싶어하거든요. 즉 지배하고 싶어지는 것이오. 그것을 바라지 않는 단 한 사람이 바로 도도 다카토라라는 남자였소."

"특수한 기술이라니요?"

"살인말이오."

가스미는 천천히 고개를 끄덕였다.

"나는, 남을 지키는 도구로서 길러졌소.

"도구? 그래요. 저도 도구였지요. 기생이라는 도구."

"남을 지키는 기술이란 남을 죽이는 기술이기도 하오. 나는 지키는 쪽이 아니라, 죽이는 쪽에 발을 담았소. 그때부터 나는 남의 도구가 되지 않고, 자유로울 수 있었던거요."

"그렇다면 살인은 그 누구한테서도 지배받지 않기 위해?"

"이순신의 목은 그 거래요."

이순신은 이날 아침, 숙소인 이홍훈의 별장을 나섰다. 어느 방이나 빗물이 심하게 새들어오니 도저히 앉아 있을 수가 없었기 때문이다. 이동지인 손경례(孫景禮)의 집은 유희가 빗속에 나가서 돌아다니며 찾은 곳이다. 그러나 너무 비좁아 순신을 따르는 군관들은 각각의 숙소를 스스로 찾아야만 했다. 유희는 한시도 순신의 옆을 떠나지 않았다. 이렇게 초계의 모여곡에서와 같은, 유희와 두 사람의 살림이 시작되었다.

저녁이 되어, 구례의 체상부(體相府, 체찰사의 본영)에서 이천(李薦), 정제(鄭霽)가 순신을 방문했다. 원균의 패전을 안 체찰사인 이원익이 자세한 내용을 알기 위해 파견한 자들이다. 순신의 보고서는 아직 권율을 거쳐 이원익에게는 도착하지 않은 모양이었다. 이천과 정제는 남은 전선이 13척이란 말을 들은 후 안색이 어두워졌다.

7월 28일에도 비는 그치지 않았다.

우군의 출진이 늦어진 3일, 우키타 히데이에는 1만 명의 군대를 이끌고 해로(海路), 부산을 출발했다.

웅천의 앞바다에서 고니시 유키나가, 소 요시토시, 마쓰라 시게노부, 고토 하루마사(五島玄雅)의 1만4700명이 합류했다.

모두 2만4700명의 병력을 만재한 대선단은 돛을 이어 전라도를 목표로 향했다.

제 7 장

—

결행전야

7월 29일 이른 아침 노량.

정박한 배를 내려다보는 언덕의 중턱에는 봉화를 올리기 위한 봉수대가 5기 나란히 있다. 어제부터 줄곧 내리는 비가 고여 봉수대는 빗물로 가득 차 있다. 주위에 사람의 모습은 보이지 않는다. 하동 군청의 직원이 봉수대지기로서 근무하고 있는 오두막에조차 사람이 없다.

호우 속에 봉수대를 목표로 하여 7개의 흰 그림자가 언덕을 오르고 있다. 조선 여자처럼 머리를 뒤로 하여 묶어 비녀를 지르고, 상의는 흰 저고리, 하의는 다리에 착 달라붙는 흰 바지를 꿰고, 무릎에서 밑으로는 행만(行縵)을 두르고 있다. 바지는 본래 남자가 입는 것이었으나, 이 전란의 비상시에는 치마를 벗고, 바지를 입는 여인들이 많았다. 비에 젖은 옷에, 그녀들의 젊고 탄력 있는 연분홍색 피부가 비쳐 보인다. 앞장 서서 걷는 여인은 구루마 미치후사의 애첩 오코이다.

부근에 사람의 그림자가 없음을 확인하고는, 오코와 6명의 여인들은 서서히 전진했다. 봉수대의 석벽을 타고 오르니 눈 아래로 노량에 정박 중인 선박들이 한눈에 들어왔다. 바람 한 점 없이 해면은 잔잔하다. 하얗게 파도가 일어 보이는 것은 빗줄기가 굵어졌기 때문이다.

13척의 전선이 아무런 경계도 없이 정박되어 있는 것이 눈에 들어왔다. 가끔 군사들이 출입할 뿐, 정박 중인 모든 배는 고요 속에 묻혀 있다. 방치된 묘지와 흡사한 광경이 패잔의 슬픔을 무언 속에 말해 주고 있다.

오코들의 시선은 잔교의 맨 끝에 있는 거북선에 쏠렸다. 돛대를 일으켜 세워 깃발 같은 것을 게양해 놓은 모습이 보인다. 바람이 불면 힘차게 펄럭일테지만 비에 젖은 그것은 헝겊처럼 축 늘어진 채로 있다.

"역시 살아 있어."

"저것이 마지막 남은 1척인가 봐."

"우리의 처분을 기다리는 거지."

"정말 거북 같아. 커다란 바다거북."

6인의 여인이 제 나름의 생각을 말했다. 오샤치(お鯱), 나나세(七瀨), 산고(珊瑚), 사요리(細魚), 오하마(お蛤), 유지오(夕潮). 4년 동안 오코가 손수 기른 바다의 여인들이다. 한산도를 떠난 지 7일째. 무거운 화약을 지고 남의 눈을 피해 가면서 온 끝에 빗속에 드디어 노량에 닿았다. 마침내 목표물을 찾았다는 안도감과 흥분이 여인들의 목소리에 확실히 배어 있다.

"오코님, 이제부터 어떻게 할까요?"

나나세가 물었다. 그녀는 숙련된 해녀로서 오코에게 가장 먼저 발탁되었다.

"노량 시내로 들어가는 거야. 찾을 수 있는 것은 모두 찾아와."

여섯 여인이 일제히 끄덕였다.

"산고, 너는 말조심을 해. 너무 천박한 말투는 의심을 사거든."

"예, 오코님."

이 7명 가운데서 산고가 가장 젊다. 11세 때, 오코가 발탁하여 바다의 스파이로서 교육시켜 왔다. 산고는 조선어를 배울 때 나이 많은 기생이 쓰는 말을 그대로 배웠다. 청초한 미모와는 너무도 어울리지 않는 말투다.

"오하마와 유지오는⋯⋯."

오코는 두 사람에게 눈을 돌렸다. 앳된 얼굴에 조숙한 여인의 느낌을 짙게 풍기는 오하마와 젖은 바지, 저고리가 몸에 착 달라붙어 뇌쇄적인 곡선을 그대로 드러낸 유지오는 7여인 중에 핀 쌍화(雙花)였다.

"수장 한 사람을 유괴해서 데려와. 내가 알고 싶은 것은 이순신의 움직임이야."

무질서하게 정박되어 있는 전선과 사기가 꺾인 상태로 보아, 이순신은 이 노량에 없는 모양이다. 수군통제사로 복귀하기에는 아직 이른 모양이다. 미치후사는 말렸지만 오코는 이순신을 죽이는 것은 물론 거북선도 폭파할 작정이었다.

노량 시내는 피난민들로 북새통을 이루고 있었다. 그들은 작은 보퉁이를 손에 들고 민가의 처마 밑에서 비를 피하는가 하면, 마당 한 귀퉁이를 빌려 천막을 치고, 흐릿한 눈으로 비내리는 하늘을 쳐다보고 있기도 하다. 사거리나 공터에도 한 무리의 피난민이 비에 젖은 그대로 서 있다.

흰 옷은 진흙투성이가 되어 있고 굶주린 그들의 얼굴에는 피로로 인한 초췌함이 그대로 묻어나 있다.

산고는 그들 사이를 다니며 외국어에 귀를 기울였다.

"노량에 수군이 있다고 해서 와보니 13척이네."

"이것으로는 이길 수 없지."

"한산도에는 왜적의 배가 잔뜩 있다고 들었는데."

"여기도 어차피 왜적이 쳐들어올 거야. 틀림없이 또 수군은 달아날 걸."

"우리도 산속으로 도망가는 편이 나을지도 몰라."

"기다려, 기다려. 이순신 장군이 통제사로 복귀한다는 소문이야. 이순신 장군만 복귀하면."

"그 소문을 들은 지 벌써 며칠짼가. 오늘로 7월도 끝이야."

"나는 다른 소문을 들었네. 임금이 장군님을 용서하시지 않는다고 말이야."

"이순신 장군이 돌아온다 해도, 13척밖에 없어. 왜놈의 배는 수백 척인데, 이야기가 안 되지."

포르투갈이나 스페인 사람과 비교하면 이 나라 사람들의 얼굴은 어딘지 자기들 일본인과 비슷한 느낌이 든다. 잘 보면 얼굴이 부모, 친척, 친구들과 비슷한 사람들이다.

집을 버리고 나온 피난민의 무리. 산고는 한산도에 갈 곳을 잃은 수많은 이들이 사람 사냥꾼에게 붙잡혀 있다는 사실을 떠올렸다. 그 중에는 먼 외국으로 팔려가는 자도 있다고 한다. 오코 밑에서 바다의 스파이로서 교육받는 데 4년을 보냈지만, 이 조선에서 이런 비참한 일이 벌어지고 있을 줄은 몰랐다. 그것도 자기가 본 것은 극히 일부에 지나지 않는 것은 아닐까 하고 산고는 생각했다.

"…… 돌아가고 싶다."

동료와 함께라 긴장이 풀린 탓인지 자신도 모르게 일본말이 나오자 얼른 입을 다물었다. 산고는 당황하여 주위를 둘러보았다. 세차게 내리는 빗소리 때문인지 이쪽을 수상하게 여기는 자는 아무도 없었다.

산고는 새삼스럽게 속으로 투덜거렸다. '돌아가고 싶어. 이런 곳에서 벗어나 어서 일본으로 돌아가고 싶어.' 평화스럽고 잔잔한 세토우치(瀨戶內)의 바다. 그것이 산고의 세계였다. 아름다운 바다 속을 자기도 물고기가 된 것처럼 헤엄치며 누빈다. 그리고 건강한 젊은이와 부부가 되어, 아이도 낳아 기르는 것이다.

혜은(惠恩)이도 조선으로 돌아가고 싶어해…….

자기에게 이 나라의 말을 가르쳐 준 여인의 쓸쓸해 보이는 그 표정이 가슴에 새겨졌다 사라졌다.

산고는 피난민들 속에서 도망치듯이 빠져나와 시내를 벗어나 숲속으로 들어갔다. 이 숲속에서 발견한 폐가에서 그녀들은 어젯밤부터 숨어 지내고 있다.

어디선가 비명소리가 들려왔다.

산고는 거목의 줄기를 돌아 얼굴을 감추었다. 조선 수군으로 보이는 3명의 사내가 잡초가 무성한 땅에 소년병을 밀어넣고 있다. 소년병은 반라의 상태로 벗겨져 있는 상태다.

박순욱은 비에 젖어가며 한 마리의 말그림자가 빗속 저편으로 사라지는 것을 전송했다.

순신의 곁을 떠나는 안위였다. 순신으로부터 아무런 연락이 없자 안위는 더 이상 참지 못하고 떠나는 것이었다. 순욱은 자기도 데려가 달라고 간청했으나 받아들여지지 않았다.

"잘 들어, 순욱. 네가 해야 할 일은 장군님이 돌아왔을 때, 곧바로 힘이 되어 싸울 수 있도록 만반의 준비를 하는 거야."

안위는 그렇게 말하고 따르는 사람도 없이 홀로 출발했다. 사기가 이완된 수군 중에서 의지할 사람이라고는 안위 한 사람뿐이었다. 말의 그림자를 좇는 순욱의 가슴에 그런 생각이 새겨져 있었다.

도망 전선의 사기가 앙양된 것은 이순신이 노량에 나타난 8일 전, 그날 밤 하루에 불과했다. 순신의 일행이 사라져 버리자, 사기는 날이 갈수록 저하되어 갔다. 배를 통제해야 할 몇몇 수장들은 대낮부터 술을 마시고 큰소리를 쳐댔고, 피난민과 함께 달아나는 군사가 줄을 이었다.

칠천량의 패전 이후 이미 반 달이 경과했다. 왜의 수군이 언제 노량에 모습을 나타낼지 모르니 전라 좌수영이 있는 여수까지 물러나야 한다는 의견이 수장들 사이에서 나오기 시작했다. 임금이 이순신을 용서하지 않을 것이라는 추측을 제기한 사람은 다름 아닌 경상우수영의 배설이었다. 이순신이 통제사로 복귀하여 자기들 앞에 나타나리라는 희망은 날이 갈수록 사라지고 흐려져 갔다.

제발 안위님이 장군님을 모시고 돌아오시도록……

순욱은 가슴 속으로 간절히 빌며 빗속에서 발길을 돌렸다. 안위가 말한 대로 언제라도 싸울 수 있도록 만반의 준비를 해 두어야 한다. 전선으로 돌아가 무기를 점검하고 신체도 단련해야 한다.

생각에 잠겨 있던 순욱은 눈앞을 가로지르는 사람과 부딪쳐 비틀거렸다.

"아니, 이건 노래를 부르던 그 꼬마 아닌가."

3명의 군사가 서 있다. 혀 꼬부라진 소리. 얼굴은 벌겋게 달아올라 있는 데다 술 냄새가 진동한다. 경상 우수영인 배설의 직속 군사들인 것을 자랑처럼 내세우는 이들은 평소에도 난폭한 행위를 일삼기로 알려져 있다. 노량으로 도망쳐 온 이후는 훈련을 일체 포기하고 매일 술독에 빠져 산다. 순욱은 그들이 무척이나 싫었다.

"어디 가나? 함께 술이라도 먹지, 꼬마야."

키가 큰 병사가 순욱의 손을 잡았다.

"이거 놓으시지요."

순욱은 손을 흔들어 뿌리치고는 그들의 옆을 빠져 나갔다.

"그렇게 뻗대지 마. 어차피 순신은 돌아오지 않아. 쓸데없는 데 힘쓰지 말라구. 다 헛일이야."

뚱뚱한 거구의 남자가 순욱의 앞을 막고 서서 술냄새를 푹푹 풍겼다.

"일이 있어서요."

"우리가 너에게 일거리를 주지. 같이 술이나 마시고, 그 애잔한 목소리로 노래나 한 곡 불러보라구."

"당신들은……."

순욱은 말을 하지 않고는 견딜 수 없었다.

"창피하지도 않나요? 장군님과 싸울 생각이 없어요?"

"업어 줄게 꼬마야."

사내들은 얼굴을 마주보며 웃음을 터뜨렸다.

"단 13척으로 무엇을 할 수 있단 말이냐. 순신과 싸우기보다 우리와 즐기는 게 나을 게다."

피할 틈도 없었다. 수염을 기른 사내가 순욱의 명치를 주먹으로 세차게 쳤다. 그 일격으로 순욱은 정신을 잃었다.

정신을 차렸을 때는 낯선 숲 속에 와 있었다. 등이 서늘하여 주위를 살펴보니 잡풀 위에 뉘어 있다. 눈앞에 세 사내의 얼굴이 보인다. 그들에게서 술 냄새가 진동하여 코를 찔렀다.

"그, 그만하세요, 무슨 짓을……."

사내들은 순욱의 옷을 벗기기 시작했다.

"요즘은 말야, 좋은 여자도 만나기가 어려워."

"꼬마는 이곳 농민의 여인들보다 훨씬 귀여우니까."

무엇을 하려는 것인지는 분명했다. 순욱은 있는 힘을 다해 발버둥쳤지만 남자들을 조금도 밀쳐내지 못했다. 뚱뚱한 사내가 순욱을 덮치려 했다.

수군에 오기 전부터 나쁜 소문은 돌고 있었다. 어린 수군을 여자 대신으로 희롱하는 고참군사가 있다. 발각되면 군율에 의해 엄벌에 처해지지만 겉으로 드러나는 일은 거의 없다. 피해 군사 쪽이 입을 다물어 버리기 때문이다—라고.

바지가 내려지고 내의에 손이 갔다. 섬뜩한 촉감이 느껴지는 것으로 보아 엉덩이가 드러났음을 알았다.

"아픔은 잠시뿐일 거야. 금방 기분이 좋아질 테니까."

수염을 기른 남자가 숨을 거칠게 몰아쉬며, 자기 바지의 허리끈을 풀려고 손을 대는 순간이었다.

"이보시오."

느닷없는 여인의 외침에 남자들이 행동을 멈췄다.

약간 떨어진 거목의 줄기를 뒤로 하고 흰 바지를 꿰어 입은 젊은 여인이 두 다리를 딱 벌린 채 버티고 서 있다. 나이는 순욱보다 좀 연상일 것 같다. 눈꼬리가 올라간 청초한 인상의 여인인데, 흰 피부에 냉소가 번지고 있었다. 수목의 짙은 녹색 빛깔에 여인의 흰색이 완연히 돋보이며 눈부신 빛을 발했다.

"여자, 여자잖아. 그것도 잘 빠진."

키가 큰 남자의 입에서 역겨운 소리가 새어 나왔다.

"그 애를 놓아 주, 이 못된 녀석아."

세 사내들은 여인의 위세에 눌려 약간 주춤거렸다. 근년에 와서 여자가 이렇게 거친 말을 하는 것을 순욱도 처음 들었다.

"아가씨가 상대해 주겠다, 이 말인가."

뚱뚱한 사내가 순욱을 누르고 있던 손을 순순히 빼더니, 군살을 씰룩이며 일어났다. 그 틈에 순욱은 몸을 일으켜 뒤로 물러났다.

젊은 여인은 저고리의 품속에서 장도를 꺼냈다. 여자가 몸에 지니는 호신용 단도이다. 그러나 여인은 생각을 고쳐먹은 듯이 곧 장도를 거두었다.

"그래 그래. 위험한 장난은 치우고, 우리와 즐기기나 하자."

뚱뚱한 사내가 여인에게로 다가갔다.

그 순간, 뚱뚱한 사내의 몸이 휙 하고 지면을 떴다가 그대로 한 바퀴 돌아 잡풀 위로 내동댕이쳐졌다. 사방으로 물보라가 세차게 튀었다. 여인은 잽싸게 남자 위에 올라타더니, 남자의 오른팔을 반대 방향으로 비틀었다. 뼈가 부러지는 둔탁한 소리가 비 내리는 숲속으로 퍼지고, 그 소리를 좇듯이 사내의 입에서 절규가 뿜어져 나왔다. 여인은 왼팔도 잡아 올리더니 팔꿈치 부분을 반대 방향으로 비틀었다. 순욱이 보기에는 두 바퀴는 족히 비튼 것같이 보였다. 뼈가 부서지고 으깨지는 소리. 그러나 뚱뚱한 사내의 입에서 소리가 나지 않는다.

여인은 가볍게 뛰어올라 공중회전하여 남은 두 사람 눈앞에 우아하게 착지한다.

"다음은 누구?"

키가 큰 사내가 거칠게 함성을 지르며 덤벼들었다. 여인은 슬쩍 얼굴을 피하며 남자의 팔을 잡아 업어치기로 메쳤다. 팔을 놓지 않은 채 몸을 회전시킨다. 허공을 도는 남자의 몸이 뒤틀리며 어깨와 팔꿈치 부근에서 관절이 부러지는 소리가 났다. 남자는 비명과 함께 큰 나무기둥에 부딪쳤다.

수염을 기른 사내는 도망치는 것도 잊고 두 사람의 동료가 당하는 것을 멍하니 보고만 있다. 시간으로 따지면 불과 몇 초 사이에 벌어진 일이니 그것도 무리는 아니다.

"너도 귀여워해 줄까."

여인의 거친 말이 끝나자마자 남자의 얼굴에 주먹이 꽂혔다. 코와 이, 턱뼈까지 부러지는 것 같은 소리. 남자의 몸은 그 자리에서 맥없이 무너졌다.

멍하니 보고 있던 것은 순욱도 마찬가지였다. 수염 기른 사내가 움직이지 않는 것을 확인하자, 여인은 순욱에게로 얼굴을 돌렸다.

검은 머리가 비에 젖어 윤기가 흘렀으며 숨소리 하나 흐트러지지 않
았다.

　여인은 순욱에게 무슨 말을 하려고 하더니, 흰 뺨에 금방 홍조를
띠었다. 순욱은 여인에게서 시선을 돌렸다. 당황하여 흐트러진 옷매
무새를 고친다. 바지 앞을 추스르고 얼굴을 들었더니, 그 사이 여인
의 모습은 사라졌다.

　폐가에는 말로 표현할 수 없는 음습한 분위기가 감돈다. 촛대에
촛불이 켜 있는데, 가끔 크게 흔들려 커졌다가 뱀의 둥지를 밝힌 조
명처럼 이상한 광경을 비추고 있다.

　중년 남자가 두 팔이 줄에 묶인 채 돗자리 위에 뉘어 있다. 그 옆
에는 조선 수군 장수의 융복(戎服)이 버려져 있다. 실오라기 하나 걸
치지 않은 전라의 남자 위에는 알몸을 드러낸 오하마가 달라붙어 있
다. 살짝 흔들리는 유방이 남자의 가슴에 휘감기고, 착 달라붙은 허
리 밑에 두 개의 대합조개가 맞물리 듯 꼭붙어 남자의 웅혼(雄渾)을
매끈매끈하게 끌어들이고 있다. 삶은 조개국물 같은 백탁(白濁)의
점액이 남근의 뿌리에서 솟고 있다.

　남자의 입에는 재갈이 물려 있었지만, 초점을 잃은 흐릿한 눈을
보면 이제 그것이 필요 없음은 산고도 금방 알 수 있었다.

　"오하마와 둘이서 유인해 온 거야. 별로 힘들이지 않았어."

　돌아온 산고에게 유지오가 반한 듯한 웃음을 보였다. 오코를 비
롯하여 6명 모두 둥글게 모여 음란한 구경거리를 즐기고 있다.

　"유지오……."

　오코가 부르자, 유지오가 일어섰다. 그러자 입고 있는 옷을 벗는

다. 미끈하게 발달된 하얀 여체가 나타났다.

오하마가 남자의 몸에서 떨어졌다. 하얀 체액 투성이의 남근이 7인의 미녀들의 시선을 받자 아무 일 없었다는 듯이 팔딱거린다.

유지오가 남자의 몸을 올라타 자기의 몸 속에 그 남근을 넣었다. 가쁜 숨을 몰아쉬며, 상체를 나긋나긋하게 뒤로 젖히고 즐거운 듯이 허리를 움직인다.

유지오의 투명한 체액이 남자의 육경을 적서간다. 오하마의 체액에 유지오의 체액이 섞여…… 백탁의 색깔이 금세 연분홍색으로 바뀐다.

"오코가 남자의 입에서 재갈을 풀었다.

"이 봐, 이름을 말하시지."

남자의 입 주위는 더러워져 있다. 산고의 눈에는 구강 속에서 남자의 혀가 구원을 청하여 경련을 일으킨 것처럼 보였다.

"나 …… 기영……."

"직위."

"……겨, 경상 우수영 …… 우, 우후다……."

"와, 대물을 낚아 올렸네."

오하마가 들뜬 목소리로 말했다.

어떤 의미에서 오하마는 불행한 여인이라고 할 수 있다. 품은 남자의 의식이 행위의 절정에서 몽롱해지고 만다. 남자의 흥분 상태는 그대로인데, 여체를 애무해 줄 손은 힘을 잃었다. 더 이상 부드러운 정담도 나눌 수 없게 되었다. 오하마의 체액에는 남자의 의식을 혼탁하게 하는 성분이 포함되어 있었던 것이다.

여기에 유지오의 체액이 섞이게 되면……. 어떠한 변화가 생기는 것일까. 남자의 의식은 본인의 자제를 떠나 묻지도 않은 것을 그대로 대답한다. 음란한 두 여인이 한 사람의 남자를 상대로 즐기다가, 우연히 발견한 기괴한 비술(秘術)이었다.

"언제까지 여기에……, 노량에 있을 예정인가?"

"몰라……. 모르기는 해도 이순신이 올 때까지……."

"그게 언제?"

"몰라 …… 통제사로 복귀하면 반드시……."

오코의 얼굴에 여유의 미소가 떠올랐다.

산고는 말했다.

"오코님, 우수사인 배설은 이순신이 오는 것을 기다리지 않고 닻을 올리지 않을까요. 시내에는 그런 소문이 좌악 퍼졌어요."

다른 여인들도 고개를 끄덕였다. 나기영을 올라타고 헐떡이던 유지오마저도.

"배설은 그렇게 생각하고 있나?"

"……우수사뿐만이 아냐……. 나도 그렇게 생각해 …… 금방이라도 도망가야 할 거야."

"도망가지 않는 것은 왜?"

"완강히 반대하는 자들이 있어 …… 안위 …… 조계종 …… 우수사는 우유부단……."

생각을 짜내듯이 오코는 눈을 감았다.

오후가 되면서 비는 잠시 멎었다. 이순신은 남강의 강변으로 나왔다. 20명의 군사가 불안한 표정으로 정렬해 있다. 정성의 수비병으로서 권율이 초계의 원수부에서 보낸 군사들이었다. 융복은 입고 있지만 근교에서 사냥에 종사하는 농민들일 것이다. 말(馬)도 없지만, 활도, 화살도 없다. 훈련조차 받은 적이 없는 것 같았다.

"이것이 정규군인가. 의병이라고 하는 편이 낫지."

순신의 옆에서 열병을 하고 있던 방응원이 낙담하여 이런 소리를 했다. 순신은 새빨간 갑주의 의병장 곽재우를 생각하지 않을 수 없었다. 거제도의 장문포(長門浦)를 수군과 육군이 합동으로 공격했을 때, 훌륭하게 싸운 것이 곽재우이다. 그가 지휘하는 의병은 훈련이 잘 되어 있고 사기도 충천했다. 왜 정규군은 그렇지 못할까.

순신은 이 날의 일기에 "원수부에서 보낸 병사들에게는 모두 말도, 활도 화살도 없어 아무 쓸데가 없으니 통탄할 노릇" 이라고 당시의 비탄의 심정을 적어 놓았다.

양호는 아직 동이 트기도 전에 상주성(尙州城)을 출발했다. 종자가 두 사람 따랐다. 연일 내리는 비로 혼자만 감기에 시달리고 고열이 났다. 양호는 또 초췌해지기까지 했다. 피로가 등줄기를 거쳐 두꺼운 판처럼 뻣뻣하게 만들었다.

연일 내린 비로 수위가 불어난 낙동강의 탁류를 왼쪽으로 끼고 말을 달리다가 낮에는 선산(善山)을 통과했다. 다행으로 빗줄기는 약해지고 말의 속도는 빨라졌다.

그들은 밤이 되어서야 성주(星州)에 도착했다. 내일이면 초계에 도착할 것이다. 숙소에 몸을 눕자마자 양호는 잠에 곯아떨어졌다.

밤이 되어 비가 멎고 구름 한점 없는 하늘이 펼쳐졌다. 바다에는 온 하늘의 별빛이 그대로 쏟아지고 있다. 오랜만에 들어간 바닷물은 더욱 싸늘했다. 7월 29일은 양력으로는 9월 10일이다. 공기는 가을 날처럼 차가웠다.

오코는 천천히 물을 갈랐다. 몸이 가벼웠다. 노량에 도착할 때까지 무거운 화약을 지고 계속 걸었던 피로가 피부를 통하여 바닷물에 녹아들어간다. 물의 감촉을 즐기며 6사람의 머리가 뒤를 따르고 있는 것을 확인했다. 물에 젖은 여인들의 얼굴이 은빛으로 빛난다. 발랄한 표정들이었다.

오른쪽으로는 해안선이 흐미하게 보였다. 얼마 안 있어 새까만 그림자가 해안선을 가로막듯이 나타났다. 조선의 전선이다. 잔교에 도착한 것이다.

거북선은 오늘 아침, 언덕의 봉수대에서 보고 확인한 그대로의 위치에 있다. 그녀들은 거북선을 향해 천천히 접근해 간다. 어느 배나 전혀 경계를 하지 않는다. 수중에 장애물은 부설되어 있지 않다. 선상에도, 잔교에도 화톳불 하나 피우지 않았다. 야경을 돌며 해면을 감시하는 기색은 없었다.

거북선의 노는 전부 해면에서 올라와 있고 수군들은 잠을 자고 있는 것 같았다. 오코는 선체에 손을 슬쩍 대보았다. 무거운 나무의 촉감. 왼손으로 선체를 만지면서 오른손으로 물을 가르며 천천히 한 바퀴 돌았다.

손쉽다. 이쯤이면 쉽게 처리할 수 있을 것 같다. 과거에도 한 마리 가라앉혔으니까. 선체의 구조도 훤히 알고 있는데다, 또 더욱 자세한 장치나 얼개도 나기영의 입을 통해서 알아냈으니 문제없다.

순신이 오기 전에 조선 수군은 다시 서쪽으로 달아날지도 모른다. 나기영한테서 그 이야기를 듣고 오코는 동요했다. 이순신을 기다릴까, 내일이라도 거북선을 폭파하고 미치후사한테로 돌아갈까.

현재 경계가 느슨하다는 점이 오코의 마음을 결정하게 했다.

이순신을 기다린다…….

8월 1일, 초계.

원수부는 혼란에 빠져들었다. 부산 방면으로 보낸 척후 소대가 점심 때가 지나 돌아와, 양산에 집결한 왜적의 무리가 북상한다고 보고했다. 양산의 북쪽에는 밀양(密陽)이 있다. 5년 전처럼 틀림없이 밀양을 빼놓고 북진하여 서울을 칠 것이다.

그 무렵, 창녕(昌寧)의 화왕산성에 본거지를 둔 곽재우로부터 사자가 급파되어 왔다. 왜군은 밀양에 진격할 기색은 없다. 아마도 서진할 것 같다 라는 견해이다.

어느 쪽을 믿어야 할 것인가. 서진하는 것이라면, 왜적의 목표는 한성이 아니라 전라도이다. 초계는 왜군의 진격로에 포함될 것이다. 원수부가 설치되어 있다고는 해도 초계성을 지키는 군사는 1000명도 되지 않고, 노도와 같이 밀려오는 왜놈의 대군을 요격할 수도 없다. 회의에서는 비관론이 대세를 차지하여 초계의 포기가 공공연히 검토되었다.

황여일은 관사로 돌아오려고 하고 있었다. 회의가 끝난 후 권율의 지시로 왜군의 동향 보고서를 정리하여 구례에 있는 체찰사의 본영으로 막 발송한 참이었다.

아침부터 다시 내리기 시작한 비는 밤이 되자, 더욱 세차게 내리더니 큰비로 바뀌었다. 굵은 빗줄기가 갓 위에 세찬 기세로 떨어져 물방울을 튕겼다. 성내의 곳곳에서 침수 소동이 벌어졌다.

서문 앞을 지나려고 했을 때 어둠 속에서 뛰쳐나오듯이 사람의 그림자가 앞을 가로막고 섰다.

화톳불의 조명이 남자의 얼굴을 핥듯이 비추었다. 처음 보는 얼굴이다. 그럼에도 불구하고 남자한테서 나는 이상한 냄새는 어디선가 맡아보았던 기억이 난다.

"어르신, 황종사관 나으리."

애교 있고 거침없는 미성. 이 목소리도 들었던 생각이 난다. 왜놈의 입에서 나왔다고는 생각할 수 없을 정도로 완벽한 조선어.

"다테즈……주이치로……."

황여일은 진흙탕 속을 두세 걸음 비틀거렸다. 남자의 얼굴을 응시하며 지난번에 만났을 때는 어떤 얼굴이었던가 기억을 더듬어 보았다 그러나 기억에는 없다. 나타날 때마다 얼굴은 달랐으니까.

두 사람의 옆을 척후병, 전령들이 헤치듯이 달려간다. 서문은 열려 있어서 사람의 출입이 그치지 않았다. 화톳불 옆에 월도를 쥐고 선 두 위병의 얼굴은 긴장하여 굳어져 있다.

"상당히 갈팡질팡하고 있구만."

마치 회의석상에 갑자기 나타나 상황을 묻는 참모의 말투 같다.

황여일은 이끌리 듯 대답했다.

"왜군이 이쪽을 향하고 있어. 모두 겁을 먹고 있어, 무정하게도."

"당신은 그런 말할 자격이 없을 텐데."

다테즈가 미소를 지었다.

"충고해 두지. 가능한 한 빨리 여기서 도망가는 편이 좋아. 선봉을 이끌고 있는 것은 아마도 가토 기요마사. 당신은 죽고 싶지 않을 테니까."

"아직 쓸모가 있단 말인가?"

황여일은 자조했다.

처음으로 다테즈가 모습을 나타낸 것은 4년 전의 일이었다. 그는 왜군에게 납치된 아내와 딸의 편지를 가지고 왔다. 도도 다카토라라는 왜장의 영지에서 두 사람은 무사히 있다고 전했다. 다테즈는 편지만 전하러 온 것이 아니었다. 황여일은 권율의 비서관으로서 기밀을 많이 알 수 있는 입장에 있다. 거의 1년에 한두 차례, 다테즈는 아내와 딸의 편지를 가지고 나타났다. 그 직후에 조선군의 작전이 실패하고, 이름 있는 수장이 의문의 죽음을 당하고는 했다.

이번에는 대체 무슨 일이…….

그 생각은 곧바로 아내와 딸을 향한 생각으로 바뀌었다.

"두 사람은 무사히 잘 있겠지."

"편지를 가져왔지. 그런데 먼저 이야기해 줘야 해."

다테즈는 약간 간격을 두고 말했다.

"사람을 찾고 있어. 이 초계에 있을 거야.

이 남자가 남의 사는 곳을 묻기 위해서만 나타난 적이 두 번 있다. 수장인 어영담과 기효근(奇孝謹). 이 두 사람은 이미 이 세상 사람이 아니다. 전라 좌수영의 지장, 어영담은 3년 전 저녁 식사 후에 갑자기 고통을 호소하더니, 어이없게 죽었다고 한다. 원균 휘하의 맹장으로서 알려진 기효근은 작년, 고향인 행주로 돌아가는 도중 행방불명이 되었는데 나중에 익사체로 발견되었다고 한다.

"이, 이번엔 누군가?"

다테즈가 밝힌 이름을 듣고, 황여일은 까무라칠 뻔했다.

"아, 안 돼."

"왜?"

"그분은……, 이 나라에 없어서는 안 되는 사람이야. 수군이 대패하고, 그분마저 잃게 되어서는……."

"어디에 있느냐고만 묻는 것인데."

다테즈의 눈이 매섭게 변했다.

"돌아가 도도 다카토라님에게 전하겠네. 아내나 딸보다 이순신이 중요하다고. 우와즈마의 도도님 집에서 살고 있는 두 사람은 즉시 스페인의 노예상인에게 팔린다. 외국에서 몸종으로 일하는 아내와 놀이개가 될 딸에게 무슨 전할 말 있으면 해보게."

다테즈는 품속에서 두 통의 편지를 꺼내 경직된 황여일의 손에 떠맡겼다.

황여일은 한손으로 편지를 펴서, 서문에 피운 화톳불의 조명에 비추어 보며 아내의 글자를 눈으로 좇는다.

당신이 보낸 편지는 받았다. 5년째로 접어든 왜지에서의 생활은 평온하다. 주위의 왜인들이 의외로 잘 대해 준다. 왜인들 모두가 미개하지 않다. 모두가 전쟁을 원하는 것도 아니다……. 그런 내용과 남편에게 향하는 변함없는 사모와 망향이 적혀 있다. 비바람으로 글자가 번진 편지를 황여일은 얼른 품속에 넣고는 얼굴을 들었다.

"여기로는 오시지 않아."

"어딘가?"

"진주와 밀양 사이에 운곡이라는 산촌이 있어. 그곳의 긴가에 묶고 있어."

다테즈가 얼굴을 바짝 갖다 댄다.

"거짓말이 아냐. 겨칠 전에 지나왔는데. 확실히 이홍훈이라는 사람의 집이야."

"원수부에서 백의종군 중인 몸이라고 물으면 돼."

황여일은 모든 것을 말했다. 패잔 전선의 조사건, 이순신에게는 9명의 군관이 수행하고 있다는 것, 그리고 운곡에 체재하는 이유까지도……

"과연, 말이 돼."

다테즈가 고개를 세로로 끄덕였을 때, 황여일은 말발굽소리를 들었다. 세 마리의 말이 물방울을 튀기며 서문을 향하여 달려간다.

말이 문 앞에서 멈추자 선두의 말에서 비에 젖은 젊은 남자가 뛰어내렸다. 남자는 진흙탕에 발이 빠져 앞의 구덩이에 넘어졌다.

월도를 차고 달려온 위병이 남자를 도와 일으켜 세운다.

남자의 숨이 끊어질 듯한 신음소리가 황여일에게도 들려왔다.

"서, 선전관인 양호요……. 이순신님께 재신임의 교서를 가지고 왔소이다……."

위병의 부축을 받고 양호는 두 발로 일어섰다. 드디어 초계에 도착했다. 서울을 출발하여 7일. 이제는 교서를 전해 주는 일만 남았다. 순신에게 복귀의 교서를 전한 자로서 본인의 이름이 길이 남을 것이다.

양호는 온갖 고생을 하며 고통을 참고 문을 들어섰다.

"좀 기다리시오. 표신(標信)을 보았으면 하는데요."

군관 복장을 한 남자가 앞을 가로막았다. 양호는 짐을 풀어 선전관의 징표인 문표(門標)를 보였다.

고관은 그것을 보더니 묵례했다.

"도원수의 종사관 황여일입니다. 먼 길 오시느라 고생 많이 하셨습니다. 그런데……."

안되었다 듯이 이렇게 말을 이었다.

"이순신님은 여기 안 계십니다."

그 순간 양호는 실신했다.

권율은 희색이 만면하여 겪사로 향했다. 그는 양호에게 술을 대접하며 장기간의 여행을 위로했다.

"이제 밤도 늦었소. 운곡까지는 말을 타고 가도 하루는 걸릴 것이오. 오늘 밤은 여기서 충분히 쉬고, 내일 아침에 출발하는 것이 좋습니다. 길이 위험할 테니 군관 2명을 동행하도록 해드리지요."

권율은 뒤에 있는 황여일을 돌아보고 안도의 한숨을 내쉬었다.

"이것으로 수군은 회생할 수 있을 거야."

관사로 돌아온 황여일은 아내와 딸에게 보내는 답장을 쓰는 데 시간을 보냈다. 눈물이 비오듯 쏟아져 글자가 번졌다. 몇 번이고 오열하며 그때마다 붓을 멈췄다.

"가져갈게."

다테즈 주이치로는 황여일이 내민 편지를 양손으로 받아들더니, 정중하게 품속에 간직했다.

"나는 …… 잘못되기를 기도하고 있어……."

황여일은 힘없이 신음했다.

"어떻게 생각하든 나는 상관없어. 나는 아직 한 번도 실수한 적이 없었으니까."

"아아, 가장 못된 배반이다……. 나는 나라를 팔고 말았어."

촛불이 꺼지고 어둠 속에 황여일만 남았다.

8월 2일 새벽녘.

어느덧 날이 밝으려 하고 있다. 목적지까지는 아직 어둠이 깔려 있지만, 동쪽 하늘에는 밝은 아침 태양빛이 퍼지기 시작했다.

여명에 눈을 뜬 양호는 원수부에서 마련해 준 아침으로 배를 채우고, 새로운 말을 받아 초계성을 향해 달리기 시작했다. 서울에서부터 행동을 함께 한 2명의 종졸과 도원수가 붙여 준 군관 2명이 함께 달리고 있다. 잠을 충분히 자서 그런지 목적지에 거의 다 와서 그런지 몸은 한결 가벼웠다. 비는 그친 터라 두터운 비옷이 거추장스럽게 느껴진다.

점심까지는 삼가현에 도착하고 휴식을 취한 뒤, 밤중에 운곡으로 들어가 이순신에게 교서를 건네고 싶었다.

달리기 시작한 지 얼마 안 되어 길에 사람이 쓰러져 있는 것을 발견했다. 산속의 험로이다. 양호는 말의 고삐를 죄어 말의 속도를 줄였다. 가까이 가보니 여자였다. 위로 치올라간 연노랑의 치마 밑으로 드러난 발이 하얗게 빛을 내고 있다.

양호는 뒤에 오는 4명에게 수신호로 말을 세우게 했다. 그는 말에서 내려 넘어져 있는 여인에게 다가갔다. 어깨에 손을 얹어 여자의 얼굴을 들여다 보았다. 어떤 사연인지 산속의 길에 쓰러져 있기에는 어울리지 않는 미모의 여인이었다. 왼뺨에 난 상처를 보니 마음이 아파왔다.

"죽었나?"

원수부의 군관 2명이 말에서 내려 다가왔다.

"아니, 숨은 있는 것 같은데……."

여자가 눈을 떴다. 여자는 요염하게 웃었다. 왼뺨의 깊은 상처까지도 따라 웃는 것 같아 양호는 모골이 송연했다.

“기다렸습니다, 양호님.”

양호가 넋을 놓고 있는 사이에 여자는 일어나 미소를 지은 채 뒤로 물러났다.

길 양 옆에서 2명의 남자가 나타나 여자를 비호하듯이 양호의 앞을 막고 섰다. 그들은 군사가 입는 흰 옷을 입고 있다. 한 사람은 입이 귀 밑까지 찢어진 이상한 얼굴이고, 또 한 사람은 어제 황종사관이라는 사람과 이야기했던 남자임을 알았다.

“무엇 하는 놈들이냐?”

원수부의 두 군관인 권승경(權承慶)과 박응사(朴應泗)가 앞으로 나섰다. 두 사람은 호위역으로서 이상을 감지했다. 허리의 환도 손잡이에 손을 대고 언제라도 칼을 뽑을 수 있도록 신경을 곤두세우며 사이를 좁혀 갔다.

앞에 있는 남자들로부터의 반응은 없다. 맞서 싸울 기색은 보이지 않고 마치 유인하려는 듯이 응시하고 있다.

다시 한 걸음 내디뎠을 때, 권승경은 왼쪽의 숲에서 화살 날아오는 소리를 들었다. 화살은 그 소리가 들려오던 방향에서 날아와 그 즉시 왼쪽 귀에 박혔다. 뾰족한 화살촉이 고막을 뚫고 뇌수를 관통했다. 세 가닥으로 퍼지는 화살이 뇌를 파괴해 간다. 화살 끝은 오른쪽 귀의 고막을 관통하여 밖으로 나왔다.

이와 똑같은 일이 박응사에게도 일어났다. 다른 것은 오른쪽 숲, 즉 오른쪽에서 당했다는 정도이다. 부풀어 오른 뇌압을 이기지 못하여, 눈알이 튀어나오기까지 했다. 두 사람의 군관은 머리부터 지면으로 쓰러졌다.

서울에서부터 양호를 따라온 종졸들은 말 위에서 그 사태를 목격하자 안색이 바뀌었다. 허둥지둥 당황하여 말머리를 돌리려고 했으나, 한 사람의 움직임은 늦었다. 숲속에서 종졸을 향해 날아온 은색 원반이 회전하면서 허공을 날아, 종졸의 목을 몸통에서 베어 떨어뜨렸다. 목을 잃은 몸통은 말 위에서 중심을 잃고 피를 뿌리며 길에 떨어졌다.

주인을 잃은 말등에 숲에서 날아온 하얀 그림자가 올라탔다. 등자로 말의 옆구리를 한 번 차더니, 도망한 한 마리를 추격하기 시작했다. 두 마리의 간격은 금방 좁혀지고, 종졸이 공포에 질린 얼굴로 뒤돌아보았을 때, 여자 같은 얼굴의 검사가 바로 뒤까지 좇아왔다. 비명을 지를 사이도 없었다. 흰 칼이 번쩍하며 종졸의 목이 베어져 하늘 높이 튀어올랐다. 망막에는 목이 잘려나간 자리에서 피를 뿜어내며 말을 달리는 자기의 몸통이 부감도로 비쳤다.

"야아아앗!"

양호는 환도를 뽑아들고, 비단을 찢는 그런 날카로운 기합 소리와 함께 땅을 박찼다.

눈앞의 남자, 입이 찢어지지 않은 남자가 무기 없이 대결하려는 듯 한 걸음 앞으로 내디뎠다. 양호는 결심했다. 이 남자의 얼굴을 똑같이 두 토막으로 베어 주겠다고.

그러나 그때 남자의 눈이 녹색으로 빛나는 것을 보았다. 이상한 광채였다. 그 빛에 눈이 먼 양호는 전신에서 힘이 빠져 나감을 느꼈다. 그는 더 이상 서 있지 못하고 그대로 푹 고꾸라졌다.

'저 자가 마술을 부린 건가……?'

양호는 머리를 흔들며 눈을 떴다.

남자가 한쪽 무릎을 굽히고 앉아 양호의 얼굴을 들여다본다.

"무, 무엇 하는 놈이냐?"

"인계해, 이순신한테 가는 교서. 이제부터는 내가 선전관 양호다."

남자는 두 손으로 양호의 얼굴을 안았다. 양호는 자신의 눈을 의심했다. 남자의 얼굴이 바뀌어 간다. 코가 꿈틀대더니 높이와 모양이 묘하게 바뀌었고, 눈 모양이 변화하며 볼 또한 늘어났다. 얼굴에 주름살이 사라지고 젊고 윤기 있는 피부로 변해 갔다. 맞붙은 입술은 두터워지고 더욱 붉은빛이 돌았으며, 수염까지 자라났다.

변신이 끝났다. 이내 양호는 말을 잃었다. 그것은 틀림없는 그것은 자기의 얼굴이었다.

양호의 얼굴로 변신한 남자는 크게 웃었다.

"내가 누구냐?"

옆에서 입이 찢어진 남자가 웃으면서 힘찬 목소리로 대답했다.

"선전관 양호."

"그래."

가짜 양호는 진짜 양호의 수염을 달고, 그의 몸을 마구 뒤집어엎었다. 양호의 품속을 뒤져 호랑이 가죽의 교서 꾸러미를 찾아냈었고 선전관청이 발행한 표신도 빼앗았다.

"도, 돌아가게."

"지옥에서 순신에게 사과하게."

그 말에서 양호는 그들의 목적을 깨달았다. 그러나 그 말이 이 세상에서 들은 최후의 말이 되고 말았다.

가짜 양호는 진짜 양호의 머리에 양손을 대고 힘을 주었다. 진짜 양호의 머리는 금방 오른쪽 뒤로 비틀렸다. 목뼈가 부러지는 둔탁한 소리가 나고, 이제 양호는 단 한 사람만이 남게 되었다.

가르쳐 준 그대로의 장소에 파괴된 수루(戍樓)가 세워져 있다. 남강의 강변이다. 하늘은 저물어 가고 있다. 서쪽은 자줏빛으로 물들고, 동쪽 멀리는 쪽빛으로 저물어 치어떼의 회유를 생각나게 하는 조각구름이 무수히 퍼져 있다. 고려조의 옛양식을 전해 주는 수루는 자줏빛의 저녁 하늘에 희미한 그림자가 되어 있다. 최상층에 혼자 앉아 있는 사람의 그림자가 희미하게 비추었다.

안위는 말에서 내려 수루로 발길을 향했다. 노량을 출발하여 운곡에 올 때까지 이틀이 걸렸다. 어제의 큰비로 길이 군데군데 침수되어 곤양에서 발이 묶였기 때문이다. 숙소인 손경례의 집에 이순신은 없었다. 군관 중의 한 사람에게서 수루에 있다는 말을 듣고 물어서, 안위는 왔던 길을 되돌아 이 강가까지 왔다.

"게 섰거라!"

등 뒤에서 날카로운 소리가 나자 안위는 멈춰 섰다. 주위는 키만 무성히 자란 갈대가 사람 키만큼이나 자라있다. 감시자가 있다는 기색은 느껴지지 않았다.

"두 손을 머리 뒤로 잡으시오."

여자의 목소리였다. 안위는 긴장을 늦춘 그대로 뒤를 돌아보려고 했다. 그 순간 오른쪽 귀 바로 밑을 무엇인가가 무서운 속도로 스쳤다. 귓불이 공기의 진동으로 떨렸다. 당황하여 양손을 어깨높이까지 올려 뒷머리를 감쌌다.

"여기를 보시오."

안위는 그제서야 목을 뒤로 돌렸다.

군장을 한 여인이 흑각궁에 두 번째 화살을 메기고는, 시위를 힘껏 당기고 서 있다. 본 기억이 있었다. 순신을 수행하여 온 그 여자. 유희다.

"납니다. 거제 현령의 안……."

"알고 있어요."

여자의 목소리에는 힘이 넘쳤다. 그녀는 좀처럼 활을 내려놓으려고 하지 않는다.

"안위, 올라오게. 유희, 활을 내려!"

수루에서 순신의 목소리가 들려왔다.

유희는 활의 시위를 풀고 활을 내려놓았다. 그러나 금방이라도 쏠 태세였다.

"미안합니다, 안위님."

유희는 기가 꺾여 짧게 말하고는 목례했다.

"기분 나쁘게 생각하지 말게. 유희는 나를 지키기 위해 그랬으니까."

수루에 오르자 순신은 어두운 남강의 물줄기에 시선을 주면서 단좌하고 있다.

"지켜요?"

"꿈풀이를 해보니, 이 몸에 위험이 따라다닌다는구만."

"그래서 아까 그랬나요?"

"한시도 옆에서 떠나지 않아. 나를 노리는 놈이 있을 리가 뭐 있겠냐만. 그러나 또 하나의 꿈풀이는 적중했어. 관군이 대패할 것이라는."

선 채로 있는 안위에게 순신은 앉도록 권했다.

"노량의 상태는 어떤가?"

“모두 기다리고 있습니다. 장군님이 통제사로 복귀되어 노량으로 어서 와주십사 하고.”

사기가 떨어져 있다는 것은 말하지 않았다.

“본 그대로야. 아무런 소문도 없어. 이렇게 수루에 올라 생각하고 있지. 13척으로 어떻게 싸울까 하고.”

“무엇이든 명령만 내려 주십시오. 우리는 장군님이 반드시 통제사로 복귀할 것이라고 생각하고 있습니다.”

순신은 잠시 안위를 응시하더니 입을 열었다.

“내 개인적인 생각으로 들어주게. 언제까지나 전선을 노량에 두는 것은 위험해. 왜놈들은 곧 쳐들어올 거야. 남은 것은 13척, 이제 여기서 1척이라도 더 잃으면 안 돼.”

“배를 이동시킬 필요가 있다고요?”

“지금 즉시.”

“그럼 전라 좌수영으로.”

“너무 가까워.”

“보성은요?”

“수로를 막으면 그것으로 끝장일 거야.”

틀림없이 이미 결정했다는 듯이 순신은 일언지하에 지정했다.

“회령포(會寧浦)야.

“설마 그렇게 먼 곳까지?”

안위는 말이 막혔다. 회령포는 반도 남서안부의 서쪽에 위치한 포구이다. 노량에서는 부산까지와 거의 맞먹는 거리이다. 그렇다면 그것은 후퇴나 마찬가지다.

순신은 고개를 끄덕였다.

"가능한 한 빨리."

"그럼, 내일 바로 노량으로 돌아가 우수사에게 전하겠습니다."

자줏빛으로 어둡게 저물어가는 서쪽 하늘을 보며 안위는 힘없이 답했다.

순신으로부터 나온 첫 명령이 후퇴라니.

초계에서 남하하는 25km, 순신이 있는 운곡까지 남서쪽으로 30km 떨어진 삼가에서는 현감인 김수철(金壽轍)이 선전관 일행을 맞이하고 있었다. 김수철은 만류하며 대접하려고 했으나, 젊은 선전관은 가능한 한 빨리 이순신 장군에게 가야 한다고 정중히 사절했다.

"그럼……."

"축하합니다. 장군님은 삼도 수군통제사에 복귀되셨습니다."

양호라고 이름을 밝힌 선전관은 2명의 종졸을 데리고 있었다. 입이 귀밑까지 찢어진 이상한 남자와 젊은 여인이다. 종졸이 여인이라는 것을 김수철은 이상하게 여기지 않았다. 비상시이다. 지난 달 18일, 이 삼가를 통과한 이순신의 일행에도 군장을 한 미녀가 있었던 것을 생각했다.

원수부에서 두 사람의 군관이 호위역으로 동행하고 있다. 고양이 같은 이상한 눈이 자그마한 남자와, 여자로 착각 할 정도로 얼굴이 흰 남자. 거기에 30명 가까운 군사가 따르고 있다.

"이 군사들은?"

"이통제사의 복귀를 축하하여 권율 장군께서 수군에 가담하라며 보내셨습니다."

고양이 눈의 군관이 대답했다.

김수철 같은 문관의 눈으로 보아도, 군사들에게 기합이 바짝 들어 보였다. 2,3일 전에 운곡으로 떠난 20명과는 크게 다르다.

"장군님도 마음 든든하게 생각하겠군요."

김수철의 말에 선전관은 웃었다.

8월 2일.

우군의 선봉인 가토 기요마사군은 영산을 제외하고 창녕을 향해 진격하고 있었다. 창녕을 넘으면, 조선군이 총사령부를 설치한 초계까지 거리가 얼마 안 된다. 그런데 창녕 근교에는 천강홍의 장군이라는 의병장 곽재우가 굳건히 지키고 있는 화왕산성이 솟아 있다.

단성의 산속에서는 암살자 일행이 최후의 휴식을 취하고 있었다. 떠오르기 시작한 은빛 달은 온 하늘의 별을 잘게 부수어 섞어놓아, 거리는 별빛으로 밝게 빛났다. 길 옆의 숲에서 미쿠라 효고 휘하의 사람들이 팔장을 끼고 나무에 기댄 채 눈을 감고 있다. 그 얼굴에 피로의 기색은 없다. 운곡까지 10km. 날이 밝기 전까지는 잠입을 끝낼 것이다.

미쿠라 효고는 부하들을 쉬게 하고 자기는 조금 떨어진 장소에서 다테즈 주이치로와 가게치카 우쿄가 이야기하는 내용에 귀를 기울이고 있다. 네코메 덴젠, 아야쓰키 로쿠로타, 가스미가 자리에 참석해 있다.

"운곡에 이르는 길은 세 가지."

양호의 얼굴을 한 다테즈가 작은 칼로 지면에 원을 그린 후, 세 가닥의 선을 상, 하, 좌의 방사상으로 연장했다.

"하나는 지금 우리들이 가고 있는 북쪽 초계로부터의 길, 또 하나는 남쪽인 노량으로부터의 길."

칼집의 끝이 위쪽의 선을 가리키고, 이어서 아래쪽 선을 덧그렸다.

"황여일의 말로는 노량에 13척의 전선이 이순신을 기다리고 있다고 했어. 마지막 하나는 서쪽 순천(順天)으로부터의 길이고."

다테즈는 왼쪽 선을 두 번 그렸다.

미쿠라는 물었다.

"그 밖에 다른 길은요?"

"없어. 황여일에 의하면 운곡은 산촌이고, 길은 이 셋뿐이라고."

"우리가 올라온 길도 포함해서."

가스미가 고개를 끄덕였다.

"벌써 8년 전의 일이지만, 정성의 수리가 끝나고 의령에서 경상우병사가 시찰하러 왔어요. 도중에 지루하니 기생이 필요하다고 했지요. 그때 그를 따라 운곡에서 묵은 적이 있어요. 확실히 길은 세 개뿐인가 봐요. 마을의 호수는 20호 정도고요. 집집마다 서로 거리를 두고 지어져 있죠."

"그 중 한 채에 이홍훈의 집이 있어요. 순신은 거기 있고요."

"교서를 가지고 있는 덕에 편안하게 다닐 수 있어 좋군."

네코메 덴젠이 호탕하게 웃었다.

"장군님, 교서를 가져왔습니다. 그 대신에 목을 가지고 돌아가고자 하는데……, 그것으로 상황 끝이지."

네코메는 조선어로 선전관의 말투를 흉내냈다. 외국어를 이해하지 못하는 미쿠라와 아야쓰키는 미간을 찌푸렸다.

“마음을 놓지 마, 덴젠.”

가게치카 우쿄가 네코메를 나무라며 얼굴을 미쿠라에게로 향한다.

“만전을 기하여……, 이 세 길을 봉쇄해야 하는데.”

“운곡을 일시적으로 제압해 두는 거지요.”

미쿠라가 나섰다.

“그렇지. 예측하지 못한 사태가 발생하여 일시적으로 이순신을 놓치는 경우도 생각할 수 있지. 운곡 밖으로 달아나지 않도록 해야 할 것이야.”

“산성으로 도망쳐 들어가 있을지도 몰라요.”

가스미가 끼어들었다.

“그건 있을 수 없어요. 독 안에 든 쥐의 꼴이니까요.”

미쿠라는 퉁명스럽게 물러나 가게치카에게 물었다.

“적의 수는?”

“다테즈가 황여일한테서 들은 바에 따르면 이순신한테는 9명의 군관이 호위를 맡고 있어. 그 나름대로 잘하는 것으로 봐야지요. 권율이 보낸 신병 2명이 있지만 상대는 안 될 것이고.”

미쿠라는 팔짱을 꼈다.

“9명인가요. 나와 우리 수하 30명. 셋으로 나누면 하나의 길에 10명이오. 9명에서 10명. 적의 실력은 알 수 없지만, 수적으로는 호각지세. 도망치지 않는다고는 단언하지 못하지요.”

가게치카는 잠시 생각을 하더니 바로 입을 열었다.

“10명이면 호각지세. 그럼 15명이면?”

“반드시 이기지요.”

“그렇다면…….”

다테즈가 지면에 그린 그림을 가게치카가 작은 칼로 가리켰다.

“뭐라 해도 봉쇄해야만 하는데, 이…….”

아래로 연장한 선을 가리킨다.

“노량으로 통하는 길. 교서를 받아든 이순신은 그대로 말을 몰아 이 길로 들어갈 거야. 다음이 초계로 가는 길이고.”

가게치카는 위의 선을 가리켰다.

“이것도 봉쇄할 필요가 있어. 원수부는 적의 본영, 그곳으로 도망쳐 들어가면 습격은 어렵게 되니까. 남과 북, 이 두 길에 15명씩 배치하지.”

“그렇게 하지요. 쥐새끼 한 마리 못 나가게.”

미쿠라는 단언했다.

“또 하나의 길은 어쩌지? 순천으로 가는 길 말야.”

“할 수 없지. 그러나 이순신은 이 길로 가지 않을 거야. 전선에서 멀어지고. 게다가 원군도 기대할 수 없으니까.”

가게치카가 말하자 네코메가 웃었다.

“이 길로 도망치면 그것으로도 좋지. 어쨌든 좇아간다. 사냥이 재미있게 될 걸.”

다테즈는 자신이 그린 그림을 응시하고 있다가 바로 칼집 끝으로 지워 버렸다.

“그런 귀찮은 일은 벌어지지 않을 거야. 나는 선전관 양호니까.”

“아까부터 물으려고 생각하고 있었는데…….”

밝은 달빛 밑을 말을 타고 가며, 아야쓰키 로쿠로타는 옆에 있는 네코메 덴젠에게 말을 걸었다.

"자네는 어떻게 조선어를 하는가?"

"두령한테서 배웠어."

"두령? 다테즈의 일로?"

네코메는 고개를 가로로 저었다.

"그럼……?"

"이시카와 고에몬이야."

그 이름을 들은 적이 있었는지 미쿠라야 효고의 수하로 있는 자가 순간 돌아보았다. 네코메와 아야쓰키는 행군의 맨 끝을 가고 있었다.

"왜 이시카와 고에몬이 조선어를 하지?"

"조선인이었으니까."

아야쓰키는 입을 벌린 채 다음 말을 잇지 못했다. 네코메의 다음 말을 기다렸다.

"임꺽정이라는 대의적이 이 나라에 있었대. 놈은 잡혀서 살해되기 전에, 수하에게 자식을 지켜 달라고 하며 일본으로 피신시켰어. 그 놈이 자라서 대도둑이 된 것이 이시카와 고에몬이라는 거야. 고에몬 일파의 정체는 임꺽정의 유복자와 그 잔당이야. 나 같은 일본인이 같은 패거리에 들어간 것은 훨씬 기간이 지난 뒤부터였어. 두령은 입버릇처럼 말했지. 일본에서 돈을 많이 벌면 조선에 건너가 아버지의 원수를 갚는다. 양반의 돈을 모두 훔쳐 가난한 자들에게 나누어 주겠다고."

네코메가 그립다는 투로 말했다.

"조선인 나부랭이가 에도(江戶, 도쿄의 옛 이름)의 거리를 어지럽혔다는 거야?"

아야쓰키의 목소리는 분노에 찬 어조이다.

"우리도 조선을 후젓고 있지 않아. 그것도 몇천 배나 참혹하게 말야. 이것 봐 로쿠로타, 자네가 무엇을 했는지는 모르지만 도둑에는 조선인이고 일본인이고가 없어. 좋은 놈과 나쁜 놈만이 있을 뿐이지."

네코메는 무척 진지했다.

"고에몬은 좋은 사람이었어. 뭐랄까, 도량이 넓은 남자였지. 일하는 것이나, 생각하는 것이나. 나는 두령의 눈에 들었지. 덴젠, 너도 조선에 데리고 갈게. 그렇게 말하고는 틈만 나면, 이 나라의 말을 가르쳤어. 나도 조선어를 배워 볼 생각이었고. 그런데 그 전에 히데요시가 조선을 침공했어. 보통 때도 고에몬은 벼락 출세한 히데요시를 마음에 들어하지 않았었는데 히데요시는 거기에 더해 자기가 태어난 조선을 무참히 짓밟고 있지. 남자를 살해하고, 온갖 전유물을 손에 넣을 뿐 아니라 여자와 어린이를 유린했잖아."

"고에몬이 히데요시를 노린 것은 그 때문이었나."

"나만 도망쳤지. 아니 빠져나온 거야. 내가 조선에 의리를 지킬 일은 없으니까."

네코메는 갑자기 교활한 표정으로 웃었다.

"거 일이 묘하게 되었지. 이맘 때쯤에 고에몬과 그룹을 조직하여, 이 나라의 귀족들을 습격하려고 했었는데 말야. 그 때문에 고에몬은 솥에 삶아 죽여지는 형을 받았지만……. 나는 이렇게 다테즈 같은 괴물과 함께 이순신의 목을 따러 다니고……."

8월 3일 이른 아침.

동이 트는 것과 동시에 미쿠라 효고는 가게치카의 지시대로 운곡에 잠입하여 두 길의 봉쇄를 끝냈다. 이순신이 통과할 가능성이 가장 높은 노량으로 가는 길은 미쿠라 스스로 14명을 이끌고 길 양옆의 숲속에 숨었다. 초계로 가는 길은 남은 15명이 막고 있다. 지휘는 미쿠라의 심복인 니시키베 신베에(錦部愼兵衛)가 한다.

동쪽 하늘을 물들인 서광이 어둠을 몰아내려고 하는 무렵, 아침 해를 뒤로 초계 방향에서 운곡으로 달려오는 한 마리의 말이 있었다. 고삐를 쥔 남자의 모습은 필사적인데다, 상투는 반쯤 풀려 있다. 남자는 머리를 흩날리면서 채찍을 휘두르며 서둘러 오고 있다.

"어떻게 할까요, 신베에님?"

니시키베 신베에는 주저했다. 아무도 이 마을에서 나가지 말라고 했으나, 누군가를 들어오지 못하게 하라는 명령은 받지 못했다. 쓸데없는 분쟁을 일으켜 중요한 일에 지장이 생겨서는 안 된다.

"내버려 둬."

15명이 몸을 숨긴 숲의 앞길을 기마는 돌풍과 같이 달려갔다.

이홍훈은 아침을 먹고 농삿일 하러 나갈 준비를 하고 있었다. 큰비로 올벼의 수확이 늦어지고 있다. 수확을 서두를 필요가 있었다. 왜놈이 쳐들어온다는 소문이 있어 조금이라도 식량을 많이 확보해야만 했다.

해가 올라와 서쪽 멀리에 지리산(智異山)의 주봉인 천왕봉(天王峰)이 아련히 솟아 있다. 하늘은 갰지만 바람이 불기 시작했다.

아내와 앞마당에 농기구를 늘어놓고 있는데 문 앞에 말을 탄 사람이 나타났다. 선두의 젊은 남자가 말에서 내려 걸어왔다. 젊은 남자는 관복을 입고 있다. 남은 4명은 말에 탄 채 이쪽을 응시하고 있다.

"서울에서 왔소. 이순신 장군이 여기에 체류 중이라고 듣고 왔는데."

젊은 남자가 말했다. 관리답게 우아하고도 고고한 분위기를 풍긴다. 지방 관리에게서는 느낄 수 없는 분위기이다.

이홍훈은 공손하게 답했다.

"장군님은 닷새 전에 여기를 떠나셨는데."

"떠났다?"

남자의 입에서 날카로운 소리가 튀었다.

"지금 어디에? 일각이라도 빨리 장군님께 건네지 않으면 안 될 중요한 서장을 궁궐에서 가지고 왔소."

"손경례라는 사람의 집입니다. 지장이 없으시다면 집사람에게 안내해 드리라고 하지요."

아내의 안내로 관리들이 사라지고 곧이어 또 한 사람이 말을 타고 나타났다.

말은 입에 거품을 물고 문 앞에서 발을 구부렸다. 타고 있던 남자는 지면으로 떨어졌으나, 바로 몸을 털며 일어났다. 상투가 풀려 머리가 흩날리고 있다. 이 자도 관복을 입고 있다. 짙은 녹색 띠에 환도를 차고 있다.

남자는 이홍훈을 보자마자 외쳤다.

"이순신 장군을 만나야 한다. 장군님의 목숨이……."

—

제 8 장

습   격

이순신은 안위와 함께 조반을 들고 있다. 조촐한 호족반(虎足盤)에는 보리밥, 시래깃국, 김치, 생선구이가 올라와 있다. 생선은 군관들이 남강 지류에서 잡아온 중간 크기의 붕어였다.

"생선은 얼마든지 있어요."

순신은 웃었다. 한가한 군관들이 매일같이 남강에 낚싯줄을 드리우는 모습이 떠올랐기 때문이다.

어젯밤 이 집에서 묵은 안위는 아무 말 없이 수저만 놀리고 있다.

"어떻게 된 거야, 안위?"

"약이 오릅니다. 이대로 노량으로 돌아가 후퇴령을 전해야 한다고 생각하니. 가능하면 통제사로 복위된 장군님을 모시고 돌아가고 싶습니다. 그렇게 마음먹고 있었는데요."

"그런 무리한 말은 하지 말게."

"장군님은 오늘도?"

"수루에 오른다. 작전을 구상한다. 그것뿐이야."

현관에서 사람을 찾는다는 소리가 들려왔다. 주방에서 안위를 위해 여행용 음식을 준비하고 있던 유희가 응대하러 나간 모양이다.

기다릴 사이도 없이 유희가 뛰어 들어왔다. 허리를 숙인 채 격자문을 열고, 순신을 쳐다보는 눈은 젖어 있다. 볼은 홍조를 띠고 있었으며 떨리는 입술을 진정시키려는 듯 하얀 손가락을 입가에 댔다.

"서울에서 선전관, 양호님 일행이……."

유희의 목소리는 기쁨에 설레고 있다.

안위가 무엇이라고 소리치려고 했으나 입을 다물고 순신에게로 얼굴을 돌렸다.

순신은 유희에게 고개를 끄덕였다.

"안내해라."

안위가 두 사람의 밥상을 구석으로 치웠다.

곧이어 순신과 안위가 있는 내방에 5명이 안내되어 들어왔다. 선두의 젊은 남자가 순신과 대좌하고 깊이 인사했다. 뒤의 4명도 일제히 머리를 숙인다. 안위와 유희는 양옆에 앉아 있다. 좁은 방은 그 사람들만으로도 가득 찼다.

"선전관 양호입니다. 이순신 장군님이시지요?"

순신은 묵례를 했다.

"성상의 교서를 가지고 왔습니다, 이 통제사."

양호는 맑은 목소리로 알렸다. 호랑이 가죽의 보퉁이를 풀고, 안에서 복사(袱紗)를 꺼냈다.

순신은 그것을 두 손에 받쳐 들고 자색천을 풀었다. 교서의 봉함을 뜯고 옥새를 확인한다. 이어서 시선을 옮겨 읽어보니 의외로 장문이 펼쳐져 있다.

"왕약왈(王若曰) 오호(嗚呼) 국가지소의이위보장자(國家之所倚以爲報障者) 유재어주사(惟在於舟師) 이천미회화(而天未悔禍) 흉봉재치(凶鋒再熾) 수사삼도대군진어일전지하(水使三道大軍盡於一戰之下) 차후(此後) 연해성읍(沿海城邑) 수복병폐(誰復屛蔽) 이한산기실(而閑山已失) 적하소탄(賊何所憚) 소미지급(燒眉之急) 근어조석(近於朝夕) 목하지책(目下之策) 유당소취산망(惟當召聚散亡) 수습함대(收拾艦隊) 급거요해지처(急遽要害之處) 엄연작일대영즉(嚴然作一大榮則) 유포지중지유소귀(流逋之衆知有所歸) 방장지적(方張之賊) 역서기호식갈(亦庶幾乎式遏) 이응시책자(而膺是責者) 비유위혜지알소견복어내외즉(非有威惠智斡素見服於內外則) 갈능승사임재(曷能勝斯任哉) 유경(惟卿) 성명조착어초수염기지일(聲名早著於超授閫寄之日) 공업재진어임진대첩지후(功業再振於壬辰大捷之後) 변상군정(邊上軍情) 시위장성지고(恃爲長城之固) 이경자(而頃者) 체경지직(遞卿之職) 비종대죄지율자(俾從戴罪之律者) 역출어인모부장(亦出於人謀不藏) 이치금일패뉵지욕야(而致今日敗衄之辱也) 상하언재(尙何言哉) 상하언재(尙何言哉) 금특기경우묵쇠(今特起卿于墨衰) 발경우백의(拔卿于白衣) 수이겸충청전라경상등(授以兼忠淸全羅慶尙等) 삼도수군통제사(三道水軍統制使) 경어지지일(卿於至之日) 선행초무(先行招撫) 수방유산(搜訪流散) 단작해영(團作海營) 진액형세(進扼形勢) 사군성일진즉(使軍聲一振則) 기산지민심(已散之民心) 가이복안(可以復安) 이적역문아유비(以賊亦

聞我有備) 불감재사창궐(不敢再肆猖獗) 경기욱지재(卿其勖之哉)

수사이하병절제지(水使以下竝節制之) 기유임기실률자(其有臨機失

律者) 일이군법단지(一以軍法斷之) 약경순국망신(若卿殉國忘身)

상기진퇴(相機進退) 재어기시지능(在於己試之能) 여갈취다고(余曷

取多誥) 어희(於戱) 육항재진하상(陸抗再鎭河上) 극진제치지도(克

盡制置之道) 왕손출자죄적(王遜出自罪籍) 능성소탕지공(能成掃盪

之功) 익견충의지심(益堅忠義之心) 서부구제지망(庶副求濟之望)

고자교시(故玆敎示) 상의지실(想宜知悉)

말은 길게 이어져 있지만, 순신에게 중요하게 다가오는 대목은 단 몇 줄이었다.

"발경우백의(拔卿于白衣) 수이(授以)……삼도수군통제사(三道水軍統制使)"라고 쓰여 있는 대목으로, 이를 풀이하자면 '경을 백의에서 벗어나게 하고 삼도 수군통제사에 제수하노라' 라는 뜻이다.

틀림없이 백의종군의 집행 정지와 통제사로의 복귀칙령이다.

"확실히 지수(祗受)했습니다."

양호가 고개를·끄덕이며 흔들흔들 일어섰다.

그 때 현관 쪽에서 고함소리가 났다. 누군가가 크게 소리치며 복도를 향해 구르듯이 다가왔다.

가장 빠르게 반응을 한 것은 유희였다. 재빨리 일어나, 벽에 걸린 흑각궁을 내리더니, 전통에서 편전을 뽑아 빠르게 시위를 메겼다.

"장군님, 장군니임!"

필사적으로 외치는 소리와 함께 격자문이 밟혀 부서지는 것과 동시에 한 남자가 머리를 흩날리며 환도를 오른손에 뽑아든 채로 뛰어 들어왔다.

"멈추시오, 종사관."

유희가 순신을 보호하려고 서서 화살을 팽팽히 당긴 활을 틈입자(闖入者) 황여일에게로 겨누었다.

"장군님, 무사하…….."

황여일은 순신을 보자 크게 숨을 내쉬고, 분노의 얼굴을 양호에게 향했다. 환도의 자루를 양손에 쥐고 대상단(大上段) 자세로 높이 치켜들었다.

"그만두세요."

다시 유희가 날카롭게 외쳤다.

황여일이 소리를 무시하고, 한 걸음 내딛은 순간 유희의 흑각궁에서 편전이 소리를 내며 발사되었다. 화살은 황여일의 코끝을 스쳐 흙벽에 깊이 박혔다.

그러자 황여일은 동작을 멈추었다.

"어떻게 된 일인가, 설명해 보게."

순신은 자리에서 벌떡 일어났다. 옆에서는 안위가 황여일에게 시선을 향한 채 환도를 손으로 뽑으려 하고 있다.

"장군님, 이 선전관은 가짜이옵니다."

"무엇이?"

"장군님의 목숨을 노리는 왜놈…….."

황여일은 비통하게 일그러진 얼굴을 유희에게로 향했다.

"화살을 맞을 놈들은 이 자들이다. 이 자들에게 쏴라."

유희의 얼굴에 곤혹스러운 빛이 떠올랐다. 두 번째 겨눈 화살이 주저하지 않고 황여일에게서 이동했다. 선전관 일행은 아무 일도 아니라는 듯 단정히 앉아 있다.

"착란을 일으킨 건가, 황 종사관?"

양호가 태연한 소리로 말했다.

"나는 이미 알고 있어."

황여일은 유희를 무시하고 환도를 높이 쳐든 채 양호를 향해 돌진했다. 양호가 앉은 채로 칼을 뽑아 들었다. 흰 날이 번쩍 하는 순간 황여일의 하복부로부터 가슴에 걸쳐 피가 솟구쳤다.

핏방울이 양호의 전신을 빨갛게 적셨을 뿐만 아니라, 순신이 들고 있던 교서에까지 소리를 내며 떨어졌다.

"움직이지 마라."

유희는 핏발이 선 얼굴로 화살 끝을 양호의 가슴으로 향했다. 양호가 고개를 돌려 유희를 보며 살며시 미소를 짓고 있다. 뒤에 앉아 있는 4명은 마치 인형처럼, 부자연스러울 정도로 조용히 앉아 있다.

갑자기 유희가 무릎을 꿇었다. 왼손은 흑각궁을 쥔 채 그대로였지만, 오른손은 활줄에서 떨어져 활줄의 소리가 크게 울리면서 화살이 발밑의 마룻바닥에 박혔다. 유희의 몸이 그대로 마룻바닥에 고꾸라지고, 진동하는 화살 옆에 의식을 잃은 얼굴로 나뒹굴었다.

이어서 양호는 환도를 뽑아들고, 일어선 안위에게로 시선을 향했다. 안위는 엇베듯이 헛발을 딛어 그대로 고꾸라지고 말았다.

양호의 눈이 녹색 빛을 발하고 있다.

순신은 양호와 눈이 마주치려는 순간 얼른 눈을 내리깔았다. 그러나 눈꺼풀이 닫히지 않는다. 더구나 얼굴을 돌릴 수조차 없었다.

곧 전신이 마비 상태에 빠졌다. 몸에 힘이 전혀 주어지지 않는다. 넘어져 엎어진 안위의 손에서 환도를 빼앗으려고 했으나, 손가락을 움직일 힘조차 남아 있지 않았다. 양호의 녹색 안광이 눈동자를 가득 채우고, 종내에는 까맣게 변하였다. 의식이 흐려져 혼탁해 간다. 어스름에서 어둠으로…….

양호가 앞으로 나섰다. 피가 방울져 떨어지는 칼이 몸에 가까이 다가오는 것을 느낀다. 그래도 순신은 꼼짝도 할 수가 없었다. 무엇이 어떻게 되어 가는지조차 알 수 없다. 알 수 있는 것은 몸이 점차 기울어 가다 어느 순간 무릎이 꿇려 있다는 사실 뿐.

등 뒤에서 폭음이 들려 온 것은 그 순간이었다.

폭풍으로 인해 부서져 날아간 토벽이 전신에 쏟아졌다. 압도적인 힘이 순신의 신체를 훑고 지나가 전방의 양호에게로 향해 갔다.

양호가 비명을 지르며 뒤로 젖혔다가, 몸을 돌려 반전하는 것이 보였다. 점점 어둠은 엷어지고 의식이 또렷해지고 신체도 움직일 수 있게 되었다.

이어서 두 번째 굉음이 실내를 뒤흔들었다. 섬광이 작렬하고, 새하얀 연기가 가득 찼다. 양호와 그 일행이 흰 연기에 싸여 사라졌다. 누군가가 순신의 등 뒤에서 손을 내밀어 잡고는 몸을 안아 일으켜 세웠다.

"탈출합시다. 따라오시오."

귓가에서 남자 음성이 들려왔다. 간단명료하고 강력한 울림이었다.

"그들을……."

순신은 연기에 휩싸여 기침을 하면서 마룻바닥에 쓰러져 있는 유희와 안위를 가리켰다.

소리의 주인공이 유희에게로 향했다. 순신이 교서를 막 주워들려고 하는데 다른 누군가가 어깨를 잡았다.

그것은 완전히 불의의 일격이었다.

폭음과 함께 토벽이 부서져 날아가고, 백의의 그림자 셋이 뛰어들어올 때까지 가게치카 우쿄는 다테즈 주이치로가 순신의 목을 베어 떨어뜨릴 것이라고 믿어 의심하지 않았다.

흰 그림자의 한 사람이 쏜 안광이 다테즈의 안광과 허공에서 격돌하여 파란 번개가 작렬하는 것처럼 느꼈다. 그 순간, 번개에 의해 가게치카의 신체의 일부가 뒷벽으로 날아갔다.

후두부를 강타당했다. 다테즈가 울음 같은 비명을 질렀다. 가스미도, 네코메도, 아야쓰키도 똑같이 벽에 부딪쳐 비명을 질렀다.

두 번째의 굉음이 귀를 때린다. 가게치카는 눈을 떴다. 흰 연기가 실내를 가득 메우고 있다. 아무도 보이지 않는다. 침입자들은커녕 이순신들의 모습도 사라졌다.

상반신을 일으켰다. 뒷걸음질치던 누군가가 마치 아기처럼 매달려 왔다.

"되, 되돌려놓았 …… 내 갈안(蠍眼)을, 되돌려놓으라니간."

헛소리처럼 되풀이한다. 다테즈였다. 충격으로 인해서인지 본래의 얼굴로 돌아와 있다. 금빛 머리칼, 녹색 눈, 백색 피부, 섬세한 동작.

가스미가 아연한 표정으로 다테즈의 얼굴을 보았다.

"되돌려놓으라고? 바보 같은 소리 마라."

가게치카는 냉정하게 말했다. 그 말에 다테즈 주이치로는 깜짝 놀랐다. 가게치카의 이런 모습은 처음이다.

흰 연기가 입속으로 흘러든다. 폐가 찔리는 것처럼 아프면서, 눈에서는 불이 나는 것 같다. 틀림없이 독한 연기 때문일 것이다. 가게 치카는 기침을 연발하며, 다테즈를 질책했다.

다테즈의 갈안을 되돌려놓을 수는 없는 노릇이었다. 후천적으로 습득하려고 해도 불가능한, 다테즈 주이치로만이 쓸 수 있는 선천적인 괴력이니까.

"설마……."

한 가지 가능성이 뇌리를 스쳤다.

갈안을 정상적인 눈으로 되돌릴 수 있는 사람이 단 한 사람 있다. 자기들과 마찬가지로 예수회에서 육성된 옛 동료. 이제는 헤어진 이상한 재주꾼.

"놈, 그놈이야, 바로 그 놈 …… 놈이 왔던 거야!"

다테즈는 어린이처럼 절규했다. 가게치카에게로 다테즈의 떨림이 전해졌다.

"그럴리가 …… 왜 그런 곳에 놈이……."

"이야기는 다음에."

네코메 덴젠이 소리를 질렀다.

흰 연기 중에 뜨거운 잿빛 연기가 섞이기 시작했다. 누군가가 지척에서 계속 무언가를 태우는 듯 했다. 적의 움직임은 신속했다.

"놈들, 불을 지르려고 했던 모양이야."

아야쓰키 로쿠로타의 흰 얼굴이 붉게 변했다.

"여길 나가자. 순신은 이미 도망쳤어."

가스미가 일어나 다테즈의 볼을 손가락으로 만졌다. 다테즈가 가스미를 쳐다보았다. 다테즈의 볼을 어루만지면서 가스미는 불렀다. 분위기에 걸맞지 않는 소리였다.

"주이치로……."

유희는 사내의 튼튼한 한쪽 팔에 안기듯 하여, 앞마당으로 빠져나갔다. 몸을 움직이는 것은 가능했으나 머리가 아파왔다. 유희의 눈앞에는 순신과 안위가 백의의 남자들에게 부축 받으며 빠져나가고 있는 것이 보였다. 백의의 남자들은 단궁(短弓)과 전통을 메고 있다.

황종사관을 베어 죽인 남자를 쏘려고 행동을 취하는 그 순간 남자의 눈이 녹색 빛을 발하더니, 전신에서 힘이 빠져 의식을 잃었다. 그리고…….

유희는 자기를 안고 달리는 남자의 얼굴을 올려다보았다.

우리 편인가……?

"어디로?"

남자의 입술은 굳게 다문 채였다. 우리 편이 아니라면…….

"기다려요. 무슨……."

"잠자코 있어요. 지금은 녀석들로부터 멀리 가는 것이 먼저요."

남자는 유희를 막듯이 날카로운 소리를 지르며 말했다.

그들 6인이 달려온 것은 마구간이었다. 순신과 안위가 서두르듯이 말에 올라탔다. 곧이어 순신을 돕고 있던 거구의 사내와 안위를 유도하고 있던 미륵보살 같은 얼굴을 한 남자도 이어서 말에 올라탔다.

"말에는?"

남자가 유희를 안았던 손을 놓았다.

"탈 수 있어요."

남자는 지면을 박차고 말에 뛰어올랐다.

"자……."

그가 유희에게 손을 뻗었다.

"탈 수 있다고 했잖아요."

유희는 그때서야 비로소 자기가 아직 왼손에 흑각궁을 쥐고 있다는 것을 알았다. 흑각궁을 오른손에 바꿔 들고 왼손으로 고삐를 잡아 등자를 밟고 순식간에 신체를 끌어올렸다.

손을 뻗었던 남자의 눈동자에 놀라움의 빛이 역력했다.

"이제 가지."

미륵보살 같은 얼굴의 남자가 말하더니 그를 선두로 6필의 말이 마구간을 나와 뒷문으로 향했다.

가옥 옆을 지나면서 미륵 같은 얼굴의 남자와 거구의 남자가 고삐에서 양손을 뗐다. 단궁을 들고 등에 멘 전통에서 화살을 뽑는다. 재빠르게 화살 끝을 둔지르자, 끝에 불꽃이 일었다. 불화살이었다.

두 사람은 시위를 당겨 가옥을 향해 재빨리 쏘았다. 불화살은 초가지붕에, 벽의 널빤지에 박혔다. 강풍을 타고 불은 삽시간에 퍼져 새빨간 불꽃과 흰 연기가 손경례의 집을 휘덮기 시작했다.

거구의 남자는 말을 멈추더니 등자 모양의 전고(箭尻)를 갖춘 화살을 메겨 집의 출구를 향해 화살의 시위를 힘껏 당겼다.

"그만둬, 사몬. 여길 빨리 떠나지 않으면."

유희에게 손을 내밀었던 남자가 외치자, 거구의 남자는 점잖게 활을 내렸다.

그 광경을 곁눈질하면서 유희는 앞에서 달려가는 순신의 말을 목표로 하여 등자로 말의 배를 찼다.

5인은 연기를 가르며 손경례의 집을 구르듯이 하여 빠져 나왔다. 가게치카 우쿄는 밖으로부터의 공격을 경계했으나, 상대는 이미 달아난 뒤였다. 그들은 이순신을 보호하는 것이 목적이었던 것이다.

가옥은 거의 불꽃에 타들어가고 있다. 강풍을 타고 시커먼 연기가 아침 하늘에 피어올라간다. 이 부근의 사람들이 이러한 소동을 알아채는 데는 시간이 그리 많이 걸리지 않으리라.

"교활한 놈들이야."

가게치카가 자기도 모르게 말을 뱉었다. 불화살을 쏘아 이쪽의 움직임을 막고 도주의 시간을 벌 뿐만 아니라, 이순신을 노렸다는 것을 산촌 전체에 경고했다.

"알려줘, 다테즈. 놈들은 뭣 하는 자들이야?"

다테즈 주이치로는 아직 충격에서 헤어나지 못한 듯 입술을 깨물고 있다. 녹색 눈의 초점은 채 맺혀지지 않은 것 같다. 가스미가 다테즈의 등에 손을 얹었다.

가게치카는 아야쓰키에게 고개를 끄덕였다.

"우리의 오랜 친구지. 이름은 하시하베 쇼이치로. 이 세상에서 다테즈의 녹색 눈을 되돌릴 수 있는 것은 하시하베뿐이야.

"놈이 있으면 시라토리도 있겠군."

간신히 입을 연 다테즈의 목소리는 쉬어 있다.

"그래, 자네가 있으면 내가 있는 것과 같은 거지."

가게치카가 푸른 하늘에 소용돌이치는 검은 연기를 올려다보며, 다시 한번 말했다.

"놈의 목적은 이순신의 호위야. 하시하베와 시라토리가 이순신을 지킨다. 이건 예상 밖의 사태야⋯⋯."

"이유를 모르겠어요. 일본인이 왜 조선 수사를 호위하는지 말이오."

아야쓰키가 성난 목소리로 말했다.

"그 두 사람, 항왜 다닌가요?"

가스미가 묻는다.

"아냐, 녀석들은 다카야마 우콘(高山右近) 밑에 있어. 우콘이 히데요시의 미움을 사서, 추방된 뒤에는 고니시 유키나가를 모시고……."

그 이름을 입 밖에 내뱉은 순간, 희미하게나마 윤곽이 떠올랐다.

"그랬구나, 고니시야. 놈이 하시하베들을 보낸 거야."

"고니시가? 왜 그런 짓을."

"자세한 것은 몰라. 그러나 고니시의 이상한 행동이 조선을 이롭게 하는 것이라고 생각하니, 비로소 납득이 가. 모르기는 해도 도도 다카토라님의 계략을 알고 틀림없이 하시하베와 시라토리를 시켰을 거야."

"아까 뛰어 들어온 녀석들은 모두 세 사람이었어요."

네코메 덴젠이 손가락을 펴 보였다.

"그러나 우리는 5명. 미쿠라 효고의 세력도 있었어. 무엇이 두려워?"

"솜씨가 좋은 놈들이야. 머리도 좋고……. 아마도 도중에 우리에게 추월당해 뒤를 따라왔을 거야. 최후의 최후까지 그 점을 눈치채지 못하게 했어. 그것만으로도 처치했어야 할 녀석들임을 알았어야 하는 건데."

잠시 침묵이 흘렀다.

"그, 그러면, 어떻게 합니까? 앞으로는요?"

네코메의 질문에 가게치카는 다테즈를 쳐다보며 대답했다.

“이순신은 통제사 복귀의 교서를 가지고 있다. 가는 곳은 노량. 우리는 즉시 이순신을 좇아…….”

“협공이야.”

다테즈가 받아 말했다. 그들은 비로소 충격에서 벗어난 듯 입가에 엷은 미소가 돌았다.

이순신은 군관 방응원이 투숙한 집에 몸을 숨기고 있었다. 사태의 위급함을 알려 다른 군관들이 속속 달려왔다. 방응원, 윤선각 등 9명의 군관과 안위, 과거 이순신의 부하였던 박대남과 배홍립, 두 사람은 순신을 찾아와 그젯밤부터 운곡에 머물렀다.

실내에는 긴박한 공기로 팽팽한 긴장이 감돌았다.

유희는 군관들이 지참한 무구 중에서 활, 화살, 몸통이 짧은 환도를 골라 몸에 지녔다. 그 얼굴은 얼음처럼 고요함이 드러나, 도리어 유희의 분노를 말해주고 있다.

순신은 품속에서 왕의 교서를 꺼냈다. 교서는 황여일의 피로 빨갛게 물들어 있다. 지켜보는 군관들이 숨을 삼켰다. 순신은 교서를 구석구석까지 점검하고 안위에게 건넸다.

“틀림없습니다. 봉함도, 옥새도 진짜입니다.”

“그렇다면…….”

“도중에서 빼앗은 것입니다. 빼앗은 놈이 선전관이 되어 장군님을 공격한 것입니다.”

“어떤 자가?”

순신의 물음은 방 입구 양옆에 서 있는 두 남자를 향한 것이었다.

“…… 그들은 장군님의 목을 따기 위해 파견된 암살자입니다.”

미륵보살 같은 얼굴의 남자가 입을 열었다. 그의 나이를 전혀 가늠할 수가 없다. 20세 청년 같기도 하고, 60이 넘은 영감 같기도 하다.

실내의 모든 사람의 시선이 그 사람에게로 집중되었다.

"선전관을 습격한 것은 다테즈 주이치로라는 일본인입니다."

"역시 왜놈이란 말이지."

안위가 신음소리를 냈다. 순신의 뇌리에는 황여일이 했던 말이 스쳤다.

"다테즈는 갈안(蠍眼)이라는 무서운 기술을 부립니다. 녹색 빛을 발하는 놈의 눈을 보면, 전갈 꼬리의 독침에 한번 쏘인 것처럼 몸을 움직이지 못하게 됩니다."

순신은 안위와 시선을 교환했다.

군장을 꾸린 유희는 굳은 표정으로 남자의 말에 귀를 기울였다.

"그 얼굴도 놈의 본래 얼굴이 아닙니다. 남의 얼굴을 마음대로 훔칠 수 있거든요."

군관들의 당혹스런 반응을 뒤에서 느끼며 순신은 물었다.

"정말 왜놈인가? 그놈이 한 말은 분명 우리나라 말이었는데."

"조선어뿐만이 아닙니다. 명나라의 말, 루손(필리핀) 말, 인도, 스페인, 포르투갈의 말까지 자유자재로 할 줄 알지요. 그렇게 양육되었거든요. 녀석을 파견한 것은 도도 다카토라이고요."

"도도라고?"

"당신들의 옥포 승전이라는 첫 승리에서 참패를 맛본 무장입니다. 당신을 누구보다도 더 중오하고, 한편으로는 두려워하는 자입니다. 통제사로 복귀할 것을 알고 다테즈들을 보낸 겁니다……."

순신은 머리를 흔들었다. 습격을 받은 것은 현실이지만 정말이지 터무니없는 이야기가 아닌가.

"다테즈에게는 가게치카 우쿄라는 동료가 있습니다. 무섭게 머리를 베어내는 작자입니다. 그들한테는 또 이상한 재주를 부리는 재주꾼이 두 사람 있습니다."

"여인이 한 명 있었는데."

"가스미라고 합니다. 그 이상의 것은 잘 모르겠습니다. 조선 여인인지도."

"설마……."

군관들의 사이에서 분노의 목소리가 새어 나왔다.

순신은 잠자코 고개를 끄덕였다. 왜적으로부터 수많은 투항자가 꼬리를 물고 있는 한편, 조선인이면서 왜에 협력하는 순왜인(順倭人)이 뒤를 끊이지 않았다.

"게다가 그들은 30명으로 구성된 소부대를 이끌고 운곡에 들어와 있습니다. 이 마을은 이미 봉쇄되었을 겁니다. 시간이 없어요. 그것을 돌파하려면……."

"기다려."

순신은 그 남자를 제지했다.

"어떻게 그렇게까지 자세한 사항을 알고 있나? 자네들은 무엇 하는 자들인가?"

"다테즈들로부터 당신들을 지켜주는 사람. 그것만으로는 안 되겠습니까?"

"정체를 모르는 자를 옆에 둘 수는 없지 않은가."

"아까 당신을 구했습니다."

순신은 거듭 물었다.

“자네들은 무엇 하는 사람인가?”

남자는 짧게 한숨을 쉬었다가 입을 열었다.

“좋습니다. 우리도 일본인입니다. 결국 당신들이 말하는 왜인, 왜놈입니다만.”

실내에는 경악의 분위기가 넘실거렸다.

“저는 시라토리 마사나리라고 합니다. 저 사람은 하시하베 쇼이치로이고요.”

시라토리는 가볍게 손을 흔들며, 또 한 사람을 가리켰다.

“밖에서 망을 보고 있는 것이 미쿠리야 사몬.”

조선인의 이름과는 확실히 구별되는 다른 울림의 이름이 계속 나오고, 그럴수록 순신은 가슴은 납을 삼킨 것과 같이 답답해져 왔다.

“왜, 왜놈이 나를 지킨다?”

시라토리는 말을 아꼈다.

순신의 뒤에서 힐난하는 어조의 날카로운 목소리가 들렸다. 윤선각이다.

“항왜 아닌가.”

“아닙니다.”

시라토리는 바로 말을 받아 부정했다. 미륵보살 같은 얼굴에 순간 대담무쌍한 빛이 스쳤다.

“이 전쟁은 도요토미 히데요시라는 권력자 한 사람의 야망에서 시작된 것이오. 모든 일본인이 바라는 것은 아닙니다. 우리를 보낸 무장은 이 무익한 전쟁을 빨리 끝내야 한다고 생각하고 있습니다. 그런데 조선 수군은 크게 파괴되었으니, 전쟁이 장기화될 염려가 있지요. 유일한 희망든 명장 이순신이 복귀하여 일본 수군의 전진을 저지하는 것입니다."

"단순히 그 때문에?"

"그렇습니다."

"자네들을 파견한 왜장의 이름은?"

"그것까지는 밝힐 수 없습니다."

"왜 그런가?"

"말씀드려도 믿지 않으실 겁니다. 도리어 의심만 더하게 될 겁니다."

순신은 한 사람의 왜장 이름이 뇌리에 떠올랐다. 백의종군, 수군 전멸을 유도한 왜장. 이것 또한 어떤 간계가 숨어 있지 않겠는가. 그러나 만일 그때의 왜장—고니시 유키나가—의 말을 믿었더라면…….

"장군님, 왜놈이 하는 말 따위를 믿어서는 안 됩니다."

"비열한 왜놈들의 말입니다. 장군님을 생포하려는 속셈일지도."

군관들 사이에서 여러 의견이 쏟아졌다.

유희가 말없이 전통에서 화살을 뽑았다. 시위를 당겨 화살 끝을 시라토리에게로 향한다.

"그만 두시오."

하시하베 쇼이치로가 처음으로 입을 열었다.

순신은 시선을 하시하베에게 돌렸다. 연령을 알 수 없는 시라토리에 비해 하시하베라는 남자는 20대 중반으로 보였다. 사색적인 성격을 말해 주는 눈과 굳게 다부진 강력한 입매가 인상적이다. 그 순간 왜인지 순신은 젊은 날의 자신이 회상되었다.

하시하베는 순신을 응시했다.

"다테즈를 상대할 수 있는 것은 저 한 사람뿐입니다. 믿어 주십시오. 목숨을 바쳐 당신을 지키겠습니다."

"자네였단 말인가……."

'이 목소리야.' 순신은 생각해 냈다. 왜놈의 비술(秘術)에 걸려 의식을 잃었을 때, 귓곁말로 속삭이던 힘찬 울림. 그 자리에서 목숨을 잃었다 해도 조금도 이상할 것이 없었다.

"적당히 해 두게."

망설이던 끝에 순신은 말했다.

"무슨 말씀을 하십니까. 이런 왜놈의 손을 빌리지 않고도 우리만으로도……."

불만의 소리를 내는 군관들을 만류한 것은 안위였다.

"적은 정체를 알 수 없는 요술을 부린다. 이 왜놈이 대항할 수 있다면 이용하면 되는 거다. 이왜제왜(以倭制倭)―왜로써 왜를 제압한다."

"좋지요."

시라토리가 복잡한 미소를 띠었다.

"기억해 두시오. 장군님에게 손을 대기 전에 우리가 당신들을 죽일 겁니다."

유희가 분하다는 듯이 입술을 떨며 활을 내렸다. 하시하베가 무슨 말을 하려고 했으나 곧 입을 닫았다.

"나는 지금부터 노량으로 향하겠다."

순신은 통제사의 복귀를 명하는 교서를 챙기면서 시라토리에게 말했다.

"13척의 전선을 지휘하에 두어야만 한다. 아까 자네는 다른 30명의 왜적이 이 마을에 들어왔다고 했지."

"모두 무술의 달인들입니다. 노량으로 가는 길을 놈들이 장악하고 있는 것은 사실입니다. 이 인원으로는 대항이 불가능합니다."

시라토리가 군관들을 둘러보며 고개를 가로로 저었다.

군관인 유황이 자리에서 일어났다.

"장군님을 노량으로부터 멀리 있게 하려는 계략일지도. 이 유황이 확인하겠습니다."

옆에 앉아 있던 임영립도 일어났다.

말리려고 했던 하시하베에게 유황과 임영립은 도전하는 듯한 시선으로 일별을 하더니 순신에게 예를 하고 방을 뛰쳐나갔다.

"노량으로 가는 길이 봉쇄된 경우 어떻게 한다……."

순신은 생각에 몰두하려는 듯 팔짱을 꼈다. 그 가능성은 상당히 높을 것이라고 생각되었다.

"초계에 위급함을 알리고 원군을 청해 오는 것은?"

군관인 홍우공이 거든다. 원수부에서 조총 부대 100명을 급파해 오면 왜적을 분쇄할 수 있다.

"그러기 전에 놈들에게 들킵니다."

그의 말을 일언지하에 부정한 시라토리를 홍우공은 분하다는 듯이 노려보았다.

현응진이 말한다.

"그럼, 먼저 초계로 난을 피하는 것이 어떻겠습니까?"

"초계와 노량은 북과 남. 배에서 멀어지고 말아."

순신이 즉석에서 그 안을 배척했다.

"그러나."

"보충을……."

시라토리가 말했다.

"2, 3일 지나면 남원의 공략군이 고성, 사천으로 상륙할 것입니다. 노량과는 지호지간(指呼之間)이지요. 초계로 피해 들어가면 노량으로 돌아가기는 무리입니다."

안위가 용수철처럼 고개를 들었다.

"그럼 장군님, 노량의 전선이……."

"음. 택해야 할 길은 하나. 육로 회령포로 향한다."

"육로, 그러면?"

"회령포?"

군관들이 놀라움과 당혹감을 감추지 못하고 말했다.

"광양(光陽), 순천(順天)을 거쳐 낙안(樂安), 보성(宝城)으로 빠진다. 이것이 회령포까지 가장 가까운 길이야."

"저도 찬성입니다. 다테즈들도 당신이 이 길을 가리라고는 생각지 못했을 겁니다."

시라토리가 고개를 끄덕였다.

순신은 몸을 돌려 안위에게 말했다.

"어쨌든 적도 알아채고, 우리 뒤를 좇을 거야. 길의 봉쇄가 풀리면 노량으로 달려. 나의 통제사 복귀를 배설에게 전하고, 즉시 배를 회령포로 회항시키도록."

눈앞을 여덟 말발굽이 흙먼지를 일으키며 달려간다.

"두 마리다."

"타고 있는 것은……이순신이 아니다."

“놈의 군관일 거야.”

“정찰병인가.”

“길이 봉쇄되어 있는지, 여부를 확인하러 온 거겠지.”

“미쿠라 효고가 눈감아 주라고 했지만…….”

가게치카 우쿄가 숲에서 얼굴을 내밀고 말이 사라져간 방향을 보았다.

두 마리의 말은 막 되돌아오는 참이었다. 미쿠라 효고와 그의 휘하 14인이 일제히 칼을 뽑아들고 말 뒤를 추격하고 있다.

“바보 같은 미쿠리야. 매복은 이것으로 허사다.”

가게치카는 그다지 걱정도 안 된다는 듯이 말했다.

“덴젠…….”

“맡겨둬요.”

두 장의 금속 원반을 꺼내어 든 네코메 덴젠이 숲에서 나온다. 몸집은 작아 동작이 고양이처럼 날렵했다. 덴젠은 눈앞을 지나간 두 마리의 말을 향해 원반을 던졌다. 원반은 거의 지면을 훑듯이 낮게 날아 두 마리 말의 앞발목을 절단했다.

말 두 마리는 모두 처참한 비명을 지르며 흙 속에 말대가리를 박듯이 앞으로 푹 고꾸라졌다.

가게치카들은 네코메의 뒤를 따라 길로 나왔다.

타고 있던 한 사람은 훨씬 앞쪽으로 나가떨어져 있다. 목이 묘한 각도로 부러져 굽어 있다.

또 한 사람은 한쪽 발이 부러진 말 옆에 넘어져 있다. 고통으로 얼굴이 잔뜩 일그러진 채 일어서려고 안간힘을 쓰고 있다. 그러나 이내 일어날 수 없다는 것을 알고는 넘어진 채로 환도를 뽑아 들었다.

"어서 오너라, 왜노옴!"

"이순신은 어디 있나?"

군관이 휘두르는 칼이 닿지 않는 곳에서 선 가게치카는 여유의 미소를 떠올렸다.

"다, 다테즈 주이치로구나."

"그래, 하시하베에게 들었나 보군."

다테즈가 군관 앞으로 다가갔다. 이순신을 구한 것이 하시하베 쇼이치로임이 그 한 마디로 결정적 실마리가 되었다.

"실수했소. 용서해 주기 바라오."

뒤쫓아온 미쿠리 효고가 머리를 숙였다.

가게치카는 미쿠라의 뒤에 있는 젊은 무사를 가리켰다.

"부하를 한 사람, 전령으로 차출한다."

다테즈가 미쿠라에게 말했다.

"이 남자를 두목으로. 우리는 이순신을 찾을 것이다."

"쇼이치로, 놈들이다!"

미쿠리야 사몬이 실내로 뛰어 들어와 위급함을 알렸을 때는 이미 출발 준비가 끝나 있었다.

하시하베와 시라토리는 문 쪽으로 서둘렀고 그 뒤를 순신과 군관들이 따랐다.

이제 하늘은 완전히 갰다. 바람이 강하고 조각구름이 북쪽에서 남쪽으로 흘러가고 있다. 저 멀리 서쪽으로 지리산의 연봉이 파란 하늘에 비치고, 동쪽으로는 파란 물줄기를 되찾은 남강이 유유히 사행하고 있다.

나무들 사이로 20여 채의 농가가 점점이 흩어져 있는 것이 내려다 보였다. 손경례의 집은 완전히 소실되었다. 검은 연기는 아직도 피어오르고 있었다. 밭에 일을 하러 나온 농민들은 이변을 알아채고 제각각 집으로 돌아가 숨을 죽이고 있을 것이다. 폭풍 전야의 고요함이 마을을 감싸고 있었다.

남쪽, 노량으로 향하여 뻗은 길을 다섯 그림자가 산촌으로 질주하고 있다. 너무 멀어서 얼굴은 분별할 수 없지만 머리 중 하나는 햇빛에 황금빛을 내고 있다.

얼마 안 되어 다섯 그림자는 농가쪽으로 사라졌다.

시라토리가 말했다.

"놈들, 이잡듯 샅샅이 뒤지고 있겠군."

"그럼 앞의 두 사람은?"

순신의 얼굴에 긴장의 빛이 역력했다.

시라토리가 고개를 가로로 저었다.

일행은 마구간으로 서둘렀다. 순신과 유희, 7명의 군관, 박대남, 배홍립, 히시하베 등 3명. 14마리의 말에는 근처 민가에서 조달한 며칠분의 식량이 이미 실려 있다.

"그럼, 안위. 부탁하네."

순신이 마상에서 말했다.

"회령포에서 기다리고 있겠습니다. 부디 무사하시기를."

안위가 손을 흔들었다.

14마리의 말이 문에서 달려 나가자 길옆의 농가에서 불길이 올랐다. 불길 속에서 다섯 그림자가 뛰쳐나와 다음 농가를 눈짓으로 가리켰다.

"주이치로, 저걸 좀 봐."

세 채째의 농가에 불을 지르며, 더욱 높은 곳으로 언덕길을 달려가면서, 가게치카가 소리를 질렀다.

서쪽으로 향하는 산길을 10여 마리의 말이 작아지며, 달려가는 것이 나뭇가지 사이로 사라졌다 나타났다 한다.

다테즈의 녹색 눈이 실처럼 가느다래졌다.

"노량으로 가는 것을 단념한 걸까."

"서쪽……, 순천으로 가는 길이다."

가게치카는 이순신의 움직임을 읽고 있었다.

"그 앞의 포구에 전선을 이동시켜 합류할 생각이겠군."

"자, 서둘러 좇아야지요."

네코메 덴젠이 쉿소리로 말했다.

아야쓰키 로쿠로타는 아무 말 없이 핏자국이 난 칼을 칼집에 넣는다. 가게치카는 전령으로 데려온 젊은 무사에게 말했다.

"미쿠라 효고한테 전해. 온 마을의 말을 다 모아 우리 뒤를 따라오라고. 초계 도로를 굳게 지키고 있는 니시키베 신베에한테도."

5인의 암살자는 질풍처럼 달리기 시작했다.

안위는 계속 몸을 숨긴 채로 정황을 살피고 있다. 운곡의 산촌에서 노량도로가 시작되는 부근의 숲속. 가끔 눈앞 길을 강풍이 흙먼지를 말아 올리며 불고 지나간다.

깊은 숲속에서 까마귀 울음소리가 들려온다. 일련의 긴박한 움직임 속에서 홀로 남겨진 것 같은 초조함이 안위의 마음을 괴롭히고 있었다.

젊은 남자가 달려왔다. 전신에서 보통 이상의 살기가 넘치고 있다. 조선 의복을 입고는 있지만, 틀림없이 왜놈이리라 안위는 직감했다. 뛰쳐나가 베어 버리고 싶은 충동을 누르며 젊은 남자를 그냥 보냈다.

기다릴 사이도 없이 젊은 남자는 다시 도로에서 되돌아왔다. 10여 명의 전투 집단이 함께하고 있다. 지휘관으로 보이는 남자와 그 부하인 군사들. 지휘관인 남자와 젊은 남자는 왜말로 주고받으며 갔다. 그 표정에서 여유라고는 찾아볼 수 없다. 반쯤은 뛰듯하여 운곡으로 되돌아간다.

그들이 보이지 않게 되자 안위는 숲에서 몸을 일으켜 도로로 달리기 시작했다. 말을 타고 가고 싶었지만 산촌이 왜놈의 천하인 것을 생각하자, 말을 찾으러 돌아갈 엄두가 나지 않았다.

'곤양까지 체력이 버티는 한 달리자. 말은 거기서 구하면 된다.'

다테즈 주이치로가 이순신을 추격하기 시작했을 무렵, 우군의 선봉인 가토 기요마사는 창녕에 들어가 진격을 멈추고 진을 쳤다.

창녕은 마을이 온통 비어 있다. 수비병은 이미 도망가 버리고 농민들도 산으로 피신하여, 조선인의 모습은 한 사람도 볼 수 없다. 제1차 침공 때에는 자진하여 협력해 주는 조선인이 다수 있었으나 이번에는 그런 일이 전혀 없다. 추수는 이미 끝났고, 헛간은 비어 있다. 단 한 톨의 쌀도 넘겨주지 않겠다는 강렬한 의사표시였다.

상황을 자세히 보고하려고 한 스파이는 그만 본진으로부터 쫓겨났다. 기요마사의 현재 관심은 저 멀리 동쪽에 보이는 화왕산성에 집중되어 있기 때문이다. 그곳은 의병장 중에서도 일찍이 이름을 날린 곽재우가 버티고 있는 산성이다.

가토 기요마사에게는 이 세상에서 용서하지 못하는 것이 셋 있다. 사야가―아소노미야 에치고, 약장수―고니시 유키나가, 그리고 조선의 의병 나부랭이이다. 싸움이란 정규 병력이 정면에서 당당히 서로 부딪치고, 지력과 사력을 다하여 격돌하는 것. 그것이 남자의 미학이다. 적은 인원으로 신출귀몰의 기습을 해오는 의병 나부랭이는 싸움의 미학을 짓밟는다. 그들은 근절해 버려도 성에 안 차는 존재였다.

조선 의병의 상징이라고도 할 수 있는 곽재우가 창녕에서 불과 5km 떨어진 산에 들어가 있다. 성의 공격이 장기인 기요마사에게는 자신의 손으로 곽재우의 목을 벨 수 있는 절호의 기회였다.

그러나 화왕산성은 우군의 공격 목표에서 벗어나 있다. 곽재우는 산성의 문을 닫고 들어앉아 기습해 올 기색이 전혀 없다. 그것에 매어 있어서는 진격에 지체를 초래할 것임은 충분히 예상할 수 있다.

약장수보다 늦어서는 안 된다…….

전주에 맨 먼저 쳐들어가는 데도 기요마사는 구애를 받고 있다. 제1차 침공에서는 고니시 유키나가와 서울 입성의 순서를 다투다, 반나절의 차이로 늦어서 굴욕을 맛보았다. 우군, 좌군으로 나뉜 전주 공략전은 기요마사에게는 고니시 유키나가에 대한 설욕전이었다. 전략상 아무런 의미도 없는 곽재우의 화왕산성에 목이 매여, 다시 고니시를 웃는 얼굴로 맞이하는 굴욕은 피하고 싶다.

"어떻게 해야 되겠니? 하나마루야."

기요마사는 한 팔에 안은 새끼돼지의 목을 부드럽게 어루만지면서 혼잣말을 했다. 하나마루가 어리광부리는 듯한 소리로 꿀꿀거리며, 통통하게 살찐 몸을 기요마사의 검은 갑옷에 비벼댄다.

“가토님, 무얼 주저하십니까? 화왕산성의 반란군쯤은 모조리 쓸어버리지요.”

보다 못한 간다 쓰시마가 말을 했다.

“저런 작은 것들, 앞으로 언제든지 토벌해서 평정할 기회가 있을 거야. 우리 적은 동쪽에 있는 것이 아니다. 당장의 적은 서쪽—초계의 권율. 이 가토 기요마사쯤 되는 사람이 곽재우 같은 쥐새끼한테 마음을 움직여서는 안 되지.”

“과연…….”

창녕의 서쪽, 낙동강을 끼고 조선군의 총수인 권율이 원수부를 둔 초계가 있다. 이대로 진격하여 초계를 단숨에 삼키고, 황석산성을 함락하여 단숨에 전주를 치는 것이 가장 좋은 방법이라는 것은 말할 것도 없었다.

“그런데 말야, 쓰시마. 조선인은 약삭빠르거든. 이대로 화왕산성을 내버려 두면 가토 기요마사는 곽재우를 무서워하여 싸우지 않았다, 이런 말을 할 거란 말야. 그럼 약이 오르지 않겠나.”

“…… 과연, 놈들의 전의를 고무시키는 데 이용된다?”

“뭔가 일격을 먹이고 싶은데 좋은 생각이 없을까, 쓰시마?”

간다 쓰시마는 잠시 후 입을 열었다.

“한번 궁리해 보지요.”

멀리 곤양으로 이어지는 도로의 저쪽에 안위는 아지랑이에 흔들리는 말 그림자를 본 것 같은 착각이 들었다. 그것이 현실인지 환영인지 알 수 없었다. 갈증이 나고 눈이 흐렸다. 더 이상을 달리는 것은 한계였다.

안위는 무릎을 구부리고 길바닥에 엎어졌다. 역시 곤양까지 말없이 계속 달려간다는 것은 무리였다. 길거리에 버려져 있는 유황과 임영립의 처참한 시체가 뇌리에 떠올랐다. 여덟 조각으로 찢긴 피투성이의 형해. 어지럽고 토할 것 같기까지 했다.

말발굽 진동을 온몸으로 느끼다 번뜩 눈을 떴다. 말에서 사람이 내려온다. 안위와 같은 수장의 군장이다.

"안위가 아닌가, 아니 이런 곳에 무얼 하고 있는가?"

조계종이었다.

"장군님은 만났는가, 왜 이런 곳에 넘어져 있나!?"

"무, 물을……."

조계종은 달려와 수통의 물을 안위의 입에 넣어 주었다.

"자네를 마중하러 온 거야, 안위. 오늘 아침 사천에 왜놈의 전선이 나타났어. 노량에서도 주민들의 피난이 시작되었네. 수군도 크게 당황하여 출항 준비를 하고 있고. 우후인 나기영은 어디론가로 도망한 채, 우수사라는 사람은……."

목을 축이자, 안위는 조계종의 말을 막았다. 운곡에서의 사건, 새로운 통제사의 명령을 전했다.

"타게, 안위."

조계종은 안위의 몸을 끌어올리더니 자기의 말 뒤에 태웠다.

"단단히 잡게. 노량까지 달릴 테니까."

8월 3일 아침.

노량에서 19km 동쪽의 사천에 상륙한 것은 시마즈 요시히로의 군사 1만 명이다. 배로 서진하는 좌군으로서는 최초의 상륙이었다. 선단에 의한 수송이라 근사들은 지치지 않았다. 무인의 사천성을 아들인 마타하치로 다다쓰네에게 지키라 하고, 요시히로는 오후 안에 전격적으로 진주에 진격했다. 내일은 곤양을 함락시킬 계획이었다.

곽재우는 점심 전부터 누각에 오른 채 내려오려고 하지 않았다. 해는 아까부터 조금씩 기울기 시작했다. 곽재우의 시선은 서쪽을 향해 있다. 화왕산의 표고는 75m. 고작 5km밖에 떨어져 있지 않은 서쪽의 창녕이 한눈에 들어왔다.

창녕 시내는 왜군들로 들끓고 있었다. 운집한 왜병의 검은 갑주(甲冑)가 햇빛을 반사하여 비치는 것이 보인다. 형형색색의 기와 깃발, 후키나가시(깃발의 하나)가 창녕의 관아와 민가에서 펄럭이고 있다. 거리가 너무 멀어 식별할 수는 없지만, 대장기의 표지에 대해 곽재우는 척후로부터 보고를 받았다. 일곱 자의 제목 글자. 그 문자는 나무묘법연화경(南無妙法蓮花經)이라고 한다. 불도(佛都) 경주(慶州)를 불바다로 만든 왜장, 바로 가토 기요마사의 군대였다.

"아직 움직임은 없나?"

곽재우는 초조하게 말하며 돌아보았다. 움직임이 없는 것은 육안으로 알 수 있다. 그래도 불안해서 계속 척후를 내보내고 있다.

"기요마사도 이쪽의 태도에 신경을 쓰는 것 같습니다."

심복인 이진남(李鎭南)이 고개를 가로로 저으며 한 대답은 그것뿐이었다. 그 옆에 아우인 흥남(興南), 경남(慶南)이 있다. 누각에는 그 밖에 몇 사람의 참모가 모여 곽재우와 마찬가지로 기요마사군의 동향에 신경을 곤두세우고 있다.

누각의 주위를 군사나 성내로 피난온 농민과 아녀자들이 둘러싸고, 곽재우들을 불안한 얼굴로 올려다보고 있다.

그들에 대한 영향력을 유지하기 위해, 곽재우는 냉정함을 가장하며 시선을 창녕으로 돌렸다. 그러나 속으로는 걱정이 태산 같다. 설마하니 기요마사가 창녕에서 진격을 멈추겠는가. 곧바로 초계로 진격할 것이 틀림없다.

화왕산은 험준하고 경사가 급하며, 능선을 따라 석벽이 길게 뻗어 있다. 무기, 탄약은 풍부하고 수비병의 사기는 높다.

그러나 그 수는 1000명이 채 못 되므로 만약 기요마사가 공격해 온다면, 지켜낼 자신이 곽재우에게는 없었다. 왜장 가토 기요마사의 용맹성은 그 잔학성과 함께 조선의 조야에 널리 알려져 있다.

다시 일각이 지난 무렵, 곽재기(郭再祺)가 척후의 보고를 가지고 누각으로 올라왔다. 곽재기는 곽재우의 이복동생으로, 그가 가장 신뢰할 수 있는 오른팔이다.

"형님, 기요마사군이 움직이고 있고, 진군 준비를 시작했답니다."

곽재우뿐만 아니라 참모들까지도 서로 앞을 다투어 누각의 난간에 올라 왜군의 움직임을 응시했다.

확실히…….

갑주의 무리가 천천히 움직이기 시작하고 있다. 진군의 신호인가, 나팔 소리가 바람에 실려 희미하게 들려왔다. 기와 깃발, 후키나가시가 이동해 간다. 그 방향은 서쪽이었다.

"기요마사는 두려워했다, 이 곽재우를."

누각을 둘러싼 민병 사이에서 환성이 일었다.

곽재우는 이복동생을 불렀다.

"재기야, 지금 저 소리가 성내에 퍼지도록."

형의 방법은 알고 있다. 고개를 끄덕이며 곽재기가 누각을 내려가려고 하는 것을 곽재우는 다시 불러세웠다.

"이것도 덧붙이게. 곽재우는 양만춘의 재림이라고."

곽재기는 웃음을 짓고는 사라졌다. 양만춘(楊萬春)은 훨씬 옛날인 고구려 때, 당태종의 대군을 상대로 안시성(安市城)에서 농성전을 펼쳐 이를 격퇴한, 조선사상에 이름을 남긴 불멸의 명장이다.

곽재우는 부관이 가져온 당상갓을 쓰고, 홍의에 떨어진 데는 없는지, 눈으로 성의껏 훑어보았다. 홍의는 아버지가 명나라 황제에게서 받아온 것인데, 그의 별칭인 '천강홍의 장군'의 유래가 된 그 홍의이다. 하기는 이 별칭도 그 자신이 고안하여 이복동생을 통하여 퍼뜨린 것이지만.

누각에서 내려온 곽재우를 무리들이 환호성으로 맞이했다.

한 손을 흔들며 인사를 하고 있는데, 뒤에서 이홍남이 쫓아왔다.

"성을 나와 기요마사의 배후를 치면 어떻겠습니까?"

곽재우는 내심 동요를 감추며 대답했다.

"왜군은 기요마사뿐만이 아니다. 구로다, 모리의 대군이 뒤를 따른다고 한다. 나약한 기요마사를 습격하는 것은 쉽지만, 협공당할 염려가 있어. 우리의 임무는 이 산성을 근거로 왜적을 견제하는 것이다. 들떠서는 안 될 것이야."

척후를 계속 내보내도록 지시하고, 곽재우는 숙소로 향했다. 양어머니를 문안하기 위해서이다. 곽재우에게는 양어머니, 동생인 곽재기에게는 친어머니에 해당하는 허춘란(許春蘭)은 성내로 피난해 온 이래 건강이 나빠지고 있었다.

성내는 가토 기요마사가 전투를 피했다는 소식으로 들끓고 있다. 여기저기서 어깨를 얼싸안고 웃는 얼굴로 인사하며, 곽재우가 지나면 손을 흔들고 머리를 숙였다.

화왕산의 산정에는 완만한 초원이 펼쳐져 있다. 거기에는 막사, 병영, 무기고, 식량 창고, 민가가 빽빽하게 늘어서 있고, 민가에는 빨래가 펄럭이고 있다. 형형색색의 치마가 펄럭이는 것은 멀리서 보면, 마치 군기처럼 보일지도 몰랐다. 이 산은 여기저기서 물이 솟아나 식수는 물론, 빨래에도 불편은 없다. 빗물을 모아놓은 연못도 세 군데나 있다.

그 연못 중 한 연못의 끝에서 곽재우를 부르는 소리에 걸음을 멈추었다.

"장군……."

항왜병의 지휘를 맡은 아스노미야 에치고 사야가가 서 있다. 아직 젊음의 면모가 엿보이는 성실하고 단정한 얼굴에 걱정의 빛이 감돈다.

"드릴 말씀이……. 지급을 요하는 일입니다."

그는 절박하고도 낮은 목소리로 말했다. 조선에 귀순한지도 5년이 지났는데도 아직도 왜말의 사투리를 버리지 못하고 있다.

"말씀하시오, 사야가님."

곽재우는 조선 이름으로 불렀다. 사에카가 바뀌어 사야가가 되었다. 하기야 본인은 김충선이라고 부르고 있다. 그런 조선인다운 이름으로 불러줄 생각이 곽재우에게는 없었다. 나라를 버리고, 조선을 위해 일을 한다고 해도 왜놈은 왜놈이다. 조선인이 되고자 한다면 그것은 어림없는 일이다.

"가게하시 요지로(影橋要次郎)를 기억하시는지요?"

사야가의 뒤에 있던 젊은이가 나왔다.

"요시라(要時羅)라고 했던가."

곽재우는 일곱 달 전, 의령의 경상 우수영에서 가게하시 요지로—요시라가 가토 기요마사의 상륙 일시를 우병사인 김응서에게 알리는 곳에 입회해 있었다. 요시라가 고니시 유키나가의 명으로 가져온 정보는 정확했지만, 결과적으로 이순신은 실각하고 수군은 대패했다. 곽재우는 유키나가의 진의를 파악할 수 없었다.

"고니시에게서 왔습니다."

요시라는 말이 빨랐다. 조선과 교역하고 있는 쓰시마 태생이다. 쓰시마의 영주인 소 요시토모(宋義智)가 고니시 유키나가의 딸을 며느리로 삼은 관계로, 유키나가의 눈에 들어 밀사로 활약하고 있다고 한다.

"지급을 요하는 이야기란?"

"일각을 다투는 중대한 일입니다. 이순신 장군이⋯⋯."

뒤쪽에서 곽재우를 부르는 고함소리가 났다.

두 명의 병사가 무엇인가를 가지고 오는 참이었다. 그 주위를 참모 장수와 농민들이 둘러싸고 있다. 그들의 얼굴에는 아까와 같은 희색은 사라지고 분노와 불안, 공포의 빛이 역력했다.

썩은 냄새가 곽재우의 코를 찔렀다.

눈앞에 병사가 운반해온 것은 얇은 나무판자에 실린 사람의 목이었다. 더위가 심해 부패 정도가 상당히 심하다. 상투가 헤쳐 풀어진 머리에 하얀 입자가 묻어 있는 것을 보니, 보존을 위해 소금에 절였던 모양이다.

"어찌 된 건가, 이건?"

곽재우는 눈을 내리깔았다. 잘린 머리에 코가 없다.

"산허리의 성문에 버려져 있었습니다."

한 병사가 입으로 숨을 토해내며 대답했다.

목에는 파리떼가 들끓고 있다. 코가 있던 부분이 석류처럼 검붉게 파이고, 거기에 파리들은 알을 까려고 불록한 배를 일제히 까불고 있다.

"사야가님, 이것은 귀하의 휘하…… 김충실의 목이 아닙니까?"

군사의 옆에 서 있던 이진남이 곽재우의 옆에서 사야가를 응시하며 말했다.

곽재우는 돌아서서 사야가를 보았다.

"틀림없습니다. 확실히 김충실……, 오카모토 야스에몬입니다. 기요마사의 동정을 조사하라고 서생포에 보냈다가 그만……."

사야가의 입술은 파래지면서 미세하게 떨렸다.

"목 옆에 이런 것이……."

다른 병사 한 명이 나무 패찰을 곽재우에게 보였다. 시꺼멓게 글자가 씌어 있다.

"왜말이로구만."

한자는 판독할 수 있지만 지렁이가 늘어선 것 같은 왜의 글자는 이해할 수 없다.

"사악한 놈……."

순간 사야가는 분노로 얼굴이 붉어지며, 자기도 모르게 왜말을 내뱉었다.

"뭐라고 써 있나?"

재촉을 받자 사야가는 신음하듯 대답했다.

"조선국 충견 오카모토 야스에몬. '배반자의 말로는 모두 이렇다는 것을 알지어다. 그리고 가토 기요마사는 화왕산성의 잔챙이는 상대하지 않겠노라.'"

곽재우는 숨을 죽였다. 주위의 사람들은 곽재우의 반응을 주시하고 있다.

"그러면 됐다. 기요마사, 이놈. 고작 목 하나로 화풀이를 했단 말인가."

곽재우는 크게 소리 내어 웃었다. 그의 뒤를 이어 웃는 자는 아무도 없었다.

"이 목, 정중하게 장사지내도록."

곽재우는 그 말만 하고는 그곳을 떠났다. 칠원으로 보낸 김무현과 그 일행의 소식도 끊어져 있다. 다만 저 항왜처럼 되지 않기를 바랄 뿐…….

사야가와 요시라가 뒤에서 매달리듯 따라왔다.

"장군님, 아까의 말씀입니다만."

곽재우는 걸음을 멈추었다.

"확실히 이순신 장군의 이름을 들었는데."

"목숨이 위태롭습니다."

요시라의 간결한 말을 곽재우는 믿을 수 없다는 생각으로 물었다.

"무슨 흉계냐. 왜놈, 가증스러운……."

곽재우의 탄식을 요시라는 긴박한 소리로 막았다.

"가토는 재주꾼 3명을 파견했습니다. 그렇지만 적은 모략의 대가 도도 다카토라. 그 밖에 어떤 요상한 술책을 준비하고 있는지……."

사야가가 그 뒤를 잇는다.

“우려할 만한 사태입니다. 우리부터도 이순신 장군께로 원군을 파견해야 하지 않을까요.”

“그렇기는 하지. 그러나…….”

현재 이 산성의 지근거리를 왜적의 대군이 통과 중이다. 이순신에게 원군을 파견한다고 해도 적군을 돌파해야만 한다.

“제가 가겠습니다. 100명을 데리고.”

“뭐라고?”

“100명 전원에게 조총을 들려 어둠을 틈타 출발하겠습니다. 저희는 원래 일본, 왜인이니까 발각이 되어도 말로써 빠져나갈 기술이 있습니다.”

“그렇지만 지금 사야가님이 이 성을 빠져나가기란…….”

곽재우는 입을 다물었다. 사야가가 지휘하는 총포 부대는 화왕산성 전력의 일익이 되어 있다. 지휘관을 비롯해 100명을 잃는 것은 불안하다.

“누가 이 성을 감히 공격하겠습니까?”

사야가가 말했다.

“천강홍의 장군, 곽재우는 양만춘의 재래(再來). 가토 기요마사도 무서워하는 사나이…….”

화왕산성에서 24km 떨어진 초계에서는 권율이 철퇴를 결단했다. 왜군의 선봉이 창녕까지 쳐들어온 이상, 적은 병력으로는 원수부를 지탱할 수 없었다. 낙동강을 따라 북상하여 42km 떨어진 성주(星州)로 원수부를 옮긴다. 정성과 벽견(碧堅)의 두 산성에는 파기를 명했다.

"성주? 너무 멀지 않은가요."

부관의 항의를 권율은 싸늘한 눈으로 묵살했다.

"정성이라면 이 통제사는……."

"지금쯤은 노량으로 향하고 있을 것이야."

권율은 이순신의 신변을 걱정하는 부관에게 귀찮다는 듯이 손사래를 쳤다. 처리 능력에 뛰어난 종사관이 모습을 감추자 철퇴의 준비는 지지부진하여 진척이 되지 않고 있다. 권율은 초조하여 소리를 질렀다.

"빨리 황여일을 찾아와!"

초계에서 83km 서남쪽으로 떨어진 구례에서도 도체찰사가 본영의 포기를 명하고 있었다. 이쪽은 사천에 왜군이 상륙했다는 급보를 받은 참이었다.

피난은 광양, 순천의 연안부에서 시작되었다. 피난민의 무리는 북상하여 구례로 들어갔다가, 구례에서 다시 북쪽으로 향했다. 농기구를 버리고 산속으로 몸을 숨기는 농민도 있다. 군사도 무기를 버리고 피난민의 대열에 또는 산속으로 몸을 던졌다. 왜군과 맞서 싸워야 할 군사가 싸우지 않고 몸을 숨기는 것이다.

구례 현감인 이원춘(李元春)은 융의(戎衣)를 입고 체찰사인 이원익 앞에 나타났다.

"이제 도망가는 것은 안 됩니다. 남원성으로 들어가 왜놈과 일전을 하겠습니다."

얼마 안 되는 수하를 거느리고, 이원춘은 이원익의 앞을 물러났다. 순천성에 주둔하고 있던 전라 병사인 이복남(李福男)도, 순천 부사인 오응정(吳応鼎)과 함께 북상하여, 남원성을 목표로 했다. 이원춘과 달리 싸우기 위해서가 아니라, 명나라의 장수 양원에게 의지하기 위해서였다.

섬진강(蟾津江)에 놓인 완성교(玩星橋)는 제10대 왕인 연산군 시대에 근처 사찰 승려들의 힘으로 완성된 나무다리인데, 경상도에서 전라도로 들어가는 통행의 요로로서 이용되어 왔다. 청, 주, 황, 백, 흑의 단청을 칠한 난간은 매우 아름다웠고, 200개가 넘는 교형(橋桁)은 굵고 튼튼해 보였다.

8월 3일의 석양이 저 멀리 서쪽으로 저물고 있었다. 완만한 곡선을 그리며 섬진강을 가로지르는 완성교는 번쩍거리는 강물 위로 우미한 그림자를 드리우며 석양의 평화로운 경치 속에 녹아들고 있었다.

다리를 다 건넌 곳에서 시라토리 마사나리는 말을 멈추었다.

"이 다리를 태워 끊지요."

"태워 끊다니?"

반나절 이상이나 쉬지 않고 달린 이순신의 여장은 하얀 먼지로 뒤덮였다.

"그래야 다테즈들의 발을 막을 수 있습니다. 그리고 저 배도 모두 태워 버려야."

시라토리는 막 건너온 건너편에 매인 몇 척의 작은 배를 가리켰다. 하시하베 쇼이치로와 미쿠리야 사몬이 등에 맨 전통에서 불화살을 꺼내들었다.

순신은 이마의 땀을 훔쳤다.

"기다려. 그건 안 돼."

"시간을 벌려면 이것이 가장 좋은 방법입니다."

"이 다리는 피난민들도 사용할 것이야. 나 하나 때문에 태워 버리 순 없지."

"피난은 끝나지 않았습니까."

시라토리는 주위를 둘러보았다. 황혼 중이라 왕래는 끊어졌다. 운곡에서 여기까지 말을 타고 달려오는 동안 한 사람도 볼 수 없었다.

"아직 남아 있을지도 몰라. 어쨌든 태워서는 안 돼."

유희가 흑각궁에 쇠화살을 메겨 하시하베를 겨누었다.

"불화살을 내려라."

시라토리는 찬성자를 구하려고 군관들을 둘러보았다. 그러나 동조하는 표정의 얼굴은 하나도 없었다.

추적자들이 완성교에 다다랐을 때는 해가 이미 지고 부근은 어두워져 있었다. 쏟아져 내릴 것만 같은 샛별이 다리를 부드럽게 비추고 있다. 강가에서는 벌레들이 울기 시작했다.

"다리가 남아 있어."

"그들답지가 않군."

"왜 그랬을까?"

"내가 놈들의 입장이라면 다리를 태워 버렸을 텐데."

"이 길로 가지 않은 것이 아닐까?"

"길은 이것밖에 없어요."

"무슨 장치가 되어 있을지도 몰라."

5마리의 말에서 다섯 그림자가 내렸다. 횃불에 불꽃이 피어오른다.

다테즈 주이치로, 가게치카 우쿄, 네코메 덴젠, 아야쓰키 로쿠로타, 가스미. 사냥의 흥분에 고양된 5명의 얼굴이 흔들리는 불꽃에 비춰져 요염한 그림자를 그렸다.

안위와 조계종이 노량에 도착한 것은 일몰 뒤 2각이 지난 무렵이 었다. 노량의 시가는 피난이 끝나 사람의 모습은 보이지 않았다. 잔 교에 전선의 모습은 없었다. 앞바다에는 두 척의 전선이 정박해 있 다. 안위의 전선과 조계종의 배이다.

잔교에는 조계종의 부관이 작은 배 옆에서 기다리고 있었다.

"우수사는?"

"출항하셨습니다. 자, 어서 배로."

부관은 두 사람의 도착에 안도의 빛을 보였지만 목소리에는 절 박함이 배어 있다.

"왜의 수군은 이제 곧 여기에 올 겁니다. 조금 더 기다렸다가 끝 내 오시지 않으면 이 두 척도 닻을 올릴 참이었습니다."

작은 배는 미끄러지듯이 잔교를 떠나 앞에 펼쳐진 밤바다를 향 해 전선으로 저어간다.

조계종이 크게 한숨을 내쉬었다.

"긴 하루였어."

"아, 장군님이 무사하시면 좋으련만……."

안위는 피로에 지친 몸을 작은 뱃바닥에 누워 멀리 보이는 잔교 를 응시했다.

"왜 그래?"

"누군가가 있어. 여자야. 여자가 7명이나."

별빛에 비친 잔교에 일곱 그림자가 떠 있다. 머리 모양으로 겨우 여자임을 알 수 있었다.

"여봐, 배를 돌려. 저 사람들을 실어 오자."

조계종의 부관에게 명하여 다시 잔교를 목표로 갔을 때는 이미 일곱 그림자는 사라지고 없었다.

"오코님이 안됐어요."

산고는 자기도 모르게 소리를 지르고 말았다.

이순신 등을 기다린 결과가 이렇다. 일이 잘 되었으면 벌써 일본에 돌아가 있을지도 모르는데. 기다리는 동안 이 마을에서 조선 수군의 젊은 남자를 유인하여, 숲의 폐가에서 성적 유희를 즐긴 것밖에 더 있는가.

"산고가 말한 대로야. 실패한 것은 내 탓이야. 너무 지나쳤어."

오코는 별로 신경이 쓰이지도 않는다는 듯이 입가에 웃음을 흘렸다.

"그래도 즐거운 여행이 당분간은 계속될 거야."

오코의 말에 산고를 제외한 5명의 여인이 은밀한 웃음소리를 내며 고개를 끄덕였다. 인적 없는 밤의 잔교에는 언제까지나 그 웃음소리가 기분 나쁘게 울리는 것이었다.

제 9 장

—

예수회의 전사들

8월 4일.

밤하늘이 밝아오기 시작했다. 모래알처럼 하늘을 가득 메웠던 별들은 모습을 감춘 뒤였다. 동쪽 하늘에 아주 밝게 빛나는 샛별 하나만을 남기고…….

이순신과 그 일행은 밤새 도로를 질주하여 두치(豆恥)에 거의 당도하고 있었다. 이제 광양을 통과하면 밤에는 순천에 도착해 있을 것이다.

"순천까지 도착하면……."

순신과 함께 나란히 선두를 달리던, 군관 방응원이 말했다.

"전라 병영의 힘을 빌려 왜놈의 일당을 격퇴해 버릴까."

"그것보다도 말이 문제야. 이제 곧 달릴 수 없게 돼."

순신은 걱정과 초조함이 실린 소리로 말했다. 말의 숨소리가 턱에 닿았다. 어디에서인가 휴식을 취하지 않으면…….

순신은 후속하는 무리에서 시라토리 마사나리를 불렀다. 시라토리는 한번 채찍을 휘두르고는 선두에 붙었다. 시라토리의 말도 이제는 입에 거품을 물고 있다.

"이대로 계속 도망가는 것은 무리야."

"저도 그렇게 생각합니다. 광양에 도착하기 전에 다테즈들한테 포착될 겁니다."

시라토리가 곰곰이 생각한 뒤 신중한 어조로 대답했다.

"말이 고장나면 끝장이야. 말에서 내려 매복했다 놈들을 칩시다."

"일전도 불사하겠다?"

"우리는 14명, 저쪽은……."

"다테즈들이 정면으로 응전해오리라고는 생각지 않습니다. 제가 놈들의 입장이라면 습격했다가는 물러나고, 물러났다가는 습격합니다. 조금씩 힘을 빼다가, 당신이 알몸이 되었을 때 일거에 승부를 걸니다."

"그러면 어떻게 하는 것이……."

전방 오른쪽으로 굽은 갈림길이 나타났다. 수확이 반쯤 끝난 논과 밭 사이를 지나 오른쪽, 북쪽으로 뻗어 있다.

"저 길은 어디로?"

"구례, 남원, 전주에 이르는 길인데."

방응원이 대답했다.

"말을 멈추세요."

시라토리가 말했다.

"저 길로 들어갑시다. 그 수밖에는 없지……."

"방향이 틀려."

순신은 시라토리를 막았다. 한시라도 빨리 회령포에 가서, 13척의 전선을 이 손으로 스습해야 한다. 그러기 위해서는 이대로 다가가서 순천으로 빠지는 것이 최단거리이다.

"우회하는 수밖에 없습니다."

시라토리는 확고한 목소리로 말했다.

"다테즈들이 눈치철 때까지 시간을 버는 겁니다."

"우회인가."

그렇다면 더욱더 전선이 멀어진다.

"장군님, 왜놈이 하는 말이니 뻔합니다. 구례에 가면 이원익님의 본영이 있습니다. 거기서 구원을 청하면 될 겁니다."

군관인 윤선각이 말했다. 몇 사람인가가 동조하는 듯 고개를 끄덕였다.

순신은 골똘히 생각을 짜냈다. 피난민은 상당히 대규도인 모양이다. 체찰사가 구례어 남아 있겠느냐 하는 것도 기대할 수 없다. 그러나 추적을 따돌리려면 우회, 이제는 그 방법밖에 없을 것 같다고 판단되었다. 지금 여기서 왜놈 자객의 손에 걸려서는 안 된다.

"알았네."

순신은 말머리를 돌리라고 했다.

"기다려. 미끼가 필요해. 적어도 두 사람."

"미끼?"

"가게치카 우쿄라는 남자, 상당한 모사꾼이오. 이쪽의 수를 읽고 있으라는 것은 충분히 생각할 수 있습니다. 우리가 순천으로 갔다는 것을 놈들에게 확신이 들게 하지 않으면……"

"어떻게 한다?"

"미끼로 남는 두 사람은 앞으로 잠시 매복해 있다가 다테즈 일당을 쳐야 해요."

"결국 나를 도망치게 하기 위해 남는다, 그 말이지?"

순신의 목소리가 굳어졌다. 두 사람의 생환은 기대할 수 없다. 목숨을 버리라 하는 것과 똑같다.

"그럼 저를 그 한 사람에……."

하시하베 쇼이치로였다. 그 옆에서 유희가 놀란 표정을 감추지 못하고 하시하베를 응시하고 있다.

"쇼이치로!"

시라토리와 미쿠리야 사몬은 동시에 하시하베를 불렀다.

"됐어. 내가 남는다."

하시하베는 약간 쑥스러운 듯이 웃었다.

"자네들은 최후까지 장군님 호위를 계속해주게. 이제 주이치로와 부딪칠 때도 되었어."

"기다려, 왜놈!"

갑자기 침착한 목소리로 누군가가 외쳤다. 전원의 시선이 목소리의 주인공, 이원용(李元龍)에게 집중되었다. 군관들 중에서는 현웅진과 함께 가장 나이가 젊고, 몸놀림이 민첩한 남자. 고대 신라의 비교적(秘敎的) 전사단이자 화랑도의 맥을 이은 검술의 달인이라고 순신은 들은 바가 있었다.

"장군님을 위해 목숨을 버린다. 이것은 우리 조선인이 해야 할 일이다."

이원용은 순신 앞으로 말을 몰았다.

"신하된 자 충성을 다하며, 자식된 자 효도를 다한다. 위기를 보고도 목숨을 바치지 않으면……."

"충과 효, 모두 뗄 수 없는 것…… 나도 남겠다, 원용."

이렇게 말한 것은 현응진이었다.

"저, 로쿠로타. 이순신 옆에 있던 여자, 기억하고 있어?"

"여자가 있던 것만은."

아야쓰키 로쿠로타는 관심 없다는 투로 대답했다.

"옆에 있던 남자 같으면 잘 기억하고 있지."

"말한 보람이 없군."

"그 여자가 어쨌다는 거야, 덴젠."

"지금도 순신을 따르고 있다고 생각하나."

"글쎄다. 왜 그렇게 생각하-지?"

"이 나라의 여자는 모두 예쁘거든. 그런데 저런 여자는 처음 보았어. 약간 나이는 들어 보이지만 그런 점이 마침 좋아."

달리는 두 마리의 말 위에서 나누는 대화이다.

선두를 달리는 다테즈 주이치로의 녹색 눈은 오른쪽, 즉 북쪽으로 향하는 갈림길을 향하고 있다.

"알고 있나, 주이치로?"

"물론이지."

"저 길로 돌면 어디로 통하지요?"

가게치카 우쿄가 말머리를 접근시키며 가스미에게 물었다.

"여기는 두치. 북쪽으로 가면 구례에요. 설마하니 이순신이 이 길을?"

가스미의 질문에도 가게치카는 대답이 없다. 가는 눈이 생각에 잠기듯 더욱 가느다래진다.

“그렇진 않을 거요.”

네코메의 여성 이야기에서 빠져나오려는 듯이 아야쓰키가 끼어들었다.

“이 길은 바다하고는 반대 방향이오. 이순신은 무슨 일이 있어도, 전선을 손에 넣고 싶어합니다. 그렇다면 우회 같은 걸 하려고 할까요?”

“시라토리 마사나리 같으면 구례로 가는 길을 택할 거요. 추격을 따돌려 피하는 길은 그 길 밖에는 없으니까.”

미륵보살 같은 얼굴을 하고 있는 뱀처럼 교활한 놈이 말했다. 틀림없이 이순신에게 피할 방법을 가르치고 있는 것 같다. 시라토리의 생각이라면 정확히 읽을 자신이 있지만…….

“다리는 그대로 있다. 놈 같으면 태워서 끊었을 것인데.”

다테즈가 말했다.

가게치카는 고개를 끄덕였다.

“그래. 이순신은 시라토리의 지시를 받아들일 것 같지는 않아. 그렇다면 어느 길을 갈 것인가를 결정하는 것도 순신이지. 구례로 가는 길을 권하는 시라토리에게 순신은 고개를 어느 쪽으로 흔들었을까…….”

전방에 두 사람의 그림자가 순천으로 가는 길을 재촉하는 듯이 서 있다.

5명은 말을 멈추었다.

“내가 처리하지요.”

아야쓰키 로쿠로타가 말에서 내려 양손에 힘을 빼고, 칼을 뽑아 들고 있는 두 사람을 향해 간다. 세 마리의 말이 걷기에도 빠듯한 좁은 길에 서 있고, 양쪽에는 논과 밭이 펼쳐져 있다.

"왜놈의 새끼, 이 이상은 못 가지."

오른쪽에 선 남자, 이원용이 한 걸음 나섰다. 유려하게 휜 칼을 아침 해에 반사시켜 아야쓰키를 향해 달려간다. 왼쪽의 남자, 현응진은 아야쓰키를 협격하기 위해 재빨리 배후로 돌았다.

"나는 조선말을 모른다. 뭐라고 지껄이고 있느냐, 이 자식들."

"왜놈은 이 앞으로는 갈 수가 없지."

네코메 덴젠이 말 위에서 내려오지도 않은 채 대답했다. 다테즈, 가게치카, 가스미도 고삐를 쥔 채, 2대 1의 결투를 재미있다는 듯이 바라보고 있다.

"왜놈, 왜놈이라고 했지?"

아야쓰키의 하얀 얼굴에 분노의 빛이 돌더니, 다음 순간에는 허리의 장도 두 자루를 한꺼번에 빼들었다. 가슴 앞에서 열10자로 교차시킨 후 사이를 두지 않고 이원용을 향해 간다.

두 자루의 칼이 교차하는 일점을 겨냥하여 이원용은 태도(太刀)를 내리쳤다. 자르는 맛을 중시하는 왜도는 충격에 약하다. 전통적으로 무거운 조선 태도로 왜도를 분쇄하고 그대로 적의 ㅎ-반신을 베어 버릴 작정이었다.

반응이 없다. 태도는 허공을 가르고 이원용은 헛발을 디뎠다.

적—아야쓰키 토쿠로타는 이원용에게 바로 앞까지 가서 반전, 뒤의 현응진에게 기습을 하고 있다. 아야쓰키의 두 자루의 칼은 태도를 잡은 양손을 팔꿈치부터 절단했다.

절규가 도로를 달리고 양 팔꿈치에서 새빨간 분류가 솟는 순간, 아야쓰키는 왼발을 축으로 하여 몸을 회전시켜 현응진의 뒤에서 왼쪽 칼을 먹였다.

떨어진 목이 이원용에게로 튀었다.

이원용은 반사적으로 현응진의 목을 태도로 받아 막았다.

칼이 살아 있는 목에 깊이 1자(尺)로 박혔다. 무념의 표정을 띤 현응진의 목에서…… 태도가 빠지지 않는다. 태도가 갑자기 무거워진다.

이원용의 얼굴에 공포가 스쳤다.

눈앞에 여자 같은 흰 얼굴이 다가왔다.

도로를 오른쪽으로 꺾은 이순신들은 우편에 펼쳐진 섬진강을 보면서 북상을 진행하고 있었다. 지리산의 연봉이 보이기 시작했다. 그 산허리에 구례가 있다. 길은 완만한 오르막길의 경사를 이루고 있다.

때마침 내리는 비가 일행의 몸을 적셨다. 피난민의 모습은 한 사람도 보이지 않고, 어제와 마찬가지로 길은 아무리 가도 무인지경이었다.

점심 무렵에 쌍계동(雙溪洞)을 통과했다. 비로 물이 불어나고, 날카롭게 솟은 바위가 일대에 흩어져 있는 비탈을 가로질러 더욱 세차게 말을 몰았다.

추적자의 존재가 확실해진 것은 석주관(石柱關)이라는 곳에서 말을 쉬게 하고 있을 때였다. 녹음이 우거진 젖은 나무들 사이로 말의 그림자가 보였다 안 보였다 했다. 일행이 지나온 길을 뒤따르듯이 달려 올라오고 있다.

순신은 올라서서 고삐를 잡았다.

"놈들인 모양이야."

"해치운 모양입니다."

시라토리는 미륵 같은 얼굴을 잔뜩 찡그리며 말에 올라탔다. 순신, 유희, 미쿠리야 사몬, 군관들이 그의 뒤를 잇는다.

"타라, 쇼이치로."

말을 달려온 시라토리가 돌아보고는 놀란 표정을 지었다.

하시하베 쇼이치로는 말 옆에 선 채였다.

"이번에야 제가 남지요. 놈의 갈안에 대항할 수 있는 것은 나 혼자뿐이니까."

"나도 남지."

미쿠리야 사몬이 말에서 훌쩍 내렸다.

"사몬, 너는 가."

"그건 안 되지, 쇼이치로. 자네와 같이 죽는 것이 내 바람이야."

"맹세하지 않았나, 이순신을 지킨다고."

"너를 따라온 거야. 그렇게 말했기 때문에."

"너는 안 죽어, 사몬."

하시하베는 미쿠리야의 거구에 다가가 올려다보듯이 하며 눈을 응시했다.

"자, 어서 가. 마사나리의 지시에 따라 이순신을 최후까지 지켜줘."

"그러나 혼자서는 무리야."

순신은 두 사람의 말 사이에 끼어들어 자기 군관들에게 시선을 향했다. 군관들은 갈팡질팡 서로의 얼굴만 쳐다볼 뿐이다. 이미 4명의 동료를 잃었다. 5명째가 되는 것을 주저하는 것은 당연했다.

"제가 남겠습니다. 저 왜놈하고요."

유희가 말에서 내려 등에 메고 있던 흑각궁을 손으로 잡았다. 유희는 하시하베에게 강렬한 시선을 보내더니 말 위의 순신을 올려다봤다.

"유희의 활솜씨는 잘 알고 계시잖아요."

순신은 당황하여 고개를 가로로 저었다.

"그건 안 돼."

유희는 그 소리를 못 들은 척하며, 남쪽 방향으로 눈길을 주고 있는 하시하베에게 말했다.

"올라오는 적을 활로 겨누면 재빨리 나와요."

"유희……."

순신은 주저했다. 확실히 그 가운데서 활을 가장 잘 쏘는 사람은 그녀 이외에는 없다. 군관들은 다소 기분 나쁜 표정을 떠올렸을 뿐 그 누구도 입을 열지 않았다.

"장군님, 어서 가세요."

유희는 등을 돌려 달리기 시작했다.

"너도 가. 사몬."

하시하베는 미쿠리야를 재촉하고는 시라토리와 짧게 시선을 교차시켰다.

"죽지 말게, 쇼이치로."

시라토리는 낮은 소리로 중얼거리고는 말의 배를 걷어찼다.

석주관은 전체가 거암으로 이루어진 약간 높은 구릉이다. 이제 막 벗겨지기 시작한 흰 바위 껍질에 어우러진 녹색의 거목이 울창한 숲을 이루고 있다. 유희는 그 숲을 배후로 하고 거암이 만들어놓은 절벽을 저격 위치로 잡았다. 키만 한 바위 뒤에 숨어 활에 화살을 메기고 절벽 밑의 대로에 시선을 집중하고 있다.

하시하베는 유희의 옆을 돌고 있다. 등에서 활을 내려놓고 전통에서 화살을 뽑았다. 조선의 활은 소형이라 다루기 좋고 접근전에는 적합하지만, 일본의 장궁에 비해 사정거리가 떨어진다. 적이 충분히 가까이 왔을 때 쏘아야만 한다.

주위는 쥐죽은 듯 고요하여 새의 울음소리 하나 들리지 않는다. 말발굽소리가 들려왔다. 이제 비는 멎고 구름 사이로 햇빛이 비치자 나무들의 그림자가 짙어진다. 대로는 산속의 끝자락을 따라 굽어 있다. 300m 후방에 굽은 길이 있고 그 끝은 수목으로 가려져 있다. 모퉁이를 돈 추적자들이 모습을 나타내는 것은 이제 금방이다.

"왜 남았지요?"

갑자기 유희가 물었다. 눈은 절벽 밑의 가도로 향한 채였다. 말발굽 소리가 점차 크게 들려온다. 유희는 그런 질문을 한 것을 후회하듯이 당황하여 말을 덧붙였다.

"왜놈의 힘은 빌리고 싶지 않거든요."

추적자가 시계에 들어왔다. 두 마리, 후속은 없다. 하시하베는 활의 목표점을 보면서 두 마리를 재빨리 관찰했다. 체형으로 보아 두 사람의 정체는 금방 알아볼 수 있었다.

"선두의 마른 쪽이 아야쓰키. 뒤의 약간 통통한 남자가 네코메요."

"갈안의 남자는 어찌 되었나요?"

유희는 활의 시위를 당겼다.

하시하베는 얼굴을 가로로 저었다. 지금은 그 일에 신경쓸 겨를은 없다.

"정신 차려요. 아야쓰키는 검술의 달인이오. 네코메는 날쌘 도구를 날리는 데 능숙하구요."

"…어떤?"

"지름 약 30cm 정도의 얇은 금속 원반이오. 바깥 둘레가 예리한 날로 되어 있소. 그것을 날리면 상대의 목은 간단히 베어 떨어뜨릴 수 있소."

"그럼 난 그 남자를 겨누죠. 당신은 선두의 남자를……."

하시하베에게 주도권을 빼앗기는 것이 싫은 듯 유희는 빠르게 말했다.

마침내 표적이 사정거리 내로 들어왔다.

유희는 재빨리 화살을 쏘았다. 그리고 곧장 다음 화살을 메겨 줄을 당긴다. 실수 없이 민첩한, 물 흐름과 같은 움직임이었다.

하시하베는 온 신경을 아야쓰키에게 집중시켰다. 유희보다 약간 늦게 제1발을 쏘았다.

네코메 덴젠이 말등에 엎드리는 것이 보였다. 등을 엎드려 유희의 제1격을 피하면서 왼손으로 칼을 뽑아들고 제2격을 쳐낸다.

아야쓰키의 반응은 더욱 빨랐다. 유희의 제1격이 자신을 피해 간 것과 동시에 칼을 칼집에서 뽑아, 하시하베의 화살을 막았다. 하시하베가 쏜 3발의 화살은 모두 아야쓰키가 막아냈다.

아야쓰키가 그 끝을 보고 유희와 하시하베가 숨어 있는 위치를 정확히 맞추어 내었다. 뒤따라오는 네코메가 오른손을 품 속에 넣었다 빼었다. 가슴에서 은빛이 반사되었다. 눈 깜짝할 사이어 그 빛은 유희와 하시하베를 겨냥하여 다가왔다.

거암에서 몸을 올라타듯이 하여 시위를 당기고 있던 유희는 햇빛을 반사하는 은빛에 눈이 부셔 저도 모르게 얼굴을 돌렸다.

하시하베가 유희의 몸을 바위에서 껴안지 않았으면, 날아온 빛은 유희의 얼굴을 직격했을 것이다.

유희는 눈을 뜨고 빛의 정체를 찾으려고 했다. 그 눈에 비친 것은 자기의 머리 위를 빗나가, 뒤에 있는 숲의 거목가지를 잘라 떨어뜨린 후 반전하여 다시 돌아오고 있었다.

이 세상에 없는 존재를 겨누었다. 그런 공포가 유희를 움츠러들게 했다.

하시하베가 유희의 허리에 팔을 감고 힘있게 당겼다.

빛은 유희의 몸을 벗어나 바위에 심하게 부딪쳤다. 튀어 날아온 바위 조각들이 유희의 얼굴에 상처를 냈다. 통증은 공포 때문에 감지하지 못했다. 유희는 눈을 똑바로 뜨고 빛의 정체를 알아냈다. 얇은 금속 원반이 바위를 파고들었다. 파고들면서도 여전히 회전을 멈추지 않은 채다.

"이것이……."

"한번 비켜갔다고 해서 안심할 수 없소."

하시하베가 굳은 목소리로 대답했다.

원반의 회전은 서서히 느려지면서 곧 움직임을 멈추었다.

대로에는 아야쓰키와 네코메의 모습이 이미 사라진 후 주인을 잃은 말 두 마리가 남아 있다.

"내 옆에서 조금도 떨어지지 마시오. 놈들이 어떤 술수를 쓸지 모르니까."

"그럼 수세에 몰리는 꼴이 돼요. 떨어져서 싸우죠."

유희는 자신 있게 말하더니 숲속으로 사라졌다. 사라지기 전에 하시하베를 한번 돌아보았으나 그것은 한 순간이었다.

하시하베는 그 자리에서 움직이지 않았다. 적을 찾아 돌아다니다 시간과 체력을 쓸데없이 사용하기보다 오히려 자신을 발견하게 한 후 단숨에 승부를 건다. 하시하베는 칼을 빼고 기다렸다.

오른쪽 전방에서 화살이 날아오자 상반신을 겨우 틀어 비켰다. 다행히도 화살은 뒤의 거목에 맞고 부러졌다.

두 번째 화살은 짧은 간격을 두고, 전방에서 왔다. 이것 역시 몸을 돌려 피한다. 세 번째 화살은 같은 방향에서 하시하베가 몸을 돌릴 것을 예상이라도 한 듯 날아왔다. 그러자 하시하베는 몸을 돌리기 전에 칼로 쳐서 떨어뜨렸다.

"세 발. 같은 수만큼이다."

전방의 나무 사이에서 아야쓰키 로쿠로타가 나타났다. 손에 들었던 활을 버리고 허리에서 두 자루의 장도를 동시에 뺐다.

하시하베는 정면에 자리잡고 한 걸음 앞으로 나갔다.

"네가 하시하베 쇼이치로로구나. 재주가 있다고 다테즈한테서 들었다. 그럼 한 번 겨뤄볼까."

아야쓰키는 발을 멈추고 하시하베를 응시했다.

"내 이름은 아야쓰키 로쿠로타다. 저 세상으로 보내기 전에 묻고 싶은 게 있다. 왜 일본인의 주제에 조선 나부랭이와 한편이 되었나?"

"……."

“너희들, 항왜보다 죄질이 더 나빠. 우리 편 얼굴을 하고 적과 내통하고 있어. 못된 것들 같으니라구.”

“네코메 덴젠은 어떤가?”

아야쓰키는 화난 표정으로 바뀌었다.

“지금은 너와 나, 1대1의 승부. 네코메는 즐거워하며 여자를 좇고 있지. 이순신 곁에 있는 걸 본 이래 한눈에 반했다더군.”

야비한 웃음소리를 내며 아야쓰키는 천천히 다가왔다. 오른쪽 검을 든 자세로, 왼쪽 검을 몸에 붙이고 있다. 한치도 틈이 없었다. 하시하베는 한 걸음 후퇴했다. 그러자 아야쓰키는 간격을 좁혀 왔다. 그는 자기의 칼솜씨를 전혀 의심하지 않는다.

얼마 안 되어 하시하베의 등은 큰 바위에 막혔다.

“어쩔테냐? 이제 뒤가 없는데…….”

“재주꾼이라고 했다며?”

“뭐라고?”

“날 보고 재주꾼이라고.”

“아, 다테즈가 확실히 그렇게 말했지.”

하시하베는 오른손을 손잡이에서 떼고, 배후의 바위를 재빨리 손으로 더듬었다. 다테즈가 말한 것을 이 남자는 잘못 알고 있다. 검술 실력이 뛰어나다고. 그러나 하시하베와 다테즈가 예수회에서 배운 것은 적을 빨리 넘어뜨리는 기술이다. 검술은 그 기술 중 하나에 지나지 않는다.

하시하베의 오른손은 계속하여 바위 속을 더듬어 찾았다. 거암에 파고들어 움직임을 멈춘 네코메 덴젠의 금속 원반. 하시하베는 그것을 빼들고는 아야쓰키를 향해 던졌다.

하시하베의 검사답지 않은 비겁한 움직임에 아야쓰키의 흰 얼굴은 분노로 빨갛게 물들었다. 원반을 쳐서 막으려고 오른쪽 검을 옆으로 움직인다. 자세가 흐트러졌다. 하시하베는 자신이 먼저 간격을 좁혀 달려들었다.

원반이 아야쓰키의 몸을 벗어나 뒤쪽으로 날아갔다. 아야쓰키는 즉시 오른쪽 검을 원래 자세대로 잡았다. 철벽의 자세. 그 속으로 하시하베는 뛰어든 꼴이 된 것처럼 보였다.

아야쓰키의 얼굴에 비웃음이 떠올랐다. 하시하베도 같은 웃음으로 되갚았다. 시선을 아야쓰키의 후방으로 더듬으면서.

갑자기 아야쓰키의 조소가 얼어붙었다. 생각이 난 것이다. 네코메의 원반은 일단 날아간 후, 또 다시 어떤 움직임이 계속된다는 것을.

아야쓰키는 원반의 움직임을 파악한 것처럼 목을 왼쪽 뒤로 틀어 돌렸다. 그와 동시에 왼쪽 검을 원반에 대비하기 위해 뒤로 흔들었다.

이제 자세는 완전히 흐트러졌다. 그래도 오른쪽 검은 하시하베의 공격에 대비해 방심하지 않고 그를 향하고 있다.

아야쓰키의 시선이 뒤를 향함과 동시에 하시하베는 단도를 빼어 아야쓰키의 관자놀이를 향하여 던졌다. 오른쪽 검은 이 예기하지 않은 기습에 대처할 수 없었다.

원반은 되돌아오지 않았다.

아야쓰키는 얼굴을 하시하베에게 향했다. 당황하여 왼손의 검으로 눈앞을 막았으나 늦었다. 단도는 순식간에 안구를 뚫고 뇌를 파고들었다.

유희는 이마의 땀을 훔쳤다. 상대의 움직임은 고양이처럼 민첩했다. 나무 사이로 검은 그림자가 나타났구나 하고 생각하면 바로 사라진다. 그림자를 보고 동시에 활을 쏘아도 반응이 없었다. 유희는 쉼 없이 달리면서 활을 쏜다. 서 있으면 저 금속 원반의 먹이감이 될 뿐이니까.

왼쪽 앞으로 검은 그림자가 나타났다 사라지면서 달려갔다. 처음 보았을 때보다 그림자와의 거리가 좁혀져 있다. 네코메 덴젠은 이미 유희의 움직임을 파악하고 거리를 조금씩 좁히는 것이라고 생각할 수밖에 없었다.

유희는 마지막 나무 화살을 쏘았다. 공기를 가르며 검은 그림자가 사라진 방향으로 화살이 빨려 들어간다. 이번에도 맞았다는 느낌은 들지 않았다.

비웃는 듯한 웃음소리가 들려온다.

유희는 달아나는 것을 그만두고 숨을 크게 들이마셨다. 자기 체구의 네 배는 됨직한 녹나무를 등졌다. 이 추적놀이는 끝내 소득이 없었다. 체력과 화살을 낭비할 뿐. 지구전을 해서 이길 자신은 없다. 그렇다면 이렇게 몸을 드러내고 네코메의 원반을 유인하자. 등에 진 전통에는 쇠화살이 5발. 날아오는 금속 원반을 쇠화살로 막아 떨어뜨리고, 네코메를 비무장시켜 결판을 낸다. 이제는 그 방법밖에 없었다.

유희는 쇠화살을 메기고는 목청껏 소리쳤다.

"이제 그만 나오시지! 도망 다니는 것이 능사가 아니잖아? 그 날쌘 원반은 어찌 된 거지?"

그 순간 오른쪽 앞의 숲이 흔들렸다.

"그렇게 좋은 몸에 상처를 내게 하고 싶지는 않거든."

정욕에 젖은 사내의 소리가 짐승의 울부짖음처럼 되돌아왔다.

"덤벼드는 것이 어때?"

유희가 도발함과 동시에 숲에서 은색의 빛이 떠올랐다. 아까와는 달리 굵은 가지를 펼친 거목이 가리고 있는 숲속이다. 그러나 날아오는 원반의 빛은 둔하고, 유희의 눈을 자극시키지는 않는다.

어스름에 젖은 녹색 나무 빛의 역광이 지배하는 세계 속으로, 은빛 원반이 허공에 항적을 그리면서 다가왔다. 유희는 원반의 움직임을 냉정하게 눈으로 좇아 활줄을 놓았다. 날카로운 쇠화살이 똑같이 둔한 은빛의 빛줄기를 끌며 어스름을 갈랐다.

쇠화살은 허공에서 정확히 원반을 맞추고는 소리를 내며 떨어졌다. 방향을 벗어난 원반은 비스듬히 나 있는 거목의 줄기에 박혔다.

"지금 것은 예행 연습이야. 이번에는 용서 없지."

남자의 소리가 들려오는 방향은 매번 달랐다. 유희의 쇠화살을 경계하여 끊임없이 이동하는 것이다.

"내 말을 들으면 목숨은 살려주지. 활을 버리고 입고 있는 옷을 벗어. 알몸이 되는 거야."

분노라기보다 그 몰염치한 정욕에 유희는 아연실색했다.

차라리 이 사내가 시키는대로 할까, 하는 생각이 순간 머리를 스쳤다. 목숨이 아까워서가 아니었다. 남자의 정욕을 이용해서 공격의 틈을 엿보는 것은 곡예와 같은 금속 원반을 쏘아서 떨어뜨리는 것보다는 승산이 있을 것 같다.

그러나 유희는 금세 그 생각을 버렸다. 왜놈에게 맨살을 보일 수 없다. 설사 그것이 적의 눈을 속이기 위한 것이라 해도.

갑자기 또 한 사람의 왜놈, 하시하베 쇼이치로의 얼굴이 뇌리에 떠올랐다. 그는 무사할까? 어제 자신을 도와준 남자. 위험한 곳에 남겠다고 주저없이 말한 남자. 힘차고 따뜻한 목소리로 자기 옆을 떠나지 말라고 했던 남자.

왜놈……. 남편과 자식을 죽인 원수.

"그럴 생각은 없는 것 같군. 그럼 좀 놀아볼까."

비웃는 듯한 소리가 났다.

유희는 몇 걸음 앞으로 나가 두 번째 화살을 메겼다.

아까 빛이 떴던 곳과는 떨어진 곳에서 또 은색의 빛이 떠올랐다.

떴다고 생각한 것은 순간이었다. 빛은 귓가를 울리는 회전음을 뿌리며 빠르게 다가왔다.

활시위를 놓는 순간 유희의 눈은 시계의 끝에 또 하나의 빛을 보았다. 네코메는 연속하여 원반을 던진 것이다.

유희는 새로운 쇠화살을 메겼다. 최초의 원반이 쇠화살에 맞고 튕겨나가 방향을 바꾸면서 속력을 잃었다. 그러나 두 번째 원반은 화살이 맞지 않았다. 유희는 화살 쏘기를 단념하고 뒤로 뛰어들어 숨는다. 녹나무의 줄기가 등을 때렸다.

가슴 속으로 센 바람이 느껴졌다. 회전하는 은색의 빛이 눈앞으로 날아온다. 금속 원반은 가슴까지 다가와 크게 곡선을 그리며 벗어났다. 그 바람에 상의가 많이 찢어졌다.

안도하고 있을 여유는 없었다. 금속 원반이 계속해서 날아왔다.

'피하지 않으면…….'

머리는 명령하지만 다리가 좀처럼 움직여지지 않는다.

다시 일진광풍이 가슴을 지났다. 다행스럽게 이번에도 원반은 몸에 상처를 입히지 않았다. 원반은 상의의 가슴께를 다른 방향에서 찢었다.

숲속에서 네코메 덴젠의 홍소가 울려왔다.

"생각했던 그대로군. 몸매가 그럴 듯하지 않은가."

옷이 찢어져 하얀 유방이 드러나 있다.

공포로 상당히 위축된 몸이었지만 굴욕으로 인해 다시 힘을 주었다. 유희는 전통에서 화살을 뽑았다. 아까 쏘지 못했던 세 번째 화살은 쏘아 날려서 없어졌다. 지금은 그것을 찾고 있을 여유가 없다. 전통에는 나머지 하나.

웃음소리와 함께 이번에는 오른쪽 바로 옆에서 빛이 날아왔다.

유희는 뛰었다. 뛰면서 화살을 쏘았다. 빛을 향해서가 아니라 빛이 뜬 숲속으로. 무게를 실은 쇠화살이 날카로운 소리를 내며 숲속으로 날아 꽂혔다.

비명소리가 들려왔다.

유희는 뒤에서 바람을 느끼며, 머리부터 앞쪽으로 몸을 엎드렸다. 머리 위로 원반이 날아오는 것을 알 수 있었다. 바로 몸을 옆으로 뉘우고 원반의 역습에 대비했다.

되돌아온 원반은 유희를 크게 벗어나 20m에 걸쳐 녹나무의 가지를 50개 가까이 절단하고는 힘을 잃고 지면에 떨어졌다.

유희는 엎드린 채 최후의 한 발을 당겼다.

비명은 어느 틈엔가 사라졌다. 귀를 쫑긋해 본다. 거친 숨소리.

죽이지 못했구나……. 유희는 입술을 깨물었다.

"생각했던 것 이상으로 위험한 여자가 아닌가."

이제는 사내의 목소리에서 욕정이 사라졌다. 경악, 적의, 증오.

은빛이 떠올랐다. 유희는 주저하지 않고 최후의 화살을 숲으로 날렸다.

'이제 살지 못한다. 적어도 상대를 죽이지 못하면⋯⋯.'

그러나 비명조차 없었다. 최후의 화살은 헛되이 숲으로 사라지고, 흉악한 빛이 유희의 목을 노리고 눈앞으로 다가왔다.

몸이 반사적으로 움직이고 있다. 활을 버리고 허리에서 환도를 뽑아 얼굴 앞을 막았다. 불꽃이 튀며 무서운 충돌음이 났다.

유희는 입술이 몹시 아픈 것을 알고 뒤로 뛰어올랐다. 하얀 유방에서 선혈이 방울방울 떨어졌다. 칼은 손잡이께부터 부러졌다.

"운이 좋은 여자야. 피로 물든 유방도 예쁘고."

얄미울 정도로 여유만만한 웃음소리가 전방에서 들려온다. 유희의 시야가 흐렸다. 이미 몸을 지킬 수 있는 것은 아무 것도 없다.

후방에서 소리를 듣고 유희는 얼굴만 뒤로 틀어 돌렸다. 소리와는 반대 방향이었다. 금속 원반의 둔한 은빛을 보았다. 동시에 시야의 한쪽에 떨어진 쇠화살이 눈에 들어온다. 아까 떨어뜨린 쇠화살. 저것을 주우면 아직은⋯⋯.

은빛이 날아왔다. 유희는 저도 모르게 눈을 감았다. 그러나 원반은 유희의 몸에 상처 하나 입히지 않고 회전하며 날아갔다. 유희는 그 광경을 멍하니 바라봤다. 원반이 전방의 숲에 그대로 꽂혔다.

비명 소리가 숲속을 온통 뒤흔들었다. 원반의 항적을 좇듯이 하얀 그림자가 유희의 옆을 스쳐 숲속으로 뛰어들었다.

비명의 주인공, 네코메 텐젠은 잘린 왼쪽 손목을 믿을 수 없다는 표정으로 응시하고 있다. 그 두 팔에는 유희가 적중시킨 쇠화살이 꽂힌 채 그대로이다.

네코메는 안면 근육을 일그러뜨리며 달려들어, 증오의 눈으로 하시하베를 돌아보았다.

"네, 네놈이……내 왼손, 왼손을……."

"몇 발 남았지? 사정없이 써 버렸지. 아야쓰키한테도."

"죽였어, 로쿠로타를?"

왼쪽 손목의 절단면에서 피가 힘차게 분출할수록 네코메의 안면은 창백해져 갔다.

네코메는 오른손을 품속에 넣어 금속 원반을 꺼냈다. 그 모습을 보고 하시하베가 뛰어들었다. 네코메의 손에서 원반이 떠나는 것과 하시하베의 칼이 움직인 것은 동시였다.

네코메 덴젠은 오른손목의 절단면을 보고 절규했다. 잘린 오른손이 원반을 쥔 채, 허공에서 춤을 추고 있다. 분출된 피가 허공에서 소용돌이치며 사방으로 뿌려졌다.

그러나 그 손은 회전하는 원반의 원심력으로 곧 튕겨져 나갔다.

원반이 셋으로 나뉘었다. 네코메는 석 장을 한꺼번에 던졌던 것이다. 하시하베는 원반이 분리된 순간을 못 보았다. 네코메의 왼쪽 손목을 자른 칼을 바꾸어 반대로 배에서 가슴으로 올려벴기 때문이다.

그 순간 석 장의 금속 원반은 각각의 항적을 그리면서 회전음을 내고 하시하베를 공격해왔다. 하시하베는 단도를 던졌다. 금속음을 내며 원반 한 장이 튕겨져 나갔다.

두 장째의 원반을 몸을 돌려서 피하려고 하자, 그 때 네코메가 손목이 잘린 양팔로 하시하베의 몸을 껴안았다. 빈사의 이 작은 사내한테서 도대체 어디에 이런 힘이 남아 있었나, 하고 생각될 정도의 센 힘이었다.

"에헤헤헤, 에헤, 에헤, 에헤헤헤헤헤……."

네코메는 피바다로 변한 입을 일그러뜨리며 거품 섞인 웃음을 지었다. 두 장째의 금속원반이 다가왔다.

하시하베는 오른손에 칼자루를 쥐고 혼신의 힘을 다해 네코메를 비틀어 넘어뜨렸다. 칼은 네코메의 가슴에 깊이 꽂힌 채였다. 칼을 축으로 하여 네코메의 몸은 다시 목까지 잘려 반전되었다.

제2격이 내습한 것은 그 간일발의 시간차였다. 금속 원반은 인간 방패가 된 네코메의 목 왼쪽 옆에 박혀 순식간에 몸통을 벴다.

하시하베의 시선은 몸통에서 솟아오르는 피로 가려져 있다. 제삼의 원반이 하시하베의 눈앞에까지 다가왔다. 이미 몸을 돌려 피할 수도 없는 정도의 아주 가까운 거리에…….

옆에서 빛의 화살이 날았다. 금속 원반이 하시하베의 목에 박히기 바로 직전에 빛의 화살은 불꽃을 내며 원반을 튕겨냈다.

하시하베는 천천히 고개를 오른쪽으로 돌렸다.

유희가 활을 든 자세로 서 있다. 입술에서 선혈이 떨어지고, 피에 얼룩진 유방이 기쁜 숨에 상하로 움직이고 있다.

하시하베는 목이 떨어진 네코메 덴젠의 시체를 밀어놓고 유희에게로 걸음을 옮겼다. 하시하베의 옷도 네코메의 피로 새빨갛게 물들어 있다.

유희의 굳었던 얼굴에 점차 안도의 빛이 돌기 시작한다. 그 얼굴이 안쓰럽게 거칠어졌다. 미소를 지으려고 하다 입술의 상처가 터진 것이다. 상처가 다시 터져 피가 맺혔다.

“입술이…….”

하시하베는 일본어로 중얼거렸다.

그 다음 말은 잇지 못했다. 그의 입술은 유희의 입술에 포개져 있었다. 따뜻한 혀가 상처를 치료하듯이 움직인다.

유희의 몸은 경직되었다. 반사적으로 오른손이 예민하게 올라왔다. 그 손은……, 그러나 하시하베의 뺨을 치기 전에 힘을 잃었다.

왜놈의 입맞춤에 유희는 몸을 힘없이 맡겼다. 노출된 유방이 답답하다는 듯이 하시하베의 가슴에 눌려 있다.

"다 끝났군……."

가게치카 우쿄가 분하다는 듯이 신음소리를 내며 말을 멈춘 것은 목적지 서쪽의 저 멀리에 석양이 모습을 감추려고 하는 때였다. 무인의 광양 시내를 통과할 때의 일이다.

"무슨 말씀?"

말을 되돌린 가스미의 소리에 초조함이 배어난다.

"벌써 추격했어야 할 무렵이오. 놈들은 북쪽으로……. 그러니까 구례로 가는 길을 택했소. 우리를 떼어 놓고 지금쯤은 휴식을 취하겠지."

"네코메와 아야쓰키를 보내지 않았나?"

금발, 녹색 눈 그대로의 다테즈 주이치로가 말한다.

가게치카는 다테즈를 보며 고개를 가로로 저었다.

"어디까지 만약을 위해서였지. 그 두 사람으로는 하시하베를 대적할 수 있다고는 생각할 수 없어."

"돌아오지 않으면요……."

금방이라도 찾아나설 것 같은 가스미를 가게치카는 막았다.

"이제는 무리야. 너무 멀리 떨어졌어."

"그럼 어떻게?"

"지금 생각해 보려고 하는 게 아니오. 이순신은 구례로 향했소. 우리의 추격을 따돌림과 동시에, 체찰사인 이원익이 이끄는 군사를 의지할 테지. 그러나 구례도 피난이 시작되었을 거요."

"체찰사가 제일 먼저 도망쳤을 거예요."

가스미가 비웃듯이 말하자 가게치카는 고개를 끄덕였다.

"그렇다면 이순신이 취하는 길은 두 가지밖에 없소. 하나는 온 길을 되돌아서 본래의 길, 즉 순천으로 다시 되돌아가는 것이고."

"그건 생각할 수 없어. 우리가 속인 것을 알고 바로 추적해올 것이라고 생각할 걸."

다테즈가 덧붙인다.

"구례로 향하는 것은 우리뿐만이 아니야. 지금쯤 도도 다카토라 님들이 구례를 빠져 남원으로 향할 무렵이야."

"그러면 이순신은 구례에서 다시 북쪽으로 갈 수밖에 없지. 그 다음은?"

가게치카는 가스미를 보았다.

"구례 다음요? 확실히 곡성(谷城)이라는 곳이죠."

"그 다음은?"

"옥과(玉果), 그 다음은 남원이 돼요."

"남원에는 가지 않을 거요. 여기서부터 전장이 되는 곳이거든요."

"옥과에서 남쪽으로 향하는 길이 하나 있어요. 순천으로 통해요."

"그렇군. 이순신은 반드시 그 길을 택할 거야."

가게치카는 입술을 귀까지 벌리고는 웃었다.

"이순신은 이제부터 크게 우회하여 결국은 순천으로 향할 거야. 그러나 우리에게 순천은 이 다음이지. 이순신을 좇을 필요는 없어졌어."

"매복하는 것은 순천에서."

"그렇지."

"확실히 순천으로 온다고 단언할 수 있나?"

다테즈가 물었다.

"반드시. 이순신은 배를 손에 넣기 위해 해안부로 진로를 향해야
만 한다. 순천을 통하지 않으면 더욱 멀리 우회를 해야 할텐데, 그런
시간적인 여유는 이미 없을 것이야."

"확실하다는 거지."

"그럼 우리도 휴식이다. 미쿠라 효고가 따라오는 것을 기다렸다
순천으로 들어가도록."

가게치카는 말에서 내려 다테즈의 얼굴을 바라보았다.

"주이치로, 언제까지 그런 얼굴을 하고 있을 수만도 없을 거야.
미쿠라의 수하 중에서 누군가의 얼굴을 빌리면 어떨까."

다테즈가 막 고개를 끄덕였을 때 가스미가 당돌하게 말했다. 정
말이지 당돌한 말투였다.

"그대로 있는 것이 …… 당신의 진짜 얼굴……. 근사해요."

은빛으로 반짝이는 별이 총총한 밤길을 두 마리 말 그림자가 북
쪽을 향해 달리고 있다. 호흡이 맞았다는 듯이 나란히 달리는가 하
고 생각하면, 금새 앞뒤로 떨어져 거리를 둔다. 그 광경이 유희의 마
음이 심란하다는 것을 뜻밖에 말해 주고 있다.

가슴이 찢어진 곳은 하시하베 쇼이치로가 자신의 상의를 찢어
천으로 가려 주었다. 입술의 통증은 이미 사라졌다. 하시하베가 발

라준 연고가 효과를 나타내고 있다. 그러나 정작 유희의 고통은 마음의 고통이었다.

'왜, 왜놈에게 몸을 허락하고 말았을까…….'

유희는 하시하베의 등을 응시하고 있는 자신을 알아채고는 당황하여 시선을 돌렸다.

목숨을 구한 직후에 일어나던 흥분은 왜놈의 도움에 대한 고마움의 표현이었을까. 아직 살아 있음을 그렇게 확인하고 싶어서 육체를 자제하지 못한 것이다.

그러나 유희는 그런 자신을 용서할 수 없었다. 남편과 자식은 왜놈의 손에 잡혀 살해되었다. 복수를 위해 활솜씨를 닦고, 말 타는 기술도 배웠으며, 무술 단련을 스스로 해왔다. 한 놈이라도 더 많은 왜놈을 살해하기 위해. 그러나 결국 한 사람의 왜놈에게 몸을 허락하고 말았다는 사실이 용납되지 않았다.

죽은 남편과 자식에게 낯을 들 수 없다. 장군님에게도, 군관들에게도 낯을 들 수 없다. 왜놈한테 유린당하고, 살해된 수많은 조선 여성들이 분노하고, 자신을 비난하며 가만히 둘 것 같지 않다는 생각이 들었다. 너는 배반자라고.

'죽는 수밖에 없다…….'

유희는 이미 마음을 정했다. 이런 수치스러운 꼴을 보이게 된 이상 스스로 목숨을 끊는 것이 당연했다.

'그러나 지금은 안 된다. 한시라도 빨리 장군님을 따라가서 남은 암살자들로부터 장군님을 지켜야만 한다.'

왜놈에게 몸을 허락한 죄가 자신의 목숨을 바치는 것으로써 속죄될 것이라고는 생각지 않지만, 지금 해야 할 일은 그것밖에 없었다.

마음에 각오가 서자, 유희는 자기 마음 속에 후회와 자기 혐오와
는 다른 감정이 있음을 발견하고, 스스로도 어리둥절해졌다. 어쨌든
몸을 허락했으면 자신도 왜놈도 같은 인간이었다라고.

유희는 말머리를 하시하베와 나란히 했다.

하시하베가 걱정스러운 듯한 시선으로 유희를 바라보았다.

"아직 아파요?"

유희는 입술의 상처를 물어보는 모양이로구나 하고 금세 알아
차렸다.

"아니, 통증은 멎었어요."

이내 마음을 정하고 하시하베의 눈동자를 들여다본다. 자신을
죽을 결심을 하게 만든 이 남자는 지금 무엇을 생각하고 있을까.

고요한 눈이 수줍은 듯이 흔들리더니, 금세 강한 빛을 머금은 눈
으로 다시 응시했다.

유희는 그 강한 빛에 홀린 듯이 순식간에 눈을 돌릴 수가 없다.
자세히 바라보니 아직 젊은이 얼굴이었다. 모르기는 해도 20대 중
반. 틀림없이 자기보다 5년은 아래일 것이다.

"당신, 몇 살이죠?"

유희는 자신도 뜻밖에 질문을 던졌다.

하시하베는 고개를 옆으로 저었다.

"몰라요. 저는 버려진 아이였거든요."

유희는 입을 다물었다. 한번 말을 주고받고 나서 계속 침묵을 지
킨다는 것은 참기 힘든 괴로움이 따랐다.

"암살자들의 이야기 좀 해봐요. 다테즈 주이치로라고 했던가요?"

"무슨 이야기를 해야 될까요?"

"누구든지. 당신과 인연이 있는 것이라면요."

암살자들이라고 하면서 유희는 하시하베의 일을 물었다.

"말해요, 이해할 테니까."

하시하베는 유희한테서 시선을 돌렸다.

"다테즈와 나는 한 형제처럼 자랐어요."

왜일까, 유희는 그 순간이 떠올랐다. 활을 쏘려고 한 순간 녹색의 눈에 홀려 전신에서 힘이 빠진 순간을.

"…… 다카야마 우콘이라는 다이묘가 있었어요. 돈독한 크리스천으로 일본에 건너온 선교사들의 보호자 역할을 했어요. 천주교는 일본에서는 이교(異敎)거든요. 신자가 늘어날수록 이를 탄압, 박해하려고 하는 세력이 증가했어요. 그래서 우콘은 생각했지요. 선교사들을 모든 위해(危害)에서 지키기 위한 위사(衛士)가 필요하다고요. 그가 바랐던 것은 어중이떠중이를 모은 위사단이 아니었어요. 선교사를 지키기 위해 자기의 목숨도 아끼지 않는 견실한 위사들의 집단. 이것이야말로 이상이라고 생각했지요. 부모 없는 고아들을 모아 강인하게 단련시켰어요. 본인의 의사와는 상관없이 선교사에게 맡겨진 부모 없는 고아들은 산속에서 몇 년간에 걸쳐 호위술을 습득했지요. 검술, 궁술, 창술뿐만 아니라, 총포를 다루는 법, 스파이 기술까지."

"당신도 그 중의 한 사람이었다는 말이군요."

유희는 왜국의 일이라면 무엇 하나 아는 것이 없었다. 단지 하시하베 쇼이치로라는 남자가 예상하지 못한 성장기를 이야기한 것만은 이해할 수 있었다.

"다테즈도 그랬고 시라토리도, 가게치카 우쿄도, 같은 예수회에서 자랐어요."

"예수회?"

"원래는 '신학을 공부하는 곳'이라는 의미였다고 해요. 우리 고아를 유능한 위사로 길러내기 위한 훈련소를 선교사들은 그렇게 불렀지요. 거기서는 모든 것을 가르쳤어요. 선교사가 앞으로 어느 나라에 부임할지도 모른다고 해서, 명나라의 말, 루손어, 인도어, 선교사들의 고향인 포르투갈이나 스페인어까지 배웠지요. 물론 이 조선어도."

그래서 그런 것인가. 그래서 이 남자와 자기는 통하는 것인가.

"예수회에서 우리는 5세 쯤부터 10년간을 보냈지요. 단 한 명의 친척도 없었고요. 좋게 말해서 그렇지, 예수회를 지킬 유능한 위사를 만들어내기 위해서라면 가혹한 훈련을 받다가 사람이 죽어도 상관이 없다는 교관들뿐이었어요. 처지도 같고 나이도 거의 비슷한 우리가 형제 같은 감정을 가지게 된 것은 자연적인 과정이었다고 생각해요. 거기서 배운 것을 지금 다테즈는 자신을 위해 사용하고 있어요. 예수회를 지킨다고 한 것은 공격자를 쓰러뜨리는 것, 즉 사람을 죽이는 기술입니다."

"어째서 이런 일을?"

"우리나라(일본)가 도요토미 히데요시의 천하가 되었을 때, 히데요시는 선교사 추방령을 내렸거든요. 다카야마 우콘에게도 종교를 버리라는 명령을 내렸지요. 마침 10년 전의 일입니다. 다카야마 우콘은 자신의 신앙을 관철했어요. 영지를 반납하고 선교사들과 행동을 함께 하기로 한 것이지요. 예수회는 폐쇄되었고요."

하시하베는 감정을 배제한 채 이야기를 계속했다.

　"다카야마 우콘과 선교사들은 우리를 이끌고 또 한 사람의 다이묘한테 몸을 의탁했어요. 그러나 그것도 일시적인 것이었지요. 히데요시 앞에 언제까지나 그렇게 계속 있을 수 없었거든요. 나도, 다테즈도 별로 신앙에는 열의가 없었고요. 의문투성이였거든요. 선교사들을 지키기 위한 목적으로, 부모 없는 고아를 살인의 도구로 길러낸다는 것이었으니까요. 나는 다카야마 우콘이 한때 몸을 의탁했던 다이묘를 모시기로 했지요. 그것이 바로 지금의 영주이고요."

　"그 사람도 크리스천이겠군요?"

　"그 사람은 무척 개력적인 사람입니다. 신앙만으로 살아가는 것이 아니지요. 인생을 즐기고, 바다 저쪽의 사람과 문화 교류하는 것이 얼마나 멋지고 가치 있는 일인가를 알고 있어요. 히데요시에게 공공연히 나서는 것은 거스를 수 없는 입장이었는데도, 이번의 전쟁에 반대했어요. 강화를 끝까지 계속 모색했고, 이렇게 이순신을 구하라고 우리에게 명령도 한 겁니다. 나는 이 일에 의의를 느끼고 있어요. 이순신을 지키는 것은 더 이상 조선의 고아를 만들지 않게 하는 것이니까요."

　하시하베는 유희에게 그것만은 인정받고 싶다는 듯이, 힘주어 유희의 눈을 보고 수줍은 듯이 머리를 약간 흔들었다.

　"…… 다테즈는 예수회에서 배운 살인 기술은 자기만을 위해 사용한다고 했어요. 누군가를 위한 도구가 되는 것, 누군가의 지배를 받는 것, 누군가를 모시는 것은 누구나 얼마든지 할 수 있는 일이라고요. 살인 기술만 있으면, 그것이 가능하다고 생각했어요. 함께 가지 않겠느냐고 놈은 나를 몇 번이고 유혹했지만, 나는 전혀 수긍하지 않았지요. 다테즈는 지금 자기의 바람을 실현했다고 생각하고 있을지도 몰라요. 도도 다카토라와 대등한 입장일 테니까요."

"그 녹색 눈은요?"

"놈은 포르투갈 여인과 일본인 남자 사이에서 태어났지요. 녹색 눈에 금발을 하고 있어요. 그것을 무척 창피하게 여기며 어떻게든 자기의 얼굴을 바꾸고자 원하고 있었어요. 갈안은 타고난 능력이지만, 얼굴을 바꾸는 기술은 놈이 터득한 변장술입니다. 나도, 시라토리도, 가게치카도 낳아준 부모를 몰라요. 다만 다테즈만은 자기의 부모가 누구인지 알고 있어요. 놈은 부모에게 버림은 받았지만, 부모 없는 고아는 아니죠."

"누군데요, 부모가?"

"다카야마 우콘."

하시하베의 목소리에서 어지러움이 느껴졌다.

"천주교의 교리에 간음은 죄로서 금지되어 있거든요. 그런데 선교사 중 몇 명인가는 이것을 아무렇지도 않게 어기고 있었어요. 자신들의 노리개로 삼기 위해, 포르투갈의 여자 노예를 고아(Goa)에서 사 가지고 일본으로 데려오곤 했지요. 이것을 안 다카야마 우콘은 파계(破戒)한 선교사들을 비난하며 그녀들을 본국으로 보내려고 했어요. 그런데 여자 노예 중 베아트리스라는 이름을 가진 금발에 녹색 눈의 한 여자가 있었어요. 정을 통하고 싶었던지, 아니면 색향(色香)에 빠졌던지, 다카야마 우콘은 베아트리스를 품고 말았어요. 그래서 태어난 죄의 씨를 다카야마 우콘은 예수회로 보낸 겁니다."

"다테즈는 언제 그 사실을 알았나?"

"예수회가 폐쇄되었을 때였어요. 놈의 이반(離反)을 단념시키려고 선교사 중 한 사람이 밝힌 거지요. 네 아버지는 다카야마 우콘이라고 말입니다. 결과는 물론 엉뚱하게 되었어요. 그 날 밤중에 다테즈는 가게치카를 꾀어서 모습을 감추었어요.”

“어머니인 베아트리스는요?”

하시하베는 약간 당설였다.

“그 때 선교사 중의 한 사람이 포교 중에 정신 이상이 생긴, 칼을 든 백인 여자에게 습격을 받았어요. 너무나 갑작스럽게 벌어진 일이라 어떻게 할 수 없어 당황한 예수회의 위사가 저도 모르게 그녀를 벴어요. 다테즈는 약간 떨어진 장소에서 그 자초지종을 보고 있었지요. 그 때는 자기의 어머니가―그때는 어머니라는 사실을 몰랐지만―죽게 된 자초지종을…….”

이순신 일행은 일몰 직후에 무인 마을이 되어버린 구례에 도착했다. 왜군이 내습한다는 소식에 놀라, 어제 또는 오늘 아침 중에 모두 피난을 한 모양이다. 얼마나 급히 피난을 떠났는지 관청에서는 중요 서류가 내팽개쳐진 그대로이고, 여러 창고에는 자물쇠도 잠그지 않은 상태였다.

순신은 북문 밖에 있는 손인필(孫仁弼)의 집에 들었다. 서울에서 초계로 오는 도중 신세를 진 집이었는데, 지금은 집에 사람이 아무도 없다. 저녁을 마치고 바로 자리에 들었다. 생각하면 어제 아침 운곡을 출발한 이래, 한 번의 휴식을 취한 것을 제외하면, 무척이나 빨리 온 셈이다. 피로에 젖었을 텐데도 머릿속이 자꾸만 맑아지며 잠이 오지 않았다. 유희의 얼글과 그 젊은 왜놈의 얼굴이 는앞에 계속 어른거린다. 신라의 화랑, 김흠순(金欽純)의 말에 스스로 결의를 다짐한 이원용과 현웅진의 얼굴도.

"잠이 안 오는 모양이군요."

방 한구석에서 시라토리 마사나리가 말을 걸어왔다.

"자네는 걱정도 안 되는 모양이군."

순신은 상체를 약간 일으켰다. 시라토리는 왜도(倭刀)를 한쪽에 놓고, 창가 앞에 단좌(端座)하고 있다. 밖의 모습이 잘 보이도록 창을 열어둔 그대로이다. 금방이라도 쏟아져 내릴 것 같은 샛별이 사라토리의 옆얼굴을 우아하게 비추고 있다. 구례에서 가까운 노고단(老姑壇) 화엄사(華嚴寺)에서 본 금동불상을 연상시키는 자세였다.

"지금은 그들을 생각하지 않기로 했습니다. 현재 생각하고 있는 것은 앞으로 당신을 어떻게 지킬까 하는 것이죠."

"나를 지킨다……?"

순신은 한숨을 쉬었다.

"확실히 당신들은 나를 지켜주고 있어. 기묘한 일이야, 내가 참말로 왜놈에게 목숨을 구걸하고 있다는 것은."

밖에서는 벌레의 울음소리 하나 들리지 않는다. 벌레까지도 피해 달아난 것 같은 기분 나쁜 고요함이었다.

"왜놈 …… 왜 …… 왜인가 …… 그, 자네들은 무엇이라고 불렀지, 자네들의 나라를?"

"일본, 입니다. 닛폰(日本의 일본식 발음)이라고 하기도 하죠. 하지만 일본이라고 하면 됩니다."

"…… 일본 …… 일본인가 …… 흠 ……."

순신은 주저한 끝에 띄엄띄엄 되풀이했다.

문 밖에서 번을 서고 있던 군관 윤선각이 구르듯이 실내로 뛰어들어온 것은 바로 그때였다.

"장군님, 유희가 돌아왔습니다. 그 왜놈하고 함께요."

4일, 시마즈 요시히로는 진주에서 군사를 곤양으로 진격시켰다. 그 도중에 정개산성과 벽견산성(碧堅山城)을 함락시키려고 분발했으나, 이미 성을 파괴하고 도망간 후였다. 상륙 이틀째로서 아직 적과 교전할 기회는 가져보지 못했다.

도도 다카토라, 가토 요시아키, 와키자카 야스하루 등의 수군은 노량에 무혈 상륙했다.

어제 심야에 노량의 앞바다를 출항한 안위와 조계종의 2척 전선은 앞서 간 11척을 따라 서쪽으로 갔다. 오코와 6명의 여인들은 노량항에 버려진 소형 어선을 타고 조선 수군의 뒤를 쫓아가고 있었다.

8월 5일.

이순신 일행은 구례를 출발하여 계속 북상했다. 압록강원(鴨綠江院)에서 말을 쉬게 하고, 점심을 먹었다. 저녁에는 곡성에 도착하였다. 곡성 주민들도 모두 피난을 떠난 상태여서 관아이건, 민가이건 모두가 비어 있다. 말에게 먹일 사료조차도 구하기 어려웠다.

순신은 남원의 상황을 정찰하기 위해 남해 현령인 박대남(朴大男)을 보냈다. 경우에 따라서는 남원에 원조를 요청하게 될지도 모른다.

그러나 어제보다는 여유가 있다. 생환한 유희와 하시하베의 입에서 추적자 2명을 쓰러뜨렸다는 사실을 전해 들었기 때문이다. 속은 것을 안 다테즈 주이치로가 본대를 데리고 쫓아온다고 해도 하루 이상의 차이가 난다는 계산이었다.

　이순신이 곡성에 도착한 날 저녁, 남쪽으로 43km 떨어진 순천성에서는 다테즈 주이치로가 남문 옆의 3층 누각에 올라 남쪽 저 멀리로 시선을 주고 있었다. 바다까지 고작 10km가 채 안 된다. 누각의 최상층에서는 저녁놀이 황금색으로 빛나는 해면이 운치 있게 비추인다. 바다를 둘로 나누 듯 남쪽으로 뻗은 여수 반도는 이제 그림자가 되어 검게 가라앉으려 하고 있다.

　녹은 쇳빛이 되어, 서쪽 끝으로 지고 있는 석양의 적광은 다테즈의 금발을 불태우려는 듯 강렬한 빛을 내고 있다. 가스미는 약간 몸을 당겨 다테즈의 옆얼굴을 바라보고 있다. 오목조목 잘 다듬어진 섬세한 생김새와, 하얀 피부에 녹색의 눈. 이렇게 엿보듯이 바라만 보고 있어도 마음이 이상하게 두근반서근반 하는 것이었다. 외국인의 피가 섞여서 그런 것일까. 그러나 가스미는 아무 것도 묻지 않았다. 가스미는 다테즈 주이치로가 본래의 얼굴 모습 그대로 있어주는 것만으로도 그저 만족했다.

　가게치카 우쿄가 누각으로 올라왔다.

　"와봐, 무기고를 찾았어."

　가스미는 두 남자를 따라 누각을 내려왔다.

　다테즈, 가게치카, 가스미가 미쿠라 효고 등 30명을 광양에서 기다렸다가 순천에 입성한 것은 점심 때가 지난 무렵이었다. 순천은 여수 반도의 뿌리 부분에 해당하는 곳에 위치하는 전라도의 요충지로써, 순천에는 전라 병사의 본영이 설치되어 있다. 그러나 성내에는 사람 하나 남아 있지 않다는 것이 확인되었다.

“이봐, 모두 남아 있지요……."

미쿠라는 다테즈를 보자, 다가가 만족스러운 듯이 말했다.

“활, 칼, 창, 총포, 대포 …… 탄약류도 풍부하게 남아 있어요."

“무척이나 급히 도망친 모양입니다."

다테즈가 고개를 끄덕였다. 일본군은 순천으로 진격하는 것이 아니다. 노량에 상륙하여 남원을 목표로 북상 중이다. 전라 병사인 이복남은 순천에 진을 치고, 일본군을 견제하는 것도 가능할 것이라고 보았다.

가스미가 말했다.

“이 나라의 군관답군. 항상 잘난 체하다가, 일이 터지면 흩어지는 거. 중요한 때가 되면 누구보다도 앞서 도망가 버리는 거 말이요."

“여기서는 고맙다고 인사를 해야 할 정도요."

미쿠라 효고는 가까운 총포대를 가리켰다. 신품과 다름없는 총포가 300정 이상이나 정렬되어 있다. 미쿠라는 그 중 한 자루를 들었다.

“그래도 제법 정교하게 흉내를 냈구만요. 약이 오를 정도인데요."

조선쪽에서 조총이라고 불리는 화승총은 일본의 것과 조금도 차이가 없다. 투항한 일본 군사들이 적극적으로 제조 방법을 가르쳐서 만들어진 것이기 때문이다. 그 이전에는 서양식 화승총이 조선에 존재하지 않았다. 화포로서는 오랜 왜구의 대책에 의해 대포가 발달했고, 5년 전의 해전을 승리로 이끈 주역이 되었으나 휴대하고 다니는 무기로서는 활이 아직 주력이었다. 승자총통, 별승자총통, 쌍자총통 등의 휴대용 화기는 있었지만, 화약선에 불을 붙여 발사하는 옛날 방식이고, 명중률도 떨어져 일본의 총포와는 비교가 되지 못했다.

일본군은 임진년의 침공에서는 바다에서 졌지만, 조총의 위력으로 지상전에서 이겼다고 할 수 있다. 그 일본군의 주력 화기를, 조선 국내 각지에 제조소를 건설하여 거국적으로 증산하고 있다.

"일본 군사를 죽이려고 만든 총. 그것으로 이순신을 죽인다……. 재미있네요."

가스미의 말에 미쿠라 효고는 이를 드러내며 웃었다.

동쪽으로 35km 떨어진 노량에서는 우키타 히데이에가 구로사기마루의 누각에 서서, 가까워지고 있는 노량의 잔교를 바라보고 있다. 해는 서쪽으로 녹아들려고 하고 있다. 잔교에서는 앞서 온 휘하의 부대가 상륙을 시작하고 있다. 사람들이 무기, 식량을 싣고 민가 접수, 막사 건설 등의 일을 하고 있다.

"역시 배는 귀중한 보물이라 할 만하군요."

옆에 있는 아카시 데루즈미(明石全登)의 말에 히데이에가 수긍한다. 당연히 동감이었다. 한꺼번에 대량의 군사, 무기, 탄약, 식량을 운반할 수 있을 뿐 아니라 뱃멀미는 고사하고 군사들에게 행군의 피로를 거의 주지 않는다. 말 이상으로 편하고 좋은 것이다.

"5년 전의 해전에서 승리했다면, 서울에서 1년이 안 되어 철수하는 일은 없었을 텐데."

"해전을 너무 가볍게 봐서 그렇지요. 원래대로라면 히데요시님은 지금쯤 명나라의 수도 북경에 있을 것인데 말입니다."

데루즈미가 약간 비꼬며 말을 하자 히데이에는 못들은 척했다.

"그러나 이번에는 그럴 염려는 없지. 조선에 수군은 이제 없고, 수륙으로 나란히 진격시켜 서울을 공격해서 함락한다. 남원 등은 힘

안들이고 함락시키도록."

히데이에는 무장으로서의 피가 끓어오름을 느꼈다.

5일, 우키타군과 함께 고니시 유키나가 등도 노량에 상륙했다. 시마즈군이 곤양에서 서진하여 세 무장은 노량에서 합류했다.

어제 노량에 상륙한 도도, 가토, 구루시마, 와키자카 등은 이미 남원을 목표로 하여 북상을 시작했다. 인근의 산속으로 피난한 농민이나 도망 군사들을 닥치는 대로 수색, 약탈하면서…….

제 10 장

—

살육의 순천

8월 6일.

좌군의 선봉이 된 도도, 가토, 구루시마, 와키자카의 4수장들이 구례를 점령했다. 관청에 눈에 띄는 것이 없음을 파악한 그들이 향한 곳은 북동쪽으로 8km 떨어진 노고단의 거찰, 화엄사였다.

도도 다카토라는 장려(壯麗)한 장육전(丈六殿)을 장악하고 불상, 불구, 보물의 약탈을 총 지휘했다. 소문에 의하면, 나라(奈良)의 호류지(法隆寺)보다 더 오래 된 절이라고 한다. 거대한 석탑, 4마리의 사자가 있는 감로대(甘露臺), 화엄경을 새긴 화강암 벽 등의 보물을 전부 약탈하여, 우와지마로 운반해 가지고 가고 싶었으나 그러기에는 사람손이 부족하였다.

약탈해 가야 할 것만을 엄선하여 운반을 마친 후, 다카토라는 불을 지를 것을 명령했다. 산악에 있는 절은 궐기한 승병들에 의해 즉시 근성(根城), 산성으로 바뀐다. 완전히 태워 버려야 했다. 타군이 점령한 불각, 가람, 당탑, 승방, 서원에서도 불길이 오르기 시작했다.

"흡사 히에이잔(比叡山)이로구만. 노부나가님이 본 것도 틀림없이 이러한 광경이었을 거야."

다카토라는 불꽃의 열기를 기분 좋게 지켜보면서 고케쓰 요리후사를 돌아보았다.

"다테즈들한테서 아무런 소식도 없었나? 이제 지금쯤은 이순신의 목을 들고 와도 될 때가 되지 않았나?"

"서두르지 마십시오, 다카토라님. 다테즈와 가게치카가 맡은 일을 반드시 해낼 겁니다."

이순신이 어제 아침 구례를 출발하여 자기들이 추격하는 꼴이 되어 있다는 사실을 도도 다카토라도, 고케쓰 요리후사도 몰랐다.

이 날, 이순신 일행은 아침을 마치자마자 곧바로 곡성을 출발했다. 도중에 옥과와의 경계 부근에서부터 대로가 피난민으로 북적거리기 시작했다.

"이건……, 차마 눈뜨고는 못 보겠습니다."

옆에서 말을 모는 배흥립의 목소리가 순신의 귀에도 들렸다.

피난민들의 모습은 말 그대로 비참 그 자체였다. 대부분이 입은 옷 그대로 식량을 짊어지고 가는 이들의 행렬이 이어진다. 짐수레를 밀며 가는 이는 극히 일부에 불과하다. 남녀노소가 서로 부축하고 도와가면서 가고 있다. 가을이 왔다고는 하지만, 바람은 불지 않고 아직도 늦더위가 기승을 부린다.

5년 전의 왜란에서는 조선 8도 가운데, 전라도만이 왜적의 독아에서 벗어날 수 있었다. 육지에서는 의병이 분전하고, 바다에서는 이순신이 가로막았기 때문이다. 전라도의 주민으로서는 이것이 처음 경험하는 피난일 것이다.

점점 그들이 흘리는 땀냄새가 짙어졌다. 흰 옷은 흙먼지로 더럽혀지고, 얼굴은 피로와 절망의 빛이 짙게 드리워져 있다. 순신 일행이 말을 타고 가도 누구 하나 주목하는 사람이 없었다.

순신은 배홍립의 말에 수긍할 수밖에 없었다. 그들에게 아무 것도 해줄 수 없는 것이 안타깝다. 수군통제사로 복귀했다그는 하지만, 아직 전선조차 손에 넣지 못하고 암살자에게 쫓기고 있는 자신이 피난민과 다를 바가 무언가.

이희남이 인파를 불러 모아서 사정을 물었다.

"주로 광양, 구례에서 피난온 농민들입니다. 순천과 낙안에서 도망온 자도 있습니다. 남원으로 갈까 하고요."

"순천?"

이순신은 믿을 수 없었다.

"이복남은 어찌 되었는가?"

"전라 병사는 3일 전, 순천부의 병영을 포기한 후 수하를 데리고 남원으로 향했다고 합니다."

실로 중대한 사태라고 하지 않을 수 없었다. 구례로부터는 체찰사인 이원익이 후퇴하고, 순천에서는 전라 병사가 탈출했다. 더욱이 순신에게 문제가 되는 것은 앞으로의 진로였다. 옥과를 거쳐 진로를 남으로 택해 순천을 목표로 삼을 작정이다. 회령포로 가려면 이곳을 경유하는 것이 가장 가깝기 때문이다. 전라 병사의 포기는 왜적이 순천에 침공했음을 의미하는 것일 테니까.

“있을 수 없습니다.”

시라토리 마사나리가 그 자리에서 부정했다.

“일본군의 상륙 지점은 노량이 서쪽의 한계입니다. 그들의 목표는 남원, 전주입니다. 순천은 공략 목표에 들어 있지 않습니다.”

“순천 근처에서 왜병을 본 자는?”

순신은 이희남에게 물었다.

“그것이 이상하게 한 사람도 없다는군요. 사천이나 노량에 왜군이 상륙했다는 말을 들은 전라 병사가 당황하여 순천에서 도망쳤습니다. 어쨌든 그래서 피난은 시작된 것 같습니다.”

“이런 겁쟁이들 같으니라구.”

순신은 이복남을 뇌리에 떠올리며 이를 갈았다. 이복남은 호상(豪爽)한 외모와는 정반대로 기가 약하고 끈기가 없는 무인이다. 5년 전 7월. 안코쿠지 에케이(安國寺惠瓊)에게 패하여, 하마터면 왜놈의 전라도 침입을 허락할 뻔했다. 체찰사인 이원익은 적임자가 아니라고 전라 병사직에서 파면되었으나, 조정의 부정한 인사에 의해 어느 틈엔가 복직되어 있었다.

그때 순신을 알아본 자가 크게 소리질렀다.

“장군님이다!”

“장군님이 오셨다.”

순신의 이름은 순식간에 피난민 사이에 퍼져갔다. 고개를 떨구고 걸어가던 자가 차례로 고개를 들었다. 기진하여 길가에 주저앉아 얼굴을 두 손에 묻고 있던 자들이 몸을 내밀었다.

순신을 부르는 뜨거운 외침이 울려퍼져 연도를 가득 메웠다. 열광이라기보다는 애처로울만큼 절실한 격정이 순신에게 몰려왔다.

배홍립이 순신의 허가를 얻어 말을 전진시켰다.

"장군님은 수군통제사로 복귀되셨다. 이제부터 전선을 지휘하기 위해 바다로 향하는 중이시다!"

배홍립이 말을 채 끝내지도 못한 무렵 사방에서 환성의 탄성이 터져 나왔다. 피난민들은 조금이라도 순신에게 가까이 다가가려고 대로를 메워 일행은 몸을 움직일 수가 없었다.

도도 다카토라 등은 선봉을 좇듯이 하여, 우키타, 고니시, 시마즈의 좌군 주력은 노량을 떠났다. 섬진강의 푸른 강물과 백운봉(白雲峰)의 푸른 나무 그림자를 양쪽에 끼고 북상을 계속했으나, 끝내 구례까지는 가지 못하고 일몰 즈음 쌍계동에서 야영에 들어갔다.

특설 교회에서 진중 미사를 끝낸 고니시 유키나가는 금몰(金 mogol, 단자 비슷한 돋을 무늬가 있는 피륙—역자 주)에 장식된 검정 빌로도의 긴 제복을 휘날리면서 막사로 되돌아왔다.

촛불이 채 미치지 않는 구석에서 사람의 그림자가 비추었다.

"어서 사람을 피하도록."

유키나가는 대동하고 온 참모 장수들을 저지하며 막을 닫았다.

"수고했군."

라고 말하며 가게하시 요지로(影橋要次郎)를 짧게 치하한다.

요지로는 자신이 몸을 숨기고 있던 어둠 속을 향해 손을 흔들었다. 다시 한 사람의 그림자가 나타났다. 눈부분을 제외하고는 두건으로 얼굴을 온통 가리고 있다.

"여전하시군요, 유키나가님."

남자는 천천히 두건을 벗었다.

유키나가는 놀라움과 기쁨의 빛을 얼굴에 그대로 나타냈다.

"에치고님. 그래, 스스로 귀순했다고 했지. 유키나가의 소원, 잘 들어주었어."

조선쪽으로 배반한 자가 자기의 얼굴을 다시 일본군의 진영에 나타낸다. 그것이 어느 정도 위험한 일인가는 물어볼 것도 없었다.

"저도 유키나가님과 마음은 같습니다. 아니, 이제는 조선인이 된 몸으로서 인사를 해야 하는 것은 제쪽이지요."

사야가─아소노미야 사에카─는 미소를 지었다.

"내가 보낸 수하들한테서는 아무런 소식도 없어. 에치고님은 어떤가?"

사에카는 지금까지의 일을 간략하게 말했다. 화왕산성을 떠나 초계로 향했으나, 이미 권율이 원수부를 포기하고 도망 간 후였다. 남은 군사로부터 이순신은 진주 교외의 운곡에 체재 중임을 들었고, 그 말을 전해들은 즉시 급히 왔다. 그러나 시마즈 요시히로의 군대가 통과한 후로는 아무도 남아 있지 않았다.

"유키나가님 쪽에서는 어떤 일이……."

"13척의 전선이 노량에 정박하고 있는 모양이야. 이순신의 도착을 기다리지 못하고 서쪽으로 도망쳤어."

"확실한 거군요."

"도망나온 피난민들이 하나같이 똑같은 말을 하더군."

"그렇다면 순신님은 전선을 따라 아마도 육로를 통해 서쪽으로……."

"그렇게 생각해도 틀리지는 않을 거야."

"우리도 여기에서 더 서쪽으로 향하지요. 유키나가님도 진중을 둘로 나누겠지만."

"물론이지. 몇 사람 데려왔나?"

"눈에 띄어 어쩔 수 없습니다. 총포대 100명을 말에 태워 왔으니까요."

유키나가는 아연했다. 4명의 적을 상대로 100명은 너무 많지 않을까. 그렇게 말하려다 삼키고 말았다. 암살자들이 어떤 책략을 준비하고 있는가가 분명하지 않은 이상 너무 많다고는 말할 수 없다. 그렇다고는 해도 이 전력, 기동력을 출동시키려면 조선에 귀순한 것이 아까울 정도의 호담함과 판단력이 아닌가. 유키나가는 새삼스럽게 눈앞의 일본인을 직시하고 목소리에 힘을 주었다.

"타군에게 발각되거들랑 걱정하지 말고 내 이름을 말하게."

"매복이라고?"

8월 7일 이른 아침.

이미 출발 준비를 끝내고 각 말을 타려는 참에 시라토리 마사나리가 이순신을 만류했다. 시라토리는 미륵보살과 같은 얼굴을 하고 표정을 잔뜩 긴장으로 일그러뜨리고 있다. 그 뒤에는 하시하베 쇼이치로, 미쿠리야 사몬의 얼굴이 있다.

"우회하여 어쨌든 다테즈 주이치로를 떼어놓을 수 있을 거라고 그렇게만 생각하고 있었습니다. 그러나 다테즈들이라면 크게 간격을 벌린 채 우리를 추격하기보다는 순천에 들어가서 기다리는 쪽을 택할 겁니다. 여기에까지 생각이 미치지 못한 것은 경솔했다고 해도 할 수 없습니다."

"지금쯤 어쨌든 우리를 찾아 마구 휘젓고 찾아다니거나, 구례나 곡성 쪽으로도 돌아다니고 있다고 생각할 수도 있지 않을까.”

“우리가 그렇게 생각하도록 만들고 순천에서 기습한다. 가게치카 우쿄가 생각하는 방법입니다. 말하자면 다테즈의 군사(軍師)이니까요. 지도를…….”

순신은 요구에 응해 시라토리 앞에 지도를 펼쳤다.

“순천을 통과하지 않고 회령포로 가는 길을 찾을 수는 없는가요? 예를 들어 이대로 계속 우회하는 형태로 광주로 빠진다. 광주에서 남하하여 화순(和順)을 통과하고 보성을 거쳐 회령포로 들어가는 것은요?’

시라토리는 손가락 끝으로 더듬으면서 회령포에 손가락을 짚었다.

“거기는 산악지대야. 넘는 데 시간이 많이 걸려.”

“그럼 광주에서 다시 계속 우회하여, 나주(羅州)에서 남하하여 영암(靈岩), 강진(康津)을 거친 후 장흥 반도를 서쪽으로 돌아 회령포로 들어간다면요?’

“안 돼. 시간이 너무 걸려. 순천을 경유하는 것이 가장 빨라.”

순신은 물러서지 않았다. 빨리 수군을 수중에 넣고, 재정비를 해야만 할 때이다. 언제까지나 도망만 하며 다닐 수는 없다.

군관인 송대립과 이희남이 두 사람 사이에 끼어들었다.

“그럼 저희가 선행하여 순천 방면을 정찰하지요. 장군님은 도중에서 안심하고 기다리십오.”

두 군관은 즉시 말을 달려 도로의 남쪽으로 사라졌다.

선행한 두 군관의 뒤를 쫓듯이 이순신 일행이 순천으로 향하여,

남하하고 있을 무렵…….

서울의 창덕궁에서는 어전회의 석상에서 중추부 지사인 정탁이 생각지도 못한 의안을 제시하였다. 어제 늦게 도원수인 권율로부터 더욱 상세한 수군 피해 상황의 보고서가 도착하였다. 그것을 받고 중신, 고관들이 소집된 것이다.

"말씀하시는 의미를 잘 이해할 수 없는데."

정탁의 시선은 중추부 판사인 윤두수에게로 향했다.

"그럼 지금 한번 더 설명드리기로 하지요."

윤두수는 정탁에기 알 듯 모를 듯한 미소를 보냈다.

"내가 말하는 것은 한 마디로 하면 수군의 전폐올시다. 도원수로부터의 장계에 의하면 남은 전선은 고작 13척에 불과하다고 하오. 됐습니까, 13척이라구요."

윤두수는 목소리를 떨며 말을 끊었다. 관복의 소매로 눈언저리를 누른다. 눈물을 보이는 것을 마다하지 않는 윤두수는 읍각로(泣閣老)라는 말을 듣고 있었다.

"그럼 이제 수군이 있다고는 말하기 어렵겠군. 유감이지만 왜놈의 대전선단에 의한 침공을 바다에서 막는 것은 누가 생각해도 무리요. 뻔히 질 것을 알고 있는 수군을 해전에 투입해서 귀중한 병력을 다시 잃도록 하는 일은 참으로 어리석은 처사요. 그렇다면 이제 수군은 전폐하도록 하고, 이것을 육군에 편입시켜야 할 것 아닌가, 그 말이오. 대감님은 그렇게 생각하지 않으시오?"

이순신의 복귀를 상주한 회의에서 왕이 물었을 때는 단 한 마디도 하지 않던 남자가 오늘은 몹시 강력한 주장을 내세웠다.

윤근수, 김응남 등 윤두수파의 인간뿐만 아니라 중요한 중신 몇

몇이 찬동의 뜻을 표하며 고개를 끄덕였다. 이제 13척밖에 남지 않았다는 사실이 충격을 주었다는 것이기도 하다.

정탁은 왕의 반응을 알고자 했으나 임금은 왕좌에 아직 얼굴을 내밀지 않았다. 정탁이 벌떡 일어나 반론을 폈다.

"이순신이 그것을 납득하지 않을 거요."

"순신에게 지상전의 지휘권을 부여하면 맡게 하면 될 것이오."

윤두수가 즉석에서 되받아쳤다.

"순신의 재능은 해전에 있소. 지상전이 아니란 말이오."

"이건 이상한 일이 아닐 수 없소. 순신은 수군으로 전입되기 전, 함경도의 국경에서 오랑캐 토벌에 큰 전공을 세웠다고 들었소. 그렇다면 순신의 재능은 수군에만 있는 것은 아닐 터요."

"그러나 한 번도 싸워보지 않고 수군을 포기한다는 것은 너무나도 무모한 일 아니겠소?"

"무모한 것은 13척으로 해전을 도발하려는 것이오. 대감은 순신이 겨우 13척으로 왜의 수군을 제압할 수 있다고 생각하는 거요?"

"그건……."

순간 정탁은 말이 궁해졌다. 즉시 윤두수가 다그쳤다.

"나도 이순신의 해전 능력은 인정하오. 그렇지만 13척으로는 불가능하다, 이 말이외다. 원균이 100척 이상을 갖고도 이기지 못했다는 사실에서 눈을 돌려서는 용서받지 못할 것이오."

이순신과 원균은 다르다. 정탁의 목구멍까지 그 말이 나오려 했으나 정탁에게도 순신이 13척으로 왜의 수군을 쳐부술 것이라고 단언할 수 있는 자신은 없었다.

윤두수, 윤근수, 김응남이 회심의 미소를 지으면서, 눈길을 교환하는 모습이 정탁의 눈에 들어왔다. 그들 세 명의 속셈은 알 수 있었다. 이순신을 대신하여 원균을 통제사에 기용하도록 적극적으로 주장한 일파이다. 그 원균이 대패하여, 수군이 궤멸되고 만 것이므로, 그들의 책임 문제는 필지의 사실이 되었다. 게다가 순신이 고작 13척의 잔존 전선을 이끌고, 기적의 1승이라도 올리면, 그들의 면목은 그야말로 형편없게 된다. 윤두수로서는 순신에게 그 기회를 줄 권한이 없었다.

"불가능……. 윤판사는 말씀하셨습니다만, 가장 해전을 잘 아는 자가 이것을 가능하다고 생각하고 있소. 바로 다름 아닌 이순신이오."

회의의 흐름은 윤두수 일파에게 유리하게 기울고 있다. 정탁은 이 형세를 만회해야단 한다.

"13척으로 이길 자신이 없다고 했으면 순신은 통제사의 복귀를 거절했을 것이요. 오히려 윤판사와 마찬가지로 수군 전폐를 스스로 제안해 왔을 거외다. 순신이 13척으로도 승산이 있다고 생각하고 있는 증거가 아니오? 지금 다시 수군을 순신의 손에 맡겨 승부를 걸어야 하오."

고개를 끄덕이는 대신이나 고관은 한 명도 없었다.

드디어 왕좌에서 명령이 떨어졌다.

"왜군이 육로로부터 전라도에 침공 중이라는 보고가 도원수한테서 동시에 들어왔소. 명나라로부터 원병을 보냈다고 하나, 아직 병력은 턱없이 부족하오. 윤판사가 말하는 것처럼 수군을 전폐하고 병력을 육군으로 보내건, 우리 군의 수비는 강고히 될 것이오."

윤두수를 노골적으로 옹호하는 임금의 결정이었다. 원균에게 도움을 준 것은 임금도 윤두수도 똑같은 입장이었다. 미움을 사고 있는 순신에게 말을 낮추어 통제사 복귀를 청해야만 했다.

틀림없이 임금의 기분을 상하게 한 모양이다. 순신으로부터 수군을 몰수하는 것과도 같은 수군 전폐안에 임금이 따르지 않을 이유가 없었다.

정탁은 입술을 깨물며 공석이 되어 있는 영의정의 의자를 보고 침묵했다. 만일 이 자리에 유성룡이 있으면 그도 목숨을 걸고 반대했을 것이다. 또한 회의의 형세도 틀림없이 바뀌었을 것이다. 경기도의 도체찰사직을 겸무하는 유성룡은 어제부터 도내를 순찰하러 출발했다. 이것은 음모에 다름이 아니었다. 이순신의 추천자로서 제일 옹호자인 영의정의 부재를 노려 회의를 소집한 것은 음모였다. 그러나 이제는 뾰족한 방법이 없다. 만사휴의이다.

"여러분의 생각은 어떤가?"

임금의 하문에 중신들은 감투를 쓴 머리를 공손히 조아렸다. 중의일결, 즉시 통제사 이순신 앞으로 수군 전폐를 명하는 교서가 작성되었다.

이순신 일행은 아직 해가 중천일 때 석곡강정(石谷江亭)에서 말을 멈추었다. 여기서 야영을 하며 척후로 보낸 두 군관의 귀환을 기다리기로 결정했다. 순신은 조금이라도 더 앞으로 가고 싶었지만, 매복의 가능성을 지적 받고나니 함부로 서두를 수는 없었다.

석곡강정으로부터 남쪽으로 40km 남쪽의 순천성에서는 북문에 걸터앉듯이 세워진 웅장한 2층 누각 위에 그림자 셋이 동쪽의 성벽을 향하여 길게 뻗어 있다. 해는 많이 기울어 있다.

"역시 놈이 성내에 들어온 뒤에 처리하는 것이 확실하겠지."

가게치카 우쿄가 말하자 두 그림자가 고개를 끄덕였다.

"이순신 일행을 독 안의 쥐로 만들어야 해. 놈들이 이 밑을 지났을 때 확실히 문을 닫는다. 다음은……."

다테즈 주이치로는 미쿠라 효고를 보았다.

세 사람은 이 이틀 동안 순천성의 안팎을 구석구석 빠짐없이 조사하고 다녔다. 미쿠라 효고가 이끄는 30명의 총포대로 이순신의 몸을 벌집으로 만들 계획이다.

이순신을 처리하기 위한 가장 확실한 지점은 어디인가.

옥과로 통하는 도로를 세 사람은 상당한 거리까지 답사해 보았다. 울창한 나무 사이를 빠져나와 산길이 사행(蛇行)하여, 총포대로 포위하기 적합한 장소는 발견하지 못했다. 산속으로 도망가서 숨었다면 추격하는 것은 쉽지 않다. 빽빽하게 들어찬 거목도 저격의 장애물이었다.

결국 성 안, 성문을 막 들어섰을 때에 습격하는 것으로 낙착된 것이다. 미쿠라는 다테즈에게 고개를 끄덕여 보였다.

"좌우의 성벽에 10명씩. 비스듬히 머리 위에서 저격하게 합니다. 남은 10명은 지상에서 …… 아니, 그것이 좋겠군요. 그 속에 배치하여 정면에서 쏘게 하도록."

미쿠라가 배치하려고 지시한 것은 북문에서 50m 거리에 세워진 3층 종루였다.

가게치카가 고개를 끄덕였다.

"좋아. 이순신만을 저격하도록 명령하지. 놈의 인상은 나중에 내가 그리겠어."

"총포는 넉넉히 있어. 화승총을 1인당 10정씩 준비하게 하기로 했어."

"10단 연사(連射)인가? 나가시노(長篠)를 훨씬 능가하는 것이군."

가게치카는 눈을 가늘게 뜨고는 하늘을 올려다보았다. 서쪽 하늘에 자줏빛 구름이 꽃잎처럼 떠 있고, 동쪽 하늘은 보랏빛으로 물들어 있다. 이 좋은 날씨가 내일도 계속 되리라고 약속하는 듯 했다. 다행히도 화승을 사용하는 데는 지장이 없을 것 같다.

"문제는 이순신이 점잖게 이 문을 들어서느냐 하는 것이지. 직전에 정찰을 내보내 눈치채기라도 하면……."

"그 점은 대비책을 준비하지."

다테즈가 즉답을 했을 때, 도로에 사람 그림자가 성문을 향해 달려 돌아왔다. 미쿠라가 보초로 보냈던 젊은 무사이다.

"말 그림자 두 개가 접근합니다."

순천성의 북문을 앞에 두고 송대립과 이희남은 고삐를 당겨 말을 세웠다. 문을 지키는 병사도 없고 문도 열린 채이다. 귀를 기울였으나 성내에서 사람의 기색은 볼 수 없다.

"과연 사람이 없는 것 같다."

"피난민이 말한 대로야…… 어쨌든 안을 조사하자."

"이제 해가 저물었으니 정말 간단하구나."

성문에 들어가 각 각 두 방향으로 나뉘었다. 송대립이 서쪽으로 말머리를 향하자, 이희남은 동쪽으로 말을 달렸다. 석양의 시내에는 사람 그림자 하나 보이지 않는다. 관아, 상가, 민가, 도로, 광장 ……

모든 곳에 인적이 없다. 어둠이 더욱 짙어짐에 따라 기분 나쁜 느낌이 전해진다. 소리가 끊어진 고요함 속에 달리는 말발굽 소리만이 사람 없는 시내에 공허하게 울렸다.

이희남은 남문까지 둘러보고 말머리를 돌렸다. 북문으로 돌아오자 송대립이 기다리고 있었다. 송대립은 대들 듯한 기세로 말했다.

"너무 심했어. 전라 병사의 철퇴 흔적은 엉망이야. 무기고 등을 그대로 방치했어. 그쪽은 어때?"

"아무도 못 보았어. 왜놈이 매복해 있는 기색은 없고."

"그 왜놈의 걱정은 기우였어."

두 사람은 이 사실을 이순신에게 보고하고자 성의 북문을 통과하여 빠져 왔던 길을 되돌아갔다.

우키타, 고니시, 시마즈의 좌군 주력은 구례에 도착했다. 구례에서 남원까지는 직선거리로 25km. 도도, 가토, 구루시마, 와키자카의 4수장은 이미 남원 근교에 와 있었다.

8월 7일은 명나라의 군사와 일본의 군사가 처음으로 교전한 날이었다.

남원성의 수장(守將)을 맡은 명나라의 부총병(副總兵)인 양원은 휘하의 요동병 3000명 중 2000명을 이끌고 성을 나와, 동남쪽의 숙성령(宿星嶺)에 포진했다. 쳐들어오는 왜군의 선봉을 위협해 두자는 것이 목적이다. 숙성령은 빨강과 검정의 갑주로 뒤덮여, 함성이 메아리치며, 빼어든 칼, 창, 빛나게 닦은 방패, 투구가 햇빛에 반사되어 보기좋은 무위(武威)의 경연장이 되었다. 양원은 여기에 대포 10문을 배치해 놓고 위협 포격을 했다. 연속되는 굉음이 시원하게 트인

푸른 가을 하늘을 온통 뒤흔들었다.

일본군의 선봉으로서 양원의 시위를 목격한 것은 도도 다카토라였다. 좌군 주력이 도착하기를 외롭게 기다리고 있던 다카토라는 외로움을 달래주는 절호의 시간으로 양원의 위협을 받아들였다. 다카토라의 명령으로 100명의 저격대가 숙성령에 잠입했다. 명나라 군사는 무위에 도취되어 일본 군사의 접근을 감지하지 못했다. 총포대는 사정거리 내로 다가가 명나라 군사를 저격하였다.

예기치 못한 반격에 포병은 차례차례 총을 맞고 쓰러져, 양원은 남원성으로 물러서지 않을 수 없었다. 결국 양원의 무위는 불발로 끝이 났다.

어둠 속에서 유희는 몸을 움직였다. 군관들의 잠꼬대가 들려온다. 이순신 일행은 석곡강정을 흐르는 작은 강가에 야영을 하고 있었다. 강의 물소리와 풀숲에서 우는 단 한 마리의 귀뚜라미 소리가 밤의 정적을 더욱 깊게 한다.

갑자기 입술이 아파오기 시작했다. 하시하베 쇼이치로가 약을 발라준 것은 한 번뿐. 이후로는 유희가 계속해서 거절했다. 지금의 유희를 지탱하고 있는 것은 차라리 이 통증이었다. 옳게 벌을 받는다는 안도감. 이 생각으로 통증을 이겨낸다. 증오의 대상인 왜놈 사내에게 몸을 허락하고 말았기에…….

유희는 살짝 눈을 떴다. 이순신은 커다란 회화나무 아래 누워 있고, 상반신을 일으킨 하시하베 쇼이치로가 그 커다란 나무에 등을 기대고 있다. 회화나무의 가지가 별빛을 가려, 하시하베의 얼굴은 그림자에 묻혀 잘 알아볼 수 없었다. 유희는 가끔 자신을 눈여겨보는 하시하베의 눈길을 느끼는 때가 있었다.

유희는 손가락 끝으로 입술을 살짝 만졌다. 몹시 강렬한 통증이 전해져 아프다. 입술은 뜨거웠다.

8월 8일 새벽.

이순신과 그의 일행이 출발 준비를 막 끝내고 있을 때, 이희남과 송대립이 돌아와 순천성에 사람이 없다고 보고했다. 순신은 즉시 석곡강정을 출발했다.

순신의 일행은 수가 불어났다. 광양에서 복병장을 맡은 정사준(鄭思竣)과 아우인 사립(思立)이 옥과에서 합세했기 때문이다. 정사립은 일찍이 전라 좌수영에서 순신의 군관으로 근무한 사람이다. 두 사람의 젊은 병사 조응복(曹應福), 양동립(梁東立)도 종군을 지원했다. 남원으로 향한 전라 병사의 대열에서 벗어나 옥과에서 어찌할 수 없게 되었다 한다.

게다가 이기남(李奇男). 순신의 휘하에서 돌격장으로서 거북선을 지휘하여 조선 수군의 선봉을 맡아 전공을 세운 맹장이며, 이순신에게는 지금은 죽고 없는 어영담과 함께 심복 중의 심복이었다. 순신을 따라 통제사가 된 원균에게 제일 먼저 해임되어 한산도에서 추방되었다. 민간인의 입장에서 순천 방비에 협력하고 있었으나, 왜군 침공의 소식이 전해지자마자 줄행랑을 친 이복남에게 정나미가 떨어져 피난민 무리에 몸을 섞었다고 한다. 오늘과 같은 상황에서는 순신에게 없어서는 안 될 사람이다.

해가 중천에 오를 무렵, 부유(富有)에 도착했다. 부유는 전라도에 설치된 식량 비축 기지의 하나이다. 모든 식량고에 불을 질러 이제는 재만 남아 있다. 남원으로 향하는 전라 병사 이복남이 한 짓이었다. 옥과에서 만난 피난민들한테서 미리 이야기를 전해 들었다고는 하지만 불에 탄 잔해를 직접 보니 순신은 낙담하지 않을 수 없었다.

부유에서 다시 4명이 합세했다. 광양 현감인 구덕령(具德齡), 나주 판관인 원종의(元宗義), 옥구 군수인 김희온(金希溫), 조방장(助防將)인 배경남(配慶男). 모두 이복남의 일행에서 떨어져 이 근방에 숨어 있었다고 한다.

불에 타고 남은 식량고 옆에서 논의가 시작되었다. 순신과 이기남은 13척의 전선으로 어떻게 왜의 수군과 싸울 수 있는가를 논의했다. 이기남에게도 묘책이 있을 리가 없었다.

"그러나 거북선의 힘은 판옥선의 10배. 제가 20배로 해보겠습니다."

이기남은 수염투성이의 얼굴로 남자답게 웃으며 문득 시선을 멀리 주었다.

"거북선이라면……. 저 큰 거북, 어떻게 하고 있을까?"

"또 그 이야기인가, 기남."

순신이 말하자 주위의 군관들이 모두 웃었다. 그들은 수군에 몸담고 있던 사람들이다. 이기남이 정색을 하고 몇 번이나 말하는 큰 거북의 목격담을 듣지 않은 사람은 없었다.

"무슨 말입니까, 그 …… 큰 거북이란?"

경주 판관인 원종의가 물었다. 그 순간 이기남은 싱글벙글하였다. 마침 질문을 기다리고 있었다는 것처럼 기쁘다는 표정이었다.

"사실은 말이지, 이 남해에는 큰 거북이 살고 있어. 그 거북이 우리 거북선의 수호신이라고 나는 믿고 있지만."

군관들이 서로 얼굴을 마주보며 의미 있는 웃음을 짓는 것도 상관하지 않고 이기남은 아주 진지하게 말을 이었다.

"실제로 보셨나?"

"보았지. 분명히, 이 눈으로 보았어. 그것은 5년 전의 6월……. 한산도 앞바다의 해전을 끝내고, 전라 좌수영으로 귀환하는 길이었어. 해는 저물었지만, 달이 밝고 여수는 바로 앞이었지. 장군님은 모든 배에 노를 젓게 하고 있었어. …… 그런데 말야."

고개를 끄덕이면서 순신은 쓴웃음을 지었다.

"확실해. 그러나 나는 보지 못했어, 기남."

이기남은 상관하지 않고 계속했다.

"바다를 보려고 선미로 나왔을 때였지. 달빛이 해면을 비추어 밝기가 대낮 같았거든. 그래서 잘못 보았을 리가 없어. 거북선과 나란히 헤엄치는 듯해 보이는 한 마리의 큰 거북이 해면에 떠 있는 거였어. 크기는…… 글쎄, 대략 5, 6m는 되어 보였지, 아마. 나는 보는 것에 홀렸어. 누군가를 불러야겠다는 생각조차 하지 못했어. 단지 그냥 응시하고 있을 뿐이었지. 큰 거북은 눈이 붉었고, 달빛에 반사된 등딱지가 마치 빛을 발하고 있는 것 같았지."

"그래서……."

"그것뿐이야. 큰 거북은 어느새 바다로 사라졌어. 본 것은 나 한 사람. 누구에게 이야기해도 진지하게 들어주는 사람은 없어."

원의종은 구원을 청하려는 듯이 군관들의 얼굴을 둘러보았다.

유희는 남자들의 그룹에서 떨어져 있다. 개울의 물로 입을 헹구고는 눈을 들자, 제방에 핀 도라지꽃을 시라토리 마사노리가 꺾고 있는 모습이 눈에 들어왔다. 미륵보살을 연상시키는 근엄한 생김새의 남자가 가련한 꽃을 꺾는 것을 보자, 무엇이라고 할 수 없는 온화한 분위기가 느껴졌다. 시라토리는 가슴에서 헝겊을 꺼내더니 도라지꽃을 소중하게 쌌다.

"어쩌려고요, 그 꽃을?"

유희는 저도 모르게 말했다.

시라토리가 돌아보며 부드럽게 웃었다.

"고이 말려서 일본의 아이들에게 보내려고 생각합니다. 이 꽃을 보면 그리워할 테니까요."

"그립다고요? 그래도 이건 조선의 꽃인데요."

시라토리의 표정이 약간 흐려지더니 작게 한숨을 내 쉬었다. 그와 동시에 유희는 그 답을 물었다.

"제 아이가 아니죠. 조선의 …… 고아입니다. 5년 전에 평양에서 발견되었어요. 버려진 아이였지요. 그대로는 죽을 것이었으니까요. 전쟁이 끝나면 저 아이들을 이 나라로 돌려보내야 하겠지요."

무엇이라고 대답해야 될지 유희로서는 말문이 막히고 말았다.

"'왜놈이 왜?' 라고 말하고 싶으신가요? 제 경우는 이미 알고 계시겠지요. 쇼이치로가 당신에게 말했다고."

"고아였다고요."

"부모가 되는 것은 좋은 일입니다. 설사 피를 나눈 자식이 아니라도. 우스운 일입니다. 부모를 모르고 자랐다는 것은."

나는 부모가 되지 못했다. '왜놈이 자식을 살해해서…….' 목구멍까지 흘러나오는 그 말을 유희는 삼켰다. 말해도 이해하지 못할 테니까.

시라토리는 작은 약병을 꺼내어 유희에게 건넸다.

"이건?"

“약이죠. 쇼이치로가 걱정하고 있어요.”

“필요 없어요. 왜놈의 흐의는 받을 수 없어요.”

유희는 되돌려 주려고 했다.

시라토리는 고개를 가로로 저었다.

“나이는 크게 차이가 날 것 같지 않은데, 예수회 이래 쇼이치로는 나를 아버지처럼 대하고 있어요. 그가 당신한테 모든 것을 다 말하리라고는 생각지 못했죠. 나는 왜 그런지 마음이 기뻐요.”

경상 우수사인 배설이 이끄는 패전 전선 13척은 이날 점심때가 지나 회령포에 입항했다. 노량에서 쫓기듯이 출항한 3일 밤부터 닷새가 경과되었다. 진로를 서쪽으로 잡고 전라 좌수영이 있는 여수, 그 관할하에 있는 방답진(防踏鎭), 여도진(呂島鎭), 사도진(蛇渡鎭), 발포진(鉢浦鎭), 홍영선소(興陽船所), 녹도진(鹿島鎭), 보성선소의 각 수군 기지, 조선소를 순항하며, 무기와 탄약류를 보급받았다. 그럼에도 보충이 필요한 것은 군사였다. 수군이 대패했다는 소식을 듣고 각진에 남아 있던 수비군들은 모두 도망가 버린 후였다.

전선이 포구에 선수가 닿자마자 안위는 쾌속선을 달려 잔교를 목표로 갔다. 곁에는 소년병인 박순욱이 동승하고 있다. 어느 틈엔가 순욱은 종졸처럼 안위를 따르게 되어 있었다. 순욱은 닻을 교묘하게 잘 다루었다. 쾌속정은 흰 파도를 가르며 회령포의 잔교에 접근했다. 잔교에는 몇 사람의 무관이 서 있다.

“장군님의 모습이 보이나, 순욱?”

안위는 기다리지 못하여 물었다. 이 소년병의 시력은 대단했다. 순욱은 낙담한 표정으로 고개를 가로로 저었다.

"모르는 얼굴뿐입니다."

순신뿐만 아니라 순신을 따랐던 군관들의 얼굴도 보이지 않는다.

잔교에 마중나온 것은 회령포의 수장으로 근무하는 만호 민정붕(閔廷鵬)과 그 부하들이었다. 안위와 민정붕은 옛날부터 알고 지낸 사이이다. 안위는 잔교로 뛰어 내리더니 제일 먼저 물었다.

"이순신 장군님은 와 계신가?"

민정붕이 고개를 가로로 흔든 순간 안위는 쾌속정으로 되돌아갔다.

"우수사의 배에 대주어, 순욱."

"장군님, 어떻게 된 거죠?"

"예정대로라면 벌써 회령포에 도착해 있어야 할 것인데."

저 이상한 안술(眼術)을 쓰는 왜놈의 암살자의 손에 걸린 것은……. 이 5일간 안위를 계속 괴롭혀온 불안이 이순신의 불착이라는 현실은, 마치 호우가 오기 전의 먹구름이 하늘을 덮기 시작한 것과 같은 조짐이다.

기선의 상갑판에서는 수장들이 우수사인 배설을 둘러싸고 있다. 배설은 안위를 보자, 순식간에 표정이 바뀌었다.

"이순신 장군님은 아직 도착하지 않으셨습니다."

안위의 보고를 듣자마자, 배설은 고자세로 어깨를 재며 영등포 만호인 조계종에게 향했다. 배설과 조계종이 계속 논쟁을 하고 다른 수장들이 논의의 추이를 지켜보고 있다는 그런 분위기였다.

"들었겠지, 조만호. 새 통제사는 오지 않았다. 더 이상 오래 비워 두어서는 안 된다."

배설의 말에 안위는 당황했다.

"기다리십시오. 무슨 말을 하시는 겁니까?"

"우수사는 이 회령포도 위험하니 다시 후퇴하려고 하시는 거다."

조계종이 노기와 모멸을 띤 굳은 목소리로 안위에게 말했다.

안위는 금방 말이 나오지 않아 그저 배설의 얼굴을 응시했다. 누구나 알아보게 겁먹은 빛이 짙게 소용돌이치고 있었다. 우군을 버리고 칠량천에서 후퇴를 명했을 때와 똑같은 얼굴이었다. 아니, 그때는 아직 배설의 얼굴에는 치욕의 빛이 역력했던 것처럼 생각된다. 그것이 지금은 도망자의 돌변한 태도로 보여 뻔뻔스러울 정도이다.

"안 됩니다, 수사님. 장군님은 확실히 회령포에서…… 여기서 기다리라고 지시하셨습니다."

"그럼, 왜 오지 않는가? 왜놈의 암살자가 장군님을 노리고 있다고 들었어. 만일……."

"억측으로 말하는 것은 그만두십시오."

배설도 말이 지나쳤다고 생각한 모양이다. 회유라도 할 요량으로 교활한 표정을 지었다.

"어떻게 하려고, 안현령? 나는 우선 전라 우수영까지 후퇴하고 사태를 바로 잡으려고 생각하는데."

안위는 어이가 없었다. 전라 우수영에 전선이 남아 있다면, 어쨌든 전력의 대부분은 한산도의 본영에 이관되어 있다. 후퇴했다고 하면서 어떻게 사태를 바로잡을 수 있단 말인가. 요컨대, 이 겁장(怯將)은 조금이라도 적으로부터 거리를 두고 있어야 안심하려는 모양이다.

"이제 잠시 기다려야 합니다. 장군님은 반드시 옵니다."

"그렇다면 명령한다. 우수영으로의 후퇴다. 이 전선을 이끌고 있는 것은 나니까."

"이미 당신은 아니오."

안위는 천천히 배설에게 따지고 들었다.

"회령포에서 기다리라는 이것이 명령입니다, 새 통제사님의."

오코와 6명의 여인은 거북선을 좇아 회령포에서 직선거리로 하여 동쪽으로 50km 떨어진 사도진을 수색 중이었다. 해안선은 드나듦이 복잡하여 육지와 섬을 분간하는 것도 쉽지 않았다. 시간은 걸리지만 그녀들은 서쪽으로 향하면 된다는 것만은 알고 있었다.

남원성 수비의 총사령관 양원은 이 날, 3000명의 군사를 3대로 나누어 성벽 위에 800명, 흙벽에 1200명을 배치하고, 남은 1000명은 유격대로 삼았다. 조방장인 김경로(金敬老), 별장인 신호(申浩) 등 조선군의 장수는 새로이 입성한 전라 병사인 이복남과 함께 양원의 지휘하에 100명의 조선병을 각소에 배치했다. 어제의 시위에는 실패했지만, 남원성의 방비는 제대로 정비되어 가고 있었다.

순천성의 북문이 보였다. 자줏빛으로 물든 저녁 하늘에 2층 문루가 짙은 그림자가 되어 비치고 있다. 말로 산속을 달리는 것도 이제는 거의 끝이 나고 있었다.

"쇼이치로."

시라토리의 부르는 음성에 하시하베는 말머리를 돌렸다.

"역시 마음에 걸려."

"저도요."

하시하베는 고개를 끄덕였다. 이순신에게는 어제 아침 이래, 다테즈 일당이 순천에서 매복하고 있을 가능성을 시라토리와 함께 여러 번 경고했다. 그러나 순신은 순천을 돌아보고 온 두 군관의 보고를 신용하고 있다. 그뿐 아니라 무기고가 타지 않고 남아 있다는 말을 듣고는, 더욱 순신의 마음은 순천으로 달려가고 있었다. 전라 병사가 포기한 무기와 탄약을 그대로 고스란히 인수해서, 전선에 전용하고자 할 심산이었다.

"무기고도 신경이 쓰이고……."

시라토리는 신중하게 말했다.

"다테즈와 가게치카가 사람이 없는 순천성에 들어왔다면 무기고는 놈들의 수중에 있을 거야. 30명의 도도 무사단이 그것으로 중무장을 하면 이미 우리로서는 맞설 수 없지."

"지금 한번 더 설득해 보지요."

하시하베는 시라토리와 말의 배를 힘껏 걸어찼다.

이제 왜놈의 호위를 받는 것은 수치라고 할 뿐 아니라, 순신의 주위는 그의 군관들이 에워싸고 있다. 선두를 가는 것은 옥과에서 일행에 합세한 조응복, 양동립의 두 젊은이인데, 명장의 방패가 되는 영광에 의기양양하여, 어깨에 힘을 잔뜩 주고 말을 달리고 있다.

순신의 좌우는 배흥립과 송대립이 각각 지키고, 후방에는 이기남, 사준과 사립의 정씨 형제가 따르고 있다. 그들은 가끔 무엇인가 진언하는 것 같이 말을 가까이하기도 했다. 순신의 서두르는 마음이 전염되었는지 남은 군관들도 그 후로 서로 내가 먼저라고 나서고 있다. 거구인 미쿠리야 사몬의 말은 지금도 그들과 좀 떨어진 것 같다. 후위는 홍우공이 맡아, 몇 번이고 뒤를 돌아보고 있다.

하시하베와 시라토리는 마열(馬列)을 따라잡아 순신에게 접근했다.

"이제 서두를 필요는 없습니다. 그 전에 저와 하시하베를 성내의 정찰로 보내주십시오."

"귀찮앗!"

순신이 답하기 전에 소리를 지른 것은 송대립이었다.

"성 안은 틀림없이 사람이 없었어. 그럴 필요는 없어."

주위의 군관들이 일제히 고개를 끄덕이며 적의에 찬 눈으로 하시하베와 시라토리를 보았다. 하시하베는 알고 있다, 자기들이 이중의 의미로 그들의 미움을 사고 있음을. 왜놈이라는 것 자체가 적의를 갖게 한 것이고, 그 왜놈이 자신들의 영웅을 암살자의 손에서 지켜주고 있다는 것이 더욱 굴욕적이라고 느끼는 것이다.

운곡에서 습격을 받은 이후 닷새가 지나고 있다. 그 때의 충격은 점차 희미해지고 있다. 다테즈와 가게치카들도 모습을 보이지 않고 있다. 네코메와 아야쓰키를 상대한 것은 유희와 하시하베이지 그들이 아니었다.

"거기까지 말했으면……."

순신이 시라토리에게 고개를 끄덕이고 고삐를 죄려고 할 때였다.

후방에서 굉음이 울렸다.

하시하베는 말등에 몸을 낮추고 뒤를 돌아보았다. 도로가 폭파되고 최후미를 달리던 홍우공의 몸이 말과 함께 공중으로 날아갔다. 그 후방의 나무 사이에서 하얀 포연이 피어오르는 것이 눈에 들어왔다.

"기습이닷!"

군관들이 소리쳤다.

송대립이 피 흘리는 눈으로 사라토리를 보았다.

"따라오는 것은 없낫!"

하시하베는 순신과 송대립 사이에 강제로 말을 들이밀었다. 이 군관은 만약의 일이 발생했을 때 순신을 보호할 수 없다. 순신의 옆에 바짝 붙어 나란히 갈리면서, 하시하베는 고개를 돌려 유희의 모습을 바라보았다.

유희는 순신의 말보다 약간 후방에서 질주하고 있다. 얼굴은 창백했으나, 초조해하지 않고 등에 메고 있던 흑각궁을 손에 쥐었다. 또 그 후방에 당황하며 허둥대던 군관들과 부유에서 합류한 배경남, 원종의, 구덕룡 등이 필사적으로 달려오는 모습이 보였다 안 보였다 했다.

다시 굉음이 공기를 진동시켰다

포탄은 기분나쁜 소리를 내며 그들의 머리 위를 날아와 선두를 달리고 있던 조응복의 몸을 직격했다. 흰 연기를 내며 사방으로 흩어진 살 조각이 양동립의 두 눈을 때려 그는 낙마하고 말았다.

지면에 구르는 양동립의 신체를 송대립은 피할 틈조차 없었다. 말발굽이 양동립의 두개골을 밟아으깼다.

"이제 다왔다, 성으로 피하랏."

선두에 선 송대립이 목청껏 소리쳤다.

순천성의 북문은 바로 앞이었다. 일행에게 구원의 손길을 내밀기라도 하는 듯 문은 활짝 열려 있다.

미쿠리야 사몬은 순신의 방패가 되려고 열심히 말을 달리고 있으나, 혼란을 초래한 군관들의 말꼬리에 방해를 당해 앞으로 갈 수가 없다.

"비켜, 비켯!"

미쿠리야의 절규가 혼란에 박차를 가했다.

시라토리와 순신의 사이도 점점 벌어져 갔다. 초조해진 군관들이 두 사람의 사이에 차례로 말을 들이밀고 들어온다. 군관들은 서로 내가 먼저라고 다투듯이 성문을 향해 달린다.

적의 존재를 확인하려고 유희가 몇 번이나 뒤를 돌아보고 있다.

수십 마리의 말발굽이 흙을 파헤치며 질주하여 뿌연 흙먼지를 일으켰다. 말발굽의 울림과 말들의 울음소리, 군관들의 외침소리가 겹쳐서 허공을 울리고 있다.

하시하베는 순신한테서 떨어지지 않으려 말을 가까이 하려고 하는데 필사적인 힘을 쏟았다.

"어떻게 놈들이 대포를 갖고 있는 걸까?"

생각할 것도 없다. 순천성의 무기고를 습격한 것이다.

"멈춰, 돌아가!"

동시에 똑같은 생각을 한 시라토리가 외쳐댔다.

그러나 이미 때는 늦었다. 두 발의 포격에 의해 일행은 쫓기듯 북문을 지났다.

문의 너비는 3m가 채 안 된다. 순신의 말은 앞을 달리는 군관들의 말에 막혀 느린 속도로 문을 빠져나갔다.

하시하베는 화승의 냄새를 맡는 순간 옆으로 날아 순신의 말로 뛰었다. 순신의 몸에 팔을 둘러 껴안아, 말 위에서 땅바닥으로 굴러 떨어졌다.

두 사람의 얼굴 옆을 말발굽이 달려서 빠져나갔다. 무서운 연사음이 귓전을 세게 때렸다. 전방의 종루, 좌우의 성벽에서 일제히 불꽃이 오르고 흰 연기가 막을 이루었다.

발사음과 동시에 하시하베는 순신의 몸 위에 자기 몸을 덮쳤다. 눈앞에서 총탄을 맞은 말의 몸에서 선혈이 분출되어 하시하베의 양손을 적셨다.

앞서 가던 군관들이 총격 세례를 받아 말과 함께 전방으로 뒹굴었다. 고개를 들어, 재빨리 뒤를 돌아본다. 문이 삐걱거리는 소리를 내며 막 닫히는 순간이었다. 문 위의 누각을 지탱하는 굵은 지주까지 앞으로 1m. 말의 속도를 줄이지 않을 수 없었던 것이 차라리 다행이었다.

순신의 몸을 당기려고 상체를 일으켰을 때, 또 다시 연사음이 들렸다. 동시에 왼쪽 어깨에 뙬 것 같은 충격과 뜨거움을 느껴졌다. 주위에 무수한 탄환 자국. 하시하베는 상관하지 않고 왼손을 순신에게 뻗었다. 아직 움직인다. 어깨에 통증이 전하여 왔지만 무리하게 순신의 한쪽 팔을 부측해 든다. 왼쪽 어깨에서 피가 순신의 뺨에 방울져 떨어졌다.

오른손을 순신의 팔에 댔다. 순신은 계속 신음소리를 내며, 몸을 일으키려고 꿈틀대고 있다. 어쩔 수 없이 몸을 끌어 조금씩만 이동하였다.

"이순신을 쏴랏, 이순신만을!"

기분 나쁜 소리가 들려왔다. 일본어이다.

하시하베는 더욱 양팔에 힘을 주었다. 그러나 순신의 몸을 나무 기둥까지 끌고 갈 수가 없다. 왼팔에 여느 때처럼 힘을 주지 못하기 때문이다. 화약 냄서가 주위를 강하게 자극하고 있다.

"와, 쇼이치로!"

귓가에 미쿠리야 사몬의 소리가 들리고, 하시하베는 순신을 안은 채 뒤로 끌려갔다.

나무기둥 뒤로 피하는 것과 제3의 연사는 거의 동시에 일어난 일이었다. 총탄이 몇 발이나 기둥에 꽂히고, 그 충격에 사방으로 튄 나뭇조각이 공중에서 춤을 추었다.

"간격이 짧아. 한 사람이 몇 정이나 준비한 모양이야."

미쿠리야는 하시하베 어깨의 상처를 보고 얼굴을 찌푸렸다.

"나는 괜찮아. 그것보다……."

"매복인가?"

순신이 얼굴을 들었다. 낙마했을 때 어딘가 상처를 입은 모양인지, 고통을 참고 있는 표정이었다.

하시하베는 간신히 고개를 끄덕이고는 순신의 등을 기둥에 밀어서 붙였다. 기둥의 지름은 1m에 조금은 더 되어 보인다. 조금 있으면 몸을 숨길 수 있다.

"어떤가, 여기서 움직이지 못하도록."

주위를 둘러본다. 문루를 지탱하는 나무기둥은 여기 말고도 또 있다. 그 뒤에 하시하베들처럼 몇 명인가의 군관들이 피해 있었다. 왼쪽 기둥에는 방응원과 윤선각이 매미처럼 찰싹 달라붙어 있다. 오른쪽 기둥에는…….

"유희, 괜찮아요?"

그 모습을 본 순간, 하시하베는 주저하지 않고 그녀의 이름을 외쳤다. 오른쪽 기둥까지는 약 5m. 유희는 흑각궁에 화살을 메겨 사격 자세를 취하고 있다.

"나는 무사해요. 그런데 이 사람이……."

냉정한 행동거지와는 다르게 긴박한 소리이다. 유희 가까이에

시라토리 마사나리가 쓰러져 있다. 옆구리에서 피가 흘러 새빨갛게
물들어 있다.

한 순간 하시하베의 주위에서 모든 소리가 사라졌다.

곧이어 제4의 연사가 있었다. 사격은 하시하베들이 있는 기둥에
집중된다. 하시하베는 머리를 흔들며, 기둥에서 얼굴을 내밀어 전방
을 살피었다. 뿌연 화약 연기가 사방으로 퍼지고 있다. 하시하베가
있는 나무기둥에서 정면 3층의 종루까지 약 50m. 그 공간에 총격을
받고 넘어진 사람과 말이 흩어져 있다. 말이 고통에 몸부림치는 것
이외에는 어떠한 신음소리도 들려오지 않는다. 이미 숨이 끊어진 시
체는 석양에 물들어가며 꼼짝도 하지 않았다.

종루의 각층에서 몇 정씩 돌출된 긴 총신이 흰 연기를 흘리면서,
난간의 반대쪽으로 후퇴했다. 곧이어 같은 수의 총포가 나와 있다.
문을 비스듬히 해서 쏠 수 있는 성벽 위에서도 같은 일이 벌어지고
있다. 미쿠리야의 달대로 틀림없이 한 사람이 여러 정의 총을 가지
고 있는 모양이다.

"놈들이 총을 어느 정도 가지고 있는지 알면."

기둥 뒤에 몸을 숨기며 미쿠리야가 속삭였다.

"얼마든지 준비할 수 있지. 전라 병사가 버려두고 간 무기고가
있으니."

하시하베가 대꾸하자마자, 5회째의 굉음이 저녁 하늘에 울렸다.
총격의 충격으로 굵은 기둥의 진동이 느껴지며 총탄이 나뭇조각을
튕겨내는 건조한 소리가 귀에 겹쳐서 들려왔다.

"대포로 치지 않는 한 아직은."

미쿠리야는 비스듬히 뒤쪽 등 뒤의 문에 눈길을 주었다. 거리는

약 2m가 안 된다.

"이 한 몸으로 저걸 쳐부술까."

"그만두게, 사몬. 이 기둥에서 벗어나면 총격을 당해."

"그러나 그 외에는 달리 방법이……."

"성문 밖에도 적들이 있을 거야. 아까 대포를 쏘고 우리를 좇아 온 놈들이야."

"독 안에 든 쥐라는 건가."

어디선가 절규가 들렸다. 하시하베와 미쿠리야는 기둥의 그늘에서 얼굴을 내밀었다. 정면의 종루 최상층에서 총을 쥔 남자가 난간에서 밀리듯이 하며 낙하하고 있다. 가슴에 화살이 꽂혀 있다. 왼쪽 기둥 뒤에서 유희가 다음 화살을 활에 메기고 있다.

여섯 번째의 일제 사격은 유희가 숨은 기둥에 집중되었다.

다시 일본어가 울려 퍼졌다.

"몸을 노출시키지 말랏. 이순신만을 쏴랏!"

"놈들, 일격에 맞아 죽으니까, 초조해졌구만."

미쿠리야가 무리하게 웃으며 다음 일제 사격에 대비했다.

그러나 굉음은 그것뿐이었다. 대신에 화살이 무리를 지어 공기를 가르는 소리가 들리고, 기둥에 차례로 박혔다. 기름이 타는 냄새. 불화살을 쏘는 것이다.

기둥뿐만이 아니다. 기둥을 지탱하는 문루에도 불화살이 날아온 모양이었다. 곧이어 머리 위에서 폭발음과 함께 새하얀 연기가 솟아 올랐다.

"태워 죽일 건가. 우리한테도 화살이 있으면, 저 건물에 쏴줄 수 있는데."

분한 어조로 미쿠리야가 말했다. 하시하베도 미쿠리야도 낙마했
을 때 떨어뜨렸는지 전통에 있던 화살이 다 달아나고 없었다.

"이것이 타서 무너지면 끝장이야."

하시하베는 머리 위의 문루를 올려다보았다. 불화살을 충분히
준비한 모양인지 종루와 성벽에 또 총신이 보였다.

"저것을……."

유희가 외치는 소리가 들렸다. 오른쪽, 서쪽의 성벽 위를 가리키
고 있다. 하시하베는 유희가 가리키는 끝을 시선으로 좇았다.

검게 물들기 시작한 자줏빛 하늘을 아래 사람의 그림자가 나타
났다. 가는 몸매에 키가 큰 사람인데, 얼굴은 그림자에 가려 있다.
그러나 그 머리칼은 낙조에 황금색으로 빛을 발하고 있다.

유희가 금발을 표적으로 하여 기둥의 그늘에서 완전히 몸을 드
러냈다.

"그만해, 쇼이치로!"

미쿠리야가 말렸으나 이미 늦었다. 하시하베는 기둥의 그늘에서
뛰어나오더니 유희가 있는 기둥을 향해 몸을 날렸다. 정면의 종루에
서 한 사람, 다시 왼쪽 성벽에서 두 사람의 사수가 하시하베의 움직
임에 재빨리 대응하여 발사했다.

총탄은 간일발 돋을 빗나가 하시하베는 오른쪽 기둥으로 돌아
들어갔다. 유희의 신체를 뒤에서 껴안고 기둥 뒤로 끌어당긴다. 유
희가 있던 위치를 노렸던 총탄이 차례로 날아왔다.

그 직전에 유희가 쏜 화살은 금발을 향하여 빨려 들어가는 것이
보였다. 그 순간 머리가 약간 흔들렸다. 사람의 그림자는 아무 일도
없었다는 듯이 성벽 위에 서 있다.

하시하베는 유희를 노려보았다.

"어쩌려고! 죽을 거요?"

"누구 때문인데?"

유희가 가슴을 헐떡였다.

"뭐라고요?"

"쇼이치로……."

발 밑에서 자기를 부르는 희미한 소리를 들었다. 쇼이치로는 무릎을 꿇었다. 시라토리의 안색은 창백했다. 마치 잠을 자듯이 눈을 감고 있는 모습과 그 표정은 변함이 없다. 미륵보살 같이 온화한 모습이다.

"배를 맞았어. 나는 이제 살지 못해."

하시하베는 시라토리의 피로 얼룩진 옆구리에 손을 댔다.

"가슴에 도라지 꽃이 있어. 그 아이들에게……."

"아, 전해주지요."

"나를 살리려다가……."

유희의 목소리가 가늘게 떨려왔다.

시라토리는 목소리가 들리는 쪽으로 얼굴을 돌렸다. 핏기를 잃은 창백한 입술에 부드러운 미소가 스쳤다.

"당신을 구하려고 그런 게 아니오. 쇼이치로를 …… 구하려고 그랬소."

유희가 주춤하는 기색을 보였다.

시라토리가 얼굴을 하시하베에게로 다시 향하여 일본어로 말했다.

"단념, 하지 마……. 최, 최후, 까지……."

포탄이 나는 경쾌한 소리에 하시하베는 번쩍 고개를 들었다. 굉음이 뒤를 잇고, 진동과 비명소리가 울렸다. 왼편 동쪽 성벽의 일부가 무너지며 두 사람의 남자가 굴러떨어지는 것이 보였다.

제2의 포탄은 약간 떨어진 위치에 떨어지며 또다시 성벽을 부셨다. 무너져 내리는 성벽의 잔해에 다시 한 사람이 떨어지고, 포탄의 직격을 받은 한 사람은 사지가 찢겨 그 잔해가 사방으로 흩어졌다.

정면의 종루에도 이변이 일어났다. 난간에서 총신이 보였는가 했는데, 바로 반대쪽에서 총성이 연속해서 났다. 남쪽으로 향하여 쏘기 시작한 것 같다.

"뭐야, 무슨 일이 났닷!"

미쿠리야가 하시하베에게 향하여 외쳤다.

하시하베는 다시 기둥에서 몸을 드러냈다. 종루의 후방, 즉 남쪽에서 말발굽 소리가 들리고, 어둠 속에 흙먼지가 일어나는 것이 보였다. 말을 탄 한 무리, 그것도 100마리에 가까운 땅울림이다. 말발굽 소리가 커짐에 따라 총소리가 심하게 교차했다. 좌우의 성벽에서도 열을 지은 총신이 남쪽을 향하여 불을 뿜고 있다.

"무슨 일이에요, 대체?"

이번에는 유희가 물었다.

"모르겠는데. 놈들이 응전하고 있어요. 그걸 보면 놈들은 우리 편인지도 모르겠어요."

원군들이 올 리는 없다. 그러나 그 이외에 다른 상황을 생각할 수는 없었다. 하시하베는 미쿠리야에게 소리쳤다.

"이순신을 부탁해. 나는 다테즈를 처리할 테니."

미쿠리야가 그렇게 하겠다는 듯이 크게 고개를 끄덕여 보였다.

머리 위의 누각이 반쯤은 타고 있어서, 몸을 숨기고 있는 나무기둥에도 불길의 혀가 널름거리며 다가오기 시작했다.

"미쿠리야한테 붙어서 피난을 서둘러요. 여기는 이제 위험해지기 시작했으니까요."

하시하베는 유희에게 말을 하더니, 시라토리의 품속을 뒤져 곱게 싼 헝겊을 꺼냈다. 헝겊은 피를 머금어 새빨개졌다.

하시하베는 곧 기둥 뒤에서 뛰쳐나갔다. 종루, 성벽의 총수는 남쪽 방향으로 응전에 신경을 쓰고 있어서, 하시하베를 노리고 쏘는 자는 한 사람도 없다. 그는 널브러진 시체 사이를 누비며 서쪽 성벽의 계단까지 단숨에 달렸다.

원군은 금세 판명이 되었다. 기마의 대부대였다. 양손에 총을 들고, 두 발로 말을 탄 기수들은 어려운 마상 사격을 정확하게 가하며 질주하고 있다. 종루, 성벽의 위에서 총을 맞은 총수들은 절규하며 성벽 아래로 낙하하고 있다. 마상의 사수들은 사격을 끝내자 총을 버렸다. 허리에서 칼을 빼 종루를 둘러싸고 성벽으로 오르는 계단으로 쇄도한다. 그들은 전원이 조선 군사의 흰 융의에 파란 십자 조끼 바지를 걸치고 있다.

복병쪽도 총포의 준비가 다 소진된 모양인지 응전의 총화는 점차 산발적으로 되어간다.

하시하베는 계단을 뛰어올라갔다. 성벽 위에 있던 남자가 돌아보고는 환도 끝을 들이댔다. 파란 십자 조끼 바지를 입고 있다.

"우리 편이다."

하시하베는 조선어로 말했다.

남자의 살기가 슬며시 풀어졌다.

"이순신 장군님은 무사합니까?"

일본어 억양의 조선어였다. 하시하베는 즉석에서 그들의 정체를 파악했다. 항왜이다. 분명 고니시 유키나가와 연계되어 있는 항왜일 것이다.

"잘 계십니다."

하시하베 역시 조선어로 대답했다.

성벽 위에서는 육박전이 시작되었다. 하시하베는 주위를 둘러보았다. 다테즈의 모습은 없다. 북문 가까운 성벽에서 전망대로 이어지는 돌계단이 뻗어 있다.

전망대 위에 금발이 언뜻 보였다. 하시하베가 발견한 것을 눈치챘는지 금발은 그만 어둠 속으로 사라졌다.

돌계단을 오른다. 전망대 위에는 아무도 없었다. 성 밖으로 향한 방패용 널빤지 위의 난간에 줄이 감겨 있다. 달려가 잡으려고 하자 등 뒤에서 살기가 느껴졌다.

순간적으로 몸을 돌려 간발의 차이로 흰 날을 피했다.

곧이어 두 번째 공격이 이어졌다. 몸을 돌리며 허리의 칼을 뽑아들고 눈앞에서 받는다. 파란 불꽃이 저녁놀의 공기를 태우며 튀었다.

눈앞에서 다테즈의 얼굴이 웃고 있다.

순간, 하시하베가 기억한 감정은 부정할 수 없는 그리움이었다. 예수회에서 함께 자란 동료. 얼굴 변신의 기술을 배운 뒤부터 좀처럼 볼 수 없었던 본래의 얼글을 보이고 있기 때문인지, 녹색의 눈, 그리고 금빛 머리칼. 조각해 놓은 듯한 섬세한 솜씨가 반갑기까지 했다.

"시라토리가 죽었어."

하시하베는 동료에게 알리듯 사라토리의 죽음을 알린다.

"후에 조문하러 가지."

다테즈가 고개를 끄덕이고, 두 사람은 동시에 뒤로 뛰어 물러났다.

전망대의 넓이는 너비 4m 정도의 정사각형이다. 대각선에서 대치한다고 해도, 칼끝과 칼끝의 간격은 거의 없는 것과 같았다.

"묻겠는데, 쇼이치로. 왜 이순신을 지키는 것이지?"

저 멀리 서쪽, 조계산(曹溪山)에 석양의 위쪽 끝자락이 가라앉으려 하고 있다. 빨간색 혁광(赫光)이 다테즈의 파란 눈을 기묘한 색으로 반사한다. 다테즈도 그리운 듯 눈을 가늘게 떴다. 검광에서는 처참한 살기를 내뿜고 있다.

"고아 때문에. 자네나 나, 시라토리나 가게치카 같은 고아들의."

"나는 고아가 아냐. …… 그 이하지."

다테즈는 다시 칼을 쥐고 공격을 시도했다. 하시하베는 왼손을 손잡이에 가져갔다. 다행히도 힘이 되살아나고 있다. 출혈도 멈춘 것 같다.

하시하베는 가까스로 다테즈의 일격을 막아냈다. 칼의 날밑으로 밀어올리면서 전망대의 구석으로 밀려간다. 총구멍을 낸 방패용 널빤지는 허리까지의 높이이다. 그것을 넘으면 10m 밑의 성 밖으로 떨어질 수밖에 없다.

다테즈의 허리가 그 방패용 난간에 밀려 붙어 있다. 하시하베는 검에 체중을 실었다. 그 순간 굉음이 들려오는 동시에 왼쪽 어깨에 타는 듯한 통증을 느껴지며 뒤로 튕겨졌다. 난간에 감긴 줄을 잡고, 다테즈가 공중으로 몸을 날리는 것이 시계의 끝에 들어왔다.

하시하베는 왼쪽 어깨를 누르며 일어섰다. 아까 이상의 격통이 전신을 엄습했다. 그 방어용 널빤지에 뛰어 되돌아와 전망대 밑으로 시선을 보낸다.

착지한 다테즈로부터 약간 떨어진 곳에 두 그림자가 서 있다. 가게치카와 가스미. 가스미가 가진 총포의 총구에서 피어오르는 흰 연기가 어둠 속에서 어렴풋이 비추이고 있다. 다테즈가 두 사람을 향해 뛰었다.

"어떻게 된 거에요?"

유희가 흑각궁을 들고 전망대로 올라왔다.

"다테즈가 도망갔어요. 그 활을……."

유희의 눈은 피에 물든 하시하베의 왼쪽 어깨에 고정되었다.

"다쳤군요."

"대단한 게 아니오. 그보다도 어서 다테즈를."

"어디 좀 봐요."

유희는 활을 던져 버렸다. 그리고는 품속에서 장도를 꺼내 하시하베의 상의를 찢기 시작했다.

제 11 장

—

달빛의 아라베스크

하늘에 뜬 반달은 제법 밝게 빛을 발하고 있다.

수십 구의 시체가 쏟아지는 달빛을 받으며 종루 앞의 지면에 엄숙하게 줄지어 있다. 유희는 그 모습을 이순신 옆에서 지켜보고 있다. 이순신은 다행스럽게도 가슴을 세게 부딪친 것 이외에는 큰 상처를 입지 않았다. 북문은 무참하게 타고 난 후 떨어진 잔재들이 연기를 피워 올리고, 포탄으로 붕괴된 동쪽의 성벽을 통해서도 성 밖 밤의 어둠이 짙어 보인다. 사방에 연기와 피비린내가 퍼지고 있었다.

종루에서 마지막 시체를 항왜의 군사들이 옮겨왔다.

"30……. 틀림없이 전멸입니다. 저 3명을 빼고는 말입니다."

하시하베 쇼이치로가 순신에게 말했다. 하시하베는 왼쪽 어깨를 흰 천으로 감고 있다. 총탄은 뼈에 상처를 내고 어깨를 관통했다. 하시하베가 총창을 스스로 불막대로 지졌을 때에 살이 타들어가던 냄새는 유희의 후각이 생생하게 기억하고 있다.

가슴이 구멍투성이가 된 시체를 하시하베는 오른손으로 가리켰다.

"이것이 미쿠라 효고. 29명을 통솔하고 있던 남자입니다."

원통함. 시체의 얼굴에는 오로지 그것만이 묻어나 있었다.

원군으로 달려 온 항왜쪽에도 커다란 피해를 입었다. 30구의 시체 옆에 약간의 간격을 두고 18구의 시체가 나란히 뉘어 있다. 흰 융의, 파란 십자조끼 바지가 피로 검게 물들어 있다.

항왜병의 지휘관, 사야가는 부하의 시체 앞에 서서 손을 합장하고 머리를 숙였다. 시체 1구 1구에 시간을 들여 기도하고 있다. 사야가가 의식을 끝낼 때까지 순신은 곁에서 말없이 그대로 기다렸다.

유희는 멍하니 눈앞의 시체를 응시했다. 30인과 18인. 조선의 명장을 둘러싼 공방전에서 도합 48인의 왜인이 목숨을 잃은 것이었다. 일본 땅에서 멀리 떨어진 이 순천이라는 땅에서…….

얼마 안 되어 사야가가 일어섰다. 유희와 동년배인 사내이다.

"정중하게 장사지낼 것을 약속하오, 사야가."

순신은 짧게 말하고 머리를 숙였다.

사야가는 순신의 시선을 피해 반달이 뜬 하늘을 우러렀다.

"나와 같이 조선인이 될 것을 택한 자들입니다. 이 나라의 흙이 될 수 있다고, 그들도 그렇게 바랐을 것입니다."

자신에게도 각오를 다지듯 단호함이 묻어나는 어투였다.

그 밖에도 사야가의 부하로부터 7명의 중상자가 나왔다.

항왜군 18구의 시체 옆에는 순신의 군관인 송대립과 이희남, 남해 현령인 박대남, 옥구 군수인 김희온, 조방장인 배경남의 시체 5구가 나란히 뉘어 있었다. 북문을 막 지날 무렵, 최초로 총격에 의해 목숨을 잃은 자들이었다. 북문의 바로 앞에서 포격으로 죽은 군관 홍우공과 두 명의 젊은 군사의 시체도 운반되어 왔다. 닷새 전 운곡을 출발했을 때 9명이었던 군관은 이제 윤선각과 방응원 두 사람뿐이었다. 두 명의 군관은 다른 살아남은 이기남, 구덕령 등과 시체 수습 작업을 마치고 순신을 따르고 있다.

8구의 시체 앞에 서서 합장을 하고 있던 승려가 고개를 들었다.

"송구스럽지만 독경을 해도 되겠습니까?"

전투가 끝난 얼마 후에 홀연히 나타나 인근 단인사(檀刃寺)의 승려 혜희(惠熙)라고 이름을 밝힌 자다. 전사자가 많은데도 안색 하나 변하지 않고 묵묵히 시체의 수습을 도왔다.

"안 되겠네."

순신은 고개를 가로로 저었다. 숭유배불. 천민인 승려에게 죽은 자를 장사지내지 못하게 하는 것은 당연한 일이었다.

혜희는 잠자코 머리를 숙이고는, 8구의 시체에서 떨어져 뉘어 있는 시체로 눈을 돌렸다.

"이건 마치 미륵보살 같은……."

부복하듯이 합장을 했다.

죽은 자라고는 생각할 수 없는 온화한 얼굴을 응시하면서, 유희는 시라토리 마사나리의 마지막 말을 떠올리고 있었다. '유희를 구하기 위해서가 아니라 쇼이치로를 구한 것이다.' 확실히 시라토리는 그렇게 말했다. 그러나 유희는 시라토리가 구한 것이다. 그가 갑자기 보호해 주지 않았다면, 지금 눈앞에 누워 있는 시체는 자기가 되었을 것이다.

쇼이치로를 구했다……. 왜 그랬을까……?

하시하베는 조각상처럼 꼼짝도 하지 않은 채 눈을 감고 있다.

그때 눈앞의 종루에서 둔중한 종소리가 들렸다.

유희는 눈을 들었다.

거구인 미쿠리야 사몬이 온 몸에 힘을 실어 종을 치고 있는 모습이 보였다.

순천성에서 전투가 전개된 이 날, 서울로부터의 선전관 박천봉(朴天鳳)이 출발했다. 수군을 전폐하라는 명이 담긴 왕의 교서를 가지고.

8월 9일 이른 아침.

광양 현감인 구덕령은 순천성 서문까지 이순신 일행을 배웅했다. 순신을 회령포까지 호위할 70명이 넘는 항왜군의 부대가 따르고 있다.

"이 만큼의 병력이 있으니, 장군님은 무사히 도착하겠지."

제일 후미의 말이 도로의 끝으로 사라지자 구덕령은 원종의에게 말했다.

"음, 남은 것은 세 명이라 했지요."

"이제 손을 댈 수는 없을 거야. 그러나 이상한 일이야. 우리의 이순신 장군을 왜놈과 항왜 놈들이 지켜준다는 거 말야."

"그들이 없었다면 우리도 총 맞아 죽었을 겁니다."

원종의는 순신 일행의 뒤를 쫓아온 것 같은 표정으로 말했다. 순천성에 남는 것보다 항왜의 도움을 받는 것이 차라리 얼마나 마음이 편한지 모른다. 그것은 구덕령도 마찬가지였다.

두 사람은 승려 혜희와 함께 순천으로 돌아가 시체의 매장과 무기의 관리, 부상당한 7명의 항왜군 간호를 하도록 순신이 명령했다. 혜희에게는 순신이 의장의 사령을 교부했다. 삼도 수군 통제사의 권한에 의한 임명이었다.

"날씨가 덥다. 서둘러 시체를 매장해야만 한다."

구덕령은 혜희를 돌아보며 말했다. 양력 9월 19일에 해당하는 이날 한 여름날만큼이나 강렬한 태양이 동쪽 하늘에서 중천으로 오르려 하고 있다.

왜놈의 시체는 어젯밤 중에 성 밖에 크게 구덩이를 파고 묻었으나, 항왜 18구와 군곤 등 8구의 시체는 아직 관청의 일실에 안치되어 있다. 정중하게 장례를 모시도록 순신이 지시했기 때문이다.

"왜놈은 불교도가 태반이라는구만. 자네도 독경하는 보람이 있겠군."

현감은 종6품, 승려는 천민이다. 구덕령의 목소리에는 존대함이 묻어 있었다.

"항왜의 시체 같은 건 그대로 내버려 두어도 되겠습죠."

"무슨 말을 하는 거야, 중이."

"날씨가 덥다."

혜희는 구덕령의 말을 되풀이하고 있다.

"빨리 부패하고 구더기가 끓어. 그거야말로 항왜에게 걸맞은 처치."

구덕령과 원종의는 눈을 돌렸다.

순신 일행이 사라진 서쪽 도로에서 남자와 여자가 나타났다. 남자는 입이 두 귀 가까이까지 찢어진 흉측하게 생긴 사람. 여자는 소박하고 따뜻해 보이는 용모였으나, 단지 왼뺨에 보기 흉한 상처가 있었다.

두 사람은 혜희에게 다가왔다. 이상하게 생긴 사내가 물었다.

"이순신의 목적지는?"

"회령포. 거기서 13척의 전선을 손에 넣어."

"그를 구한 사람은 누구?"

"아소노미야 에치고."

"배반자 에치고인가? 가토 기요마사가 혈안이 되어 찾고 있다고 하던데."

"알려준 것은 고니시 유키나가인 것 같던데."

"주이치로, 이제 사랑스러운 얼굴을 보여요."

여자가 말을 하고 혜희는 고개를 끄덕였다.

구덕령의 신체는 얼어붙었다. 혜희의 얼굴이 변화를 시작한 것이다. 빡빡 깎은 머리에서 급속히 머리가 자라고 있다. 금색의 머리가. 얼굴 근육이 미묘하게 움직였다. 높이가, 두께가, 색깔이 바뀌어 완전히 다른 사람의 얼굴이 나타났다. 흰 피부에 녹색의 눈.

여자가 이상한 얼굴로 다가왔다.

"왜놈……. 아니, 괴물……."

이구동성으로 뱉은 이 말은 구덕령과 원종의가 이 세상에서 한 최후의 소리가 되었다.

순천에서부터 서쪽으로 말을 달려 22km. 낙안군에 도착한 것은 점심이 되기 전이었다. 5리 내에 숨어 있던 백성들이 모습을 나타내며 순신을 둘러쌌다. 모든 주민들이 북쪽, 옥과 방면으로 피난한 것은 아니었다. 순신은 그들을 격려하느라 거의 모든 시간을 보냈다.

저녁, 보성군의 조양창(兆陽倉)에 도착했다. 부유의 식량창은 불을 놓았으나 여기는 무사했다. 모든 문은 봉쇄되어 내부의 곡물류는 무사히 남아 있다. 순신은 안도의 한숨을 쉬었다. 이것으로 수군을 유지할 당분간의 식량을 확보할 수 있었던 것이다.

조양창의 무인 가옥에서 이순신이 피로 끝에 잠에 떨어진 무렵, 서울에서 33km 떨어진 수원의 숙소에서는 선전관인 박천봉이 자신의 임무를 한탄하고 있었다. 그와 같은 선전관의 눈으로 보아도 수군의 전폐는 광기어린 결단이 아닐 수 없었다. 어리석은 교서를 이순신에게 건네야만 한다고 생각하니 맥이 풀렸다.

5년 전의 5월에도 그랬었다.

임금은 서울을 탈출할 즈음 김명원을 도원수, 신각을 부원수에 임명하여 서울의 절대 방위를 명했다. 그러나 방위군은 패하고 김명원은 패전의 책임이 신각의 도망에 있다고 비난했다. 임금은 곧장 신각에게 처형 명령을 내렸다.

그러나 사실은 완전히 반대였다. 싸우지 않고 도주한 것은 김명원 쪽이며, 신각은 유격대를 조직하여 양주에서 왜군을 격파하고 있었던 것이다. 처형 명령을 가진 선전관이 양주로 향한 지 얼마 안 되었을 때, 이와 엇갈려 신각으로부터 임금 앞으로 왜놈의 수급 60개가 도착되었다. 그래도 이것이 조선쪽으로서는 사소한 일이겠지만 최초의 승리였다.

즉시 구명 교서가 작성되고, 박천봉은 그것을 휴대하고 양주로 서둘렀다. 그가 진중에 도착했을 때는 선행 선전관에 의해 왕명이 집행된 뒤였다. 잘린 신각의 목을 박천봉은 맞이했다.

신각은 90세의 노모를 남기고 처형되고, 김명원은 지금도 정2품의 중신으로서 조정에서 권력을 쥐고 있다. 왕이나 조정의 하는 일이란 이처럼 어리석은 일뿐이다. 박천봉은 침상에서 탄식했다. 적어도 5년 전과 같이 누군가 다른 선전관이 철회 명령을 갖고 뒤를 따라오면 되는 것이지만.

8월 10일.

이순신은 열이 났다. 이 일주일 동안 다테즈들의 추격을 받고, 어쩔 수 없이 크게 우회를 하게 된 피로가 틀림없이 여기 와서 나타난 것이리라. 그리하여 조양창에서의 출발은 보류되었다.

남원성 방위군의 총지휘관 양원은 자기 세력을 이끌고 성을 나서더니, 서북쪽 10리 지점에 있는 교룡산성(蛟龍山城)으로 향했다. 이미 무기와 탄약, 식량은 운반되어 있지만, 성채나 전망대, 무기고, 병영 등의 건물은 사람이 없이 그대로 남아 있었다. 양원은 그러한 시설 전부에 불을 지르도록 명했다. 왜군이 점령하는 것이 두려웠기 때문이었다. 또 양원은 남원 부사인 임현(任鉉)에게 명하여, 남원 성 밖의 민가를 모두 태우게 했다.

남원 성내의 별장인 신호는 불꽃에 둘러싸인 교룡산성의 원경(遠景)을 바라보며 울분을 풀지 못한 채 응시하고 있다. 사실을 말하면, 이 성을 거점으로 농성전을 하기 위해 신호는 금년 초부터 남원에 부임한 것이었다. 험준한 산성에 왜군을 끌어들여 싸울 준비를 모두 대비한 즈음 명나라의 부총병 양원이 남원 방위의 최고 지휘관으로서 서울에서 왔다.

그것이 6월 중순의 일이다. 양원은 신호 등의 반대를 무시하고, 남원성에서 왜군을 맞아 치기로 한 계획을 강제로 변경하여 교룡산성의 포기를 결정했던 것이었다.

"우리 성이 타고 있다! 왜군이 그랬다 해도 뭐할 텐데, 원군이 방화하여 불길이 오르는 것을 보고만 있어야 하다니……."

신호는 남원 판관인 이덕회(李德恢)를 돌아보며 허탈하게 말했다.

"지당하신 말씀. 이 성도 그러지 말란 보장은 없지."

그 말을 맞받아 챈 이덕회도 교룡산성에서의 농성전을 최후까지 주장한 한 사람이었다. 그는 신호의 원통함을 지나칠 만큼 잘 알고 있었다.

"보장이 없기는커녕, 이 성의 며칠 후의 모습이 저럴 거야."

신호는 단언하기를 주저하지 않았다. 확실히 양원은 남원성을 철저하게 개수했다. 성의 주위에 참호를 파고, 성벽을 더 높이 증축했다. 모든 성벽에 총안을 갖추게 하고 동서남북의 각 성문 위에는 3좌씩 천자총통, 불랑기포(佛狼機砲)를 배치했다. 그러나 남원성은 평지의 성이다. 진즈성의 공방전을 예로 들 것도 없이, 왜군은 성의 공격에는 도가 텄다. 양원의 판단은 잘못된 것이라고 밖에는 볼 수 없었다.

전라 병사인 이복남은 조선군의 지휘소를 둔 남원성 내의 만복사(萬福寺)에서 교룡산성이 피워 올리는 검은 연기를 망연히 바라보며, 자신의 운명을 체념하고 있었다. 하늘로 솟아오르는 검은 연기는 왜군에 의한 공격이 시작된 것 같은 불길한 생각을 갖게 했다.

순천성을 포기하고 남원성으로 뛰어든 것은 커다란 오산이었다. 왜적의 목표가 순천이 아니라, 남원이라고 알려진 것은 이 성에 들어온 직후이다. 남원의 원군으로 달려온 맹장으로 환영을 받은 이상, 이제 와서 순천으로 되돌아갈 수는 없었다. 지금 잠시 순천에 머물며 왜군의 공격 목표를 확인했으면 이러한 바보 같은 일은 벌어지지 않았을 것이다.

"운명은 다 했다."

이복남은 조방장 김경로를 돌아보며 스스로를 격려하듯 말했다.

"그렇게 되지 않으려면, 후세에 오명을 남기지 않도록 이 남원성에서 끝까지 분전하는 것뿐."

"잘 결심하셨소, 이 병사. 사내로 태어나 일신을 나라를 위해 순국할 때가 왔소."

김경로가 결연히 고개를 끄덕였다. 전주에 있던 김경로는 남원이 위태롭다는 소식을 듣자마자 부하들을 이끌고 즉시 원군에 참여했다. 죽을 각오는 진작부터 하고 온 것 같았다.

김경로가 말했다.

"일찍이 원적(元績)이라는 전라 병사가 있었던 것을 아십니까? 32년 전 을묘년에 왜구와 용감히 싸워 달양성(達梁城)에서 전사했다는……."

"원적의 뒤를 이었다는 것이구만. 왜놈과 잘못 바뀐 두 번째의 전라 병사가 되었다고?"

"물론입죠."

"나는 죽겠지. 그러나 성현(聖賢)이는 살리고 싶어."

단호한 어조로 말했다. 이복남은 7세가 되는 아들, 이성현을 데리고 있었다.

교룡산성에서 오른 불길은 숙성령의 중턱에 포진한 도도 다카토라, 가토 요시아키, 구루시마 미치후사, 와키사자카 야스하루 등 좌군 선봉 무장의 눈에도 잘 보였다. 척후병으로부터의 보고로 양원 스스로 방화한 것임을 안 여러 장수들은 어이가 없었다. 걱정을 적군이 제거해 준 것이다. 그들은 마음 놓고 총대장인 우키타 히데이에와 좌군 주력의 도착을 기다렸다.

순신의 온 몸에 퍼진 열은 11일이 되어도 내려가지 않았다. 일단 열이 나는 채로 조양창을 출발했지만, 곧 다시 쓰러져 이 날도 출발은 연기되었다.

밤이 되어 송희립(宋希立)과 최대성(崔大晟)이 찾아왔다. 5년 전의 해전에서 순신의 군관으로서 활약한 사람들이다. 이기남과 마찬가지로 원균의 미움을 사, 한산도를 쫓겨나 여기서 근무하고 있다고 한다. 옛 부하의 방문에 순신은 기쁜 기색을 감추지 못했다.

8월 12일.

우키타 히데이에, 고니시 유키나가, 시마즈 요시히로 등 좌군의 주력이 숙성령에 도착, 도도 다카토라 등의 선봉과 합류했다. 남원 공략군이 집결을 끝낸 것이다.

이순신의 열은 내려가지 않아 이 날도 출발할 수 있는 상태가 아니었다.

조양창 양산원(梁山沅)의 집에 누운 순신에게는 휘하의 수장이었던 우치적(禹致績), 김제 군수인 고봉상(高鳳翔) 등, 옛 부하와 지방 관리들이 모이기 시작했다. 그들은 자진해서 순신의 시중을 들었다. 유희는 날이 갈수록 그 주위에서 멀어져가는 느낌이었다.

어쩔 수 없는 일. 유희는 스스로를 달래고 있었다. 이제 순신은 유희가 초계에서 모실 때와 같이 백의종군하던 몸이 아니니까.

방구석에서 하시하베 쇼이치로가 왼쪽 어깨에 약을 바르고 있는 모습이 눈에 들어왔다. 유희는 망설이던 끝에 하시하베의 앞에 앉았다.

"이리 주세요. 제가 해드릴 테니."

등 뒤에서 군관들의 회의하는 소리가 그쳤다. 유희는 뒤로 그들의 눈총을 느끼고, 얼굴이 달아오르는 것을 느꼈다.

하시하베는 얼굴을 들고 미소 지으며 유희에게 어깨를 맡겼다.

"많이 좋아졌지요."

유희는 골똘히 하시하베의 상처를 들여다보았다. 확실히 총창은 주위에 새살이 나와서 차오르고 있었으나, 화상에 의해 굳어지고 부풀어 오른 자리가 흉하게 남아 있다.

유희는 흰 천을 감은 손가락 끝으로 상처에 연고를 발랐다. 총알이 관통한 등쪽에도 얌전하게 바르고, 왼쪽 어깨의 살을 파헤친 최초의 총창에도 꼼꼼히 약을 바른 뒤 천으로 감았다. 유희는 하시하베의 시선이 자신의 얼굴에 쏟아지고 있음을 의식했다.

"같은 약이오."

"같아요?"

"그 입술 약하고요."

유희는 손을 멈추고 하시하베의 눈을 들여다본다. 시라토리가 건네준 약이 그의 유언처럼 생각되어, 그 날 이후부터 매일 입술에 약을 꾸준히 바르고 있었다. 덕분에 통증은 가시고 상처는 아물고 있다.

그러나⋯⋯, 그것이 왜놈에게 몸을 허락한 자괴감까지 치료하고 말 것 같아서, 유희는 참을 수 없는 수치심을 느끼기 시작했다.

유희는 아무 대답도 못하고 왼팔을 쌌던 천을 어깨에 감았다.

"유희……."

귓가에서 속삭였다. 이상한 감정이 느껴져 유희는 당황하며 낮게 말했다.

"이름을 부르지 마세요."

하시하베는 계속 속삭였다.

"그럼 우리나라의 말로 이름을 부르지. 아름다운 울림……."

유희는 천을 다 묶고 나서 하시하베의 말을 막으려는 듯이 등 뒤의 군관들에게 들리도록 큰 소리로 말했다.

"자, 이것으로 됐어요."

내려가지 않는 고열에 순신은 마음이 답답해졌다. 이순신은 고통을 감내하며 병상에서 붓을 들었다. 통제사 재임을 명한 교서를 받았음을 보고하기 위하여 왕 앞으로 장계를 쓰고, 수군 재건에의 협력을 명하는 지령서를 전라도 내의 각 군수, 현령, 현감 앞으로 작성했다. 그 정도의 일을 한 것만으로도 열은 더욱 기승을 부렸다.

안위가 찾아왔다는 전갈을 받은 것은 다시 자리에 몸을 뉜 저녁의 일이다.

"보다시피 한심스런 꼴이네."

순신은 반신을 일으켜 안위를 맞았다. 안위는 발포 만호인 소계남(蘇季男)을 대동했다.

"이렇게 무사하셔서."

안위는 눈물을 글썽이며 순신의 생환을 축하하고는 바로 얼굴을 당겨, 13척의 전선이 명령대로 회령포에 회항한 것과, 오늘은 순신이 걱정되어 문안하러 왔다는 것을 간결하게 전했다.

"장군님, 이 사람을 기억하겠습니까?"

안위는 배후에 숨기듯이 감추어둔 소년을 앞으로 끌어냈다.

잊을 리가 없었다. 노량에서 기가 꺾인 군사들을 다시 일어서게 한, 그 소년병이었다.

"박순욱이었지. 잘 왔어."

소년병은 빙그레 웃더니, 순신을 향해 넙죽 엎드려 절했다. 순신에게는 이 소년병이 노량에서 보았을 때 이상으로 기운차게 성장해 있는 것처럼 느껴졌다.

순신은 안위에게로 시선을 향했다.

"회령포의 사정은 어떤가?"

"사기는 그렇게 떨어지지 않았습니다. 왜군으로부터 떨어져 있으니 군사들은 일단 안도하는 모습입니다. 다만……."

말을 멈춘 안위를 대신해서 소계남이 말을 이었다.

"우수사는 완전히 전의를 상실했습니다."

"배설말인가……."

적전 도주를 의의 있는 후퇴라고 역설하던 얼굴이 떠올랐다.

"그곳의 높은 자리에 있는 사람들은 도망할 것만 생각해요. 기회만 잡으면, 회령포에서 후퇴하는 것이 최선이라고 말합니다. 정박 중에 해야 할 일이 산적해 있어요. 병원(兵員)의 보충, 군량의 수배, 무기와 탄약의 확보, 훈련도 부족하고요. 그러나 수사는 싸우려고도 하지 않고 날마다 허송세월만 보내고 있습니다."

"배설에게 전하게. 도망하면 군율로 처단하겠다고."

그 권한이 이제 순신에게는 있다.

"조계종이 지키고 있으니 이제 달아나지는 못할 겁니다."

안위가 희미하게 웃으며 말했다.

"조계종과 함께 갔더니, 우수사는 내가 보살필 테니 너희는 어서 장군님을 뵙고 오라고 하더군요."

소계남도 생각났다는 듯이 웃으며,

"좌우지간 장군님이 조양창까지 도착했으니 돌아가 모두에게 전해야 하지요. 장군님께서 하루라도 빨리 오셔야 합니다."

"열이 내리는 대로 즉시 출발해야지."

"그때는 모시러 으겠습니다."

안위가 대답하기에 앞서 박순욱이 서둘러 먼저 말했다. 순신은 소년병에게 알았다는 의미로 웃어 보이고는 안위와 소계남에게 말했다.

"시간은 걸리지 않는다. 조양창을 출발하면 보성과 구미(仇未)의 군영을 보고 회령포로 향한다."

"그럼 구미에 배를 보내겠습니다."

순신은 고개를 끄덕이고 나서 잠시 생각하더니 일시를 지정했다.

"17일."

안위들이 숙소를 물러난 뒤, 순신은 8월 3일부터 쓰지 않았던 일기장을 펼쳐 기억을 더듬으면서 적어 나갔다. 왜놈의 암살단에 걸렸던 일과 그것을 같은 왜놈이 구해준 일은 굳이 기록을 피했다. 조선 수군의 통제사가 왜놈의 구조로 살아나는 등의 일은 있어서는 안 될 일이기 때문이다.

그리고 오늘 12일조에 "12일 경오, 맑음, 아침에 장계 초안을 수정하다. 저녁에 거제(현령 안위)와 발포(만호 소계남)가 내방, 내 명령

을 전하다. 배설의 소행을 전해 듣고 한탄을 금하지 못하다"라고 적
었다.

이순신의 열은 다음날이 되어서야 겨우 내릴 기미를 보이기 시
작했다. 이른 아침, 안위들은 이순신이 손수 적은 배설에의 명령서
를 수령하고 회령포로 돌아갔다. 순신은 계속해서 조양창에 몸을 쉬
면서 명령서, 통신문 발령을 했다.

좌군은 13일 일제히 숙성령을 넘었다. 무장들은 남원성 부근을
스스로 정찰했다. 그들의 눈에 남원성은 깨끗이 불탄 들 한가운데
떠 있는 고도처럼 비쳤다.

공격 분담은 추첨으로 결정되었다.

성의 남쪽에서 공격하는 것은 우키타 히데이에, 도도 다카토라
의 1만2800명.

성의 서쪽은 고니시 유키나가와 휘하의 여러 다이묘, 와키자카
의 1만5900명.

성의 북쪽은 시마즈 요시히로, 가토 요시아키, 구루시마 미치후
사 등의 1만3200명,

성의 동쪽은 하치스카 이에마사, 이쿠마 카즈마사(生駒一正), 모
리 요시나리 부자, 시마즈 다다토요(島津忠豊), 아키즈키 다네나가(秋
月宗長), 다카하시 모토타네(高橋元種), 이토 스케타카, 사가라 요리
후사(相良賴房)의 1만4900명으로 결정되었다.

14일. 이순신은 군관인 윤선각에게 7통의 장계를 주어 서울로 파
견했다. 순신의 몸 상태는 완전하지는 않지만, 다행히도 거의 보통
상태가 되었다. 이 이상 조양창에 머물러서는 안 된다. 순신은 일행

을 이끌고 보성으로 향했다.

남원에서는 좌군의 총 공세가 시작되었다. 성의 동, 서, 남쪽을 담당하는 각군은 진격을 알리는 나팔, 징, 북을 쳐서 울려댔다. 가을 하늘 아래 형형색색의 깃발, 후키나가시 표지깃발을 펄럭이며, 확실히 성과의 거리를 좁혀갔다. 양원이 이중, 삼중으로 판 호는 대량의 풀과 토석을 던져서 금세 메워졌다. 양원이 태워 버리라고 명령했던 민가 중에는 아직 흙담장이며 석벽이 타다 남은 것이 많아, 각군은 그것들을 차폐물로 이용하여 접근, 총포에 의한 사격을 쉬지 않고 해댔다.

농성군은 명나라에서 가져온 불랑기포, 조선제로는 최대 구경인 천자총통, 지자총통으로 응전했으나, 산개하여 접근해 오는 일본군에게는 별로 효과를 올리지는 못했다.

불랑기포는 유럽 각국에서 제조된 함재포를 모조한 후장식 대포인데, 4년 전 평양 탈환전에서 위력을 발휘했으나 수성용(守城用)으로는 적합하지 않음을 양원은 확연히 깨닫게 되었다.

성의 북쪽을 담당하는 시마즈, 가토 등의 공격이 늦어진 것은 60km 북서쪽에 위치한 전주에서의 원군을 경계했기 때문이었다. 전주성에는 명나라 장수인 진우충(陳愚衷)이 연수(延綏)의 병력 2000명을 이끌고 주둔하고 있다. 이 부대가 출격하면 서의 북쪽을 담당하는 뒷면이 뚫리게 된다. 각군은 척후를 보내 전주성의 정세를 살폈다.

진우충은 움직이지 않는다. 이 첩보는 오후 늦게야 알려졌다. 시마즈, 가토, 구루시가 등은 늦은 것을 만회하고자 즉시 성의 북쪽에 맹공격을 가했다. 첫날의 공격은 밤이 되어 심하게 퍼붓는 비와 함께 종료되었다.

15일. 어젯밤부터 내리던 비는 오전 중에도 계속 내렸으나, 오후에는 쾌청해졌다. 이순신이 있는 보성의 하늘도 높고 푸르렀다. 순신은 숙소인 열선루(列仙樓)를 나와 병기고를 점검했다. 모든 무기와 탄약이 아무 탈 없이 그대로 보존되어 있었다. 순신은 전선에 적재할 대포, 조총, 활과 화살, 화약류를 골라 4마리의 말에 나누어 실어 회령포로 보냈다. 인원이나 무기는 조금씩이기는 하지만 보충되어 가고 있다. 그러나 가장 중요한 전선은 13척 그대로이다. 이것만은 어떻게 할 도리가 없었다.

이 날은 추석이었다. 순신은 일기에 "누각에 올라 밝게 비치는 달을 우러르지만, 가슴 속은 평온하지 못하다"라고 적었다.

남원성의 서쪽에 포진하고 있는 고니시 유키나가도 추석의 보름달을 놓치기 아쉬운지 홀로 서서 달을 바라보고 있었다. 달빛에 드러난 남원성은 거무스름하게 흐려 있다. 전주에서는 진우충의 원군도 오지 않고, 이원익, 권율한테서도 버림받았다. 3000명의 명나라 군사와 1000명의 조선 군사가 지키는 고립무원의 죽음의 요새.

문제는 군사 이외에 남원 주변의 남녀 노약자가 거의 집에 틀어박혀 있다는 것이다. 그들을 기다리는 운명은 죽음밖에 없다. 유키나가는 이 재침공의 직전부터 요시라—가게하시 요지로—를 몇 번이나 조선쪽과 접촉하게 하여 경고했다. 노인, 부녀자는 산속으로 피난시키라고. 평지에 쌓은 성이 아니라, 산성에 의해 일본 군사의 침공에 대비할 수 있도록 하라고도. 그러나 그 모든 것이 무시되었다. 밝은 달밤의 총공격이 시작되면 군사, 민간인을 불문하고 목을

베고 코를 도려낼 것이다. 4년 전 진주성의 함락을 상회하는 지옥이
될 것이다.

나이토 조안이 막사로 들어왔다.

"또 다시 양원은 장수님의 권고를 물리쳤습니다."

어쩔 수가 없군. 피곤함이 밴 안색이었다.

고니시 유키나가는 오늘 저녁 조안을 양원에게 사자로서 파견하
고, 항복과 함께 성문을 열 것을 촉구했다. 강화를 위해 북경까지 다
녀온 조안은 양원과는 구면사이이다.

조안을 접견한 양원은 이렇게 말했다고 한다. 나는 15세 때부터
군인으로서 전장에 나갔으나, 아직까지 패한 적이 단 한 번도 없다.
지금 요동의 정병 수십만 명을 이끌고 남원성을 지키러 왔다. 물러
날 리가 있겠는가 라고.

수만 명이라는 말은 분명 거짓이다. 기병이란 야전에서 위력을
발휘하는 것. 농성전에 투입하여 어떻게 싸울 수 있겠는가.

그래도 단념하지 않고 유키나가는 조안을 다시 양원에게 보냈던
것이다.

"양원은 뭐라던가?"

"남아일언 중천금."

"남자의 한 마디, 천금처럼 무겁다 이 말이렷다. 그런데 중요한
것은 전해 주었는가."

"함락될 기미가 보이면 서쪽문은 열어둔다는 장수님의 말씀, 확
실히 전했습니다. 양원은 일소에 부쳤습니다만 눈빛은 진지했습니
다. 도망가겠지요."

양원을 도망가게 하는 것이 유키나가의 본심은 아니다. 이 사실

이 널리 퍼져, 성 안의 노인이나 아녀자를 탈출시키려는 것이 진짜
목적이었다.

"조안, 그 아이는?"

나이토 조안은 아직 10세도 되지 않은 남자 아이의 손을 끌고 왔
다. 의복은 더러워져 있었으나, 얼굴에는 숨길 수 없는 조선 양반의
혈통이 엿보인다.

"전라 병사 이복남의 아들이라고 했습니다. 성을 나올 때 이병사
의 집안 사람한테서 부탁받은 것입니다."

"소년, 이름은?"

유키나가가 조선말로 묻자 남자 아이는 증오에 가득 찬 시선을
보내며 말했다.

"이성현."

남원의 북동쪽 40km에 위치하는 안음(安陰)에서 가토 기요마사
는 온종일 출진 준비에 쫓겼다. 안음에서 북서쪽으로 약 8km 지점
에 공격 목표인 황석산성이 있다. 기요마사는 남문, 구로다 나가마
사는 동문, 나베시마 나오시게는 서문을 공격하기로 되어 있다. 3만
명의 대군을 이끄는 우군 총대장 모리 히데모토는 진격이 늦어지고
있었다. 총대장의 도착을 기다리지 않고 황석산성을 함락시킬 작정
이었다.

황석산성은 경상도에서 전주로의 통행을 막는 험준한 산에 축성
되어, 도체찰사인 이원익이 호령(전라도와 경상도)의 목으로서 절대
사수를 엄명한 곳이다. 방위의 지휘를 맡은 것은 안음 현감인 곽준
(郭遵), 김해 부사였던 백사림(白士霖), 전 함양 군수인 조종도(趙宗道)

가 군사를 이끌고 온군에 가담하여 안음, 거창, 함양의 3군현 군민 4000명을 징병하여 틀어박혀 있다. 사수를 명한 이원익이 일찌감치 구례의 본영을 포기하고 달아난 것 등을 그들에게는 알릴 이유도 없었다.

"곽준, 조종도는 문인. 백사림이 무관 출신으로 성 안의 민병으로부터 절대적 신임을 얻고 있는 것 같습니다. 나, 죽는다 해도 성 안에 앉아 있지 않겠다……라고 그렇게 호언장담했다고요."

고문 담당관이며 첩보부문의 책임자이기도 한 간다 쓰시마노카미의 보고를, 기요마사는 하나마루의 머리를 쓰다듬으면서 듣고 있다. 하나마루는 어딘가에서 피냄새를 맡았는지 큰 소리로 꿀꿀거리고 있다.

"허세뿐인 놈."

기요마사의 입가에 불쾌하다는 듯 경련이 일었다.

"제일 먼저 도망갈 놈이야, 쓰시마. 그들은 그런 부류야."

16일. 이순신은 보성 군수에게 명하여 피난 중인 관리의 수색을 맡겼다. 순신이 통제사에 복귀하고 조양창에 체재 중이라는 소식은 즉시 부근 일대에 전해져서, 오후가 되자 지이(智伊), 태구생(太貴生), 선의(先衣) 등 조선 기술자와 김희방(金希邦), 김붕만(金鵬萬) 등의 옛 군관들도 속속 모습을 보였다.

순신의 주위에 새로운 인물이 나타날 때마다 하시하테 쇼이치로는 의심을 하지 않을 수 없었다. 다테즈 주이치로가 아닐까 하고. 8일 밤 이래 다테즈 일행의 소식은 묘연해졌다. 다테즈가 단념할 리가 없다. 반드시 무슨 방법을 쓰든지 수를 써서 올 것이다. 모르기는 해도 다른 인물로 변장하고서.

"그렇게 신경이 과민해지지 않아도 될 것 같은데. 놈에게는 나를 쏠 만한 힘이 없을 거야."

순신은 주위를 둘러보며 하시하베에게 말했다. 그를 치하할 작정인 것 같다. 갈수록 옛날에 알던 인물이 속속 모여들고, 항왜인 사야가가 이끌고 온 70여 명의 총포대가 순신을 호위하고 있다. 운곡에서 습격을 당한 후 오로지 도망만 다녔을 때와는 상황이 크게 바뀌었다. 순신이 그렇게 생각하는 것도 무리는 아니다.

"놈은 일단 맡은 임무는 도중에 포기하지 않는 사람입니다."

"자네도 그런 남자 아닌가."

순신이 온화한 미소를 보였다. 여유가 있는 미소였다.

그 기분에 맞추듯 주위 사람들도 따라 웃었다.

"지금쯤 어딘가에서 쓰러져 객사한 것은 아닐까."

그렇게 말하고 크게 소리내어 웃은 것은 조양창에서 합류한 송희립이었다. 그는 다테즈의 추격 공포를 피부로 느끼지 못한 데다가, 왜놈이 순신의 호위를 맡은 것에 대한 노골적인 불만을 품고 있다. 일이 있을 때마다, 송희립은 그것을 드러내고 있었다. 다른 군관도 정도의 차이는 있을지언정 자기와 미쿠리야 사몬을 기분 좋게 생각하고 있지 않다는 것을 하시하베는 느끼고 있었다.

다테즈 일파의 위협을 과거의 일로 간과하고, 하시하베와 미쿠리야를 해고하려고 하는 이곳의 분위기는 군관인 방응원의 보고로 일변했다. 방응원은 순신의 명령에 의해 보성 군청의 노비들을 데리고, 무기와 탄약 운반의무를 띠고 순천으로 파견되었다.

무기고, 탄약고가 모두 불타고 광양 현감인 구덕령을 비롯하여 순천에 남아 있던 자가 모두 처참하게 살해되었다는 사실을 방응원은 창백한 얼굴로 순신에게 보고했다.

침묵이 좌중을 지배했다.

하시하베가 이윽고 침묵을 깨고 입을 열었다.

"혜희라는 중이 있었을 텐데."

"그 놈이 …… 그 중만은, 어디를 찾아보아도 볼 수가 없었는데……."

(후에 조문하러 가지).

순천성의 전망대 위에서 시라토리 마사나리의 죽음을 알렸을 때, 다테즈가 뱉었던 말을 하시하베는 생각해냈다.

남원성의 상공에는 맑게 갠 가을 창공이 높이 펼쳐져 있다. 16일, 일본군의 공격은 대기 상태였다. 총공격은 오늘밤으로 결정되어 있기 때문이다.

남원성을 지키는 명나라와 조선군은 왜군이 공격하다 못해 질력이 난 것이라고 해석했다. 그들은 용약하고 단절이 없는 불랑기포, 천자총통을 연사했다. 그러나 후퇴했다 산개하는 적에게 이렇다 할 타격을 주지 못한 채 일몰을 맞았다.

공성군은 체력이 온전했지만 농성군은 피로했다.

맑게 갠 가을 하늘에 16일 밤의 달이 비쳐서 한낮과 같은 달빛을 쏟아냈다. 이 밤, 우군과 좌군은 기묘하게도 45km 떨어진 황석산성과 남원에서 야전을 전가 했다.

전투는 황석산성을 포위한 우군부터 먼저 시작했다. 전국은 농성군에 압도적으로 불리했다. 산성을 포위하고 공격한 일본군의 수가 많은 것을 확인한 성 안에서는 비관론이 대세를 차지하여, 저녁 때부터 야음을 틈타 도망가는 군사가 속출하였다. 그 시작은 무관 출신으로서 신망을 모으고 있던 백사림이었다. 백사림은 먼저 처와 자식을 도망가게 하고 자신은 항왜군의 도움을 받아 도주에 성공했다.

총 지휘관인 곽준은 아들인 이사(履祥), 후상(厚祥)과 함께 분전하다 모두 전사했다. 곽준의 딸과 큰며느리는 자결했다. 원군을 따라왔던 전 함양 군수인 문관 조종도는 조상이 물려준 갑주로 무장하고 장검을 빼서 싸웠으나 전사했고, 부인도 칼로 스스로 목을 찔러 남편의 뒤를 따랐다. 결국 황석산성은 날이 채 밝기도 전에 함락되었다.

남원에서는 밤 10시에 좌군이 사방에서 일제히 성벽을 공격했다. 돌담이나 흙벽을 차폐물로 삼은 총포대가 끊임없이 총격을 되풀이하여 성 안으로부터의 공격을 침묵시키고, 그 사이에 보병 부대가 어제 메웠던 호의 위로 달려가 여러 종류의 사다리를 성벽에 속속 세워서 걸치고 성 안으로 뛰어들었다.

그 노도 같은 기세에 주간의 항전으로 피로에 지친 수비병들은 완전히 녹초가 되었다. 양원 휘하의 명나라 군사들은 분전했으나, 요동의 대평원을 종횡무진 질주하며 다른 민족을 유린해온 기마병들이었던지라 좁은 성 안에서의 전투에서는 본래의 힘을 발휘할 수 없었다. 남, 동, 북과 성문이 파괴되었고, 일본군은 물밀듯이 성 안으로 돌입했다.

명나라 군사들은 서로 앞을 다투어 도주의 태세에 들어갔지만 안타깝게도 모두 일본 군사의 먹이가 되었다. 장표(蔣表), 모승선(毛承先), 이신방(李新芳) 같은 장수가 이어서 전사했다.

조선쪽은 관민이 일체가 되어 죽을 각오로 저항했다. 일본 군사는 때마침 떠오른 달빛 아래서 무기를 써서 저항을 배제했고, 성의 구석구석까지 그들을 찾아내서 죽였다. 전라 병사인 이복남을 비롯하여 김경로, 신호, 이덕회, 방어사인 오응정(吳應井), 남원 부사인 임현, 구례 현감인 이원춘, 명나라 장수의 접반사인 정기원(鄭期遠)과 민준(閔濬) 등이 백병전에 몸을 던진 끝에 결국 전사하고 말았다.

일본 군사는 부녀자들에게도 사정을 두지 않았다. 그들은 성 안에 얌전히 숨어 있던 것이 아니라 함께 전투원으로서의 역할을 했기 때문이다. 여자, 노인, 어린이까지도 무기를 손에 들고 필사적으로 저항을 시도했다. 그러나 싸움에 이골이 난 일본 군사를 상대로 싸울 수 있는 자는 극히 일부에 지나지 않았다.

양원은 지휘소의 농성관을 나와 준비해 두었던 말을 타고 뒤를 돌아보았다. 그를 뒤따르는 자는 겨우 50여 명. 나머지는 이 성에서 죽었거나 왜군의 포로가 될 운명이다. 최강무비를 뽐내던 요동의 기마 군단은 전멸한 것이나 마찬가지였다. 양원은 왜가 이 정도의 강적이라는 것을 새삼 확인했다. 그러나 보수 강화에 두 달이나 몰두한 남원성이 이렇게 허망하게 돌파되리라고는 생각해본 적이 없었다. 교룡산성에서 농성을 해야 한다고 주장한 조선쪽 여러 장수의 진언을 받아들였으면 좋았을 걸, 하는 후회가 양원의 뇌리를 스쳤다. 그러나 이제 와서 이런 것들을 안타까워한들 무슨 소용이 있으랴. 원래부터가 조선은 조선인의 것. 종주국의 인간이 조선국을 위해 목숨을 버리는 것 따위가 한없이 어리석은 일이 아닌가.

한 발의 유탄이 머리 오른쪽을 스쳤다. 북쪽인가, 동쪽인가, 남쪽인가, 그 모든 방향인가……. 어쨌든 성문은 파괴되어 왜군이 성 안에서 맹렬히 전투를 전개하고 있다. 총성, 함성, 비명, 말의 울음소리, 어지러운 발소리, 포성, 독전의 징소리가 이 서문에도 다가

오고 있다.

망루의 군관이 돌아왔다.

"고니시군은 우리에게 손을 댈 기색은 없습니다."

양원은 고개를 끄덕였다. 마음이 이상했다. 4년 전의 1월, 양원은 이여송(李如松)의 좌협 대장(부장)으로서 고니시 유키나가가 지키는 평양성 공격의 일익을 담당했었다. 그 때 요동의 기병을 이끌고 돌입한 것은 보통문에서부터였다. 그러나 이 남원성에서 입장은 역전되었다. 자신의 쪽이 서문 쪽에서부터 함락되는 몸이 되었던 것이다.

"좋아, 탈출한다."

양원의 명령으로 성문이 열렸다.

왜군은 한 발도 쏘지 않는다. 조심조심 성문을 지나 밖으로 나갔다.

수많은 왜군이 문 밖을 메우고 있었다. 칼은 칼집에 그대로 꽂힌 채이고 총구는 하늘을 향해 있다. 남쪽 오랑캐식의 갑주가 달빛에 반사되어 젖은 것처럼 창백하게 빛나고 있다.

성문이 열리자 그것이 신호라도 되는 양 왜군들은 뒤로 물러났다. 갑주에 비친 달빛이 은물결처럼 흔들리고, 북서쪽으로 이어지는 한 줄기의 길이 나타났다.

양원을 도주하기 위하여 준비된 전주로 가는 길이다.

그래도 양원은 생포될까 두려워 몸을 낮춘 채 말의 배를 등자로 세게 찼다. 50기의 참모 장수들이 긴장된 표정으로 뒤를 이었다.

적과 아군이 결탁한 도주극은 달빛 아래서 서로가 아무 말 없이 진행되었다.

왜군의 사람 울타리를 벗어나자 양원은 안도하는 표정으로 뒤를 돌아보았다. 왜군 가운데 본 적이 없는 백은의 갑주를 몸에 걸친 미장부가 말 위에서 양원을 전송하고 있었다.

"저것뿐인가, 이제 이 밖에는 나오지 않는가?"

고니시 유키나가는 초조한 음성으로 말했다. 양원의 일행이 전주 방면으로 사라진 후, 성문에서는 아무도 나타날 기색은 없다.

따지고 보면 양원은 유키나가로부터의 정보를 틀림없이 독점했을 것이다. 서문을 통해 탈출하는 자를 고니시군은 공격하지 않는다는 사실을 알았으면 도망자가 쇄도할 것이다. 그런 혼란 속에서 자신의 탈출이 늦어지는 것을 걱정한 것인가, 아니면 탈출을 조선 장수들이 저지할 것을 두려워한 것인가. 어쨌든 지켜야 할 자들을 그냥 두고 자기들만 살려고 한 것이다.

"추격해서 목을 따올까."

분노하는 장수에게 부장 한 사람이 더 이상 못 참겠다는 듯 말했다.

"장수님, 다른 군의 체면을 보아 지금쯤 우리도 성 안으로 들어가지 않으면……. 이미 와키자카군이 깔보기 시작하고 있는데요."

성의 서쪽 공격을 똑같이 할당받은 와키자카 야스하루는 유키나가가 성문을 봉쇄만 하고 있는 것에 대한 불만을 품고, 전령을 여러 번이나 보내왔다.

전투는 밤의 중간쯤에 종료되고 남원성은 완전히 일본군의 손에 떨어졌다. 각군은 전투 후, 즉시 성 안의 소탕 작전을 시작했다. 저항할 기력을 상실한 군사나 부녀자가 몰래 숨어 있다가 발각되어 목이 달아났다.

"목은 판관보다 높은 자의 것을 할 것. 그 다음은 코로 충분하
니까."

군사 감독관이 소리치며 다녔다.

잘라온 목도 지위가 높지 않음이 확인되면 곧장 코를 도려냈다.
코가 잘려나간 피투성이의 목이 성 안에 흩어져 있다. 죽음 대신에
산 채로 코만 잘린 사람도 적지 않았다.

피투성이 코는 즉시 산처럼 쌓여, 우물에서 퍼올린 물에 세척되
었다. 그것들은 군사 감독관의 검사를 받은 뒤 전용 항아리에 담겼
다. 소금에 절여 일본으로 운반되는 것이다.

"전장에서 이름을 날리는 것은 말로 하는 것이 아니라, 남녀노소
누구를 막론하고 많이 베어 일본으로 보내는 자이니라."

도요토미 히데요시의 엄명이었다.

8월 17일.

조선 반도 특유의 건조한 가을바람이 불기 시작했다. 이순신 일
행은 아침 일찍 보성을 출발, 28km를 말로 달려 구미의 군영에 도착
했다. 부근 일대는 무인지대로 바뀌어 군량고는 파괴되고, 대부분의
군량미도 사라졌다. 군량미를 감독하는 관리들이 약탈한 것이었다.
순신은 군관들에게 약탈범을 찾게 하여 저녁까지 붙잡아 곤장형에
처했다. 그리하여 군량은 무사히 회수되었다.

순신은 배를 기다렸다. 안위를 통하여 마중하는 배를 보내오
도록 배설에게 명령한 것은 이날, 이곳이었다. 밤이 되어도 배는 오
지 않아 순신은 회령포로 가는 것을 단념하고 구미에서 1박하기로
했다.

순신은 17일 일기에 "날은 이미 저물다. 따라서 묶는다. 배설의 배반이 무척 원망스럽다"라고 적었다.

회령포에서는 밤타다에 정박한 13척의 전선이 달빛을 받아 오코를 비롯한 7명의 여인들의 시계에 들어왔다.

그녀들이 회령포 연안에 도착한 것은 새벽녘이었다. 어제 16일은 구미의 해안을 수색하였다. 달빛에 의지하여 항행을 계속하면서 고금도(古今島)의 북쪽 연안을 수색하고자 하여, 맞은편 해안의 회령포에 조선 수군의 전선을 발견한 것이었다. 근처에 접근하니 노량에서 도망친 거북선도 틀림없이 그 속에서 확인되었다.

그녀들 7인은 피난민을 가장하여 회령포에 상륙, 오늘 하루에 걸쳐 상황을 파악했다. 그리고 지금 배후에서 회령포의 수군 기지를 품고 있는 야트막한 산의 허리에 모여 만내를 막 내려다보고 있는 참이다.

바람은 없고 파도는 잔잔하며, 해면은 금색으로 빛나고 있다. 그녀들의 시선은 잔교에 계류된 13척의 전선 중 거북선에만 쏠려 있다. 상갑판을 등딱지 모양으로, 후판을 무지개형으로 덮은 거대한 특수 전함.

오코는 이 이상한 선체에 매료되었다. 애증이 교차하는 남자와 재회한 그런 심정이었다.

"너무 밝지 않을까?"

신중한 어투로 나나세가 말했다.

"괜찮아. 경계가 매우 허술하니까."

"여기까지 도망와서 안심하는 모양이지. 발견되지 않게 접근할 수 있을 것 같아?"

"노량에 있을 때보다 쉬워, 정말."

오하마와 유지오, 사요리가 하나같이 단언했다. 회령포의 상황을 파악한 후에 내린 판단이다. 회령포의 수군 기지에는 피난민이 남녀노소를 불문하고 흘러들었기에 전선에 접근하는 것은 쉬웠다. 경계다운 경계를 하지 않다는 것은 그녀들 모두가 간파하고 있다.

"이순신 말인데……."

오샤치가 말했다. 수군통제사에 복귀한 이순신은 회령포의 수군이나 피난민 사이에서 단연 화제거리였다. 누구나가 하루라도 빨리 순신이 도착하기를 기다렸다.

"보성에 있다 하던데. 곧 회령포에 모습을 나타낼 테지."

"내가 들은 것은 오늘 마중나올 배가 와야 했는데, 장수들 사이에 대립이 있어서 가지 못했다던가, 그러던데."

유지오가 덧붙였다.

"어찌할까요, 오코님. 노량에서처럼 이번에도 이순신이 오기를 기다려야 할까요?"

나나세의 물음에 다른 여인들도 잠자코 오코의 답변을 기다렸다.

오코는 6명 각각의 얼굴을 응시했다. 오하마와 유지오는 이 일을 즐기고 있다. 오샤치와 사요리는 이순신과 함께 거북선의 폭파를 기대하고 있는 눈치이다. 나나세는 오코가 말하는 것은 무엇이나 하고 싶어하는 것 같다. 그러나 나이가 가장 어린 산고의 얼굴에는 어서 임무가 끝났으면 하는 바램이 그대로 나타나 있다.

오코는 천천히 고개를 가로로 저었다.

"이제 더 이상의 욕심은 단념했어. 이제부터 저놈을 날려 버리고 구루시마의 배로 돌아가자."

미치후사가 그리웠다.

산고의 표정이 빛났다. 오샤치와 사요리의 입에서도 더 이상 불만의 소리는 나오지 않는다.

7명은 즉시 준비하기 시작했다.

여기까지 운반해온 통 속의 화약이 모두 침수된 것을 발견한 것은 그로부터 얼마 안 되어서였다.

회령포를 내려다보고 있는 같은 산 속의 다른 장소.

가스미는 다테즈 주이치로의 팔에 도취되어 기분 좋게 졸고 있다. 기생이었을 무렵에는 느껴보지 못한, 모르기는 해도 난생 처음 느끼는 도취. 손끝으로 다테즈의 얼굴을 더듬었다. 달빛에 젖은 금발과 흰 피부, 깊고 복잡한 눈. 그녀는 다테즈의 모습에서 진심으로 사랑을 느낀다. 이 아름다운 얼굴을 괴물이라고 말했던 그덕령과 원의종을 가스미는 즉시 뻤다.

"주이치로……."

가스미는 불렀다. 사랑스럽게 그의 이름을 부르고, 그 울림이 자신의 귀로 들려 올 때마다 그에 대한 사랑은 한없이 커졌다.

"나는 뭐라고 하야 될까? 가스미인가, 유미인가?"

다테즈는 얼굴을 들고 가스미의 대답을 기다렸다.

"어느 것이든 상관없어요. 그런 건 아무래도 좋아요. 당신에게 나라는 존재가 곁에 있을 수만 있다면……."

다테즈의 혀가 왼뺨의 상처를 핥았다.

가슴 저릿한 감동을 느끼며 가스미가 말했다.

“이순신은 제가 처치하겠어요.”

8월 18일. 구미 군영.

하시하베 쇼이치로는 이순신의 경호를 미쿠리야 사몬에게 맡기고, 사야가에게로 다가갔다.

이미 일본인 신분을 버린 이 남자는 총포 손질에 여념이 없었다. 그가 같은 항왜 군사를 이끌고 순천에 오지 않았더라면, 이순신은 물론이고 자기도 죽었을 것이다. 조선인들은 그 사실에 대해 감사의 말을 하지 않았다. 이순신 자신도 죽은 사람을 정중하게 장례지내라는 약속을 한 것으로 에둘러 사의를 표한 것에 불과했다. 회령포로 향하는 순신을 호위하는 사야가와 그 병사들은 아무런 불만도 표하지 않고 묵묵했다. 순신에게 옛 부하들이 무기를 들고 모여들자 그들은 무의미한 존재가 되었다.

하시하베가 온 것을 눈치 챈 사야가 쪽에서 입을 열었다. 조선어이다.

“마중나온다는 배는 아직?”

하시하베는 고개를 가로로 저었다. 순신은 아침부터 계속 배를 기다리고 있지만, 정오가 지나도 배는 나타날 기색을 보이지 않았다.

“어깨는 이제 괜찮아진 것 같군요.”

하시하베의 왼팔을 묶고 있던 천이 없어진 것을 보며 사야가는 미소를 보냈다.

“단도직입적으로 묻고 싶은 것인데⋯⋯.”

하시하베는 자기보다 몇 년 연상인 남자를 응시하면서 용건을 꺼냈다.

“조선인이 된 것은 어떤 연유에서입니까?”

사야가는 일순, 어안이 벙벙했다는 듯이 하시하베를 보았다.

“나라를 버린 이유, 결의를 듣고 싶다고요?”

“그런 건 아닙니다. 이 나라의 인간은 우리를 왜놈이라고 한없이 멸시하고 있소. 그 왜놈이 조선인이 되었다 함은 어떤 것인가 해서요.”

사야가한테서는 일본인 신분을 버린 후회가 느껴지지 않았다. 그렇다고 해서 조선인이 되었다는 망설임도 없지만, 조선인으로 받아들여 주십사 하는 아부 같은 것이 조금도 없다. 시원해 보이고 상쾌했다.

사야가는 잠잠했다. 그런 모습은 어떻게 대답을 해야 할지, 생각하고 있는 것 같았다. 이윽고 그는 담담한 어조로 말했다.

“그런 것에 대해 사실은 생각했던 적이 없습니다. 태어난 나라를 버렸다 …… 왜놈이 조선인이 되었다 …… 항왜……, 그것은 결과지요. 아니, 보는 사람에 따라 그렇게 보일 뿐이라고 하면 될까. 이름도 그래요. 사야가라고 하면 그것으로 좋지. 김충선이라고 하는 것도 그 편이 이 나라에서는 잘 통하기 때문이지요. 나는 언제나 계속 나입니다. 내게 중요한 것은 ‘최선’ 입니다. 선(善)에 죽는 것이야말로 모든 것이지요. 조선인이 되는 것을 택한 것이 아니라, 선에 죽는 것을 택한 것이지요. 도요토미 히데요시가 벌인 이 전정은 확실히 악이니까요.”

“선이라는 것이 그 정도로 중요하다고요?”

“저한테는요. 어디까지나 제게는 그렇다는 얘기입니다. 문제는 무엇에 죽느냐 하는 것이지요. 하시하베씨, 당신은 무엇에 죽습니까?"

"죽는다 …… 는 것."

그때 따지는 듯한 큰 소리가 등 뒤에서 났다.

"무슨 말을 하고 있나? 왜놈들끼리."

돌아다보니 송희립이 불쾌하다는 표정으로 서 있다.

사야가가 온화한 어투로 대답했다.

"불만인가 보죠. 당신들의 말로 하고 있는데도."

송희립의 얼굴이 벌겋게 물들었다.

"장군님은 육로, 회령포로 향하신다. 즉시 준비하도록, 이상."

말을 마친 송희립은 분연히 사라졌다.

회령포는 구미에서 36km 남쪽에 위치한 후미이다. 회령진은 전라 우수영의 관할하에 있는 작은 수군 기지였으나, 요 며칠 피난민이 흘러들어 북적대고 있다. 수군이 임시 본영을 설치했다는 말을 듣고 산속으로 피난했던 지방 관리나 농민들이 속속 모여들었기 때문이다. 고작 13척이라고는 하지만 전선이 정박하는 모습은 사람들에게 오랜만에 안도감을 주었다.

회령진의 수장(守將)인 민정붕은 기지를 피난민들에게 개방하고, 군량고를 열어 그들에게 식량을 제공했다. 회령진의 영사를 둘러싸듯이 하여 급히 세운 조잡한 건물이 여러 채 있다. 부뚜막에서는 연기가 오르고 세탁물들이 펄럭였다.

피난민들은 처음에는 기력을 잃고 있었으나 조양창에서 돌아온 안위와 소계남의 입에서 이순신의 생존이 전해지자, 군사들이 놀라 허둥댈 정도로 활기를 띠기 시작했다. 전라 좌수사, 삼도 수군의 통제사로서 왜군을 바다에서 격파한 이순신은 그들 전라 도민의 영웅이며, 수호신이었다. 이 수호신이 돌아온다. 남은 전선은 13척이지만 순신이 이것을 이끌면 왜놈도 함부로는 나서지 못할 것이다.

증오스런 왜군에게 한을 갚기 위해 순신의 밑에서 싸우고 싶다는 종군 희망자가 속출하고, 여자들은 숙사의 부엌에서 열심히 일하고 있다. 따라서 순신의 회령포 입성이 예상되는 오늘은 환영 잔치 준비로 무척이나 분주했다. 딘병 일체가 된 군사들까지도 마음이 들떠 여기저기서 웃음소리와 노랫소리가 들려왔다. 훈련과 전선의 경비를 잠시 접고 산으로 사슴, 멧돼지, 새를 잡으러 가는 병사들이 뒤를 이었다. 그러나 그것을 말리는 수장들은 거의 없었다.

그런 광경을 지켜 보던 소계남은 회령진의 관영으로 들어갔다. 오늘 하루는 어쩔 수 없을 것이라는 판단이었다.

관영에도 들뜬 피난민들이 출입하고 있었다. 무엇보다도 회령진의 수장인 민정붕이 진두에 서서, 순신의 환영 잔치 준비를 진행하고 있다.

민정붕은 주방 입구에 서서 고려청자의 술병을 들고 있다.

"장군님이 드실 귀중한 술이니까. 정신을 차려."

술병을 받아든 것은 피난민으로서는 그다지 야위어 보이지 않는, 순박해 보이는 쳐인이었다. 비녀를 꽂지 않아 긴 머리가 좌우로 흔들릴 때마다 왼뺨의 깊은 상처가 보였다.

민정붕은 소계남이 걱정되어 그에게 다가갔다.

"통제사의 환영 준비로 모두 긴장하고 있어. 오늘도 뵙지 못하면 곤란한데."

가장 긴장하고 있는 것은 민정붕인지도 몰랐다. 이순신은 예정대로라면 어제 안에 착익하였을 것이었으나, 배설이 배를 내주지 않왔기 때문에 예정에 차질이 생겼다.

"배로 안위가 맞이하러 갔어. 이제 막 마중해오는 참이야."

"겁쟁이 배수사가 잘 인정할까."

"안위의 독단이야. 놈은 배설에게 상당히 화가 나 있어. 뭐, 나라도 같을 거야."

"수사로서도 곤란했을 거야. 칠천량에서 도망한 것을 처벌할까 봐 겁을 내는 모양이지만."

"그보다 장군님이 오면 이제 도망을 칠 수 없기 때문일 거야. 그 사람, 싸움을 두려워해서 어쩔 수가 없어."

민정붕은 고개를 끄덕이며 약간 소리를 낮추었다.

"도망가는 것은 주상만으로 충분하니까."

"그런 건 괜찮아. 앞으로 배설을 전하라고 불러야겠군."

백성을 버리고 가장 먼저 서울에서 탈출한 주상 전하 선조는 이순신에게 체포령을 내린 일로 수장들에게 미움과 모멸의 대상이 되고 있었다.

고케쓰 요리후사가 방에 들어왔을 때 도도 다카토라는 히데요시 앞으로 보내는 서장을 서기에게 적게 했다. 서장에는 남원 공략에서 도도군의 활약이 빠짐없이 기록되었고, 벤 코도 269라고 정확히 부기되어 있다.

고케쓰는 다 쓰기를 기다리지 못하고 입을 열었다.

"포로 조사를 마쳤습니다."

다카토라는 구술을 멈추고 고케쓰에게로 고개를 돌렸다.

"뭘 알아냈나?"

"이순신은 수군통제사에 복귀했다는 사실입니다."

"혹시나 했더니 역시로구나. 그런데 다테즈들은 왜 아무 연락도 없는 것이지?"

"일을 그르쳤거나, 그렇지 않으면 또 끈질기게 틈을 노리고 있는 것인지도……."

"몰라. 그러나 이순신이 13척의 전선을 손에 넣고 우리 앞에 막아설 공산은 커졌어."

다카토라는 말을 끊었다. 사방에서 행군의 발소리가 들려온다. 각군은 오늘 아침부터 전주를 향하여 남원에서부터 진격을 시작하고 있었다. 다카토라도 곧 출발하려고 준비하고 있다.

"전주까지 갈 여유는 없어. 우리 수군이 늦는 만큼 이순신에게 수군 재건의 시간을 주게 되고 마니까."

다카토라는 머리를 짜내려고 애썼다. 남원에서는 충분한 전공을 세울 수 있었다. 지난 번 칠천량 해전에서의 공을 합하여, 히데요시는 높게 평가해 줄 것이다. 앞으로 전주까지 육로를 가기로 되어 있지만, 전주성을 지키는 것은 남원성의 수비 군사보다 더 적다고 볼 수 있다. 더 이상 수군의 도움은 불필요할 것이다.

다카토라는 일어섰다.

붓을 멈춘 채 서기가 당황하여 물었다.

"히데요시님에의 서장, 아직 기록 중인뎁쇼."

"다음에 한다. 우키타 히데이에님을 만나고 오겠다."

구미의 해안선이 보였다. 안위는 가장 가까운 잔교에 배를 대도록 부관인 변추익(邊樞翼)에게 명했다. 전라도 방위를 위한 식량 비축 기지인 구미에는 대량의 군량을 운반했다가 실어낼 수 있도록 튼튼한 잔교를 완비해 두었다.

안위가 회령포에서 중형 사후선(伺候船)을 타고 급히 달려왔다. 최후까지 배설은 순신을 맞이하기 위해 전선을 내는 것을 인정하지 않았다. 도중에 만일 무슨 일이 생기면 전선을 잃을지도 모른다는 것을 핑계 삼았지만 그것은 터무니없는 이야기였다. 사후선은 전장 7m. 14명의 격군에 안위, 변추익, 병사 5명과 박순욱이 타고 있다. 안위는 걱정되어 조총 10정과 별화자총통을 1문 탑재하고 왔다.

"아무도 없는 것 같은데요."

박순욱이 눈을 크게 뜨고 주위를 살피며 말했다.

안위가 초조함을 참고 고개를 끄덕였다.

"약속은 어제였어. 그러니 육로를 택했는지도 모르겠구나."

상륙해보니 구미에 남아 있는 것은 순신의 명을 받아 군량고를 경비하는 군사들뿐이었다. 순신 일행은 점심때가 지나 회령포를 향하여 말을 타고 출발했다 한다. 길이 엇갈리게 된 것이다.

안위와 박순욱은 사후선으로 돌아와서 즉시 회령포로 향했다. 어느덧 해가 기울어 가고 있었다.

전주성의 방위 사령관 진우충은 남원성에서 도망온 양원을 풍남문에서 맞이하였다. 진우충은 양원의 넋 나간 표정을 보고 눈이 휘둥그레졌다. 5월에 함께 서울의 모화관에서 조선왕의 환영을 받았을 때의 자신에 찬 모습과 존대함은 오늘의 양원에게 터럭만큼도 없었다. 최강무비를 자랑한 요동의 기병 3000명도 이제는 50명이라는 적은 수를 헤아릴 뿐.

진우충에게는 남원에 원군을 보내지 않았던 빚이 있다. 양원은 그것에 대해 원망의 말은 언급하지 않고 성 안을 일별하더니 타인처럼 말했다.

"왜군을 상대하는 것은 미친 짓이야."

양원은 50여 기를 데리고 더 북쪽인 공주를 목표로 달려갔다. 도망가는 양원 일행에게 성 안의 주민들은 돌을 던졌다.

곧이어 주민들도 도망하기 시작했다. 남원의 패전은 오만한 명나라 군사가 유사시에는 아무런 도움이 되지 않는다는 것을 입증했다. 성 안에 있기만 해서는 남원 주민들처럼 살해당할 뿐이다. 그것도 야만적인 왜놈은 코베어 가기를 좋아한다고 한다. 소문은 삽시간에 전주성 안에 퍼져 도망자의 무리에 군사들이 가담하는 데는 별로 시간은 걸리지 않았다.

전주는 조선 왕조 본관의 땅이다. 성 안에는 태조인 이성계(李成桂)의 영정을 봉안하기 위한 경기전(慶基殿)이 세워져 있다. 그러나 오늘의 국왕은 백성을 버리고 서울을 탈출한 비겁한 왕이다. 그 본관인 땅을 이번에는 백성이 버리는 데 주저할 까닭이 아무것도 없었다.

양원이 사라지고 얼마 안 되어, 추격하듯이 황석산성이 함락되었다는 소식이 도착했다. 진우충에게는 결정적인 타격이었다. 남쪽과 동쪽에서 모두 합하여 10만 명이 넘는 야만인 무리가 쳐들어온다. 진우충의 손에 있는 것은 연수의 군사 2000명뿐이다.

진우충은 부관을 돌아보며 명했다.

"즉시 철퇴의 준비를 시작하라."

이제는 도망치는 것 외에는 길이 없었다. 이 상황에 놓이면 제 아무리 관우라 해도 드망칠 것이다.

제 12 장

—

거북선 폭파되다

해가 저물었다. 하늘에는 기울기 시작한 달이 밝게 빛나며 회령포의 해면을 금색으로 물들여 지면을 은색으로 비추고 있다. 오하마와 유지오는 수군 기지 잔교를 향해 천천히 걸어가고 있었다. 그녀들은 피난민의 짐꾸러미에서 훔쳐낸 우아한 치마와 저고리를 입고 있다.

마치 축제의 분위기 같았다. 여기저기서 화톳불이 뻘겋게 타오르고, 피난민과 군사들이 모두 둥글게 앉아 있다. 그들은 커다란 솥을 둘러싸고 앉아 술을 마시며 노래하고 춤을 추었다. 솥에는 군사들이 산 속에서 사냥해온 사슴, 멧돼지, 산새의 고기 등 짐승들의 고기가 부글부글 끓고, 식욕을 자극하는 냄새가 퍼져나갔다. 이 날의 술은 특별히 회령 만호인 민정붕이 피난민들에게 베푸는 것이었다. 장구, 소고, 법고정(法鼓鉦), 피리, 호궁, 대금, 거문고, 가야금…….

모든 악기가 동원되어 잡가를 부르고, 농악이 춤을 추고 있다. 웃는 소리, 손박자도 끊이지 않는다. 피난 생활의 불안, 고통, 궁핍을 잊은 듯 에너지가 솟아 그들의 수호신인 이순신을 맞이하는 기쁨이 넘쳐났다.

"우리 여자들은 바다에서는 싸울 수 없지만……."

여자들이 모여 앉은 자리에서 중년의 여인이 열변을 토하고 있다.

"춤을 추며 왜놈을 겁주는 일 정도는 할 수 있어요."

여자들은 일어서서 서로 손을 잡고 크게 원을 만들었다.

중년의 여인이 다른 자리의 노랫소리에지지 않을 정도의 힘찬 소리로 선창한다.

"강강수울래에……."

다른 여자들도 하나 둘 따라 부르면서 그 큰 원은 서서히 돌기 시작했다. 처음에는 완만하게, 그러나 점차 속도가 빨라진다. 형형색색의 치마가 달빛을 받으며 유려한 몸놀림에 열중하였다.

오하마와 유지오의 미모에 시선이 팔려, 좌중에 들어가려고 하는 사내들도 있었으나, 두 여인은 그저 요염한 웃음만 흘릴 뿐이다. 오하마는 술병을, 유지오는 여러 개의 나무잔을 들고 있다. 잔교로 가까이 다가감에 따라, 소음은 점차 뒤로 멀어져 간다. 잔교 앞에는 대나무 울타리가 쳐 있었으나 그것은 형식뿐이며 문을 지키는 두 병사가 잔치에 가지 못한 것을 한탄하는 표정으로 멍하니 서 있을 뿐이다.

"거북선을 지키고 있는 군사들에게도 이것을 대접하도록."

오하마가 술병을, 유지오가 나무잔을 들어보이자 문을 지키는 두 사람은 꿀꺽 침을 삼켰다. 그들은 술보다도 오하마와 유지오의 미모에 더욱 관심이 팔려 있었다.

"사또들께도 다음에 드릴게요."

미녀들이 공손하게 사또라 부르자, 문지기 군사들은 연신 싱글 벙글 웃음을 띠며 오하마와 유지오를 통과시켰다.

전선은 잔교를 가로질러 일렬로 계류되어 있다. 각각의 배에 경비 군사 두 세명의 모습이 보이지만, 대부분의 군사는 하선하여 잔치 자리에 간 모양이었다. 육지의 시끄러움과는 상반되게 바닷가는 조용하여 파도소리를 들을 수도 있었다.

거북선은 잔교의 서쪽 끝에 정박해 있었다. 각 전선의 경비병에게 오하마와 유지오는 애교 있는 웃음을 띠고, 여유를 부리며 거북선에 접근했다. 거북선의 선수는 육지에, 선미는 앞바다로 향해 있다. 거대한 용머리 밑에 선내로 출입하기 위한 문이 있고 양 옆에 경비병 두 사람이 있다.

"술을 가져왔어요."

나이가 많아 보기는 군사의 표정이 긴장되었다.

"안 돼. 거북선에서 술 같은 걸……."

유지오가 저고리로 불룩하게 솟은 가슴을 밀어올리며 군사에게 다가가 코맹맹이소리로 속삭였다.

"우린…… 술을 먹어도 된다고 해서……."

군사의 표정이 일변했다.

"이것만으로 충분할지 몰라."

오하마가 술병을 들어 보인다. 다른 한 사람의 젊은 군사가 문을 열며 말했다.

"안에 8명이 있어. 많이 모자랄 걸……."

"술이 없으면 또 가져오지요."

오하마와 유지오는 거북선의 안으로 들어갔다. 남자의 땀냄새가 두 사람의 코를 찔렀다. 선체 중앙을 세로로 열지어 선 기둥 곳곳의 촛대에 불이 켜져 있고 일렁이는 불꽃이 어두컴컴한 내부를 비친다.

두 여인은 재빨리 시선을 둘러보았다. 좌우의 현측에 바퀴가 4개 달린 포가(砲架)에 실린 대형 화포가 수십 문, 선미의 안에까지 나란히 있다. 포창은 거의 닫혀 있지만, 몇 개는 열려 있어 포신의 검푸른 표면을 무겁게 빛내고 있다. 거포와 거포 사이에는 두 사람이 젓는 노가 큰 코끼리의 상아처럼 돌출되어 있고, 천장에는 도르래, 줄, 기괴한 장치가 여럿 설치되어 있었다. 포신을 손질하고 있는지, 사람의 그림자가 보였다, 사라졌다 한다.

"이걸 가지고 있으세요."

오하마와 유지오는 돌아보더니 뒤에 따라온 두 군사의 손에 술병과 나무잔을 들이댔다.

"여봐, 대체 무슨 짓을……."

두 병사는 욕정에 불타 이글거리는 눈빛으로 즉시 문을 닫았다. 오하마와 유지오는 눈앞의 군사들을 보며 웃음을 지은 채, 저고리 끈을 풀어간다. 동정은 크게 벌어졌다. 잘 익은 복숭아처럼 둥근 새하얀 유방이 드러났다. 촛대의 희미한 빛 속에서 두 미녀의 탐욕스러운 유방은 마치 남자의 욕정을 부추기듯 물결쳤다.

저고리가 양 어깨에서 흘러 내려 상반신의 피부를 완전히 드러내더니, 오하마와 유지오는 치마의 끈으로 손을 옮겼다. 군사의 시선을 고정시켜 놓으면서 매듭을 풀었다. 치마가 우아하게 부풀면서 발 아래로 떨어진다.

"허, 허헉."

여인의 알몸이 눈앞에 펼쳐지자 두 군사의 입에서 뜨거운 숨이 뿜어 나왔다. 수려한 외모는 물론, 잘록한 허리, 포동포동하고 실한 엉덩이에서 샅으로 이어지는 관능적인 곡선. 미녀의 샅에는 연분홍 훈도시(褌, 국부 가리개)가 타이트하게 매여 있다.

뿐만 아니라 오하마의 샅에는 단검을 꽂는 천이 감겨 있고, 유지오의 오른쪽 샅에는 약 50cm 되는 단궁(短弓)을, 왼쪽 샅에는 단시(短矢)를 감추고 있다.

그 심상치 않은 기구에 군사가 눈을 크게 떴을 때는 이미 늦었다. 오하마의 오른손이 샅에서 번쩍하자, 한 사람의 목에 단검이 꽂혔다. 곧 이어 나머지 사람 역시 도망갈 겨를 없이 두 번째 단검이 심장을 관통하여, 거의 동시에 쓰러졌다. 손에 든 술병이 깨지고, 나무 술잔이 산산이 조각나며 흩어지는 소리가 선내를 울렸다.

그 때 잔치에 참여하지 못하고, 화포를 손질을 하기 위해 선내에 남아 있던 8명의 군사들 눈에 두 미녀의 나신이 어렴풋이 보였다. 일렁이는 촛불에 비추인 잘록한 허리가 매혹적인 그림자를 그리며 밀려오고 있다. 저고리를 벗어 버린 순간부터 모두가 그녀들의 몸짓에 주목하고 있었다. 위험을 예기한 자는 하나도 없었다. 두 미녀가 돌아보았을 때 그 손에 활이, 단검이 쥐어져 있으리라고는 상상도 못했던 일이었다.

멍하니 서 있는 군사들의 얼굴을 겨냥하여 오하마는 차례로 단검을 날렸다. 날카롭게 벼린 끝은 이마에 꽂히고, 목줄기를 꿰었다. 도망가려고 하는 군사의 등에 유지오가 쏜 화살이 날아가 박혔다.

"3명 처치했어."

“나도.”

군사의 수는 8명이라고 들었다. 남은 2명의 군사는 포신 뒤에 몸을 숨겼는지 모습이 안 보인다.

“왜놈인가.”

선미의 포신 뒤에서 놀란 듯 떨리는 목소리가 들려왔다. 오하마와 유지오는 얼굴을 마주보았다. 자기도 모르게 일본어로 말해 버린 모양이다.

옆의 기둥에서 군사 한 사람이 함성을 지르며 뛰쳐나왔다. 그의 손에는 단창이 들려있다. 오하마는 몸을 돌렸다. 그 시계에 선미의 후문을 향하여 달려가고 있는 또 한 군사의 모습이 보였다.

“유지오, 저걸!”

오하마는 창을 든 군사에게 단검을 던지면서, 유지오에게 소리쳤다.

유지오의 단궁이 울었다. 선수에서 선미까지 선내를 종단하듯이 화살이 날아가, 후문에 붙어 선 군사의 등을 관통했다. 군사는 비명을 지르며 무너졌다. 오하마의 단검은 군사의 신체를 약간 빗나갔다. 오하마가 다음 단검에 손을 뻗으려는 찰나, 군사가 내찌른 필살의 창이 오하마의 복부를 관통하여 뒤의 기둥에 꽂혔다.

“오하마!.”

유지오가 비명을 질렀다.

군사는 유지오를 보고, 오하마의 몸에서 단창을 뽑으려고 했다. 오하마를 꿴 창 끝은 기둥에 깊이 박혀 뽑히지 않았다. 군사는 창에서 손을 떼더니, 허리의 환도에 손을 뻗었다. 유지오는 기둥에 꿰 있는 오하마의 샅에서 단검을 재빨리 뽑아 군사에게 던졌다.

칼집에서 저절로 나온 칼에 단검은 튕겨져 나갔다. 금속과 금속이 부딪치는 날카로운 소리가 선내에 메아리쳤다. 그 충격으로 군사의 자세가 약간 무너졌다. 유지오는 다시 던진 단검이 군사의 미간을 관통하였다. 군사는 짧게 절규하며 넘어졌다.

"오하마!"

유지오는 오하마의 몸에서 창을 뽑으려고 했다.

"나는 괜찮아, 어서 후문으로……."

입에서 피를 뿜어내며, 오하마가 재촉했다.

주저하고 있던 유지오는 창에서 손을 떼고 선미까지 뛰었다. 화살로 사살한 젊은 군사의 시체를 치우고, 후문의 빗장에 손을 댄다. 길이 약 1.5m, 너비 15cm짜리 나무로, 버팀목을 지르게만 된 간단한 구조이다. 나무를 들어올려 벗기고는, 쌍바라지 문을 밖을 향해 열어젖혔다.

눈 앞에 바다가 펼쳐졌다. 달빛에 반사된 눈부신 해면 위로 머리가 다섯 개 떠 있다. 오코, 나나세, 오샤치, 사요리, 산고.

유지오는 오코에게 고개를 끄덕여 보였다. 오코가 바다 속에서 밧줄을 던졌다. 그것을 받아든 유지오는 밧줄 끝을 키의 축목(軸木)에 맸다. 5명의 여인들이 줄줄이 밧줄을 잡고 거북선 위로 올라왔다. 모두 연분홍의 훈도시를 걸쳤을 뿐인 나신이다. 바닷물에 젖은 그녀들의 하얀 피부가 달빛을 받아 더욱 눈부시게 빛난다. 각자의 샅에는 단검 등 여러 무기가 감춰져 있다.

"잘 왔군요. 그런데 오하마는……."

유지오가 가리키는 끝에는 선수 가까운 기둥에 꿰어 있는 오하마의 무참한 모습이 보였다.

오코는 일순 미간을 찌푸렸으나, 곧 냉정하게 말했다.

"오샤치, 너는 여기서 유지오와 지키고 있어. 나나세, 사요리, 산고는 예정대로 나하고……."

그 때 오하마가 있는 힘을 다해 절규했다.

"유지오! 또 한 사람이!"

용머리의 내부로 통하는 사다리에서 뚱뚱한 조선 군사가 선수의 출입구를 향하여 막 달려오려고 하는 참이었다. 오하마는 떨리는 손으로 샅의 단검을 뽑으려고 필사적이다.

"왜놈이다, 왜놈의 여자들이다!"

뚱뚱한 군사는 큰 소리로 외치면서 문을 열었다. 유지오가 즉시 활을 잡고, 화살을 쏘았다. 화살은 일직선으로 군사의 정수리에 빨려가 꽂혔다. 군사는 발을 헛디딘 듯 넘어졌다.

"오코님, 여기는 우리가…… 자, 어서 가시지요."

유지오는 다음 화살을 메기면서 선수를 향해 뛰었다. 그 뒤를 따르는 오샤치의 샅에도 단도가 숨겨져 있다.

오코는 두 사람을 전송하고, 즉시 세 여인을 데리고 선창으로 가는 계단을 내려갔다.

이순신은 말을 재촉했다. 언덕을 하나 넘으면 회령진이다.

바다를 따라 이어지는 도로에서는 회령포의 후미가 보이기 시작했다. 잔교에 계류된 전선도 달빛에 반사되어 작게나마 볼 수 있다.

새삼스럽게 순신의 가슴에 감개가 무량했다. 초계에서 수군의 대패 소식을 들은 뒤, 꼬박 한 달째. 통제사 복귀의 교서를 받은 날 왜놈 암살자들의 습격을 받아, 여러 번의 생사의 문턱을 넘은 끝에 간신히 전선을 볼 수 있게 된 것이다.

그와 함께 초조감도 심하게 용솟음친다. 이 13척이 전력의 전부라는 냉엄한 현실. 어떻게 싸울까, 어떻게 승리하여야 할까, 구체적인 방책은 아무 것도 정해진 바가 없다.

"서쪽 끝에 보이는 것은 거북선이군요. 마음이 무척이나 든든합니다."

이기남이 다가와 눈을 가늘게 뜨면서 순신에게 말했다.

"기남. 거북선의 힘은 판옥선의 10배, 그것을 20배로 해 보인다고 했지."

순신은 순천성에 들어가기 전, 이기남이 부유에서 한 말을 생각했다. 그가 말한 것처럼 전선 13척은 절망적인 수이다.

"예, 말했구말구요. 이 이기남은 거북선 돌격 대장. 저 배는 숙지하고 있습니다. 거짓이나 과장인 말뿐이 아니라, 목숨 바쳐 충분히 싸워 보이겠습니다.

이기남은 결연히 말했다.

그는 이윽고 산길로 들어섰고, 바다는 시계에서 사라졌다.

잔교의 문을 지키는 두 군사는 거북선 쪽을 흘끔흘끔 엿보고 있었다. 어서 요염한 여인들이 돌아와 자기들한테도 술을 따라주기를 바라면서.

이 군사들과 거북선 사이는 거리가 50m 이상이나 된다. 선수의 문이 열려 있기 때문인지, 거북선 내부에서 물건 부딪히는 소리, 사람들의 고함 소리가 바람에 실려 희미하게 들려왔다. 처음에 이 두 군사는 이상하게 생각지 않았다. 저 정도의 미녀가 술을 갖고 들어온 것이다. 그러니 웬만한 소동쯤은 일어나도 이상한 일은 아니었다. 그리고 오늘은 특별한 밤……. 바다의 수호신, 이순신을 맞이하는 밤이니까.

그러나 왜놈이란 절규를 들은 순간, 두 사람은 등줄기가 서늘해졌다. 이어서 거북선 선수의 문에서 피투성이로 변한 군사가 나타났다.

"왜놈이닷, 왜놈 여자닷!"

그렇게 외치며, 군사는 문의 입구에서 무너졌다. 그 등에 화살이 꽂혀 있는 것이 멀리서도 달빛에 비쳐 보였다.

문을 지키는 군사는 창을 들고, 거북선을 향해 달려갔다.

선창은 어두웠다. 오코는 허리에 찬 방수용 사슴 가죽을 찾아 두 개의 돌을 부딪혀가며 불을 일으켰다. 나나세, 사요리, 산고가 그녀를 따라 했다. 횃불에 불을 붙이자 선창의 내부가 밝게 비춰졌다. 탄약을 보관하는 곳의 위치는 금방 알아냈다. 칠천량에서 침몰된 거북선에 들어가 선내의 배치 확인을 마쳤다.

통로의 중간쯤에 탄환과 화약을 상층인 중갑판으로 올려 보내기 위한 장치가 있다. 우물에서 물을 퍼올릴 때 쓰는 도르래와 비슷한데, 밧줄과 사슬, 그리고 도르래의 크고 작은 톱니바퀴가 서로 얽혀 있어, 구조가 복잡해 보인다. 선수를 향하여 그 장치의 오른쪽이 병기고, 왼쪽이 탄약고였다.

오코와 3명의 여인은 주저하지 않고 왼쪽의 방으로 들어갔다.

"뭘 하고 있는 거야, 어서 시체를 치우지 않고."

"이 새끼, 무거워. 꿈쩍도 안 해."

오샤치는 넘어진 조선 군사의 팔을 잡고, 어떻게든 끌어당겨 보려 하지만, 150kg은 됨직한 거구이다. 시체가 장애물이 되어 문이 열리지 않는다.

"서둘러."

유지오는 단궁에 화살을 메겨 줄을 당긴 채, 여러 번 신경질적인 소리를 했다. 이변이 난 것을 안 두 명의 문지기 군사가 창을 꼬나들고, 세차게 달려오는 것이 보인다. 다른 전선의 경비병들도 무슨 일인가, 하고 잔교에서 달려왔다.

"안 돼, 유지오. 움직이질 않아."

오샤치는 단념하더니, 시체에서 손을 떼고는 양손에 단도를 쥐고 자세를 잡았다.

유지오는 문 뒤로 몸을 숨겼다.

달려온 군사는 꿈이라도 꾸고 있는 것은 아닌가, 하는 표정을 지으며 그 자리에서 멈추었다. 그 가슴에 유지오는 망설이지 않고 활을 쏘았다. 군사는 그 자리에서 고꾸라졌다.

"왜놈이닷! 왜놈 여자가 거북선을."

유지오가 다음 화살을 메기는 사이에 다른 한 명의 문지기 병사는 몸을 돌려 옆의 잔교에 정박한 전선을 향해 도망가기 시작했다.

유지오의 두 번째 화살이 문지기 군사의 허리에 꽂혔다. 그 군사는 쓰러진 자세 그대로 절규했다.

유지오는 혀를 찼다. 위력 부족. 단궁으로는 거리가 너무 멀었다. 전선에서 경비병들이 거북선에 쇄도해왔다.

조선 군사로서 자기의 눈을 의심하지 않은 자는 하나도 없었다. 거북선의 입구에 서 있는 것은 연분홍 훈도시만을 걸친 미녀이다. 미녀의 풍만한 유방이 달빛에 드러나 물결치듯 흔들리고 있다. 그녀는 군사들을 향해 계속해서 화살을 쏘았다. 같은 동료 군사 여러 명

이 그 화살을 맞고, 차례로 소리지르며 잔교로 고꾸라지는 것이 귓
가를 때리자, 그제서야 간신히 그들은 제정신으로 돌아왔다.

"활이닷⋯⋯. 아니, 조총을 갖고 와랏."

"빨리 해! 모두에게 전하고."

칼을 뽑아들고 큰 소리로 외치는 그 한쪽 구석에서 군사들은 하
나 둘 화살의 먹이가 되어 간다.

"물러나, 우선 물러나라!"

10여 명의 경비병들은 당황하여 거북선의 잔교에서 후퇴했다.

탄약고에는 한 아름이나 되는 화약통이 20개 이상 쌓여 있다. 나
나세, 사요리가 그 가운데 하나의 뚜껑을 열고 그 안의 화약을 바닥
에 쏟았다.

오코는 사슴 가죽 속에서 도화선을 꺼내 한쪽 끝을 통의 화약
속에 묻었다. 산고가 당황하여 불을 붙이려 하자 그 손을 오코가 잡
았다.

"밖에서부터야."

4명의 여인은 탄약고를 나왔다.

"나나세, 사요리는 지상에 올라가 유지오들을 엄호 하도록!"

오코는 명령하고, 두 사람은 옆에 있는 도르래 장치에 올라탔다.
밑에 판이 대어져 있는 커다란 바구니가 상층인 중갑판에 매달려 있
는 것 같다. 칠천량에서 인양된 거북선은 이러한 정밀 구조로 되어
있었으나, 파괴되어 복원이 불가능했다.

"이것일지 몰라."

빨갛게 물든 밧줄을 나나세가 당겼다. 장치는 움직이지 않는다.

사요리가 밧줄 옆의 사슬을 당겼다. 어떻게 장치가 되어 있는 것인지, 이번에는 톱니바퀴가 소리를 내며 회전하고 도르래가 움직였다.

선창에서 올려다보면, 천장에 해당하는 중갑판이 열리고, 사요리와 나나세를 태운 대바구니는 그 구멍으로 향하여 천천히 올라간다.

"왠 소란이냐?"

영등포 만호인 조계종은 선장방에서 나와 상갑판으로 달려 올라갔다. 그는 잔치에는 참여하지 않고, 자기 배의 일실에서 『기효신서(紀效新書)』를 숙독하고 있었다. 『기효신서』는 명나라의 명장 위계광(威繼光)이 지은 대왜방어척의 교범이며, 조계종이 읽고 있는 것은 훈련도감에서 번역한 등사본이다. 화포를 구사하는 전술을 고안했을 뿐 아니라, 이 정도의 참고가 되는 서적은 없었다.

4년 전에 명나라에서 수입, 번역되기 이전에는 조선 제일의 명장이라는 이일(李鎰)이 증보 수정한 『제승방략(制勝方略)』이 유일한 병서였다. 그러나 대오랑캐전에서 쓰던 전술은 구식이며, 이 증보 수정자가 5년 전의 상주에서 고니시 유키나가에게 참패한 적도 있어, 이번에는 거들떠보지도 않게 되었다.

조계종은 현측에서 몸을 드러냈다. 그의 배는 잔교의 동쪽 끝에 계류되어 있다. 서쪽 끝의 거북선 근처가 무슨 일이지 소란스럽다.

다른 배의 경비병이 잔교에 검은 그림자를 끌고 넘어지듯 달려온다. 조계종은 큰 소리로 불러세웠다.

"무슨 일이 벌어졌느냐?"

경비병은 머리를 들고 조계종을 확인했다. 군사의 얼굴은 놀람, 그것이었다.

“큰일 났습니다. 거북선에……, 거북선에…….”
“침착해, 거북선이 어떻게 됐다는 건가?”
“벌거벗은 여인들이 탔습니다.”

중갑판에 올라온 사요리와 나나세를 알아보고, 오샤치가 비명에 가까운 소리로 외쳤다.
“이 시체를 치워. 놈들, 총을 가지고 와.”
이미 화살에 의한 조선 군사 쪽의 응전은 시작되고 있었다. 유지오는 문을 방패삼아 응전을 강화하고 있다. 문 밖에는 이미 10여 발의 화살이 꽂혔고, 이제는 화살이 우박처럼 계속 날아왔다. 조선어 외침소리, 잔교를 달리는 발소리, 줄의 떨림 후 화살이 나는 소리가 들려온다.
“오샤치, 너, 뭐하고 있는 거야?”
비만한 조선 군사의 발목을 잡고 사요리와 함께 시체를 끌면서, 나나세는 오샤치에게 물었다.
오샤치는 문의 왼쪽, 선수의 포문에 몸을 숨기고 있다.
“일발 문안을 해줄까?”
조계종은 스스로 조총을 들고, 5명의 사수를 이끌고는 잔교의 서쪽 끝을 향해 서둘러 갔다. 활을 든 10여 명의 경비군이 거북선의 선수에 대고 화살을 쏘고 있는 것이 눈에 들어온다.
아니, 조선 군사가 거북선을 공격하고 있다…….
선수문의 뒤에서 나체의 여인이 모습을 드러내며, 상체를 낮춰 활을 쏘았다. 드러낸 유방이 심하게 요동치는 것을 조계종은 보았다. 여인이 쏜 화살이 경비병의 목에 적중하였다.

이어 조선 군사들의 반격이 이어졌다. 수많은 화살이 공중을 가르며 날아가는 소리로 요란했다. 나체의 여인이 문 뒤로 모습을 숨겼으나, 화살은 여인을 겨냥하여 쉼 없이 날아왔다. 화살촉이 나무판에 꽂히며 울리는 건조한 소리가 연속해서 들려왔다.

조계종은 경비병에게 소리쳤다.

"방패를 있는대로 죄다 가져오도록 해!"

조선 군사가 화살을 당기는 틈을 노려, 나체의 여인이 다시 문 뒤에서 모습을 나타냈다.

조계종은 여인을 향허 재빨리 방아쇠를 당겼다.

산고는 몇 번이나 불을 붙였다. 그러나 도화선에 좀처럼 불이 붙지 않았다.

"초조해하지 말고, 산고. 침착하게."

오코의 서두르는 소리에 산고의 손은 그저 떨릴 뿐이었다.

그 때 두 사람은 총소리를 들었다.

"장군님께서 오시면 이제는 걱정할 것이 아무 것도 없어. 오늘 저녁은 마음껏 즐기면 될 거야."

회령 만호인 민정붕은 피난민 사이를 돌며 말했다. 헌주를 거듭 마셔 뺨이 술에 취해 불그레하다. 이제부터 새 통제사를 맞아야 한다. '술에 취해서는 안 되지,' 하며 머리로는 생각하였지만, 피난민들의 기대에 찬 밝은 모습에, 민정붕 역시 들뜬 마음을 억누르지 못하고 말았다.

"안위는 아직 돌아오지 않았나?"

민정붕이 옆의 부관에게 술 냄새를 풍기며 말을 건내는 찰나, 총성이 울렸다.

노랫소리는 그치고 악기 연주도 멈췄으며 춤도 얼어붙었다. 사람들은 불안에 잠긴 표정으로 잔교 쪽을 향해 목을 늘였다.

지휘관으로 보이는 조선 군사가 총을 겨눈 것을 보자마자, 유지오는 곧장 활을 버리고 배 안으로 몸을 던졌다. 곧이어 발포음이 울렸고, 윙윙거리며 날아온 총탄이 문에 박혔다. 총알에 맞아 산산조각 난 두터운 문의 잔해가 유지오의 머리 위로 쏟아진다. 계속해서 총성이 울려 퍼지며 문을 흔들었다.

"어서 시체를……, 놈들이 오고 있어!"

유지오는 배로 기어 이동한 후 몸을 일으켜, 활에 화살을 메기고는 나나세와 사요리를 재촉했다.

시체는 거의 선내로 끌어들이고, 이제는 머리만 남은 상태다.

"오샤치, 도와……."

나나세가 소리쳤다. 오샤치는 포문에 기댄 채였다.

유지오는 문을 통해 밖을 보았다. 거북선을 둘러싼 사람의 수는 더욱 늘어나고 있다. 옆의 전선에서 대량의 방패와 조총이 운반되어 오는 것이 보였다.

"오코님, 이 횃불을."

산고가 번뜩 얼굴을 들었다. 오코는 횃불을 든 자기의 손 밑을 응시했다. 새삼스럽게 불을 켤 필요가 없었다. 불은 여기에 있었던 것이다. 애가 타는 것은 자기 쪽이었다. 오코는 산고에게 웃음을 보내고 도화선에 불을 붙였다.

조선 군사의 시체를 간신히 선내로 끌어서 들여놓았다. 사요리

와 나나세는 문을 닫고, 빗장을 걸었다. 빗장은 후부의 출입구와 같
은 방식이다.

"이것으로 시간은 잠시 벌었어."

두 사람은 기둥에 꿴 오하마에게 다가가 시체에서 창을 뽑아내
려고 했다.

"헛일이야. 이미 죽은 걸."

유지오가 화가 나서 말했다.

문의 반대쪽에서는 조선 군사들이 계속해서 쇄도할 기세였다. 연
발의 총탄이 문에 박혔다. 그러나 일본 수군의 총포대가 접근하지 못
하게 만든 거북선의 후판은 지근거리의 총격에도 끄떡 하지 않는다.

"됐어."

오샤치가 살짝 뛰며 외쳤다. 거북선의 주포인 천자총통에 화약
과 탄환을 장전한 것이다. 오샤치는 기둥에서 촛불을 빼들어 화구에
점화한 후 포창을 열었다.

조계종은 이를 깨물었다. 문을 닫아 버리면, 조총으로는 전혀 해
볼 도리가 없다. 거북선은 완벽한 요새였다. 이러한 상황에서 새삼
스럽게 거북선의 방어 성능이 좋다고 하니, 이 무슨 아이러니인가.

조계종은 거북선의 앞문에서 걸어 나와, 총포대에게 맡기고 잔
교에서 내려왔다. 뒤의 출입구에서 돌입을 시도하는 것이다. 선미는
앞바다를 향해 있다. 잔교에서 이동해 갈 수는 없고, 소형선을 띄워
접근하거나 뾰족한 창이 빽빽이 박혀 있는 등딱지 위를 건너서, 선
미로 내려가는 수밖에 없다.

갑자기 머릿속으로 의문이 스쳤다.

'왜놈의 여자들이 어쩐 일로 거북선에 침입한 것인가?
그 순간 조계종의 귀에 천자총통이 발사되는 굉음이 들렸다.

오샤치가 장전한 탄환은 새알만한 크기의 탄알을 300발 모은 이른바 새알탄이라는 것이었다. 발사된 새알탄은 문을 부수려고 필사적으로 덤비던 조선 군사 10여 명의 육체를 파열시키고, 다시 잔교를 넘어 갔다. 새알탄은 피난민들이 원을 이루어 춤을 추던 곳을 직격하여, 그곳을 일순간 피의 잔치로 만들어 버렸다.

오코와 산고는 선창에서 중갑판으로 오르는 계단을 막 올라가려는 참에 굉음을 들었다.

산고를 선두로, 후부의 문에서 바다로 뛰어들자 오코는 유지오들을 불렀다.

"지금 이 소리는?"

"오샤치예요. 거북선의 대포를 조선인에게 쏘아준 거지요."

선수에서 되돌아 뛰어온 사요리가 말했다.

오샤치가 물었다.

"오코님의 선미는?"

"문제없어. 자, 탈출하자."

사요리, 유지오, 오샤치, 나나세가 차례로 후문에서 밤의 바다로 뛰어들었다.

"안녕, 오하마."

오코는 창에 박힌 채 꼼짝도 못하는 오하마에게 이별의 말을 짧게 건네고는, 해면을 향하여 머리부터 뛰어들었다.

회령진으로 통하는 가도의 검문소까지 왔을 때, 이순신은 최초의 총성을 듣고 말을 세웠다. 자기도 모르게 목을 움츠리며 하시하베 쇼이치로를 찾았다.

말을 타고 오는 중에는 하시하베가 즉시 말을 달려 순신의 옆에서 경호하였다. 이어서 민감하게 반응한 것은 미쿠리야 사몬, 유희, 사야가였다. 미쿠라야는 장도를 빼들고, 유희는 등에서 흑각궁을 꺼내어 손에 들었다. 사야가는 휘하의 항왜에게 화승의 준비를 명했다.

순신을 마중나오기 위해 검문소에 모여 있던 관리들이 얼굴을 내밀었다.

"뭐야, 저 총성은? 이런 시간에 조총 훈련인가."

송희립이 관리들에게 말 위에서 묻는다. 관리도 이상하다는 표정이었다.

"잔치가 한창일턴데……."

"자, 잔치라니?"

다시 총성이 울렸다. 이번에는 여러 발이 연속해서 났다. 회령진에서 동요된 기색이 전해져 왔다.

하시하베가 순신의 말의 옆구리를 걸어차 멈추게 했다.

"안 됩니다. 순천에서의 일을 잊으셨습니까?"

"그때하고는 상황이 달라."

순신은 개의치 않고 말을 달렸다. 순천에서는 다테즈 일당 30명의 정예가 있었고, 1명당 10정씩의 조총으로 무장했다. 그러나 지금 그들은 3명에 불과하다.

"뭐야, 이건?"

순신은 아연해졌다. 이르는 곳마다 화톳불이 피어 있고, 군사와 피난민이 함께 되어 사람의 울타리를 만들고, 떼를 지어 요란하게 놀고 있다. 또 다시 총성. 잔교 쪽에서이다. 왜놈이다, 왜놈 여자다! 라는 외침소리가 어렴풋이 들려온다.

"장군님은 여기서 기다리시지요. 상황을 보고 오겠습니다."

송희립이 사고 지점으로 말을 타려고 했을 때, 포격의 굉음이 밤 공기를 흔들었다. 순신은 소리로 판별할 수 있다. …… 천자총통.

발사된 탄환……. 새알탄은 순신이 있는 데서 50m 떨어진 사람들의 무리를 직격했다. 처참한 비명이 들리고, 사람의 울타리는 순식간에 흐트러졌다. 머리가 산산조각 나며 깨지고, 내장이 사방으로 튀었다. 뿐만 아니라 다리가 잘린 사람들이 지면에 겹치듯이 엎어져 뒹굴고 있다. 하늘의 달빛이 피로 물든 육신과 영혼을 밝게 비추기 시작했다. 비명, 울음소리, 신음소리가 가득하고 사람들은 공황에 빠진 회령진을 피해 헤맸다.

순신들의 말 주위에도 인파가 모여들었다.

"어찌 된 건가, 무슨 일이 일어난 거야?"

군관들이 피난민을 붙잡고 사정을 물었다. 송희립은 무리 속에서 군사의 모습을 확인하고는 팔을 잡았다.

"왜놈의 수군이 쳐들어왔단 말인가?"

"거, 거북선에서 포격당해서……."

군사의 얼굴은 창백했다.

순신은 말에서 내렸다. 하시하베도 말에서 내려 순신을 피난민의 인파에서 보호한다.

송희립이 다그쳤다.

"무어라고? 무슨 일이냐, 거북선에서라니?"

"거북선이 납치된 겁니다."

"지금 무슨 말을 하는 거야!"

그 순간이었다. 잔교 방향에서 거대한 불기둥이 솟고, 귀가 찢어질 듯한 굉음이 공기를 진동시켰다. 그리고 이어서 열기를 품은 폭풍이 해일지진과 같이 밀어닥치며 사람들을 차례로 쓰러뜨렸다. 그 틈에 순신도 지면에서 날듯이 굴렀다. 두 번, 세 번, 폭음은 연속해서 터져 대지까지 심하게 진동하는 것을 피부로 느낄 수 있었다.

"다치시지는 않으셨습니까?"

귓가에서 말 소리가 났다. 명료하면서도 힘찬 울림. 하시하베가 순신의 몸을 보호하듯이 덮쳤다. 운곡에서 하시하베가 구해준 순간이 생각났다. 이 젊은이는 언제나 이렇게 지켜준다…….

"괜찮…… 은 것 같군."

하시하베는 신중하게 주위를 둘러보고 순신으로부터 한시도 떨어지려고 하지 않는다. 점차 주위의 소란이 심해져 간다.

"뭐야, 무슨 일이 일어난 거야?"

'배가, 거북선이' 라는 울부짖음이 계속해서 들려오며 웅성거림으로 주변이 들끓었다.

"적이 쳐들어온 것 같지는 않은데……."

하시하베가 재빨리 일어났다.

순신도 주위를 둘러보면서 몸을 일으켰다.

잔교의 서쪽 끝이 빨갛게 타들어가고 있다. 지면에서 반신을 일으킨 군사, 피난민들이 멍하니 그 방향을 응시하고 있다. 불길한 생각에 휩싸인 순신은 이윽고 달리기 시작했다.

주위에 날카로운 시선을 던지며 하시하베가 같이 달렸다. 미쿠리야, 유희가 뒤를 잇고, 송희립 등의 수행 군관들이 뒤를 따른다.

잔교에 접근함에 따라 가을밤 같지 않은 열기에 휩싸였고 화약 특유의 냄새가 진동했다. 아연해진 순신은 멈춰 섰다. 잔교의 서쪽 끝, 끝일수록 바다를 따라서 도로에서 멀리 바라본 장소에서 보인 것은—있어야 할 배는 어디에도 없었다— 잔교 주위에 흩어져 타고 있는 선체의 일부 잔해들 뿐…….

순신은 무거운 발을 끌듯이 잔교에 접근하여 해면을 들여다보았다. 폭열의 강도를 말하여 주듯이 조각조각 파쇄된 선체가 거무스름한 형상으로 불타며 해면을 메우고 있다. 해면은 심하게 흔들려 거품이 일고 군데군데 소용돌이치고 있었다.

"이제 도착하실 무렵이네요."

박순욱이 기대에 들뜬 소리로 말하며 안위를 올려다보았다. 안위가 탄 사후선은 드디어 회령포의 입구에 닿을 참이었다. 한낮과 같은 달빛이 만내를 눈부시게 비추고 있다.

"이제 다 왔다. 곧 뵐 수 있을 거야."

안위의 마음도 어느새 흥분되어 있다.

터지는 듯한 폭발음이 밤의 해면을 건너 날카롭게 전해진 것은 바로 그때였다.

"들으셨죠, 안 현령. 총성인데요!"

선미에 앉아 있던 부관 변추익이 일어서며 말했다.

"들었지, 확실히……. 그런데 어디서지?"

안위는 방심하지 않고 주위를 둘러보았다.

짧은 간격을 두고, 총성이 연발해서 들렸다. 만의 안쪽에서였다. 잔교까지 앞으로 500m 정도. 전선은 모두 선미를 앞바다로 향하여 정박해 있어 이 거리에서는 변화를 볼 수 없다.

"장군님이 도착하신 환영 인사가 아닐지?"

안위는 고개를 가로로 저었다. 탄약을 아껴 써야만 할 때이다. 연습이라면 몰라도 순신이 축포 같은 데 쓰라고 할 리가 없었다.

"화승 준비."

안위는 짧게 명했다. 무슨 일이 일어났는지 모르지만, 전투 준비 태세는 갖추어야만 한다. 안위도 자기 총의 화승에 점화했다. 곧 이어 박순욱도 당연하다는 표정으로 지으며 조총을 든다.

총격이 계속되는지 총성이 연이어 크게 울려왔다. 발포하는 총의 수가 증가했다는 뜻이다.

"거북선 쪽에서……."

박순욱이 한쪽 귀에 손을 대고 방향을 찾았다.

"진로, 거북선 쪽으로."

안위는 타수에게 명했다.

대포의 굉음이 울렸다. 육지를 향한 거북선 선수 근처에서 흰 포연이 올라왔다.

'육지를 향해 포격을 하고 있다? 왜지?'

안위는 눈을 의심했다. 허상에는 왜적의 배가 보이지 않는다. 육지에서 전투가 벌어지고 있는 것 같지도 않았다. 이제 거북선까지의 거리는 약 300m 정도 남았다.

"순욱, 거북선만 보고 있어."

안위가 명령이 떨어지자마자 소년병이 거의 동시에 대답하였다.

"선미의 문에서 어떤 자가 바다로 뛰어 들었습니다……. 두 명, 세 명……. 모두 여섯 명입니다."

박순욱은 그뿐 말이 없었다. 안위는 박순욱의 얼굴부터 살폈다. 믿기지 않는다는 표정이다.

안위가 거북선을 향해 시선을 돌린 순간이었다. 굉음과 함께 거북선의 등딱지―무지개 모양의 두터운 덮개―가 깨어지며 거대한 불기둥이 하늘로 솟아올랐다. 두 번째 폭음이 울리고, 거북선 그 자체가 일순 불덩이로 변한 듯이 붉은 연꽃 형상의 불길에 휩싸였다.

폭풍이 해면을 물결치면서 들이닥쳤다. 선체가 심하게 요동을 쳐서 안위는 한손으로 현측을 잡았다.

세 번째 울리는 굉음과 함께 불덩이는 더욱 팽창하여 끝내는 조각조각 사방으로 흩어졌다. 공중에서 수 많은 나뭇조각이 타들어가며 떨어져 내린다. 마치 괴이한 별이 낙하하는 듯한 광경이었다.

안위는 자기 배를 둘러보았다. 14명의 격군이 노를 젓다 말고는 멍하니 잔교 쪽을 보고 있다.

"손을 쉬지 마! 계속 노를 저어."

그 소리는 격군들에게 뿐만 아니라, 망연자실한 상태에 빠진 군사들까지도 각성시켰다. 이 사후선의 현측에 방패용 널빤지는 설치되어 있지 않다. 군사들은 갑판에 몸을 누이고 엎드려쏴 자세를 취했다.

세 번째의 폭발 이후에는 아무 일도 일어나지 않았다. 육지의 소란이 해면을 건너온다. 안위는 선수에 몸을 낮추고 주위를 둘러보았다. 달빛에 밝게 빛나는 해상 위로 적선은 그림자도, 형태도 찾을 수 없다.

"뭔가 있어?"

좌현에서 박순욱의 외치는 소리가 들렸다.

"안위님, 저것 보세요!"

안위는 조총을 한손에 들고 소년병 곁으로 달려갔다.

박순욱은 현측에서 크게 몸을 내밀고, 해면의 일점을 가리키고 있다. 금빛, 은빛 파도가 반짝이는 해면에 그것을 발견하기란 그렇게 어려운 일이 아니었다. 두 사람, 아니 5명 이상의 무리가 회령포를 감싸는 서쪽의 곶을 목표로 헤엄치고 있었다.

"타수, 저놈들을 추적해."

안위는 추적을 명하고 노를 급히 저었다. 진로가 바뀌어 선수는 잔교에서 서쪽의 곶으로 향했다. 속력이 빠른 사후선은 점점 거리를 좁혀갔고 군사들은 선수로 이동했다.

박순욱이 외쳤다.

"놈들입니다, 거북선에서 바다로 뛰어든 것은. 바로 저 여자들입니다!"

"여자라구?"

이동하던 무리 중 몇몇의 머리가 이쪽을 돌아보고는 추적을 경계하며 수영에 가속도를 냈다. 그 모양새가 과연 여자로 보이지 않는다. 순간 안위는 짐작할 수 있었다. 거북선은 저들에 의해 폭파된 것이라고.

"우리가 추적하고 있는 걸 눈치챈 모양인데……, 쏠까요?"

변추익이 조총을 조준하면서 묻는다.

안위는 거리를 목측했다. 약 150m. 확실하다고는 할 수 없지만, 살상거리에는 근접해 있다. 그러나 배가 흔들리는 것을 감안하면 명중은 빠듯할 것이다. 거리를 더욱 좁히는 사이에 잠수하거나, 자칫 실수하면 만사휴의다.

"쏴라!"

안위는 명령하면서, 머리 하나를 겨누고는 방아쇠를 당겼다. 변추익, 박순욱, 5명의 병사가 동시에 발포했다. 총구에서 뿜어 나온 흰 연기가 순간 시야를 흐리게 했다. 안위는 재장전하려고 선미에 놓인 별황자총통에 눈을 주었다.

"저것을 사용하자. 새알탄을 장전하라."

별황자총통은 조선군의 대형 화포 중에서도 가장 구경이 작지만, 총통과 약통에 손잡이를 달아 기동성이 뛰어난 대포이다. 한 번에 발사할 수 있는 새알탄은 40개이다. 병사들이 포가를 선수로 옮겨 장전했다.

흰 연기가 맑게 달빛에 비쳐 해면이 널리 보였다. 여섯이었던 머리가 이제는 다섯이 되어 있다.

병사들이 각도를 조절하였다. 이내 순욱이 화승에 불을 당기자 머리 다섯이 바다로 사라지며 포동포동 살이 오른 엉덩이가 해면 위로 부풀어 오른다.

"잠수할 모양이다. 발사하라!"

안위의 명령이 떨어지자마자 박순욱이 화승을 점화구에 던졌다.

굉음과 함께 전방의 해면에 물기둥이 솟아 올랐다.

산고는 후방에서 총성을 들었다. 옆에서 헤엄을 치고 있던 유지오가 비명을 지르고 움직이지 않았다. 산고 주위의 해수에도 탄착의 물방울이 튀어 올랐다.

"오코님."

산고는 선두로 앞서 가고 있는 오코를 향해서 소리쳤다. 임무를 완성했다는 만족감, 이것으로 일본에 돌아갈 수 있다는 안도감은 금세 공포로 바뀌었다. 앞바다에서 배의 출몰까지는 예상하지 못했다. 혼란을 틈타 서쪽의 곶까지 헤엄쳐 갈 작정이었는데…….

"잠수해."

오코가 뒤돌아보며 외쳤다.

산고는 머리부터 바다 속으로 자맥질했다. 달빛은 해저까지는 거의 미치지 못한다.

우박처럼 쏟아지는 탄알들이 해면을 뚫고 바다 속으로 쏟아져 내렸다. 산고를 앞질러 가던 오샤치가 그 일탄에 머리를 다쳤다. 두개골에서 분출한 피와 골이 해수를 오염시켜 산고의 시야는 일순 막혔다. 힘을 잃은 오샤치의 창백한 나신이 산고의 눈앞에 펼쳐져 천천히 해면을 향하여 떠오르고 있다.

산고는 전력으로 물을 갈라 해저의 암초에 몸을 숨기고 주위를 둘러본다. 오코와 나나세의 모습은 보이지 않는다. 근처에 있는 것은 사요리뿐이다. 그녀들은 해녀이다. 숨을 멈추고 장시간 잠수하는 것은 크게 어려운 일이 아니다.

머리 위를 올려다본다. 해면까지 약 10m. 물 속에서 비추이는 달빛은 더욱 짙어져 오히려 눈부실 정도이다. 달빛이 비치는 해면에 커다란 그림자가 덮였다. 산고들을 추격하고 있는 조선 수군의 소형선 바닥이었다. 이윽고 노가 멎었다. 그녀들을 찾고 있는 것이다. 이윽고 숨이 막혀 올 것이고, 그러면 해면으로 부상할 것을 예상하여 기다리고 있을 것이다.

눈앞에서 사요리가 신호했다. 이런 경우에 어떻게 대처하는가는 세토우치의 바다에서 훈련을 받았다. 산고는 고개를 끄덕였다. 배 밑을 목표로 팔을 저어가는 사요리의 나신을 좇아 산고도 물을 갈랐다. 사요리의 샅에는 단검이, 산고의 샅에는 단도가 매어 있다.

이순신은 이내 충격을 딛고 일어섰다. 그의 눈은 인접하는 잔교에 계류된 전선으로 향했다. 거북선에서 폭염의 불똥이 날아와 현측과 누각의 일부를 태우고 있다. 이순신은 즉시 불을 끄라고 명하는 한편, 군관들을 피난민의 무리 속으로 보내 혼란을 수습하도록 했다. 수장들을 소집하여 남은 12척의 전선을 철저하게 경비, 점검을 명했다. 거북선을 잃은 충격에 망연자실해 하는 장수에게는 용서가 없었다.

"자네가 해야 할 일은 우는 것인가, 민 만호?"

회령 만호인 민정붕을 비롯하여, 우둔한 수장들에게 채찍보다도 날카로운 소리가 계속 이어졌다. 거북선을 지휘할 돌격장인 서형우(徐炯佑)는 책임을 느껴 도망했는지 아무리 찾아보아도 발견되지 않았다.

순신이 가장 신뢰하는 두 명의 수장도 없었다.

"안위와 조계종은?"

민정붕은 고개를 가로로 저었다.

"안현령은 장군님을 모시러 배로 구미에……."

조계종의 행방은 알 수 없다고 한다.

"다테즈 주이치로의 짓일까?"

순신은 하시하베를 돌아보았다. 하시하베는 일순 침묵했다.

"……아니오. 그가 노리는 것은 어디까지나 장군님의 목숨이니까요."

송희립이 하시하베에게 격노하여 소리쳤다.

"그렇지만 왜놈의 짓인 것만은 틀림없지."

마치 하시하베가 거북선을 폭파한 하수인이 아니냐 하고 묻는 것 같은 말투였다.

"장군님, 면목 없습니다."

바로 그때 바다 속에서 반라의 사내가 전신이 물에 젖은 모습으로 잔교에 기어올라와, 순신 앞에 엎드렸다. 얼굴은 화상으로 분간할 수 없을 정도로 일그러져 있고, 머리는 타서 오그라들었다.

"누군가?"

하시하베가 순신을 보호하기에 앞서 송희립이 남자 앞을 가로막으며 방어하였다.

"접니다⋯⋯. 조 ⋯⋯ 계종⋯⋯."

입을 열 때마다 화상 입은 얼굴의 근육이 당기는지, 말 소리가 아니라 신음소리에 가까웠다. 그러나 애석함과 증오에 들끓어 그 누구보다도 투지를 드러낸 음성이기도 했다. 조계종은 말했다. 왜놈의 여자들이 거북선을 납치하였고, 그 뒤 화약고에 불을 질렀으며 자신은 그 폭풍을 맞아 잔교에서 바다로 굴러 떨어졌다 ⋯⋯ 라고.

그때 순신은 해상에서 총성을 들었다.

"저것은⋯⋯."

한 척의 사후선이 서쪽의 곶으로 향하고 있다. 그 선수에서 흰 연기가 피어오르고 있다.

"우리군의 배다!"

잔교에 있던 수장들 전원의 시선이 후미를 향했다.

이어서 밤공기를 진동시키는 포성. 선수의 전방에 가는 물방울이 튀어 오르며 달빛에 하얗게 빛났다.

"안위! 좋아, 여자들을 발견한 모양이군."

이렇게 외친 것은 조계종이었다.

"장군님, 저도 즉시 출격, 왜부(倭婦)의 소탕에 나서겠습니다."

조계종은 전신에서 뜨거운 수증기처럼 투지를 내뿜으며 전력을 다해 달려 나갔다.

오코는 나나세와 함께 해저에 몸을 숨기고 있었다. 어쨌든 조선 수군의 배는 앞서 지나간 듯 하다. 그러나 아무리 둘러보아도 다른 여인들의 모습이 보이지 않는다. 최초에 한 사람이 공격을 당한 것은 알고 있었으나, 그가 누구인지는 모른다. 집합 장소인 서쪽의 곶에 가면 누가 살아남았는지 확인할 수 있을 것이다.

오코는 나나세를 재촉하여 부상하려고 했다. 나나세가 고개를 끄덕이고는 해면을 올려다보았다.

그 때 오코는 해수의 움직임을 느꼈다. 조류와는 전혀 다른 흐름이었다. 해녀로 있을 때도 이런 부자연스런 물의 움직임을 느낀 적은 한번도 없다.

빨갛게 타오르는 두 개의 불덩어리가 나나세의 뒤로 비치었다. 그것이 눈이라는 것을 확인하는 데는 몇 초가 걸렸다. 눈, 틀림없이 생물의 눈이었다. 그것도 거대한…….

이윽고 눈의 임자가 머리를 들었다. 바다거북 같이 생긴 머리, 해저의 바위만큼이나 거대한 작은 산이 움직이듯이…….

그것은 바로 거북이었다.

그런 기색을 눈치 챈 나나세가 뒤돌아본다. 다다미 한 장 크기의 앞 지느러미가 바닷물을 가르며, 나나세의 나신을 직격했다. 해저의 퇴적물이 오코의 앞에서 연막처럼 피어올랐다. 그 연막의 너머에서 오코는 보았다. 믿지 못할 속도로 머리가 움직이더니, 나나세의 하반신에 달라붙어 무는 것을. 하반신을 잃은 나나세의 상반신이 피와 내장을 끌면서 요동치며 떠올라간다.

안위는 군사들을 선수, 좌우의 현측, 선미에 고르게 배치했다. 군사들은 재장전한 조총을 겨누고, 방아쇠에 손가락을 건 채 긴장하여 수면 위로 시선을 보내고 있다.

"반드시 떠오를 것이다. 그 때 당황하지 말고 쏘도록."

안위는 되풀이해서 명했다.

선미에 배치된 군사는 달빛에 비친 해면에 하얀 것이 떠오르고 있는 것을 보았다. 조준을 하려는 순간, 젖은 빛의 막을 투과하듯이 여인의 얼굴이 바다 속에서 떠올랐다. 그가 여기에 있는 것을 예상하고 있었다는 듯이, 여인은 요염한 미소를 지어 보였다. 군사는 순간 방아쇠에 걸린 손에 힘을 풀고 말았다.

그 때 해면 위로 여인의 손이 불쑥 나왔다. 손가락 끝에 쥔 금속이 달빛에 반짝 빛나는 것을 감지하는 순간, 그것은 혜성이 되어 곧장 군사 앞으로 날아왔다. 군사는 반사적으로 방아쇠를 당겼다. 총구는 빗나가 그녀 얼굴의 1m 옆에 떨어졌고, 그 탄환에 의해 물방울이 사방으로 튀어 올랐다. 이내 여인의 단검이 군사의 왼눈을 후벼파, 군사는 바다로 굴러 떨어졌다.

총성을 듣고 현측의 군사들이 당황하여, 조총을 선미의 해면을 향하였을 때, 그들이 본 것은 바다 속으로 사라져 가는 하얀 엉덩이였다.

"방심하지 마라."

선수의 안위는 돌아보지 않았다. 여인은 이 배 밑에 있다. 달이 밝다. 수중에서도 틀림없이 배의 상태가 보일 것이다. 해면에 부상한 순간을 노리는 수밖에 없다. 부상한 후에는 여인이 목표가 되기 때문이다.

좌현의 군사는 여인의 얼굴이 수중에서 흔들리는 것을 발견하는 순간 방아쇠를 당겼다. 그러자 여인은 재빨리 배 밑으로 숨었다. 발사가 너무 빨랐던 것이다. 총탄은 수중에서 현저하게 위력을 상실하고 만다. 군사가 재장전 하려는 순간, 여인의 얼굴이 같은 장소에 부상했고, 여인의 단검은 군사와 그 옆에 있던 격군의 미간을 관통했다. 두 군사의 몸은 이윽고 화려한 포말을 일으키며 해면 위로 떨어졌다. 비명 소리가 선상을 울렸다. 이 때 변추익이 고함을 질렀다.

"안 현령, 격군이……."

무기가 없는 격군은 수중에서 좋은 표적이었다. 안위는 할 수 없이 격군들을 배의 중앙으로 모이게 했다.

배가 흔들려 조준을 하기 어렵게 된 순간을 노렸는지, 연달아 세 번째 군사가 당했다.

안위의 옆에 있던 박순욱이 외쳤다.

"잔교에서 배가…… 원군입니다.

"한눈팔지 마, 순욱."

안위는 소년병을 꾸짖었다. 안위는 또 무척 애가 탔다. 이러다가는 계속해서 희생자가 늘어날 뿐이다. 내 앞에 머리를 내밀게 하여 한 발로 처리해 주리라……. 안위는 수중의 여인을 향해 다짐했다.

이 정도의 밝기라면 부상하는 도중에 발견하기란 쉬운 일이다. 그것이 이쪽으로서는 유리한 점이었다.

선수 위로 군사의 시체가 떠다닌다. 안위는 시체로부터 시선을 옮기려고 했다.

갑자기 시체 밑에서 여인의 얼굴이 부상했다. 안위는 당황하여 총구를 겨누었다. 그러자 여인과 눈이 마주쳤다. 가늘고 긴 얼굴이었다. 길게 찢어진 눈매를 가진 미녀.

안위가 활을 발사한 것과 여인이 단검을 휘두른 것은 거의 동시였다. 단검은 매섭게 스쳐가며 안위의 오른쪽 귀를 베어 내었으며, 안위가 발사한 총알은 여인의 이마를 관통하여 총창에서 피가 분출했다.

여인의 나신이 별빛을 받고 천천히 해면에 떠올랐다.

"안위님, 괜찮습니까?"

박순욱이 걱정스럽다는 듯이 묻는다.

안위는 다급히 총을 내려놓고 오른손을 귀에 가져다 댔다. 아뿔사. 귀가 없었다. 안위의 손은 이내 피에 젖었다.

그때 안위의 왼쪽 귀에 총성이 울렸다. 단도를 든 또 다른 나신의 여인이 변추익의 가슴을 휘둘러 선혈을 낭자하게 하고는 곧 이쪽을 향하여 무서운 기세로 덤벼든다.

'사요리는 잘 하고 있다.'

산고는 배 밑에 손을 걸어둔 채 사요리의 분전을 지켜보고 있었다. 그녀 이름의 유래이기도 한 날씬한 몸매가 달빛을 받아 눈부시게 빛나며 수중에서 유연한 움직임을 보이고 있다. 쭉 빠진 다리가 물고기의 꼬리 지느러미 같이 넘실대며 물을 갈랐다. 그녀가 한 번씩 부상할 때마다 해면 위로, 조선 군사의 시체가 떨어졌다.

사요리가 손을 흔들어 신호했다. 드디어 산고의 차례이다. 사요리는 해면에 떠 있는 시체 밑에 몸을 밀착시키고, 천천히 선수 방향으로 접근해 갔다. 산고는 배 밑을 더듬어 선미로 이동했다. 숨을 계속 쉬어 주지 않으면, 금세 한계에 가까워진다. 그녀는 해면에 얼굴을 내밀고 주위를 살피었다. 선미에서 해면을 감시하는 자는 없다. 사요리로 인해 조선 수군들이 힘을 잃은 모양이다. 크게 심호흡을 했다. 밤의 찬 공기로 폐를 가득 채우며, 서서히 기력이 되돌아오는 것을 기다렸다. 적을 모두 쓰러뜨리면 일본으로 돌아갈 수 있다. 산고의 머리 속에는 그 생각밖에 없었다.

키에 발을 걸고 도약했다. 선단을 넘어 배 안으로 뛰어들었다. 좌현에 있던 조선 군사가 놀란 얼굴로 산고를 보았다.

산고는 샅에서 단도를 뽑아 들고 조선 군사의 옆구리를 쑤셨다. 조선 군사가 자세를 흩뜨리며 바다로 굴러 떨어진다. 배의 중앙에 모인 격군들은 겁에 질린 얼굴로 재빨리 엎드렸다.

산고는 피투성이의 단도를 흔들어 비춰 보이며 선수를 향해 달렸다. 선체 중앙의 우현에 있던 조선 군사가 당황하여 총구를 산고에게로 겨누었다. 그러나 산고 쪽이 빨랐다. 칼날이 조선 군사의 목을 스치며 경동맥을 절단 하였다. 분출하는 혈류가 산고의 나신을 붉게 물들였다. 산고는 다시 달리기 시작했다.

선수 가까이에 있던 융의를 입은 사내가 발포했다. 그러나 긴장한 나머지 총탄은 산고의 몸에 적중하지 못하고 크게 빗나갔다. 산고는 그 사내의 가슴을 한 칼에 베어내고 교교한 달빛에 피를 뿌렸다.

다음 두 사람. 선수를 지키고 있다 총을 들고 뛰어 나온 사람은 단 두 명 뿐이었다. 왼편의 키 큰 사내가 총을 선단에 둔 채 피로 얼룩진 측두부를 오른손으로 누르며 돌아보았다. 오른편 작은 소년병이 총을 겨눈 채 이쪽을 향한다.

산고는 언젠가 그 얼굴을 보았던 기억이 났다. 비가 흩뿌리던 노량의 숲속에서……

소년의 총이 불을 뿜었다.

눈앞에 서쪽 곶의 해안선이 보이기 시작했다. 오코는 수영을 멈추고 발을 댔다. 바다는 어느새 허리 깊이만큼 되어 있다.

주위를 둘러본다. 해안에 인적이 없다. 그녀의 뒤에 펼쳐진 바다에는 조선 수군의 소형선이 후미의 중앙에 정박해 있다. 잔교를 떠난 또 한 척의 중형선이 다가오고 있다. 자신들을 수색하고 있는 것이다.

오코의 입가에 미소가 번졌다. 큰 희생은 치렀으나 어쨌든 거북선은 처치했다. 이것으로 미치후사님은 기뻐할 것이다. 다음은 발각되지 않도록 산속에 몸을 숨겼다가, 곧 회령포에 도착할 예정인 구루시마의 수군을 기다리면 되는 것이다.

순간 나나세의 무참한 최후가 뇌리를 스쳐, 오코는 진저리를 쳤다. 그 거대한 괴물이 이 바다에 숨어 있다니. 마치 오코들을 원망이라도 하는 듯한 붉은 눈. 나나세를 탐하는 데 열중하는 사이에 저 거대한 거북으로부터 떨어질 수 있었던 것은 다행이었다.

이제는 바다의 깊이가 무릎까지 올 정도가 되었다. 그 때 오코는 오른쪽 장딴지에 심한 통증을 느껴 오른발을 바다에서 끌어올렸다. 무릎으로부터 아래에 있어야 할 다리가 없었다.

오코는 뒤를 돌아보았다. 오코의 장딴지를 아래턱에 문 거대한 거북의 머리가 바다 속에서 솟구쳤다. 거북은 오코에게 보라는 듯이 장딴지를 한입에 삼켰다. 오코의 온 몸은 굳어버린 듯 전혀 움직일 수가 없었다. 전신이 쇠줄로 묶인 것처럼.

큰 거북의 목이 뱀처럼 재빠르게 움직였다. 오코가 오른쪽 샅에 차고 있던 단도를 뽑아 드는 순간 그녀의 허벅지는 거북의 입 속으로 들어가 버렸다. 거북은 붉은 눈을 빛내며 오코를 노려보면서 아래턱에 힘을 주는 듯 했다. 이윽고 대퇴골의 뼈가 으스러지는 소리가 나고, 오른쪽 고관절 이하가 절단되었다. 참기 어려운 통증에 오코는 비명조차 지를 수 없었다.

오코는 물가에 굴러 넘어졌다. 큰 거북은 다시 오코의 왼쪽 허벅지에 달려들어 물었다. 오코는 공황에 빠진 가운데 정신을 차리려고 애쓰며 단도의 끝을 거북의 붉은 눈을 향해 찔렀다.

안위의 배는 시체더미가 산을 이루고 있었다. 부관인 변창익, 군사 5명, 격군 1명. 도저히 믿기지 않을만큼 갑작스러운 희생이었다. 해상에서 회수한 여인의 시체는 전부 4구를 헤아렸다. 모두 저마다 미모를 갖춘 연분홍 훈도시 차림의 나신. 그녀들의 허벅지에는 무기를 숨기기 위해 두른 천이 휘감겨 있다.

박순욱은 자신이 사살한 여인의 볼을 쥐고 세게 흔들며 시체를 응시하고 있다.

"잘 했어. 거북선을 폭파한 몹쓸 년의 왜부들이야."

안위는 소년병의 머리를 쓰다듬고는, 시체를 밟지 않도록 주의하면서 조계종에게로 발길을 옮겼다. 조계종은 왜부를 검사하기 위해 자신의 중형선에서 안위의 사후선으로 옮겨온 것이다. 그의 중형선은 계속해서 왜부 수색에 나섰으나 특별한 성과는 없었다.

"틀림없어."

조계종은 안위에게 고개를 끄덕이고는 시체 중의 하나를 가리켰다.

"거북선에서 활을 쏘았지. 아주 무섭고 강한 여인이었는데……."

안위는 조계종의 화상 입은 얼굴을 안타까운 듯이 들여다보며 말했다.

"이것으로 수색은 마친다. 나머지 두 명은 앞으로 찾을 수 있을 거야. 돌아가서 그 얼굴을 치료 하도록 하지."

"자네의 귀도."

조계종이 대꾸했다.

거북선이 폭파된 후 얼마간 시간이 경과하자 어느덧 당초의 혼란이 점차 가라앉고 있었다. 더 이상의 습격이 없다는 것에 안도의 분위기가 흐르는 한 편, 거북선을 잃은 경악감과 더불어 밀려드는 불안이 군사나 피난민들 사이에 퍼져나가기 시작했다. 회령진 안의 사람들은 풀이 죽어, 이제는 입을 열 기력조차 없어진 것처럼 한량없이 고개를 떨구고 있다. 흐느끼며 울고 있는 이들은 필시 거북선 포격 때 가족이나, 친구를 잃은 자들일 터였다.

시간이 지남에 따라 순신 또한 거북선을 잃은 상실감으로 인해 가슴을 도려내는 듯한 아픔을 느껴야만 했다. 앞으로 거북선 없이 단 12척만으로 어떻게 싸운단 말인가. 왜적의 수군을 막아내기란 절대적으로 불가능한 일로 생각되었다. 피난민들의 오열과 울부짖는 소리는 순신의 신경을 더욱 토막토막 냈다. 호흡하는 것조차 괴롭게 느껴졌다.

순신은 자신을 질책하다 격려하는 것을 몇 번이고 반복했다.

'울 것 없다. 나는 수군이다. 우는 것은 나중이다……. 여기서 눈물에 몸을 맡겨서는 안 된다.'

그 때 뒤에서 발소리가 났다. 배흥립이 모르는 사내를 안내해 들어왔다. 낯선 사내는 먼지투성이에 여장(旅裝)차림을 하고 있다.

"통제사님, 이순신 장군이십니다."

순신은 고개를 끄덕였다.

무어라고 말을 꺼내야 좋을지, 여장을 한 사내가 잠시 주저하는 것 같더니 이내 단호한 표정으로 입을 열었다.

"뜻밖의 경우에 찾아오게 된 것 같습니다만……, 저는 선전관 박천봉입니다. 주상전하의 교서를 전하고자 찾아왔습니다."

—

제 13 장

내게 아직 전선 12척 있노라

회령진은 음산한 고요에 휩싸여 있다.

잔교에서 내린 조계종은 자기도 모르게 주위를 둘러보았다. 조금 전 그가 중형선을 끌고 안위를 지원하러 나섰을 때, 거북선이 폭파된 충격으로 회령진 전체가 흔들렸다. 외침소리, 노호, 흐느끼는 소리, 어지러운 발소리가 가득 하였었다. 전선을 점검하는 군사, 왜놈의 내습에 대비하여 무기를 조달하러 뛰어다니는 군사들로 마치 전쟁터를 방불케 했다.

그러나 소란이 말끔히 씻겨간 듯 지금은 그저 고요할 뿐이다. 시간이 오래 지나지 않았는데 주변은 쥐죽은 듯 고요하다. 거북선이 계류된 잔교에 모여 하늘을 우러러 슬픔을 달래던 사람들의 모습도 자취를 감추었다. 다른 포진(浦鎭)에 잘못 들어온 것인가 하는 의심이 들 정도였다.

"어떻게 된 건가, 이건……."

조계종은 얼굴의 통증도 잊고, 인적 없는 잔교를 안위와 함께 걸었다. 군사와 피난민들은 영사에 인접한 누각을 이중, 삼중으로 둘러쌌다. 그들은 숨죽여 누각 위를 지켜보고 있다. 조계종과 안위의 발소리만이 주위에 크게 울려 퍼졌다. 위남루(衛南樓)라는 휘호의 현판이 걸려 있는 누각의 이층인데, 그 상층에 이순신의 모습이 보였으며 군관 몇 명이 순신을 지키고 있다.

순신 앞에는 관복 차림의 남자가 대좌하고 있다. 한동안 두 사람은 말이 없다. 순신은 지긋이 눈을 감았으나 희미하게 미간을 찌푸리고 있다. 관복차림의 남자는 기품 있는 문관으로 보였다. 그는 순신의 회답을 참을성 있게 기다리고 있는 듯해 보였다.

"무슨 일이 있는 건가?"

안위가 발을 멈추고 옆에 있는 노인에게 작은 소리로 물었다. 노인은 굳은 표정으로 안위를 돌아보았다. 노인은 힘겹게 목을 상하로 움직이며 쥐어짜는 듯한 소리로 대꾸했다.

"수, 수군이……, 없어진다는……."

"무엇이?"

"무슨 말을 하는 겐가?"

호통을 치는 조계종의 얼굴을 보고, 노인은 이내 겁먹은 표정이 되었다. 노인의 주위에 서 있던 피난민들이 조계종을 돌아보았다. 그들의 굳은 얼굴 위로 하나같이 불안한 빛이 떠올랐다.

"수군을 없앤다니, 그런 일이 있을 수 있소?"

"이렇게 빕니다. 어떻게든지 조치를 취하시지요, 사또."

남녀노소, 모두가 이구동성으로 호소한다.

조계종은 안위와 함께 사람들을 헤집으며 앞으로 나아갔다.

위남루의 아래층에는 수장들이 모여, 계단을 통해 상층의 상태를 엿볼 수 있었다. 무겁게 가라앉은 그들의 표정이 사태의 심각성을 이야기해주고 있다.

조계종은 소계남의 어깨를 난폭하게 잡았다.

"대체 무슨 일이 일어난 것이오?"

소계남은 흘끔 얼굴을 돌려보았다.

"누, 누구얏."

"나, 조계종이오."

소계남은 한번 호흡을 가다듬고 나서 신음을 토해내며 말했다.

"아까 서울에서 선전관이 도착했소. 수군을 전폐하라는 주상의 교서를 가지고 말이오."

"전폐? 전폐라고? 그것뿐인가?"

"그래서 장군님은 어떻게 할 심산이시오?"

안위가 재촉하듯이 묻는다.

"고작 13척의 전선으로는 왜놈의 수군에 패배하는 것은 필지, 그렇다면 수군을 없애고 육군으로 편입시키는 것이 상책, 이런 내용인 모양이오."

"육군에 들어간다고, 주상은……?"

정신이 있는 겐가! 이렇게 외치고 싶은 것을 조계종은 간신히 참았다. 이 나라를 지켜온 것은 수군이 아니던가. 과연 육군이 무엇을 해주었나.

"그런데 장군님은?"

"아직 아무 말도……"

소계남은 몸부림을 치며 대꾸했다.

"그런 명령 따위……."

조계종은 또다시 말을 참을 수밖에 없었다. 단호히 거부해야 한다는 말을. 그것은 여기 있는 여러 장수들뿐만 아니라, 누각 주위를 에워싸고 있는 모든 군사의 생각과 마찬가지일 것이다. 피난민들도 같은 기분일 테다.

그러나 항명은 명백한 반역 행위이다. 전에도 그 반역죄에 의해 순신이 투옥되고 백의종군이라는 치욕을 당한 것이었다.

"무슨 일인가?"

수장들을 밀치고 안위가 계단을 뛰어 올라갔다. 조계종도 바로 뒤를 따랐다.

두 사람이 다급히 상층에 올라왔어도 순신은 미동도 하지 않고 눈을 감은 채다. 누구 하나 입을 여는 것이 꺼려질 정도로 분위기는 긴장되어 있었다.

두 사람에게 시선을 건넨 사람은 대좌하고 있는 선전관 쪽이었다. 숨막힐 듯한 분위기에서 해방될 실마리를 잡았다는 듯 안도의 표정을 보였다.

"어떻습니까, 통제사님? 이제는 더 생각할 것도 없습니다. 전선 13척─교서에는 그렇게 기록되어 있지만─, 지금은 12척으로 줄었습니다. 그것도 거북선이 말입니다."

선전관은 괴롭다는 어투로 말했다. 개인적으로는 수군 전폐령에 반대하면서도, 입장 때문에 어쩔 수 없다는 투다.

순신이 조용히 감고 있던 눈을 떴다.

"주상전하의 명령에……."

순신이 천천히 입을 열었을 때, 누각을 둘러싼 무리들에게서 노랫소리가 흘러나왔다.

'국가의 위태로움에 여유가 없고'

조계종은 노랫소리가 나는 쪽으로 얼굴을 돌렸다.

한 소년병이 일어서서 발돋움을 하고 노래를 부르고 있다.

'임금은 언제 돌아오려는고
외로운 신하의 눈물 가슴을 적시네
새 달을 바라보며 마음 설레노라.'

"저 소년은 당신 배에 타고 있지 않았소?"

조계종은 안위에게 물었다.

소년병은 노래를 그치지 않고 계속 되풀이하며 불렀다. 이번에는 소년 한 사람만이 아니었다. 주위의 군사들이 함께 일어서서 합창하기 시작했다.

"뭐야, 저건. 그만두게 하지 않으면."

왕사(王使)를 맞이하여 수군의 존망이 걸린 중대한 때에 노래 따위를 부르다니, 어쩔 작정인가. 노래를 중지시키려고 계단을 내려가려는 조계종의 어깨를 누군가가 뒤에서 눌렀다. 안위였다.

"노래하라!"

안위는 말했다.

"무슨 소리요."

"노래하라고 했소. 자, 노래하시오."

조계종의 어깨에 손을 얹은 채 안위는 턱을 뒤로 젖혀가며 큰 소리로 노래를 부르기 시작했다.

노랫소리는 점점 울려퍼졌다. 달빛 아래 선 군사들은 지면에 검은 그림자를 늘이며 대열에 동참했다. 하나 둘 피난민들까지도 합세하여 노래를 부르기 시작했다.

누각은 노랫소리로 가득 찼다.

이윽고 순신의 얼굴 위로 화색이 돌기 시작했다. 순신은 천천히 눈을 감았다 뜨며 입을 열었다.

대좌한 선전관 박천봉은 순신까지 노래에 합세하는 모양새를 멍하니 지켜볼 뿐이었다. 어느 틈엔지 자신도 노래를 따라 부르고 있다는 사실을 조계종은 깨달았다.

노래가 비로소 끝이 나자, 순신은 누각의 밖을 향하여 조용히 손을 흔들었다. 잔물결이 일듯이 노랫소리가 잦아들었다.

다시 고요한 순간이 돌아왔다. 그러나 조금 전과 같이 숨막힐 듯한 침묵은 아니다. 뜨거운 기대가 밤의 공기 속에 충만하여 지금이라도 터질 것만 같았다.

순신은 입을 열어 말했다. 중후하고 명료한 순신의 음성은 모든 사람의 귀에 와 박혔다.

"주상께 전하시오. 내게는 아직 전선 12척이 있노라고. 사력을 다하여 싸우면 아직 희망을 버리기엔 이르다고……."

말을 마친 순신은 그 자리에서 붓을 들어 임금님 앞으로 보낼 복명 장계문을 단숨에 완성하였다.

[자임진지우오십육년간(自壬辰至于五十六年間) 적불감직돌어양호자(賊不敢直突於兩湖者) 이주사지액기로야(以舟師之扼其路也) 금신전

선상유십이(今臣戰船尙有十二) 출사력거전(出死力拒戰) 즉유가위야
(則猶可爲也) 금약전폐주사(今若全廢舟師) 즉시적지소이위행(則是賊
之所以爲幸) 이유호우달어한수(而由湖右達於漢水) 차신지소공야(此臣
之所恐也) 전선수과(戰船雖寡) 미신불사(微臣不死) 즉적불감모아의
(則賊不敢侮我矣)]

[임진년부터 수년 간 왜적이 전라, 충청, 양도에 침공하지 못한 것
은 수군이 해로를 차단했기 때문이옵니다. 지금 신에게는 전선 12척이
남아 있사옵니다. 사력을 다하여 요격하면 왜적을 저지할 수 있을 것이
옵니다. 수군의 전폐는 그야말로 적에게 기회가 되어 곧 전라·충청의
연안을 북상하여 서울에 침입하려 할 것이옵니다. 사실 그것이 신이 두
려워하는 바이나 전선이 적다 해도 신이 죽지 않는 한, 적은 우리를 얕
보지 못할 것이옵니다.]

8월 19일.

맑게 갠 가을 하늘 아래, 김녕진(金寧鎭)의 수군 영사 앞에 여러
장수와 군사들 무리가 집합해 있다.

하늘을 향해 높이 게양된 기복수삼도수군통제사(起復三道水軍統
制使)의 교서에 전원이 숙배한다. 바로 순신의 취임식이었다. 어젯
밤, 순신이 왕명—수군 전폐령—을 일축한 흥분이 군사들의 가슴에
는 아직까지도 남아 있다. 피난민들 역시 뜨거운 기대를 모아 이 광
경을 처음부터 지켜보고 있다.

군사들은 교서에 고개를 숙이지 않았으나 그것은 형식적인 것에
불과했다. 그들이 머리를 숙이고 있는 것은 다시 통제사에 복귀한

이순신에게이다. 왕의 명령을 저버린 순간, 이미 그들에게 순신은 왕 이상의 존재가 되었다. 이제는 이순신이 그들의 왕이었다.

순신은 백의차림으로 식에 임하였다. 장수용 관복을 민정붕이 아무리 권하여도 순신은 고개를 가로로 저을 뿐이었다. 왕명을 거절한 이상 순신은 이미 근왕사(勤王師)가 될 수 없다. 왕의 사도로서 근무하는 것이 아니라, 조선인의 한 사람으로서 조국과 동포를 위해 싸운다. 그것이 순신의 강렬한 의사 표시이다.

순신은 마음 속으로 역사에 길이 남을 한 사람의 영웅 이름을 떠올리고 있었다. 왕명을 거스르면서까지 조국 조선을 위해 싸운 자신의 배에 이름을 붙일 작정이었다

교서의 지영(祗迎)은 매우 짧은 시간에 끝났다. 순신은 즉시 여러 장수들을 이끌고 영사 내의 강당에서 회의실로 옮겼다. 상황은 최악이다. 최강무비의 거북선을 이제 잃고 남은 것은 12척. 이 전선만으로 왜의 수군을 요격하기란 불가능하지 않은가. 그 생각은 모든 장수들도 하나같이 품고 있을 것이었다.

"중과부적이라고들 하지만, 이건 잘못이다."

침묵하고 있는 장수들 앞에서 순신은 처음부터 단언했다.

"우리나라의 역사에는 적은 병력으로 대군을 격파한 예가 적지 않다. 멀리는 고구려의 을지문덕, 가까이는 고려의 강감찬."

을지문덕은 3만 명의 병력으로써 수나라 30만 명의 병력을 살수에서 격멸한 전설적인 구국의 영웅이며, 강감찬은 1만2000명의 고려 병사로써 10만 명의 거란군을 귀주에서 전멸시켰다. 모두 10배의 적을 섬멸에 가까운 정도로 격파했다. 승인은 모두 지리적 이점을 잘 이용한 데 있었다.

"지리적 이점을 살리면, 열세라 해도 호각으로 싸울 수 있다."

"그러나 통제사, 을지문덕, 강감찬의 경우는 모두 지상전입니다. 해전에 지리적 이점이라 하시면 좀……."

경상 우수사인 배설이 끼어들었다. 배설은 슬슬 발뺌하려는 태도를 보였다.

순신은 모든 장수들을 향해 말했다.

"해전에 지리적 이점, 아니 바다의 이점을 살릴 수 있는 장소가 한 군데 있다. 바로 명량(鳴梁)이다."

"명량?"

수장들은 얼굴을 서로 마주보았다. 명량은 전라 우수영의 관할이었으니 무리도 아니었다. 이 회의에 자리하고 있는 것은 거의 배설 휘하의 경상 우수영 장수들이다. 전라 우수영의 장수들은 칠천량 해전에서 이억기(전라 우수사)와 운명을 같이 했다.

한 사람만이 순신의 말에 동조하며 크게 고개를 끄덕였다. 이 회령진의 수장인 민정붕이다.

"과연, 말씀하신 대로입니다. 왜놈의 수군을 요격하는 데, 명량 해협만큼 절호의 장소는 없을 겁니다."

출석한 전원이 민정붕을 주목했다.

"민 만호, 모두에게 설명해 주게."

순신의 지명을 받은 민정붕은 흥분을 감추지 못한 채 다소 흥분된 어조로 설명을 시작했다.

명량 해협은 본토 쪽의 전라 우수영과 진도 사이에 형성된 좁은 수로이다. 어느 시점이 되면 조류가 놀라울 만큼 속도가 빨라지기 시작해, 해협 양안의 암초에 부딪쳐 마치 바위가 우는 듯한 무시무시한 소리를 일제히 낸다. 그 때문에 우는 바위의 목덜미―울돌목―
이라고도 한다. 조류는 심하게 소용돌이치고, 하루에 여러 번 흐름
의 방향을 갑자기 바꾼다. 따라서 항해하기 어려운 곳이었다.

"그러니까 통제사는 명량의 수로에 왜의 수군을 유인해 넣는다?"

"그렇소. 명량에 매복하고 있다가, 급조류가 놈들에게 역류되어
배를 조종하기 불가능해졌을 때를 노리면 전선이 단 12척이라도 충
분히 싸울 수 있을 거요."

순신이 이 비책을 생각해 낸 것은 어젯밤이었다. 거북선을 삼킨
해면이 하얀 거품을 일으키며 심하게 소용돌이치는 모양을 멍하니
응시하고 있던 중에, 명량의 조류가 섬광처럼 머리 속에 떠오른 것
이다. 그것은 왜놈에게 목숨을 빼앗긴 거북선이 마지막으로 순신에
게 전해 준 메시지와도 같은 것이었다.

"명량을 잘 알고 계시군요."

민정붕이 감탄하듯 순신에게 말했다.

"가본 적이 두 번 있지."

첫 번째는 왜놈이 침공하기 전 해, 2월의 일이었다. 순신은 진도
군수의 사령을 서울의 조정에서 교부받고, 명량 해협을 건너 진도로
향하였다. 조류가 빠른 곳에서는 노도 저을 수 없을 정도의 무시무
시한 흐름이었다. 진도 군수의 사령은 곧 철회되어, 순신은 전라 좌
수사로서 여수로 향하게 되었을 무렵의 일이다.

두 번째는 1년 전의 일이다. 도체찰사인 이원익이 전라도를 순
찰할 때로 순신도 동행하였다. 그 때 전라 우수영의 대평정(大平亭)
에서 3일을 보내고, 전라 우도의 연해에서 어떻게 왜의 수군을 요
격할까를 우후인 이정충(李廷忠)과 의논했다. 결국 명량이 최적지

라는 결론을 내리고, 이정충의 안내로 이틀에 걸쳐 명량 해협을 정밀하게 검사했다.

그러나 조선 수군이 최강이었을 당시, 왜의 수군이 전라 우도에까지 배를 보내리라고는 상상도 하지 않았고 결국 명량에서의 요격 작전은 순신의 뇌리에서 잊혀졌다.

"내일 회령포를 출항하여, 진도의 벽파진(碧波津)으로 이동한다."

벽파진은 명량 해협의 남쪽 입구에 가장 가까운 후미이다. 거기까지 12척을 후퇴시켜 훈련을 계속하고, 명량의 조류와 지형을 다시 자세히 파악하여 왜 수군의 내습에 대비할 작정이었다.

회의가 끝나자, 순신은 12척의 전선을 철저하게 점검했다. 한 달 전에 노량에서 조사했을 때와 큰 변화는 없었다. 보성에서 미리 가져온 병기를 싣게 하여 화력을 강화하고, 구미의 군영에서 입수해 온 식량도 배에 실었다.

다행히도 군사의 수는 노량에서보다 증가했다. 도망했던 병사조차 순신의 복귀소식을 듣고 춤추며 돌아오고, 피난민들 중에서도 종군을 지원하는 자들이 속출했다. 격군과 전투 요원인 사수와 함께 필요 최저선으로 보충할 수 있을 것이고, 이 정도라면 싸우는 데 부족하지는 않을 것이다.

수장을 재편성하여 12척 전선에 각각 할당하고, 순신 자신은 순천 감목관인 김탁(金卓)의 배에 타기로 했다. 12척 전선단 중 기선이다.

모든 준비를 끝내자 순신은 말했다.

"이것으로 충분히 싸울 수 있다. 그러나 우리에겐 단 한 번의 싸움뿐이다."

활과 화살도 탄약도 한 번 싸울 것밖에는 남아 있지 않다. 그 일

전에 적에게 필살의 일격을 가해야만 했다.

　적확한 지시로 패전 전선을 회생시킨 이순신 주위에는 사람이 끊이지 않았다. 하시하베 쇼이치로와 미쿠리야 사몬은 다소 여유를 갖고, 순신의 호위 할 수 있었다. 송희립을 비롯한 군관단이 순신의 주위를 근위병처럼 둘러싸고 하시하베들의 접근을 막았기 때문이었다.
　미쿠리야는 어깨를 움츠리며, 하시하베에게 말했다.
　"이제 좋은 때가 아닌가, 쇼이치로. 아무리 다테즈라도 여기서 이순신을 습격하는 것은 무리라고 하겠는데."
　하시하베는 고개를 가로로 저었다.
　"놈은 자유자재로 얼굴을 변장해. 저 혜희라는 승려가 다테즈였다고는 전혀 알지채지 못했잖아."
　혜희는 순천에서의 전투가 끝난 지 얼마 안 되어 나타났다. 무서울 정도로 대담하다고 할 수 있다.
　"그러나 이순신을 살해했다고 해도, 이 정도의 인파를 뚫고 어떻게 도망칠 수 있겠나. 그 놈은 자기의 목숨을 버리면서까지 이순신을 죽이라고 명령을 받지는 않았을 거란 말야. 돈 때문에 도도 다카토라한테서 도급을 맡은 일일 거야."
　"돈과 자유 때문이지."
　"그렇다면, 만약 죽게 되어 버릴 경우 죽도 밥도 아닌 게 되지 않은가. 내가 다테즈라면 적어도 이 회령포에서만큼은 순신을 습격하지 않아."
　미쿠리야는 그렇게 단정하더니, 금방 들은 것을 하시하베에게 전했다.

"아소노미야, 에치고가 돌아간다고 해."

이순신이 왜 자신을 찾았는지 유희는 직감으로 알고 있었다. 이미 각오는 되어 있다.
"내일 벽파진을 향해 출항할 것이다."
순신은 유희의 눈을 바라보며 온화한, 그러나 분명한 어조로 말했다.
"배에는 여자를 태울 수 없게 되어 있어, 유희."
드디어 그날이 온 것이라고 유희는 생각했다. 예상하고 있었다고는 하지만, 막상 이렇게 대면하여 듣고 보니 가슴이 쥐어뜯기는 것처럼 아파왔다.
"장군님은 잘 알고 계실 것입니다. 옆에 두고 있는 것만으로도 유희가 얼마나 도움이 되는지. 지금까지도……."
"지금까지와 같이는 안 되는 거야. 유희는 잘해 주었어. 그에 대해서 감사의 인사를 하지. 앞으로 전투는 남자가 한다. 유희는 이제 싸우지 않아도 돼."
순신이 자신을 깊이 생각해 주고 있다는 것은 알고 있다. 그러나 막상 거절을 당하니 순신으로부터 버려진 것 같은 비참함—감히 말하자면, 굴욕의 생각을— 떨쳐버릴 수 없었다.
유희는 순신의 곁에 있는 군관들을 둘러보았다. 운곡에서 위기 일발일 때 함께 탈출한 방응원이나, 박대남, 배홍립 등은 안도의 빛을 얼굴에 띠고 있다. 남자 못지않은 여자가 매번 지지 않고 순신의 곁을 지키고 있는 것에 비위가 상했을 것이다.
"여자의 도움 같은 것 필요 없어. 여자를 배에 태우면 바다의 신이 노여워하신다니까.”

송희립이 비웃듯이 말했다.

순간 유희의 마음에 하시하베 쇼이치로의 얼굴이 떠올랐다.

‘왜놈의 도움 따위 필요 없다.’ 그 말을 몇몇 남자들이 하시하베에게 던져 주었던 것과 다를 것이 없다고 유희는 생각했다. 이 나라의 남자에게 여자는 왜놈과 같은 존재인 것이다. 인간으로서 인정받지 못한다는 점에서 그렇다.

유희는 송희립의 말을 무시한 채, 순신을 도전의 눈초리로 쏘아보았다.

“그럼, 이제 유희의 역할은 끝났다고 말씀하시는 것이옵니까?”

“누군가에게 호위를 부탁하여 권율에게로 돌려보내고 싶으나, 지금은 그만한 여유가 없어. 피난민은 우수영으로 옮기게 되어 있고…….”

순신을 지켜야 할 역할이 끝났다면, 유희가 이제 할 수 있는 일은 단 한 가지였다. 스스로 목숨을 끊는 것. 왜놈에게 몸을 허락해 버린 죄를 갚을 때가 이제야 온 것이다.

회령진 뒷편에 아소노미야 에치고 사에카, 사야가와 그 군사들은 모두 떠날 준비를 마쳤다. 군사들이 하나 둘 차례로 말에 올라탄다.

하시하베는 주위를 둘러보았다. 조선의 장수들은 한 사람도 없다.

“이순신은?”

하시하베의 질문에 사야가는 매우 밝은 미소를 띤 얼굴로 답했다.

“인사는 이쪽에서 하고 왔습니다. 출항 준비가 바빠서 전송하지 못한 것이지요.”

“납득이 안 됩니다.”

미쿠리야는 노여움을 감추지 않았다.

"당신이 달려오지 않았으면, 순신은 순천에서 다테즈들에게 살해되었을 겁니다. 그런데 전송도 못한다니, 그런 일이 있을 수 있단 말이오?"

"그분은 부하나 백성의 체면, 그런 것을 챙길 계제는 아니지요. 기분은 좋소."

사야가는 등자에 발을 올리고는 말에 올라탔다.

"장군님을 지키는 동안, 조선인 사야가뿐만 아니라, 일본인인 저로서도 느끼는 것이 있었습니다. 유키나가님께 전해 주서요. 아소노미야 사에카는 언제나 달려가서 힘이 되어 드리겠노라고."

사야가는 말을 달리려다 문득 뒷문에 시선을 멈추었다. 그 입가에 향기 같은 미소가 떠오른다.

"하시하베님, 당신과는 또 이 나라에서 만나 뵐 것 같은 그런 기분이 듭니다."

사야가의 시선을 하시하베가 좇아 보니, 뒤쪽에 숨듯이 하여 유희가 서 있다.

항왜의 총포대가 건조한 공기에 흙먼지를 일으키며 사라져간다.

"그들을 송별하러?"

뒤돌아 본 하시하베가 유희를 강한 눈빛으로 응시했다.

"예, 예에……."

그가 애매하게 고개를 끄덕인다. 전송? 그렇지는 않았다. 이 왜놈에게, 하시하베 쇼이치로를 만나러 온 것이다. 자신의 목숨을 끊기 전에 이 왜놈이 만나고 싶었던 것이다.

"당신은……, 당신들은 아직도 장군님의 곁에?"

"다테즈 주이치로를 처리하기까지는……."

"저는……."

이야기해서 괜찮을까. 그렇게 생각하면서도, 유희는 하시하베에게 말했다. 순신의 곁에서 물러날 수밖에 없었던 동기를. 이미 자신은 용도 폐기가 된 것이라는.

하시하베는 숨 막힐 만큼의 간격을 두고, 유희의 얼굴에 바짝 다가서서 분명하게 말했다.

"우수영에 있어줘요, 유희."

"우수영?"

"나를 기다려 줘요. 다테즈의 숨통을 끊어놓고 맞으러 갈테니."

하시하베는 조금도 주저하지 않고 말했다.

"나는 항왜가 될 거요."

유희는 깊은 숨을 삼켰다.

"이봐, 쇼이치로!"

미쿠리야가 놀란 음성으로 외치며 하시하베의 어깨에 손을 얹었다.

"미안해, 사몬. 그러나 계속 생각하고 있었던 거야."

하시하베는 미쿠리야에게 차분한 표정으로 이야기하며, 또 유희의 얼굴을 들여다보았다.

"항왜가 되면, 유희의 곁에 있는 거죠……. 언제까지나."

"나는……."

유희는 혼란스러웠다. 자기가 죽음을 택하려 했던 것은 이 왜놈의 사내에게 몸을 허락했기 때문이다.

"당신은 왜의 남자, 나는 조선의 여자요. 우리나라에 왜놈이 얼마나 잔인한 짓을 하고 있는지를 당신도 알고 있겠죠. 기다리라는 말 따위……, 마중하러 오겠다는 말 따위…… 그런 무책임한 말을 잘도 하는군요…….”

순간 하시하베의 얼굴에서 표정이 사라졌다.

“그러나 나는…….”

“이제 그만, 쇼이치로.”

미쿠리야가 막았다. 어색한 분위기를 지워버리려는 듯 다소 태연한 목소리였다. 당혹스러워 하는 듯 하면서도 어딘가 모르게 즐기고 있는 것 같다. 미쿠리야의 얼굴에 떠오른 표정이 그렇다.

“네가 가는 곳이라면 나는 어디든 따라간다. 언제나 그랬지. 그런데 이젠 봐라, 쇼이치로, 네 덕택에 나는 또 조선인이야.”

미쿠리야는 유희에게 향했다.

“나는 조선인이오. 정확히 말하면 절반이 조선인이죠. 나머지 반은……, 여진족의 피가 들어 있소.”

“오랑캐의……?”

유희는 어안이 벙벙해서 미쿠리야의 거구를 응시했다.

여진족은 함경도에 침입을 되풀이하고 있는 북방의 야만인이다. 남쪽의 왜놈, 북쪽의 오랑캐. 이 두 종족에게 조선인들은 끊임없이 시달려왔다. 그런데 바로 그 오랑캐의 혼혈이란 말인가……. 도저히 믿을 수 없다.

“그래, 바로 그 눈이오. 이 나라 사람들은 오랑캐라는 말을 들으면 멸시하는 눈으로 보지요. 마치 인간이 아닌 것을 보는 눈으로 말이오. 왜놈, 오랑캐 운운해야만 자기들이 우위에 설 수 있다고 믿는지. 당신들 조선인이 함경도라고 이름 지은 토지는 원래 여진족의

것이었소. 평화롭게 살고 있던 여진족의 토지에 조선인이 침략해 와
서, 오랑캐는 나가라며 칼을 휘둘렀소. 일본이 조선에게 하고 있는
것과 똑같은 행위를 조선인 역시 여진족에게 가하고 있소. 물론 정
도의 차이는 있겠지만 말이오.”

“어떻게 오랑캐와 조선인이……?”

“우리 아버지는 울지네라고 했소. 여진의 부대장인데, 부하를 이
끌고 조선인 입식지(入植地)를 계속 습격했지요. 거기서 약탈해 온
조선인 여자를 범했고, 그래서 생겨난 것이 나란 말이오. 나는 7살
때까지 여진족의 부락에서 자라다가 아버지가 조선군에 살해당한
후, 나와 어머니는 구출되었소. 조선에 돌아온 우리 모자는 소나 말
처럼 취급당했소. 원래 어머니는 노비 출신이었고, 게다가 나는 오
랑캐의 혼혈이었으니까.”

미쿠리야의 이야기는 지나치게 차분한 어조로 이어졌다.

“어머니는 늘 아버지만을 생각하다가 죽었소. 불행한 만남이었
지만, 아버지는 어머니를 유일하게 인간적으로 대한 사람이었소. 사
랑했기 때문이오. 나는 조선이라는 나라를 일찍이 단념했소. 그래서
평양이 일본군에 점령당했다는 소리를 듣고는 자진해서 투항했소.
하시하베와 시라토리는 그 인연으로 만난 거요. 처음이었소. 오랑캐
의 부락을 떠나온 이래 나를 인간으로 대해 준 것은……. 하시하베
는 당신을 좋아하고, 항왜가 되는 것까지 마다하지 않으려 해요. 그
것뿐만이 아니지 않소?”

미쿠리야는 약간 힘을 주어 말하고는 즐거운 듯이 웃어 보였다.

“나 스스로도 우습다고 생각하오. 오랑캐와 조선인에게서 태어
난 혼혈 주제에 일본인이 되어, 이순신을 지키고 어떻든 또 조선인

으로 되돌아가려고 한다니 말이오."

유희는 물었다.

"…… 이 나라를 …… 조선을 증오하지는 않아요?"

"증오한다는 건 제대로 된 것을 올바르게 보지 못하게 하는 거요. 아버지를 죽인 군사가 누군지도 알고 있지만 복수하려는 생각은 없소. 아버지를 살해한 것은 바로……, 이순신이오."

"…… 5년 전이 생각나는군."

고니시 유키나가는 나이토 조안을 돌아보며 말했다. 가을 하늘 아래 잠자리가 무리지어 날고 있다. 전주성 주위에는 사람이 전혀 없었다. 부장들이 군사를 이끌고 성내를 수색하고 있는데, 군사들은 물론 민간인도 발견할 수 없었다는 보고가 아직 도착되지 않았다. 진우충은 성을 버리고 도주한 것 같다.

조안은 상관의 내면을 이미 간파하고 있었다.

"평양성 말씀이군요. 확실히 그때도 무혈입성이었습니다만……."

"그 후에 기다리고 있던 것은 그야말로 지옥이었어."

명나라 군사에 의한 평양 탈환의 공격과 전투 이상으로 수많은 희생자를 낸 설원의 퇴각을 유키나가는 말하고 있는 것이다.

"이 전주 다음에는 무엇이 기다리고 있을까……."

유키나가는 북쪽으로 눈길을 돌리며 피로에 지친 소리로 말했다.

"하시하베들은 어떻게 하고 있을까. 다카토라의 계략으로부터 이순신을 지켜주고 있는지."

"이제는 그들을 의지할 수밖에 없어. 이순신이 바다로 돌아가면 앞으로 더 이상 가지 않아도 될 테니까."

진우충이 전주를 버리고 도주했다는 보고는 즉시 고니시 유키나가에서 후방을 진격 중인 좌군의 총대장인 우키타 히데이에에게 전해졌다. 히데이에는 어제, 도도 다카토라로부터 수군들이 전주에 진격할 필요는 없다고 역설하고 있었다. 정말로 그렇게 되어가고 있는 것이다. 히데이에는 즉시 좌군에서 수군을 분리하기로 결정했다.

그 명을 받은 도도 다카토라, 구루시마 미치후사, 가토 요시아키, 와키자카 야스하루 네 명의 장수들은 전선의 정박지인 노량으로 되돌아갔다.

8월 20일.

조선 수군의 12척 전선이 회령포에서 닻을 올렸다. 출항 전에 이순신은 왜 수군의 동향을 탐색하기 위해 13명의 척후 군관을 육로로 보냈다.

함대를 진도의 벽파진으로 옮긴 이상, 회령진이 왜의 수군에게 점령당하는 것은 필지이다. 군사는 한 사람도 남지 않고 전선에 탔고, 피난민은 열을 지어 북서쪽의 우수영을 목표로 전진했다. 우수영까지는 약 68km. 그 대열 중에 유희의 모습도 발견할 수 있었다.

오랜만에 돌아온 바다였다. 한산도에서 포박된 2월 26일 이래, 거의 여섯 달만의 바다. 왼쪽에 조약도(助藥島), 초완도(草莞島), 원도(圓島), 고금도(古今島) …… 를 차례로 지나간다. 이순신은 전선의 누각 위에서 발을 딛고, 가슴을 의기양양하게 펴고 바닷바람을 전신에 맞고 있다. 마침내 바다에 돌아왔다는 생각에 감회가 새로웠다.

순신은 뒤를 돌아본다. 11척의 전선이 돛에 바람을 가득 안고 뒤

따라오고 있다. 배의 잦은 흔들림이 옛 기억을 회상시켜 주었다. 왜놈의 수군을 수없이 격파했던 승리의 기억을. 조선의 바다는 내 것이다. 지금까지 그래 왔던 것처럼, 앞으로도 왜놈이 원하는 대로는 안 될 것이다. 명량에서 놈들에게 대타격을 가하여야만 한다. 그 때문에, 바로 그 이유르 바다에 돌아온 것이다.

순신은 싸울 것, 싸워서 승리할 것만을 생각했다.

밀려드는 흥분감과 함께 왜인지, 술 취한 듯한 몽롱한 기운이 불쾌하게 솟아오르는 것을 느꼈다.

"어떻게 된 겁니까, 통제사?"

이 배를 지휘하는 김탁이 물었다. 김탁은 노련한 고참이자 수장이며, 조선술에는 이미 정평이 있었다. 순신이 안위, 조계종보다도 김탁의 배를 기선으로 택한 것은 그의 솜씨를 알아보았기 때문이다. 명량과 같이 조류가 복잡한 바다에서 거대한 전선을 다루는 데는 김탁이 뛰어날 것이다.

"아니, 아무 것드 아니오. 뱃멀미를 하는 모양이오."

"아무리 우수한 뱃사람이라도 사흘 만 떠나 있으면 뱃멀미를 하는 법. 하물며 통제사는 반 년이나 육지에 계셨으니."

김탁은 아무렇지도 않다는 듯이 말하며 고개를 끄덕였다.

그러나 불쾌하게 퍼지는 취기는 점점 더 심해질 뿐이었다. 저녁때부터는 복통으로 번져 확실한 증상이 나타나기 시작했다. 순신은 부득이하게 저녁을 걸렀다.

이날 밤, 12척의 전선은 회령포에서 30km 나아간 이진(梨津)의 후미에 정박했다.

21일이 되었다.

순신의 복통은 참을 수 없을 정도로 악화되었다.

"배를 차게 한 것이 아닙니까?"

기선에 동승하고 있는 민정붕이 어느 새 소식을 듣고 약주를 가지고 왔다.

"잔치에서 내놓을 작정이었는데, 정말이지 이렇게 유용하게 쓰이리라고는 생각지 못했습니다."

민정붕의 복잡한 표정을 짓더니, 회령포에서 싣고 온 고려청자 술병을 순신 앞에서 들어보였다.

"보성에서 쉬는 동안에 피로가 풀렸다고 생각했는데."

순신은 아픈 배를 왼손으로 지긋이 누르며 술잔에 찰랑찰랑하게 따른 술을 단숨에 비워냈다.

그리고, 순신은 신음소리를 토해내며 혼절했다.

소식을 듣자마자 소계남은 즉시 기선을 향해 사후선을 달렸다. 배설을 비롯하여 다른 수장들도 모여왔다.

"어떻게 된 거야, 장군님의 용태는 어떠신가?"

소계남은 안위에게 물었다. 안위는 침통한 표정이었다.

"좋지 않아. 의식이 없어. 맥은 잡히는데 호흡이 약해. 그 왜놈이 약을 먹였어."

"왜놈이 약을? 괜찮을까."

"믿어."

그렇게 단언한 것은 조계종이었다.

"내 얼굴이 그 증거야. 그놈은 어쨌든 신용할 수 있어."

거북선이 폭파될 때 화상을 입은 조계종의 얼굴 피부는 이제 조금씩 회복의 조짐을 보이기 시작했다. 하시하베 쇼이치로가 준 약의 효과이다.

김탁이 고개를 그덕이며 덧붙여 말했다.

"왜놈의 대처는 적절했어. 장군님에게 여러 번이나 물을 마시게 해서 속에 것을 모두 게워내었지. 위를 세척하고 독을 희석하는 거야. 훌륭한 솜씨였어."

"독? 독이라고 했어? 그게 무슨 말인가?"

안위가 대답했다.

"민 만호가 권했던 술에 혼입된 것 같아."

"어떻게 된 거야, 민정붕?"

"아무 것도 모르는 것 같아. 잔치에 내놓을 요량으로 가져온 술이었던 모양이야."

"…… 그것이."

소계남은 그제야 생각이 났다. 회령진 영사의 주방에서 민정붕이 여인에게 청자 술병을 건네는 장면을. 눈부시게 아름다운 여인이었다―오른뺨에 흉한 상처가 있는 것 이외에는.

이순신은 여전히 의식을 되찾지 못하고, 생사의 갈림길을 계속 헤맸다. 통제사가 쓰러졌다는 소문은 삽시간에 퍼져 모든 군사에게 충격을 주었다. 이제 벽파진으로 향해서는 안 되었다. 순신의 죽음은 곧 수군의 죽음을 의미했다. 전선단은 이진의 후미에 계속 정박하였으며 수장들은 병문안을 위해 끊이지 않고 배를 찾아왔다. 군사들은 숨을 죽인 채 순신의 회복을 기원했다.

22일이 되어서도, 순신은 의식이 회복되지 않았다. 하시하베는 하루에 세 번, 투약을 계속했다.

순신은 23일이 되어서야 겨우 의식을 되찾을 수 있었다. 수장들의 강권으로 배에서 내려 이진의 창사(倉舍)에서 양생을 하기로 하였다. 상륙하기를 잘했는지, 순신은 그날 하룻밤을 자고 이튿날인 24일에는 깨끗이 회복하여 자리를 털고 일어났다.

후에 순신은 이 전말을 곽란(癨亂, 구토와 설사 증세가 나타나는 병)에 의한 것이라고 기록했다. 그의 일기에 "20일 무인, 맑음, 이진으로 진을 옮기다. 몸 상태가 매우 나쁘고 식사를 못하여 괴롭다. 21일, 기묘, 맑음, 오전 2시 곽란이 일어나다. 배를 차게 한 것이 원인으로 추측되다. 약주를 들이킨 후 그대로 의식을 잃다. 구토하기를 10여 회, 밤새 통증에 시달리다. 22일 경진, 맑음, 곽란에 의한 혼수 상태가 지속되어 변도 보지 못하다. 23일, 신기, 맑음, 증상이 더욱 깊어지다. 배에 머무르는 것이 고통스러워 상륙하다"라고 기록했다.

8월 23일.

구루시마 미치후사가 선진을 끊고 노량을 출항했다. 수군 중에서는 미치후사 군이 수적으로 가장 열세다. 그만큼 운신하기가 편해, 남원에서 노량까지 가장 빨리 도착할 수 있었다. 미치후사의 휘하에 있는 간 미치나가(菅達長)와 하타신(波多親)은 지상전에 참가하지 않고, 노량에서 출항 준비를 마치고, 미치후사를 기다리고 있었다.

"어떨까요, 미치후사님. 우리가 먼저 이순신을 치는 것은?"

하타신은 미치후사에게 남보다 앞질러 공격할 것을 권했다. 이순신을 쳐부수었다고 하면 히데요시도 축하해 줄 것이다. 몰수당한 히젠 가미마쓰라의 8만 석도 다시 받을 수 있을 뿐만 아니라, 그보다 더 하사할지도 모른다.

미치후사는 왼눈을 찌푸리며, 하타신의 야비한 표정을 응시했다.

"하타신 님은 이순신을 별로 두려워하지 않는군."

남보다 앞질러 공명을 노릴 생각은 전혀 없다. 선진을 끊고 출항한 것은 일각이라도 빨리 이순신의 동정을 알고 싶었기 때문이었다. 물론 이순신의 동정보다 거북선의 행방을……. 오코는 깨끗하게 거북선을 처리했을까.

8월 24일.

동쪽 하늘이 밝아오며 벌레 울음소리가 잦아들기 시작했다. 투명한 새벽에 몸을 맡긴 채 하시하베 쇼이치로는 유희를 생각했다. '무사히 우수영에 도착하면 좋을 텐데' 하고.

항왜가 되겠다고 단언한 것에 후회는 없었다. 네코메 덴젠을 거꾸러뜨린 직후, 피투성이 모습을 한 채 바꾸었던 뜨거운 삶의 흥분…….

"하시하베 님."

주저하며 자신을 부르는 소리에 돌아보았다.

서 있는 것은 안위였다. 이름을 부른 것은 이번이 처음이었다.

"장군님이 깨어나셨습니다. 상당히 회복이 되신 모양입니다."

"그렇습니까, 그거 잘 됐군요."

하시하베는 진심으로 안도의 한숨을 내쉬었다. 그리고 보니 고니시 유키나가가 준 남국의 비약이 기적을 낳은 것이다. 유키나가의 생가는 사카이(堺)에서 약국을 한다. 유키나가는 덧붙여 말했다. 교역의 핵심은 진기한 보물을 입수하는 것에 있는 것이 아니다. 예를 들어 약의 경우, 사람에게 유용한 것을 입수하여 적절한 때에 상대에게 전하는 것에 있는 것이다.

"장군님께서 뵙고 인사를 하고 싶다고 하십니다."

고개를 끄덕이며 하시하베는 창사로 들어갔다.

순신의 주위를 둘러싸고 있던 군관들이 일제히 얼굴을 들었다. 조계종과 이기남 같은 수장의 얼굴도 있었다,

순신은 침상에서 상체를 일으켰다. 얼굴에 화기가 돌았다. 그 얼굴을 보며 하시하베는 직감했다. 순신을 살린 것은 무엇보다도 강인한 생명력, 불굴의 의지력이라고. 물론 약의 힘도 한 몫 했을 것이다. 그러나 지금 이대로 죽어서는 안 된다는 사명감, 그것이야말로 순신이 기적적으로 살아날 수 있었던 힘의 근원이었다. 사흘 밤낮을 계속해서 생사의 고비를 넘나들었다고는 생각할 수 없을 정도로 순신은 전신에 뜨거운 투지를 불태우고 있었다. 순신을 바라보고 있노라니 하시하베에게 '투신'(鬪神)이란 말이 연상되었다. 이순신에게 필적할 일본 무장을 하시하베는 생각해내지 못했다.

"자네가 또 나를 살렸네. 인사가 늦었군. 고맙네."

순신은 손을 잡았다.

"아닙니다, 저야말로……."

하시하베는 머리를 숙였다. 부모의 얼굴도 모른 채, 예수회에서 선교사를 보호하기 위한 도구로서 자라왔다. 자신의 삶에 가치를 느낀 것은 이 순간이 처음이었다.

"이제 배로 돌아가야겠어."

당황하여 말리려는 수장, 군관들을 제지하며 순신은 일어섰다.

"귀중한 사흘을 허비했어. 더 이상은 누워 있을 수 없어."

이순신을 태운 사후선이 앞바다에 정박 중인 전선을 향해 돌아

간다. 아침 태양빛에 물든 후미가 눈이 부시다. 이 모습을 지켜보며
전송하는 가스미의 눈에는 아쉬움이 짙게 배어 있다.

"시간이 조금만 더 있었으면……."

가스미는 가게치카 우쿄를 돌아보며 애석함이 밴 소리로 말했다.
가게치카가 가스미의 뒤를 따라 바위 뒤에서 해안선으로 나왔다.

"억세게 운이 좋은 사나이야. 이제 다음은 주이치로에게 맡기는
수밖에 없지."

"괜찮을지 몰라, 혼자서……."

가스미는 전선 한 척에 시선을 던지며 중얼거리듯이 말했다. 다
테즈를, 사랑하는 남자를 생각하지 않을 수 없다. 만일 독(毒)이 이
순신을 처치했다면, 다테즈와 두 사람은 우와지마로 돌아갈 수 있
을 것이다.

"걱정하지 말아요, 가스미. 놈은 반드시 이순신의 목을 가지고
올 거요."

가게치카는 말했다. 귀까지 찢어진 입술을 통해 처음으로 내뱉
은 따뜻한 말이었다.

눈부신 햇살과, 찰싹이는 파도 소리에 오코는 눈을 떴다. 오늘도
무사히 살아서 아침을 맞이할 수 있었던 것이다. 오코는 회령포의
후미로 눈길을 준다. 앞바다에도, 그 어디에도 배는 한 척도 보이지
않았다. 그러나 오코는 믿어 의심하지 않았다. 얼마 안 있어 구루시
마 미치후사가 수군을 이끌고, 이 회령포에 들어올 것이라고…….
그때까지는 살아 있어야만 한다. 수행한 일—미치후사와의 약속을
지킨 것—을 본인의 입으로 자랑스럽게 말한 후에야 눈을 감을 수

있을 것 같다.

오코가 있는 곳은 회령포의 서쪽 곶 파도치는 해안이다. 옆에 사람 키만큼이나 큼직한 나무토막들이 흘러 떠내려 오고 있었다. 앞바다에 구루시마 수군의 배가 보이면, 이 나무토막을 붙들고 바다로 나갈 작정이었다. 해적들은 반드시 자기를 발견할 것이다.

그 큰 거북은 또 습격해 올까? 그 두 눈을 뭉개 주었으니 지금쯤은 틀림없이 몸체만 남아 장님거북이 되어, 바다 밑에 가라 앉았을 테지.

흘러온 나무토막 옆에는 산더미처럼 들개의 사체가 쌓여 있다. 나흘 전, 몸이 쇠약해져 있던 오코가 이 들개의 습격을 받아 곧장 단도로 베어 죽였던 것이다. 오코는 그 생고기를 먹으며 목숨을 연명했다. 그러나 이제 사체에는 시끄러운 파리 떼가 무리지어 나타나 알까지 슬어 놓았다. 이제 저 사체는 금방 구더기가 들끓어, 고기를 먹을 수 없게 될 것이다. 그렇게 되면 오코는 자기의 살이라도 베어 먹을 작정이었다.

오코는 자신의 신체—하반신—을 향해 시선을 옮겼다. 허벅지가 붙어 있던 절단면에 구더기가 우글거리고 있었다. 오코는 두 팔로 물가를 향해 앉음걸음을 치면서 절단면을 파도 속에 담갔다. 소금물에 닿은 진무른 살이 마치 불에 달군 부젓가락이라도 댄 듯 통증이 매우 심했다. 이를 악물고 고통을 참으면서 오코는 바닷물로 구더기를 씻어냈다.

이진을 출항한 12척의 함대는 정오에 어란포(於蘭浦)에 도착했다. 어란포는 이진에서 서쪽으로 28km, 조선 반도의 남쪽 해안, 최남단에 위치한다. 순신은 전선을 이 후미에 정박시키고 척후 군관의 보고를 기다리기로 했다.

8월 25일.

모리 히데모토를 총대장으로 하는 우군은 전주에 입성했다. 좌우군의 모든 장수들이 다 모여 회의가 열렸다. 모리 히데모토, 가토 기요마사, 구로다 나가마사는 북상하여 충청도를 공략하게 되고, 수군이 빠진 좌군은 나가무네 가베모토치카, 나베시마 나오시게 등이 우군에서 편입되어 전라도를 토벌하기로 결정되었다. 전주성은 이미 일본군에 의해 파괴되어 성새로서의 기능을 상실했다.

이순신은 어제에 이어 어란포에 머물렀다.

8월 26일.

평양에 주둔하고 있던 명군의 총지휘관(경리 조선 군무) 양호(楊鎬)에게 남원성과 황석산성의 패보가 전해졌다. 양호는 조선 궁정으로부터 접반사로서 파견되어 있던 이덕형(李德馨)을 데리고, 평복인 채로 평양을 출발하여 서울을 목표로 주야를 달려왔다. 진두에 서서 휘하의 명나라 장수를 독전하기 위해서이다.

회령포의 해상에 표류하는 이상한 나무토막을 가장 먼저 발견한 것은 다른 사람이 아닌 구루시마 미치후사였다. 애꾸눈의 미치후사가 그것을 발견하게 된 것은 오코의 기도가 통했다고 밖에는 달리 설명할 길이 없었다.

하기야 그것은 미치후사의 눈에도 처음에는 시체로 보였다. 두 다리를 무참히 잃은 그 나신의 여인은 미치후사가 보낸 소형 쾌속선이 회수하여 아타케부네의 갑판으로 옮겼다. 여인은 두 다리가 없을 뿐만 아니라, 안색이 거무죽죽했고 머리칼마저 노파처럼 하얗게 셌다. 이미 숨이 끊어진 것 같아 보였다. 그 여인이 오코라는 사실을 알아챈 순간, 미치후사는 놀라움을 감출 수 없었다.

"오코, 오코가 아니냐!"

미치후사는 갑판 위에서 오코의 몸뚱이 위로 자기의 몸을 덮쳤다.

오코는 겨우 눈을 떠 미치후사를 알아보더니 아기처럼 웃었다.

"미, 미치후사님……. 이것이 꿈은 아니겠지요……."

"물론 꿈이 아니지, 오코. 분명히 미치후사가 오코를 안고 있어."

미치후사는 절규했다.

"미치후사님, 미치후사님, 미치후사 …… 님……."

오코는 혼잣말처럼 미치후사의 이름을 세 번이나 되풀이하더니 흙빛을 띠고 있는 입술을 떨며 말했다.

"오코는 …… 완수했어요 …… 거북선을 …… 처, 처치했어 …… 요……."

"그랬나. 잘했어, 오코. 곧 치료해 줄게. 구루시마에 돌아와 평생 너를 소중하게 지켜줄게."

하나뿐인 왼쪽 눈에서 흐르는 눈물이 미치후사의 얼굴을 뜨겁게 적시고 있다.

오코의 전신에 경련이 일었다.

"……추, 추워…… 추워……."

미치후사는 많은 부하들이 지켜보는 가운데 옷을 재빨리 벗어 훈도시 하나만 남은 알몸이 되었다. 미치후사는 벗은 옷을 오코에게 덮어주며 두 다리를 잃은 오코를 껴안고 살을 비벼댔다.

"이제 춥지는 않지? 미치후사가 당신을 따뜻하게 안고 있어."

"미치후사님……, 오코는 정말 기뻐……요……."

이 말만을 남긴 채 오코의 숨이 끊어졌다.

새 전라 우수사인 김억추(金億秋)가 어란포에 착임했다. 칠천량 해전에서 전사한 이억기의 후임이다. 순신의 통제사 재임이 결정된 직후인 7월 하순에 배명(拜命)했지만, 왜군의 침공에 의한 혼란으로 간신히 26일, 순신의 밑으로 돌아왔다. 김억추는 군사를 한 사람도 데리고 오지 않고, 당연히 갖추어야 할 활과 화살 하나 없었다. 그러니 조정이 얼마나 수군을 방치하고 있는가를 알만하다.

일몰 후, 척후 군관인 임준영(任俊英)이 보고를 했다. 임준영은 순신이 회령포를 떠나기 직전에 보낸 13명의 척후 중 한 사람이다. 왜 수군의 선봉이 회령프에 들어와 이진을 엿보고 있다 한다. 다시 움직이기 시작한 왜 수군에 관한 이것이 제1보였다.

8월 27일.

도도 다카토라, 가토 요시아키, 와키자카 야스하루는 이 날 출격 준비를 끝내고, 일대 선단을 짜서 노량을 출범했다. 구루시마 수군은 회령포에서 이진으로 나아갔다. 미치후사는 상륙하여 오코의 유해를 화장했다.

어란포에서는 이순신이 모든 군사에게 선내 대기를 명했다. 왜군이 이진에 들어오면, 어란포까지 쳐들어오는 것은 시간 문제였다.

날짜가 28일로 바뀐 지 얼마 되지 않아 구루시마 미치후사는 스스로 8척의 세키부네(關船)를 이끌고 이진을 나섰다. 노량에서 이진까지 한 척의 조선 전선을 만나지 못했던 것이 미치후사의 의심을 불러일으켰다. 적은 어디까지 후퇴할 작정인가. 무슨 함정을 파놓은 것은 아닐까. 그것을 알기 위해 무엇보다도 먼저 적수군의 위치를 포착할 필요가 있었던 것이다.

미치후사는 밤하늘을 우러렀다. 남원성의 지옥도를 처참하게 비추고 있는 달은 조금 있으면, 새로운 모양으로 모습을 바꿀 것이다. 구름 한 점 없는 밤하늘을 크고 작은 별들이 가득 메워, 은빛으로 해로를 밝게 안내하고 있다. 미치후사는 오른쪽 해안을 확인하면서 배를 전진시켰다.

칠천량 해전에서 포로로 잡은 조선 군사를 심문하여, 이제 전라도의 대략적인 해안도는 작성되었다. 그 해안도에 의하면 이진 앞의 어란포로 들어가는 후미가 조선 남안의 가장 서쪽 끝이 되어 있다.

날이 밝음과 동시에 8척의 세키부네는 어란포에 돌입했다. 해상에는 옅은 안개가 끼어 있다. 동쪽 바다 위에서부터 떠오르기 시작한 햇빛에 안개가 쫓기듯이 개어, 후미 가운데 정박한 조선 수군의 대형 선단이 모습을 드러냈다.

적선도 이쪽을 알아본 모양이다. 갑판 위로 수많은 발소리가 겹쳐지고, 조선말로 고함치는 소리가 해면을 건너 전해졌다. 동라(銅鑼), 징, 대북이 울리고 게양 기둥에는 화려한 진홍의 기가 게양되었다. 한 척의 전선이 겁도 없이 육박해왔다. 나머지 배들 역시 거리를 좁히며 따라온다.

미치후사는 적선의 척수를 헤아리며, 부하에게도 세어 보라고 지시했다. 적함대의 위치를 확인하는 것이 이번 정찰의 목적이다. 12척. 틀림없이 12척이었다. 역시 그 중 거북선은 보이지 않는다. 미치후사는 지휘봉을 세게 쥐었다. 지휘봉의 손잡이에는 오코의 머리

카락이 감겨 있다.

선두의 적선이 전의를 드러내며 새벽녘의 해면을 향해 돌진해온다. 미치후사의 마음은 흥분되었다. 이 해상에서의 전투를 오코의 복수전으로 삼고 싶은 욕구가 머리를 쳐들었다. 그러나 미치후사는 즉시 자신을 타일렀다. 어쨌든 정찰의 목적은 달성된 것이다.

미치후사는 귀환을 명했다.

8척의 왜선을 어란포의 9km 동남쪽까지 추격한 곳에서 이순신은 귀환을 명했다. 수장들은 포격하기를 바랐지만 순신은 말렸다. 왜군이 본격적으로 공격을 해온 것이 아님을 간파했기 때문이다. 틀림없이 정찰 선단이었다. 그렇다면 굳이 이편의 속내를 드러낼 필요가 없다. 순신은 어란포를 떠나기로 결단을 내리고, 이 날 중으로 함대를 앞바다의 소도로 이동시켰다.

28일, 우키타 히데이에, 고니시 유키나가, 시마즈 요시히로, 나베시마 나오시게, 하치스카 이에마사 등 좌군은 전주로 출격하여 전라도 일대의 소탕에 착수했다.

8월 29일.

이순신은 진로를 북쪽으로 잡고, 어란포에서 27km 떨어진 벽파진으로 이동했다. 벽파진은 진도의 동쪽 해안에 위치하며, 순신이 결전의 바다로서 택한 명량까지 약 5km. 왜의 수군에게 명량 해협의 비밀을 감추기 위해, 순신은 최후의 순간까지 이 벽파진에서 대기할 계획이었다.

이 날, 구루시다 미치후사는 이진에서 움직이지 않고, 후발대인

도도 다카토라, 가토 요시아키, 와키자카 야스하루의 세 장수를 기
다렸다.

　8월 30일.
　도도, 가토, 와키자카의 세 수장은 여수에 침입했다. 5년 전, 그
들을 괴롭힌 이순신의 함대가 여수에서 출격했던 것이다. 3수장은
이 땅을 묵과할 수가 없었다. 상륙한 그들은 사람이 없는 영사에 불
을 질러 병기고, 군량고를 모두 태워 버렸다.
　모리 히데모토, 가토 기요마사, 구로다 나가마사 등 우군의 주력
은 4만 명의 병력을 이끌고 충청도를 공략하기 위해 북상을 개시
했다.
　회령포에서는 척후 군관 임영준과 노낙선(盧洛善)의 두 사람이
왜 수군의 후속 함대가 나타나기를 끈기 있게 참고 기다리고 있
었다. 임영준은 나흘 전인 26일에 어란포의 순신에게 왜 수군의 선
봉에 관한 제1보를 보고한 뒤, 다시 회령포로 돌아왔다. 왜 수군의
선봉은 이미 이진으로 이동하여 회령포는 이미 무인지경이 되어 있
었다.
　수장용의 관사에서 두 마리의 들개가 뛰쳐나가는 것을 두 사람
은 목격했다. 한 마리는 사람의 오른쪽 팔을, 한 마리는 왼쪽 발목을
물고 있다. 임준영과 노낙선은 서로 얼굴을 마주보았다. 거북선을
둘러싼 일련의 소란으로 목숨을 잃은 자의 시체들 대부분은 뒷산에
매장했을 것이었다. 두 사람은 관사 안으로 들어갔다. 안쪽의 일실
에서 역겨운 시체 냄새가 풍겼다.
　“저 방은?”

"분명히 우수사님이 묵고 계셨을 텐데."

열린 문 사이로 송아지만큼이나 커다란 붉은 개 한마리가 뛰어나 갔다. 입에 큰 덩어리를 물고, 두 사람 옆을 재빨리 뛰쳐나가려 하자, 순간 임준영의 환도가 붉은 개를 향해 번쩍 휘둘렀다. 이에 붉은 개 의 등이 베여 피가 사방으로 튀었고 개는 옆으로 고꾸라지고 말았다.

그 틈에 개가 물고 있던 것이 복도로 굴러 떨어졌다. 그것은 경상 우수사 배설의 목이었다.

순신의 30일 일기에는 "무자, 맑음, 배설이 노비를 시켜 건강 상 태가 상당히 악화되어 치료하여야 한다고 전해왔다. 급히 상륙하여 치료하도록 허가했다. 배설은 우수영에 상륙했다"라고 적고 있다.

9월 1일.
왜의 후속 수군은 여수를 출발, 서진을 재개했다.

조선 반도의 서남쪽 끝에 위치한 진도는 제주도, 거제도 다음으 로 큰 섬이다. 명량 해협을 사이에 두고 본토와 마주보고 있으며, 벽 파진은 그 동쪽 해안에 있다. 8월 29일에 수군의 임시 본영을 벽파 진으로 옮기고부터 이순신은 훈련에 여념이 없었다.

9월 2일 저녁.
벽파진의 대안, 삼호원(三湖院)의 선착장에서 봉화가 올랐다. 척 후 군관이 정보를 입수하여 돌아왔다는 신호이다. 순신은 즉시 그를 마중하는 배를 띄웠다.

창백한 얼굴로 나타난 것은 임준영이었다. 지원병의 선별에 입 회하고 있던 순신은 임준영이 가져온 포대에서 풍기는 냄새에 자기도 모르게 얼굴을 찡그렸다. 그 포대에서는 썩은 냄새가 몹시도 났던 것이다. 10여 마리의 파리가 왱왱거리며 포대 주위를 맴돌았다. 임준영이 여러 번 손을 휘둘러 쫓아도 날아가지 않는다.

“일단 사람의 눈을 피해야…….”

임준영은 낮은 소리로 말했다.

순신은 본부로 접수한 건물—벽파정에 위치한 순신의 방—으로 임준영을 맞아들였다. 군관인 송희립, 하시하베, 미쿠리야가 순신의 뒤를 따랐다.

“먼저 여쭙고 싶은 것은……, 우수사 배설은 지금 어디에 있는지요?”

순신은 임준영에게 대꾸했다. 이틀 전, 병의 요양을 위해 우수영에 상륙했노라고.

임준영은 순간 얼굴이 굳어지며 포대를 펼쳤다.

실내에 온통 썩은 냄새가 진동했다. 살이 뭉그러지고 구더기가 끓어 있어 형태가 일그러져 있었으나, 그것이 배설의 목임을 순신은 한눈에 알 수 있었다.

순신은 즉시 우수영에 군관을 파견했다.

“다테즈 주이치로의 소행이겠지?”

순신은 하시하베에게 물었다.

하시하베는 입술을 일그러뜨리며 고개를 끄덕였다.

“이것으로 놈의 목표를 알았습니다.”

“목표?”

“우수사 배설은 패전한 뒤부터 전투 공포증에 걸려 사람이 완전히 달라져 버렸다는군요. 다테즈로서는 대체하기에 알맞은 인물이었을 겁니다."

"그러나, 이렇게 발각되었어. 아니, 그 전에 병을 구실로 스스로 내 곁을 떠난 것이 아닌가."

"배설로 변한 다테즈는 수군의 습관, 규칙, 분위기를 관찰하는 시간이 필요했겠지요."

"무엇 때문에?"

"다음 인물로 변하기 위해서죠. 장군님께 접근해도 의심받지 않을 인물로, 모르기는 해도 기선의 승조원 가운데 누군가입니다."

"내가 탄 배의?"

"다테즈가 장군님을 노리고 있으니, 그 후 도망할 기회는 평시 같으면 불가능하죠. 그렇다면 최후의 기회는 …… 해전이 가장 치열할 때입니다."

여기까지 다테즈의 목표가 간파되면서, 하시하베는 더 이상 손 쓸 방도가 없었다. 순신이 다른 말을 일체 금했기 때문이다. 자유자재로 얼굴을 바꿀 수 있는 왜놈의 암살자가 숨어들었다면 기선의 승조원뿐만 아니라, 필시 모든 군사가 의심의 덫에 걸리게 된다. 왜의 수군이 내습하기 전에 사기 저하만은 피해야 했다.

순신은 배설의 죽음도 비밀에 부쳤다. 군사들 간의 동요를 막고자 하는 조치였다. 배 수사가 도망했다는 소문이 퍼지자, 평소에 겁쟁이로 알려진 터라 군사들에게 당연한 일로 받아들여졌다.

순신은 일기에 "초이틀, 경인, 맑음, 배설 도망가다"라고 적었다.

9월 3일, 서울.

조선의 왕 선조는 퇴위 의향을 승정원에 전했다. 갑작스런 사의 표명이다. 중신들에게 알리기 전에 사헌부, 사간부, 홍문관 등 왕의 직속 고문 기관 모두가 만류했다.

명나라 군사의 총지휘관 양호가 평양에서 서울에 도착한 것은 왕의 퇴위 소동에 조정이 한창 시끄럽던 때였다.

"국왕 전하가 그와 같이 약골이니 대체 무얼 한단 말이오?"

선조를 강제로 번의시킨 당사자인 양호는 조선왕이 그토록 약한 이유를 알았다.

"마귀(麻貴)를 불러라."

제독인 마귀는 양호가 평양에서 오기 전까지는 서울에서 가장 지위가 높은 명나라 장수였다.

"조선왕에게 뭐라 발설했는지 이실직고 하렸다!"

마귀는 창피한 듯 얼굴을 감추며 대답했다.

"남원성, 황석산성이 패배를 거듭했으므로, 서둘러 서울을 포기하고 압록강까지 퇴각하는 수밖에는 없다고……."

"꺼져!"

양호는 마귀에게 일갈했다.

"속국의 보호는 종주국의 신성한 의무이다. 대명 제국 황제 폐하의 얼굴에 먹칠을 할 생각인가."

양호는 스스로 진두에 서서 서울의 방위 계획을 재검토했다.

마귀는 휘하의 모든 장수를 이끌고, 수원으로 출진했다. 유격장인 우백영(牛伯英)은 밀운(密雲)의 병사 2000명을 이끌고 더욱 남하하여 전주를 포기하고 달아난 진우충과 합류하여 공주를 수비하기로 했다.

9월 4일.

계속하여 북상하던 일본 우군은 이윽고 공주에 접근했다. 4만여 명의 대군을 바라본 우백영과 진우충은 공주를 포기하고 서울로 도망해 돌아왔다.

9월 5일.

일본 우군은 공주에 입성했다. 1100년 이상 전에 일본의 우호국이었던 백제가 도읍을 두었던 땅이다. 그러나 특별한 감회가 있는 무장은 한 사람도 없었다. 모든 장수는 회의를 열고, 앞으로 군을 둘로 나누기로 했다. 가토 기요마사, 오타 가즈요시(太田一吉)는 동진을, 모리 히데모토와 구로다 나가마사는 북진하기로 정했다.

명나라의 부총병, 해생(海生)은 계속해서 북상하는 왜군을 격파하고자 2000명의 정병을 이끌고 수원으로 출격했다.

9월 6일.

가토 기요마사는 청주로 진격하였고 모리 히데이에, 구로다 나가마사는 천안을 점령했다. 구로다군의 선봉인 구로다 즈쇼노스케(圖書助), 구리야마 도시야스(栗木利安) 등은 천안의 북쪽인 직산에서 야영했다.

일본 수군의 도도, 가토, 와키자카의 세 수장은 이 날 회령포에 입항했다. 여수를 출항한 지도 닷새가 경과했다. 방답(防踏), 쌍봉(雙鳳), 낙안, 여도(呂島), 사도(蛇渡), 발포, 흥양(興陽), 녹도(鹿島), 보성, 구미의 각진, 등 소소를 이 잡듯이 습격하는 데 시간을 썼기 때문이었다.

9월 7일.

날이 밝아옴과 동시에 진군을 시작한 구로다군의 선봉은 직산에서 4km 북쪽인 소사평(素沙坪)에서, 해생이 이끄는 2000명의 기마 군단과 조우했다. 새까만 갑주를 몸에 걸친 명나라의 군사들이 구로다 즈쇼노스케, 구리야마 도시야스의 눈에는 야산을 가득 메운 딱정벌레의 큰 무리처럼 비쳤다. 명나라 군사는 선봉의 100명을 발견하자, 이들을 유린하겠다는 기세로 돌격해왔다. 구로다 즈쇼노스케와 구리야마 도시야스, 모야 누시미즈(毛屋主水)는 후방의 구로다 본대에 전령을 급파하는 한편, 총포대를 전면에 내보내 응전했다.

구로다 나가마사는 천안을 떠나 직산을 진격 중이었다. 전방에서 들려오는 심한 총성을 들은 순간 나가마사는 선봉이 적군과 충돌했음을 직감했다. 아버지인 구로다 조스이한테서 8년 전에 가독(家督)을 잇고, 부젠 나카쓰(豊前中津)의 12만 석을 영유하는 나가마사는 금년 30세. 재침군의 모든 장수 중에서는 젊은 축에 속하지만, 15년 전의 모리 정벌 이래 전력은 꽤 풍부했다. 제1차 침공시에도 각 군의 구원에 활약했고, 다스케노타치(助太刀) 구로다로서 이름을 알리고 있었다. 나가마사에게 싸움이란 승부의 게임에 지나지 않았다. 어떻게 싸워서 별을 많이 얻는가가 안목이며, 그는 이 싸움에서도 일전일전을 즐기며 싸우고 있다.

선봉인 구로다 즈쇼노스케는 마사나가의 4년 연상인 숙부. 구리야마 도시야스는 아라기 무라시게(荒木村重)에게 유폐된 아버지를 셋쓰아타미(攝津伊丹)성에서 구출한 은인이다. 나가마사는 고토 마타베에(後藤又兵衛), 구로다 산자에몬(三左衛門), 노무라 이치에몬(野村市右衛門)을 앞세웠다.

구로다 산자에몬이 전장에 도착했을 때, 구로다군은 과감하게 저항하면서 명나라 군사에게 밀리고 있었다. 강에 설치된 토교(土橋)를 둘러싸고 치열한 공방전이 전개 중이다. 산자에몬은 즈쇼노스케를 원호하면서, 돌격하여 다리를 확보하는 데 성공했다. 검객 고토 마타노베에는 부하를 이끌고 전장이 내려다보이는 고지로 달려 올라가 산정에서 말을 좌우로 달리게 하여 대군이 포진하고 있는 것처럼 위장했다.

명나라 군사는 일단 자기 진영으로 퇴각했다.

나가마사가 3000명의 병력을 이끌고 달려온 것은 그로부터 얼마 되지 않아서였다. 나가마사는 스스로 적군을 정찰하며 전광석화와 같이 재빨리 진형을 재편성했다. 우익의 1번대는 모리타 헤에(母里太兵衛), 구리야마 드시야스, 구로다 즈쇼노스케, 동 2번대는 이노우에 구로베에(井上九郎兵衛), 노무라 이치에몬. 좌익의 1번대는 고토 마타베에, 동 2번대는 구로다 즈쇼노스케, 기리야마 고베에(桐山孫兵衛)이다. 최저선에서 냉정함을 잃지 않고 군사를 움직이는 것은 구로다의 특기이자 그가 즐기는 바였다.

구로다군의 총공격을 허생이 저지한 사이, 명나라 장수 이익교(李益喬)가 수원에서 대부대를 이끌고 달려왔다.

여기에 8800명의 명나라 군사와 5000명의 구로다군이 격돌하는 대규모의 야전이 전개되었다. 4년 전 1월, 명나라 장수 이여송과 고바야카와 다카가게, 다치바나 무네시게가 서울의 북쪽인 벽제관에서 격전을 펼친 이래 명나라와 일본의 대회전이 된 것이다. 전투는 반나절 이상에 걸쳐, 일진일퇴를 되풀이했다.

천안에 주둔 중인 19세의 아키(安芸) 재상, 모리 히데이에는 소사평에서의 전투를 듣자마자 때를 기다리지 않고, 명나라 군사의 측면과 배후에 걸쳐 3만 명의 대군으로 단숨에 습격을 가했다. 명나라 군사는 궤주(潰走)하여 수원으로 후퇴하였고 구로다, 모리군은 천안으로 철수했다.

같은 날, 해상에서도 격전이 전개되었다.

후속 수군이 늦어짐에 지친 구루시마 미치후사가 아타케부네 12척을 이끌고 이진을 출격한 것이다. 척수에서는 조선 수군과 호각. 미치후사는 자신이 넘쳐났다. 이제 적에게는 거북선이 없다. 다만 두려운 게 있다면 이순신의 귀신 같은 전술뿐…….

목표로 두고 있는 어란포에 조선 수군의 모습이 보이지 않았다. 미치후사는 그대로 선수를 북쪽으로 향했다. 이 해역을 일본의 정규군이 가는 것은 백제 부흥군을 구원하기 위해, 사이메이(齊明)왕이 파견한 아베노 히라부(阿倍比羅夫) 이래 900년 만의 일이었다.

조선 수군의 전선은 진도의 벽파진에서 요격 준비를 갖추고 있었다. 구루시마 수군의 습격은 척후 군관에 의해 육로로 순신에게 보고되었다. 미치후사는 일단 배를 되돌리는 체하다 야습을 결행했다.

순신은 9월 7일의 일기에 "을미, 맑음, 척후 군관인 임중형(林仲亨)의 보고에 의하면, 왜 수군의 55척 중 13척이 어란포 앞바다에 우리 수군을 공격할 기색을 보이고 있다 한다. 모든 장수에 명하여, 출격 준비를 갖추게 했다. 예상했던 대로 오후 4시, 12척의 적선이 바다 위에 나타났다. 우리 편에서 즉시 출격하자 적선은 되돌아갔다 역풍과 역류 때문에 매복의 두려움도 있고 하여 멀리 좇는 것은 피했다. 벽파진의 본영으로 돌아와 모든 장수들에게 명했다. 야습에 대비하라고, 명령을 위반하는 자는 군법대로 처단하겠노라고. 오후

19시, 야습이 있었다. 적은 포격하면서 달려들었다. 내 배가 선봉이 되어 지자총통으로 응전하자 포성으로 산하가 진동했다. 진퇴를 되풀이하기를 4회, 끝내 적은 단념하고 오전 1시 퇴각했다"라고 적고 있다.

9월 8일.

구로다 나가마사는 천안으로 출격하여 다시 직산에 진을 쳤다. 예산에서 서울까지 고작 85km. 빨리 달려가면 이틀이 걸리는 거리이다. 이제는 서울에 돌격해 들어간 것과 마찬가지다. 그러나 나가마사는 진격을 기다렸다. 지난 번 침공시에는 육군만이 너무 멀리 진격하여 보급이 이어지지 않아 철퇴했다. 그 전철을 또 밟을 수는 없었다. 나가마사는 직산에 주둔하여, 수군으로부터 첩보가 오기를 기다리기로 했다.

직산에서 명나라 군사가 패했다는 소식은 중양절(9월 9일)의 한성을 크게 뒤흔들었다. 원균의 패보가 전해졌을 때, 그 이상의 충격이었다. 고작 이틀 남짓 걸릴 거리에 왜적이 와 있다는 것이다. 명나라 군사를 격파하여 기세가 등등해 있을 왜적이…….

임금도, 중신도, 관리도, 평민도, 노비도, 5년 전의 악몽을 연상하지 않은 자는 한 사람도 없었다. 다시 서울이 왜놈의 손에 넘어가는 것은 아닐까. 참을 수 없는 공포가 사람들의 가슴을 조여왔다. 왕비, 왕자, 후궁은 왕명을 받은 공조판서인 구사맹(具思孟)이 배행(陪行)하여 서울을 탈출, 평안도의 해주를 목표로 향했다. 왕족의 서울 탈출을 알게 된 서울 사람들은 그 뒤를 좇아 북쪽을 향하여 갔다. 그로 인해 피난민의 긴 행렬이 도로를 메웠다.

중신들은 임금도 피난하도록 조치할 것을 앞 다투어 건의했다. 관청에서는 하급 관리들이 출근하지 않아 여기저기서 공무 수행에 지장이 생겼다.

호조참의(재정국장)인 권협(權悏)은 복잡한 생각으로 서울의 혼란을 바라보고 있었다. 그는 한 달 전, 가족을 몰래 서울에서 피난시키려고 비밀리에 계획하다 규탄을 당한 13조신 중의 한 사람이었다. 이 얼마나 한심스러운가. 5년 전 4월, 서울에서 탈출하려고 한 임금에게 서울의 고수를 청원하였으나, 받아들여지지 않았다. 그때부터 임금에게도, 조정에도, 이 나라에도 그는 아무런 기대도 품지 않았다. 임금은 간신히 서울에 머물렀다.

같은 날, 왜 수군의 병선 2척이 벽파진의 남쪽, 감보도(甘甫島) 근처에 모습을 나타냈다. 안면의 화상을 치료한 조계종이 즉각 전선을 바다 위로 투입하여 요격하자 왜선은 도주했다. 이순신은 척후선으로 추정했다.

순신은 이 날의 일기에 "왜 수군의 2척이 어란포에서 감보도에 출현. 우리 수군의 선수를 탐색하려 했다. 조계종이 추격하자 적도(賊徒)는 허둥지둥 배에 싣고 있던 물건을 모두 버리고, 배의 속도를 올려 도망갔다"라고 적고 있다.

우수영은 벽파진에서 배로 노량 해협을 건넌 곳에 위치한다. 그 이름이 나타내는 대로 전라 우도 수군의 기지인데, 4년 전부터는 유명무실해졌다. 각도의 수군이 통합되어 한산도에 총사령부가 설치되었기 때문이다. 우수사 이하의 주요 장수는 한산도에 상주하여, 전선도 1척을 제외하고 몽땅 한산도로 옮겨가 버렸다.

그 우수영과 이순신은 임시 본영을 설치한 진도 벽파진과의 왕래가 활발해졌다. 순신은 매일 같이 수장, 군관을 우수영으로 파견했다. 창고 안에 남은 무기와 탄약류를 찾아 배로 운반해오게 했다. 함대의 화력은 조금씩이지만 점차 강화되었다. 우수영에는 전선을 1척만 남겼다. 낡은 전선은 긴급히 수리하여 전열에 가담시켰다. 그리하여 전선 수는 총 13척이 되었다.

우수영은 회령포에서 이동한 피난민으로 들끓었고, 왜군의 전라도 침공에 겁먹은 각 고을의 농민, 어민들이 흘러들어 혼란 상태였다. 그러나 그것은 좋은 의미의 무질서라고도 해야 할 상황이었다. 이순신과 그 수군에 협력을 아끼지 않았다.

"놀랐습니다, 장군님."

우수영에서 돌아온 군관 방응원이 보고했다.

"유희를 봤습니다. 부모 없는 고아들의 끼니를 챙겨주며 그들을 돌보고 있었습니다. 남장을 하고 군장차림을 하는 것에 익숙해져 있었지만, 치마가 잘 어울려 몹시 아름다워 보였습니다."

이 날 우수영에 상륙한 탄약 운반을 감독하던 수장이 불현듯 숲 속으로 사라졌다. 그를 유인한 것은 볼에 추한 상처가 있는 젊은 여인. 그 여인을 따라간 수장은 영사 뒤의 숲 속에서 목뼈가 부러져 즉사했다.

수장의 군복은 즉시 벗겨져 금발에 녹색 눈을 가진 남자의 몸에 걸쳐졌다. 그는 바로 다테즈 주이치로이다. 다테즈는 땅에 한쪽 무릎을 댄 자세로 시체에 손을 뻗었다.

가스미는 눈을 돌렸다.

다테즈는 시체의 얼굴에 두 손을 대고 숨을 멈추었다. 금세 얼굴에 변화가 생기기 시작했다. 금발은 흑발로, 녹색 눈은 검은 눈으로.

얼굴의 전체 윤곽, 피부 색깔, 근육 두께, 각부의 모양이 점점 시체의 것과 꼭 닮아간다.

미리 파두었던 구덩이에 수장의 시체를 넣고 흙을 덮는다.

"위험은 각오 했겠지?"

가게치카는 소리를 낮추어 물었다.

다테즈는 고개를 살짝 끄덕였다.

"남은 기회는 해전이 치열할 때야. 경호가 느슨해지는 것은 그때가 아니면 없어. 우리는 반드시 순신의 목을 따서 일본으로 돌아간다. 이쪽은 안전 무사!"

일단 말을 끊고 다테즈는 짧게 덧붙였다.

"가스미를 부탁해."

"주이치로……."

가게치카는 고개를 끄덕였다.

가스미는 다테즈의 한 마디를 이해하지 못했다. 그것은 스페인어였다.

9월 10일.

왜 수군의 배가 벽파진 앞바다에 모습을 드러냈다. 순신이 전선을 출격시키기 전에 도망갔다. 어제와 마찬가지로 정찰선이라고 생각되었다.

9월 11일.

순신은 왜 수군의 동향을 파악하기 위해 다시 20인의 척후 군관을 연안부에 파견했다.

9월 12일.

이진의 구루시마 함대는 7일 밤 해전에서 파손된 선체의 수리, 보강 작업을 끝냈다.

9월 13일.

회령포를 소탕하고, 모든 군사용 막사에 불을 지른 도도, 와키자카, 가토의 세 수장은 저녁이 되자 구루시마 미치후사가 기다리는 이진에 입항했다. 200척이 넘는 대전선이 이진의 좁은 후미를 메우고, 만내를 내려다보는 조선군의 척후 군관을 전율시켰다.

남원성, 황석산성에서 조선인의 코를 베어 담아 둔 15개의 통은 히젠 나고야에서 세토나이카이(瀨戶內海)를 경유, 오사카에서 하역되어 이 날 교토(京都)에 도착되었다.

9월 14일.

북풍이 강하게 부는 석양. 날이 저물 무렵, 벽파진의 대안에서 오른 봉화는 강풍에 날리며 사방으로 퍼져 하마터면 산불로 번질 뻔하였다.

순신이 파견한 배를 타고 방문한 것은 척후 군관인 임준영이다. 이진에 집결을 끝낸 왜의 수군이 이 날 어란포로 이동했다고 한다. 전선은 200척, 그 가운데 왜놈의 아타케부네라는 대형 전선은 55척.

보고를 들은 순신은 즉시 모든 수장들을 소집했다.

"적은 곧 진격해 올 것이다. 즉시 출격 준비를 하라!"

제 14 장

—

울돌목에서 격멸하라!

9월 15일 저녁.

명량 해협의 해면은 모처럼 석양에 반사되어 심홍색으로 물들어 가고 있었다. 여름 저녁 바다의 낭만도 이제 곧 사라질 것이다. 유희는 망연히 바다를 바라보며 핏빛을 연상했다. 이제 얼마 안 있어 이 바다는 해전의 주전장이 된다. 엄청나게 많은 피를 흘리게 될 것이라고 예고라도 하는 듯한 심홍색이었다.

유희는 손을 뻗어 바닷물에 손가락 끝을 담갔다. 물의 온기가 서서히 사라지고 있다. 초계의 이순신 옆에서 수군의 패보를 들은 후, 얼마 지나지 않은 2월. 많은 날을 보내고 늦더위의 열기는 사라져 계절은 이제 가을에 접어들고 있었다.

오른편에 위치한 진도의 망금산(望金山)은 서쪽의 자줏빛 하늘에 완만한 능선을 그리며 검게 가라앉고, 대안의 청룡산(靑龍山)은 석양을 그대로 반사하여, 마치 산 전체가 불타고 있는 것 같았다.

유희는 우수영에서 벽파진으로 돌아가는 마지막 전령선에 타고 있었다. 동승한 병사들은 결전을 앞두고 있어서 그런지 말수가 적었다.

명량 해협을 빠져나와 다시 남하하니, 오른편 진도 쪽에 벽파진의 후미가 보이기 시작했다. 13척의 전선이 정선해 있다. 갑판 위에서는 화포를 점검하는 군사들과 전령들이 분주히 오가고 있고 어둠에 잠긴 후미에는 심상치 않은 긴박감이 가득했다.

전령선이 선착장에 접안했다. 군사들에 이어 유희도 상륙했다. 잔교 앞의 광장에는 화톳불이 여기저기 피어 있다. 각선의 승조원들이 정렬·점호를 되풀이하고, 수장들이 훈시하고 있는가 하면 주민들이 만든 음식을 먹으려고 군사들이 무리지어 있는 광경도 볼 수 있었다.

"여보시오."

누군가가 불러 세우는 목소리에 유희는 그쪽으로 돌아보았다. 화톳불에 반신이 발그레 반사된 거구의 미쿠리야 사몬이 뚜벅뚜벅 다가왔다.

"어쩐 일이오. 무엇 하러 여기에?"

"싸우러요."

유희는 자신 있다는 몸짓으로 흑각궁을 들어 보인다.

미쿠리야의 얼굴에 아연한 표정이 떠올랐다. 유희는 곧 치맛자락을 펄럭이며 그곳을 떠났다.

영사 안에는 이미 군사들의 모습이 보이지 않았다. 사람이 없는 방을 계속 둘러보다 겨우 목적한 것을 찾아내었다. 병사용 융복이 선반에 여러 벌, 그 옆에는 전립도 걸려 있다.

치마끈에 손가락을 댔을 때 뒤에 인기척을 느꼈다.

"누구얏!"

순간 목 줄기에 둔탁한 충격을 받고 유희는 기절했다.

겨우 정신을 차렸을 때는 바닥에 뉘어진 채였고, 손목이 천으로 꽁꽁 묶여 있었다. 문 사이로 틈입한 달빛이 실내를 밝게 비추고 있다. 유희는 달빛에 비추어 자신을 습격한 남자의 얼굴을 보았다.

"죽지는 않았군요."

하시하베 쇼이치로였다. 하시하베는 유희 앞에 웅크리고 앉아 약간 쉰 소리로 말했다.

"죽으러 온 게 아니에요. 이 손을 풀어요."

"약속해요. 이순신은 반드시 지켜낼 거요."

하시하베가 가만히 바라보고 있자, 유희는 말을 삼켰다. 당신과 함께 싸우러 왔노라는 말은 차마 하지 못한 채로……. 회령포에서 하시하베와 헤어진 이후, 유희를 몇 번이나 생각했는지 몰랐다. 석주관 숲 속에서 날카로운 금속 원반을 무기로 다루는 왜놈을 상대로 둘이 힘을 합쳐 싸웠던 일을, 그리고 그 후의 폭풍 같은 격정을……

이순신의 출격을 안 후 무엇보다도 마음에 강하게 떠오른 것은 하시하베 쇼이치로였다. 자신을 위해 항왜가 되겠다고 다짐한 남자.

그와 함께 싸우고 싶다…….

그렇게 생각했을 때, 유희는 최후의 전령선에 타고 있었다.

"전쟁이 끝나면 나를 맞이하기 바래요."

하시하베는 짧게 말하더니, 유희의 대답을 듣지 않고 일어섰다.

내가 고개를 끄덕였던가……. 내가, 그랬던가……. 이 남자는 내가 고개를 끄덕이는 모습을 보았을까…….

"쇼이치로!"

쇼이치로의 등을 향해, 자기도 모르게 부르짖고 있었다. 유희는
처음으로 하시하베의 이름을 불렀다. 쇼이치로, 쇼이치로……. 그
울림에 반응하여, 가슴속에서 뜨거운 것이 샘솟아 오른다.

"…… 내 이름 …… 당신네 나라의 말로는 뭐라고…….'

유희가 입을 열자,

"유즈라고 하지."

하시하베 쇼이치로가 간신히 돌아서며 말했다.

"유즈히메(유즈 공주)…….'

하늘에 빛나는 보름달이 후미를 환하게 비추고 있다. 대안의
산에는 점점이 불이 켜져 있다. 피난민들이 군사로 위장하여 화톳불
을 피우고 있는 것이다. 물론 왜군을 위협하기 위해서였다. 그것은
이 진도 쪽에서도 마찬가지였다. 여자들이 춤을 추면서 부르는 강강
술래 노랫가락은 바람에 실려 많은 군사들이 지르는 함성과 같이 들
렸다.

이순신은 붉은 갑주를 몸에 단단히 착용하고 환도를 왼손에 거
머쥔 채, 달을 우러르고 있다. 어란포의 왜 수군은 이미 출격 준비를
마쳤다는 정보가 척후 군관들로부터 속속 들어오고 있었다. 이제는
이쪽도 닻을 올리고 출항할 때였다. 명량 해협을 흐르는 조류가 얼
마 안 있어 역류할 시간이다. 해협의 북쪽 입구에서 남쪽으로 흐르
는 조류가, 남쪽 입구에서 북쪽으로 흐르는 조류로 바뀌어 흐르는
것이다. 그 순류를 타고 명량 해협을 통과하여 우수영 앞바다에서
왜의 수군을 기다린다.

순신은 뒤를 돌아보았다. 기선을 뒤로 하여 훈시를 기다리는 장수들의 얼굴을 하나씩 둘러본다.

이기남, 송여종, 안위, 조계종, 소계남……. 역전의 용장도, 패기에 찬 젊은 투장도, 모두 긴장하였는지 굳어진 표정으로 서 있다. 13척의 소병력으로 승리한 경험이 있는 자는 한 사람도 없다. 결전의 시간이 다가올수록 불안만 커져갈 뿐이다. 과연 승리할 것인가, 살아 남을 수 있을까 하고.

"병법에서는 이렇게 말한다."

순신은 천천히 입을 열었다. 달빛이 철갑을 가슴 위로 떨어져 번쩍이는 빛을 발했다.

"필사즉생(必死則生) 필생즉사(必生則死), 목숨을 던질 각오로 싸우면 살고, 목숨을 아끼면 죽는다라고. 또 말한다, 일부당경(一夫當逕) 족구천부(足懼千夫), 일부 요충을 지키면 천부를 무서워하게 함에 족하다라고. 이것은 바로 명량을 장악하려는 지금의 우리를 향하여 한 말이다."

반응은 없었다. 생사의 경계를 앞에 두고 있는 이들의 사기를 고무시키는 말이 아니다. 전사를 전사답게 결연히 사지로 향하게 하는 것, 그것은 역사이다. 이 국토를 지키기 위해 피를 흘려온 조상들처럼 아름다운 국토를 물려받을 자손을 생각하는 것이다.

"기선에 붙일 이름을 생각해 보도록."

순신은 전선을 둘러보면서 말했다.

"군인의 이름이다. 이 진도에서도 그들은 싸운다!"

"김방경(金方慶) 장군입니다."

몇몇 수장이 즉석에서 이름을 들었다. 김방경은 300년 전, 고려 왕조의 명장이다. 이 진도에 농성한 반란군인 삼별초를 공격하여 지휘관을 전사시켰다. 무엇보다도 그의 이름을 올린 것은 그 후에 몽골군과 연합하여 거행한 왜국 정벌이다. 두 번이나 강풍으로 배가 침몰하여 실패했다고는 하나, 김방경은 고려군의 최고 지휘관이었다.

과연 김방경이란 이름이 기선에 걸맞는가. 왜놈의 수군을 요격하는 조선 수군의 기선명으로서 이 정도의 것이 있을까.

순신은 고개를 가로로 흔들었다.

"기선의 이름은 '배중손' (裵仲孫)으로 한다."

여러 장수 사이에 놀랍다는 반응이 번졌다. 배중손은 역적이다. —적어도 공식적으로는 그렇게 전해지고 있다. 김방경이 진도를 공격하여 전사시킨 삼별초의 지휘관이 바로 배중손이었다.

모든 장수들은 납득이 간다는 표정을 보였으나, 여전히 그들의 얼굴에는 긴장의 빛이 역력했다.

지금 이 나라가 왜의 침략에 시달리고 있는 것과 마찬가지로, 300년 전 고려 왕조는 몽골의 위협에 노출되어 있었다. 왕조는 서울을 강화도로 옮기고 저항했다 그러나 강대한 몽골의 힘 앞에 국왕은 굴복하고, 복종의 의사 표시로서 옛 서울인 개성으로 돌아왔다. 배중손이 이끄는 삼별초는 이에 반대하여 철저 저항을 주장, 몽골군과 최후까지 끈질기게 싸웠다. 역적의 오명을 쓰면서까지, 조국을 위해 침략자와 칼로 싸운 배중손의 의지는 지금 순신의 기개, 바로 그것이었다.

이순신 수군이 이끄는 13척의 전선은 벽파진을 출발, 달밤의 명량 해협을 통과하여 우수영 앞바다에 도착했다. 야습을 경계하여 임전 태세를 계속 유지한 채 선상에서 밤을 새웠다.

9월 16일, 오전 7시.

어란포의 내만을 메웠던 일본 수군의 일대 전선단 위로 아침 햇빛이 번쩍거리며 비추고 있었다. 전선은 형형색색의 기, 깃발, 후키나가시로 화려하게 꾸며져 있다. 갑판 위를 완전 무장한 군사들이 움직이며 다니고, 갑주에 아침 해가 반사되어 번쩍였다. 출격 직전의 분주함에 후미의 분위기는 긴장되고 있다.

"전망이 훌륭하군. 히데요시님께 보여드리고 싶어."

눈이 부신 듯 왼쪽 눈을 가늘게 뜨고는, 구루시마 미치후사는 기선의 누각에서 웅장한 광경을 만족스럽다는 듯이 내려다보았다. 이 정도의 대선단으로 나서면, 이순신의 13척쯤이야 바다이 침몰시키는 것이 그렇게 시간이 걸리지 않을 것이다.

선단의 순서는 어제 회의에서 추첨에 의해 결정되었다. 구루시마, 다음에 도도, 가토, 와키자카. 따라서 구루시마의 수군이 선봉이다.

미치후사는 휘하의 선대장을 이끌고, 선미에 설치한 사당에 절을 했다. 구루시마 해적의 수호신, 오야마쓰미노카미(大山祇神)를 모신 사당이다. 미치후사는 그 앞에 절하며 해전의 승리 기원과 함께, 형 미치유키의 복수를 새삼스럽게 맹세한다.

재배를 마치자, 미치후사는 선대장들에게 지시했다.

"이순신의 배는 반드시 으리 구루시마 수군이 침몰시킨다."

왜 수군의 진격은 이순신이 보낸 척후 군관들에 의해 계속 감시하에 놓였다. 봉화가 중계되어 간다. 바다를 내려다보는 도솔봉(兜

率峰), 가공산(駕空山), 망부산(亡夫山), 비조산(飛鳥山), 관두산(館頭山)
에서 연기가 피어 올랐다. 마지막 봉수대가 설치된 청룡산의 봉화는
우수영 앞바다에 진을 친 순신의 눈으로도 똑똑히 확인할 수 있었
다. 오전 8시의 일이었다. 순신은 즉시 출격 명령을 내린다. 13척의
전선은 모두 닻을 올리고, 명량 해협의 서북쪽 입구로 하여 침로를
남쪽으로 잡았다. 10배나 되는 적을 요격해야 한다.

산정에서 피우는 봉화는 일본 수군의 배에서도 볼 수가 있었다.

"이쪽의 움직임이 곧바로 새는 것 아닌가."

도도 다카토라는 짜증스럽다는 듯이 혀를 찼다. 칠천량 해전하
고는 정반대이다. 그때 조선 수군의 동향을 중계하기 위해, 봉화를
사용한 것은 일본군 쪽이었다.

"무슨 생각을 하시오, 다카토라. 상대는 20척 미만. 게다가 거북
선은 미치후사님의 부하가 보기 좋게 침몰시켰다고 하지 않았
는가."

모리 다카마사가 소리 내며 웃었다. 군감(軍監)으로서 칠천량 해
전의 대승리를 목도한 다카마사는 그 흥분에 아직도 취해 있다.

"지금 바다에도 연기가 피어올랐어. 조선 놈들의 전선이 타서 침
몰하는 연기인가."

계속 웃는 다카마사로부터 다카토라는 노골적으로 얼굴을 돌렸
다. 거북선 이야기가 나오자 불쾌해진 것이다. 구루시마 미치후사는
목적을 완수했다고 하나 이쪽은 어떤가. 다테즈와 가게치카로부터는
아무런 연락도 없고, 목전에는 이순신이 전투태세를 갖추고 있다.

다카토라는 고케쓰 요리후사를 불렀다.

"결국 그 두 사람은 일을 그르친 모양인데."

"그건 모르겠습니다. 해전이 아직 시작되지 않고 있어서요."

고케쓰는 신중한 어투로 대답했다. 해전을 하기 전— 아니, 한창일 때도 괜찮다—이순신의 목숨이 끊어지는 그 순간 조선 수군은 와해되는 것이다.

다카토라가 탄 기선의 양현 옆으로 기이한 모양의 세키부네 두 척이 하얀 포말을 일으키며 전진하고 있다. 중형 전선의 갑판 위에 우물의 도르래 장치를 설치한, 이른바 정루선(井樓船)이다. 이 밑판에 10명의 총포병을 태우고는, 조선 수군의 판옥선 지휘탑의 높이까지, 끌어올려 높은 데서 이순신을 쏜다. 2척의 정루선은 그 임무에 전념시킨다. 다테즈와 가게치카의 습격이 실패할 경우에 대비하여, 준비한 차선책이었다.

명량 해협은 길이 약 1.5km, 너비는 평균 500m이다. 가장 너비가 좁은 곳은 120m. 여기가 우는 바위의 목덜미—울돌목—이라는 장소이다.

오전 8시 30분.

이순신의 함대는 목적지에 도달했다. 13척의 전선은 울돌목에 종렬하여 해협을 봉쇄하는 진형이 되었다.

조류는 남동쪽에서 흘러와 그들에게는 역류로 흐르고 있다. 배를 정 위치에 계속 머물게 하기 위해, 닻을 내리지 않으면 안 될 정도로 조류는 빨랐다.

급속도로 흐르는 조류는 해안의 양안에 띠 모양으로 뻗은 암초와 격돌하고 흡사 바위가, 아니 바다가 우는 듯한 음산한 소리가 간단없이 들려오고 있다. 해면은 하얗게 파도치고, 도처에 소용돌이가 친다.

"나루토(鳴門)의 소용돌이 조류로군."

하시하베는 중얼거렸다.

"나루토? 내게는 폭포로 생각되는데. 수평하게 흐르는 폭포
말야."

미쿠리야 쪽이 맞았다. 정말로 천혜의 위험한 수로이다. 이곳으
로 일본 수군을 유인하여 싸우면, 지리적 이점이 조선 수군에게 있
느니만큼, 순신의 지휘 여하에 따라 호각지세일지도 모른다.

그러나 싸움의 귀추를 걱정하기보다 하시하베는 이순신의 목숨
을 지키지 않으면 안 되었다. 기선 배중손에 타고 있는 것은 군사,
격군을 합하여 약 200명. 그 가운데 반드시 다테즈는 있다.

이순신은 선수 갑판에 똑바로 서서 부동자세로 해협의 동남쪽을
향해 날카로운 시선을 집중시키고 있다. 그 근처에 다테즈 주이치로
는 서 있었다. 허리의 환도가 한번 번쩍 빛난 후에는, 이순신의 목이
갑판 위로 맥없이 떨어질 것이다. 그러나 행동으로 옮기기에는 아직
이르다. 지금 이순신을 살해해도 도망갈 곳이 없다. 하는 수 없이 일
본 수군이 나타날 때까지 기다려야만 했다.

다테즈는 아무렇지도 않다는 듯이 하시하베의 모양을 엿보았다.
이순신의 옆을 떠나려 하지 않고, 승조원의 한 사람으로서 날카로운
시선을 집중하고 있다.

나는 여기에 있다, 쇼이치로.

기묘한 일이었다. 예수회의 도구로서 양육된 두 기아(棄兒)가 외
국 땅에서 공방전을 되풀이하며, 서로의 적이 되어 이렇게 바다 위
에 마주섰다.

하시하베를 이순신에게서 어떻게 떼어놓을까. 전투가 시작되면 그 기회는 반드시 생길 것이다.

진도 쪽의 망금산과 대안인 청룡산에서는 산정을 목표로 한 피난민들의 긴 행렬이 이어지고 있었다. 산정에서는 눈 밑으로 명량해협을 일망지하에 내려다볼 수 있다. 해협은 푸른빛과 흰빛이 어우러져 얼룩띠처럼 보였다. 파랑은 바다의 색깔, 하양은 격류가 암초에 부딪쳐 파도가 일으키는 소용돌이의 색깔이었다. 이 띠 안에 떠 있는 13척의 전선은 거친 물결에 시달리는 작은 배처럼 덧없듯이 비쳤다.

오전 11시 30분.

구루시마 함대는 벽파진까지 나왔다. 조선 수군의 전선은 한 척도 남김없이 모습을 감추었다.

"겁 먹은 겐가, 이순신!"

흥분된 미치후사의 목소리가 인적 없는 후미에 메아리쳤다.

일본 수군은 침로를 다시 북으로 잡았다.

"왜놈이 왔다!"

망금산의 산정에는 진도의 주민, 피난민들로 북적이고 있다. 2000명을 훨씬 상회하는 숫자이다.

그 큰 함성에 전원의 눈이 오른쪽, 즉 남쪽 방향으로 향했다.

벽파진 앞바다에서부터 왜 수군의 선열이 나타나고 있었다.

긴장감에 모두가 마른 숨을 삼켰다.

수평선 저쪽에서 푸른 해원이 메워진 것 같다.

조선 수군과는 이질적인 외양도 그들의 공포감을 더욱 부채질했다. 상갑판에서 위는 방패용 널빤지로 전면적으로 덮여 있어, 거대하게 떠 있는 성채 같다. 선체는 기와 깃발로 장식되었고 전망대 위에 우뚝 서 있는 누각에는 극채색의 진막이 둘러쳐져 있다. 그 모습은 전장으로 향하고 있다기보다, 의기양양하게 귀환의 길에 오른 개선 전선같이 보였다.

유희도 피난민들 사이에 섞여 얼어붙을 것은 심정으로 그 광경을 응시하고 있다.

명량 해협에서 진을 치고 기다리고 있는 이순신의 전선은 고작 13척. 굳이 눈여겨보지 않아도 피아의 전력차는 압도적으로 드러났다.

"너무 하는군……."

끝내 참지 못하고 누군가가 신음처럼 중얼거렸다.

오전 11시 45분.

벽파진에서 약 5km를 북상한 구루시마 전선은 명량 해협의 입구에 도달했다.

"뭐야, 이 소리는."

마치 폭포가 떨어지며 나는 듯한 소리이다. 해협 주위에서 음산하게 들려오는 그 소리는 주위를 뒤흔들고 있다.

미치후사는 얼굴을 찌푸리며 누각 위에서 해협을 바라보았다.

"생각보다 좁군."

게다가 흐름은 빨라 하얗게 파도가 일고 있었다. 급조류 밑에 암초가 있는 것이다. 세토우치의 급류를 잘 알고 있는 미치후사로서는 이곳이 만만치 않은 곳이라는 것을 짐작할 수 있었다.

“이거, 쉽지 않겠군.”

해전 장소로서 급류이거나 거친 곳일수록 적을 처치하는 데 곤란하지 않은 것은 없다. 조류의 속도에 노가 말려 들어가고, 끝내 조선(操船)을 할 수 없는 상황이 이르게 되면, 더 이상 싸워서는 안 된다. 게다가 이곳은 조류, 물때도 모르는 외국의 바다이다. 암초의 위치도 불명하다. 키를 다룰 떠의 사소한 실수가 배 밑에 치명적인 상처를 넣지도 몰랐다.

미치후사는 세키부네 1척을 척후로 보냈다.

해협 한 가운데, 조선 수군의 전선 13척이 대기하고 있다는 보고가 들어왔다.

“조류는 어떻던가?”

“이 정도로 센 급류는 본 적이 없습니다.”

구루시마 해적의 노수군은 대답을 마친 후 한번 숨을 내쉰 뒤 덧붙였다.

“아타케를 타고 들어가기는 어렵겠습니다.”

이순신은 틀림없이 조류의 경계, 암초의 위치 등을 모두 기억한 다음에 이 해협을 결전장으로 잡았을 것이다. 미치후사는 망설였다. 이대로 나아갈 것인가, 일단 후퇴할 것인가.

돌아보면 바다를 메운 대선단—그 수는 200.

“그러나 전력은 200대 13 아닌가.”

망설일 것 없다. 13척을 앞에 놓고 싸우지 않고, 후퇴하게 되면 그들에게 웃음거리가 될 것이다. 미치후사는 결단을 내렸다. 다만 아타케부네에 의한 돌입은 피하고, 중형인 세키부네를 타고 들어가기로 결정했다.

　도도, 가토, 와키자카의 수군도 구루시마 전선을 따랐다. 4수군의 아타케부네 67척은 해협의 입구에서 대기하고, 133척의 세키부네는 구루시마 수군을 선봉으로 명량 해협에 돌입했다.

　시각은 12시 30분을 지나고 있었다.

　"왔는가."

　순신은 살짝 눈을 떴다.

　왜 수군의 선영(船影). 해협의 너비가 꽉 차게 횡렬을 이루며 다가온다. 선상에는 긴장이 흘렀다. 군사들은 현측에 댄 방패용 널빤지에 몸을 숨기고 있다. 그들은 다가오는 적의 대전선단을 보고 여러 번 눈을 비볐다.

　"통제사, 저건 중형선입니다."

　김탁이 외쳤다.

　"조류를 경계한 모양이군."

　순신은 짧게 대답한다. 격류에서의 조선은 중형선이 대형 전선에 비해 확실히 용이하다. 그러나 흘수선은 낮아 이쪽의 대형 전선으로부터 좋은 표적이 될 것이다. 왜냐하면 중형선에는 대포를 많이 장착할 수 없기 때문이다. 해전을 제패하는 것은 조총이 아니고, 대포라는 것을 그들은 아직 모르고 있는 모양이다.

　순신은 지휘봉을 흔들었다.

　"불화살을 준비하라."

　"화승에 점화!"

　궁대, 조총대를 지휘하는 군관들이 군사들을 향해 명령한다.

　이제 포문의 준비는 모두 갖추어져 있다. 천자총통이 10문. 각각의 포수는 화약에 점화하기 위해 화봉을 들고 발사 명령을 기다리고 있다.

순신은 갑판 중앙부에 설치된 지휘탑에 올랐다. 지휘탑의 높이는 3m. 주위에 두꺼운 방패용 널빤지가 둘러쳐져 있다.

지휘탑 아래에는 고수, 정수(鉦手), 기수가 자리하고 있다. 순신의 명령을 전달하는 자들이다. 고수는 병사들에게, 정수는 격군과 타수에게, 기수는 동료선에의 통신을 한다.

지휘탑은 좁다. 3명만 올라가도 꽉 찬다. 순신은 군관 중에서 송희립을, 또 한 사람으로는 하시하베를 지명했다.

"통제사, 여기에서마저 아직 왜놈을."

송희립은 안색이 달라졌다.

"나는 이 일본인을 믿고 있어."

순신은 전방을 주시하며 단호하게 말했다. 적의 수군은 더욱 거리를 좁혀오고 있었다. 순신은 아연했다. 동료선들이 사라지고 있다!

울돌목에 계속 정박한 것은 배중손뿐이었다. 나머지 12척은 왜수군이 나타나자마자 닻을 올리고 있었다. 모양만 노를 젓고 있는 것처럼 보일 뿐 실제로는 역류에 밀려 해협을 후퇴해 가고 있을 뿐이다.

가장 심한 것은 전라 우수사인 김억추가 지휘하는 전선이었다. 기선 배중손은 울돌목에서 멀어져 전방에서는 훨씬 작아 보였다. 왼쪽에는 우수영 앞바다에 떠 있는 양도(羊島)가 가까이 다가오고 있다.

"수사, 노를 더 빨리 젓지 않으면, 조류에 밀려 떠내려갈 뿐이야!"

부장격인 김인복(金仁福)이 애가 타서 소리쳤다. 또 사촌형인 김억추가 얼마나 미덥지 못한 겁보 장수인가 하는 것을 그는 충분히 알고 있었다. 수장으로서의 전력(戰歷)을 말하면 5년 전의 평양 탈환전에 참가, 대동강 하류에 배를 띄우고는 왜적을 견제했을 정도다. 아우인 김응추를 해전에서 잃은 후부터 더욱 나약해지기 시작한 것 같다. 이번에 전라 우수사의 배명을 받은 것도 좌의정인 김응남과 인맥이 있었기 때문이고, 결국은 정실 인사로 발탁된 셈이다.

"어떻게 된 거야, 억추. 이대로는 전선 이탈로 간주돼."

김인복은 또 사촌형을 경칭을 생략하여 불렀다.

김억추의 얼굴에서 점점 핏기가 사라지며 공포에 빠져들고 있다.

"자, 잠시 우리 배는 여기서 왜놈의 견제를⋯⋯."

"견제라고? 군율로 처벌받아도 좋은가."

외치는 김인복을 돌아보고, 김억추는 새된 소리로 말했다.

"벌을 받아, 이런 일로? 이기면 되지 않는가."

"어째서 전진하지 않아요?"

박순욱은 지휘탑 위로 뛰어올라가 안위에게 따졌다. 소년병의 얼굴은 분노와 굴욕으로 새빨갛게 물들어 있다.

"상대가 너무 많아."

안위는 굳은 목소리로 대답했다. 해협을 메울 듯이 나타난 대선단에 격군들은 겁을 먹고 있다. 사실 안위 자신도 압도당했던 것이다.

"그래도 이대로 있으면 장군님이⋯⋯."

"⋯⋯."

"안위님!"

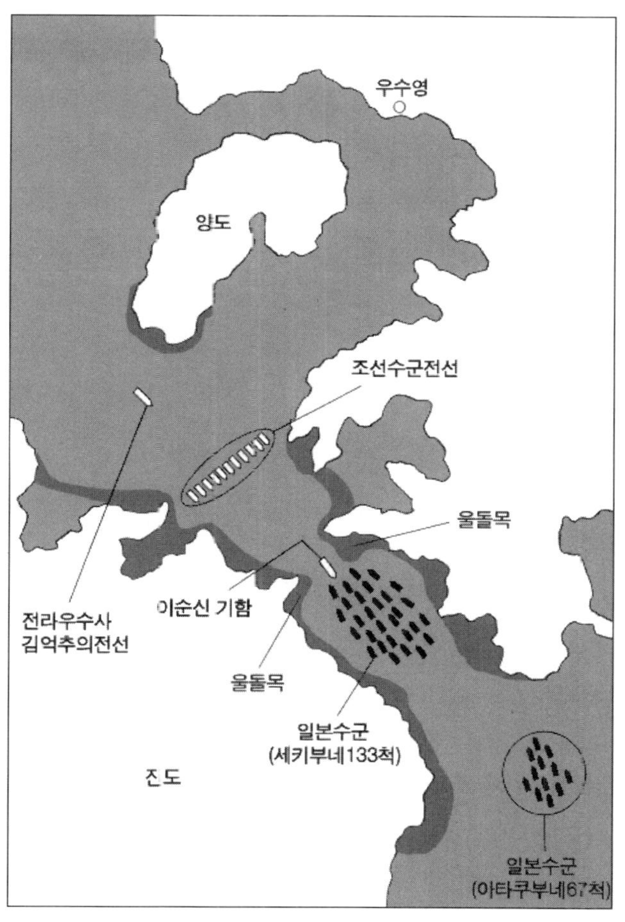

돌아본 순신의 눈에 티친 것은 후방으로 퇴피(退避)하는 12척의
전선이었다.

"뭐야!"

왜 수군의 강세에 겁을 먹었나. 김억추의 배 등은 1km 정도 떨어

져 파도를 사이에 두고 보였다 안 보였다 하는 형편이다. 안위는, 조계종은, 이기남은 어떻게 된 것인가? 배중손을 따라야 할 배는 한 척도 없는가.

"송희립이 격분하여 소리를 질렀다.

"너희, 겁쟁이들아!"

선미의 조타간(操舵桿, 키의 손잡이)에서 김탁이 뛰어와 큰 소리로 물었다.

"통제사, 어떻게 할까요? 우리 배도 닻을……."

"안 돼."

순신은 일언지하에 단언했다. 울돌목이야말로 전선 100척 이상의 가치를 지닌 천혜의 바다, 여기를 포기하면 더 이상 이 나라는 없다.

"알아두라, 명량의 목전에 바로 서울이 있다!"

해협을 끼고 있는 망금산과 청룡산에서는 비명이 그치지 않았다. 12척 전선이 모두 후퇴하고, 좁은 수로를 메우며 압박해오는 왜놈의 전선단을 상대로 이순신의 기함 1척이 대항하는 형세가 되었기 때문이다.

"뭘 하는 건가, 다른 배는?"

"장군님을 혼자 싸우게 할 작정인가?"

비겁한 전선에 대고 노호가 일었다.

그러나 잠시 후 함성소리가 들려왔다. 여자들은 손에 손을 잡고 강강술래를 추며 노래를 시작했다. 단 한 척의 전선으로 강력한 전력을 지닌 왜적에 도전하는 이순신에게 보내는 백성들의 성원이며, 왜의 수군을 향한 위협이기도 했다.

"이젠 조선 놈들이 소란을 피우는군."

구루시마 미치후사와 현을 접하여, 세키부네의 지휘를 맡은 하타신은 양안의 작은 산에서 을려 퍼지는 함성에도 전혀 동요되지 않았다. 이 일전은 그에게는 부활이 걸린 싸움이었다. 선상에서 투지를 드러내기로 한 떠돌이 무사들은 그의 옛 가신들이다. 다른 가문에서 일하지 않고 자신을 믿고 따라와 준 자들이다. 그들을 위해서라도 눈부신 공을 세워, 다이쿄로서 금의환향해야 한다.

전방을 막고 있는 것은 대형 선단 1척뿐. 펄럭이는 큰 깃발에 삼도 수군통제사라는 글자가 선명히 눈에 들어온다. 틀림없이 이순신의 기선이다.

하타신은 작은 산을 메운 무리를 보며 속이 시원하게 외쳤다.

"잘 보게, 자네들이 보고 있는 앞에서 이순신을 바다의 쓰레기로 만들어 줄 테니."

그 말이 끝남과 동시에 조선 전선에서부터 포격이 시작되었다.

지휘탑으로부터 신호를 받아 고수는 힘껏 북채를 흔들었다. 포문을 열라는 명령이다.

북소리를 들은 포수들은 일제히 화봉을 화약선에 들이댔다. 천자총통, 지자총통이 굉음을 내며 불을 뿜었다. 선수가 하얀 연기로 덮인다. 대포를 탑재한 동차(童車)가 반동으로 후퇴하면서 바퀴가 갑판을 삐걱대는 소리가 공중으로 흩어졌다.

왜선의 주위에 물기둥이 오른다. 정박하고 있다고는 하나 격류에 밀리는 선상에서의 포격은 명중률이 현저히 떨어진다. 그러나 포수들은 착탄 위치를 확인하고는, 기민한 움직임으로 다음 탄을 장전했다.

“쏴라, 쏴라앗!”

힘찬 북소리와 함께 군관들은 목이 터져라 독전을 계속한다.

구루시마 미치후사는 휘하의 모든 배에 포문을 열게 하고 응전했다. 대포의 수는 적지 않을 뿐더러, 이쪽은 조총이 있다. 저쪽은 고작 1척의 배로 싸우고자 하니, 선수에서 훨씬 많다. 방패용 널빤지에 뚫린 틈으로 총포대가 일제히 발사하기 시작한다. 바닷바람 속에는 초연의 냄새가 짙게 섞여 있다.

화포를 교환하면서, 미치후사는 동료배에 이순신의 전선을 포위할 진형을 명했다. 기수에 의해 명령은 각선으로 전해지고, 구루시마의 전선은 조류를 타고 학익진으로 전개를 시작했다. 명량 해협을 건너온 바람에 기, 깃발, 후키나가시가 기세 등등하게 펄럭였다. 울돌목의 기분 나쁜 울음소리를 없애려는 듯 북, 징, 나팔소리가 울리기 시작했다.

“에에잇, 앞으로 나오지 못하겠는가!”

후속의 도도 다카토라는 전선을 비롯한 구루시마 함대에 의해 전방을 막는 형이 되었다. 해협의 너비가 좁은 것이다.

“이렇게 되면, 수에 의해 진압하려는 것은 안 되겠구만.”

다카토라의 옆에서 군감인 모리 다카마사가 의기양양한 표정으로 말했다.

전방에서는 심한 포격의 굉음과 함성이 들려오는데, 자세한 전투 상황은 파악이 안 된다.

그 사정은 도도의 전선 후방에 있는 가토 요시아키도 마찬가지였다. 요시아키는 전방의 도도 다카토라가 손가락을 입에 물고 관전하고 있는 것처럼만 보였다.

"싸우고 있는 건 해적들뿐인가."

불안이 요시아키의 가슴에서 고개를 쳐들었다. 자기가 참전하기도 전에 싸움이 끝나 버리는 것은 아닌가 하는 불안이었다.

"어쨌든 앞으로 나아가라."

요시아키는 몇 번이나 선대장에게 명령했다. 그때마다 아직은 무리라는 대답이 돌아왔다. 도도 수군의 사이를 누비고 억지로 배를 나아가게 하면 충돌할 위험은 불을 보듯 뻔한 일이었다.

최후미에 있는 와키자카 야스하루에 이르러서는 이 해전에 이미 자신이 나설 차례가 아니라는 생각에 단념하였다. 가토 요시아키에 밀려, 와키자카의 전선은 명량 해협 안으로도 들어가지 못한다. 선봉인 구루시마, 후속의 도도가 이순신을 쓰러뜨리고, 싸움은 막이 내렸다고 전해 올 것이리라.

"조선의 수군은 이제 이것으로 끝. 다음은 지상전에서 공을 세우는 수밖에 없겠습니다."

야마오카 사콘이 유감스럽다는 듯이 말하자, 야스하루도 고개를 끄덕이며 탄식했다.

청룡산과 망금산에는 비창(悲愴)한 분위기가 넘쳐흐르기 시작했다. 수천 명의 주민, 피난민들이 내려다보는 광경은 제정신으로는 참아낼 수 없는 것이었다. 소용돌이 파도치는 위험한 해협에 떠 있는 이순신의 전선이 왜의 수군에게 외로이 맞서고 있다. 강력한 화포로 분전하고 있지만, 압도적인 수의 적선에 포위되어 집중 포화를 맞고 있는 것이다.

어느 사이엔가 함성은 그치고 이제는 여인들도 손을 놓고 있다.

하나 둘 흐느껴 우는 소리가 여기저기서 들리기 시작했다. 그들의 최후 희망인 수호신 이순신이 지금 눈 아래에서 압도적으로 불리한 싸움에 에워싸여―임종을 목전에 두고―있는 것이다…….

청룡산에서 한 여인이 생각났다는 듯이 소리를 질렀다.

"저 사람은 …… 저 사람은 괜찮을지 몰라?"

"괜찮아, 반드시 살아서 돌아온다니까요."

전선에 올라탄 연인의 무사를 걱정하는 여인과 그것을 위무하는 남자의 대화처럼 들렸다. 대화를 나누는 여인의 왼뺨에는 흉한 상처가 길게 나 있고, 남자의 입은 귀까지 찢어져 있었다.

배중손에서는 시간이 경과함에 따라 포수와 사부(射夫)들이 배후에 신경을 쓰기 시작했다. 지금까지 열심히 싸워 왔는데, 동료선으로부터의 응전이 없는 것에 의심을 품기 시작한 것이다. 동료선이 모두 후퇴한 것을 안 그들은 안색이 변했다.

순신은 지휘탑에서 뛰어내려왔다. 동료선이 전열에 가담하려고 하지 않는 이상 함대의 지휘를 도저히 감당할 수 없다.

"동요하지 마라."

군사들 무리로 들어가 순신은 힘찬 소리로 독전하였다. 왜적의 배는 수가 많으나, 이쪽이 더욱 크고 견고하니 절대로 질 수는 없노라고.

"적을 쏘라. 사력을 다 하라!"

오후 1시 30분.

"단 한 척을 치는 데, 무슨 시간이 이리도 걸리는가?"

누각 위에서 구루시마는 화가 나 소리쳤다.

전황은 생각대로 진척되지 않았다. 이순신의 기선을 반달 모양으로 포위는 했으나, 되풀이되는 포격이 심하여 접근이 생각보다 어려웠다. 가까워 올스록 적탄의 명중률은 올라가고 세키부네의 얇은 방패용 널빤지는 거탄에 의해 파괴되어 간다. 이쪽에서도 간단없이 총포로 응전하지만, 조선 전선의 방패용 널빤지에는 미치지 못해 총격의 효과는 못 보고 있는 상태다.

아타케로 싸워야 했는데……. 세키부네로 갈아탄 것은 잘못이 아니었나 하는 생각이 머리를 스쳤다.

미치후사는 기수를 통해 이순신의 배 뒤로 돌아 가도록 휘하의 세키부네에게 명령을 내렸다.

4척의 세키부네가 그 명령에 따라 노를 급히 젓는다. 학익을 더욱 벌려 해협의 양안 가까이 접근했다.

키를 잡은 선대장들이 조류가 격돌하여 파도로 인한 물보라를 일으키며, 소용돌이가 반대로 치는 해면 밑의 암초를 발견했을 때는 이미 늦었다. 급조류에 휩쓸린 세키부네는 계속 배 밑이 깎여갔다. 암초에 올라앉은 1척은 그래도 나은 편이었다. 한 척은 침수되어 가라앉고, 두 척은 중심을 잃고 소용돌이에 말려 옆으로 쓰러졌다.

갑판의 군사들이 뿔뿔이 흩어져 뿌려지듯이 낙하한다. 해면에 뜬 머리는 금세 파도 사이로 들어가 보이지 않게 되었다.

이순신은 포탄을 새알탄으로 교체시켰다. 거탄에 의해 방패용 널빤지를 잃은 왜군에게 커다란 탄환이 우박처럼 쏟아졌다. 새알탄은 왜군의 머리통을 깨고, 총포와 노를 잡은 손을 으깨고, 등뼈를 부러뜨렸다.

순신은 다시 명했다.

“비격진천뢰를 쏘라!”

구경이 크고 포신이 짧은 대완구(大碗口)에서 발사된 비격진천뢰는 유탄의 일종이다. 무게 21.6kg, 지름 21cm. 적선에서 작렬하여 무수한 쇳조각이 사방으로 흩어져 한꺼번에 수많은 군사를 살상한다. 배중손은 3문의 대완구를 탑재하고 있다.

경쾌한 발사음과 함께 연발되는 비격진천뢰는 구루시마 수군의 세키부네를 순식간에 피와 살점이 튀는 지옥으로 바뀌었다. 갑판이, 범주(帆柱)가, 현측이, 금세 새빨갛게 물들어 간다. 쇳조각에 육체가 찢긴 군사들이 무더기로 자빠지고, 고통에 가득 찬 비명소리로 선상이 가득 매워졌다.

"새알탄의 맛 좀 봐라!"

구루시마 미치후사는 이를 갈았다. 이러한 사태는 전혀 예상하지 못했던 것이다. 5년 전에 형을 잃은 당황포 해전의 악몽이 회상된다.

이제는 후퇴하려고 해도 후방에 도도 다카토라의 함대가 해협을 메우고 있어 불가능하다.

"뭘 하고 있어? 맞서 새알탄을 쏘라!"

미치후사는 포수에게 명령했다. 구루시마 수군의 대포는 조금 앞에 떨어질 뿐 조선 전선까지는 미치지 않는다. 아타케에 비해 몸체는 가볍지만, 파도의 영향을 받기 쉬운 세키부네 위에서는 조준하기가 어려운 것이다.

그 때 우전방으로 조선 전선을 향해 무모하게 돌격해 오는 세키부네가 있었다.

"저것은……."

모토카미 마쓰우라 8만 석, 하타신의 세키부네였다.

"저 왜선에 포격을 집중하라!"

이순신은 좌현의 포수에게 직접 명했다. 미친 듯이 노를 저으며 돌진해오는 중형선이 보였다. 다소의 손해는 각오하고 배중손에 접현하여 부술 작정인 것이다. 천자총통의 거탄이 왜 수군의 특공선에 집중되어 물기둥이 일었다. 명중한 포탄은 방패용 널빤지를 분쇄하고 범주를 부러뜨려 배를 와해시켜 갔다.

포탄에 박살난 갑판에서 왜놈의 군사들이 해면으로 낙하했다. 그 공포에 찬 표정이 육안으로도 확인할 수 있는 거리까지 다가와서야 간신히 특공선의 노는 움직임을 멈췄다.

해면에 배의 잔해가 뜨고 빠져가는 왜군이 필사적으로 물을 가르고 있다.

"통제사, 저것을……."

군관 중 한 사람이 순신의 주의를 환기시켰다. 파도 사이에서 허우적대는 왜군 가운데 수 놓인 붉은 비단옷 차림의 무관을 가리킨다.

"저건 하타신이라는 대장입니다."

군관의 배후에서 더듬거리는 조선어로 말한 이는, 과거 순신이 안골포에서 포로로 잡은 '즌사'(俊沙)라는 이름의 항왜군이다.

포성과 울돌목의 조류가 흐르는 소리에 묻혀, 순신의 귀에는 하타신이라는 이름이 마다시(馬多時)라고 들렸다.

"저 왜장을 인양하라."

쇠갈고랑이가 해상에 내려지고 붉은 비단옷을 끌어올린다. 갑판 위에 쓰러진 왜장의 머리에서 피를 흘러내려 금방이라도 숨이 끊어질 것 같았다.

"틀림없겠지?"

군관이 준사에게 물었다.

항왜 병사는 자신 있다는 듯이 고개를 끄덕였다.

"좋아, 왜장 마다시를 효수하라."

순신의 명령은 즉석에서 실행으로 옮겨졌다.

"저건 하타신 님 아닌가."

조선 전선의 범주에 매달린 하타신의 피투성이 목은 구루시마 미치후사가 있는 누각에서도 또렷하게 보였다. 미치후사는 피가 머리로 솟았다. 전투는 교착 상태는커녕 단 한 척의 배에 구루시마 수군이 압도당하고 있다. 학익진의 진형도 붕괴되고 있었다. 적의 포격을 피하기 위해, 각선의 선대장이 제각각 키를 잡고 있기 때문이다.

적의 새알탄이 선수에서 작렬했다. 미치후사는 누각의 방패용 널빤지에 몸을 낮추었다. 요란한 소리를 내며 날아온 쇳조각이 방패용 널빤지에 꽂히는 바람에 진동이 일었다.

미치후사는 얼굴을 살짝 내비쳤다. 선수 부근에 있던 군사들은 거의 차례로 쓰러져 피와 흰 살점이 비산했다.

"기죽지 마라! 진형을 유지하도록 명령하라."

"이제 안위님에게는 아무것도 바라지 않아요. 헤엄을 쳐서라도 장군님의 배로 가겠어요."

박순욱은 지휘탑에서 뛰어내려와 현측으로 달렸다.

"기다려, 순욱!"

소년병을 말릴 사이도 없었다. 박순욱은 현을 타고 넘어 바다에 몸을 던졌다.

안위는 당황하여 현측으로 달려가, 해면을 들여다보았다. 소년병은 필사적으로 헤엄을 치고 있다. 소년병은 선언한 대로 순신의 전선으로 향하려 하고 있는 것이다. 금방이라도 소년병을 삼킬 것 같은 격류 속을 박순욱은 필사적으로 빠져나오려고 한다.

그 때 안위는 알았다. 조류가 박순욱을 배중손으로 밀어가고 있다는 사실을.

"흐름이 바뀌었다?"

왜의 수군에 가담한 것 같이 동남 방향으로 흐르고 있던 조류가 갑자기 역류된 것이다.

안위는 군관에게 명했다.

"저 소년병을 즉시 인양하라. 이 배는 이제부터 본격적으로 돌격한다."

이순신은 지휘탑으로 돌아왔다.

"각선에 전하라. 기선 배중손은 왜장을 한 명, 처치하였다. 나를 따를지니라!"

순신의 명령은 수기에 의해 후방의 모든 배에 연락되었다.

박순욱은 전신에서 물이 뚝뚝 떨어뜨리며 갑판으로 인양되었다. 안위는 다가가서 그의 팔을 잡아 일으켜 세웠다.

"아무래도 배가 빠르지, 순욱."

"그럼요, 안위 님."

박순욱은 물에 빠진 생쥐 꼴이 되어 안위를 쳐다보며 생긋 웃었다.

안위는 지휘탑으로 돌아왔다. 좌우의 동료선들이 노를 빨리 젓기 시작하고 있다. 기선의 분전, 게다가 왜장을 처치하였다는 소식이 전군의 사기를 높였던 것이다.

“늦으면 안 돼, 기선에 가까이 가는 것은 우리 배야.”

안위의 소리에 선상의 군사들은 함성으로 응했다.

망금산과 청룡산에서도 환성을 지르고 있었다. 후방에 퇴피해 있던 12척 전선이 잇달아 순신의 기선 근처를 향해 노를 저어가는 광경은 소침해 있던 마음을 흥분시키기에 충분했다.

구루시마 미치후사의 초조함은 더욱 깊어가고 있다. 이순신의 기선 한 척을 공격하는 것조차 애를 먹고 있다. 게다가 나머지 전선도 공격에 가담하기 시작하였으니……. 하타신을 비롯한 휘하 전선의 피해는 10척은 족히 될 것이다. 파도 사이로 떨어진 군사들을 구조하는 일조차 뜻대로 되지 않는다.

“장수님, 조류가 반대가 되었습니다.”

선미의 키를 잡고 있던 선대장이 흥분한 소리로 말했다.

미치후사는 누각에서 해면을 들여다보고 눈을 의심했다. 지금까지 순류였던 조류가 완전히 역전되어 있다. 조류가 무섭게 밀려오고 있다. 역류에서의 해전은 압도적으로 이쪽이 불리하다.

조류가 암초에 부딪쳐서 내는 소리는 더욱 커져만 가는 형편이다. 이제는 우는 소리라기보다, 바다가 미쳐서 포효하는 듯한 두려운 소리였다.

미치후사는 순간, 그 소리에 홀려 있는 것처럼 누각 위에서 멍하니 서 있었다.

“구루시마 미치후사님, 고전 중…….”

전황을 살피러 나왔던 척후선이 돌아와 도도 다카토라에게 보고했다.

하타신, 전사.

보고를 받은 모리 다카마사의 안색이 서서히 하얗게 질려갔다.

"다카토라님, 이렇게 되면 이번 싸움은 쉽지 않겠습니다."

다카토라는 그 말에 대구하지 않았다. 바다를 내려다보니 조류가 반대로 움직이고 있음을 알았다. 조선 수군은 이제 강력한 세력을 얻은 셈이 된 것이다. 이순신은 이 순간을 기다리고 있었던 것인지도 모른다.

전방에 검은 연기가 몇 줄기 피어오르고 있었다. 눈앞을 막고 있던 구루시마 전선에 점차 간격이 벌어지기 시작한다.

"배를 잃고 있는 것이다……. 점점 더 방심하면 안 되지!"

불타오르는 세키부네가 다카토라의 시계에 들어왔다.

조류가 역류하는 모양은 해협의 양쪽에 모인 사람들의 눈에도 분명히 보였다. 왜 수군의 선봉에 선 전선은 조류에 밀리지 말아야겠다는 생각에 나머지 키를 잘못 조작했다.

초조함이 실수를 더욱 키워간다. 좌초되어 항행 불능이 되어, 조선 수군의 좋은 공격 목표가 되는가 하면, 노와 키가 대파되어 표류하기 시작한 배, 동료선과 격돌하여 전복되는 배가 속출했다.

망금산, 청룡산 사람들은 피해를 입은 왜선을 손가락질하며, 비웃고 손뼉을 치며 서로 웃음을 교환했다. 이 전투, 어쩌면 승리할지도 모른다. 하나 둘 그런 희망을 품기 시작했다. 그러나 왜 수군의 전선은 아직 4분의 3이 아무 피해 없이 뒤에 그대로 버티고 있는 채다.

구루시마 마치흑사의 기선은 비격진천뢰의 공격을 받아 전투 능력을 상실하고 있었다. 갑판은 피바다, 살점의 산으로 바뀌고 있다. 살아남은 자는 손으로 헤아릴 정도밖에 남아 있지 않다. 조선 수군의 13척은 조류를 타고 과감하게 맹공을 가해온다. 이제는 퇴각하는 수밖에 없었다. 이 무서운 해협에서 퇴각했다가, 다시 전술을 재정비하지 않으면…….

퇴각을 명하는 기를 흔들 것을 명하려 하는 찰나, 포탄이 날아오는 소리가 들렸다.

누각의 다리부가 파괴되어 미치후사는 갑판으로 떨어졌다.

선체가 크게 기울자 피가 갑판 위를 강물처럼 흘러내려 미치후사의 몸을 적셨다.

"너 이순신! 네 놈!"

미치후사는 비틀비틀 일어서려고 시도하다, 흘러내린 핏물에 발이 미끄러져 다시 옆으로 넘어졌다. 다시 포탄이 날아오는 소리. 눈앞에서 적의 새알탄이 구르고 있다.

배중손에서 발사된 비격진천뢰는 잠시 뒤 섬광과 함께 작렬했다. 미치후사는 몸에 수백 개의 날카로운 쇳조각에 찔려 즉사하고 말았다.

구루시마의 전사는 간 다치나가의 전령선을 통해 도도 다카토라에게 전해졌다. 구루시마의 수군은 거의 궤멸 상태에 빠졌다. 병선의 3분의 2 이상이 침몰·대파되었고, 미치후사 이하 주요 장수는 전사 또는 바다에 빠져 익사를 기다리는 운명이다. 더 이상 구루시마 전선의 통제는 불가했다. 시간이 지날수록 조선 수군의 강력한 먹이가 되어 갈 뿐. 이제는 도도 다카토라의 원군을 청하는 수밖에 없었다.

말할 것도 없었다. 다카토라는 지휘봉을 흔들고 휘하의 전선에 알렸다.

"진격 개시!"

도도의 전선은 격류를 거슬러 오르듯이 하여 울돌목으로 향했다.

오후 3시.

온 해상에 검은 연기가 덮여 있었다. 화포에 의해 왜선이 타들어 가고 있는 것이다. 그 연기를 돌파하려는 듯이 새로운 중형 전선단이 출현했다.

"기치가 바뀌었군."

지휘탑 위에서 이순신은 시선을 멈추었다. 감색 바탕에 세 개의 흰 원을 세로로 늘어놓은 기가 모든 배에 달려 있다.

"도도 다카토라의 수군입니다."

하시하베가 알려주었다.

"도도……."

"당신을 암살하기 위해, 다테즈 주이치로를 보낸 무장."

순신은 표정을 바꾸지 않았다. 반대로 이야기하면 그만큼 자신을 두려워하고 있다는 것이리라.

"정확히 겨누어라. 조류는 우리 편이다!"

북 소리가 크게 울리고, 각선의 사이에서 기의 교환이 활발해진다. 적의 중형선에 실린 대포에서 흰 연기가 피어 올랐다.

포격전이 다시 시작되었다.

도도 다카토라는 노를 일직선으로 빨리 저어, 조선 전선에 맹렬히 다가갔다. 거리를 둔 포격전에서는 포문수와 내충성(耐衝性)이 떨어지는 세키부네에게 승산이 없다. 그렇다면 한 척의 적선을 여러 척의 세키부네로 포위하고 현에 접하여 쳐들어가기를 기도하는 수밖에는 없다. 수(數)로 말해주는 전법이다.

"덤벼라! 덤벼라앗!"

각선의 선대장들이 소리를 지르며, 격군을 몰아세운다.

조선 수군의 전선에서는 끊임없이 천자총통, 지자총통이 발사되고, 불화살이 빨간 폭포처럼 하늘을 물들이며 발사된다. 방패용 널빤지가 파괴되고 새알탄, 비격진천뢰에 군사들이 살상당하면서도 물러남은 곧 죽음이요, 나아감은 승리뿐이라고 도도 수군은 맹공을 감행했다.

쏟아지는 적탄을 무릅쓴 3척의 세키부네가 곧바로 접근한 것은 안위의 전선이었다. 세키부네의 흘수선은 조선 수군의 전선보다도 낮다. 군사들은 사다리를 걸고 일제히 기어 올라왔다. 일단 전선에 현을 접해 버리면, 적의 포문에서는 사각으로 들어간다. 이제는 대포가 전혀 두렵지 않다.

조선 군사들은 방패용 널빤지 사이에서 조총, 활로 사다리를 타고 올라오는 왜군을 저격했다. 실탄 장전에 시간이 걸리는 조총보다도 화살을 연속해서 쏘는 것이 가능한 단궁이 절대적인 위력을 발휘했다. 왜군은 조총에 머리를 맞아 피를 흘리며, 전신에 두더지처럼 화살을 맞고 사다리에서 해면으로 맥없이 떨어진다.

돌격 부대를 원호하기 위해, 세키부네로부터는 저격병이 총포로 응전했다. 왜군의 장전은 재빠르고 사격도 정확하다. 격렬한 연막이 깔리고, 조선 수군으로부터의 사격은 어쩔 수 없이 침묵해야 했다.

그 사이에 왜군은 사다리를 걸고 올라와 현에서 안위의 배로 계속해서 돌격해 온다.

"왜놈이닷, 왜놈이 배에 들어왔다아!"

갑판 위에 절규가 울려퍼졌다. 이제는 적선에 대포나 불화살을 발사하고 있을 여유 따위는 없었다. 포수, 궁수 등도 능장(稜杖)을 들고, 장창을 쥔 채 왜병에 맞섰다. 무기가 없는 자는 수마석(水磨石)을 비처럼 퍼부어 적병의 침입을 막았다.

돌격 전법이야말로 일본 수군이 장기로 하는 전법이었다. 그러나 선수에서 열세인 조선 군사는 독 안에 든 쥐가 고양이를 무는 격으로 백병전에서도 죽기 아니면 까무러치기식으로 저항했다.

"죽여라, 왜놈을 모두 죽여랏!"

안위도 지휘탑에서 내려와 소리를 지르며, 병사들을 고무하면서 환도를 뽑아 스스로 진두에 서서 왜병을 베고, 찔러 죽였다. 발소리가 어지럽게 울리는 가운데 비명, 포효, 함성이 겹쳤다.

전선에 기어오르는 왜병이 순신의 눈에는 개미떼처럼 보였다.

"안 현령의 배를 구조하라."

기선 배중손에서 명령이 떨어지자, 녹도 만호인 송여종과 평산포 만호 정응두(丁應斗)의 전선이 급류를 가르고 달려갔다. 왜 수군의 세케부네 3척은 집중 포화를 받아 금세 화염에 싸였다. 화염에 놀라 왜군들이 총포를 버리고 바다로 뛰어든다.

갑판에 돌격은 했지만, 돌아가야 할 배를 잃은 왜군이 이번에는 고양이를 무는 쥐 꼴이 되었다. 그러나 원군의 지원에 여유를 되찾은 조선 군사들은 조총, 활을 다시 손에 들고 갑판 위에 잔재한 왜놈을 쏘아 쓰러뜨린다. 백병전이 종료되었을 때 시체의 산 속에서 박순욱을 발견했다.

도도 다카토라는 목표로 삼을 배를 발견했다. 강풍에 펄럭이는 거선에 삼도 수군통제사라는 글자가 새겨진 이순신의 전선. 범주에 게양된 목은 틀림없이 하타신의 것이었다. 일찍이 가미마쓰 8만 석의 다이묘였던 이 남자는 아주 볼품없는 사체로 변해버린 후다. 그의 잘린 얼굴은 한을 한가득 품고 있는 듯 눈을 뒤집고 있다.

"네 이놈, 날 우롱했겠다."

모리 다카마사가 소리를 질렀다.

다카토라는 냉소적인 시선을 보냈다. 군감답게 전투 상황을 지켜보고 있으면 좋을 것을.

도도의 전선은 해협을 가득 메우듯 전개하여 조선 수군을 향해 활발히 공격을 하고 있다. 그러나 심한 역류와 복잡한 소용돌이의 조류에 노가 말을 듣지 않아, 조선 공격에 지장을 초래한 세키부네가 적지 않다. 포격의 사각지대에 든 세키부네에 대해 적은 불화살을 쏘기 시작했다. 해협 위에서 회색 하늘을 향해 쏘아올린 불화살은 빨간 유성군의 모습처럼 하늘을 날고 있다. 다카토라가 탄 배를 향해 불화살이 집중되어 군사들이 소화 활동에 추가 투입되고 있었다.

"가라!"

"다카토라는 지휘봉을 흔들었다.

그림자처럼 따르던 2척의 정루선이 이순신의 배를 향하여 화살처럼 다가온다.

2척의 정루선은 각각 아형(阿形), 우형(吘形)이라고 했다. 방패용 널빤지로 완전 장갑된 높이 7m의 정루를 갑판으로 만들고는, 그 속을 가로세로 3m의 밑판이 오르내린다. 밑판에는 10명의 저격병이 타고 있다.

이순신을 저격하는 것을 유일한 목적으로 삼아 만들어진, 아형과 우형은 삼도 수군통제사의 깃발이 펄럭이는 조선 수군의 기선에 경쾌한 속도를 유지하며 좌우로 소리 없이 다가온다.

기이한 모양을 한 2척의 정루선 출현은 배중손에서 조총, 불화살로 연속해서 발사했으나 정투의 후판은 그것을 받아 튕겨냈다.

갑판에서 군사들이 사방으로 망을 당겼다. 밑판이 정루 내부를 끌어올려 간다. 누상은 이순신이 지휘하는 사령탑과 거의 같은 높이이다. 사령탑에는 방패용 널빤지를 두르기는 했으나, 벌어진 사이로 조선 수군이 입은 분홍색 갑주가 보였다 안 보였다 한다.

저격병들은 그 좁은 사이를 향해 총구를 내놓고 방아쇠를 당겼다.

총알이 하시하베의 볼을 스치고 날아갔다. 양현에 바싹 붙은 정루선이 이 지휘탑을 저격하고 있는 것이다. 지휘탑에는 이순신, 군관인 송희립, 하시하베, 이 세 사람이 있다.

"포수, 저 배에 사격을 집중시켜라!"

조총이나 쇠 화살로는 정루의 방패용 널빤지를 당해낼 수 없다. 순신은 포격을 명했다.

"저것을 격퇴할 때까지 여기서 내려가는 것이 어떻겠습니까?"

송희립이 진언했다.

그 말에 순신은 망설임 없이 고개를 가로로 저었다. 전투는 지금이 한창이다. 그런 상황을 두고 지휘탑을 떠날 수가 없었다.

아형과 우형의 저격병들은 조준하는 데 애를 먹고 있었다. 가만히 있는 선상에서의 저격도 어려운데, 이번에는 여기에 더하여 정루선은 중심이 불안정하고, 흔들림이 심하고, 그 정루가 또 바람을 받아 크게 흔들렸다. 사령탑에 둘러친 방패용 널빤지의 틈에 사격한다는 것은 지난한 기술이었다. 과연 어느 쪽이 먼저 당할 것인가.

하시하베의 눈에는 방패용 널빤지와 방패용 널빤지의 사이에서 배중손의 갑판이 내려다 보였다. 미쿠리야 사몬의 거구가 군관들의 사이에 들어가 민첩하게 움직이며 도도가의 깃발을 단 세키부네를 향해 계속해서 불화살을 쏘고 있다. 반쯤은 조선인의 피가 섞인 남자이다. 그는 언제부터인가 진지한 자세로 싸우기 시작했다.

그 때 또 한 발의 총탄이 방패용 널빤지 사이에서 날아왔다.

"통제사, 역시 여기서 내려가시는 게 나을 것 같습니다."

송희립이 애원하듯이 되풀이했다.

"그렇게 하세요. 이곳은 위험합니다."

하시하베도 설득에 가담한다. 그들은 시종 진지했다. 그들의 우러난 진심은 이순신을 지키고자 하는 마음이었다.

"귀공……."

송희립이 처음 하시하베를 왜놈 이외의 호칭으로 불렀다.

하시하베는 순신을 보호하면서 한 걸음을 내디뎠다. 순간, 하시하베의 복부로 격통이 관통했다.

도도 다카토라의 시선은 분전하는 아형과 우형에서 조선 전선의 범주에 효수된 하타신으로 향했다.

"요리후사."

다카토라는 뒤에 있는 고케쓰 요리후사를 뒤도 돌아보지 않은 채 냉정하게 불렀다.

"다테즈와 가게치카가 잘 해 주고 있다면 이순신의 목을 우리 배의 범주에 걸어가지고 다닐 것을."

다테즈 주이치로는 지휘탑을 응시하고는 절호의 기회가 찾아온 것을 알았다. 자기의 천적—하시하베 쇼이치로—이 정루선에서 저격을 당해 쓰러지고 만 것이다.

이제는 그 갈안어 대항할 자 아무도 없다. 해상에서 전개되는 세키부네에 펄럭이는 깃발은 감색 바탕에 흰 원 3개, 그의 의뢰인 도도 다카토라의 전선이다. 곧 베어 떨어질 이순신의 목을 들고 돌아가는 데 이 이상 안성맞춤인 상황은 없다.

지휘탑 아래에서 순신의 명령을 기다리고 있던 고수, 정수, 기수에게 다가갔다. 제일 먼저 이 자들을 배제해야만 했다.

"이 봐!"

순간 다테즈는 눈에 힘을 주었다. 그를 향해 돌아본 세 명이 그대로 고꾸라진다.

다테즈는 지휘탑의 계단에 발을 올려놓았다.

튕기듯이 넘어진 하시하베를 안고 일어난 것은 송희립이었다. 하시하베의 복부는 순식간에 핏빛으로 빨갛게 물들어 갔다.

"정신 차려, 이 봐!"

송희립은 하시하베의 귀에 입을 가까이 댔다.

"무사한가?"

다급한 어조로 순신은 물었다.

송희립은 안간힘을 써 고개를 끄덕였다. 약하게나마 숨이 붙어 있다.

"통제사……."

자신을 부르는 소리에 순신은 번뜩 고개를 들었다.

김탁이 계단을 올라왔다.

"이 자가 총을 맞았다. 지금, 상처의 치료를……."

"그럴 필요는 없을 거야."

김탁의 눈이 녹색으로 번쩍 빛나는 순간 송희립이 그 자리에 쓰러지고 말았다.

순신의 근육이 전율로 인해 떨려왔다. 결코 잊을 수 없는……, 그 녹색 눈빛이었다. 운곡, 통제사 복귀의 교서, 양호라는 선전관 ……. 그리고 전신의 마비, 의식의 혼탁…….

"너는……."

김탁—다테즈 주이치로—는 한껏 웃어젖히며 허리에 매달고 있는 환도를 뽑았다.

순신은 방패용 널빤지를 등졌다. 이 좁은 지휘탑에 도망할 곳은 없었다. 지휘탑의 고수, 정수, 기수가 겹쳐서 쓰러져 있다. 갑판의 군사들은 왜 수군의 공격에 죽음을 두려워하지 않고 응전하고 있다. 이쪽을 주의해서 보는 군사는 한 사람도 없다. 순신은 허리에서 칼을 뽑아 중단 자세를 취했다.

"과연 대단한 이순신 장군님이로군."

그렇게 말한 순간, 다테즈의 환도가 번쩍하더니, 순식간에 순신의 손에서 칼이 날아갔다.

손목의 고통을 참아내며, 순간적으로 순신은 하시하베의 허리에서 칼을 뽑아 들었다. 다테즈는 입을 다문 채 춤추듯이 쳐들어왔다.

쳐 내리는 다테즈의 하얀 날을 받아 멈추었다는 생각이 드는 순간, 다테즈의 칼은 웬일인지 아래에서 밀고 올라왔다. 손에 막 잡은 칼은 다시 순신의 손에서 맥없이 떨어져 나갔다.

다테즈 주이치로의 눈이 녹색으로 발광을 시작했다.

금속과 금속이 부딪치는 날카로운 소리에 하시하베 쇼이치로는 어렴풋이 의식을 되찾았다.

믿기 어려운 광경이 눈앞에서 펼쳐지고 있다. 김탁이 이순신에게 환도로 공격하고 있다니…….

하시하베는 오른손으로 허리를 더듬었다. 칼이 없다.

그러나 한가히 이유를 더듬어 볼 시간은 없었다.

다테즈가 환도를 내리쳤다.

하시하베는 복부의 격통을 참고 김탁 앞으로 몸을 날렸다.

다테즈의 환도는 하시하베의 등뼈를 엇베기로 절단했다.

이순신은 하시하베 쇼이치로와 함께 지휘탑의 바닥 위로 넘어졌다. 하시하베의 몸에서 뿜어 나온 피가 순신의 갑주를 물들여 간다.

다테즈가 한 걸음 내딛는 찰나.

아형의 저격병이 쏜 총탄이 방패용 널빤지 사이를 헤집고 다테즈의 오른쪽 가슴을 관통했다. 동시에 우형에서도 다테즈는 저격을 당했다. 오른쪽 가슴, 그리고 복부에서 뿜어 나온 혈류가 지휘탑의 바닥에 흩뿌려졌다.

순신은 보았다. 김탁의 얼굴이 순식간에 일그러지며 변해 가는 것을. 머리칼은 타는 듯한 황금색으로 물들어 가고, 피부는 하얗다 못해 투명해지고 있었다. 섬세한 이목구비, 신비한 녹색의 눈동자.

다테즈 주이치로는 비틀거리면서 방패용 널빤지에 몸을 지탱했다. 저격이 집중되어 난관과의 연결 부분이 느슨해진 방패용 널빤지는 다테즈의 몸을 의지한 덧문이 뒤집히듯이 반전했다. 지휘탑 아래 소용돌이치는 해면 위로 다테즈는 떨어졌다.

"해치웠다."

이순신 배의 전투 사령탑에서 지휘관으로 보이는 군장의 무인이 바다로 굴러 떨어지는 것을 도도 다카토라는 끝까지 지켜보았다.

"이순신. 놈이 틀림없을 거야, 요리후사."

다카토라는 돌아보며, 고케쓰에게 확인을 구했다.

고케쓰 요리후사는 매를 연상시키는 표정으로 잔뜩 얼굴을 일그러뜨렸다.

"다카토라님, 방금 저자의 머리칼이 황금색 아니었나요?"

"무엇이라구?"

다카토라가 깜짝 놀라 소리를 질렀을 때, 전방에서 음산한 소리가 해면을 건너왔다.

아형의 정루가 포격을 받아 무너져 내리기 시작할 무렵이었다. 중심을 잃은 아형은 넘어지는 정루에 끌려가듯이 옆으로 넘어져 해면에 선복을 드러냈다. 거대한 파도와 물보라가 함께 일어 순식간에 아형을 삼켜간다.

그리고 우형도. 이쪽은 불화살의 집중 공격을 받아 갑판이 활활 불타오르고 있다. 불은 정루를 밑에서부터 핥듯이 퍼져간다. 저격병들은 총을 버리고 해면으로 뛰어들기 시작했다.

"자 다카토라님, 돌격해야죠!"

모리 다카마사가 흥분된 목소리로 외쳤다.

쳐들어온다. 정말로 그런 태세였다. 고작 13척에 지나지 않는 조선 수군이 압도적인 힘을 과시하며 해협을 헤치고 쳐들어와 일본 군사의 전의를 꺾고 있다.

포격에 의한 굉음은 바다와 산을, 하늘을 무겁게 뒤흔들었다. 계속하여 명중하는 포탄, 새알탄, 비격진천뢰에 의해, 도도 다카토라의 함대도 점차 구루시마 스군과 같은 운명을 걸어갔다. 포탄을 회피하려고 키를 쉬면, 암초에 올라 앉아 즉시 좌초되었다. 군사들이 산 채로 또는 시체가 되어 바다 속으로 하나하나 배에서 떨어진다. 바다는 대량의 산 제물에 환희라도 하듯이 더욱 더 심하게 파도치며 미친 듯이 소용돌이쳤다.

회색빛 하늘은 불화살로 가득 차 있다. 13척의 전선에서 기분 나쁜 현음(弦音)과 함께 발사된 빨간 유성의 무리는 하늘을 물들이고, 해면을 붉게 채색했다. 전투원의 상실은 방어력의 상실이기도 하다. 불화살의 공격을 받은 세키부네는 소화(消火)할 수도 없어, 허망하게 불길에 갑판이 휩싸이도록 내맡긴 꼴이 되었다.

도도 다카토라가 탄 기선도 심한 포격에 의해 여러 번 기울고 있었다. 기수가 파괴되어 크게 흔들리기 시작했을 때, 모리 다카마사의 몸은 바다에 떨어졌다.

다카마사가 익사 직전에 있는 것을 다카토라의 부장, 도도 마고노하치로가 발견하여 구출하였다. 물에 젖은 쥐 모양으로 누각 아래 뉘었다.

몰려오는 조선 전선에 도도 수군은 압도당하고 있었다.

"후퇴하지 마라! 결코 물러나서는 안 된다!"

크게 고함을 치며 지휘봉을 휘두르는 다카토라에게로 불화살이 집중되었다.

얼마 안 있어 다카토라에게 날아온 불화살이 그의 오른팔에 관통되어 누각 위로 넘어졌다. 화살 끝에 매달렸던 불꽃이 팔의 근육을 태운다. 기선인 이 배가 전투 능력을 상실하는 것도 이제는 시간 문제였다.

전방에서 타오르는 불꽃과 하늘을 뒤덮을 것 같은 검은 연기를 보자 가토 요시아키는 사태의 심각함을 알았다.

"요시아키 님, 이제 다카토라 님에 가세하죠."

팔짱을 끼고 지켜볼 뿐이었던 가토의 수군은 함성을 지르며 명량 해협에 돌입했다.

오후 4시 30분.

오른팔의 격통을 참으면서, 도도 다카토라는 철퇴를 결의했다. 이순신이 지휘를 하는 전선이라면, 비록 13척으로도 경솔하게 덤벼들어서는 안 되는 것이다. 한산도 회의에서 그렇게 발언한 것은 누구였던가. 다름 아닌 다카토라 자신이다. 그러나 전력에 대한 과신이 패전으로 이어지고 말았다. 사전에 명량 해협을 자세하게 정찰했어야 했다는 후회가 밀려들었다. 그렇게 했다면 이 급류의 바다에서 싸우는 어리석음을 피할 수 있었을 것이다. 그뿐인가, 아타케를 세키부네로 갈아타는 실수도 범하지 않았을 테다.

귀신에 쫓기듯이 뱃머리를 돌려온 다카토라의 수군은 출격에 맹렬히 공격하려 달려들던 가토 요시아키를 허둥지둥하게 만들었다. 순류를 타고 후퇴하는 도도의 함대는 요시아키 휘하의 전선에 차례로 격돌했다.

"이 다카토라, 바보 같은 놈이!"

요시아키는 다카토라를 꾸짖으면서, 전령선을 와키자카 야스하루에게로 보냈다.

더 이상의 출퇴는 없노라고.

망금산과 청룡산의 산정은 폭발적인 환성과 기쁨의 울음소리로 가득 채워지고 있었다. 겨으 13척의 조선 수군에 포격당해 왜놈의 전선이 셀 수 없이 도망하고 있다.

그들이 본 일부의 처음과 끝은 그야말로 기적이었다.

이순신이 격파한 일본 수군의 전선은 총 31척이었다. 이 날의 전투 상황을 순신은 후일, 일기에 상세히 적고 그 최후를 그는 일기에 "왜적의 전의는 현저히 꺾였다. 승전 사실을 안 우리 수군은 일제히 북을 울리고, 함성을 지르면서 진격, 대포를 쏘았다. 굉음은 산하를 진동시켰고 화살을 비처럼 쏘아 올렸다. 마침내 적선 31척을 침몰시켰다. 적은 퇴각했고, 다시 도전할 엄두를 전혀 내지 못했다. 전투 수역은 파도가 거칠고 역풍이 부는 데다 형세도 위험하여, 당사도(唐笥島)로 이동해서 야영했다. 이 날의 전투는 정말이지 천행이었다"라고 적으며 맺고 있다.

일본 수군은 어란포로 철수했다. 구루시마 미치후사, 하타신은 전사했고, 도도 다카토라도 중상을 입었다. 복잡한 조류가 심하게 소용돌이치는 명량 해협은 마의 수로이며, 함부로 아타케부네를 진입시킬 수는 없다. 더구나 상대는 이순신. 야습을 생각하는 무장은 한 사람도 없었다.

수군의 패전을 알아챈 와군의 각 장수들은 서울로의 침공을 단념하고, 전라도 남안과 경상도에 쌓은 각각의 성으로 남하를 개시했다.

서울은 무사히 구출되었다. 그러나 조선의 임금 선조는 이순신의 공적을 후히 평가하지 않았다. 『선조실록』을 보면 "왜군의 북상을 저지한 것은 명나라 군사이며, 통제사 이순신은 약간의 적을 격파한 것에 불과하다. 자신의 직무를 수행했을 뿐이고, 큰 공을 세운 것은 아니다"라고 되어 있다.

9월 17일.
맑게 갠 하늘에 가을의 찬 바람이 불고 있다.
우수영 및 진도의 연안에는 수많은 왜군의 시체가 밀려오고 있었다. 부근의 주민, 피난민들은 해안에 흩어진 시체를 처리하느라 이른 아침부터 부산했다. 도요토미 히데요시라는 남자의 야망으로 외국에 내몰려, 사랑하는 아내와 자식을 모국에 남기고 헛되이 죽음을 맞이한 자들의 유해이다. 그러나 조선인에게는 국토를 약탈, 방화, 살인하여 폭풍처럼 휩쓸었던 증오의 대상이자, 침략자일 뿐인 이들의 시체에 불과했다.
살아 있는 왜군이 발견되면 주민들은 창을 뽑아, 주저하지 않고 창끝으로 찔러 죽였다.
13척의 전선은 당사도에서 남하하여 우수영을 경유, 벽파진에 개선했다.
시체의 처리에 진력이 난 주민들과 피난민들은 무사한 모습으로 귀환한 군사들을 큰 환성으로 맞이했다. 수군의 군사는 고작 13척의 전선으로 10배에 가까운 세력을 지닌 왜적을 격파한 영웅이었다.
전선은 차례로 잔교에 접안하였고 그 안에서 수장, 군사들이 하선했다. 그들에게는 준비된 식사가 대접되었다. 군사들의 얼굴은 피로보다도 절망적인 싸움에서 승리했다는 기쁨과 환의로 빛나고 있었다.

북적거리는 사람의 무리 속을 유희는 헤치며 다녔다.

마지막으로 입항한 기선 배중손에서 모든 군사들이 내린 후, 천천히 이순신이 하선했다.

순신의 모습을 본 군중들이 있는 힘껏 감사와 존경의 환호를 보내고 있다. 순신은 갑주를 벗고 다시 백의 차림으로 서 있었다. 모든 인파가 순신 주위로 몰려 혼란이 빚어졌다. 가득 찬 사람들로 인산인해를 이루는 가운데 유희는 순신에게로 조금도 다가갈 수 없었다. 그러나 유희가 찾는 이는 이순신이 아니었다.

'약속한다. 이순신은 반드시 지킨다.'

유희는 사람의 무리에서 벗어나 배중손에 접근했다. 사람이 없는 선내에 그림자 하나가 갑판 위에 서 있었다.

강풍이 불어 유희의 머리가 몹시 날렸다. 바다 냄새를 싣고 불어오는 바람은 코를 찌르는 시체의 역한 냄새를 동반했다.

'전쟁이 끝나면 나를 맞아주기 바래요.'

선상의 그림자가 천천히 계단을 내려왔다.

태양은 서쪽으로 기울어, 배는 유희의 눈에 역광이 되어 있다.

거구 미쿠리야 사몬의 그림자가 유희의 앞을 막아섰다.

하시하베 쇼이치로의 시체는 이순신의 갑주를 걸친 채, 미쿠리야의 두 팔에 안겨 있었다.

같은 시각.

우수영의 암초에서 건져 올린 남자를 창을 가진 어린이들이 둘러싸고 있다. 남자의 전신은 상처투성이였고, 거의 숨이 끊어질 듯했다.

"왜놈인가."

한 소년이 말했다. 다른 소년들이 당혹스럽다는 듯이 얼굴을 마주보았다. 조선인이 아닌 것만은 확실했다. 머리가 금색인 조선인 따위는 본 적이 없었던 것이다.

남자의 입에서 괴로운 듯이 신음소리를 흘러 나왔다. 어린이들은 창을 쥔 채 약간 뒤로 물러났다. 남자는 괴로운 표정을 지으며 가만히 눈을 떴다.

"왜놈이 아나!"

다른 소년이 외쳤다.

"괴물이다!"

어린이들의 창이 남자의 전신을 관통했다.

스르르 녹색 눈동자가 감겼다.

—
종 장

다음 해인 1958년 8월, 조선 침략의 주모자 도요토미 히데요시는 교토의 후시미성(伏見城)에서 죽었다. 이로써 왜군은 조선 반도에서 철수를 개시했다.

같은 해 11월, 이순신은 순천에서 탈출을 시도하는 고니시 유키나가의 군을 해상에서 봉쇄, 구출하러 달려온 시마즈 요시히로의 도전 전선과 노량의 바다에서 달빛 아래의 해전을 전개하였다 전선을 지휘 중에 이순신은 저격을 당해 전사한다. 54세. 일설에는 전투 중에 스스로 갑주를 벗어, 의도적으로 적탄에 맞았다는 자살로 알려지기도 한다.

사후 선무 일등공신으로 추대되고 우의정, 영의정을 추증, 충무공의 시호를 받았다. 성웅, 구국의 영웅, 민족의 등화로서 현재 한국에서는 절적인 인물로 추앙받고 있다. 진중에서 쓰기 시작한 방대한

양의 일기와 장계를 중심으로 하여, 200년 후인 1795년, 『이충무공전서』가 편찬되었으며, 일기 친필본은 국보 제76호로 지정되어 있다.

이순신을 지키기 위해 하시하베 쇼이치로를 파견한 고니시 유키나가는 1600년 9월, 세키가하라(關ヶ原)의 전투에서 서군에 속하여 패배, 이시다 미쓰나리, 안고쿠지 에케이와 교토 로쿠조가와라(六條河原)에서 목이 잘렸다. 43세. 선교사의 보고로 사형 소식을 접한 로마 교황은 일본인을 위해 처음으로 애도 미사를 봉헌했다고 한다.

이순신에게 암살자를 보낸 도도 다카토라는 히데요시의 사후 도쿠가와 이에야스(德川家康)에게 갑자기 접근하였고, 세키가하라의 전투에서는 동군에 속하여 재산을 20만 석으로 늘렸다. 에도성(江戶) 축성의 관할권, 오사카(大坂) 진에서의 선봉 등 도쿠가와가에의 헌신을 계속해, "만일 국가의 대사가 있을 시에는 제일 먼저 다카토라"라고 이에야스가 유언할 정도였다. 삼대 쇼군(將軍) 이에미쓰(家光)의 치세, 1603년 10월, 에도에서 편히 생을 마쳤다. 그 해 그의 나이 75세였다.

순천성에서 이순신을 구한 아소노미야 에치고노카미 사에카―사야가(김충선)―는 여진족에 대한 북방 경비, 이괄(李适)의 난 진압, 청나라의 침략시 항전 등 계속해서 공적을 쌓았다. 정헌대부(정3품)로 영전, 1643년 72세로 죽음을 맞이했다. 경상북도 우록촌에는 지금도 그의 자손들이 살고 있다.

선교사를 경호하기 위해 예수회를 창설한 장본인이자, 다테즈주이치로의 아버지이기도 한 다카야마 우콘 은 도쿠가와 막부의 예수교 금지령에 의해 국외로 추방당해, 1615년 필리핀의 마닐라에서 죽었다. 그 해 그의 나이 64세였다.

  히데요시의 야망에서 시작된 동아시아의 대동란은 1598년에 종
결되었지만 그 파장은 깊어, 상흔(傷痕)이 오래도록 남았다.
  일본에서는 전국의 무장이 양분되어 싸운 결과, 정권은 도쿠
가와가로 옮겨가고 도요토미가는 1615년의 오사카의 진에서 멸망
했다.
  조선을 구하기 위해, 대군을 파견하여 국력을 소모시킨 명나라
는 북쪽의 여진족이 일으킨 후금에 의해 멸망되었다. 후금은 새로운
국호를 청(淸)이라 이름 지었다.
  청의 제2대 황제인 태종(太宗)은 조선을 친히 정벌, 속국으로 삼
았는데 바로 1637년의 일이다.

- 참고 문헌 -

- 『거북선』, 김재근, 정학사.
- 『구국의 명장 이순신』 상하, 최석남, 교학사.
- 『난중일기』, 이은상 역, 현암사.
- 『난중일기』, 최두환 역, 학민사.
- 『다시 쓰는 임진대전쟁』 상하, 얀 데스크, 명문당.
- 『다시 쓰는 임진왜란사』, 조중화, 한민사.
- 『소설 이순신』, 이광수, 우신사.
- 『완역 이충무공전서』 상하, 이은상 역, 성문각.
- 『원균정론』, 이재범, 계명사.
- 『이충무공전서』, 윤행임 편, 성문각.
- 『임진왜란』 전7권, 김성한, 행림출판.
- 『임진전란사』 전4권, 이형석, 한국자치신문사.
- 『충무공의 생애와 사상』, 조선도, 명문당.
- 『한국 고중세사 사전』, 한국사전편찬회, 가람기획.
- 『한국의 배』, 이원식, 대원사.

- 『거북선 해전기』, 김용환, 成甲書房.
- 『도도 다카토라(藤堂高虎)』, 橫山高治, 創元社.
- 『도요토미(豊臣)정권의 대외인식과 조선침략』, 北道万次, 校倉書房.
- 『동아시아 병기교류사의 연구』, 宇田川武久, 吉川弘文館.
- 『명저로 보는 조선문화사』, 이원순 외, 德成外志 외 역, 新東洋出版社.
- 『배[船]』, 須藤利一 편, 法政大學 出版局.
- 『왜란』 상하, 신봉승, 신원기획 역, 講談社.
- 『전국인명사전(戰國人名事典)』, 阿部猛・西村圭子 편, 新人物往來社.
- 『조선전쟁/일본의 전사(5)』, 참모본부(參謀本部) 편, 德間書店.
- 『징비록』, 유성룡/박종명 역주, 헤이본샤(平凡社), 동양문고.
- 『히데요시(秀吉)와 분록(文祿)의 에키(役)』, 松田毅一・川崎桃太 편역, 중공(中公)신서.
- 『히데요시(秀吉)와 싸운 조선무장』, 貫井正之, 六興出版.
- 『히데요시(秀吉)의 조선침공과 민중(民衆)・분로쿠(文祿)의 에키(役)』 상하, 中里紀元, 文獻出版.

또한 본문 중의 지도는 『구국의 명장 이순신』을 참조했음을 밝히며 감사의 말씀을 드린다.

- 해 설 -

파란만장! 이것이 바로 대중소설의 왕도

문예평론가 가타카미 지로(北上次郎)

　이 책(원제: 고려비첩, 부제: '조선 출병 이문(異聞) 이순신 장군을 암살하라!')은 임진왜란을 그린 파란만장의 전기(傳奇)소설이다. 이순신은 조선 수군의 총지휘관이지만 이 책에서는 그 이순신이 장수의 계급을 박탈당하고 일개 졸병으로 강등된 시점에서부터 시작된다. 지휘관의 그릇된 판단으로 조선 수군이 야습을 당해 150척의 전선 중 100척이 적의 침공으로 침몰되었다는 비보를 이순신이 접하는 것으로 시작된다. "100척이 침몰되었다면 이건 대패가 아냐?" 라고 이순신이 말하자 "대패가 아니라니? 그럼 무어란 말인가?" 라는 주위의 의아해하는 시선에 그는 이렇게 대꾸한다. "전멸이라고 해야지." 이러한 상황을 저자는 다음과 같이 그리고 있다.
　"순신의 통곡은 멈추지 않았다. 수군이 전멸되었다고 한다. 이

정도로 무시무시한 꿈을 꾼 적은 없었다. 수군의 괴멸은 국가의 멸망을 의미하는 것이니까.'

이 순간에 파란만장의 전기소설 『이순신을 암살하라』는 막을 여는 것이다. 정말로 처참하다. 재미와 흥분이 고스란히 응축되어 끝없이 파란을 일으키는 스토리 전개의 긴박감은 끝까지 지속된다. 그래서 읽기 시작하면 손에서 놓을 수가 없게 된다.

이야기의 축은 국가존강의 위기에서 이순신이 다시 조선 수군의 총지휘관에 임명되느냐 아니냐 하는 사실을 둘러싸고 전개된다. 5년 전의 임진년 일본군의 제1차 조선출병을 격퇴시킨 것도 이순신이 이끄는 조선 수군이 해전에서 승리하여 제해권을 장악함으로써 일본군의 보급로를 끊어서 가능했던 것인데 그것이 올바로 이해되지 못했다는 것이 비극이다. 난국에 직면했음에도 왕을 비롯한 관료들이나 정치가는 군인을 정쟁의 도구로만 생각했기 때문에 이순신의 재임명이 늦어진다. 그런 조선쪽의 사정을 극명하게 밝히는데 이러한 것이 이야기의 배경이 된다. 이순신의 무서움을 정확하게 알고 있는 것은 오히려 일본쪽이어서 이순신조차 없었다면 이 사령관의 암살계획은 세울 수가 없었을 것이다.

이순신 암살을 맡은 것은 도도 다카토라(藤堂高虎)가 고용한 암살자 그룹이다. 즉 칼솜씨가 뛰어난 아야쓰키 로쿠로타(綾月六郎太)와 가게치카 우쿄(影近右京), 이시카와 우에몬(石川五衛門)의 수하였던 네코메 덴젠(猫目天膳), 여기에 리더격인 다테즈 주이치로(盾津銃一郎)가 그들이다. 그런데 그렇다고 이 일본의 암살자 그룹과 조선군이 곧바로 싸울 것 같지만 사실은 그렇지 않다는 데 재미가 있다.

이 4인의 암살자를 맞아 싸우는 것 또한 일본인이다. 고니시 유

키나가(小西行長) 수하의 스파이 하시하베 쇼이치로(忍羽部翔一郎),
시라토리 마사나리(白鳥眞備), 미쿠리야 사몬(御廚左門) 그룹이다. 고
니시 유키나가(小西行長)의 수하들이 어째서 이순신을 지키는 쪽에
서게 되었는가 하면 크리스천 다이묘(大名)인 고니시 유키나가는 히
데요시(秀吉)의 명을 받고 조선에 출병하지만 이 전쟁이 무익한 것
임을 절감하고 있었기 때문이다. 일본군이 승리하고 나면 조선 각지
에서 죄없는 인간이 무수히 죽어나자빠질 것임을 고니시 유키나가
는 걱정하고 있다. 그래서 전쟁의 열쇠를 쥔 이순신을 지키기 위해
자기 수하의 스파이를 파견하게 된다. 즉 조선의 전장에서 일본인끼
리 암투를 벌이게 되는 것이다. 이러한 구성이야말로 이 책의 묘미
라고 해도 좋을 것이다. 그것도 다테즈 주이치로와 하시하베 쇼이치
로는 어려서 함께 자랐다는 설정하에 드라마는 복잡한 양상을 그려
나간다.

게다가 제1차 조선출병에서 형을 잃은 해적의 다이묘 구루시마
미치후사(來島通總)가 파견하는 해녀군단까지 얽혀든다. 아니 이뿐
만이 아니다. 가토 기요마사(加藤淸正)의 군대를 이탈하여 조선쪽에
투항한 항왜(降倭) 장수 사야가도 있는 반면, 반대로 조선에서 태어
났으면서도 일본군의 편이 된 가스미(霞) 등 제각기 자신의 내력을
숨긴 인물이 점점 더 흥미를 돋군다. 이 방대한 등장인물이 재란의
뒷무대에서 이순신을 둘러싸고 싸움이 벌어진다. 이런 것을 드라마
틱하게 그려가는 작가의 필치가 매우 훌륭하다.

여기에 또 하나 중요한 것은 다테즈 주이치로가 상대를 꼼짝 못
하게 하는 갈안(蝎眼)의 술수를 부리기도 하고 자유자재로 얼굴을
바꾸는 요술의 주인공이어서 그 싸움이 팬터스틱하게 전개된다는

것이다. 여기에는 바람도사의 요술부리기와 같은 재미가 있다. 즉 이 책은 훌륭한 역사소설이면서 논스톱 픽션이 가득한 재미 넘치는 전기소설이다. 복잡한 구성, 탄탄한 스토리 전개의 재미, 게다가 상상을 초월한 인물구성과 이것이 작가의 데뷔 장편소설이라고는 생각할 수 없을 정도의 완성도 등에서 나무랄 데가 없다. 작가는 이 작품 이후에도 여러 편의 걸작을 차례로 발표했는데 그 작품들의 재미, 장점 등 모든 것이 이 데뷔작에 그대로 드러났다고 해도 과언이 아니다.

이 뒤를 이은 작품들도 그렇지만 작가의 훌륭한 점은 파란만장한 이야기이면서 항상 배경에 강한 주제성이 내포된다는 점이다. 그 멋진 융합이야말로 이 작가의 역량을 말해 주는 것이 아니고 무엇이겠는가. 이 점만은 아무리 강조해도 지나치지 않으리라. 예를 들어 이 책의 끝부분에 조선 수군의 마지막 의지의 끈이라고도 할 수 있는 거북선까지도 파괴하고 나머지는 기능이 형편없는 12척뿐이라는 것도 그 사실을 말해 주는 것이라 하겠다. 모두가 의기소침해하는 장면이다. 여기에 찬물을 끼얹듯 수군을 모두 없애라는 왕명이 하달된다. 여전히 관료들은 사태의 심각성을 인식하지 못하고 국가 존망의 위기에 그들은 직면한다. 그러나 그때 병사들이 노래를 부르기 시작하는 장면이 연출된다. 이순신이 분연히 일어나 중후하면서도 명료한 목소리로 말하는 장면은 그야말로 이 책의 압권이라 할 만하다. 이순신은 이렇게 말했다.

"주상께 전하시오. 내게는 아직 전선 12척이 있노라고. 사력을 다하여 싸우면 아직 희망을 버리기엔 이르다고……"

이 대목에서 눈시울이 뜨거워지는 것은 내 눈물샘이 자극에 약

한 탓도 있지만 그들의 자긍심과 기개를 역동적으로 그려냈기 때문
이 아닐까 한다. 시대전기소설을 좋아하는 독자 중에서 요즈음에는
읽을 만한 소설이 없다는 독자라면 먼저 이 책의 일독을 권한다. 당
신이 읽고 싶어하는 소설의 세계가 여기에 있을 것이다.

　사실 역자가 처음 이 작품의 번역을 부탁받고 어떤 내용인가 읽어 보다가 놀라기도 하고 부끄러운 마음이 들었다. 그것은 외국인, 그것도 일본인이 우리가 영웅시하는 이순신을 다루었다는 것이다. 그리고 외국인인 일븐인이 우리보다 더 우리의 역사를 더 잘 알고 있다는 생각 때문이었다.

　항상 일본 작품을 번역하면서 느끼는 것이지만 이들의 한자 이용도(利用度)는 우리토다 한 발 앞서가는 느낌이 드는 점이다. 이번에도 일본에서 만들어 일본에서만 통용되는 화제한자(和製漢字) 때문에 애를 먹었다. 처음에는 멋도 모르고 우리나라에서 나온 한자 자전에서 찾으려 여러 책을 뒤져 보았으나 허탕을 치고는 또 착각을 했구나 하는 생각에 일본의 한화대사전을 보고서야 그렇구나 했다.

　각설하고, 내용을 보면 지금까지 우리가 알고 있던 것에서 벗어난 내용을 덧붙여 이야기를 전개해 나갔다는 점도 역자의 상상을 뛰어넘는 것이다. 그것드 난중일기의 날짜에 맞추어 마치 사실인 양 구성한 점이 또한 그렇다.

　지금까지와는 전혀 색다른 구성, 그러니까 이순신을 암살하기

위해 일본에서 암살단을 파견하고 또 그 암살단으로부터 이순신을
구하는 것 또한 일본인 구조대라는 것, 이 모든 것이 지금까지 우리
가 알고 있던 상식에서 벗어난 점이다.

그러나 내용을 읽어갈수록 이 작품만이 갖는 독특한 맛, 그것은
재미라고 해도 좋고 소설의 맛이라고 해도 좋을 그런 맛에 푹 빠져
들었다. 이러한 것 때문에 그래도 덥고 지루했던 2년 전의 여름을
더운 줄 모르고 보냈던 것은 지금 생각해도 즐거웠던 것 같다.

그러면서 막상 책이 나온다 하니 한편으로는 두려움도 앞선다.
누구나 다 알고 있듯이 워낙 유명한 인물을 내용으로 했다는 데서
오는 부담감 때문이다.

또한 여러 가지로 모자란 역자가 이 작품을 번역하는 데 물심양
면의 지원과 협조를 아끼지 않은 가족과 특히 컴퓨터 관계의 작업을
도와준 두 아들, 황, 민에게도 고마움을 표한다. 그리고 이 책의 모
든 오류는 전적으로 역자에게 있음도 아울러 밝혀둔다.